de-amor, de-amar, de inimă albastră

Descrierea CIP a Bibliotecii Naţionale a României
VULPESCU, ILEANA
De amor, de amar, de inimă albastră/Ileana Vulpescu; pref.: Romulus Vulpescu. - Ploieşti; Tempus-Ro, 2009
ISBN 978-606-92086-0-1

I. Vulpescu, Romulus (pref.)

821.135.1-1
821.135.1-2
821.135.1-32

ILEANA VULPESCU

DE-AMOR, DE-AMAR, DE INIMĂ ALBASTRĂ

roman

2005

EDITURA TEMPUS

Culegere computerizată:
Elena CRĂCIUN
Paginare, tehnoredactare, scanare şi retuş imagini:
Tatiana STEPA
Coperta şi prezentarea grafică:
Romulus VULPESCU

Pentru a ilustra cartea am recurs la picturi şi la desene de Ion ANDREESCU (1850-1882), alese din monumentala monografie *Ion Andreescu,* lucrare excepţională de referinţă semnată de Radu BOGDAN, tipărită, în două volume, la Editura Meridiane, în 1969.

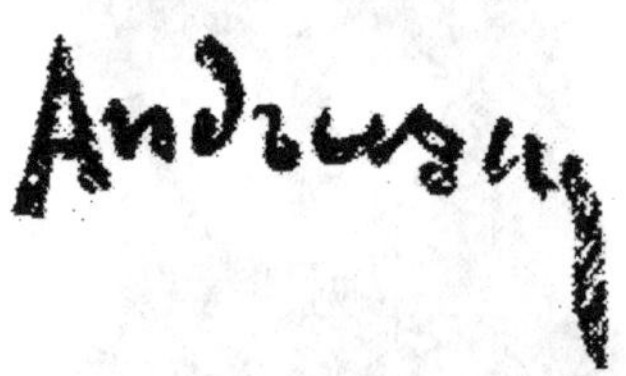

COPERTA I
Margarete şi albăstrele, ulei pe pînză, 30x48,5
COPERTA IV
Ţărancă cu traistă, ulei pe pînză, 17x9
Ceşcuţă cu pansele, ulei pe pînză, 19,5x13
COTOR
Broboada roşie, ulei pe pînză, 24,5x16,5
COPERTA INTERIOARĂ
Ţărăncuţă, creion pe hîrtie, 19,5x15
CAPITOLE
I, II, III
Femeie cu pălărie, triptic: profil-faţă-profil,
creion pe carton subţire, 10,5x6,5 (fiecare element)
IV
Călăreţ văzut din spate, creion pe hîrtie, 17x10

Celor de lîngă mine:
soțului meu, Romulus;
fiicei noastre, Ioana;
bătrînei cățeluşe Nera.

Şi celor plecați:
părinților mei, Adrian şi Maria;
socrilor mei, Constantin şi Elena;
iubitei şi devotatei noastre Paluțu,
care ne-a fost,
vreme de douăzeci de ani,
înger păzitor.

I. V.

Mamă-ta de-ți vrea soț rege,
Patru-n jocul de cărți intră:
Crai de tobă, crai de verde,
Crai de roşu, crai de ghindă.

Federico GARCÍA LORCA
(1899-1936)
Canciones (1922) *Cîntece*

Potrivit marilor dicționare explicative românești (Sextil PUȘCARIU, August SCRIBAN), «pachetul de cărți de joc (52 sau 32) formează un *joc*, o *pereche*, un *rînd* sau o *legătură* (de cărți). Cartonașele – zise *cărți* sau *cărți de joc* – se mai numesc *foi* sau *foițe* (popular)».
Cărțile au, în general, două *culori* de bază (roșu și negru) și patru *simboluri*: *caro* și *cupă* (roșii), *pică* și *treflă* (negre).
Pe lîngă denumirile «culte», curente, împrumutate din limba franceză (*carreau* – romb roșu; *cœur* – inimă roșie; *pique* – vîrf de lance negru; *trèfle* – trifoi negru), *cărturăresele* (ghicitoare sau prezicătoare, care *dau* sau care *citesc în cărți*) au pus în circulație, în limbajul lor ezoteric, denumiri (împrumutate cu precădere din jocurile nemțești de cărți). Aceste denumiri au devenit populare și au semnificații îndeosebi privind destinul sentimental al persoanei căreia i se citește viitorul (ursitul/ursita).
Caro (romb roșu) e *de tobă* și arată *ochi albaștri*.
Cupă (inimă roșie) e *de roșu* și sugerează *ochi căprui*.
Pică (vîrf de lance negru) e *de verde* și vrea să spună *ochi verzi*.
Treflă (trifoi negru), zis și *spatie*, e *de ghindă* și prezice *ochi negri* (dar și *moartea*).
Regelui din «foițe» i se mai spune *crai*, *rigă* sau *popă*.

În roman, simbolurile de culoare roșie vor fi marcate grafic prin semnele ♢ (caro) și ♡ (cupă).

crai de tobă

E timpul timp şi este şi un timp al fiecăruia. Ultimul are şi început şi sfîrşit. Pentru om – măcar aşa ne-nchipuim, adică doar pentru om – există o singură certitudine: sfîrşitul. Toate fiinţele-şi simt şi îşi presimt sfîrşitul: doar că nu-l cunosc de la-nceputul vieţii. Sau măcar asta credem noi oamenii. Oricît te-ai considera de pregătit pentru el, nu eşti. Fiindcă altminteri ar trebui să-l priveşti ca traversatul de pe un trotuar pe cel de vizavi. Pe măsură ce îmbătrîneşti îţi vin în minte pe negîndite întîmplări din trecut, fără nici o legătură cu vreun fapt al prezentului, care este şi el trecutul de mîine.

Trecut şi iară trecut, adesea plin de regrete şi de-nvinuiri faţă de tine însuţi, faţă de alţii. Pentru unii poate că timpul lor e frumos, măcar pe-alocuri, dacă ştiu să-i preţuiască frumuseţea şi mai întîi dacă ştiu ce e aceea frumuseţe. E atît de variată ideea despre frumuseţe: unii preţuiesc numai bunurile materiale şi satisfacţiile pe care ţi le oferă ele, alţii caută frumuseţea în cît mai multă cunoaştere. După o viaţă de om, mă-ntreb dacă frumuseţea este echivalentă cu fericirea. Nu e. Nimic nu este echivalent cu fericirea. În faţa frumuseţii poţi să fii fericit, dar nu-i obligatoriu. Frumuseţea, fie a naturii, fie a fiinţelor, fie a creaţiilor acestora, mai mult te uimeşte.

O colegă mi-a lăsat moştenire, cînd a plecat definitiv în Australia, un pick-up şi treizeci de discuri: muzică simfonică. N-am ascultat niciodată concertul de vioară de Mendelssohn-Bartholdy fără să plîng. Ca şi cînd aş fi vărsat din mine un sac de durere. Nu ştiu de ce îmi aflu toată viaţa în concertul ăsta. Ce să fi avut Mendelssohn-Bartholdy cu-o amărîtă de ţărancă din inima Olteniei ? Cine-ştie-ce dureri s-or fi prelins şi din sufletul lui în acest concert...

«Viaţa» – cum zicea Maica – «pentru unii e miere, pentru alţii – fiere». Şi mai zicea: «Maică, eu ştiu două feluri de oameni: unora le pare rău că mor, alţii-şi doresc moartea ca pe o izbăvire... Ciobăneştilor ce le lipseşte? Au suta de pogoane, pămînt ca alifia, casă cuprinsă, acareturi, trăsură, cai de le sclipeşte părul ca argintul viu şi Florina lu' Ciobănescu îmi spune azi săptămîna, cînd a murit tuşă-sa Mariţa, „mai bine muream eu". „Da' de ce, Florino, ce-ţi lipseşte ?". Nu mi-a răspuns, da' a făcut din mînă a pagubă».

Maica nu se plîngea niciodată de nimic. Nici cînd Taica-i trăgea la măsea; atunci se-mbuna şi ne povestea din moşistrămoşi şi tot ce-nvăţase el la şcoală cu Domnul şi cu

Doamna – «ăia dascăli» – pînă adormeam pe scaun şi dădeam cu nasul de pămînt; nici cînd, treaz, era numai un pufnet şi-un bufnet, că nu ştiam, eu şi cu Gelu, frate-meu, pe unde să ne-ascundem, fiindcă nimic din ce făceam nu era bun. Numai săraca Maica se făcea că nu-l aude. El zicea, ea îşi vedea de treburi, cu un chip ca de piatră. Cînd aveam eu zece ani, ea avea douăzeci şi opt: slabă, uscată, cu-o faţă trasă, cu pielea-ntinsă pe oase şi cu-o amărăciune în ochi, amărăciune care-avea să se stingă odată cu ea. «Maică, matale de ce nu spui nimic cînd te face proastă; şi te face una-două ?». «Cui să-i spui, maică ? Nu te poţi lua de piept cu soarta. Acasă, la alde maica şi-alde taica, tot aşa era. Aşteptam să plec de lîngă ei că mi-o fi şi mie mai bine. Da' n-a fost să fie... Voi, maică, tu şi cu frate-tău, învăţaţi şi plecaţi la oraş să vă cîştigaţi pîinea şi să nu mai daţi cu sapa. Şi să scăpaţi...». «Şi matale ?». «Cînd mi-o veni rîndul, o să plec şi eu în deal», şi arăta cu mîna spre cimitir.

În glasul Maicăi nimic nu suna tragic sau cu ton de revoltă. Pe mine şi pe frate-meu nu ne certa niciodată, orice prostie-am fi făcut. Ne privea doar cu ochii ei împietriţi în tristeţe şi-nţelegeam că ne socotea boroboaţele ca făcînd parte din acelaşi răboj pe care era însemnată soarta ei fără noroc. «Maică, te-ai bucurat cînd ne-ai făcut pe noi, pe Gelu şi pe mine ?». «Nu-mi aduc aminte să mă fi bucurat. Da' m-am simţit în rîndul lumii. Dacă-i e dat omului să aibă copii, aveam şi eu copii. Eram în rînd cu lumea, da' de bucurat...». «Nu ţi-ai pus nici o nădejde-n noi ?». «Nu-mi pun nădejde-n nimic. Tot cu sapa o să dau pîn' mi-o ieşi sufletul şi ce s-a stins aici» – şi arăta spre inimă – «nu-l mai aprinde nimeni. Dacă vrea să-mi dea şi mie soarta ceva bun, apăi atunci să vă ştiu că trăiţi mai uşor decît mine. Atîta».

O vară-ntreagă bătuse la chirpici pentru ca să le facă un grajd ca lumea boilor, vacii, ălor trei oi, şi cocină porcului. Multe vorbe urîte, multe uşi trîntite, gata să iasă din țîțîni îndurase Maica şi pentru vite şi pentru noi. Miloasă, Maica o mulgea pe Joiana cît să ne umplem strachina mare de lapte – masa noastră de seară – lăsîndu-i lapte vițelului să sugă şi el de la țîțele maică-sii, ca orice făptură. La fel şi mieilor; şi după ce începeau să pască le mai lăsa lapte-n ugerul oilor. Dacă vitele, oile şi porcul ar fi putut trăi doar cu iarbă şi cu apă, Taicăi i s-ar fi părut firesc. Totul era să-şi țină zilele. Iar nouă ne număra orice-mbucătură. O singură dată să fi luat o lingură mai mult decît el şi-ți dădea una peste mînă. Maica şi Florei, mă-ntreb cum îşi țineau zilele: Maica lua şi ea o lingură-două din laptele cu mămăligă, iar lui Florei îi aduna firimiturile de pe masă, i le tăvălea prin strachina unde fusese lapte şi dacă izbutea să mai dosească un boț de mămăligă, iar vara cîte un porumb, i le dădea şi pe astea. Florei trăia ca mai toți cîinii din sat. Nu era de mirare că se duceau toți pe cîmp şi mîncau boabele de porumb de pe ştiulete pînă-l lăsau gol.

De multe ori mă-ntrebam, acasă la părinți, cîtă lume în satul nostru o fi mîncat pe săturate. Mă-ntreb şi-acum: în general, cîți oameni mănîncă pe săturate ? Nu pun la socoteală calitatea mîncării, plăcerea pe care ți-o poate produce. Mă-ntreb: cîtă lume mănîncă pe săturate ? Şi nu din motive de păstrare a siluetei şi de scădere a colesterolului. Toată copilăria, toată adolescența şi prima primă tinerețe, pînă să «ies pe leafă», mi-am dorit să mănînc pe săturate, bun-rău, dar să-mi simt burta plină. Asta-şi dorea şi frate-meu. «Soru-meo, cînd oi avea eu bani, am să mănînc singur o găină-ntreagă. Da-n țest, ca ai lui

Ciobănescu». Găină-n țest n-am mîncat niciodată acasă la părinți. De Sîntă Măria-mare, dintr-o găină făcea Maica o oală de ciorbă acrită cu aguridă. Maica mînca ghearele şi, dacă mai apuca, şi gîtul şi capul găinii. «Mănîncă, Maică, şi matale, o bucățică mai ca lumea», ziceam eu şi-i împingeam cu lingura o aripă sau tîrtița. «Lasă, Adelino, maică, să vă săturați voi, că pîn' la lăsata-secului alta nu mai tăiem». «De unde să tăiem, fa, că n-om fi niscaiva boieri», se repezea Taica, pus pe ceartă ca de obicei. «Cîtă lume-n satu-ăsta mănîncă mai bine decît tine ? Bă» – ni se adresa el, mie şi lui Gelu, frate-meu – «dacă vreți să mîncați mai bine, mîncați acuma cartea, ca să vă faceți un rost la oraş şi să nu rămîneți proşti ca mă-ta, de nu ştie nici să se iscălească. Nu vă faceți griji de ce mănîncă mă-ta. Tot slabă rămîne de parcă ară dracu-n plug cu ea. Aşa le e tot neamul». Obrazul Maicăi rămînea ca de piatră. Lua repede un ardei iute şi muşca din el, ca să pară că lacrimile i se trăgeau din iuțeala ardeiului. Repede ieşea din casă cu strachina de oase pentru Florei, ca să ştie şi el că era sărbătoare. Florei, învățat să trăiască din te-miri-ce şi-mai-nimic – la fel cu noi, stăpînii lui – îşi chivernisea oasele, în aşa fel, ca să-l țină cît mai mult. Mînca două-trei, apoi îşi lăsa capul într-o parte, le cîntărea din ochi şi le-ngropa cît mai adînc, păzind cu grijă locul pînă ce mînca şi ultimul oscior din găina de praznic.

Pe Taica îl chema Vasile, pe Maica – Maria, pe frate-meu – Gelu (şi-n acte), iar pe mine – Argentina ! De cînd era Brăteasa pe lume, satul nostru, asemenea nume nu pomenise. Povestea Taica, de cîte ori îi trăgea la măsea, cum se-nchinase notarul nostru, Gicu al lui Petculeață, cînd auzise numele ăsta. «Bă, băiete, tu eşti sigur că nu visezi ? Unde-ai mai auzit tu de vreo creştină a lui Dumnezeu s-o cheme-aşa ?». «Taci, bă, din gură. Aşa o cheamă pe naşa fetei. Nevastă de colonel, bă, nu fitecine».

Pe naşa mea, nevastă de colonel, ce e drept, o chema *Adelina*. Taica, luat cu «duda», uitase cum o chema şi a potrivit-o: «Ardelina... Ardentina... Argentina !». În actul de naştere mă numesc Boboc Argentina. În cel de botez – Adelina. Pe vremea cînd m-am născut eu, în 1932, preotul nu cerea certificatul de naştere al celui ce urma să fie trecut în rîndul creştinilor. Pînă am mers la şcoală nici n-am ştiut că mă chemam Argentina. Toată lumea mă ştia de Adelina. În sat, pînă am terminat patru clase, doar învăţătoarea, doamna Suciu, de prin Mărginimea Sibiului de felul ei, îmi spunea ca-n catalog: *Argentina*. De cînd am început cît de cît să judec, mi-am dat seama că părinţii mei erau unul pentru altul doi străini care trăiau sub acelaşi acoperiş, care munceau împreună ca să aibă ce mînca şi cu ce să-şi hrănească şi copiii. Taica, fire nestăpînită, ar fi avut nevoie de-o femeie care să-i ţină piept, una cu limba despicată, nu de mucenica de Maica, învăţată doar să-şi înghită vorbele, de-ai fi crezut-o mută, gîngavă sau proastă. Aceşti oameni, despărţiţi de-o prăpastie, aveau o singură părere comună: să ne vadă pe noi, copiii lor, cîştigîndu-ne pîinea la oraş.

Aveam şi-un exemplu de felul cum puteai trăi la oraş, fără să fii buricul-pămîntului: o soră mai mare a Maicăi, dada Miţa, era măritată la Craiova cu un mecanic de locomotivă, neica Ionel, văr de-al doilea cu Taica. Aveau doi băieţi la liceu. N-o duceau boiereşte, dar nici de foame nu răbdau; aveau radio, electrică, apă la cişmea, se duceau o dată pe săptămînă la cinematograf. Dada Miţa, iute şi-nvăţată cu munca, dimineaţa termina treburile casei, iar după-amiezele îi trăgea un pui de somn; pe urmă se-aşternea la taifas cu vecinele pe bancă-n faţa porţii, în timp ce mîinile nu-i stăteau o clipă: cîrpea, cosea, făcea, pe bani, macrameuri, goblenuri, draperii pe etamină, cu lînuri colorate, cum era moda la oraş; învăţase să coase şi haine bărbăteşti, de dragul unei maşini „Singer", luată-n rate. Maşina făcea şi broderii. Dada Miţa umbla-mbrăcată ca la oraş, avea chiar şi pălărie pentru mers la biserică ori pe la vreo cununie prin mahala. Cînd am ajuns, Gelu şi cu mine, la liceu la Craiova, şi ne luau duminica la ei la masă, am înţeles că dadei Miţa se cuvenea să-i spunem *tanti*, neicăi Ionel – *unchiule*, iar verişorilor noştri – pe nume, Vali şi Gabi, de la Valentin şi Gabriel – şi nu *vărule, vere*, cum ne ziceam cu verişorii noştri din sat.

◊

Cînd aveam s-ajungem la oraş, eu şi cu Gelu, de multe aveam să ne mirăm. Aveam s-aflăm că oamenii-şi sărbătoreau ziua de naştere, ca şi pe-a numelui de botez, că de zilele astea se făceau şi se primeau daruri; că în case procopsite se-mpodobea de Crăciun brad, cu globuri colorate, cu bomboane-nvelite-n hîrtii sclipitoare sau în foiţe argintii şi aurii; că erau oameni cu avere, care mîncau lucruri despre care noi nici n-auzisem. Taica povestea cîte şi mai cîte de pe vremea cînd fusese el ordonanţă la colonelul Georges Iamandi, însă nouă pe-o ureche ne intra, pe alta ne ieşea. Mi-aduc aminte că Maica întrebase doar: «Ce nume e ăsta Jorj ?». «Cică ar fi „Gheorghe" pe franţuzeşte, de se scrie „Georges"»; şi spre convingere ne arăta un cartonaş – cartă de vizită – pe care, cu litere de tipar erau trecute numele domnului colonel şi al nevesti-sii, naşa mea,

Adelina. Şi Taica încheia orice povestire de pe vremea petrecută în casa colonelului cu vorbele: «Ce ştim noi, ţărani proşti ?!». Chiar, ce era să ştim ? Ce trăiam şi ce vedeam. Şi ce să fi văzut într-un sat sărac, de nisipuri, unde cu spor creşteau doar pepenii şi lubeniţele (cărora în alte părţi, lumea le spune pepeni verzi) ? Tot anul, noi, copiii, aşteptam luna august cînd era toiul lubeniţelor, ca să luăm de pe unde se nimerea cîte una coaptă, s-o tăiem cu briceagul, ori să dăm cu ea de pămînt, dacă n-aveam briceag, s-o spargem şi mai întîi să-i împărţim frăţeşte bulbucul, partea din mijloc, a mai dulce, apoi s-o mîncăm pînă la coajă. În fine să ne simţim şi noi o dată burţile pline.

Cînd am ajuns la liceu, la internat, multe fete se plîngeau că mîncarea nu era nici gustoasă, nici variată. Mie una mi se părea că-l apucasem pe Dumnezeu de amîndouă picioarele: în viaţa mea, pînă la unsprezece ani, cînd am intrat bursieră – la „Elena Cuza", liceu de renume din Craiova – nu văzusem zahăr, nu băusem lapte cu cicoare – zis cafea cu lapte – nu băusem ceai, nu mîncasem marmeladă şi nici trei mese pe zi îndestulătoare, chiar de n-or fi fost ele ca la „Minerva" – cel mai luxos restaurant din oraş. Internele, care plăteau, îşi aduceau de-acasă cearşafuri, pernă, feţe de pernă, plapumă şi alimente, potrivit unei liste care se tot lungise îndată ce pornise războiul. Şi dacă nu mi-ar fi convenit ceva, tot n-aş fi cutezat să ridic glas, eu care învăţam pe pomana Statului.

Doamna Seciu ne-nvăţase carte cum trebuia. De la dînsa aflasem că «pin» era «prin», că «şuşaua» era «şosea», că nu despre orice se putea spune «amară», ci potrivit numărului şi genului – «amar, amară, amari, amare»; şi cîte şi mai cîte, care mă făcuseră în stare s-ajung bursieră la liceu. Înainte de-a ne-nscrie la examenul de admitere, Taica îi rugase pe domnul colonel Iamandi şi pe doamna colonel, profesoară de română şi de latină, să-şi dea cu părerea dacă Gelu şi cu mine făcea să-ncercăm la nişte licee de mîna-ntîi ori să mergem la ceva mai jos – Gelu pe la şcoala de meserii, eu la şcoala de menaj. Doamna colonel, naşa, ne-a dictat nişte fraze pe care le ţin minte şi-n ziua de azi: «Duce-m'aş şi m'aş tot duce. Aplecîndu-mă'n pădure după flori, mi-am pierdut batista. Dusu-s'a Domnul spre necredincioşi, aceştia îndoindu-se de la'nceput de faptele şi de minunile Sale ce nu s'au petrecut în faţă-le». Apoi am despărţit cuvinte-n silabe cît ţineau două foi de caiet. Ne-a ticluit şi naşul o problemă care cuprindea cele patru operaţii aritmetice. La toate ne-au dat zece amîndoi. N-am spus nimănui că doamna profesoară Iamandi era naşa mea sau că verii mei, Vali şi Gabi, erau şi ei finii familiei Iamandi. Tata, care se născuse cu tălpi plate ca ursul şi din pricina asta avea mari dureri de şale încă de la tinereţe, ocrotit de colonelul Iamandi, fusese luat ca ordonanţă şi apoi scutit şi de front, în momentul cînd începuse războiul. Fiii colonelului şi-ai naşei se stabiliseră la Bucureşti după ce terminaseră facultatea de medicină şi, urmînd exemplul părinţilor lor căsătoriţi de tineri, îndată se şi-nsuraseră: cînd intram eu în liceu, ei aveau fiecare cîte un copil.

◇

La ţară era prăpăd: cotele de grîu şi de porumb care se luau de la săteni, pînă şi de la nişte amărîţi ca noi, cu patru pogoane, aduseseră oamenii la disperare. Se-ntîmpla, şi nu o dată, ca pămîntul să nu dea cît cerea Statul. Ar fi trebuit să mai cumpere oamenii boabe – de unde şi de unde parale ? – ca să-mplinească atît cît li se cerea. Se pregătea-n felul ăsta colectivizarea. Sătui de-atîta hărţuială, de procese de sabotaj, lăsate cu ani grei de puşcărie pentru unii mai avuţi, oamenilor le rămînea ori să-şi pună ştreangul de gît ori să treacă la colectivă. Maica şi Taica, pe care un singur gînd îi unise – acela de-a ne vedea pe noi cîştigîndu-ne pîinea la oraş – mai aflaseră un moment de înţelegere: intrarea-n colectivă de la-nceputul începutului, tot de dragul nostru, al copiilor, care altfel am fi riscat să ne pierdem bursele, ceea ce ar fi-nsemnat «adio, şcoală» şi întorsul la sapă. Eleve bune părăsiseră internatul fiindcă părinţii lor, declaraţi chiaburi, nu mai aveau bani de taxe. Începuseră oamenii maturi, chiar şi noi adolescenţii, să se uite şi să ne uităm unii la alţii bănuitori şi temători, şi să ne măsurăm fiecare vorbă. De la *tanti* Miţa şi de la *unchiul* Ionel aflam că a fost arestat cutare, că un proces al unei organizaţii «antistatale» se terminase cu pedepse de douăzeci şi cinci de ani de temniţă pentru participanţi, spre regretul asesorilor populari că legislaţia nu cuprindea pedeapsa cu moartea. Printre cei condamnaţi se afla şi tatăl a două fete, eleve strălucite la noi în liceu. Doar vîrsta şi inocenţa lor cu privire la zisul complot, precum şi cumsecădenia directoarei liceului nostru le-au salvat de exmatricularea din toate şcolile. «Copii, tată, ţineţi-vă gura că nu e de glumă cu ăştia», îşi sfătuia unchiul Ionel copiii şi de asemenea pe Gelu şi pe mine.

În liceul meu, cîteva eleve se cocoţaseră în fruntea Uniunii Tineretului Progresist, ţinîndu-le la respect nu numai pe eleve dar şi pe profesoare, dintre care cele ajunse la vîrsta pensiei se consideraseră fericite de-a nu se mai vedea mereu chemate la ordine şi de elevele care se plasaseră-n fruntea bucatelor şi de unele profesoare care, avînd de acoperit, ca mîţa, cîte ceva din trecut, se repeziseră-n Partidul Comunist. Ca la toate schimbările, cine putea îşi plătea poliţele, sporite cu venin acumulat conştiincios, ca tot ce ţine de răutate pe lumea asta. Rodica Neagu, fiică de ofiţer care luptase şi-n Est şi-n Vest, devenită brusc reprezentantă a poporului muncitor, a eticii şi a echităţii comuniste, nu se lăsase pînă ce n-o văzuse exmatriculată din toate şcolile – fiindcă numai dintr-una ce haz ar fi avut ! – pe Valentina Valerian, care n-avea altă vină afară de-aceea de-a se fi plasat ca învăţătură, cultură şi prezenţă, înaintea Rodicăi Neagu, elevă bună prin ambiţie şi prin strădanie, în urmă însă cu paşi mulţi faţă de mintea Valentinei Valerian, care brusc devenise primejdios duşman al poporului şi-al noii orînduiri. Şi cum cauzelor nedrepte mulţi li se alătură, tot U.T.C.-ul votase exmatricularea Valentinei Valerian, care trei ani avea să bată la toate uşile pînă să-şi dovedească nevinovăţia, fiindcă nimic nu este mai greu de demonstrat decît ceea ce n-ai făcut. Valentina Valearian se arătase întristată că numele şcolii noastre fusese schimbat din „Liceul Elena Cuza“ în impersonalul „Liceu teoretic nr. 1“. Îşi exprimase părerea la ora de dirigenţie, cu glas tare şi pe tonul cel mai paşnic. Cînd vrei să îneci un cîine spui că e turbat. Vorbele acestea de bun-simţ o transformaseră brusc în exponentă a concepţiilor burghezo-moşiereşti şi suita. Eu, ca ţăranul, prudentă şi bănuitoare, tăceam ca peştele-n baltă şi mă feream de orice discuţie, mereu cu nasu-ntr-un caiet sau într-o carte. Părinţii mei intraseră-n gospodăria colectivă nesiliţi, însă ştiam ce era în sufletul lor de cînd rămăseseră fără car şi fără boi. Taica şedea cu zilele-n prag, răsucind ţigară după ţigară, oftînd prelung, trăgîndu-se-ntruna de mustăţi şi uitînd chiar să mai bea ţuica de dude care-i era atît de dragă. Biata Maica intra-n casă şi plîngea cu suspine după sărăcia, pierdută şi-aceea; sărăcia ştiută şi moştenită, schimbată pe alta la voia preşedintelui colectivei, a brigadierilor, puşi toţi pe procopseală. Sărăcia dintîi ţinea doar de voia lui Dumnezeu. Cînd ajungi la cheremul oamenilor îţi vine să-ţi iei cîmpii. Văzuseră cum li se duc din bătătură car, plug, grapă şi li se umpluse inima de jale; cînd li se luaseră boii, de s-ar fi aflat lîngă o apă s-ar fi aruncat în ea, ca să nu mai ştie de nici unele. Rămăseseră amîndoi în poartă ca două stane de piatră. «Ne rămase bătătura pustie», zisese Maica. «Măcar de le-ar folosi copiilor la ceva», răspunsese Taica, uitîndu-se-n pămînt ca şi cînd acolo s-ar fi slobozit un mort.

Fiică de ţărani colectivişti, uşor mi-aş fi aflat un loc lîngă Rodica Neagu şi lîngă acolitele ei. Noroc că aşa cum nu mă băgase-n seamă pînă la mărirea ei, Rodica nu mă băga-n seamă nici după. Ea avea grijă să se-nconjoare de colege cărora oricînd să le poată dezgropa vreun mort, nu de una ca mine, săracă şi de la ţară, care odată mă puteam propti pe copitele dindărăt şi să le stric toată etica timpurilor noi, de care le era plină gura. Ţîşnea din ele etica asta ca băşicile de săpun. Ceva tulbure şi nesănătos pătrunsese între oameni: frica unuia faţă de celălalt, care cerea o permanentă supraveghere nu doar asupra vorbei, dar şi asupra unui gest, a unei priviri. Apăruseră şi «specializări» ale unor cuvinte care înainte avuseseră înţelesuri neutre. Înaintea lui 1944, verbul «a interpreta», fără o determinare, se referea numai la actori, la instrumentişti, la cîntăreţi; actorii interpretau sau jucau un rol, instrumentiştii şi cîntăreţii executau sau interpretau o piesă muzicală. Altminteri acest verb se cerea determinat de un adverb ca «tendenţios, răuvoitor, greşit» etc. Înnoirea comunistă a vocabularului privase acest verb de orice determinant, încărcîndu-l cu un singur sens: a-i atribui cuiva intenţii duşmănoase la adresa noului regim.

Socotind numărul de oameni băgaţi la puşcărie după instaurarea comunismului, îţi puteai da seama în ce necunoştinţă faţă de acest regim se aflau românii, începînd cu politicienii Ţării. Nimeni nu crezuse că un asemenea regim avea să fie altceva decît o etapă scurtă în istoria noastră, fiindcă lumea cît de cît informată nu putea concepe că Puterile Occidentale aveau să rămînă impasibile faţă de soarta unei jumătăţi de Europă, cea în care ne aflam şi noi. La-nceput, lumea vorbea slobod despre ce auzea la Radio Londra şi pe la Vocea Americii. Sfîrşitul lui 1947 şi abdicarea «stimulată» a Regelui fuseseră un semnal de alarmă pentru credulii de români, fără să le folosească însă la nimic, fiindcă planul bine întocmit de decapitare a vîrfurilor intelectuale, politice şi a oricărui potenţial opozant faţă de regim avea să-şi urmeze nestingherit cursul. Mă miram cît de puţin informaţi despre acest regim erau unii oameni de la care ai fi avut nişte pretenţii. Taica povestea cum înaintea lui '38, cînd desfiinţase Carol al II-lea Parlamentul, el, Taica, în ziua alegerilor se ducea pe cîmp sau în pădure, numai ca să nu meargă la urne. Cum venea careva de pe la vreun partid să-l momească să voteze cu partidul ăla, Taica îi spunea: «Bă, băiete, eu nu vreau să mă pun bine cu nimeni, dar nici rău. Că oricine-o veni, eu tot cu sapa am să dau şi de procopsit nu mă mai procopsesc. Ce mi-e dracu', ce mi-e tac-su». «De-aia nu s-a ales nimic de capu' tău mă, Vasile. Că nu ştii s-alegi ce e bun». «De-aia», răspundea Taica, dînd din cap a pagubă, lăsîndu-l pe agentul electoral în poartă. Alde Bîrsan, vecinii noştri, în '44 abia-i aşteptau pe ruşi, fiindcă auzise Bîrsan că o dată cu ei avea să-nceapă o viață nouă pentru țărănime, «de-o să bem şi noi cafea cu lapte, ca boierii». Cînd pentru cote li se lua şi pleava de pe arie, cînd plecau femeile de la maşina de treierat, jelindu-se ca după mort, Taica-l întrebase o dată pe Bîrsan: «Cum fu, bă, Ioniță, cafeaua cu lapte a de dimineață ?». Bîrsan nu mai lăsase sfînt din călindar neînjurat, ca şi pe cel care-i spusese gogoaşa cu cafeaua cu lapte, el cu tot neamul lui. Se lăsaseră ei păcăliți oameni trăiți la oraş, oameni cu carte şi să ne fi mirat de unul de-ai noştri care nici în tren nu se urcase vreodată ? Pînă-n '44 era bine să fi fost bogat şi să se fi ştiut că erai bogat. După, venise moda să faci pe săracul şi cînd nu erai. Noi eram săraci de cînd ne ştiam. În liceu, externele se-mprieteneau ele-ntre ele, ținînd seama din ce familie se trăgea fiecare. Şi-n internat se grupau fetele după condiția lor socială. Caietele mele circulau în toată clasa, dar asta nu însemna că eram acceptată ca relație socială. În opt ani de internat, nimeni nu m-a invitat o singură dată acasă ori la o plimbare în oraş. Iar eu urmam întocmai sfaturile Maicăi: «Maică, nu vă băgați în sufletul nimănui, nu căutați să ieşiți ca păduchele-n frunte, nu vorbiți ne'ntrebați. Că dacă e ceva de capul vostru o să se vadă».

Deşi erau fete cu nasul pe sus şi între externe şi între interne şi oricît învățam eu, n-aveam să le-ajung din urmă la conversație pe colegele care vorbeau franțuzeşte acasă, ori la germană pe acelea crescute cu guvernantă, profesoarele mă prețuiau pentru strădania mea de-a şti tot ce ne învățau dumnealor; nu uitau că eram țărancă şi cu mamă analfabetă.

◇

Noul regim, care aparent era pus să-i ridice pe cei săraci, nu m-a convins să mă manifest în vreun fel. Urmînd principiile Maicăi, omului îi trebuie un timp pînă să-ți descopere meritele, însă în fruntea bucatelor nu te pot împinge decît orgoliul şi datul din coate. Eu nu doream să-mi ştie nimeni de frică şi nici să iau cuiva ochii; eu voiam doar s-ajung să-mi cîştig pîinea cît mai repede. Felul în care pretinşii oameni ai noului regim încercau să se impună, şi anume prin teama semănată ca buruiana rea în sufletul celorlalți, m-a făcut să mă țin de-o parte, în rezerva mea țărănească, plină de bănuieli față de toți şi de toate.

Nu puteam spune că liceul îmi adusese fericirea şi că nu simțeam deosebirile dintre mine şi fetele de la oraş, dar nici nu-mi pricinuise niciodată spaimă. Noul regim, fără să mă fi amenințat cu vreun lucru anume, totuşi mă făcuse s-aştept cu nerăbdare să termin liceul, în speranța de-a merge-n altă parte în care măcar să nu mai fi ştiut despre nimeni nimic şi să nu fi fost martora atîtor întoarceri de cojoc, atîtor păreri schimbate după cum bătea vîntul. Daisy Jitianu, ai cărei părinți avuseseră fabrică, acuma trup şi suflet cu Neagu Rodica, îmi spusese, într-o zi, văzîndu-mă posomorîtă: «Ce ai, dragă, de eşti atît de pleoştită, de parcă cine-ştie-ce averi ai fi pierdut ?». «Am pierdut toată averea: patru pogoane de pămînt, carul şi boii. Săracul cînd pierde, pierde tot; bogatului tot îi mai rămîne cîte ceva».

Daisy, nefiind proastă, pricepuse că pe sărac îl doare mai rău cînd îşi pierde sărăcia decît pe bogat cînd îşi pierde bogăția. Pricepuse şi avusese buna-cuviință să nu mă spună

Rodicăi Neagu. Altminteri, deşi nu însemnam o concurentă pentru Rodica Neagu, riscul de-a mă fi văzut duşman de clasă, ori măcar retrogradă în concepţii nu era exclus.

O dată, fiind şi eu de faţă, Rodica bătuse şaua ca să priceapă iapa. «E multă lume care nu-şi dă seama că dacă-n ţara noastră nu s-ar fi instaurat regimul comunist, singurul regim democratic, ar fi păscut vacile în loc să-nveţe carte». «Eu am intrat în liceu în 1943», m-am trezit eu spunînd, fără a mă adresa cuiva anume. Rodica tăcuse şi-nghiţise. Din acel moment ocoleam pe cît se putea să mă mai aflu-n aceeaşi încăpere cu ea şi dădeam har Domnului că eram la clasa B şi nu la A, ca să nu fi avut cum s-o evit.

Cînd începe să-ţi fie teamă de semeni şi cînd trebuie să-ţi cîntăreşti fiecare cuvînt – fiindcă marea primejdie o reprezintă cuvintele, primejdie mai mare şi decît faptele – chiar dacă eşti tînăr, bucuria vieţii – dacă există – se-ntunecă. Sărăcia, cînd nu te afli numai printre săraci, te face să te simţi umilit în fiecare clipă. Ciorapii de mătase „Mica“ şi cei de mătase naturală „Adesgo 2X“ începuseră să fie-nlocuiţi de cei de *nylon*, veniţi din Occident, unii mai plini – *trotteur*, alţii ca din fir de păianjen, zişi *crystal.* Eu tot cu singura mea pereche de ciorapi de bumbac în dunguliţe, nemercerizat, umblam de toamna pînă primăvara, cînd îi înlocuiam cu o pereche de şosete gri, cadou de la tanti Miţa care, pe lîngă uniformă, îmi cususe şi o rochie, pepit negru cu vişiniu, de stambă luată pe cartelă. Dintr-o manta a neicăi Ionel, întoarsă pe dos, mătuşă-mea se milostivise şi de-un palton care, în loc de vatelină, avea o mesadă de molton, prinsă-n nasturi, care primăvara şi toamna era scoasă şi pusă la păstrare.

N-am fost niciodată frumoasă. Am avut mereu o faţă obosită, pe care mîncarea proastă îşi lăsase definitiv amprenta. Nas destul de mare, gură cărnoasă, mare, dinţi niţel încălecaţi, o piele fără strălucire. Doar ochii verzi, ca frunza de nuc primăvara, aduceau niţică tinereţe în chipul meu fără vîrstă. Îngustă-n umeri, cu sîni rotunzi, teşiţi, cu talie prea subţire pentru lăţimea şoldurilor, cu glesnele otova, nu eram făcută să-ntoarcă după mine cineva capul. Sufeream că Dumnezeu nu mi se-arătase darnic nici pe partea frumuseţii, mai ales că la noi în liceu erau cîteva fete frumoase de-ţi tăiau răsuflarea. Apoi am hotărît să nu mai sufăr şi din pricina asta şi să-ncerc să-mi pun în valoare atît cît aveam: talia subţire şi ochii, periindu-mi cu grijă sprîncenele frumos arcuite şi lungi pînă la tîmple. Părul l-am avut totdeauna des, cu fir gros şi aspru, de culoarea castanei. În loc să mai port coada pe spinare, am început să mi-o adun într-un coc, pe ceafă, ceea ce-mi dădea o anume alură şi mă deţărănea. Prost îmbrăcată cum eram, încercam să par cît de cît fată de la oraş. Aveam voce de *contralto*, bine timbrată, dicţie perfectă şi nici o reminiscenţă rurală în ton sau în exprimare.

Modelul meu, şi nu numai al meu, era profesoara noastră de română care ne spunea mereu: «Înghiţiţi întîi prunele şi pe urmă vorbiţi. Fetelor, e păcat să faceţi opt ani de liceu şi să nu se vadă că i-aţi făcut. Multe dintre voi nu vor mai avea parte, nemaiavînd timp, de altă învăţătură umanistă în afara celei din liceu. Formaţi-vă acum. Nu lăsaţi timpul să treacă degeaba». Doamna Despina Mateescu ne scotea la tablă pe fiecare şi ne corecta orice greşală de exprimare sau de logică, explicîndu-ne, fără pic de ironie, cu tact şi cu îngerească răbdare, tot ce nu era corect în felul în care ne expuneam cunoştinţele în faţa întregii clase. «Ca să fiţi pregătite pentru examenele pe care le veţi da în şcoală, în meseria voastră, în viaţă. Învăţaţi-vă să vă susţineţi punctele de vedere. Nu spuneţi „da“ cînd gîndiţi „nu“».

Au trecut anii peste noi, o jumătate de veac, dar cînd amintirile dau năvală peste mine, o lumină se aprinde vie, nealterată, o voce îmi sună blînd şi pătrunzător în suflet, o figură copleşeşte şi-nfrumuseţează opt ani din viaţa mea: doamna Despina, cu portul ei simplu şi domnesc, aşa cum îi era şi numele. Pentru toate elevele sale, doamna Despina Mateescu era doar «doamna Despina», ceea ce ne-o deosebea de toate profesoarele, pe care le numeam totdeauna între noi cu numele lor de familie. Doamna Despina, cu înfăţişarea ei desprinsă ca din cronici şi ca din freştele votive din biserici şi din mînăstiri ne-a ctitorit sufletele, ni le-a-mpodobit cu tot ce era mai frumos în mintea şi-n sufletul ei. De la nimeni în viaţă n-am învăţat mai mult. Comparate cu ea, multe profesoare mi se păreau şterse şi fără har.

După ce am terminat liceul, cei de la care am mai avut de învăţat au fost şi mai dezavantajaţi de această comparaţie. La bătrîneţe îmi dau seama cîtă nevoie are omul de modéle. Din păcate, ele se răresc, iar ceea ce ni se prezintă drept modéle valorează cît falşii prooroci: nişte puşlamale – chiar dacă nu lipsite de minte – însă puşlamale: menite şi dornice să trăiască bine oricînd şi oriunde; şi dacă pică din avion să nimerească într-o plasă de saltimbanc, elastică, din acelea care te aruncă-n aer tot mai sus, la fiecare atingere cu-mpletitura ei. Săracul Taica, fără să fi fost el o pildă prin purtările lui, nu pregeta să ne spună, nouă, copiilor, învăţămintele trase de el într-o viaţă: «Taică, pe lumea asta peştele ăl mare-l înghite pe ăl mic. Să nu v-aşteptaţi nici la milă, nici la dreptate. Milă mai poți afla pe ici-pe colea, pe la cîte-un om al lui Dumnezeu, dar dreptate n-are decît ăl de ține pîinea şi cuțitul».

Prin '37, Gică al Popii, pădurarul satului, prinsese-n pădure un rudar cu o crosnă de lemne. Ce se-ntîmplase nu ştiau decît Gică şi rudarul căruia-i crăpase capul cu toporişca. Murise rudarul pe loc, lăsînd o casă cu patru copii. Se făcuseră nişte anchete, din care pădurarul ieşise basma-curată. La cîteva luni de la acea-ntîmplare, Gică dăruise un clopot mare bisericii din sat, clopot care acoperea cu dangătul lui gros clopotul mai vechi, de trei ori mai mic, făcut din banii enoriaşilor şi dintr-ai Mitropoliei din Craiova. Cînd auzea dangătul clopotului donat de Gică, Maica întîi asculta un timp cu fața crispată ca de-o durere sfîşietoare, pe urmă şoptea «de sufletul lui Grigore, Doamne» – rudarul ucis – apoi îşi făcea semnul crucii, urmat totdeauna de-un gest concesiv care nu se ştia cui îi era adresat. Taica nu se-nchina niciodată cînd auzea clopotul cu pricina, dar nu uita să zică «ăsta crede că l-a mituit pe Dumnezeu»; şi scuipa printre dinți. Cînd fusese omorît Grigore rudarul, popa Mărin, fratele lui Gică Pădurarul, se dăduse bolnav ca să nu-l slujească pe mort. Tena, rudăreasa, văduva lui Grigore, cu doi frați ai ei, săpaseră groapa în cimitir, duseseră mortul pe-o năsălie şi-l îngropaseră fără preot. Îi ciopliseră o cruce şi i-o-nfipseseră la căpătîi, pe care băiatul ăl mare al mortului scrisese cu catran «Grigorie al Stancăi lu Oatu mort de mână de om». De la moartea lui Grigore, picior de rudar nu mai călcase-n biserică la Brăteasa. Şi unii români lăsau capu-n jos ori treceau drumul cînd se-ntîlneau cu popa Mărin, de parcă el l-ar fi omorît pe rudar şi nu frate-său,

Gică pădurarul, care fura pe rupte din pădurea Statului. Tatăl celor doi – preot la Brăteasa, vreo douăzeci şi cinci de ani – ar fi fost amestecat la vremea lui cu nişte hoţi de cai. Sigur era un lucru: popa Gheorghe fusese dezgropat şi aruncat în Jii, cu o potcoavă bătută-n frunte. Cei mai mulţi credeau că popa îi înşelase la-mpărţeală pe tovarăşii de hoţie, care nu-l iertaseră nici după moarte. Altminteri cine ce să fi avut cu el ? Nu se-avusese rău cu nici un sătean din Brăteasa.

În satele bogate, lumea se ducea la biserică nu doar ca să se roage Lui Dumnezeu, ci şi ca să se mai vadă care ce ţoale-şi mai luase, şi chiar să pună la cale o vînzare, o cumpărare, un schimb de bunuri. În satele sărace, cum era Brăteasa noastră, în duminicile obişnuite, drumul bisericii îl băteau doar femeile bătrîne, ca să afle şi ele un pic de odihnă şi să cucăie legănate de cîntările preotului şi-ale dascălului. Să-şi afle o linişte a trupului şi-a sufletului, acolo unde credeau că Dumnezeu se uita neapărat la ele şi se gîndea să le-aline amărăciunea şi obida unei vieţi în care afară de muncă şi de griji nu le dăruise cu nimic. Dacă le-ntrebai: «De unde vii, dadă ?». «De la sfînta biserică», şi-n glas le suna blîndeţea împăcării de sine, împăcării cu viaţa. Noi, copiii, ne duceam la biserică fiindcă la orele de religie ne-ndemna taica părintele, apoi eram nelipsiţi la marile sărbători, la nunţi, la botezuri şi la-nmormîntări: ele erau evenimentele unui sat.

Părintelui Mărin nu-i mai tihnea la noi în sat după cele întîmplate cu Grigore rudarul. Cînd venise cu Ajunul, dacă-i mai dăduseră cîţiva săteni cîte un cîrnat, de unde pînă atunci şi ăl mai amărît gospodar îi punea ceva în traistă. De unde ani şi ani nu mai pomenise nimeni de popa

Nicolae, ăl care plutise pe Jii cu potcoava bătută-n frunte, dintr-o dată întregul sat îşi adusese aminte şi de-această ciudăţenie şi lumea părea să-l învinovăţească tot pe popa Mărin şi de bănuitele păcate ale răposatului său tată, nemaivorbind de păcatul săvîrşit de frate-său Gică. Dacă pînă la clopotul dăruit de Gică bisericii mai avea cîte un sătean îndoieli în privinţa vinovăţiei pădurarului, clopotul convinsese pe toată lumea că dania voia să-l împace pe Dumnezeu. Fără să se fi făcut vinovat cu nimic prin propriile fapte, popa Mărin începuse să fie privit ca o piază rea, din pricina bolovanului de păcate ce-i atîrna de picioare prin nelegiuirile făptuite de cei din neamul lui. E greu oricui să-nfrunte bănuiala şi rezerva celor pe care nu-i poate ocoli, cu-atît mai mult preot fiind, sfătuitor şi mîngîietor de suflete. Popa Mărin izbutise, prin socru-său, preot în Craiova, să se mute la o biserică din marginea oraşului, în Brăteasa luîndu-i locul un preot tînăr cu preoteasa învăţătoare şi cu doi copii mici. Noi, copiii din Brăteasa, aflam la şcoală poveşti cu Făt-Frumos şi cu Ileana Cosînzeana, iar acasă, fiecăruia ni se istorisea din fir a păr povestea neamului Dumitreasa din care se trăgeau popa Nicolae, popa Mărin şi Gică pădurarul. Cel din urmă, turnase la băutură-n el pînă făcuse o burtă ca de femeie borţoasă-n nouă luni; o vreme nu se mai mişcase din pat, pînă-n ziua cînd îşi dăduse sufletul, zi în care-şi frămîntase întruna mîinile bolborosind: «pleacă de-aci, pleacă de-aci !».

Sînt istorii care pe-o ureche-ţi intră, pe alta îţi ies. Pentru mine, istoria asta, căreia nu-i cunoscusem eroii, a rămas vie toată viaţa, astfel că înainte de-a-mi face cruce, la fel ca tot ţăranul cînd aude bătaie de clopot, am şi azi reţinerea pe care-o avea Maica la auzul clopotului dăruit de

Gică pădurarul şi, fără să vreau, mă-ntreb: «Doamne, oare n-o bate şi-n clopotul ăsta vreun suflet de om ?».

◇

Şi viaţa trecea.

În ultima clasă de liceu m-am îndrăgostit de vărul meu Gabriel, cu doi ani mai mare decît mine, student la medicină. Era un băiat frumos, înalt, subţire, brun, cu un păr ca peria, cu ochi în care licărea un zîmbet ironic mereu, cu o faţă prelungă aşa cum aveam să văd în albumele cu pictori spanioli, cu nas fin, uşor acvilin, cu dinţi de-un alb albăstrui, între buze bine conturate, sub o mustaţă neagră menită să le-accentueze frumuseţea. Vocea lui baritonală, gravă, îmi exalta şi mai mult imaginaţia. Aş fi dat oricît din viaţă pentru o-mbrăţişare, pentru o privire din care să aflu că eram şi eu o făptură feminină în ochii lui şi nu doar un neam după mamă. Privirile mele nu-i ascundeau iubirea care implora, care cerşea. Mă străduiam să nu bage de seamă ceilalţi vîlvătaia care se-aprinsese în mine. Cît or fi văzut sau n-or fi văzut ceilalţi nu ştiu, dar n-au avut cruzimea să mi-o spună. Frate-meu Gelu, care numai prost nu era, mi-a povestit, ca din întîmplare, ca pe ceva aflat de la un coleg de Facultate al lui Gabriel, că vărul nostru îi căzuse cu tronc unei doctoriţe frumoase şi bogate, care se-apropia de patruzeci de ani şi care-l ţinea pe băiat ca pe-un paşă. Sînt momente-n viaţă cînd te miri că nu ţi se opreşte inima. L-am ascultat pe frate-meu fără o şoaptă, albindu-mă probabil ca varul şi oprindu-mă din mers. Frate-meu m-a luat de mînă şi fără să mă privească a continuat: «Soru-meo, eu, fie ce-o fi, dau examen la Drept. Pămînt să ştiu că mănînc, dar mă duc la Facultate». Eu tăceam. Eram prea năucită de ceea ce aflasem despre Gabriel ca să mă mai intereseze ce perspective i se arătau fratelui meu. «Ei, ce zici ?». Am dat din umeri şi într-un tîrziu m-am gîndit să spun şi eu ceva. «Gelule, faci cum crezi, cum crezi că ţi-e mai bine». «Vreau să-mi fie şi mie cîndva bine, că m-am săturat să n-am bani nici de-un covrig». «Şi eu vreau să-mi cîştig pîinea cît mai repede. Am să dau şi eu examen la Bucureşti la vreo şcoală post-liceală ca s-ajung mai repede pe leafă». Ceea ce aflasem despre Gabriel nu-mi micşorase dragostea, ci doar îmi crescuse deznădejdea. Cele mai frumoase momente ale zilei erau tot acelea în care-l adoram, rostindu-i la nesfîrşit numele, făcînd abstracţie de fiinţa mea neînsemnată. Ca să-mi micşorez suferinţa, mă gîndeam că eu trăiam într-o altă galaxie decît Gabriel: a fetelor nearătoase, prost îmbrăcate şi lipsite de-ndrăzneala de-a-i spune unui bărbat că-l iubesc. Să-i fi spus ? De ce să-l pui pe-un om într-o situaţie neplăcută, de pe urma căreia nu numai că nu tragi nici un folos, dar rişti şi ca omul cu pricina să se simtă stînjenit în prezenţa ta şi să te evite pe cît poate ? Mă mulţumeam doar ca făptura mea întreagă să-i spună că-l iubea. El evita orice moment cînd ar fi putut rămîne singur cu mine.

Doamna Despina mă privise în ochi şi-mi spusese: «Eşti îndrăgostită, Argentina». «Şi dacă iubeşti fără speranţă ?», o-ntrebasem eu cu glas pierit. «Cu sau fără speranţă, iubirea-l înfrumuseţează pe om. E o mare experienţă sufletească... Să ştii că-n dragoste nimic nu e mai frumos decît închipuirea. De multe, de prea multe ori, realitatea e plină de fisuri». Realitatea mea promitea să fie numai fisuri. Acest prim şi esenţial eşec pentru o fiinţă tînără – o iubire neîmpărtăşită – căpăta în sufletul meu proporţii de catastrofă; viaţa, care nici pîn-atunci nu-mi fusese o bucurie, îşi pierdea orice sens. Urma să fie viaţa boului căruia Dumnezeu îi hărăzise doar jugul. Singurul meu gînd trebuia să se-ndrepte spre munca din care să-mi cîştig pîinea, şi asta cît mai repede. Aş fi putut da examen la Medicină, dar cine să mă fi ţinut şase ani în Facultate, cînd părinţii noştri abia aveau ce mînca, iar cînd plecam la oraş, la şcoală, abia de ne dădeau cîte un pol lui Gelu şi mie, două-trei ouă fierte, o bucăţică de slănină şi o fărîmă de brînză, într-o trăistuţă. Cine-şi poate-ngădui mărunte plăceri fireşti – cum ar fi să mănînci o prăjitură într-o cofetărie – nu-şi închipuie poate că fiinţe ca şi el nici măcar nu călcaseră vreodată în asemenea loc.

Am avut mai tîrziu o colegă la Şcoala de Surori medicale, Paula Ichim. Orfană de mamă de la doi ani, între cinci copii, ea fiind cea mai mică, ajunsese la acea şcoală cu ajutorul fraţilor mai mari. Văzînd-o că nu calcă niciodată într-o biserică, m-am gîndit că era sectantă. Am întrebat-o. «Ca să fii sectant sau ce-oi fi, trebuie să crezi în Dumnezeu. Eu nu cred». «De ce ? Fiindcă ni se spune că nu există Dumnezeu ?». «Fiindcă dacă ar exista Dumnezeu m-ar fi auzit şi pe mine o dată măcar cum îl rugam să găsesc şi eu pe drum un bănuţ ca să-mi cumpăr un covrig, fiindcă plecam de-acasă nemîncată şi nemîncată stăteam pînă seara». «Dumnezeu nu e aşa cum ni-L închipuim noi». «Dacă nu e aşa, atunci la ce e bun ? Unde e dreptatea pe lumea asta ? La oameni – nu, la Dumnezeu – nu. Atunci ce fel de Dumnezeu este Dumnezeul ăsta care ne pedepseşte fără să fi făcut nimic ?». «Nu ştiu, dar eu simt că este». «Să fii sănătoasă !». Paula respecta credinţele şi părerile altora şi nu provoca niciodată discuții în contradictoriu și nici nu se uita cu milă ori cu dispreț la una ca mine; țărancă eu, țărancă ea, fiindcă în mine stăteau întipărite prea adînc vorbele Maicăi: «Maică nu știm nici unul de ce ne-a trimes Dumnezeu pe pămînt. Dar pe ăi de ne-a trimes să-ndurăm, îndurăm pînă ce ne-o chema înapoi la El». Resemnarea fără proteste a Maicăi mi-a rămas pînă astăzi cea mai importantă lecție de viață și nu mă pot plînge că n-am primit lecții și cîte încă ! Omul face noi ființe pe pămînt fiindcă astea sînt legile firii și fiindcă, la fel ca și altor făpturi, îi e dat să nu trăiască singur. Dar nu poate comanda ce ființe vor ieși din colaborarea sa cu o ființă de sex opus. Eu nu mi-am moștenit nici mama nici tatăl; amîndoi cu fețe subțiri, piele și os, fără nimic greoi sau butucănos în alcătuirea lor, de sus și pînă jos. Fără să le semene, Gelu, frate-meu, îi moștenise. Despre el se putea spune că era tras ca prin inel și cu un mers de ziceai că plutește. Deși eram pastramă de slabă, făptura mea avea ceva greoi, de parcă nu mi s-ar fi desprins cum trebuie din pămînt picioarele cu glesne otova și de parcă sculptorul neștiut, care ne modelează cu totul, ar fi uitat să mai tragă o daltă-două obrajilor mei căzuți. Niciodată nu-mi părusem atît de urîtă ca-n vremea primei iubiri pentru vărul meu Gabriel. Inutil mă comparam cu două colege din clasă care erau fără dar și poate urîte. Față de ele eram zînă, dar asta nu mă mîngîia. Dacă nu-și oprise Gabriel ochii asupra mea, nici o comparație nu făcea nici doi bani. Eram perfect conștientă că niciodată n-aveam să-nsemn nimic pentru el, dar am luat hotărîrea să-mbunătățesc măcar ceea ce n-aveam cum să schimb. Mergeam minute-n șir pe vîrfuri pentru a-mi schimba călcătura apăsată, călcătura pe care-o au atîtea femei de la țară, călcătura omului împovărat mereu de greutăți și de greutățile vieții, care nu se cîntăresc pe nici un cîntar. Din cei șapte lei cîți aveam cu totul, am sacrificat doi și m-am tuns. M-am dus la o coafeză tînără și am rugat-o să hotărască ce tunsoare socotea ea că-mi venea bine. Mi-a ales una pe care n-am mai schimbat-o toată viața, fiindcă se potrivește tuturor vîrstelor, așa cum se potrivesc albul și culorile pastelate. Părul, filat din creștet pînă la ceafă, iar în față, acoperind maxilarele cîte o șuviță nițel subțiată la vîrf. Mi-am adunat coada, mi-am împletit-o și am legat-o la amîndouă capetele cu șiret albastru, pe care mi l-a dat pedagoga noastră. Albastrul e culoarea speranței. Pentru mine era culoarea inimii mele, potrivită vorbei «de foc și de inimă-albastră»; fiindcă de-acest foc, al deznădejdii și-al îndoielii cu privire la propria persoană, îmi tăiasem părul. În ciuda acestei schimbări exterioare, prin care uimisem pe toată lumea – eu, țăranca sută la sută – în suflet parcă intrasem la călugărie. Despre mintea mea n-aveam dubii. Dar asta nu mă făcea mai fericită și nici să-mi uit amărăciunea. Frumoasă nu eram, Gabriel nu mă băga-n seamă, dar de trăit trebuia să trăiesc; și să trăiesc de pe urma acelei minți la care natura nu se calicise. La bacalaureat nu fusese profesoară să nu-și arate părerea de rău că nu mă duceam la Facultate.

◊

Prin nenea Ionel, mecanic de locomotivă, am ajuns la București, fără bilet. Mergeam prima oară-n viață cu trenul. Îmi bătea inima să-mi sară din piept cînd a pornit trenul și tot așa la fiecare oprire. La București, nenea Ionel m-a dus la soră-sa mai mică, măritată și ea cu un ceferist.

Tuşa Lina, sora neicăi Ionel, avea o rudă după bărbat infirmieră la Spitalul Militar şi s-a gîndit să-mi găsească şi mie un loc pe-acolo. Tuşa Simina de la militari, ştia tot ce mişca-n spital. Tocmai se pensionaseră două infirmiere. Salariul nu era cine-ştie-ce, dar tot îţi mai dădea un bolnav un măr, o prăjitură, poate şi cîte un bănuţ. La cadre, unde mă dusesem cu tuşa Lina şi cu tuşa Simina, şeful n-avusese nimic împotriva mea, doar că se mirase cum o fată de colectivişti, care terminase un liceu teoretic cu media 9,50, în loc să meargă la Facultate se angaja infirmieră.

M-am dus cu tuşa Lina la spitalul Filaret pentru analiza Wassermann. Contra 25 de bani, tuşa Lina a dat dintr-o farmacie telefon naşilor mei, cerîndu-le îngăduinţa de-a fi primite amîndouă pe la ei. Din 1950, naşii mei, domnul colonel Iamandi şi doamna profesoară Adelina Iamandi, se mutaseră la Bucureşti într-un apartament, în care Oficiul de închiriere să nu le poată aduce pe nimeni. Vînduseră frumuseţea lor de casă din Craiova de urîtul de-a o-mpărţi cu alţii, după noile reguli, spaţiul fiind prea mare pentru doi oameni. Se şi pensionaseră şi se gîndiseră că spre bătrîneţe era bine ca omul să fie cît mai aproape de copiii lui. Tuşa Lina a luat o sticlă de ţuică din cămară, a adunat nişte cîrciumărese dintr-un răzor din curte, a făcut din ele un buchet şi am pornit-o spre naşi.

«Tuşă, s-ar fi cuvenit ca eu să nu merg la naşi cu mîna goală; dar ce să le duc ? Ăle cinci ouă fierte şi fărîmiţa de brînză pe care le am în traistă ?». Şi am oftat ca omul obidit. «Lasă, fată, că o să ai şi tu într-o zi. Nici noi n-o ducem ca Bim-paşa, da' tot ni se mai găseşte una-alta, că omu' meu umblă prin toată ţara şi aduce şi el ce găseşte mai ieftin prin alte părţi, şi mai şi capătă cîte ceva».

Naşii locuiau pe strada Doctor Lister, la parterul unei case în stil maur, cum văzusem într-un *Larousse*. În Craiova, asemenea case nu existau. Locuinţa se compunea dintr-o încăpere de cel puţin patruzeci de metri patraţi – cu o nişă în care se afla dormitorul, despărţit de rest printr-o draperie de pluş vişiniu – din baie şi din bucătărie. Totul era pardosit cu patrate de marmură albă şi roz. Ne-au întîmpinat naşul şi naşa. Eu le-am sărutat la amîndoi mîna şi le-am dus-o la frunte cum se făcea la noi la ţară, în semn de respect. M-au sărutat amîndoi pe frunte. «Adelina, te-ai tuns şi-ţi stă foarte bine», a observat naşa. «Am vrut să arăt şi eu ca de la oraş», am spus eu cu tristeţe, de parcă-aş fi vorbit de cine-ştie-ce nenorocire. În vremea asta, mătuşa Lina le-ntinsese timid – naşului sticla de rachiu, naşei – buchetul de cîrciumărese, apoi le sărutase şi ea mîna.

Am fost poftite să ne-aşezăm pe două fotolii, alături de-o măsuţă joasă. Naşa ne-a tratat cu o cremă de zahăr ars, o bunătate, şi cu apă de la gheaţă. Eu nu ştiam ce să le spun, tuşa Lina nici atît. Ca să nu stăm ca nişte momîi – cum se-ntîmplă adesea între oameni din medii diferite şi, mai ales, care se văd foarte rar – naşa a-nceput să mă-ntrebe ce mai era prin liceul fost „Elena Cuza“, unde fusese o viaţă profesoară. I-am povestit din fir a păr cîte cojoace se-ntorseseră pe dos, cum ajunsese Rodica Neagu a mai mare şi mai tare.

– Fata asta a fost totdeauna complexată, fiindcă erau altele mai deştepte şi mai frumoase decît ea. Nu mă miră evoluţia ei şi nici evoluţia unor profesoare, foste colege ale mele. Pleac-ai noştri, vin ai noştri. E lume talentată, care ştie să trăiască bine oricînd.

– Şi alta făcută să care apă cu ciurul tot aşa, oricînd şi cred că şi oriunde, am zis eu cu amărăciune-n glas de parcă mi s-ar fi-necat corăbiile, pe care nu le-avusesem niciodată.

– Mă frapează la tine, Adelino, mi s-a adresat domnul colonel, tonul de om bătrîn şi dezamăgit. De ce eşti atît de neîncrezătoare-n viaţă ? Acuma e timpul celor fără avere; e momentul să te-afirmi, fiindcă ştiu de la nevastă-mea ce bine-ai învăţat şi cît eşti de isteaţă.

– Dumneavoastră-aţi spus că e vremea săracilor. Sînt săraci şi săraci. E vremea celor cu clanţă mare. Dacă stai la locul tău, nu te ia nimeni în seamă, oricît ai fi de sărac. Nu se dau premii de sărăcie.

– Şi pe tine cine te-mpiedică să dai şi tu din gură ca alţii, ca să-ţi fie mai bine ?

– Nu mi-e firea. Aş vrea să-mi fie şi mie bine, dar cu un ban cîştigat pe muncă, nu pe dat din gură.

– De, dădică, deschisese şi tuşa Lina gura, de, ete la omu-meu, de cînd l-au băgat în Partid, i-a mărit salaru', i-a dat cartelă la economat. Ne-ajungem şi noi mai bine.

– Are timp şi Adelina să vadă cum merg lucrurile-n lume. Acum e dezorientată. Are viaţa-nainte. Pe lumea asta, nimic nu e bătut în cuie. Dar hai să vorbim de lucruri practice: unde-ai să stai, Adelina ?

– La tuşa Lina, aci de faţă, şi la nenea Costel. Sînt buni şi m-au primit la dumnealor în bucătărie. Dumneaei e sora mai mică a lui nenea Ionel, cumnatul Maicăi. I-aţi botezat şi lui nenea Ionel copiii: pe Gabriel şi pe Valentin.

Cînd rostisem numele «Gabriel», îmi trecuse un cuţit prin inimă.

– Ei ce mai fac ?

– Cine ? Finii dumneavoastră ? Sînt amîndoi studenţi la Medicină, la Cluj.

– Dar fratele tău... ?

– Gelu ? A terminat liceul anul ăsta. E mai mare decît mine cu un an. Ne-au dat la şcoală pe amîndoi deodată. El a zis că pămînt de-ar mînca şi tot se duce la Drept. Pînă-n examen stă la un văr de-al Maicăi.

– Vrei neapărat să stai la mătuşa şi la unchiul tău ?

– Nu e vorba de vrute, e pe puteri. Tot liceul am fost internă, precum ştiţi. Dacă am un acoperiş deasupra capului, nu cer mai mult.

– Dacă ţi s-ar oferi o cămăruţă de serviciu ai vrea să stai în ea ? Bine-nţeles, fără să-i superi pe unchiul şi pe mătuşa ta.

– Şi pentru asta ce-ar trebui să fac ?

– O zi pe săptămînă, curăţenie într-un apartament ca ăsta, sus la etaj, la soră-mea.

Şi aşa, în loc să stau la tuşa Lina şi la nenea Costel, în casă cu lemne, doi ani am locuit la familia Zamfirescu, în camera de serviciu, care pentru mine a-nsemnat o emancipare: aveam un spaţiu al meu pe care nu-l împărţeam cu nimeni. Camera era de trei pe trei, cu un divan bun, cu dulap de haine, cu o mobilă micuţă cu sertare, cu o măsuţă octogonală, cu un scaun tapisat. În încăperea de-alături erau o chiuvetă cu apă caldă şi cu apă rece, closetul şi un duş, pe care nu le-mpărţeam nici pe astea cu nimeni.

Doamna doctor Olga Zamfirescu, sora naşei, dintr-o privire şi-a dat seama cît eram de săracă. Era destul să te uiţi la rochia mea pepit grena cu negru, decolorată de-atîta spălat şi la sandalele mele de pînză cenuşie, ca să-ţi faci o idee de «prosperitatea» din care descindeam. Deşi nu era zi de la Dumnezeu în care să nu mă spăl din cap pînă-n picioare, iar sandalele mi le spălam o dată la două zile – din pricina tălpilor de cauciuc, din clipa cînd le scoteam din picioare nu se putea sta cu ele-n aceeaşi odaie, că puţeau de-ţi mutau nasul din loc.

– Cînd vrei, te muţi la noi, mi-a spus doamna doctor. Îţi aduci lucrurile şi gata.

– Afară de ce e pe mine mai am o cămaşă de noapte, un prosop şi peria de dinţi, la tuşa Lina.

– Atunci, rămîi chiar de-acuma. Om mai găsi noi prin casă o cămaşă de noapte şi celelalte.

Cu toate că mă primiseră cum nu se poate mai bine şi ea şi nenea Costel, tuşei Lina i se luminaseră ochii de bucurie cînd mă văzuse de la bun-început aciuită pe lîngă alţii.

O condusesem pe tuşa Lina pînă la tramvai, promiţîndu-i doamnei doctor că n-aveam să mă rătăcesc. Le ştiam adresa pe dinafară, iar la venire căscasem ochii cît cepele, atentă să-mi fixez cît mai multe puncte de reper.

– Ţi-a pus Dumnezeu mîna-n cap. Ai să domneşti la oamenii ăştia, oameni cu dare de mînă. Ai văzut ce-aveau în casă ? mi-a spus tuşa Lina pe drum.

– Am să am şi eu pentru prima oară-n viaţă un colţişor al meu.

– Ai să ai mai mult. Vezi cum te porţi.

– Trag nădejde să n-aibă de ce să se plîngă.

M-am întors la naşa ca să le spun noapte-bună şi ca să le mulţumesc pentru binele pe care mi-l făceau. Oricît ar fi omul de adaptat la viaţa-n colectiv, nu se poate să nu-şi dorească un loc numai al lui, cît de modest, dar pe care să nu-l împartă cu alţii, mai ales că pe aceşti «alţii» n-are cum să-i aleagă. Aflam de la naşa că în camera lor de serviciu locuia un frate al domnului colonel. Acest frate, inginer, fusese-nchis pentru aur. Nevastă-sa murise cît fusese el în puşcărie, iar în locuinţa lor se instalase, ştia el cine, şi de-aceea nu-ncercase măcar un colţişor să obţină din casă. Răposata lui nevastă avusese prevederea să vîndă tot, presimţind ce avea să se-ntîmple cu apartamentul lor situat pe Bulevardul Dacia. Asemenea «presimţiri», în acea vreme nu ţineau deloc de paranormal, ci erau uşor deduse din aplicarea aşa-zisului comunism, care abolise orice lege sau regulă contravenind intereselor «de clasă». Doamna Iamandi bătuse talciocul şi consignaţiile pînă vînduse tot, ca să nu dea nimănui – şi-n primul rînd ei înseşi – bătaie de cap în cazul unei evacuări. Ajunsă acasă după o ultimă «excursie» în talcioc, pe-o vreme de arşiţă, făcuse o congestie cerebrală; Dumnezeu avusese milă de ea şi o luase în două zile, scutind-o, ca şi pe cei apropiaţi, de nenorocirea care de obicei urmează după un asemenea accident. Plecînd de la naşi şi luînd-o pe scara interioară, spre apartamentul de la etaj, dădusem nas în nas cu domnul doctor, pe care nu-l văzusem pînă atunci. Mă inventariase dintr-o ochire şi-nţelesesem că nu-l interesam. Cît de tînără şi de nedusă-n lume ar fi, o fată pricepe din prima clipă că trezeşte sau nu un gînd bărbatului care o priveşte.

– Bună seara, am spus eu cu un glas pierit, aş putea să vorbesc niţel cu doamna doctor ?

– Şi mai mult.

Şi domnul doctor mi-a deschis larg uşa bucătăriei. Doamna doctor aşeza masa de seară.

– Astă seară ai să mănînci cu noi, mi s-a adresat doamna doctor. Cred că eşti flămîndă. Domnul e soţul meu. Adelina e fina soră-mii. Ţi-am spus că o să stea la noi, i se adresase ea lui bărbatu-său.

Doamna doctor ne-a pus fiecăruia în farfurie cîte trei tartine unse cu unt, cu o felie de şuncă pe deasupra, şunca

– o delicatesă de care n-avusesem niciodată parte. În trei căni, fiecare de altă culoare, a turnat un ceai rece, parfumat, invitîndu-mă pe mine să mi-l îndulcesc. Cu-asemenea mese de seară nu era de mirare că doamna şi domnul doctor, deşi se apropiau de şaizeci de ani, aveau nişte trupuri ca la treizeci.

Am mulţumit pentru masă, am spălat ceştile şi farfuriile cu un burete pe care l-am stropit mai întîi cu un fluid ce picura dintr-un flacon de plastic pe care scria ceva, englezeşte am crezut eu, ceea ce doamna doctor mi-a confirmat.

– E ceva anume pentru spălat vase, faianţă, aragazul. Mi-l trimite fie-mea din America.

◇

În 1944, cînd se aflau în România reprezentanţi ai Trupelor aliate, în sala de aşteptare a unui dentist, Mariela, fiica doctorilor Zamfirescu, întîlnise un ofiţer american. Dragoste la prima vedere, căsătorie într-o lună şi plecarea într-una jumate în Statele Unite. Mariela avea pe-atunci optsprezece ani, iar americanul – douăzeci şi trei. Ajunşi la el acasă, amîndoi se apucaseră de Medicină, stimulaţi şi de faptul că tatăl băiatului, medic de renume la Boston, îi putea lua ca asociaţi la propriul cabinet. Mariela şi soţul ei, Gene Buttler, erau în 1951 medici, aveau trei băieţi, locuiau într-o casă mare şi frumoasă, lucrau şi la o clinică şi la cabinetul doctorului Buttler-senior. Mariela avea grijă să le trimită părinţilor ei tot ce credea că le-ar fi uşurat viaţa şi le-ar fi făcut plăcere. Bucuria cea mai mare le-o oferea aducîndu-i la doi-trei ani o dată în Statele Unite, în ciuda relațiilor reci dintre zisele State și lagărul moscovit, care-i despărțiseră de prin '46 pe foștii aliați, după ce aceștia-și împărțiseră lumea, încercînd însă fiecare să se șurubuiască în spațiul celuilalt. Familia Buttler avea relații sus-puse în aristocraticul Boston, iar doctorii Zamfirescu nu se puteau plînge nici ei de lipsă de relații în regimul din România, comunist cum se pretindea el că este.

După ce am așezat ceștile, farfuriile și lingurițele, pe-un uscător de vase din material argintiu inoxidabil, cum vedeam pentru prima oară-n viață – trimis tot din America – am mai mulțumit o dată și am cerut voie să mă retrag «în cameră». M-am codit mult pînă să zic «în cameră», neîndrăznit s-o numesc «a mea». În primul rînd, fiindcă nu eram obișnuită să stau singură într-o cameră și mai ales fiindcă nu mi se părea cuviincios să numesc ceva «al meu» în casa altcuiva, într-un loc unde n-aveam nici un drept și unde eram doar beneficiara unei nesperate bunăvoințe.

În cămăruța cu dușul, pe chiuvetă – așezat pe o bucățică de ebonită, ca un grătar – m-aștepta un săpun parfumat, transparent cum nu mai văzusem. Pe sticla de deasupra chiuvetei – un pahar tot de ebonită, periuță de dinți și un tub de „Kalodont".

Pe divan mă așteptau două combinezoane milaneze culoarea untului, nou-nouțe, două perechi de chiloți de aceeași culoare, o cămașă de noapte din „bemberg" portocaliu cu floricele albastre, o rochie dintr-un material cum nu mai văzusem pînă atunci: parcă era un burete subțire; strîngeai rochia în pumni, îi dădeai drumul și nu făcea un pliu, o dungă. Aveam colege în liceu care purtau lenjerie de mătase naturală pe care tot așa o strîngeai în pumni și nu se cunoștea. Asta însă era altceva decît mătase naturală. Alături de canapea era o pereche de sandale culoarea nisipului, cu un toc de patru-cinci centimetri. Într-o sandá era un bilet. «Sper să-ți vină bine toate lucrurile. Să le porți sănătoasă. Nu veni să-mi mulțumești. Noapte bună». Scrisul semăna cu-al doamnei Despina. Mutam fiecare sandá dintr-o mînă-ntr-alta. Erau de piele de şarpe, încălțate doar de cîteva ori. La liceu, în opt ani văzusem şi eu la colege bogate, la profesoare, în vitrinele magazinelor tot felul de lucruri despre care la Brăteasa nici nu ştiusem că existau. Cîntăream sandalele de parc-aş fi avut de gînd să le vînd. Față de-atîtea lucruri care erau acum ale mele mi se golise mintea. Mă uitam la ele de parcă m-aş fi aflat într-un magazin. Ciudat că nu mă bucuram. Fiindcă dintr-o dată o văzusem pe Maica dinaintea ochilor, pe Maica şi pe-atîtea femei din Brăteasa, care de luni pînă sîmbătă purtau fusta pe dos şi o-ntorceau pe față numai duminica pentru mers la biserică ori ca să privească şi ele hora flăcăilor şi-a fetelor, care se ținea-n mijlocul satului lîngă fîntîna Ciocîrlănoaiei. În cele din urmă am încercat sandalele. Îmi veneau turnate. Cu ele-n picioare, în rochia mea pepit ieşită de-atîta spălat, m-am aşezat pe marginea divanului, mi-am luat capu-n mîini şi m-a podidit un plîns că simțeam cum îmi picurau lacrimile pe picioare. Într-un tîrziu mi-am oprit privirea peste sandale. Erau stropite de lacrimi. Am scos batista din sîn şi le-am şters. De ce plînsesem ? Plînsesem peste hăul care de totdeauna şi pentru totdeauna îi despărțise şi-avea să-i despartă pe bogați de săraci. Tocmai acum cînd venise vremea săracilor ! Acestora li se mai adăugaseră şi sărăciții.

Spunîndu-mi *Tatăl nostru* de seară, îl rugasem pe Dumnezeu de sănătatea doamnei doctor şi-a alor ei şi ca tot ce-mi dăduse să fie primit.

Maica, fără să fi făcut măcar o zi de şcoală, învăţase de la fraţii şi de la verii ei mai mari *Tatăl nostru*. De la ea-l ştiam şi noi. Şi ne punea să-l rostim cu glas tare, pe mine şi pe Gelu, pînă se-ncredinţase că-l ştiam. «Maică, să-l spuneţi în gînd, în sufletul vostru, în culcare şi-n sculare». «Şi pentru noi să nu-I cerem nimic lui Dumnezeu ?». «Să nu-I cereţi. Că El ştie ce vă trebuie. Dacă vrea vă dă, dacă nu vrea – nu». «Dumneata, Maică, nu-I ceri nimic ?». După o tăcere care ni se păruse cît o veşnicie, se uitase la noi senin şi ne şoptise ca pe-o taină: «Îi cer iertarea păcatelor şi-o moarte uşoară». Pe acea vreme abia să fi avut treizeci de ani. «Ce păcate ai matale, Maică ?». «Tot omul are, dacă nu cu fapta ori cu vorba, măcar cu gîndul».

După ce spuneam *Tatăl nostru*, de copil I-am cerut şi eu lui Dumnezeu tot iertarea păcatelor şi-o moarte uşoară. Cu gîndul ăsta am adormit într-o cameră pe care pentru prima oară în viaţă n-aveam s-o-mpart cu nimeni.

◊

Peste cinci zile eram angajată infirmieră la Spitalul Militar, la secţia de Ortopedie, secţie socotită cel mai greu serviciu dintr-un spital, şi pe bună-dreptate. Majoritatea bolnavilor erau imobilizaţi şi-şi făceau nevoile la ploscă. E multă lume care spune «eu aşa ceva n-aş putea face», cînd i se relatează anumite situaţii în care te poate pune viaţa. În primele zile, pînă m-am învăţat cu putoarea ploştilor şi cu mirosul de spital, în general, la ore bune după ce ieşeam din tură abia de izbuteam şi eu să-mbuc ceva, după ce mai întîi mă spălam pînă şi pe dinţi şi făceam şi gargară. «Aşa e la-nceput», mă asigurau infirmierele mai vechi, «după aia te speli pe mîini, intri-n debaraua de lenjerie şi mănînci ca la restaurant». Ele aveau dreptate. Ajunsesem eu slabă ca moaştele sfintei *Filoftia*, cum îmi spuneau colegele, dar mă-nvăţasem cu toate, mă spălam pe mîini şi mîncam «ca la restaurant». Bună-rea, mîncarea ne era asigurată. Cînd ni se termina tura, colegele care distribuiau mîncarea bolnavilor aveau grijă să ne umple la bucătărie şi borcanele pentru acasă. De la surori învăţasem să fac chiar şi injecţii intravenoase. Doamna doctor Zamfirescu mă recomandase prin vecini celor care aveau nevoie de injecţii şi tot dînsa îmi stabilise «pretenţiile»: doi lei – intramusculara, trei lei – intravenoasa. Din leafă şi din ce mai cîştigam cu injecţiile îmi cumpărasem un loden, o pereche de pantofi groşi, de iarnă, şi lînă din piaţă, din care-mi împletisem o fustă niţel evazată şi-o jachetă sub care puteam pune o mulţime de tricouri dăruite de doamna doctor Zamfirescu. Iar marele meu lux era să-mi iau în fiecare lună un kilogram de rahat, desertul meu, nu neapărat de preferinţă, ci potrivit pungii. Tot ce-mi prisosea le trimiteam părinţilor. Gelu avea cămin şi cantină, învăţase şi el să facă injecţii, iar eu îl mai milostiveam cu douăzeci-treizeci de lei. Drept recunoştinţă mă lua şi pe mine la cinema, la teatru – unde biletele erau la jumătate de preţ pentru elevi, studenţi şi soldaţi. Mi-aduc aminte că biletul de cinema pentru noi, «reduşii», era un leu. Gelu se-mprietenise de la cantină cu nişte studenţi de la Teatru şi cu alţii de la Conservator. Prin ei mergeam la repetiţii generale şi la teatre şi la Filarmonică şi la Operă. Opera nouă cred că s-a inaugurat prin '53-'54. Ştiu că acolo se duceau la muncă «voluntară», în timpul construcţiei, Gelu şi colegii lui. Noi, salariaţii de la munci cu spor de dificultate sau de periclitate, eram scutiţi de-asemenea «voluntariat».

Şeful nostru de secţie era un general, reputat ca foarte bun ortoped. Venea de la şase dimineaţa-n spital şi, înaintea raportului de gardă, controla secţia din pivniţă pînă-n pod. Într-o zi, cînd venea cu toată suita de medici şi de surori la vizita de dimineaţă, eu i-am ieşit dinainte cu un cărucior în care se afla o urgenţă, un soldat cu o fractură deschisă, de tibie şi de peroneu. Se vede că domnul general – mie-mi venea tare greu să spun «tovarăşe» unor oameni care numai tovarăşi nu-mi erau – continua o discuţie începută la raportul de gardă, probabil în jurul unei piese de Shakespeare, de curînd prezentată la un teatru. Deodată, generalul se-ntoarce spre suită şi-ntreabă: «Chiar, în ce an a murit Shakespeare ?». După un moment de tăcere s-a auzit un glas: «La-nceputul secolului 17, oricum». Şi, nici azi nu ştiu cum, m-am trezit vorbind: «În 1616». Generalul a făcut ochii mari spre mine, iar ceilalţi s-au privit uimiţi şi a-ntrebare unul pe altul. «Şi, matá, drăguţă, de unde ştii data exactă ? că ăsta este anul într-adevăr». «De la istorie», am răspuns cu glas pierit. «Şi de unde ştii matale atîta istorie ?». «Cîtă am învăţat şi noi în liceu». «Dar ce, mata ai făcut liceul ? Ce fel de liceu ?». «„Liceul Elena Cuza“ din Craiova, numit, după Reforma învăţămîntului, „Liceul teoretic numărul 1“». Nimeni n-a mai spus nici un cuvînt. Eu am rămas lipită de perete pînă a trecut suita şi apoi am pornit-o-n trap săltat spre radiologie. Bietul soldat din cărucior era ameţit fiindcă i se făcuse un calmant care să-i mai aline durerile şi sperietura. Nu-mi venea să cred că avusesem îndrăzneala de-a mă băga ne'ntrebată în vorba unor oameni pentru care eu nici nu existam. Doar doamna Despina ar fi fost mîndră de mine. Maica ar fi intrat în pămînt de frică şi de ruşine. După această întîmplare, toată lumea care-i fusese martoră bănuia că ceva de la dosarul meu – dosarul de cadre – avea niscaiva bube, pentru ca o absolventă de liceu să ajungă infirmieră.

La o săptămînă de la această întîmplare, întîlnindu-mă cu domnul general pe culoar în timp ce spălam cu teul pe jos îmi spune: «Du găleata şi bîta asta la locul lor şi vino la mine-n cabinet». La uşa cabinetului mi-a făcut semn să intru eu întîi. Faţă de ezitarea şi de mirarea mea mi-a spus: «Întîi femeile».

– Fată dragă, spune-mi cum te cheamă ?

– Boboc Argentina.

– Dragă Argentina – auzi «Argentina» ! – ai bube la dosar şi-ţi dregi originea ca infirmieră ?

Mai întîi am înghiţit şi-apoi m-am silit să vorbesc rar ca să nu-mi tremure glasul.

– N-am nici o bubă, domnule general. Sînt ţărancă din Oltenia, cu părinţi colectivişti. Am un frate student în anul întîi la Drept. Neam de neamul meu n-a avut avere şi n-a făcut politică.

– Şi n-ai încercat la vreo Facultate ? sau n-ai reuşit ?

– N-am încercat, fiindcă n-are cine să mă ţină la Facultate.

– Dar la liceu cine te-a ţinut ?

– Am fost bursieră şi frate-meu tot bursier.

– Bursieră ai fi putut fi şi ca studentă.

– Domnule general, părinţii n-au de unde ne da nimic. Trebuie să muncesc pentru ca să mă ţin pe mine şi-i ajut cît pot şi pe ei.

– Dar fratele dumintale ?

– Ca să facă rost de-un ban, mai face injecţii, ca şi mine, mai descarcă lăzi în Obor sau la Gara de Nord.

– Fată dragă, o soră de la sala de operaţii se pensionează, aşa că rămîne un loc liber. Te-aş lua pe matá de pe-acum. Te-ar şcoli ea, fiindcă e foarte bună.

– Bine, dar nu trebuie să am o anumită şcoală pentru aşa ceva ?

– Ai să dai nişte examene acolo. Se-aranjează lucrurile. Nu-ţi face griji. De fapt ce-ai fi vrut să faci în viaţă ?

– Aş fi vrut să fiu profesoară.

– Poţi face destule facultăţi la fără frecvenţă. Acuma se poate. Uitasem să te-ntreb unde stai ?

– Într-o cameră de serviciu la o familie. Fac o dată pe săptămînă curăţenie şi-atît.

Peste două zile făceam cunoştinţă cu sala de operaţii de la ortopedie. Sora Anişoara, cea care avea să-mi predea ştafeta, m-a rugat să nu leşin de ce-am să văd. Pe lîngă plăgi deschise care sîngerează, pe lîngă depărtătoare de muşchi, zgomotul fierăstrăului şi-al frezei te putea face să leşini ori să-ţi iei lumea-n cap. Mi-am adus aminte cuvintele Maicăi: «Adelină, mamă, pe lumea asta am şi eu o mîngîiere: am trăit ca să le fiu de folos altora». Şi ca infirmieră, munceam tot spre-a le fi de folos altora. Cînd am trecut la sală mi-am luat rămas-bun de la toţi bolnavii din secţie. Doi îmi fuseseră cei mai dragi: neica Tudor, invalid, rămas fără un picior de la Cotul Donului, şi Sandu Iliescu, rămas fără mîna dreaptă, lîngă Budapesta, şi cu-amîndouă timpanele sparte, fiind îngropat de-un obuz ale cărui schije îi tăiaseră şi mîna, de sub cot. Neica Tudor cînta-n fiecare seară din fluier doine haiduceşti, cîntece vechi populare şi scotea din țevișoara aia cu găurele sunete ca toate păsările cîntătoare. Iar de povestit nu te-ai mai fi săturat să-l asculți. Toate istorisirile sale se-ncheiau cu vorbele: «Taică, ce ți-e scris, în frunte ți-e pus». «Greu e fără picior, da' ăl mai rău îmi pare că nu mă mai pot sui pe cal să merg ca-nainte pînă-n vîrf la Mîndra. Da' dac-așa mi-a fost scris. Și de nu ne-ar mai purta ăștia pe drumuri la „reevaluări", c-așa le zice, de parcă ne-ar mai crește mîinile și picerele la loc». Sandu Iliescu avea 21 de ani cînd a rămas infirm pe viață. Fusese învățător. Cînd plecase la război «vorbea» și el cu-o fată. Cînd se întorsese cum se-ntorsese, îi spusese fetei că nu mai îndrăznea s-o ia de nevastă. Ce să facă o biată femeie cu un ciung și surd pe deasupra. Dar fata, cu toate protestele părinților ei, îl luase de bărbat, aveau doi băieți și-și cîștigau viața de pe urma unui debit de tutun din centrul Craiovei.

Sandu Iliescu vorbea încet, ca foarte mulți surzi, dar atît de blînd că-ți venea să-l mîngîi ca pe-un copil. «După ce-am rămas fără mînă, multă vreme simțeam că mă mănîncă podul palmei și-mi venea mereu să strîng din degetele pe care nu le mai aveam. Visez și-acuma, după șapte ani, că scriu pe tablă la copii cu mîna dreaptă. Și-n somn mă mănîncă iară-n podul palmei»; și dădea din cap, zîmbind resemnat. Și se-ntreba și el ca și neica Tudor: «De ce ne-or mai pune pe drumuri la „reevaluări" ?», dînd din cap cu tristețe în fața unei nedreptăți făcînd parte din același destin care-l hărăzise să fie ciung și surd.

◊

Între atîta suferință, singura lumină era gîndul la Gabriel care n-avea să mă iubească niciodată, iar pe care eu presimțeam că avem să-l iubesc toată viața, așa cum presimțeam că orice avea să mi se-ntîmple în această viață, atît de asemănătoare cu-a atîtora și-a atîtora, nimic nu ar fi fost în stare să spulbere amintirea acelui prim avînt al tinereții, cum nu ți se poate șterge niciodată amintirea primei dureri.

În clasa-ntîi, potrivit felului cum învățasem și-al notelor, ar fi trebuit să iau premiul întîi. Îmi și făcusem coroniță. Împletisem cîteva crengi de salcie și cîteva cîrciumărese din grădina Mumii, mama Taicăi. Asta-mi era coronița. Maica-mi făcuse cu iglița o pereche de cipici de bumbac văpsit în foi de ceapă, ca să nu merg desculță la serbare. Ghetele de la Crăciun nu mă mai încăpeau. Dar premiul întîi nu l-am luat eu; l-a luat fata învățătoarei de la clasa a doua. Am luat premiul doi, adică o cărțulie cu cîteva povești ale lui Creangă. Noroc că Maica și cu Taica aveau treabă la cîmp și nu veniseră la serbare. Am ocolit toți copiii, mi-am ascuns coronița sub șorț și-am luat-o pe ulițele ăle mai lăturalnice pînă-am ajuns la pîrîu, în jos de casa noastră. Am scos coronița de sub șorț, m-am uitat lung la ea și-am aruncat-o în apă. În jumătăți de tărtăcuță se trimiteau pe apă de Paști și de Sîmbetele Morților lumînărele aprinse, de sufletul celor duși. Cît avea să-mi lase Dumnezeu mințile-ntregi, acea zi a umilirii mele prin nedreptate n-aveam s-o uit.

De cînd mă școlea sora Anișoara iar eu eram cu ochii cînd în instrumentar cînd în plagă, dragostea pentru Gabriel se-mbogățise cu duioșia milei. Ca student la Medicină era obligat să vadă același spectacol ca și mine – bineînțeles cu alte perspective – iar în plus mai trecuse și prin sălile de disecție. Doamne, cum să ciopîrțești un biet trup în care a sălășluit un suflet ca și al tău ? Cum să umbli cu un biet trup cum ai umbla cu un obiect oarecare, pentru simplul fapt că nu fusese recunoscut şi cerut de nimeni spre a-şi afla şi el odihna-n ţărînă, cum se cuvine fiecărei făpturi care-a călcat pe-acest pămînt ?

Cînd aflasem că pe lume existau mineri, adică nişte fiinţe care munceau pe sub pămînt şi-i mai şi pîndea moarte-n orice clipă, mă minunasem că printre oameni cineva îşi putea cîştiga astfel pîinea. Mă minunasem şi mai mult de curajul unor consăteni de-ai mei care plecaseră în Valea Jiului, la minele de-acolo, ca s-adune un ban pentru a-şi face casă, încrezători în soartă şi mai ales mînaţi de sărăcie. De cînd mă «transferasem» de la spălat pe jos, de la ploşti şi de la spălat closete, mă minunam şi că unii oameni se făceau doctori. Unii se gîndeau, cînd apucau acest drum, să-şi ajute semenii; alţii – la o pîine mai albă odată ajunşi la liman. Oricîtă nevoie ar fi avut tot omul de ei şi cît de albă le-ar fi fost pîinea, eu nu-i invidiam. Cît fusesem infirmieră aflasem că în sala de operaţii unii doctori înjurau ca la uşa cortului. Atunci nu zisesem nimic. Ridicasem doar din umeri. Înjurăturile alea mi se păruseră din partea doctorilor un fel de-a-şi da importanţă şi mai ales de-a le arăta altora că se socoteau mai presus de restul semenilor şi că li se cuvenea să nu se sinchisească de ce credeau aceia despre asemenea «licenţe» de limbaj.

Ajunsă în sala de operaţii, cînd în împrejurări critice pentru bolnavul de pe masă, îl auzisem pe domnul General slobozind nişte-njurături fără adresă, dar ţîşnite din bojoci şi din rărunchi, altfel am judecat asemenea răbufniri. Nu porneau din nici un sindrom de superioritate ori de teribilism – spre impresionarea «galeriei» – ci din nevoia de a-şi descărca o emoţie care altfel ar fi făcut să-i plesnească ceva în creier, din imperioasa nevoie de-a restabili echilibrul pe care-l cerea viața pacientului. După o asemenea operație cu «vocalize», cum numea domnul General intervențiile la care el înjura iar pacientul scăpa cu viață ca prin urechile acului, domnul General m-a bătut pe umăr şi mi-a spus: «Ei, Argentino, te-ai speriat ?». «M-am speriat. Am crezut că moare». «Şi eu m-am speriat. Mă gîndeam că te-ai speriat şi de-njurăturile mele». «Domnule General, să ştiți că pentru ele n-am nevoie de dicționar». Şi-a izbucnit domnul General într-un rîs de-a răsunat coridorul. «Deşteaptă mai eşti, Argentino ! Păcat că sînt eu aşa de bătrîn...». «Şi păcat că eu nu sînt frumoasă». M-a strîns de umeri şi s-a uitat în ochii mei. «Frumusețea nu e totul». «E doar nouăzeci la sută». Am rîs amîndoi, de data asta cu o bănuială de tristețe: Generalul – pentru tinerețea rămasă în urmă, eu – pentru permanenta mea lipsă de frumusețe. Înțelegeam, de cînd lucram la sală, şi nevoia chirurgilor de-a bea o tărie sau un vin bun după cîte o zi grea. Şi domnul General, cît era el de echilibrat şi de stăpîn pe meserie, îşi ținea totuşi în dulapul metalic din cabinet un clondir de palincă de piersici, o băutură cum nu cred să fie alta mai bună pe lume.

După o operație la care nu mai ştiam nici unul unde ne era capul, fiindcă bolnavul, cardiac şi cu fractură dublă de coloană, prin spaimele iadului ne trecuse, la ieşirea din sală, m-am rezimat de perete, moale ca o cîrpă şi albă ca varul. «Ce e cu tine, Argentino, ți-e rău ?». Şi domnul General m-a apucat de bărbie şi şi-a mişcat degetele prin fața ochilor mei. «Domnule General, acum m-a răzbit frica. Vă rog să nu vă supărați pe mine». «Hai încoace să ne dregem de sperietură», şi m-a luat pe după umeri şi m-a condus la dumnealui în cabinet. A scos două țoiuri mici, ca de cîrciumă şi le-a umplut cu băutură dintr-un clondir verde. «Băut-ai tu vreodată palincă de Turț ?». Am dat din cap a negație. «Dar ce-ai băut ?». «Păi, must, cîte un pic de vin, de Paști și de Crăciun, și am gustat și țuică de dude, dar nu mi-a plăcut». «Noroc, Argentino !». Și domnul General mi-a-ntins țoiul cu băutură galbenă ca spicul de grîu și cu miros de piersică, apoi a ciocnit cu mine. Întîi am dus țoiul la nas, apoi am luat doi stropi în gură. Am simțit că-mi amorțește limba de tărie, dar nu înghițeam băutură ci mătase, mireasmă. «Ce bunătate ! Eu dacă beau tot țoiul n-am să mă mai pot ține pe picioare». «Bea cît crezi tu și nu-ți face probleme. Ce nu bei tu beau eu». «Beți după mine ?». «Mai întîi că nu mă tem de microbi. Ăia care-mi sînt sortiți mie-s puși de-o parte». «Domnule General, cum de v-ați hotărît să faceți meseria asta atît de grea ?», am prins eu curaj de la palincă să-i pun întrebări. «Părinții mei, Dumnezeu să-i odihnească, erau țărani ca și ai tăi. Am fost patru copii. N-am huzurit acasă, dar nici săraci n-am fost. Eram făcuți, noi copiii, la doi la doi ani unul de altul. Purtam unul de la altul încălțămintea și hainele pînă ajungeau de aruncat la gunoi. Pînă la Liceul Militar, eu fiind cel mai mic dintre toți patru, o dată n-am purtat și eu ceva nou. Părinții aveau grijă să nu ne lipsească nici caietele nici cărțile de școală, dar ne dădeau fiecăruia ceva de făcut în gospodărie. Eram student și vara tot duceam oile la păscut și le mulgeam ca-n copilărie». «Cîte oi aveați ?». «Douăzeci, douășcinci, cam pe aici». «Avem și noi trei». «Tu știi să le mulgi ?». «Da. Mulg și vaca». «De mic am fost, să zic curajos poate e prea mult, mai mult năzbîtios. Dacă făceau flăcăii un foc și se luau la-ntrecere la sărit peste el, hop și eu, mucea, să sar prin flăcări. La trecut Oltu-not ce să mai vorbim. Mă luam la-ntrecere cu oameni în toată firea. La noi la Călimăneşti, de unde sînt eu, nu e vară să nu se-nece careva-n Olt. Un frate-al mamei s-a-necat la şapteşpe ani, aşa că mama, săraca, se albea de spaimă cînd auzea de isprăvile mele, o lăsau picioarele, se-aşeza pe jos şi se-nchina cu gînd că m-o mai domoli Dumnezeu. Taica-i spunea: „Femeie, stai cuminte. Lasă nărodu-n pace, că ce-i e scris omului în frunte-i e pus". Într-o noapte, mama a visat un vis care ei i s-a părut cu tîlc. În vis, noi, ăi patru copii, doi băieți şi două fete, şi alți copii din vecini ne luaserăm la-ntrecere: care urcă mai sus în bradul din curtea noastră, un brad încă o dată cît casa. În visul mamei, fiecare a urcat cît a urcat şi cînd nu l-au mai ținut puterile a coborît. Numai eu am urcat pînă-n vîrf. Asta i-a-ntărit mamei credința că eu aveam s-ajung ceva-n viață. Frații şi surorile mele au făcut Şcoala Normală şi sînt învățători; o soră şi-un frate – la noi, în Călimăneşti; o soră – la Ocna Sibiului. Mama visase visul ăsta într-o sîmbătă spre duminică. Duminică spre luni, pe-o noapte cu lună şi cu cerul puzderie de stele, m-am strecurat din pat de lîngă frate-meu, şi-n izmene şi cu cămaşa suflecată, ca să nu mă-mpiedic, m-am urcat pînă-n vîrful bradului. Mai greu mi-a fost la coborît. Asta m-a-ntărit şi pe mine-n credința că visul mamei era o prevestire». «Şi-ați mers la Liceul Militar». «Şi-am intrat bursier la Liceul Militar. Pentru noi, la țară, nimic nu era mai sus decît să fii ofițer. Toate fetele de moşieri din preajmă erau măritate cu ofițeri. Profesorul nostru de higienă, medic militar, m-a-ndemnat să fac Medicina. „Măi, băiete, eu nu zic că milităria, ofițeria nu e meserie. Orice-ar da peste lume, stetoscopul şi bisturiul nu ți le ia nimeni de la ureche şi din mînă". Şi cîtă dreptate-a avut, Dumnezeu să-l ierte, că s-a dus şi el. Bărbatul soră-mii de la Ocna Sibiului, căpitan de artilerie, fiindcă l-au luat nemții prizonier de lîngă Budapesta, cum s-a-ntors din lagăr, din Germania, l-au și deblocat. Acum e contabil la o fabrică de confecții, și asta cu mari pile și proptele. Dacă n-aș fi fost eu doctor, tot asta m-ar fi păscut și pe mine, fiu de chiaburi, de ! Așa, mă țin, că nu faci un specialist bătînd din palme». «Și ce specialist !». «Dar tu de unde știi cît sînt de specialist ?». «Domnule General, doamna Anișoara mi-a fost un dascăl bun. Cu-atîta cît mai știu și eu de la anatomie din liceu și cu-atîta cît învăț acum pentru Școala de Surori pot să fac deosebirea între un doctor și altul». «Să nu cumva să scapi vreo vorbă-n sensul ăsta față de careva». «Fiți fără grijă. Eu tac ca peștele-n baltă. Am învățat că tăcerea e de aur». «Eu cîteodată simt că plesnesc de-atîtea vorbe-nghițite-n mine. Abia aștept s-ajung acasă la nevastă-mea să-mi descarc sacul». «Aveți copii, domnule General ?». «N-am. Nevastă-mea a făcut două sarcini extrauterine, așa că...». «Mă iertați că v-am întrebat». «Ce e de iertat aici ? Tu mi-ai pus o întrebare și eu ți-am răspuns. Cînd vrei să cunoști un om, e firesc să știi ce e cu el, mai ales cînd nu comiți nici o indiscreție, cînd răspunsurile lui sînt lucruri știute de toată lumea. Faptul că mă-ntrebi pe mine dacă am copii și nu pe alții dovedește că ești un om discret. A fost o vreme cînd lipsa copiilor mi se părea ca o amputare; în ultima vreme o simt chiar ca o ușurare. Nu știi niciodată la ce-i aduci pe lume. Mama, săraca, a murit nemîngîiată că tocmai eu, mîndria, fala ei, nu lăsam urmă pe lume». Băusem încetișor aproape toată palinca din țoi. Nu mă simțeam amețită; prin tot trupul, din cap pînă-n picioare, parcă se destinsese un arc; destinderea asta îmi aducea împăcare și îmbunare față de viață. Mă simțeam atît de onorată că un om de importanța domnului General găsea de cuviință să stea de vorbă cu mine, ca de la om la om. «Argentina, acum te-ntreb eu pe tine – comit o mare indiscreție – ai un iubit, mă rog există vreun suflet de bărbat pe lîngă tine ?». «Nu», am răspuns fără șovăire. «Ei, fată dragă. Păi atunci să ne gîndim să facem ceva pentru tine... mai întîi, buletin de București... pe urmă, rost de locuință cu acte-n regulă». S-a uitat la mine, apoi pe fereastră. «Femeile cinstite cu greu se descurcă pe la autorități și nu numai... Tu să-i aprinzi o lumînare lui Shakespeare», și mi-a zîmbit părintește, ca unui copil cam nedreptățit de soartă. Cred că privirea mea a fost a unui cățel azvîrlit care, în loc de-un picior în coaste, primește o mîngîiere. Apoi mi-am mutat ochii peste buchetul de tufănele aurii și mov de pe birou așezate într-o oală de pămînt roșu, burtoasă, ca ăle de sarmale. Tot spitalul știa că domnului General îi plăceau florile. Familiile pacienților îi aduceau feluri felurite, fiecare după puteri, iar Generalul le trimitea în toată secția. Numai în sala de operații nu aveam flori. «Argentino, ia florile astea». «Cum să le iau ?! Le stă așa de frumos aici, pe biroul dumneavoastră...». «Las' că mîine primesc altele. Tu dacă pleci cu ele faci lumea să te vorbească și-ți crește prestigiul. Ascultă ce-ți spun eu».

◊

Dacă nu toți oamenii, măcar unii trăiesc momente pe care și le-aduc aminte cu drag. Domnul General se gîndea cum aveau să-mi ridice prestigiul florile dumnealui, prestigiul în fața celor din jur. Adevăratul prestigiu, față de mine însămi, mi-l ridicase statul la taină cu domnul General. Îmi vorbise ca unui egal un om pentru care, pînă-n acea zi, nu crezusem că însemnam mai mult decît o utilitate. Cînd am ajuns acasă, am dat nas în nas cu domnul doctor Zamfirescu. Oricît era el de stilat, de om de lume, şi tot nu şi-a putut ascunde mirarea din privire, o mirare uşor ironică. În limba alor mei de la Brăteasa, privirea asta ar fi-nsemnat «Etete la ea...!». Am simţit nevoia să răspund acelei priviri printr-un zîmbet enigmatic. Se deştepta şi-n mine o picătură de vanitate muierească. Am pus florile într-un vas de porţelan albastru-nchis – cobalt cum aveam să aflu – şi le-am aşezat pe-un gheridon – altă îmbogăţire a cunoştinţelor mele. Am oprit cîteva tufănele şi pentru vasul mic de flori din cămăruţa mea, vas de pămînt smălţuit, culoarea grîului de primăvară, în care se rătăciseră nişte frunze ruginii. I-am cerut voie domnului doctor să şterg praful din casă cît timp avea să mănînce dînsul în bucătărie. Pe mobilă îl ştergeam cu nişte petice de finet îmbibate cu un lichid antistatic, iar pe veioze, pe aplice şi pe cele două candelabre de fier forjat din salon îl adunam cu pămătufuri de pene, cărora doamna doctor le spunea *pliumó*, ca pe franţuzeşte. De cîte ori ajungeam la bibliotecă citeam ce scria pe cotoarele cărţilor, scoteam cîte una din raft, o răsfoiam şi o puneam la locul ei. Literatura română era separată de cea franceză şi de cea medicală.

De cînd lucram la sala de operaţii şi mă-nscrisesem şi la Şcoala de Surori, doamna doctor îmi dăduse tot ce credea dînsa că putea să-mi folosească din cursurile şi din cărţile după care-nvăţase; şi dicţionare franco-române şi româno-franceze care să mă ajute la nevoie; şi dacă totuşi mă-mpotmoleam, doamna şi domnul doctor erau gata oricînd să mă lumineze. În ziua cu florile şi cu palinca – aşa cum aveam să-mi însemn în minte acea zi – ştergînd praful din bibliotecă mi s-a oprit privirea pe cotorul de piele al unei cărţi. În partea de sus, pe roşu, scria LETTRES PORTUGAISES, iar mai jos, pe verde, LETTRES DE MLLE AÏSSÉ. Tocmai îmi dădeam osteneala să desluşesc pagina de titlu, cînd m-am trezit cu doamna doctor lîngă mine. Am tresărit fiindcă, absorbită cum eram, iar doamna doctor purtînd pantofi cu tălpi de crep, n-o auzisem cînd intrase-n salon.

«Ia te uită ce flori frumoase ne-a adus domnul doctor !». Eu am tăcut. «Adelina le-a adus, nu eu». Din uşa salonului domnul doctor şi-a însoţit vorbele cu un gest larg. «Un bolnav venit la control ne-a adus flori pe secţie», am zis eu într-o supremă inspiraţie ! Doamna doctor, ca să-mi ridice acţiunile faţă de bărbatu-său, mi-a aruncat un zîmbet complice. Domnul doctor mai credul şi-a privit nevasta în aşa fel de parcă nu-şi revenea din uimire, adică: «Ce zici, te-aşteptai la aşa ceva ?!».

Cîtă dreptate avea domnul General: erau de-ajuns nişte flori ca să-ţi aşeze-n jurul capului o aură de întrebări măgulitoare. «Doamnă doctor, v-aduceţi aminte ceva despre cartea asta..., despre *Scrisorile* astea *portugheze* ?». I-am întins doamnei doctor cartea. A citit pagina de titlu, a răsfoit începutul cărţii, a părut nedumerită, a mai citit o pagină şi şi-a dus un deget la tîmplă. «Acum mi-aduc aminte. Nici nu mai ştiu cînd am citit-o, dar ştiu că la vremea aia mi-a rupt sufletul. E vorba de-o călugăriţă portugheză din secolul şaptesprezece, pe care-o părăseşte un bărbat pe care l-a iubit... l-a divinizat». Ochii doamnei se-ntunecaseră ca de-o durere surdă în momentul cînd evocase povestea femeii abandonate. N-aş fi ştiut să spun ce anume din vorbele doamnei doctor, din crisparea de-o clipă de pe faţa, ei mi-au trezit bănuiala că pusesem degetul pe-o rană. «El a iubit-o ?», m-am trezit s-o-ntreb pe doamna doctor. «A iubit-o !». Eu am dat din umeri a nedumerire. Doamna doctor mi-a pus o mînă pe braţ, dar am simţit-o undeva departe. «Adelina, dac-ai şti cît poate omul să uite... Dacă vrei să citeşti cartea asta, citeşte-o... ţi-o dau ţie. Dacă nu-nţelegi unele lucruri întreab-o pe soru-mea».

◇

Aşa a intrat în viaţa mea **Călugăriţa portugheză***, care trăise de-adevăratelea şi nu doar în închipuirea unui autor, iar scrisorile ei nu erau nici ele închipuire ci strigătul unei inimi sfîşiate, sîngerînd de durerea femeii părăsite. Citisem într-un autor român că o femeie nu iartă un bărbat care o părăseşte nici dacă nu l-a iubit. Dar cînd l-a iubit ! Portugheza mea, Mariana Alcoforado, ierta, îşi făgăduia să uite, se revolta, sufletul ei trecea prin chinurile iadului mai ales cînd îşi amintea clipele de fericire ajunse cătuşe dureroase într-o temniţă din care nu putea să evadeze: temniţa propriei fiinţe. Eu făceam cunoştinţă cu Mariana printr-o traducere. Cum or fi fost strigătele astea deznădăjduite în limba ei, netrecute prin mintea şi prin sufletul unui intermediar. Am citit scrisorile, cinci la număr; de la primul la ultimul rînd, fără dicţionar. Pe urmă

---

*Vezi la sfîrşitul romanului o anexă cu lămuriri privitoare la *Călugăriţa portugheză* (I. V.)

aveam să le iau pe îndelete, încercînd să pătrund fiecare cuvînt şi dincolo de cuvînt. Aveam să mă cufund în durerea ei, închipuindu-mă în locul ei. Şi-n toată durerea mă năpădea cîte-un val de fericire. «*Nu pot să nu recunosc pasiunea pe care mi-ai dăruit-o şi care m-a făcut să-mi pierd judecata. Eram tînără, eram încrezătoare; îmi închipuiam că-ţi datoram farmecul şi frumuseţea pe care mi le descopereai şi pe care mă făceai să le văd şi eu, prin laudele dumitale necontenite*». Ce n-aş fi dat să fi avut temei să-i scriu şi eu lui Gabriel asemenea scrisoare. Să fi avut parte nu de pasiunea lui, dar măcar de-o privire a lui de bărbat către o femeie. Să mă fi strîns în braţe o dată, una singură, măcar din capriciu, din curiozitate... şi tot i-aş fi fost recunoscătoare întreaga viaţă. Aşa, strîngeam în braţe perna, şi-o udam cu lacrimi, gemînd încet «Gabriel, Gabriel». Mi-l închipuiam bolnav, iar eu salvîndu-i viaţa, legîndu-l de mine prin greaua povară a recunoştinţei. Mariana avea ce să-i scrie cavalerului Noël Bouton de Chamilly, conte de Saint-Léger, marea ei dragoste. Avea ce să dezgroape, avea de ce să-l învinuiască, avea peste ce fericire apusă, îngropată sub cenuşă, să plîngă. Dacă aş fi avut şi eu ce să-i scriu lui Gabriel. Eu n-aveam curajul personajului feminin dintr-o carte a lui Stefan Zweig, o fată infirmă care, înainte de a-şi lua viaţa, îndrăzneşte să-şi strige în scris dragostea şi să i-o aducă la cunoştinţă unui bărbat care nici nu-i bănuise existenţa. Da, dar pe mine Gabriel mă cunoştea. Prin cuvîntul «ruşine», ţăranul înţelege nu numai teama de-a săvîrşi şi de-a i se descoperi fapte urîte, nu numai pudoarea, dar şi teama de ridicol. Pentru Maica, vorba asta era mult mai cuprinzătoare decît pentru orice intelectual. Cînd zice ţăranul «să nu te faci de rîs ori de ruşine», ideea de ridicol este la fel de puternică, dacă nu chiar mai mult decît cea de-a nu te da de gol cu un lucru urît, nepermis. Să fi-ndrăznit să-i scriu lui Gabriel că ființa mea întreagă i se-nchina, cînd ştiam că iubea sau măcar era legat de-o altă femeie ? Lui, care văzuse că-l iubeam, fiindcă numai un orb n-ar fi băgat de seamă. Oricît îl iubeam, n-aveam să i-o spun niciodată. În mine, țărăneasca ruşine biruia orice elan nesăbuit al dragostei. Îi puteam scrie lui Gabriel scrisori pe care să nu i le trimit niciodată. Îmi aflasem o prietenă în femeia părăsită, din secolul şaptesprezece; mă substituiam ei, iar în locul domnului de Chamilly mi-l închipuiam pe Gabriel.

◊

Cît ocupă oare în viața noastră închipuirea ? Oricît de mult ar fi-nsemnat în viața mea trăirile imaginare, nu trebuia să uit că zilnic mă aştepta sala de operație, cu suferințe care n-aveau de-a face cu luminoasa, dar şi cețoasa închipuire. Acolo trebuia să fiu prezentă nu doar cu trupul ci cu toată atenția şi cu toată răspunderea – măruntă cum eram eu în angrenaj – pentru viața unor oameni ca şi mine, despre care n-aveam cum să aflu cît trăiau de-a-devăratelea şi cît cu închipuirea.

Citisem undeva că dragostea ignoră demnitatea. Scrisorile Marianei Alcoforado erau o ilustrare a observației acesteia. Eu, țăranca din Oltenia, n-aveam să-ncarc niciodată sufletul unui om cu mărturisirea dragostei mele. N-aveam să-ncarc sufletul unui om care n-avea decît vina că-l iubeam. Dac-aş fi fost frumoasă... măcar teamă de ridicol nu mi-ar fi fost...

A doua zi după «întîlnirea» mea cu Mariana Alcoforado, Generalul a operat trei cazuri fără probleme, fără complicații. În asemenea împrejurări ne spunea cîte o glumă cînd ieşeam din sală, ne chema în cabinet şi ne trata cu pateuri, cu fursecuri, cu bomboane aduse la iuțeală de la o cofetărie din apropiere. Buna lui dispoziție m-a încurajat să-i povestesc despre succesul de imagine – cum se spune în zilele noastre – pe care mi-l aduseseră tufănelele din ajun. «Păi, ce ți-am spus eu ?... Ca să menții succesul ăsta, ia cîte flori pofteşti şi cînd pofteşti de la mine din cabinet. Îmi ceri cheia şi gata». Cam o dată pe săptămînă dijmuiam florile din cabinetul domnului General: atunci cînd cele de-acasă începeau să se ofilească. Mă-nvățasem să numesc «acasă» apartamentul familiei Zamfirescu. În viața de oraş pe care-o duceam, destul de grea, dar floare la ureche pe lîngă viața părinților mei şi-a oricui se «arăneşte» cu sapa, în viața asta de cucoană de oraş, mi se făcea un dor de pădurea de tei din marginea Brătesei, un dor care se-asemuia doar cu dorul de Gabriel. Mă visam noaptea cu boii şi cu vaca la păscut în pădure. Simțeam mirosul teilor în floare şi stăteam culcată-n iarbă, cu ochii pierduți prin nori fumurii şi albicioşi, pînă mă uita Dumnezeu. Şi trăiam o pace şi-o-mpăcare a lipsei de orice gînd. Şi-n vis ca şi-n viața pe care o lăsasem în urmă. Şi deodată, în vis, ca şi aievea, îmi suna în minte glasul Maicăi: «Adelino, maică, ai grijă să nu ne ia vitele la gloabă, că ne omoară tat-tu».

Primăria şi Ocolul silvic îngăduiau sătenilor să pască vitele în pădure, dar să nu se fi atins de locurile cu puieți că era vai de om. De Maica mi se usca sufletul de dor şi chiar şi de Taica, aşa cum era el, de-i plăcea să bage frica-n tine, la fel ca «bîta», maică-sa, de-i zicea lumea «melița lu'

Necuratu'». Maica nu ne pupa, nu ne mîngîia decît arareori, dar în ochii ei vedeai atîta milă şi-atîta duioşie cîtă nu dau nici braţele, nici buzele, nici vorbele. Cînd ne loveam, ne juleam genunchii, ne certa careva, şi eu şi Gelu ne lipeam de dînsa şi ne băgam capul în subţioara ei. Şi ea ne strîngea încet lîngă trupul firav şi ne şoptea «lasă, maică, lasă, că toate trec şi noi cu ele». Eram recunoscătoare soartei pentru casa în care stăteam, pentru munca la spital, care-mi asigura hrana, îngăduindu-mi din ce cîştigam să mă chivernisesc şi eu cu cîte o ţoală, să-mi adun şi materiale de-un cearşaf, de-o faţă de pernă şi să le trimit alor mei tot ce puteam agonisi şi eu: biscuiţi, dropsuri sau bomboane umplute cu marmeladă, un pic de zahăr, arpacaş, chiar şi untdelemn şi cîte ceva de-mbrăcat, cumpărat din talcioc, aşa cum mă-nvăţaseră doamna doctor şi naşa.

Din talcioc i-am luat taicăi, pe-un pol, o căciulă de astrahan brumărie, o frumuseţe, cum nu purtase neam de neamul nostru. Gelu, care mergea mai des pe-acasă – îl ducea nenea Costel cu trenul, fără bilet – mi-a spus că Taica o pusese pe Maica să-nvelească-ntr-o năframă şi-n frunze de tutun căciula şi s-o pună-n lada cu ţoalele de moarte. «Mărie, asta nu e căciulă de purtat. Asta mi-o pui în tron cînd oi muri». Mi-a venit şi să rîd şi să plîng. N-aveam eu să schimb rînduielile noastre ţărăneşti: pentru înfăţişarea la Dumnezeu trebuie să pui pe tine ce ai mai bun, lucruri cuviincioase, adunate-n ladă încă de la tinereţe, că omul nu-şi ştie zilele. M-am mai dus o dată în talcioc şi i-am cumpărat Taicăi o căciulă de oaie, pe care să se-ndure s-o poarte. Maica umbla iarna cu-o şubă de dimie căptuşită cu piei de miel, aceeaşi de cînd o ştiam. Duminica, la biserică, pricepusem din privirile ei că jinduia la o scurteică de postav negru, cu căptuşeala şi cu marginile de vulpe, cu firul des, vînată iarna, cum aveau ale lui Ciobănescu şi-ale lui Şoavă, de li se-nfunda capul în blană. Şi frumoasă şi ţinea şi de cald. Mi-am pus în gînd să bat talciocul pînă aveam să-i găsesc şi maicăi scurteică şi-o broboadă cu ciucuri. Talciocul era magazinul universal, supermarketul acelor timpuri. De la bijuterii, la ciorapi rupţi şi desperechiaţi, găseai tot ce cu gîndul nu gîndeai. Văzînd că mă-ntorc de cîteva ori de la talcioc cu mîna goală, doamna doctor m-a-ndemnat să-i cumpăr Maicăi palton. «Doamnă doctor, la noi, femeile nu poartă palton. Umblă cu cîte-o şubă de dimie pe frig mare. Scurteica e de mers la biserică, la o nuntă, la o cumetrie. Dumneavoastră sînteţi doamnă de oraş, n-aveţi de unde să ştiţi cum e la noi, la ţară». «După cîte-nţeleg eu, scurteica e cam ce e vizonul sau *agneau-rasé*-ul la oraş. Adică o *summa* a eleganţei». «Chiar aşa e. Dacă i-aş trimite eu Maicăi un palton de cea mai bună stofă şi cu guler de vulpe albastră cum aveţi dumneavoastră, dacă s-ar îmbrăca-n el ar arăta-o lumea cu degetul. Palton la noi poartă numai învăţătoarele şi doctoriţa de la Rojişte, de la Dispensar». «Atunci nu ne rămîne decît să baţi talciocul pîn-ai să găseşti scurteică», a zis doamna doctor, fără ironie, ca omul care nu ia-n derîdere obiceiurile altora, pentru că aceia ţin de altă categorie socială.

◊

Doamna doctor şi domnul doctor – ca şi naşii mei – vorbeau între ei franţuzeşte. Cînd apăream eu, o dădeau numaidecît pe româneşte. «Doamnă doctor, domnule doctor, am o rugăminte faţă de dumneavoastră: vă rog să vorbiți și cu mine franțuzește. Am să vorbesc și eu cum m-oi pricepe, iar dumneavoastră vă rog să mă corectați la orice greșală. Ar fi păcat să stau pe lîngă dumneavoastră și să nu trag folos din ce știți dumneavoastră». Din acea zi, în orice moment cînd mă aflam în bucătărie, de obicei serile, doamna doctor mă punea să-i povestesc pe franțuzește cum îmi petrecusem ziua. După vreo patru-cinci luni de asemenea exerciții mi s-a dezlegat limba și puteam spune că n-aș fi murit de foame dacă prin nu știu ce minune m-aș fi trezit în Franța sau prin alte locuri unde se vorbea franțuzește.

«Ce-nseamnă mintea sănătoasă și proaspătă de țăran: cît de ușor înveți tu orice, Adelina», m-a complimentat doamna doctor, pentru progresele mele de franceză. Acum înțelegeam mai bine scrisorile călugăriței mele portugheze. Iar în gînd îi compuneam lui Gabriel cîte o scrisoare în franțuzește. Chiar și-n gînd îmi era mai ușor să-i spun pe franțuzește că-l iubeam decît în limba noastră. O limbă străină e ca o pînză intre tine și cel căruia îi vorbești, ca o mănușă care-ți desparte mîna de mîna celuilalt. Nici un timp al vieții mele n-a fost mai plin de învățăminte și de-nvățătură decît orele de română cu doamna Despina și decît cei doi ani petrecuți în casa doamnei și-a domnului doctor Zamfirescu. Ce mult am învățat din albumele lor de artă și cîte frumuseți am văzut ! Cînd mă duceam și eu din curiozitate prin consignații, începeam să deosebesc stilul mobilelor, să deosebesc pictorii nu doar după cît îmi plăceau tablourile lor și după preț, ci după ce țineam minte despre fiecare din albumele doamnei doctor. Pășisem timid, dar cu stăruință și cu mult respect în încăperi de viață despre care abia de-auzisem în liceu. Și nu din vreo ambiție de-a face pe deșteapta față de cineva, ci din curiozitatea, din aviditatea de-a afla cît mai mult despre lumea în care trăiam, în care, material, eram atît de îngrădită de gardul înalt al sărăciei. Față de viața mea din liceu puteam spune că «m-ajunsesem». Mai întîi mîncam pe săturate, îmi luam și kilul de rahat cu nucă în fiecare lună, îmi ajutam părinții, îmi ajutam fratele, îmi luam cîte ceva de-mbrăcat, căpătasem gustul talciocului, de unde îmi cumpăram pe nimica toată cîte un lucrușor după cît mă ducea mintea: un vas turcesc de alamă, burtos, îngustat la gură, cu tot felul de incizii pe el – «versete din *Coran*», cum avea să mă informeze doamna care mi-l vînduse – un cuțit de tăiat hîrtie, argintiu, cu un mîner ajurat – persan mi s-a spus – o tavă de ceai, făcută parcă din solzi, cu două mînere cu o lucrătură de-ți lua ochii. «Adelina, dar știu că ai gust. Numai lucruri unul și unul iei. Bravo ție !». Cînd m-a-ntrebat de preț, doamna doctor a dat din cap. «Ieftin, dar puteai să te mai tocmești». «Doamnă doctor, lucrurile astea nu cer de mîncare. Dacă omul le vinde, înseamnă că are mare nevoie de bani. Eu fără ele pot să trăiesc. Dacă totuși mă-ncumet să le cumpăr... să mă mai și tocmesc...». «Adelina, deși ești copil sărac, ești tare generoasă. Puține doamne, și cu pretenții, s-ar purta ca tine. Bravo ție, ești un suflet de om». Și fiindcă doamna doctor era și ea un adevărat suflet de om, atîtea haine mi-a dăruit în doi ani și tot timpul vieții ei, cît nu mi-aș fi cumpărat eu într-o sută de ani.

Ca omul care n-are nimic de ascuns și ca săracul văzut ca găina-n grămadă, mă-mbrăcam cu tot ce-mi dădea doamna doctor, de-ajunsese lumea-n spital să-și dea coate cînd mă vedea, fiindcă știau toți că, deși lucram ca soră la sala de operații, continuam să am leafă de infirmieră. Domnul General, singurul, știa sursa prosperității mele.

«Nu fi proastă şi nu spune nimănui de unde ai ţoalele-astea. Las' să creadă că te ţii cu vreun barosan». Deci domnul General nu excludea posibilitatea ca – eu ! – să mă ţin cu vreun barosan. Asta m-a făcut să păşesc mai ţanţoş pe picioarele mele cu glesne otova, mai ales de cînd îmi dăduse doamna doctor nişte ghetuţe cu toculeţ, care urcau pînă spre mijlocul pulpei, acoperindu-mi exact partea necioplită de Dumnezeu. Dacă s-ar fi purtat ghetuţe şi vara...

Primul presupus barosan căruia i-aş fi datorat dărnicia a fost domnul General. Nimic din comportamentul meu respectuos şi de fiinţă nebăgăreaţă nu îndreptăţea asemenea presupunere. Domnul General, vulpe bătrînă, care la vremea lui nu fusese chiar uşă-de-biserică, vrînd, fără dar şi poate, să mă salte în ochii mediului ambiant, nu încerca în nici un fel să spulbere acest zvon. În pauzele dintre operaţii mă lua cu dînsul în cabinet. Pentru presupuse giugiuleli şi cine-ştie-ce prăpăstii între un bărbat de şaizeci de ani şi o fată de nouăsprezece. Cum ajungeam în cabinet, încuia uşa, îşi scotea bluza, se-ntindea pe canapea, iar eu mă duceam şi-l masam din creştet pîn' la brîu. «Argentino, ai mîini de aur. Cred că nici gheişele nu masează mai bine». Şi cunoştinţele mele se-mbogăţeau. Aflasem ce era şi cu gheişele. «Unde-ai învăţat tu, fată dragă, să faci masaj mai ceva ca ăia de meserie ?». «Cînd o dor pe Maica oasele şi carnea, o trag cu gaz din cap pînă-n vîrful degetelor de la picioare». Pe domnul General îl masam cu talc. La ultimele mişcări îi spuneam «să vă fie de leac», iar el, după ce-şi punea bluza, se-nclina şi-mi săruta ceremonios mîna.

Prima dată am fost atît de uluită că am rămas cu mîna în aer ca o pasăre aripată. Domnului General ceva i s-a topit în ochi, i-a-nchis o clipă şi mi-a şoptit «mulţumesc,

Argentina !». Am băgat de seamă că nu mai folosea vocativul «Argentino !». Apoi, oricîte complicații s-ar fi ivit la sala de operații, ofta, mormăia, dar uitase de-njurături.

Într-o zi, cînd dînsul ieşise din sală iar eu număram încă o dată pansamentele de absorbit sîngele, din veşnica mea teamă de-a nu uita vreunul în plagă, am simțit o privire ațintită-n ceafă. Era privirea albastră precum cerul a locotenentului Gheorghiu, care fusese mîna a doua la operație. «S-a-ntîmplat ceva, domnule doctor ?», l-am întrebat cu teamă-n glas. M-a măsurat din cap pînă-n picioare cu-o privire fără echivoc. Nimeni nu se uitase vreodată aşa la mine. Îmi bătea inima ca la iepurii fugăriți. Locotenentul a ridicat din sprîncene şi mi-a spus pe-un ton glumeț: «Nu s-a-ntîmplat nimic, dar poate că aş vrea să se-ntîmple». Şi iar m-a măsurat din cap pînă-n picioare. «Dacă n-ai costa aşa de scump... Eu, un biet locotenent, nu pot intra-n competiție».

Mi s-a urcat sîngele la cap, dar judecata mi-a spus s-o dau pe glumă. «Domnule locotenent, atunci nu ne rămîne decît s-aşteptăm să-naintați în grad». Şi ne-am pornit amîndoi pe rîs. Ştiam despre el doar că fusese-nsurat cu-o farmacistă din spital, o fată mărunțică, delicată, cu trăsături frumoase, cu-o privire în care bănuiai permanenta aşteptare a unei catastrofe. Şi catastrofa se petrecuse: i se desfăcuse contractul de muncă şi nici măcar un post de infirmieră nu găsise.

După aproape un an de cînd fusese concediată, sosise din partea ei cîte o scrisoare cu acelaşi conținut, una adresată farmacistei-şefe, cealaltă colonelului-şef al laboratorului:

«*De un an de zile încerc să aflu un mijloc de-a-mi cîştiga pîinea şi n-am aflat. Am vîndut bruma de lucruri rămase de la părinți. Nu mai am ce vinde. Viața mea a ajuns într-o fundătură. Nu mai am putere să lupt cu foamea şi cu insomnia. Singura mea legătură cu viaţa, singura mea obligaţie faţă de viaţă era motanul meu. El a murit acum o lună. Moartea lui îmi uşurează despărţirea de viaţă. Am reuşit să-nfrîng groaza faţă de moarte, înfiptă în fiecare fibră a fiinţei noastre. Îi mulţumesc lui Dumnezeu şi-i mulţumesc lui Miţuş al meu că m-au dezlegat de-această groază. Vă rog să mă iertaţi că vă scriu aceste rînduri. Am lăsat, ca un ban alb pentru zile negre, unor vecini cumsecade, banii de incinerare şi am compus şi scrisoarea faţă de autorităţi (ca să nu-mi facă necropsie).*

Rămîneţi cu bine şi, dacă vreodată am să vă trec prin amintire, să nu vă gîndiţi la mine cu tristeţe ci cu un zîmbet şi chiar cu invidie. Eu *am trecut şi ultimul examen.*

Lucia Cantemir, fostă Gheorghiu».

Lucia Cantemir, fostă Gheorghiu, scrisese cele două scrisori acelor doi oameni carc ar fi putut s-o apere cînd i se desfăcuse contractul de muncă; ar fi putut s-o apere, dar n-o făcuseră. Cei doi n-ar fi arătat în veci de veci cuiva scrisoarea ce venea ca o mustrare din lumea de dincolo. Dar biata Lucia Cantemir mai trimisese aceeaşi scrisoare nu-se-ştie-cui. Cuiva care o multiplicase la şapirograf şi o-mprăştiase în tot spitalul. Ştiu că domnul General s-a albit la faţă cînd a citit-o, s-a lăsat pe scaunul de la birou şi şi-a luat capul între mîini. «Domnule General, ce s-a-ntîmplat ?», l-am întrebat eu, alarmată. Fără nici un cuvînt mi-a-ntins foaia de hîrtie. Am citit-o o dată, de două ori, de trei ori şi parcă refuzam să-i dau crezare. Pînă la urmă m-am închinat şi-am şoptit «Dumnezeu s-o ierte şi s-o odihnească !». «Au dat-o afară fiindcă i-a rămas un unchi în Franța, fratele maică-sii», a sunat într-un tîrziu explicația tragediei a cărei victimă fusese Lucia Cantemir.

◊

Noi, copiii din sat, mergeam după carul cu mortul fiindcă la răscruci, unde preotul făcea o cetanie, se azvîrleau şi ceva creițari, vama de trecut dincolo. Ne buluceam cu toții că doar de-om apuca şi noi vreunul. Apoi, la cimitir, ne mai milostiveau neamurile mortului cu cîte-un colac şi ne mai puneau în palmă o lingură de grîu îndulcit – coliva – în care-ntingeam cu bucățele din colac şi apoi ne lingeam palma. Ne duceam la mort cum ne duceam şi la nunți şi la botezuri. Pentru noi, moartea nu era prilej nici de mirare, nici de-ntristare. Pînă la douăzeci de ani nu plînsesem după nici un mort. Țineam minte doar vorbele unei vecine ale noastre căreia-i murise în acelaşi timp şi-un ginere, om în floarea vîrstei, şi porcul. Stînd de taină cu-o fată de-a ei – nu cu aceea rămasă văduvă – fiică-sa-i spusese la un moment dat vecinei noastre: «Maică, dumitale parcă mai rău îți pare dupe porc decît dupe neica Oncică, de se duse». «Păi cum să nu-mi paie, fată ? Nean-tu, fie acolo unde e, cît a mai supărat-o pe dadă-ta... da' bietu' porc pe cine-a supărat ? Cum să nu plîng dupe el ?! Şi ne lăsă şi fără bucătură pe masă». Fără să ştiu să exprim ceea ce simțisem cînd le-auzisem pe cele două femei spunînd ceea ce spuseseră, am înțeles că şi-n durere era o scară de valori, legată în primul rînd de utilitatea ființei pierdute.

Moartea Luciei Cantemir îmi amintea de toate acele întîmplări ale copilăriei. Hîrtia pe care-o țineam în mînă mă făcea să simt pentru prima oară moartea ca pe ceva cumplit, ca pe-o zidire într-o singurătate fără leac, ca pe-un sfîrşit a tot ce-ai trăit, a tot ce ţi-ai închipuit, ca pe-o anihilare a măruntului univers reprezentat de fiecare dintre noi. De la moartea Luciei Cantemir, cuvîntul sfîrşit a căpătat pentru mine un înţeles pe care nu-l avusese pîn-atunci. De-atunci avea să-nsemne un pumn de cenuşă, praful şi pulberea în care ne prefăceam cu toţii pînă la urmă. Am întrebat-o pe doamna doctor cum se-ajungea la Crematoriu.

În ziua incinerării Luciei Cantemir urma să fiu în tura de noapte. M-am oprit la „Naţiunii“ şi-am cumpărat patru garoafe liliachiu deschis, mărginite cu grena. De teamă să nu mă rătăcesc şi să nu-ntîrzii la ceremonie, am plecat cu două ceasuri mai devreme de-acasă. Cînd am ajuns la Crematoriu nu era nimeni afară de personal, care intra şi ieşea, văzîndu-şi de treburi. Lucia Cantemir se afla chiar pe catafalcul central, acela coborîtor. Avea stîlp la cap, cu numele şi cu timpul trecerii ei prin lume: 1924-1952. Peste vreun ceas au sosit un bărbat şi o femeie de vîrstă mijlocie, îmbrăcaţi în negru, cu-o colivă şi cu-o prescură. S-au uitat la mine, şi doamna s-a simţit datoare să-mi spună cîteva cuvinte: «Sînteţi colegă de-a Luciei, domnişoară ?» «Sînt infirmieră la ortopedie, la spitalul unde-a lucrat şi dînsa».

Încet-încet, sala s-a umplut. Cred că numai infirmierele şi surorile care erau de serviciu n-au venit. Dintre gradele mari, în uniformă, i-am văzut pe Generalul nostru şi pe generalul-şef de la oftalmologie. Cînd a-nceput slujba, afară de noi, personalul de jos, numai cei doi generali şi-au făcut semnul crucii. Spre cinstea lui, a venit la incinerare şi doctorul Costi Gheorghiu, fostul soţ al moartei. Un preot caterisit a făcut slujba, însoţit de-un cor bărbătesc, frumos cum eu nu mai auzisem niciodată. Nu mai auzisem, dar mi-am dat seama că a cîntat duios, cuprins parcă de milă pentru ființa care pleca din lume. Am aflat de la infirmiere că acei doi oameni de suflet, vecinii Luciei Cantemir, nu-i spuseseră preotului că moarta își luase viața. Deși scos din cinul preoțesc – fiindcă cei din cin, pe vremea aceea, n-aveau voie să slujească la crematoriu – poate nici el n-ar fi vrut să facă slujbă creștinească unei sinucigașe. Vecinii Luciei Cantemir luaseră asupra lor păcatul de-a nu-i fi spus preotului adevărul. «Măcar să plece și ea cu cinstire, cu cîntare. Numai Dumnezeu are dreptul s-o judece». Tot timpul slujbei m-am gîndit la viață și la viața mea. Ce-aș fi făcut eu dacă m-ar fi dat afară de la spital ? Dacă n-aș fi găsit altă muncă la oraș, mă-ntorceam în sat, lîngă ai mei, la sapă, ca neam de neamul meu.

Doamna Despina mereu ne-ndemna să ne gîndim bine la ceea ce voiam să facem în viață. La țară ce-nsemna să te gîndești bine ? Însemna să te măriți cît mai de tînără, să faci repede copii, ca să ai timp să-i crești, să te străduiești să ai casă, grajd, pătul, vite, păsări, s-o duci cît de cît omenește și să fii în rîndul lumii. Să nu te-arate lumea cu deștiul. Tot ce nu era cum gîndea lumea că trebuie să fie te trăgea la margine. Paulina și cu Gica, soru-sa, ale lui Gălbează, rămăseseră singurele nemăritate din tot satul. Frumoase nu erau, sărace erau. Dar mai erau și altele la fel ca ele, dar măritate, cu copii. Eu ajunsesem la oraș. Eu ce gîndeam că aveam de făcut ? Spre a fi în rîndul lumii, rînd a cărui vechime se pierdea în negura timpului, ar fi trebuit să mă mărit și să fac copii. De măritat n-aveam cu cine. Prin urmare îmi rămînea să-ncerc să mă salt și eu într-o meserie, să-nvăț cît și ce puteam, cîștigîndu-mi pîinea.

◇

Au trecut cincizeci de ani de-atunci. Oare şi-o mai aminti-o cineva pe Lucia Cantemir dintre cei care mai trăiesc şi-au cunoscut-o ? Ciudată e memoria omului. Am uitat atîtea şi-atîtea întîmplări legate de viaţa mea, dar ţin şi-acum minte mînuţele ei ca de copil, subţiri, aproape transparente, împreunate a pace pe piept peste o bluză albă cu jabou; printre actele mele păstrez şi-acum scrisoarea ei trasă la şapirograf. După ce se terminase ceremonia şi corul mai intona abia auzit o cîntare de petrecere din lume, un tînăr, îmbrăcat civil, s-a apropiat de catafalc şi a spus: «Şi-acum să ne luăm rămas-bun de la aceea care a fost Lucia Cantemir, să ne luăm rămas-bun chiar cu vorbele ei: „Rămîneţi cu bine şi dacă vreodată am să vă trec prin amintire, să nu vă gîndiţi la mine cu tristeţe, ci cu un zîmbet şi chiar cu invidie. *Eu* am trecut şi ultimul examen"». A făcut o pauză, apoi a spus «drum bun, Lucia !» şi a ieşit din încăpere fără să se uite în urmă.

O văzusem în viaţă de patru-cinci ori pe Lucia Cantemir, cînd se ivise nevoia cîte unui medicament care nu fusese trecut în condică. De fiecare dată întorsese farmacia pe dos, dar nu mă lăsase să plec cu mîna goală. De cum o văzusem, citisem în ochii ei – mi se părea atunci – pecetea lăsată de-o mare amărăciune. Nu mă gîndisem la anticiparea unei catastrofe. De multe ori – aveam să bag de seamă cu vremea – în făpturi e-ntipărit nu doar trecutul, dar şi viitorul; în ochi, într-un zîmbet, într-o inflexiune a vocii. La noi în sat, înainte de-a mă fi născut eu, se spînzurase o femeie. Bărbatul bătea la ea ca la fasole, din te-miri-ce. Cînd n-a mai putut răbda, şi-a adunat şi ea într-o boccea cît a putut şi s-a-ntors la părinţi. Dar, în loc să-i oblojească sufletul ajuns carne vie, părinţii nu ştiau cum s-o trimită înapoi la podoaba de bărbat. Într-o zi, femeia s-a dus la pîrîu, s-a scăldat, s-a spălat pe cap cu flori de salvie, s-a primenit, s-a-ncălţat cu gumarii de zile mari şi a plecat de-acasă către seară. Cîinele a urlat deodată a moarte şi i-a dus pe oameni la marginea pădurii din jos de Brăteasa.

Femeia se spînzurase de-o ramură joasă de tei. Atît de joasă că n-avea cum s-atîrne de ea. Au găsit-o în genunchi. Atît de mult voise să moară. O-ngropaseră fără preot, fără praznic, în afara cimitirului, fiindcă aşa este rînduiala creştină. Parcă toţi voiseră să se lepede de ea. Numai cîinele i se-aşezase pe mormînt şi acolo murise. Degeaba-i aduceau de-acasă mîncare şi strachină cu apă. Ceva se rupsese în sufletul lui. Floarea lui Ciocîrlan, aşa se numise femeia, fusese ceva neam cu Maica. De cîte ori mergea la tămîiat, înainte de-a intra în cimitir, Maica se oprea la mormîntul Floarei, îl tămîia şi aprindea o lumînare. «Maică, matale crezi că chiar trebuia să se spînzure ?». «Nu trebuia, maică, fiindcă e ăl mai mare păcat să pui tu capăt la ce ţi-a dat Dumnezeu. Da' dac-a răzbit-o săraca...». «Şi nici dacă te răzbeşte, nu trebuie... ?». «Păi, din bătrîni cică să-L laşi pe Ăl de te-a trimes acilea să te cheme cînd crede El». «Va să zică să rabzi şi iar să rabzi». «Da, maică, să rabzi pînă ţi-o veni ceasul». Oricît aveam să mai aflu şi eu de prin cărţi în privinţa liberului-arbitru asupra propriei vieţi, am rămas neclintită în credinţa Maicăi. Simplificată, adusă la nivelul unei ţărance şcolite, ajunsă în slujbă la oraş, «teoria» Maicăi se traducea prin interdicţia de-a-ţi da demisia din viaţă. Moartea Luciei

Cantemir, ca şi scrisorile Călugăriţei portugheze, parcă-mi treziseră în minte ceva ce pînă atunci dormise somn adînc. Poate că nici unuia dintre noi nu ne este dat să ştim cîtă însemnătate avem în viaţa altora. De unde să fi bănuit Lucia Cantemir că o infirmieră din spital, pe care o văzuse de cîteva ori, avea s-o ţină minte o viaţă ? Că ea, Lucia Cantemir avea să fie piatra de hotar în jurul căreia urmau să se-nvîrtească părerile despre lume ale acelei mărunte infirmiere ? Păreri ce-aveau să se-mpartă între «înainte» şi «după» Lucia Cantemir ?

Iar Călugăriţa portugheză, despre care nu ştiam cum îşi sfîrşise viaţa, cum să-şi fi-nchipuit că, peste trei veacuri, avea să fie tovarăşa de fiecare seară a unei fete neînsemnate, dintr-o ţară de care nici un portughez al vremii n-auzise ? Cîte poveşti nu ţeseam în jurul vieţii ei ? Ca răzbunare împotriva celui care-o părăsise, apărea un cavaler mai frumos, mai viteaz şi mai de neam decît «trădătorul», care-o răpea din mînăstire, făceau o nuntă ca-n poveşti şi trăiau împreună fericiţi pînă la adînci bătrîneţe. Alteori, o-nchipuiam înălţată deasupra tuturor amărăciunilor, înseninată în faţa spectacolului unei lumi pe care, cunoscînd-o prea bine o lăsa în urmă, călugărindu-se pentru totdeauna. Ajungînd stareţă, împărtăşea din bogăţia sufletului ei încercat unor tinere cu inima scrum în urma vreunei iubiri pîrjolitoare. Dar dragostea mea pentru Gabriel ? Nu mi-era ciudă că nu mă iubea, mi-era ciudă că n-aveam ce vină să-i aduc. Şi fără să mi-o spun deschis chiar mie, tînjeam să fiu şi eu dacă nu iubită măcar dorită, pentru o zi, pentru un ceas, aşa cum eram: nici urîtă, nici frumoasă, dar curată, îngrijită, purtîndu-mă cuviincios, încercînd să fiu blîndă şi îngăduitoare cu oamenii. «Maică, nimic nu face mai mult pe lumea asta ca o inimă bună şi ca o vorbă bună. Să te gîndeşti de-o sută de ori cînd scoţi vorba din gură, că nu ştii unde loveşti cu ea». De cînd o ştiam, Maica vorbea ca o femeie bătrînă. Parcă se adunase-n ea înțelepciune de veacuri. În sufletul nemulțumit clipa sapă adînc. La treizeci şi opt de ani ai ei, femeile de la oraş, cucoanele, se simțeau în plină tinerețe, preocupate de modă, de mondenități, coafate, manichiurate, fardate. Ea arăta fără vîrstă. Parcă nu fusese niciodată şi ea tînără. Era atît de muncită şi trăită-atît de prost şi n-auzise o dată o vorbă bună. Erau şi alte femei sărace-n Brăteasa, muncite şi trăite rău, dar cînd rîdeau, rîdeau sănătos. Maica şi cînd rîdea, rareori, i se lăsau colțurile gurii-n jos, a tristețe, în ochi i se ivea o privire care parcă ar fi căutat ceva-n depărtare, iar rîsul ei era mut. Maica era dintre cei făcuți să-ndure viața, nu s-o-nfrunte. Mă gîndeam ce să fac eu ca să-i răzbun viața, ca să simtă ea că i-am răzbunat-o. Dacă Gelu şi cu mine aveam să ne facem un rost la oraş, pentru Maica ar fi fost a mai mare mîngîiere.

◇

În concediu învățam pentru Şcoala de Surori. Eram scutită parțial de frecvență, datorită muncii în spital. Voiam să fiu totuşi la-nălțime la şcoală şi să nu se spună că mi se făceau favoruri fiindcă lucram la militari. În acea vreme urmau Şcoala de Surori fete reuşite la Medicină, fără loc, din cauza originii sociale; altele care, ştiindu-se fără şanse, nici măcar nu-şi încercaseră norocul pe la facultăți, şi fete din categoria mea, dorind toate să cîştige o pîine acolo unde se putea. O aveam colegă chiar pe fiica unuia dintre cei mai cunoscuți ftiziologi din România. Norocul meu a fost spiritul de ordine şi de chibzuire a timpului pe care-l supsesem o dată cu laptele Maicăi. Ordinea şi chibzuirea Maicăi, fără de care demult ne-ar fi mîncat cîinii. Tot ce-avea de făcut era bine rostuit în mintea ei. Doar din cînd în cînd, peste zi, o vedeai că se-aşeza pe marginea prispei, pe-un scăunel cu trei picioare, şi chiar pe jos, sub dudul din curte, închidea ochii şi stătea aşa zece-cincisprezece minute. «Maică, la ce te gîndeşti cînd stai aşa cu ochii-nchişi ziua-n nămiaza mare ?». «La nimic. Dorm, ca să prind puteri şi s-o duc mai departe». Am moştenit de la ea felul ăsta de-a mă odihni oriunde m-aş afla. Şi cinci minute dacă le dorm cînd m-ajunge oboseala şi tot mă simt refăcută. Aveam să aflu că acelaşi sistem de-a se odihni îl au cosmonauţii: ei îşi comandă cînd s-adoarmă, cînd să se trezească. Şi uite-aşa, Maica şi cu mine eram nişte premergătoare ale cosmonauţilor !

Vreo săptămînă, în spital s-a vorbit de moartea Luciei Cantemir. Fiecare îşi dezgropa amintirile despre ea, îşi dădea cu presupusul şi mai ales nu-i aproba gestul. «Femeie de serviciu să se fi angajat undeva şi aşa ceva tot nu trebuia să facă». Am fost, cred, singura care nu mi-am dat cu părerea în nici un fel despre sinuciderea ei. Domnul General care, ca şi mine, nu scosese o vorbă în privinţa acestui subiect, mi-a spus într-o zi cu multă amărăciune: «Doamne Dumnezeule, ce ţi-e şi cu oamenii ăştia. Nici mort nu-ţi dau pace. Cît a trăit, unul nu ne-am gîndit la ea, şi-acuma, nu mai putem de grijă de ce s-a omorît». Şi iară şi-a luat capul între mîini şi şi-a rezimat în duşmănie coatele pe birou de parc-ar fi vrut să-l găurească. Nu puteam spune că nu eram şi eu curioasă în privinţa unei fiinţe care-şi pusese capăt zilelor, că n-aş fi vrut să ştiu şi eu care fuseseră meandrele unui suflet de om care mai întîi şi mai întîi îşi înfrînsese frica de moarte. Eram şi eu curioasă. Dar mi se părea o impietate să scotoceşti prin viaţa unui om, fără să ai măcar scuza că eşti scriitor şi că psihologia personajelor este parte esenţială a meseriei tale. «De ce nu consultase un psihiatru ?», era părerea cea mai răspîndită. Ca şi cînd psihiatrul i-ar fi dat şi de mîncare.

După vreo săptămînă, uitarea se aşternuse asupra Luciei Cantemir ca asupra tuturor morţilor. În echipa de la sală mă nimerisem, peste vreo şase zile, cu doctorul Costi Gheorghiu. Ne mai întîlnisem întretimp, ne salutasem, evitînd să ne privim. Între noi stăruia imaginea unui catafalc pe care dormea un chip de ceară înconjurat de bucle brune, a două mîini de copil încrucişate peste un jabou alb. Despre divorţul dintre el şi Lucia Cantemir auzisem versiuni cîtă frunză, cîtă iarbă. După ce se terminase operaţia – mîna-ntîi fiind un colonel, iar el mîna a doua – în timp ce aşezam instrumentarul pentru sterilizare, doctorul Gheorghiu mi-a pus o mînă pe braţ. «Argentina, aş vrea să stau niţel de vorbă cu dumneata». M-am uitat întrebător la el. «Vreau să-ţi spun ceva». M-am uitat din nou întrebător, fără nici un cuvînt. În sală rămăsesem singuri. Am închis caseta cu instrumente şi l-am privit din nou. A tras aer în piept. «Argentina, ştiu că ai auzit o mie şi una de versiuni despre divorţul Luciei şi-al meu. Lucia a divorţat de mine. După şase ani de căsătorie în care ne-am înţeles foarte, foarte bine. Cînd s-a convins că nu putea avea copii, din cauza unei malformaţii congenitale, a înaintat acţiune de divorţ. Protestele mele n-au servit la nimic. „Nu mi-aş ierta niciodată să n-ai copii din cauza mea", răspundea ea la toate argumentele mele împotriva despărțirii. Din ziua acțiunii de divorț a refuzat să ne mai vedem». De ce oare-mi spunea mie lucrurile astea ? «Domnule doctor, de ce...», și vorbele mi s-au oprit în gît. «Te-ntrebi de ce ți-am spus toate astea. Fiindcă..., fiindcă nu vreau să ai o părere greșită despre mine». Din ochi îi pierise sclipătul ironic și șugubăț care mi-l amintea pe Gabriel. Îi luase locul ceva palid și stins. Avea o privire de om trecut printr-o grea încercare. Dacă mă gîndesc acum, la bătrînețe, care a fost și este sentimentul dominant al vieții mele îmi dau seama că e vorba de milă. Mila care cuprinde și dragoste, și duioșie, și mai ales dăruire.

Mă uitam la doctorul Costi Gheorghiu și parcă-l vedeam pentru prima oară. Și bărbatul subțirel, aproape slăbănog, din fața mea, nici înalt, nici scund, blond, cu-o față între rotund și oval, cu ochi proeminenți, cînd albaștri, cînd bătînd în verde, cu buze cărnoase, deodată mi s-a părut o ființă care tînjea, măcar în acel moment, după mila cuiva, după înțelegerea cuiva care să nu se erijeze în procuror, în anchetator, tînjea după adierea unui suflet dispus să ia omul așa cum e. Am uitat o clipă că eram o subalternă oarecare și mai ales mi-am uitat rezerva, reținerea mea țărănească, și privindu-l, cum își privește o mamă copilul amărît, i-am mîngîiat fața, abia atingîndu-i-o cu degetele. A-nchis ochii și chipul i s-a destins, asemenea cu-al acelora care-și dau ultima suflare. Cînd i-a deschis, eu eram în ușă. Din cîțiva pași a fost lîngă mine. Nu-mi regretam gestul și nu i-am ocolit privirea. În ea am citit recunoștința omului căruia cineva îi întindea la greu o mînă și nicidecum suspiciunea unei încercări de seducție. Deși prima noastră «conversație» mi-l situase în rîndul fustangiilor, din ziua în care i-am atins fața am început să mă gîndesc la el ca la un frate. Mi-nchipuiam că lui Gelu, frate-meu – ferească Dumnezeu ! – i s-ar fi întîmplat ceea ce i se-ntîmplase doctorului Gheorghiu. Îl priveam, cînd nu ne observa nimeni, cu ochi de mamă, de soră. Era singura libertate pe care mi-o îngăduiam față de el. Pe vremea copilăriei şi-a tinereții mele, buna-cuviință cerea ca orice pas, în orice fel de relație între un bărbat şi-o femeie, să pornească din partea bărbatului. Dacă Maica ar fi ştiut că mă-ndrăgostisem de Gabriel – «vărul meu din frați», cum se spune pe la noi – cred că m-ar fi trimis neîntîrziat să mă spovedesc şi, ca ispăşire pentru asemenea păcat, să fac mătănii pînă la sfîrşitul vieții. După frați, verii din frați sînt cele mai apropiate rude şi nu e păcat mai mare decît să te dai în dragoste cu neamurile. Aşa ceva în Brăteasa nu se pomenise. Erau vreo trei-patru femei măritate care aveau ibovnici – «ibomnici», în pronunția locală – şi lumea se uita chiorîş la ele şi mai ales la bărbații lor care țineau aşa ceva-n bătătură. Afară de faptul că nu-i spusesem prin viu grai că-l iubeam, făcusem tot ce se putea ca văru-meu Gabriel s-o ştie. Prin urmare nu respectasem principiul care-ți recomanda s-aştepți primul pas din partea bărbatului.

Dragostea nu cunoaşte legi, nu ține seama de reguli şi de principii. Înseamnă abolirea oricărei «constituții», ca la orice revoluție. Dacă nu făceam nici un pas către doctorul Costi Gheorghiu nu-nsemna altceva decît că nu eram îndrăgostită de el. Mare ghinion în viață, dacă nu chiar nefericire, ca prima dragoste să fie un om frumos şi o virtualitate, o dorință neîmplinită, aceea care conservă nealterată imaginea primei ființe iubite. Imaginea lui Gabriel avea să se suprapună tuturor bărbaților întîlniți în viața mea. Costi Gheorghiu nu era nici el îndrăgostit de mine;

cum nu era nici domnul General. Nu era vorba doar că nu eram frumoasă. Am văzut în viață și unele urîte care stîrnesc pasiuni. Îmi lipsea acel «vino-ncoa'» sau, cum zic golanii, «vino peste mine». Pentru a fi fost băgată-n seamă de cineva, indiferent din ce punct de vedere, trebuia ca mai întîi omul să mă cunoască și să mă prețuiască pentru capacitatea mea de-a trage ca boul la jug, pentru mentalitatea mea de om sărac, din categoria celor care n-așteaptă pere mălăiețe, pentru corectitudinea mea în orice fel de relație, pentru concepția mea despre viață, din care lipsea chiulul; o dată cu zisul comunism, chiulul începea să se-ntindă ca iedera. De pe-atunci se practica sistemul «trei cu mapa, doi cu sapa».

Într-o zi, cînd ieșeam amîndoi din tură, doctorul Gheorghiu m-a invitat la o cofetărie mititică, peste drum de Facultatea de Drept. Acolo am mîncat pentru prima oară în viață mascote. Bune – că n-aveam să le uit niciodată. După ce le-am prins gustul, cînd voiam să mă răsfăț, înainte de-a mă duce acasă, îmi cumpăram una și-o mîncam în trei timpi, ca să-mi lungesc plăcerea. Stăteam în fața doctorului Gheorghiu fără nici un cuvînt, iar de mascotă nu m-atingeam. «Nu vrei să ne mîncăm prăjitura ?», m-a-ntrebat el zîmbind. «Am așteptat să-ncepeți dumneavoastră». «Argentina, cînd sîntem numai noi doi, spune-mi „Costi“». «Nu-ndrăznesc». «De ce ? Fiindcă sînt cu aproape zece ani mai bătrîn decît tine ?». «Nu de asta. Dumneavoastră sînteți doctor, cu părinți doctori. Eu sînt ceea ce știți, și vin de la țară. Cum zice frate-meu, sînt prima generație încălțată din neamul meu. E-atît de mare deosebirea dintre noi». «Eu nu fac asemenea deosebiri. Oamenii sînt oameni și-atîta tot». «„Egali în fața legii etcaetera etcaetera“. Astea sînt vorbe, domnule doctor». «Costi, nu „domnule doctor“». «Costi. Eu locuiesc pe Doctor Lister, la o familie de medici. Deşi am făcut liceul, şi un liceu foarte bun, deşi am avut colege din familii de intelectuali, deşi am fost colegă la internat cu fete de neam-mare unele, acum, cînd locuiesc la doamna şi la domnul doctor Zamfirescu, văd ce deosebire este între mine şi ei, adică între mine – doamna şi domnul doctor». «Cred că au vîrsta la care ți-ar putea fi părinți. Ai vrea să ştii cît ştiu ei ?». «Nu despre asta e vorba. Ei fac în conversație aluzii pe care cineva de vîrsta mea, dar din mediul lor, le-ar pricepe. La tot pasul le cer explicații. Vreau să-nvăț cît mai mult, dar oricît aş vrea, simt tot ce ne desparte». Costi a oftat şi m-a bătut uşor cu degetele pe braț. «Argentina, sînt sătul de „lume bună“, de unii cărora cu nici o prăjină nu le-ajungi la nas; vreau şi eu să stau de vorbă cu un om, cu un suflet de om. M-am săturat de oameni preocupați să-şi etaleze noblețea şi cunoştințele. Sînt sătul şi de „foşti“ şi de „actuali“. Unii trăiesc numai din trecut şi din depănat amintiri ante-comuniste, alții numai din bătut cu cărămida-n piept cît de oropsiți au fost, dar asta nu-i împiedică să se dedulcească la bine cît ai bate din palme». «La mine-n sat, ăi mai leneşi, ăi mai tîrîie-brîu sînt mari şi tari în gospodăria colectivă». «Aşteaptă să plece generația generalului nostru şi-ai să vezi că ne-umplem de doctori „politicoşi“, adică ajunşi prin politică. Dac-ai şti cum sînt săpați şi mîncați ăştia buni, în jur de şaizeci de ani, de lupii tineri care le țin calea la potecă...». «Asta e lumea în care trăim, în care s-a trăit, cu unele deosebiri, şi-n care se va trăi, tot cu unele deosebiri». «Dar ca acuma parcă n-a fost niciodată». «E drept că nu erau pline puşcăriile de oameni doar fiindcă ar fi fost bănuiți că nu le era drag regimul în care trăiau». «Îi iei omului averea, dar şi dreptul de-a trăi, de-a munci; şi-n loc să-i foloseşti pregătirea profesională îl laşi să trieze cartofi la Obor, să sape şanțuri...». Vorbeam încet. În cofetărie nu era nimeni la ora aia, afară de vînzătoare. Şi totuşi mă miram de noi că aveam curajul să vorbim deschis de lucruri despre care nu era bine să vorbeşti, într-o vreme cînd se-nmulțiseră urechile şi din pereți, cînd era bine să te fereşti şi de copiii şi de frații tăi.

«Sînt surprins de felul cum gîndeşti, Argentina. Apropo de acele „deosebiri" dintre noi. Pentru categoria socială din care provii n-au fost traumele din alte medii». «Dacă nu eşti țăran, neam de neamul tău, e greu să-ți închipui ce-nseamnă şi pentru ăl mai sărac țăran să i se ia pămîntul şi boii din bătătură. Dacă nu eşti țăran nu-ți poți închipui. Şi la Colectivă să vezi că şi din puținul care ți se cuvine te fură preşedintele, brigadierii, primarul...». «Şi-atunci cum rămîne cu „s-a trăit şi se va trăi la fel, cu unele deosebiri" ?». «Mă gîndeam că nici pe vremea iobăgiei, pentru țărani n-o fi fost mai bine. Mă gîndeam că nici în nouă sute şapte n-o fi fost mai bine. Pentru unii nu e niciodată bine. Nu e niciodată şi timpul lor». «Cred că ai dreptate. Totuşi parcă niciodată n-a venit politica să te ia de guler ca acuma». «Ştiu şi eu ? Doctorii mei, cei din Lister, au o bibliotecă de patru-cinci mii de cărți. Cînd fac prin casă curat, mereu iau cîte-o carte-n mînă. Seara, oricît de obosită aş fi, citesc măcar cinci-şase pagini. Acuma citesc o carte de Constantin Bacalbaşa – *Bucureştii de altădată.* Volumul întîi cuprinde perioada dintre 1871 şi 1888. Şi pe-atunci se-ajungea-n fruntea bucatelor tot prin politică. Nici pe-atunci nu era vremea țăranului şi-a săracului. Acuma se vorbeşte de schimbarea lumii, a orînduielii. Nu ştiu ce şi cît s-o schimba, dar ştiu că unora schimbările nu le-aduc nici un bine. Nici un bine niciodată. Aşa le e soarta». «Crezi în soartă, Argentina ?». «Ca tot ţăranul, cred în soartă şi-n Dumnezeu». «Şi Dumnezeu de ce îngăduie ca unii să aibă o soartă vitregă ?». «Nebănuite sînt căile Domnului». «Ce e drept. Cînd te-am văzut prima dată în sală, cum te şcolea tanti Anişoara, nu mi-am închipuit că într-o bună zi am să simt nevoia să stau de vorbă cu tine şi să-mi caut un prieten în tine». «Dintre-atîta lume de-o seamă cu dumneata...». «Cu tine». «Cu *tine*, tocmai pe mine m-ai găsit ?». «E greu să-i explici cuiva şi chiar ţie însuţi de multe ori ţi-e greu să-ţi explici de ce simţi nevoia să stai de vorbă cu un anume om, să te-apropii de el şi nu de altul».

Am tăcut o vreme uitîndu-ne unul la altul, cercetînd încăperea, privind în stradă prin perdeaua vitrinei. «Argentina, cred că m-am apropiat în gînd de tine... atunci la Crematoriu. Privirea ta a fost singura privire plină de milă. Milă pentru Lucia, milă pentru mine. Restul lumii parcă se-ntreba „ce caută ăsta aici ?“». Lacrimile pe care nu le vărsasem atunci la Crematoriu, îmi picurau acum pe obraji. Am închis ochii şi-am căutat cu mîna şerveţelul de hîrtie de pe masă, în timp ce Costi îmi punea în mîna cealaltă batista lui. Mi-am şters lacrimile cu şerveţelul, i-am înapoiat batista şi-am dat din cap încercînd să zîmbesc, de parc-aş fi spus «ce să fac, s-a-ntîmplat, iartă-mă».

«Mai vrei o prăjitură ?», m-a-ntrebat el după un timp care mi s-a părut o veşnicie. «Da; tot mascotă». «Pînă la treizeci de ani cîţi am acum, am avut un singur prieten. La şaptesprezece ani s-a-necat în Olt. Eram într-o excursie. S-a aruncat în apă şi s-a izbit cu tîmpla de-un buştean. A murit pe loc. Trei colegi şi cu mine l-am scos imediat din rîu, dar murise. Crescusem împreună. Între noi era o lună diferență. Ne spuneam tot ce ne trecea prin minte. N-aveam secrete unul față de altul. Eram amîndoi îndrăgostiți de verişoara lui primară, cu zece ani mai mare decît noi, Mona. Nu ne săturam vorbind de dragostea noastră. Era măritată cu un avocat cu zece ani mai în vîrstă decît ea, avea doi copii pe care nici dac-ar fi fost ai noştri nu i-am fi iubit atîta.

Casa lui Radu, prietenul meu, era alături de-a noastră, iar a Monei, alături de-a lui Radu. În fiecare zi ne făceam drum măcar zece minute pe la Mona, să ne jucăm cu băieții ei. Bărbatul Monei, om în toată firea, nu se lăsa păcălit de nişte băiețandri ca noi, cărora le erau dragi copiii, dar erau îndrăgostiți de mamă. Cum purtarea noastră era cît se poate de cuviincioasă, iar vizitele noastre cronometrate, avocatul ne privea cu îngăduință părintească, ne trata totdeauna cu ceva, ne împrumuta cărți. Mona se purta cu noi ca o soră mai mare şi se făcea că nu ştie ce ne aducea zilnic în casa ei. Uneori ne cerea cîte un ajutor gospodăresc: să fixăm o priză-n perete, să batem un cui, să plimbăm copiii un sfert de oră prin fața casei. Radu şi cu mine cumpăram bradul de Crăciun pentru casa lor, noi îl împodobeam, unul din noi îl făcea pe moş Crăciun. După Sfîntul Ion, noi desfăceam bradul, aşezam podoabele în cutii, scriam pe fiecare cutie ce conținea, le legam cu sfoară şi le puneam la locul lor în cămară. Anii aceia sînt paradisul meu pierdut...

Mă văd şi-acum lîngă sicriul lui Radu, iar de partea cealaltă, împietrită, o văd pe Mona. Cînd ne-am depărtat de mormînt, a venit la mine, m-a strîns la piept şi mi-a şoptit cu glasul gîtuit de plîns: „Costi, s-a dus ce-a fost mai frumos în viața noastră. Niciodată n-o să mai fie ce-a fost. Niciodată... "». Mi s-au umplut iară ochii de lacrimi. Costi m-a apucat de mînă. «Argentina, iartă-mă că-ți spun toate astea, iartă-mă. Nu știu ce păcate ai făcut tu ca să te-mpovărez cu toată amărăciunea din sufletul meu. Poți să te-ntrebi pe drept cuvînt: „De-asta m-a invitat omul ăsta la cofetărie, ca să mă facă să plîng ?"». Parcă eu știam de ce plîngeam ? În om se strîng vorbe nerostite, gînduri cărora nici n-ai ști să le dai un nume, lacrimi neplînse la vremea lor, care deodată vin ca o apă umflată de ploaie, revărsată peste mal. Și brusc m-am înseninat și-am zîmbit, uitîndu-mă-n ochii lui Costi. «La ce te gîndești, Argentina ?». «La pădurea de tei de la noi de la Brăteasa. Ai pomenit de paradisul tău pierdut. Și m-am văzut pe mine culcată-n iarbă, petrecînd din ochi norii de pe cer, în timp ce păşteam vaca și oile într-o rariște din pădure. Parcă pluteam odată cu norii». Am zîmbit mai departe celor mai frumoase amintiri din viața mea de pînă atunci și de pînă acuma, cînd se-apropie de sfîrșit. «Fiecare avem paradisul nostru pierdut». «Știu și eu, Costi ? Poate că sînt și oameni care n-au paradis nici măcar pierdut. Mă gîndesc la Maica, mama mea, dacă o avea o singură clipă pe care să și-o aducă aminte cu drag». «De unde știi ?». «Bănuiesc. E drept că Maica e-un om care nu povestește nimic despre ea, dar n-am auzit-o o dată să pomenească despre ceva care să-i fi mers la suflet, să-și amintească și ea vreo clipă de-ncîntare, de bucurie din viața ei». «Poate au fost și pentru ea asemenea clipe». «Ar fi o mîngîiere pentru mine să știu c-ar fi fost». «Tu cum îți concepi viața, Argentina ?». «Mai întîi să-mi cîștig pîinea la oraș și să-i ajut pe-ai mei: părinții și pe frate-meu, pîn-o termina Facultatea. Să termin Școala de

Surori şi să-mi încerc şi eu norocul la o Facultate». «La ce Facultate ?». «Mi-ar fi plăcut să fac Literele sau Istoria. Să fiu, poate, profesoară de română, ca doamna Despina, cea mai bună profesoară a noastră din liceu. Dar cînd văd ce trebuie să le spună acuma profesorii elevilor...». «De ce nu faci Medicina ? Eşti atît de-nzestrată pentru meseria asta». «Cînd văd cîte greşeli se fac în Medicină, cum poţi nenoroci nişte oameni pe viaţă, nu-ndrăznesc să fac asemenea meserie. Şi nici să-mi petrec viaţa în spital nu-mi doresc. Am fost bună la Ştiinţele Naturale. Mai degrabă m-aş vedea la un microscop, într-un laborator. Deocamdată, astea-s vise». «Tot ce mi-ai spus pînă acum ţine de, hai să-i zicem, viaţa ta profesională. Dar viaţa nu se reduce doar la atît. Ce ai de gînd cu cealaltă parte a vieţii ?». «Cînd am întrebat-o pe Maica de ce s-a măritat la şaisprezece ani şi de ce ne-a făcut pe noi, pe mine şi pe frate-meu Gelu, mi-a spus: „Ca să fiu în rîndul lumii. Dacă fetelor le e dat să se mărite – m-am măritat; dacă te măriţi e musai să faci copii, ca să fii în rîndul lumii“. La noi la ţară asta-nseamnă să fii în rîndul lumii. Aş putea eu să fac zece facultăţi, să-mi iau zece doctorate, dar dacă n-am să mă mărit, Maica ar socoti un blestem să-i rămînă fata fără cruce de voinic în bătătură. Aşa gîndeşte lumea din care vin eu». «Nici lumea din care *nu* vii tu nu gîndeşte altfel. Femeia nemăritată e bănuită totdeauna de-un viciu ascuns, de-un defect fizic sau moral. Tu îţi doreşti să te măriţi şi să ai copii ?». «Pentru moment nu-mi doresc nici să mă mărit, nici să am copii. Ca să-ţi doreşti sau nu o familie contează, cred, ce idee ţi-ai făcut despre familie, de la părinţii tăi... Ai mei... Şi pe urmă... pe urmă, vorba e dacă-ţi găseşti un om potrivit, să-mparţi viaţa cu el, să *doreşti* să ai copii cu el... nu doar ca să fii „în rîndul lumii“». «Sînt de-aceeaşi părere. Deocamdată cred că munceşti prea mult. Şi spital, şi şcoală, şi-nţeleg că ai obligaţii şi faţă de familia unde locuieşti». «Faţă de cît am dat cu sapa-n ăştia douăzeci de ani ai mei, nu mai vorbesc de Maica şi de Taica, ce fac eu acuma e floare la ureche, e boierie. Primul meu noroc în viaţă a fost bursa la liceu. Al doilea, profesoara noastră de română, doamna Despina. Venea duminica la noi la internat şi ne-nvăţa cum să ne-aşezăm pe scaun, şi cum să ne ridicăm, şi cum să ţinem lingura, cuţitul, furculiţa, paharul. Cum să ne purtăm în lume şi chiar cum să acceptăm sau să respingem curtea unui bărbat. „Fetelor, indiferent din ce mediu proveniţi, vreau să se vadă că aţi trecut prin liceu. Învăţaţi acuma, citiţi; cu vremea asta n-o să vă mai întîlniţi niciodată“». «Sînt curios cum vă-nvăţa să respingeţi curtea unui bărbat». «Cu delicateţe şi dîndu-i de-nţeles că există cineva în viaţa ta, chiar dacă nu există nici Sfîntul Duh». «Inteligent şi foarte diplomatic ! Deşteaptă femeie ! Tu consideri un mare noroc bursa de la liceu. De ce n-o socoteşti un merit al tău fiindc-ai fost în stare s-o obţii ?». «Atîţia oameni ar merita atîtea lucruri şi nu le au niciodată. La mine-n sat sînt oameni care dacă s-ar fi născut în alt mediu ar fi ajuns departe. Oameni de-o inteligenţă sclipitoare, care dau cu sapa de cînd o pot ţine-n mînă şi pînă mor. Şi care au conştiinţa deşteptăciunii lor şi a soartei lor. Aşa că oi fi meritat eu bursa, dar şi noroc am avut. Noroc am şi-acuma. Stau într-o casă boierească, printre lucruri frumoase, printre cărţi, printre albume de artă, lîngă doamna şi domnul doctor care vorbesc franţuzeşte cu mine, lîngă naşii mei, el, colonel de Geniu, naşa, profesoară de latină şi de română, care şi ei vorbesc franţuzeşte cu mine şi mă-nvaţă cum să mă port, cum să mă fac şi eu cucoană». «Dacă vrei poţi vorbi şi cu mine franţuzeşte». Am tăcut. M-am uitat în jos ca şi cînd aş fi pierdut ceva. «Să vorbesc şi cu... tine franţuzeşte... Mi s-ar părea că ne desparte o perdea şi că am vorbi în faţa unui martor. Una e să vrei să-nveţi, cum vreau eu să-nvăţ de la doctorii mei şi de la naşii mei şi alta să vorbeşti, ştiu şi eu, de la suflet la suflet. Pînă m-am obişnuit cu mănuşile de sală, mi se părea că nu sînt mîinile mele. Acasă, doamna doctor are cutii cu mănuşi de menaj, trimise de fata lor din America, şi mă-ndeamnă mereu să le folosesc. Dar ţăranca de mine, o dată nu-mi pun mănuşi. La sală, abia aştept să aşez instrumentele în cutiile de sterilizare şi să-mi azvîrl mănuşile. Cînd vorbesc franţuzeşte şi cînd îmi pun mănuşile de sală parcă mă-nstrăinez de mine. Ştii de ce vorbesc franţuzeşte ? Ca să-mi dovedesc mie şi altora că şi ţăranul dacă vrea poate». «Consideri că eşti o fiinţă norocoasă, Argentina ?». «Îmi raportez norocul la condiţia mea iniţială. Cred că e mare deosebire între felul cum îşi consideră norocul un om născut într-o casă frumoasă, îndestulată, şi felul cum mi-l socotesc eu, care m-am născut cu pămînt pe jos şi ani de zile am dormit pe gerurile mari cu scroafa, cu purceii şi cu viţelul într-o odaie. Acuma că am o cămăruţă de nouă metri pătraţi, duş, chiuvetă şi closet numai ale mele, că am carpetă persană pe jos, peste parchet, pentru mine e raiul pe pămînt. Mă trezesc dimineaţa şi cred că visez».

Am tăcut. Mi se părea că vorbisem ca o moară hodorogită, că numai eu vorbeam. Nici nu băgasem de seamă că plecasem din cofetărie şi că mergeam încet-încet pe lîngă biserica Sfîntul Elefterie. Costi s-a oprit şi mi-a pus mîna pe braţ. «Te rog vorbeşte, povesteşte-mi, nici nu ştii ce bine-mi face să te-ascult; am atîtea de-nvățat de la tine !». «De la mine ?!». «De la tine. În comparație cu tine mă simt un personaj atît de fad, de superficial». «Nu știu ce-nțelegi prin fad. Superficial îți garantez că nu ești. Și cît am fost infirmieră mi-am dat seama cîte parale face fiecare doctor; iar de cînd lucrez la sală, cu-atît mai mult. Ești un doctor bun profesional, conștiincios, cu milă de oameni. Generalul, care nu prea dă cu complimentele-n lume, are o părere despre tine ca despre nimeni altul. Ce să-nveți de la mine ?!». «O scară de valori, Argentina. Modul în care percep viața oameni din altă categorie decît cea în care te naști tu. Învăț să nu reduc viața numai la cei de-aceeași proveniență cu mine». «Costi, pe mine m-a făcut să-mi păstrez firea credința în soartă. Nu mi-era necaz că alții aveau și eu nu. Și nu-i acuzam pe ei fiindcă eu n-aveam. Consideram sărăcia „darul“ pe care mi-l hărăzise destinul. N-am făcut din sărăcie nici motiv de inferioritate, nici de superioritate. Ceea ce pentru sărac este eveniment, pentru omul înlesnit nu-nseamnă nimic. Dac-ai ști cît de mulțumită sînt cînd le trimit părinților un kil de zahăr, un kil de orez, o sticlă de ulei, niște bomboane, marmeladă, ce pot și eu. Sau cînd i-am cumpărat lui Gelu un costum pe puncte. I-a dat punctele un coleg. Mă simt în al nouălea cer cînd le pot fi de folos alor mei. Și la sală, cînd îl văd pe doctor mulțumit de mine, mă gîndesc că nu fac umbră pămîntului degeaba». «Trec printr-o perioadă proastă, Argentina. Nu mă pot lăuda c-am avut vreodată un echilibru de beton, dar în ultimul timp nu-mi mai aflu locul. Dac-ai avut vreodată insomnii, știi că oricum te-ai așeza-n pat n-adormi. Așa mi-e mie sufletul acum. Oricum l-aș așeza nu-și află nici liniște, nici echilibru». «Spune-ți că tot ce ți s-a-ntîmplat face parte din destinul tău. Și are să-ți fie mai ușor».

Şi iară tăceam şi mergeam cu paşi de furnică sub cerul de toamnă. Am ajuns în Doctor Lister, în faţa casei pe care mă şi obişnuisem deja s-o numesc nu «a mea», ci «la mine-acasă». «Aici locuiesc. Nu te poftesc înăuntru fiindcă nu-ndrăznesc în casă străină». I-am întins mîna, el mi-a sărutat-o şi a mai ţinut-o o vreme în mîna lui. «Costi, vreau să ştii că astăzi am fost prima dată-n viaţă la o cofetărie. Îţi mulţumesc». «Argentina, vrei să fim prieteni ? Să ne spunem unul altuia ce-avem pe suflet ? Să nu ne mai simţim atît de singuri ?». La ultimele lui cuvinte am tresărit. L-am privit lung şi l-am mîngîiat pe obraz ca o adiere. «Vreau».

◊

În cameră mi-am scos fulgarinul cenuşiu-verzui, dar de la doamna doctor, l-am pus pe umeraş, mi-am scos pantofii, m-am aşezat pe marginea divanului şi mi-am luat capul în mîini. Primul gînd mi le-a adus în faţă pe Călugăriţa portugheză – legătura mea cu închipuirile despre Gabriel – şi pe Lucia Cantemir – legătura mea cu Costi Gheorghiu. Gabriel însemna doar foc al imaginaţiei, dorinţa nestăvilită a trupului, fără nici un viitor, conform principiilor noastre ţărăneşti care, la urma urmei, rezumau ştiinţa despre degenerescenţă prin cosangvinitate. Chiar dacă m-ar fi iubit Gabriel şi ne-am fi căsătorit, nu ne-am fi-ncumetat s-avem copii, să deschidem drumul cine-ştie-căror anomalii. Nici la animale, ţăranul nu-mperechează neamurile între ele. «Norocul nostru», al lui Gabriel şi-al meu, că el nu mă iubea. Mi-am legănat capul şi-am oftat din rărunchi gîndindu-mă la acest «noroc».

Costi Gheorghiu. Prima noastră conversație, cînd eram «prea scumpă pentru un biet locotenent», mă nedumerea și mai mult după ziua «cu cofetăria», cum aveam să numesc acea după-amiază petrecută împreună cu el. Ce se-ntîmpla cu sufletul acelui biet om, ca el să simtă nevoia să plîngă pe umărul unei necunoscute pe care mi-era limpede că n-o dorea fizic ? Nici el mie nu-mi inspira nici o dorință. Doar o curiozitate umană și duioșia pe care o simți în fața unui pui căzut din cuib. Eu pe mine, pentru el, mă socoteam, cum se spune în popor «blasture de oblojală». El diagnosticase exact rana noastră de legătură: «ca să nu ne mai simțim singuri». Fără să fie psihiatri sau psihologi, există oameni buni diagnosticieni ai lipsurilor, singurătatea socială ca și cea sufletească situîndu-se în fruntea acestora.

Lipsă era cuvîntul definitoriu al sufletului meu. Sînt momente cînd îți trece prin minte tot ce ai trăit, dar și străfulgerări care-ți luminează viitorul. Îl luminează e un fel de-a spune. De fapt ți-l aduce în fața ochilor, a ochilor minții, nevăzători dar străpungători a ceea ce te-așteaptă. Și ochii mei nevăzători mi-au spus atunci că Maica n-avea să mă vadă mireasă; nici ea, nici altcineva. Am simțit o clipă că asupra mea plana ceea ce poporul numește «cununii legate». Fără să-l fi luat în serios pe Costi Gheorghiu cînd mă găsise «prea scumpă» pentru el, totuși în mine s-aprinsese atunci o licărire de speranță că se uitase și la mine cineva ca la o femeie. După-amiaza petrecută cu el mă aducea cu picioarele pe pămînt. Ca și domnul General, un bărbat în toată puterea cuvîntului, cu toți cei cincizeci și opt de ani ai lui, și doctorul Costi Gheorghiu avea anume considerație pentru mine omul, femeia fiindu-i indiferentă. La noi la țară, pe la paișpe-cinșpe ani, fetele ieşeau la horă şi se gîndeau la măritiş. În Evul Mediu şi-n Renaştere, la fel se-ntîmpla: tinerii se căsătoreau din adolescenţă, urmînd, de fapt, legile firii. Se căsătoreau odată cu trezirea instinctului sexual. Se comportau ca toate făpturile naturii.

Eu, care mă-ndrăgostisem abia la optsprezece ani, eram un fel de must care-ntîrzie să dea-n fiert. După 4 aprilie 1944, Liceul nostru se transformase-n spital. În decembrie 1944, cînd ne-am întors la şcoală, am învăţat, peste drum, la „Colegiul Carol", în care se afla şi Teatrul Naţional. Noi, fetele, învăţam dimineaţa, băieţii de la „Carol" după amiaza. Multe fete şi mulţi băieţi îşi lăsau bilete-n bănci, îşi fixau întîlniri, astfel născîndu-se idile. Acum aveam douăzeci de ani şi tînjeam după dragoste. Voiam să fiu iubită, să fiu dorită. De indiferent cine ? Ei, asta nu. «Păi atunci ce pretenţii ai ? Bagă-ţi minţile-n cap şi vezi-ţi de treabă. Bucură-te că doi oameni ca Generalul şi ca doctorul Gheorghiu te preţuiesc ca om, te tratează ca pe-un egal. Dacă ţi-o fi dat să fii iubită de cine-ai să iubeşti – bine. Aşa cum ai acceptat că unii sînt săraci şi alţii bogaţi, acceptă şi că unii au parte de dragoste şi alţii nu. Crezi că toţi oamenii sînt iubiţi şi iubesc ? Iubesc pe cine-i iubeşte ? Nu mai vorbesc dacă mai iubesc şi pe cine n-ar trebui să iubească, aşa ca tine».

«*Asta-i răsplata pentru că te-am iubit cu atîta duioşie ? Dar n-are importanţă; sînt hotărîtă să te ador toată viaţa şi să nu mai văd pe nimeni toată viaţa*». Aşa-i scria Călugăriţa mea portugheză iubitului ei trădător. Ea stătea într-o mînăstire unde cineva îi dădea de mîncare şi un adăpost. Pe mine, viaţa mă mîna de la spate, lăsîndu-mi puţin timp de visare.

De curînd m-a-ntrebat o tînără pentru ce am muncit toată viaţa. «În primul şi-n primul rînd ca să am ce mînca».

S-a uitat la mine cu un aer superior. «Sînteți intelectuală; nu mi-aş fi-nchipuit că ați trăit numai ca să mîncați». «N-am trăit numai ca să mănînc, domnişoară, dar n-am putut să trăiesc fără să mănînc. Nouă sute nouăzeci şi nouă la mie din populația globului munceşte ca să aibă ce mînca. De unde să ştii dumneata asta, ca fiică de miliardar, care te mai bucuri şi de-un mizilic de zece mii de dolari pe lună la un post de televiziune ? În vremea asta eu trăiesc din trei milioane pensie „mărită"». M-am ridicat de la masa unde ne aflam, tînăra şi cu mine, de ziua lui frate-meu, în semn că noi două epuizasem «metafizica muncii». «Adelina, trebuia s-o iei şi tu mai încet. E-o tinerică fără minte. Tat-su ne e partener de afaceri, mie şi lui fiu-meu». «Iartă-mă, Gelule, că-ți stric relațiile. Dacă vrei să-ți mai calc prin palatul ăsta de casă, cheamă-mă cînd, afară de voi, rudele mele, nu se mai află şi alți „îmbogățiți de revoluție"».

◊

Pentru gînd nu există ireversibilitatea timpului. Gîndul te poate proiecta într-un viitor, de obicei ipotetic, uneori chiar într-unul care se adevereşte. Pentru gînd, prezentul şi trecutul sînt simultane.

De la domnişoara cu metafizica muncii, gîndul m-a adus iară la domnul General şi la Costi Gheorghiu. În acel trecut, atît de prezent în mine, mi-am spus: «mulțumeşte-te cu atîta cît îşi oferă viața şi nu mai visa la cai verzi pe păreți !». Îmi pusesem în gînd să-i cumpăr scurteică Maicăi. Cînd aveam o după-amiază liberă sau o dimineață de duminică, o-ntindeam la talcioc, în Balta Albă. Într-o zi văd pe-un umăraş înfipt într-un stîlp ceva ce parcă era, parcă nu era scurteică. Postavul hainei era violet, iar vulpile pe margini roşii ca focul. Era limpede că «vînzătoarea» nu purtase scurteică neam de neamul ei. M-am oprit, m-am uitat la haină, fără să pun mîna pe ea, şi-am întrebat-o pe stăpînă, cu glas timid: «Ce preț are haina, doamnă ?». «Cinci sute». Am clătinat din cap ca omul depăşit de-mprejurări şi-am dat să plec. «Ți se pare mult, domnişoară ? Gîndeşte-te că sînt vulpi de Alaska». «Doamnă, nu mi se pare mult. Dar eu n-am banii ăştia». «Şi cîți ai ?». «Trei sute şi pîn' la leafă mai sînt zece zile». «Măcar probeaz-o, că asta nu costă nici un ban». «Vă mulțumesc». Haina-mi venea turnată şi dacă-mi venea mie îi venea şi Maicăi, fiindcă eram la fel de-nalte, de-nguste-n umeri şi de subțiri în talie. «Păcat că n-o iei, domnişoară, că arăți cu ea ca-n revistele de modă». «Dac-aş avea bani aş lua-o pentru mama mea, nu pentru mine». «Şi de ce nu vine mama dumitale să-şi caute singură haină ?». «Fiindcă e la trei sute de kilometri dc-aici, la țară,-n Oltenia». «Îmi pare rău că nu cumperi haina». «Ce să fac, doamnă, mă-ntind cît mi-e plapuma». «Am înțeles că ai slujbă. Unde lucrezi ?». «Sînt soră de spital». «Pe unde locuieşti ?». «Pe Doctor Lister». «A, pe lîngă noi. Noi locuim pe Carol Davila. Faci şi injecții intravenoase ?». «Fac de toate». «Am nevoie pentru soțul meu de cineva care să facă intravenoase. Îți dau numărul nostru de telefon şi, dacă poți, te-aş ruga să-i faci injecții soțului meu». «Doamnă, pot trece mîine pe la dumneavoastră pe la trei, trei şi-un sfert, ca să văd despre ce este vorba. Bună ziua, doamnă». Am băgat în buzunar hîrtiuța cu adresa şi cu numărul de telefon al doamnei şi m-am dus mai departe să prospectez talciocul. Cînd pierdusem speranța să mai găsesc o scurteică «asortată» cu punga mea, văd întinsă pe jos, pe o prelată, aşezată între două cojoace cu lîna la faţă, o scurteică de postav negru, căptuşită şi tivită cu vulpi de-ale noastre. Vînzătorul era om de oraş, cu o figură chiar de intelectual. «Bună ziua, domnule, cît cereţi pe scurteică ?». Omul m-a măsurat de sus pînă jos, vrînd parcă să ghicească din sacoşa mea goală şi din lodenul meu gri cam de cîte parale dispuneam. «Trei sute, domnişoară. E nouă-nouţă; vulpile acum un an le-am împuşcat chiar eu. Deci nu sînt vechi ca să curgă părul din ele. Fiindcă, dacă nu ştii, află că o blană, o porţi n-o porţi, după 10-15 ani îmbătrîneşte şi năpîrleşte». Habar n-aveam despre regimul de-nvechire a blănurilor. La noi, la Brăteasa, purtau oamenii o căciulă pînă le ieşea părul prin ea. Şi cu trei sute cît cerea omul rămîneam lefteră pîn' la leafă. Am tăcut, m-am uitat la scurteică; nu era lucru boieresc, aşa ca haina cucoanei de mai 'nainte, însă părea nouă şi i s-ar fi potrivit Maicăi: era scurteică-scurteică. Am rămas locului, mi-am făcut iară toate adunările şi scăderile-n gînd, am salutat din cap şi-am dat să plec.

«Domnişoară, probeaz-o, că nu costă nimic, şi dacă-ţi place, mai las eu, mai pui dumneata...». Îmi venea bine şi scurteica, aşa cum îmi venise şi cea cu vulpi de Alaska şi i s-ar fi potrivit Maicăi mult mai bine decît prima, după care s-ar fi-ntors toată lumea din Brăteasa, ca după un viţel cu două capete. «Cînd cumperi ceva, nu afişa un aer încîntat», mă-nvăţase doamna doctor Zamfirescu. Aerul meu dubitativ de-atunci nu era neapărat rezultatul lecţiei aceleia, cît drămuirea banilor din punga de la gît. Ca să nu risc să mi-i fure careva, îi purtam în sîn, ca tot ţăranul. «Dumneata cît oferi, domnişoară ?». «Care e ultimul preţ la care aţi da-o ?». «Hai, două sute optzeci». După-amiază aveam de gînd să mă duc pe la tuşa Lina şi pe la nea Costel, cum le făgăduisem cu o săptămînă înainte. Voiam să le duc nişte prăjituri, că doar aveam şi eu leafă. «Două sute cincizeci», am prins eu curaj. «Fie ! S-o porţi sănătoasă». «O iau pentru mama». «Frumos din partea dumitale că te gîndeşti la părinţi. Hai să-ţi arăt nişte bijuterii, ca să vezi ceva frumos».

Şi a scos dintr-un buzunar interior al hainei, desfăcînd mai întîi nişte ace de siguranţă, o sfoară pe care erau înşirate, cu nod între ele, broşe, ceasuri de purtat pe lanţ, brăţări, cercei, inele, medalioane. De-atunci şi pînă acum am privit şi eu vitrine de bijuterii, dar parcă nimic nu se ridica la frumuseţea acelora de-atunci, din talcioc. «Dac-ai avea bani ce-ai cumpăra din ele ?». «Pe toate. Dar dac-ar fi s-aleg numai una, aş lua medalionul ăsta», şi i-am arătat cu degetul un medalion rotund care se desfăcea în două. De aur, cu email roşu ca sîngele şi cu un desen din diamante cît vîrful acului. «Te pricepi la lucrul frumos. Dumneata cu ce te ocupi, domnişoară ?». «Sînt soră de spital». «Te-nvîrţi deci printre oameni cu bani. Să-ţi dau telefonul meu. Poate prin doctorimea dumitale ar cumpăra careva bijuterii, tablouri, bibelouri, covoare». Şi am mai plecat cu un număr de telefon în buzunar.

Sînt cincizeci de ani de-atunci şi-mi amintesc talciocul de parcă ieri aş fi trecut pe-acolo. Era o adevărată instituţie a democraţiei populare. Cine-a avut bani atunci, averi a putut strînge, pe nimic. Cum de n-am uitat nici un cuvînt din conversaţiile purtate-n talcioc ? Fiindcă de el îmi legasem un punct de onoare: să-i cumpăr Maicăi scurteică.

La Craiova se ţinea o dată pe săptămînă un tîrg pe-un loc viran, într-un cartier mărginaş al oraşului. Îi zicea Tîrgul de-afară. Venea lumea cu grîu, cu porumb, cu păsări, cu piei de oaie, de miel, de ied, cu cergi, cu velințe, cu preşuri țesute din cîrpe, chiar şi cu covoare. Care cu ce-avea. Dar față de talciocul din Bucureşti era ca un şopron pe lîngă o casă cuprinsă, gospodărească. În talcioc, de la ciorapi şi mănuşi rupte, pînă la haine de vizon, pînă la cristaluri şi la porțelanuri de preț, pînă la obiecte decorative rafinate şi la bijuterii, găseai ce nici prin minte nu ți-ar fi trecut.

Albumele de artă ale doamnei şi-ale domnului doctor Zamfirescu, enciclopediile lor, consignațiile şi talciocul au fost universitățile care m-au ridicat într-o clasă de informare şi de formare a gustului la care n-aş fi ajuns niciodată fără ele. Pe trunchiul meu țărănesc simțeam cum se lipeau altoiurile informării, ale culturii. Vedeam că, din punct de vedere al relațiilor dintre oameni, Brăteasa mea era un rezumat fidel al oricărei societăți, dar că, dincolo de-aceste relații, existau frumuseți, create de om, la care ajungeai ce e drept, prin voință dar şi ajutat de noroc.

Nu eram eu iubită şi nici măcar dorită, însă norocul de-a-mi lumina mintea nu mă ocolise. Cînd spălam seara vasele adunate în timpul zilei şi curățam aragazul, iar doamna şi domnul doctor îşi beau tacticos ceaiul, mă informau pe franțuzeşte despre marii autori pe care-i citiseră, despre spectacolele memorabile pe care le văzuseră, despre călătoriile lor în străinătate, făcute înainte de război, despre vizitele la fiica lor în America. Eu participam la conversație punînd întrebări. Deşi la chiuvetă venea apă caldă, eu fierbeam pe aragaz apă şi cu şmacurile alea americăneşti făceam să sclipească vasele. «De ce te chinui să fierbi apa cînd îți curge apă caldă la chiuvetă ?», se mira a reproş doamna doctor. «Fiindcă apa fiartă curăță cu adevărat grăsimile, iar apa caldă le mozoleşte doar». «Nu te laşi tu de obiceiurile ţărăneşti, Doamne fereşte !». «Olga, trebuie să recunoşti că aşa cum spală Adelina vasele şi cum face ea curăţenie n-a mai făcut nimeni în casa asta», mă apăra domnul doctor care, de unde la-nceput mă saluta şi-atîta tot, acuma găsea mereu subiecte de conversaţie cu mine, fie pentru a-mi testa cunoştinţele medicale, fie pentru a-mi vorbi despre cărţi celebre, despre tablouri din marile muzee ale lumii, complimentîndu-mă de fiecare dată pentru progresele mele de franceză. Deşi între lumea din care veneam eu şi lumea lor, de oameni cu carte şi cu avere, era o distanţă de secole şi de mentalitate, nici doctorii, nici naşii mei nu mă tratau ca pe-o slugă. Din cît mai aflasem şi eu despre Roma antică, eram pentru ei un fel de libert preferat. Cel mai mult preţuiam şi la doctorii, şi la naşii mei din Doctor Lister, felul în care-mi făceau observaţii: fără ton dispreţuitor sau de superioritate, ci din dorinţa de-a mă-nvăţa cît mai mult şi de-a mă ridica la nivelul lor de comportament.

Mi-o aduceam aminte mereu pe doamna Despina, inegalabila noastră profesoară, a cărei ambiţie era să facă din noi oameni cinstiţi, loiali, cu preţuire faţă de-nvăţătură, cu un comportament de om trecut printr-o şcoală bună.

◇

Am scos din buzunarul lodenului bileţelele date în talcioc de doamna şi de domnul cu care mă tîrguisem ca să-i cumpăr Maicăi scurteică. Mi-am trecut conţinutul lor într-un carneţel în care-mi notam, pe zile, tot ce-aveam de făcut. Doamna şi domnul doctor îmi spuseseră de la-nceput că puteam telefona de pe telefonul dumnealor. Cam la două săptămîni odată vorbeam de la acel telefon cu tuşa Lina, la nişte vecini ai lor, fiindcă ei n-aveau telefon. Pe frate-meu, avînd oră stabilită, îl chemam zilnic, la cămin, de la telefonul public din capătul străzii. Mi-am luat libertatea să-i telefonez de la telefonul din casă doamnei cu haina violet, cea care-mi ceruse să-i fac bărbatului ei injecţii intravenoase. Trebuia să văd dacă propunerea din talcioc mai era valabilă. Înţelegerea rămînea în picioare. Am sunat la o uşă masivă de lemn, cu-o vizetă minusculă, situată la nivelul unui om scund, la o casă asemănătoare cu «a noastră» din doctor Lister. Am fost întrebată din spatele uşii cine eram. Mi-am declinat numele şi calitatea. Mi-a deschis doamna din talcioc. Mi s-a părut imprudent din partea ei să primească în casă o necunoscută, crezînd-o pe cuvînt.

E drept că prin anii '50, faţă de zilele noastre, infracţionalitatea era floare la ureche. Nimeni nu ţi-ar fi smuls în plină zi, într-o staţie de tramvai, geanta, nu ţi-ar fi luat căciula din cap, nu ţi-ar fi tras un lanţ de la gît. Puteai merge-n miez de noapte fluierînd pe stradă, că nu se lega nimeni de tine. Frica păzea bostănăria. «Bună ziua, doamnă. Am venit, precum vedeţi». Doamna mi-a luat-o înainte, vrînd să mă conducă acolo unde trebuia s-ajungem. «Doamnă, i-am spus eu, rămînînd pe loc, m-aţi văzut o singură dată în viaţă. Aş vrea să ştiţi cu cine aveţi de-a face. Uitaţi buletinul meu de identitate şi legitimaţia de serviciu». I-am răsfoit buletinul, încet, obligînd-o să-l citească, i-am întors legitimaţia de serviciu pe amîndouă feţele.

«Lucrezi la Spitalul Militar. De ce scrie că eşti infirmieră dacă eşti soră ?». I-am explicat spunîndu-i şi la ce serviciu lucram. «Înseamnă că-l cunoşti şi pe nepotul meu, pe fiul soră-mii, pe doctorul Gheorghiu, Costi Gheorghiu».

«Cunosc toți medicii din secție, doamnă». Am tăcut fiindcă nu-mi plăcea să fac comentarii despre locul meu de muncă și despre cei care-l populau. Adunasem în mine admirație, dar și dezgust cît pentru zece vieți. Unii bolnavi nici nu-și închipuiau cît ne datorau nouă, celor patru surori de la sală, care ne luasem curajul să le șoptim respectuos doctorilor cînd vedeam că erau pe punctul de-a greși, nu din neștiință ci din neatenția nepăsării. Dintre toate doar eu aveam liceul, celelalte numai Școala de Surori; însă experiența, bunul-simț și spiritul lor de observație făceau mai mult decît șase ani de Medicină ai unora dintre doctori. Dacă-ți citea, de exemplu, Florentina o radiografie, nu mai aveai nevoie s-o arăți altcuiva: diagnosticul era sigur. Cu doamna Alexandros, în a cărei casă mă aflam, nu aveam de gînd s-alunec pe panta mărturisirilor. Domnul Alexandros, în jurul a cincizeci de ani, ușor încărunțit, figură prelungă, luminată de ochi de antracit, cu pleoape ușor oblice, trăgînd în jos, cu nas subțire ca o lamă de cuțit, cu o tăietură aspră a gurii, contrastînd cu ansamblul chipului, amestec de masculin cu feminitate, era un bărbat frumos. Înalt, suplu, cu-o piele măslinie, de om trăit mult la soare; era-mbrăcat într-o pijama satinată, în dungi grena cu *bleumarine*, și într-un halat gri cu degradeuri de culoare. Mirosea a săpun fin. Era o apariție ca din filme. Vocea lui baritonală, caldă, m-a făcut să tresar, amintindu-mi-l pe Gabriel. Domnul Alexandros avea arterită. Din tratament făceau parte și niște injecții intravenoase, cîte zece pe fiecare lună. «Am niște vene foarte proaste». «Cum n-avem altele, trebuie să ne rugăm de astea să se poarte frumos». Doi ani de lucru la sală, școala cu tanti Anișoara și ochii cît cepele la fiecare mișcare a colegelor mele de tură mă făcuseră să nimeresc cu acul și-ntr-un fir de ață. Pînă ce nu eram sigură că am găsit o venă cum trebuia, nu-nțepam bolnavul, nici dacă stăteam douăzeci de minute s-o caut. La urgențe introduceam substanțele și la picioare și deasupra mîinii, unde doare de-ți sar ochii, dar urgențele n-au timp de rafinamente. Pe domnul comandor Alexandros – că asta fusese dumnealui în aviație – încercam să-l menajez cît puteam și nu pentru cei cinci franci de injecție, ci de milă, mila pentru orice om în suferință.

Intrarea mea în casa Alexandros se petrecea în ziua cînd unui soldat în termen îi tăiase domnul General piciorul drept de deasupra genunchiului. Cancer. Plecasem plîngînd din sala de operație. Nenorocirea are valoare absolută doar pentru cel asupra căruia se-abate. Pentru spectator, nenorocirea are infinit de multe grade și nuanțe. În ochii mei, ce mai însemna arterita domnului comandor față de nenorocirea care ne-ntorsese tuturora sufletul pe dos ? Am plecat din sală o dată cu domnul General ca să-l vedem pe băiat instalat în pat, să mai stăm pe lîngă el și pe lîngă amărîta de maică-sa, văduvă, cu acel singur copil. După ce l-am lăsat pe băiat în grija medicului de salon, în timp ce mergeam pe culoar, domnul General a spus ca pentru sine «Uite-așa ți se face dor de moarte. Ca să nu mai vezi, să nu mai auzi». Eu îmi ștergeam ochii cu-o fișie de tifon de la sală.

Am intrat în cabinetul domnului General fără să mă poftească. M-am dus la fereastră și mi-am pironit privirea într-un răzor de crizanteme. M-am întors cu fața spre cabinet și m-am apropiat de domnul General. Amîndoi păream supraviețuitorii unei catastrofe. «Domnule General...», am reușit eu să articulez, printre suspine, iar el se uita la mine cu o deznădejde pe care nu i-o mai văzusem pîn-atunci. «Domnule General, nu credeam că şi dumneavoastră, după atîta vreme...». «Credeai că sufletul meu e de beton armat. Nu e, fata mea, nu e». Mi-a luat mîinile şi mi le-a-mpreunat ca la rugăciune, ţinîndu-le între mîinile lui cu degete lungi şi puternice. «Obişnuieşte-te. Altfel n-am mai putea face nici atîta cît facem. Nu ne putem pune cu soarta». S-a apropiat şi mai mult de mine, mi-a luat capul în mîini, m-a sărutat pe pleoape şi m-a condus la uşă.

Călugăriţa portugheză mă lega de Gabriel. Amintirea Luciei Cantemir mă lega de Costi Gheorghiu. Boala şi nenorocirea oamenilor mă apropiau de domnul General.

Domnul Alexandros fumase trei pachete de ţigări pe zi, timp de douăzeci de ani, fusese pilot de încercare şi făcuse şi paraşutism, îndeletnicire de pe urma căreia i se tasaseră cam de trei centimetri vertebrele. Nu mai fuma, făcea opt kilometri pe jos, zilnic, mofete o dată pe an, injecţiile alea – nişte anticoagulante nemţeşti – zece zile pe lună.

«Domnişoară, dumneata n-ai mîini, ai aripi. Ferice de pacienţii dumitale», mi-a spus domnul comandor după injecţie, în timp ce-şi apăsa vena cu vată înmuiată-n spirt. În vremea asta, doamna Alexandros ne privea ca o cloşcă îngrijorată să nu-i fure uliul vreun pui, iar mie-mi urmărea mîinile mai ceva decît dac-aş fi pus bombe. Cam de-aceeaşi vîrstă cu soţul ei, frumuşică, şatenă cu ochii verzi, foarte îngrijită, cu un păr bogat, cîrlionţat natural, cu trăsături fine, măruntică, bine proporţionată, cu-o manichiură impecabilă, doamna Lia Alexandros era o persoană plăcută. În toată alcătuirea ei te frapa aerul de veveriţă în permanentă căutare de ceva, şi ochii extraordinar de mobili, dornici să nu le scape nimic. Drept recompensă pentru succesul meu în privinţa venelor belalii ale domnului comandor Leonidas Alexandros, doamna Lia m-a tratat cu o dulceață de cireșe amare și m-a invitat să iau loc pe-un fotoliu „Biedermeier“ din salonul de la parter, salon care avea pe puțin șaizeci de metri pătrați, era pardosit cu dale de marmură trandafirie și neagră, iar pereții îi arătau ca la un adevărat muzeu. Cei doi, lungi, paraleli erau acoperiți cu tablouri, cel din fundul încăperii – cu obiecte metalice decorative, cu cloazoneuri, o avere în bani și în frumusețe.

«I-ai găsit haină mamei dumitale ?». «I-am găsit o scurteică de postav negru, căptușită cu vulpi de-ale noastre. Nu frumusețea dumneavoastră de haină, dar ceva potrivit pentru la noi, la țară». «Eu i-am vîndut scurta mea de călărie unei dansatoare de la „Tănase“. Noi copii n-avem. Pensia lui Leonida, soțul meu, ne-ajunge, dar vrem să nu ne privăm de nimic. Facem toate excursiile care se organizează prin democrații, pe la ruși, prin Grecia, la familia lui. Ne lasă la familia lui și fiindcă acolo toți sînt oameni influenți și fiindcă ai noștri, vreau să zic autoritățile – ezitase pînă să aleagă acest ultim cuvînt – speră să nu ne mai întoarcem și să le rămînă casa cu tot ce vezi în ea. Eu am făcut Literele și Filosofia, dar n-am profesat niciodată. Dumneata ce școală ai ?». «Liceul și acum fac Școala de Surori». «Am înțeles că lucrezi și cu nepotul meu, doctorul Costi Gheorghiu, fiul soră-mii». «Cînd mă nimeresc să fiu în tură cu dînsul. Domnul General operează mult cu domnul doctor Gheorghiu fiindcă-l socotește cel mai bun din tînăra generație». «Păcat că la-nsurătoare n-a avut noroc. S-a-nsurat din anul doi de facultate cu o studentă la Farmacie. Frumușică și la locul ei, nimic de zis. Taică-său, tatăl fetei, tocase bunătate de avere la cărți și din ’40 dus a fost, nu se știe unde. Mama Luciei – așa o chema pe nevasta lui Costi – nu ştia decît vizite, cuconet, teatre, concerte, bătut magazinele, pe urmă talciocul, mîncare din ziar şi casa vraişte. Cînd erau tineri, în anul trei, această cucoană a murit subit, în plină tinerețe, în plină frumusețe. După moartea ei, Costi şi Lucia au plecat de la soră-mea şi s-au mutat în apartamentul în care locuise mama Luciei cu Lucia pînă se măritase. Nu-ți spun de cîte ploconeli şi de cîte intervenții a fost nevoie ca să fie trecut contractul de închiriere pe numele Luciei. Pusese mai demult ochii un „tovarăş“ pe apartament, încă de pe cînd trăia mama Luciei. Au muncit Costi şi Lucia ca nişte salahori ca să pună casa la punct. Era pe strada Frumoasă, genul de garsonieră dublă, cum se purta între cele două războaie: un hol mare, un dormitor, baie mare şi-o chicinetă, cît să-ți faci un ceai sau o cafea, nu ca să găteşti pentru o familie. Soră-mea şi cumnatu-meu le dădeau lunar o sumă din care să se chibzuiască ei cum se pricepeau. Şi, ce e drept, tinerii o dată nu le-au cerut un leu în plus. Soră-mea şi cumnatu-meu n-au fost deloc încîntați de căsătoria asta: ce-i trebuia însurătoare unui băiat de douăzeci de ani, student la o facultate atît de grea; şi nici fata nu-i entuziasmase, mai ales din cauza familiei din care se trăgea». «Ce vină avea ea că se născuse din asemenea părinți ?». «Sigur că n-avea. Dar orice părinte vrea să-şi vadă copilul intrat într-o familie de oameni aşezați. Păreau că se-nțeleg perfect, vreau să spun Costi cu Lucia. Şi după şase ani, pac – divorțul. Nimeni n-a ştiut de ce. Lucia a fost farmacistă la Spitalul Militar pînă acum un an, cînd au dat-o afară fiindcă a rămas fratele maică-sii-n Franța. Era mare mahăr pe la Comerțul Exterior. Apoi, Lucia s-a sinucis. Ai cunoscut-o ?». «Da. Un fel de-a spune. Mergeam cîteodată să-i cer medicamente care nu fuseseră trecute-n condică. Atît». «Şi ce impresie ţi-a făcut ?». «Avea ceva îngrijorat în privire. Parcă aştepta să i se vestească o catastrofă. Altminteri era atît de săritoare, atît de binevoitoare. Chiar dacă nu găsea medicamentul cerut îţi dădea unul cu o compoziţie apropiată şi o hîrtiuţă cu explicaţii pentru doctorul care ceruse medicamentul. Tot spitalul a regretat-o. Toată lumea a fost la incinerarea ei». «De-acolo te ştiu. Acolo te-am văzut prima oară. În talcioc nu ştiam de unde să te iau». «Viaţa e-atît de nedreaptă cu unii oameni». «Dar nici ea nu trebuia să facă ce-a făcut. Dintre prietenii noştri atîţia trăiesc numai din ce vînd în talcioc, daţi afară din case, duşi la pămînt pe jos». «Ştiu şi văd şi eu, doamnă. Injecţiile m-au dus prin multe case. Nu toţi oamenii sînt făcuţi la fel. Unii cad pradă disperării, în timp ce alţii rezistă. Eu una zic, în sfîrşit zic şi eu, că numai unul Dumnezeu ne poate judeca». «Ai dreptate. Mă gîndesc la Costi; o avea şi el vreo legătură, că văd că de-nsurat n-are de gînd ?». Am dat din umeri. «Prin spital nu se vorbeşte nimic ? Fiindcă de obicei lucrurile astea se află, sînt comentate». «Eu una chiar nu ştiu nimic şi n-am auzit nimic».

I-am cerut voie doamnei Alexandros să mă uit la tablouri şi la obiectele de artă. Nu era tablou sau lucru pe care nu ţi l-ai fi dorit, problema se ivea doar dacă ar fi trebuit să-ţi alegi unul dintre ele. Mie mi-a rămas sufletul la *Un drum în pădure* de Andreescu, la nişte *Floarea soarelui* de Luchian şi la un *Interior* de Petraşcu. Interiorul ăsta avea un colorit de miere, mai frumos şi mai cald, de castană coaptă, decît al celui cu şapte sute de lei de la Consignaţia de peste drum de Universitate. «Ce ţi-a plăcut cel mai mult, domnişoară ?». «Spuneţi-mi „Argentina“. Cel mai mult şi mai mult ? Dacă m-aş afla într-o expoziţie cu vînzare şi aş avea bani, mi-aş cumpăra *Drum în pădure*». «Andreescu». «Da. Îmi pare bine că zece zile pe lună am să-l pot privi, ca să-l ţin minte toată viaţa».

◊

A doua zi am aflat un moment în care să-i spun lui Costi Gheorghiu că-i făceam injecţii comandorului Alexandros. «Le beau Leonidá», a zis Costi cu-o uşoară ironie. «Nu poţi spune că nu e frumos». «Cîte muieri s-au încăierat pentru el, făceam o divizie. Dar, ce e drept, casa a fost casă şi Lia, nevasta lui, de neînlocuit. De mine nu te-a-ntrebat Lia ?». «I-am spus că Generalul te consideră cel mai bun doctor dintre cei tineri». «Şi mai departe ?». «Dacă ai vreo legătură; şi i-am spus că nu ştiu, deci i-am spus adevărul». «N-avea grijă că mă descoase ea şi pe mine în privinţa ta». «N-are decît».

crai de verde

Oriunde m-aş fi dus, orice-aş fi făcut, grija alor mei nu-mi dădea pace. Nu băgam o-mbucătură-n mine fără să mă gîndesc la ei: «Oare ei ce-or mînca ? or avea lemne ? or fi sănătoşi ?». Gelu se ducea destul de des pe-acasă şi-i ajuta în gospodărie, o zi-două cît putea şi el să rupă fără să rişte să-şi piardă bursa. Aş fi vrut să am pentru părinţi o mie-ntreagă din care să-şi pună duşumele de scînduri măcar în odaie şi-n prispă. Să nu mai stea cu pămînt pe jos. Viaţa mea de orăşeancă mi se părea o trădare faţă de ei, un furt din viaţa lor. «Ce e cu tine, Argentina ? Ţi s-a-ntîmplat ceva ?». «Grijile, domnule General, grija alor mei...». «Argentina, tu ți-ai dorit vreodată să mori ?». «Numai o dată ?! De cîte ori zbiera Taica la noi, aş fi vrut să mă culc şi să nu mă mai scol. De cînd a murit farmacista Lucia Cantemir am început să mă-ntreb de ce mi-e mie mai frică». «Şi ?». «De trecerea timpului. Parcă fiecare zi mi-o fură cineva. E-atît de monotonă viața şi fără bucurii». «Hai să-mi faci masaj ca să vezi ce palpitantă e viața. Of ! fată dragă». «Domnule General», am început eu în timp ce-i masam ceafa, «de cînd muncesc în spital mi-e frică şi de nepăsarea oamenilor. Mai ales cît am fost infirmieră, m-a izbit nepăsarea față de omul dependent de bunăvoința altuia şi pentru un pahar cu apă. Nimeni nu se-nchipuie cinci minute în situația omului imobilizat. I-am înțeles pe cei care-şi rugau moartea. E-atîta nepăsare pe lumea asta». «Ei, Argentina, şi cîtă-ai să mai vezi ! Dac-ai să lucrezi tot prin spitale, aşteaptă să ne pensionăm noi, ăştia bătrîni, care-am făcut de drag Medicina, şi să-i vezi pe ăi care-au să vină după noi». M-am gîndit la doctorii «politicoşi», cum le spunea Costi Gheorghiu, «politicos» de la «politică». La o secție le şi venise un şef nou care, cică, avea părinți «ilegalişti». Înlocuise un şef care, cică, avea în neam generali «antonescieni». «Ce ziceți, domnule General, de-nlocuirea generalului Vîlceanu ?». «Norocul lui că l-au pensionat. Iar despre noul şef ce să spun ? Măcar de n-ar fi vreun bou, iar dacă e bou, măcar să-i lase pe ăilalți să-şi facă meseria».

Pe vremea aceea, organele de la «ochiul şi timpanul», cum aveau să se numească-n popor, încă lucrau cu cele două elemente dăruite de mama-natură. Oamenii încă mai vorbeau liber între patru pereți. Mai tîrziu, cînd voiau să-şi comunice cîte ceva, la care era bine să n-ai martori, ieşeau în aer liber. Costi Gheorghiu mă invita la cofetărie, la plimbări cu motocicleta, iar cînd se nimerea să fie de gardă în tura mea de noapte, stăteam de vorbă cu ceasurile, despre cărți, despre muzică, despre istorie şi chiar despre căsătorie.

«Căsătoriile sînt de trei feluri: foarte reuşite, care se despart prin moarte; foarte proaste, care se despart prin tribunal; mediocre – cele mai durabile». Aşa le-mpărțea el. «Părinții tăi unde se-„ncadrează“, Argentina ?». «La durabile». «Şi-ai mei, la fel». Cu toată discreția relației noastre, de pură prietenie, vorbe tot ne-au ieşit. Noroc că, fiind amîndoi necăsătoriți, nu-ncălcam flagrant şi scandalos morala proletară. «Adelina, am văzut ieri pe fereastră că te-a condus un tînăr. N-are rost să umblați pe drumuri. De ce nu-l inviți la tine ?», mi-a spus doamna doctor Zamfirescu într-o seară cînd trebăluiam prin bucătărie. «Nu mi-aş îngădui s-o aduc nici pe Maica la dumneavoastră-n casă, fără să vă cer voie». «După cum vezi, ai binecuvîntarea mea». «Doamnă doctor, cu-acest tînăr sînt prietenă şi-atîta tot». «De ce nu vrei să fiți mai mult decît „şi-atîta tot“ ?». «El nu-mi dă nici un semn c-ar vrea altceva decît prietenie». «Adelina, înainte de-a mă mărita, am iubit un bărbat cum n-am mai iubit pe nimeni. S-a-nsurat cu verişoara mea primară. La nunta lor, cînd abia-mi țineam lacrimile, acel bărbat mi-a spus: „Olga, eu pe tine te-am iubit, dar tu nu mi-ai dat nici un semn că-mi doreai iubirea“. Dă-i un semn tînărului ăsta, că-i doreşti iubirea». «Numai că eu nu-l iubesc şi, din fericire, nici el pe mine. Fiecare iubim în altă parte, unde n-ar trebui». «Şi-atunci ?». «Ne oblojim singurătatea». «Îmi pare rău pentru voi, Adelina». «Şi mie-mi pare rău, doamnă doctor». «Totuşi, invită-l la tine».

♠

De multe ori simțisem că doctorul Gheorghiu avea ceva pe suflet, ceva despre care încă nu știa cum să-mi spună. Cu toată lipsa mea de experiență în privința bărbaților, intuiția mă făcea să-i bănuiesc o iubire care nu se putea petrece la vedere. Evocarea atît de frecventă a lui Radu, prietenul său dispărut, și-a clipelor de neuitat trăite în casa verișoarei acestuia, mi-au îndreptat gîndul către obiectul iubirii lui Costi. Mona. Măritată, cu doi copii, cu zece ani mai mare decît Costi. Eu nu-l mai văzusem pe vărul meu Gabriel de doi ani și totuși nu era zi în care să nu-mi apară în minte. O vorbă spusă de cineva, un obiect oarecare, brusc îmi trezeau imaginea lui. Se spune că ochii care nu se văd se uită. E drept, și așa se-ntîmplă cel mai adesea. Dar cineva, cu-o memorie care nu lăsa rănile să se-nchidă, spusese că distanța stinge focul mic, în timp ce-l întețește pe cel mare.

Acestui nefericit tip de memorie îi aparține Călugărița mea portugheză. Tip care se rărise odată cu trecerea timpului, el fiind chiar de la natură mult mai slab reprezentat decît cel înzestrat cu fireasca uitare a ochilor care nu se văd. Pentru a fi sinceră cu mine, cea de la douăzeci de ani și cea de mai tîrziu, trebuie să spun că, orice se-ntîmpla în jurul meu, oricît de apăsată eram de griji și mereu împinsă de la spate de drămuirea timpului, nimic nu-mi lipsea mai mult, mai acut, decît dragostea. Cînd iubești, diferența de vîrstă este nesemnificativă. De ce n-ar fi iubit Costi Gheorghiu o femeie cu zece ani mai în vîrstă decît el ? De ce n-ar fi iubit vărul meu Gabriel o femeie care, așa cum aveam să aflu curînd, era cu opt ani mai mare decît el.

Gabriel şi Laura, căsătoriţi întretimp, s-au mutat la Bucureşti cînd terminasem eu anul doi la Şcoala de Surori. Şi-au cumpărat, adică ea şi-a cumpărat un apartament pe bulevardul Dacia, aproape de părculeţul Ioanid. Îndată ce s-au instalat, ne-au invitat la ei, pe mine şi pe Gelu.

În drum spre bulevardul Dacia îmi tremurau picioarele şi-mi simţeam inima-n gît. Cred că şi Everestul l-aş fi urcat mai uşor decît cele douăzeci şi una de trepte ale unui etaj, pînă la apartamentul lor. Ne-au deschis uşa amîndoi. Eu mutam o plasă dintr-o mînă în alta. Din talcioc, le cumpărasem, ca de casă nouă, un vas lung şi subţire de alamă, sugerînd un trup de femeie. De la florăreasa de la Romană, alesesem cinci frezii de culori diferite. I-am întins Laurei vasul – dar de casă nouă. «Să vă poarte noroc !». Ea m-a sărutat, mi-a mulţumit. Gabriel m-a sărutat pe amîndoi obrajii. Sînt momente-n viaţă cînd te miri cum de nu mori. Cred că o clipă-două mi-a stat inima-n loc.

Laura era brună, cu păr bogat, negru-albăstrui, cu un ten mat alb, cu ochi cenuşii, cu o faţă subţire, dăltuită ca o camee. Înaltă, suplă, cu sîni care-i împungeau puloverul, cu picioarele cele mai lungi şi mai rasate pe care le văzusem vreodată. Îi luam seama ca unui obiect de artă. «Vrei s-o zugrăveşti de te uiţi atîta la ea ?», m-a-ntrebat Gabriel pe tonul lui de uşoară zeflemea. «E-atît de frumoasă şi mai ales deosebită», am răspuns eu cu un aer constatativ şi-am învăluit-o pe Laura într-o privire caldă, admirativă. Ciudată e firea omului. N-am înţeles nici pînă astăzi cum te poţi vindeca într-o clipă de-o boală pe care-ai purtat-o în tine ani de zile. N-am încercat să mă compar cu Laura şi nici vreun sentiment de inferioritate n-am simţit privind-o, nici invidie, surprinzînd între ea şi Gabriel privirile discrete pe care şi le-aruncă doi oameni care se iubesc. M-a vindecat de vărul meu superioritatea Laurei față de el. Toată ființa acestei femei emana ceva profund, de calitate, şi o subtilă ştiință de-a nu dori să se facă remarcată.

Gabriel era acelaşi tînăr inteligent, cu un simț al realității de invidiat, spiritual, uşor ironic, dar şi nițel superficial. Era din categoria celor care-şi dirijau seriozitatea doar în anumite direcții, găsind că lumea, în general, nu merită prea mare osteneală. Frumusețea, cu avantajul ei de-a-ți atrage atenția şi admirația şi de-a nu avea nevoie de argumente, este adesea un element stimulator de superficialitate, superficialitatea unei mari încrederi în tine însuți, a unei uitări a fugii ireparabile a timpului. Este un element folositor din punct de vedere al efectului social şi, mai ales al celui dintre sexe, dar, general uman, uneori poate fi chiar dăunător. Pentru prima oară de cînd ne ştiam, mi se părea că lui Gabriel frumusețea avea să-i aducă mari foloase, dar avea să-i şi strice. Învăța temeinic, fiindcă dorea s-ajungă cineva în meseria lui. Îl stimula şi situația nevesti-sii care, la treizeci de ani, era asistentă universitară, specializîndu-se în neurologie şi punînd de pe-acum diagnostice pe care le confirmau cei mai de seamă doctori din domeniu.

După ce am mîncat o mîncare gospodărească, din care n-a lipsit «zupa» de găină cu tăieței de casă, subțiri ca scobitorile, eu şi cu Laura ne-am dus în bucătărie să spălăm vasele şi să le punem la locul lor. Cînd am ajuns la cafele, Gelu şi Gabriel au rămas în hol, noi, femeile, am trecut în dormitor. Dormitor cu pat de mijloc, din alamă, acoperit cu o cuvertură de catifea de-o culoare între viorele şi liliac, la cap cu un sul ornamental din aceeaşi catifea, fronsat în amîndouă părțile şi terminat cu doi nasturi mari, îmbrăcați şi ei tot în catifea violet. Mobilele erau „Biedermeier“, şocolatii; deasupra patului se afla un nud de Tonitza; de fapt, spatele unei femei şi un semiprofil. Covorul oriental de pe jos era o îmbinare de şerpuiri violet, corai, verde-stins, liliachiu, albastru cum e cerul, prelinse printre altele mai intense de culoarea castanei. Ceva pe care ţi-era milă să calci. Dacă doamna Despina – cu delicateţea şi cu diplomaţia care o caracterizau – nu ne-ar fi-nvăţat că la oraş, într-o vizită, oamenii nu-şi scoteau încălţămintea, m-aş fi lăsat sigur în ciorapi pentru a călca pe-asemenea frumuseţe.

Ne-am aşezat în fotolii, în faţă fiecare cu-o măsuţă cît o farfurie mare, pe care ne-am pus ceaşca de cafea, dintr-un porţelan albăstrui, atît de subţire şi de transparent, că mi-era şi frică s-o duc la gură. Vorba s-a legat uşor între mine şi Laura. Nici una dintre noi nu voia să pară altceva decît ceea ce era. Ea ştia despre mine tot ce poţi afla despre un om de la alţii. Eu despre ea nu ştiam de fapt nimic.

Mi-a povestit viaţa ei de copil unic a doi medici cunoscuţi, oameni cu stare, intelectuali din neam în neam. Lecţii de pian, de limbi străine, excursii în străinătate, pînă la începutul războiului. Copil ascultător, bun la carte. Intrase la Facultate ca o scrisoare la cutie, fiindcă de mică îşi îndreptase toată atenţia spre acele obiecte care erau obligatorii pentru admiterea la Medicină. În anul întîi se-ndrăgostise nebuneşte de profesorul de Anatomie, divorţat de multă vreme, vreme populată de cohorte de femei pentru a căror «cucerire» n-avusese nevoie să-şi pună armură şi nici să se travestească. Aşa cum unor bărbaţi, destui la număr, orgoliul şi apetitul le sînt cu-atît mai înfocate în obţinerea graţiilor unor femei cu cît acestea prezintă o mai lungă listă de foşti «combatanţi» la budoar, tot aşa, unele femei îşi fac un punct de onoare din relația cu un bărbat campion la ridicatul fustelor. La nouăsprezece ani, Laura se-ndrăgostite cu toată ființa, fără nici un gînd de-a se-nscrie într-un şir de femei aureolate de trecerea printr-un pat cu temeinică reputație și nici de-a-şi dovedi vreo superioritate asupra acestora. Se-ndrăgostise și de dragoste și de profesor, care pălise cînd dăduse cu ochii de Laura, iar inima, socotită de mult imună la altceva decît la variația amuzamentului, îi bătuse în piept ca un ciocan. Cuprins de efervescența bărbăției care-şi trăieşte ultimele văpăi – copleşit de frumusețea și de seriozitatea Laurei, căreia îi strecurase-n vine patima lui – la cincizeci de ani, profesorul Alexandru Mihailopol se însura cu tînăra lui studentă, scandalizîndu-i părinții și scandalizînd opinia publică. Se căsătoriseră în 1942, la Sibiu, în timpul refugiului. În '45 se întorseseră cu toții la Cluj. «La Sibiu, din ziua căsătoriei n-am mai stat cu părinții. La Cluj, de asemenea. De cîte ori mă vedeam cu mama, ea avea grijă să-mi spună „măcar copii să nu faci cu el". Cît am stat la Sibiu, într-o singură cameră, nu se punea problema copiilor. La Cluj s-a făcut 1946 pînă ne-am văzut în casa lui Alexandru, pe care mai întîi a trebuit s-o punem la punct și s-o mobilăm, fiindcă nici uşi nu mai avea, darămite mobilă. În ziua cînd eu îmi dădeam ultimul examen de anul cinci, Alexandru a murit în timp ce examina un student. Mi-a ajuns la urechi că intrase-n sala de examen foarte enervat. N-am aflat nici de ce, nici de cine».

A urmat o tăcere pe care eu n-am avut curajul s-o-ntrerup. «Cînd o fată de douăzeci de ani se mărită sau are o relație cu un bărbat de vîrsta părinților ei, greu e să nu-ți închipui că n-o face din vanitate sau din interes. De cîte ori n-am auzit în spatele meu spunîndu-se: „Ăsteia nu-i ajungea bănetul lui tată-su şi-al mîne-sii, avea nevoie şi de averea craiului de Mihailopol". Afară de el şi de părinţii mei, nimeni n-a ştiut cît l-am iubit pe Alexandru. Nu ştiu cum am terminat Facultatea. Intrasem într-un fel de automatism. Umblam ca-n transă. Afară de Facultate şi de-nvăţat nu mai ştiam nimic. Mi-aduc aminte că-n timp ce-mi făceam stagiul, la chirurgie se afla un bolnav cu-o infecţie la un picior, ceva ce mirosea atît de-ngrozitor că nimeni nu voia să-l panseze. Ei bine, eu l-am pansat, l-am dezinfectat, i-am făcut penicilină fără să-mi pun mască şi fără măcar să strîmb din nas. Peste două luni, nu ne venea să credem, omul a plecat pe picioare de la chirurgie. Cînd a venit să-l ia acasă, nevastă-sa m-a-ntrebat: „Cum vă zice, domnişoara doctor ?". „Mihailopol", i-am răspuns. „Pe numele de botez să-mi spuneţi, ca să vă pun la acatist şi să ne rugăm de sănătatea dumneavoastră şi să vă ia Domnul năframa întunecată de pe suflet". Ştiinţa nu e-n stare să explice de unde li se trage animalelor, copiilor şi oamenilor simpli darul de-a pipăi sufletul omului... De la moartea lui Alexandru, între mine şi lume se-nălţase un zid. Chiar şi cu părinţii mei, relaţiile erau formale. Am refuzat să locuiesc cu ei. Am rămas în casa în care fiecare lucru, fiecare ungher mi-l amintea pe el, pe noi doi. Aerul meu absent, de „pustnică rătăcită printre oameni", cum avea să-mi spună Gabriel, descuraja orice bărbat care-ar fi avut de gînd să se-apropie de mine. Gabriel e singurul care, cu privirea lui sfredelitoare şi fără menajamente, m-a trezit din nou la viaţă. Într-o zi m-a oprit pe stradă şi fără pic de ezitare mi s-a adresat, uitîndu-se fix în ochii mei: „Doamnă doctor, pînă cînd aveţi de gînd să trăiţi ca o pustnică rătăcită printre oameni ? Nu vă castraţi viaţa. Lăsaţi-vă iubită şi iubiţi.

Pentru asta sînt făcute ființele vii. Sărut mîinile". M-a sfredelit din nou cu-o privire care-mi spunea tot ce dorea el de la mine. Sub dogoarea privirilor lui m-am topit ca un sloi de gheață. Așa a-nceput dragostea noastră. Măritîndu-mă cu Gabriel, mi-am scandalizat părinții – mai ales pe mama – cel puțin cît la prima căsătorie. „Cu opt ani mai tînăr decît tine și tot regățean ca și primul. Ce, s-au terminat bărbații de pe lume ?". E greu să le explici unor părinți, trăiți într-un convenționalism călduț, că fiica lor nu se poate lipi decît pasional de-un bărbat. Ne-am mutat de la Cluj, ca să nu fim mereu o spină iritativă pentru familia mea. Am împlinit treizeci de ani. Vreau să fac repede un copil-doi. Vrea și Gabriel, deși el are numai douăzeci și doi de ani».

«Cînd s-a născut frate-meu, Gelu, Maica nu-mplinise șaptesprezece ani, iar Taica abia mergea la armată. La țară și la lumea simplă de la oraș, oamenii se căsătoresc foarte tineri. Măcar la noi în Oltenia. Ca să aibă timp de crescut copiii și ca să-i vadă la casele lor. În satul nostru, toate fetele de-o seamă cu mine sînt măritate și au măcar cîte-un copil. Părinții noștri au vrut cu orice preț să ne cîștigăm pîinea la oraș. Să nu mai dăm cu sapa. Oraș-oraș, dar Maica tare-ar mai vrea să mă vadă măritată». «Și nu e nimic în perspectivă ?». «Chiar nimic». «Nici o iubire ?». «Am fost îndrăgostită de-un bărbat însurat. El n-a fost îndrăgostit de mine. Acuma începe să-mi treacă». «Și nici un bărbat nu bagă de seamă că ești o fată inteligentă, cuviincioasă, deosebită ?». «Bagă de seamă șeful secției, care din infirmieră m-a făcut soră la sala de operații, la Ortopedie, om la cincizeci și opt de ani, însurat, și un doctor tînăr; cu el sînt prietenă cum aș fi cu o femeie». «Cine o fi să fie-al tău are să fie». «Toate sînt scrise undeva. Dacă e ceva lipsă pe răboj poți să te dai de-a rostogolul și tot lipsă rămîne». «Bănuim atît de puțin despre noi-înșine. Pe la unsprezece-doisprezece ani îmi închipuiam c-aveam să iubesc un tînăr blond, cu ochi albaștri și că aveam să ne ținem o viață de mînă. Colege de-ale mele erau îndrăgostite de actori de cinema. Eu eram îndrăgostită de-nchipuiri. Afară de bărbatul însurat de care mi-ai pomenit n-ai mai fost îndrăgostită de nimeni ?». «Cît am făcut liceul am fost internă. Mergeam duminica la parcul Bibescu, parcul orașului, cu pedagogele, două nemțoaice bătrîne, mergeam cîte odată la cinema în aceași formație. În vacanțe o ajutam pe Maica-n gospodărie. Băieții de vîrsta mea aveau fiecare fata lui, iar pe mine școala mă scosese din rîndul lor». «Ești atît de tînără». «Ziua bună se cunoaște de dimineață». «Se schimbă cînd nici nu-ți dă-n gînd. Chiar ai vrea să fii măritată ? Ai vrea să ai copii ?». «Mi-a mai pus cineva întrebările astea. Pentru moment n-aș vrea să fiu măritată și nici copii n-aș vrea. Vreau să-mi fac un loc în lume, să cîștig o pîine mai albă decît a părinților mei». «Fă Medicina». «De cînd muncesc în spital, nu mă trage inima; de-altfel nici înainte». «Totuși e o meserie în care, în afara binelui pe care-l faci, măcar ți se spune „săru' mîna"; din convingere, din interes, totuși nu ți se bate cu pumnu-n masă, iar bolile nu țin seamă de regimul politic».

Laura se oprise brusc și parcă se simțea jenată de ultima ei frază. Se gîndise, cred, că noi două, provenind din lumi diferite, mai ales într-o vreme cînd «lupta de clasă» acoperea atîtea nedreptăți și ticăloșii, puteam avea păreri diferite în privința «regimurilor politice». Pe unii ca mine, ca frate-meu Gelu și ca văru-meu Gabriel, regimul ne emancipase față de pămîntul pe jos dobîndit la naștere. Căpătasem burse la liceu în fostul regim, şi eu şi Gelu şi Gabriel, fiindcă fusesem buni la carte, însă eu şi cu frate-meu nu trebuia să uităm nici sprijinul, nici îndemnul naşilor noştri, nemaivorbind de amărîții noştri de părinți care un vis aveau pentru noi: să nu mai dăm cu sapa. N-am putut să nu zîmbesc gîndindu-mă la-ntrevederea dintre Laura şi «tanti» Mița, soacră-sa. «Unchiul» Ionel, socrul, avea să tacă bietul de el, ca peştele-n baltă, cînd o vedea cum s-a ajuns fiu-său ăl mare. Dar mă gîndeam cum avea să-şi stăpînească limbarița, «tanti» Mița. Gabriel n-o păcălise pe Laura în privința provenienței lui şi nici în alte privințe: socoteli de ordin material şi social poate nu-i lipsiseră cînd pusese ochii pe ea, dar de iubit se iubeau. Fără demonstrații în fața lumii: fără ținut de mînă, luat pe genunchi, sărutări şi alte asemenea trucuri din arsenalul de luat ochii spectatorilor, era limpede că se iubeau. Pluteau în jurul lor acele efluvii ale înțelegerii, ale nevoii unuia de celălalt, aşa cum în multe căsnicii, oricît de stăpînită, se simte totuşi indiferența partenerilor, dacă nu chiar disprețul şi vrajba dintre ei.

Am simțit că Laura şi cu mine, cu toate cîte ne deosebeau, eram una pe gustul celeilalte şi aveam ce să ne spunem. Trăită în spital, într-o specialitate în care se văd nenorociri, mai toate fără leac, Laura avea o-nțelepciune mult peste vîrsta ei şi-un fel de-a-şi privi semenii ca pe nişte egali. Pierderea omului pe care-l iubise cu fervoarea vîrstei adolescentine lăsase urme, fără dar şi poate, într-un suflet care oricum nu era predispus la superficialitate. La despărțire, ne-a-ndemnat să venim pe la ei şi neinvitați, doar cu un telefon în prealabil. «Sînteți singurele noastre rude din Bucureşti», a adăugat Laura din uşă.

♠

«Da' ştiu c-a nimerit-o Gabriel al nostru», mi-a spus frate-meu în timp ce mergeam spre Universitate, unde ni se despărţeau drumurile. «Ce casă, ce mobilă, ce lucruri...». «Mai mult decît astea toate – ce nevastă ! La cît e de frumoasă şi de avută puteai să te-aştepţi să fie vreo fluşturatică». «Soru-meo, sîmbăta viitoare e reuniune cu dans la noi la Facultate-n hol. Începe la şapte seara. Vino şi tu. Poţi să inviţi un băiat». «Sînt în tura de după amiază. Termin la zece». «Vino cînd termini. Reuniunea ţine pînă spre douăşpe şi ceva. Pe urmă te ducem noi acasă, la doctorii tăi». «*Mă duceţi* ?». «Eu cu vreun coleg». «Am să-ncerc să vin, deşi nu ştiu să dansez». «Ştii sîrba, alunelul, brîuleţul şi n-o să nimereşti să faci doi paşi la dreapta, unul la stînga, la tangou ?!». «Oi nimeri eu, şi, la urma urmei, nu dau nici un concurs». «Eu *chiar* te rog să vii».

♠

La reuniunea dansantă aveam să mă duc singură. Pe cine să fi invitat ? Pe Costi Gheorghiu nu-ndrăzneam. În rest – pustiu. În ce să mă-mbrac se găsea. Nici o problemă. Aveam să mă sfătuiesc cu doamna doctor şi cu naşa. Pînă atunci mai era o săptămînă – timp berechet. De vreme ce puteam veni însoţită, era limpede că Gelu nu voia să-mi prezinte vreun băiat. Probabil că pusese ochii pe vreo fată. Încercam să-mi concentrez gîndul asupra reuniunii dansante, cînd de fapt toată fiinţa mea se clătina ca o zdreanţă bătută de vînt.

În vremea copilăriei, după ce uscam bășica porcului, o atîrnam pe sîrma de rufe și ne uitam la ea cum o mișca vîntul de parcă o dădea-n leagăn. Tare-aș fi vrut pe-atunci să fiu eu bășica legănată de vînt, și să uit de lume, din ceea ce pricepea din lume mințișoara mea de copil. Acum însă mi se făcea un dor de pădurea noastră de tei și de norii de pe cer în care-mi pierdeam privirea. Orice gînd era bun să-l îndepărteze pe cel legat de-ntîlnirea mea cu Gabriel. Știam cum te strîngi ca un ghem dorind ființa iubită, vrînd parcă să te zdrobești singur în lipsa brațelor, a coapselor și-a buzelor care să te zdrobească, știam cum tînjește sufletul după ființa iubită, însă nu-mi închipuisem cît doare descompunerea iubirii, cît doare golirea propriei ființe de altă ființă, cît doare schimbarea unei imagini.

Descompunerea unei iubiri seamănă cu chipul unui mort în care ți-e greu să regăsești ființa pe care ai cunoscut-o vie. Peste sufletul meu parcă plouase cu cenușă. Un suflet văduv. Sufletul omului îndură amărăciunea, îndură umilința, îndură jignirile, dar mai greu decît orice – golul și mai ales golirea. Văzusem oameni morți fiindcă nu li se oprise la vreme o hemoragie. Golirea sufletului nu te omoară, dar te sleiește.

Ciudat cum sufletul parcă e o copie a sistemului sangvin. Trăind lîngă atîta durere trupească, însoțită de-atîta amărăciune sufletească, toate judecățile mele porneau totuși de la suferințele trupului. Degeaba mă sfătuia domnul General să mă «nesimțesc» fiindcă numai așa-mi puteam face meseria. Dacă n-ar fi fost domnul General, față de care mă simțeam atît de îndatorată și la care țineam atît de mult încît nu-mi mai închipuiam viața fără el, de mult m-aș fi dus cu săru' mîna la șeful de cadre, ca să mă treacă la serviciul administrativ, la orice post unde să umblu cu hîrtii și nu cu oamenii.

♠

A doua zi, la sală, eram în echipă cu domnul General, cu Gheorghiu şi cu un căpitan venit de la Buzău. De statură mijlocie, chel bine pentru vîrsta lui, cu o faţă rotunjoară, cu ochi verzi, semăna a orice numai a doctor nu. N-avea nimic din gravitatea – părînd uneori morgă – a mai tuturor medicilor, şi-n spital şi dincolo de zidurile spitalului. Semăna a om învăţat cu lopata şi cu tîrnăcopul. O arhitectă, pacientă a Generalului, îmi vorbise despre o nuntă la care majoritatea invitatelor era compusă din doctoriţe. «Şi erau toate îmbrăcate bogat». «Adică ?», am întrebat eu. «Cu toalete scumpe şi care s-arate cîte parale-au costat şi cu bijuterii de să le cadă capul şi mîinile. Mai sînt bine-nţeles şi de cele cu măsură şi cu gust, care mai lasă şi-acasă din ce au. Dumneata lucrezi aici numai cu bărbaţi, n-ai de unde să ştii». Uitîndu-mă la noul nostru doctor, căpitanul Iosif Iuga, mi-a venit să zîmbesc. Am încercat să mi-l închipui femeie şi mi-a fost limpede că nu s-ar fi numărat printre cele îmbrăcate cu preţ la vedere. Domnul General avusese-n prealabil o discuţie cu el, ca să afle cam ce ştia să facă. «Domnule General, am făcut frontul din prima pînă-n ultima zi şi pe urmă am operat la Spitalul din Buzău».

Aveam de operat – «aveam» – un caz greu: o fractură de coloană, cu deplasări de vertebre. Din fericire, fără perforare de măduvă. Un ou moale era beton armat faţă de bolnavul nostru: cu-asemenea băgare de seamă trebuia să umblăm cu el. Un biet băiat de 22 de ani. Iuga l-a adus el cu pat cu tot la sală. «Ce ne facem cu asepsia ? Ce-ar spune doctorul Lister ?», a zis domnul General mai mult în glumă. «Decît să-i perforăm măduva mai bine o dăm Necuratului de asepsie». Cu doi brancardieri şi cu mine pe-o parte, el, Gheorghiu şi încă o soră pe cealaltă, cînd ne-a făcut semn din cap am ridicat bolnavul ca pe-o clătită, cu cearşaful de la salon, şi l-am pus cu faţa-n jos pe masa de operaţie. «Măi băiete, se cunoaşte c-ai făcut frontul», i-a spus Generalul cu admiraţie. Tot el, Iuga, i-a cercetat toată coloana, cu ochii cînd la bolnav cînd la radiografii, pînă să hotărască unde să-i facă anestezia. Mai întîi i-a scos o seringă de lichid din coloană şi abia apoi i-a introdus anestezicul. La fel cum făcea şi domnul General. «E bine să fim prudenţi cînd e vorba de presiunea din coloană», ne-a explicat Iuga fără să ne privească.

După atîţia ani de meserie şi fiind un tip meticulos care-şi prevedea fiecare mişcare, potrivit intervenţiei pe care urma s-o facă, domnul General era un om rapid, rapid nu grăbit. Iuţeala de mişcări a lui Iuga n-am mai văzut-o însă la nici un ortoped, ba chiar la nici un chirurg. După un număr de operaţii, domnul General i-a spus: «Iuga, băiete, în locul dumitale m-aş duce la Urgenţă. Rar am văzut un diagnostician şi-un practician ca dumneata. Ai o rapiditate în decizie şi-o manualitate pe care merită să le transmiţi, să faci şcoală din ele. Spitalul ăsta îţi oferă prea puţin pentru capacitatea dumitale». Dar el avea-n Maramureş, locul lui de baştină, o nevastă cu trei copii. Era fiu de ţărani. Se-nsurase din studenţie cu fata preotului din sat, învăţătoare, care mai apoi făcuse Literele la fără frecvenţă. Se iubiseră de copii. Ştia şi el unde i-ar fi fost locul, dar aştepta să capete o casă unde să-şi aducă familia. Pentru moment dormea-n spital.

Prin relațiile domnului General, fără dureri de cap, obținusem buletin de București, cu viză de flotant în Doctor Lister. Dintr-o bucățică de doc de culoarea nisipului, găsită-n sacul cu petice-al tușei Lina – «nu se știe, fată, cînd ai nevoie de-un petec» – îmi făcusem o pungă în care-mi țineam buletinul și banii. Cususem țeapăn de pungă un extrafort de-aceeași culoare, îi calculasem lungimea în raport cu talia, și-mi purtam «valorile» atîrnate de gît cum neam de neam, țărancele-și poartă banii-n sîn, mai ales cînd merg la oraș. Buletinul de București era cea mai importantă avere a mea. Eram conștientă că fără bunăvoința domnului General puteam să-mi rup rînduri de pingele și să nu-l obțin, neavînd domiciliu stabil în București.

Domnul General bătea pe la toate ușile și pentru doctorul Iuga și se-arăta-ngrijorat și pentru situația mea locativă. «Argentina, fată dragă, „flotant" nu e o situație stabilă». «Și dacă stăteam la cămin era mai avantajos ?». «Nu. Dar trebuie să ai ceva al tău, ceva pe care să ai adresa fixă pe numele tău».

Doamna doctor Zamfirescu zîmbise cînd îi arătasem cum îmi purtam la gît buletinul, bunul meu cel mai prețios. Din ziua cînd într-un magazin i se furase frumusețe de portofel din piele de șopîrlă, plin cu bani, și-n care mai avea și buletinul și permisul de conducere, nu mai zîmbise. «Învățătură de minte: să nu rîzi niciodată de prudența altuia».

Se-apropia sîmbăta cu balul de la Drept. Doamna doctor şi cu naşa au intrat în alertă de gradul unu, mai ceva decît dacă ar fi urmat să meargă ele la bal şi la un bal de dinainte de război cînd – vorba lor – «erau balurile baluri».

De la război încoace, ca şi-n timpul războiului, petrecerile de tineret se numeau «ceaiuri». Se dansa şi se şi mînca ceva, bufet rece, sendviciuri. Şi la Craiova, fetele din oraş, mai ales cele din cursul superior, mergeau la ceaiuri. Aveau ce comenta după fiecare astfel de zaiafet: comportamentul gazdelor, numărul invitaţilor, cum fusese fiecare îmbrăcat, ce flirturi se mai înfiripaseră.

Eu nu-mi făceam nici o problemă cu privire la prima întrunire «mondenă» din viaţa mea. Rochiile pe care mi le dăduse doamna doctor mi se păreau demne de orice fel de petrecere a anilor '50. Numai că începînd de luni – «reuniunea» urmînd să aibă loc sîmbăta – nu mai rămăsese nimic în garderoba doamnei doctor şi într-a naşei pe care să nu-l probez în prezenţa lor. Pînă la urmă, sufragiile au căzut asupra unei rochii de caşmir pe-un fond gri argintiu cu flori violet, cu un decolteu dreptunghiular care se fixa în părţi, de sutien sau de furou, cu două bride. Bustul cam fîlfîia pe-acolo pe unde ar fi trebuit să fie nişte sîni mai mărişori şi nu bietele mele ţîţe ca două ochiuri la tigaie. Soluţia de umplere a golului s-a găsit imediat: un sutien cu burete, care-mi făcea un bust demn de invidiat. «Ar trebui să porţi mereu sutien şi să mergi cu bustul înainte, mai provocator, să-nţepe ochii cui te vede», a zis doamna doctor; eu m-am roşit de parcă la cine-ştie-ce faptă necugetată m-ar fi-mpins. «Ia-l de pe-acum şi poartă-l» – era marţi – «ca să te obişnuieşti cu el pînă sîmbătă». Ce dreptate avea ! Cred că numai caii împiedicaţi s-or mai fi simţit ca mine cu sutien. Îmi venea mereu să-mi duc mîinile la piept, ca să văd dacă obiectul cu pricina mai era la locul lui. Două griji mă frămîntau: mai întîi, să nu scape de pe mine şi să-l pierd; şi apoi să nu se ridice mai sus de zişii mei sîni, dăruiţi de natură, şi să mă trezesc o dată cu un rînd ca lumea, adică sutienul cu burete şi cu un rînd prizărit, ceva mai jos. Cînd m-am îmbrăcat de sală, am vrut să-l scot, dar tot eu mi-am zis: «Cum vrei să te-nveţi cu aşa ceva dacă n-ai răbdare să-l porţi măcar o zi ?». La sală-mi venea să mă-nghebejesc toată, numai să nu bage de seamă careva că-mi corectasem fizionomia. Florina, una dintre colegele de la sală, care avea două fete gemene, de vîrsta mea, amîndouă surori la chirurgie abdominală, m-a cîntărit din ochi oprindu-i drept peste corpul «delict»: «Argentino, nu te mai cocoşa, fată, că-ţi vine foarte bine cu ţîţier de-ăsta cu burete. Să-l porţi mereu. Şi-ale mele poartă, că şi ele au nişte ţîţe ca de mîţă».

Cîte lucruri importante, cîte figuri, cîte voci am uitat o dată cu timpul şi uite ce-mi aduc cu aminte, ca şi cînd s-ar fi petrecut ieri-alaltăieri. În acea sîmbătă am avut noroc de-o tură uşoară. Nici o intervenţie la sală, ci doar trei fracturi banale, reduse de doctorul Iuga şi de nenea Virgil, ghipsierul.

Cînd să ies din spital, dau nas în nas cu doctorul Iuga. «Încotro aşa elegantă, domnişoară ?» «La Facultate la frate-meu, la Drept; e-o reuniune cu dans. M-a invitat frate-meu şi pe mine». Şi el era-mbrăcat cu «ţoale bune», cum se zice la noi la ţară. Pantofi negri, pantaloni gri, sacou bleumarin, gen marinar, cămaşă albă, cravată grena în dungi. Era altul decît cel ponosit din spital. Dar ca omul care nu umblă bine-mbrăcat în mod obişnuit, avea ceva stîngaci, de parcă ori îl strîngeau pantofii, ori îl ţineau hainele pe la vreo-ncheietură. Uitîndu-mă la el şi văzîndu-mă parcă pe mine-n oglindă, am înțeles ce voiau să zică doamna doctor şi Naşa prin franțuzescul «*endimanché*». «Eu mă duc la gară să mă văd un ceas cu doi colegi de liceu în trecere prin Bucureşti. Pînă la ce oră ține petrecerea la studenți ?». «A zis frate-meu că ține pînă pe la douăşpe-unu». «Te-ai supăra dacă aş veni şi eu după ce mă despart de colegi ? N-am mai fost la o petrecere studențească din ultimul an de Facultate. Au trecut doisprezece ani de-atunci». Şi pe chipul lui întinerit parcă, trecea un zîmbet de nostalgică tristețe. S-a uitat apoi în ochii mei ca omul care-şi cere iertare fiindcă ți-a arătat ceva ce n-ar fi vrut să vezi. «Trece vremea şi noi cu ea», am spus eu cu tonul bătrînesc al Maicăi şi mi-a apărut în suflet chipul Maicăi supt şi fără vîrstă, viața ei fără bucurii şi mi-a venit să plîng. Doctorul Iuga a deschis gura să spună ceva apoi s-a răzgîndit şi m-a atins uşor pe braț. «Ne vedem mai tîrziu».

În holul Facultății, dansul era-n toi. M-am oprit lîngă intrare şi-am început să studiez asistența. După felul modest în care erau îmbrăcați, mai ales băieții, în costume pe puncte, mi-am dat seama că erau provinciali, căminişti, categoria care nu lua parte la ceaiuri organizate în cercuri restrînse, de bucureşteni. Fetele erau destul de bine-mbrăcate. Le-am recunoscut repede pe orăşence, căministe sau necăministe. Aveau o degajare-n mişcări, în felul cum îşi țineau capul, cum îşi priveau partenerul. Veniseră fie cu «băiatul» lor, fie în căutarea unuia. Mi-a atras atenția o fată şatenă, cu un permanent mărunt, cu talie foarte subțire în comparație cu oasele solide care nu păreau să aparțină aceluiaşi corp. Ochii ei uşor exoftalmici sorbeau un băiat care dansa pierdut cu o blondă gen păpuşă. Săraca ! Rezema un zid ca şi mine. Am dat cu ochii de frate-meu.

Dansa cu-o fată frumuşică, brună cu piele albă, cu un păr des, negru-albăstrui, pînă pe umeri, cu sîni abundenţi, cu şolduri rotunde, cu picioare grosuţe, dar frumos rotunjite.

Mă uitam la ei şi-am înţeles că puseseră ochii unul pe altul. Ea avea un aer îndrăzneţ, o privire hotărîtă, ţintită-n ochii lui Gelu, care o sorbeau ca pe-o băutură parfumată şi-mbătătoare. Mi-am adus aminte cum stăteam, copil, lipită de nucul Ciocîrlănoaiei, şi mă uitam la fetele şi la flăcăii care jucau în horă. Învăţasem de mică să citesc în ochi dragostea dintre tineri. Mi-am amintit şi cele cîteva nunţi la care fuseseră poftiţi şi părinţii noştri. Taica juca de duduia pămîntul sub el, cu toate tălpile lui drepte ca de urs, şi-i trăgea la strigături de s-auzeau pînă-n pădure. Maica juca şi ea, că doar se afla poftită la nuntă. Juca fiindcă aşa se cuvenea. Dar fără nici o tragere de inimă. Abia aştepta să se termine jocul, şi scăpată parcă de-un canon, alerga să vadă ce făceam noi, copiii ei, copiii celorlalţi nuntaşi.

Tinerii pe care-i priveam acum îşi consumau elanul vîrstei, ţinîndu-se decent în braţe cît dura muzica de la un magnetofon „Tesla", plasat pe-un birou, într-un colţ al holului. Responsabil cu magnetofonul era un băiat înalt, brun, cu o privire adormită dar care părea să nu ignore nimic din ceea ce se petrecea în jurul lui. Cînd s-a terminat tangoul în timpul căruia păşisem eu în hol, spunîndu-le băieţilor de la intrare cine eram, Gelu m-a văzut şi s-a apropiat de mine ţinîndu-şi de mînă partenera. «Sora mea, Argentina sau Adelina, cum vrei să-i spui, şi prietena mea, Liliana». Am simţit la Gelu o ezitare pînă să-i atribuie Lilianei o calitate.

Pe vremea aceea «prietena» luase locul «flirtului», prea compromis de vechiul regim şi prea cu miros occidental. Pe vremea copilăriei mele, «prietenă» însemna chiar prietenă şi nu ca astăzi, adică «amantă», persoană care ţine loc de nevastă fără cununie, o «coabitantă» fără forme la Starea civilă. Am aflat că Liliana era studentă la Drept, cu un an în urma lui Gelu şi făcea şi Academia Comercială «la fără frecvenţă». «L-am convins pe Gelu să urmeze şi el Academia la fără frecvenţă. Cu două Facultăţi ai mai multe perspective», mi s-a adresat Liliana, cu-o voce plăcută, între soprană şi contra-altă, cu un uşor «r» în pronunţie, care se vedea că e din născare şi nu de fandoseală. Cînd începea să vorbească, pe faţă i se lumina zîmbetul omului mulţumit de sine şi de viaţă, iar din pupile parcă-i ţîşneau licurici. Te măsura discret, încît dacă nu erai foarte atent nici nu băgai de seamă. Sînt sigură că-mi ştiuse din primul moment şi numărul de la pantofi, şi-mi ghicise şi buretele din sutien.

Ca una cu un piept aproape scîndură, am admirat la femei mai întîi bustul, iar celor cu sîni prea mari pentru statura pe care-o aveau nu le găseam cusur, ci le-atribuiam un plus de voluptate. Mi-am închipuit-o goală pe Liliana, cu trupul rotunjor şi pietros, alb ca laptele, şi l-am înţeles pe frate-meu, Gelu, de ce se-ndrăgostise de ea. Gelu avea-n privire ceva din ironia neagresivă a lui Gabriel. Un băiat înalt, subţire şi mlădios ca o nuia, cu un glas baritonal armonizat cu o dicţie perfectă, cu trăsături prelungi, cu ochi cum e cenuşa. Nu l-aş fi numit frumos, dar oricum unul după care întorceai capul. Mai înalt cu un lat de palmă decît Liliana, alcătuia cu ea o pereche la care-ţi era drag să te uiţi.

A-nceput din nou muzica. Gelu m-a invitat la dans. Am prins imediat ritmul. Mi-am dat seama că n-avea nici o legătură cu grosimea glesnelor, a picioarelor otova, ci cu felul cum le mişcai, potrivit muzicii. Şi corpul mi se unduia în acelaşi ritm. «Ei, soru-meo, ţi-era că n-ai să nemereşti să dansezi». «Să „nimereşti“, Gelule». «Ai dreptate. Bine faci că mă corectezi. Se cunoaşte că eu n-am fost elevul doamnei Despina». Simţeam că-i stătea pe suflet să afle ce părere aveam despre Liliana. «Gelule, ţine-te, băiatule, de fata asta, că merită. Asta e dintre muierile care saltă bărbatul. Şi de te-o ţine sub papuc, da' are cine». A oftat uşurat. «Ştie ce vrea. A şi avut de toate. Ta-su e şef de garaj la maşinile C.C.-ului. Mă-sa e contabilă-şefă la Ministerul Justiţiei. Mă invită pe la ei la masă duminicile». «Înseamnă c-au pus şi ei ochii pe tine. Casă au ?». «Pe Plantelor, în buricul tîrgului. Casă cu grădină. Un hol mare, cu trei dormitoare. Pod, pivniţă. Boltă de viţă. Singuri în curte. Au îngrijit o bătrînă şi le-a lăsat casa. Lucrînd, şi domnul Ilie şi doamna Ilie, unde lucrează, nu le-a luat nimeni camera care a rămas liberă după moartea bătrînei». Aflasem esenţialul despre familia în care, după toate semnele, avea să intre frate-meu. Liliana dansase cu un coleg care a condus-o lîngă Gelu şi lîngă mine.

«Ar trebui să iau o piatră-n gură», am zis eu; «e prima oară cînd dansez». «Să nu mai spui, că nu te crede nimeni», a intervenit Liliana pe tonul ei vesel, de om care vrea să se bucure de fiecare clipă. M-a invitat la dansul următor colegul lui Gelu. S-a simţit obligat să-mi facă oarecare conversaţie, drept care m-a-ntrebat cu ce mă ocupam. «Soră la sala de operaţii la Ortopedie, la Spitalul Militar». «Am un văr brancardier la Ortopedie, tot acolo. E fiu de chiaburi şi n-a mai avut din ce plăti taxele. Era-n anul trei la Litere, la Filologie cum îi spune acum. Munceşte şi el şi dă la fără frecvenţă, ca salariat». «Cum îl cheamă ?». «Suciu Andrei». «Ardelean după nume». «Da, că sîntem amîndoi de la Cristian, de lîngă Braşov. Norocul meu că tata-i învățător și n-avem decît două iugăre de pămînt». «Mare noroc să fii sărac !». «Noroc azi e să pari, da' să nu fii». Colegul ăsta se vede că avea mare încredere în Gelu de-mi vorbea mie așa. La un moment dat m-a invitat la dans și tînărul cu aer adormit, cel responsabil cu muzica.

Era chiar frumos, în ciuda aerului său de om abia trezit din somn și nedezmeticit bine. Mă privea din cînd în cînd atent și mi s-a părut că mă strînge-n brațe mai mult decît frate-meu și decît colegul lui. M-a condus ceremonios lîngă frate-meu și lîngă Liliana, s-a aplecat și mi-a sărutat mîna. Se purta ca domnul General, dar acesta aparținea altei generații, cu altă educație, dacă nu din familia lui de țărani avuți, oricum din viața colectivă a timpului cînd fusese student.

La unsprezece și jumătate mi-am îndreptat ochii spre ușă, atrași parcă de-un magnet. Rezimat de zid ne privea doctorul Iuga. Ținea într-o mînă ceva de ceramică de culoarea sîngelui închegat, ceva cu o mănușă-n relief. «Domnule doctor, cînd ați venit ? Poftiți să-i cunoașteți pe fratele meu și pe-o colegă a lui. Cînd ați venit ?». «Exact cînd te-a invitat la dans băiatu-ăla negru și frumos. Atunci. Unde-aș putea pune uiaga asta cu palincă pe care mi-au adus-o colegii ?». Ne-am dus la frate-meu care-a pripășit uiaga în spatele magnetofonului, cu voia responsabilului cu muzica, «băiatu-ăla negru și frumos».

Doctorul Iuga m-a invitat la primul dans. Apoi a invitat-o pe Liliana. Și mie și ei ne-a sărutat ceremonios mîna. Din partea lui nu m-a mirat. «Andimanșat» cum era, mai degajat decît în momentul cînd ne-ntîlnisem în poarta spitalului, cu două ceasuri mai înainte. Cu bruma mea de tocuri, eram cît el de-naltă. Adică, amîndoi de talie mijlocie. În ochii lui verzi, sub fruntea înălţată mult de chelie, se aprindea o lumină duioasă cînd făceam cîte o piruetă şi mă ţinea mai strîns de talie. În imaginaţia mea nu mă-nchipuisem femeie decît în braţele vărului meu Gabriel. Pe domnul General îl masam cum aş fi masat-o pe mama. Costi Gheorghiu mi-era prieten cum mi-ar fi fost o femeie şi nici prin minte nu m-aş fi văzut goală cu el într-un pat. N-o văzusem niciodată pe nevasta doctorului Iuga, dar încercam să mi-i imaginez iubindu-se. Trecuse de miezul nopţii cînd de la magnetofon s-a auzit „Periniţa". De unde se-aşternuse ca o boare de oboseală peste tineret, deodată parcă i-a stropit pe toţi o ploaie înviorătoare. Băieţii, cînd erau aleşi, puneau o batistă pe jos pe care să-ngenuncheze fata, şi de cele mai multe ori băiatul şi fata se sărutau pe obraji; cei care se sărutau pe gură era de bănuit că n-o făceau pentru prima dată. Fata cu permanentul mărunt, cu ochii uşor exoftalmici, l-a ales pe cel pe care-l străpunsese toată seara cu dragostea ei. El a sărutat-o pe obraji şi apoi i-a sărutat mîna. Din păcate n-o iubea, dar măcar nu era mitocan. Eu l-am ales pe doctorul Iuga. Mi-a aşternut la picioare o batistă bleu-pal, cu margini vişinii, m-a luat de mînă, m-a privit în ochi – am simţit că ceva se topeşte-n mine – apoi m-a sărutat scurt şi apăsat pe gură, m-a ajutat să mă ridic şi mi-a sărutat ceremonios mîna. După ce s-a terminat „Periniţa", s-a dus la responsabilul cu muzica, s-au uitat amîndoi prin benzi şi deodată a răsunat o bătută ca-n Ardeal. Doctorul Iuga din mijlocul holului a strigat: «Care eşti din Ardeal, vino să-i tragem o bătută». S-au apropiat de el zece băieţi şi patru fete, între care fata «mea» cu ochii melancolici şi uşor exoftalmici. Izbucnea din ei toţi o pasiune mocnită. Cu paşii ăia mărunţi şi deşi parcă stăteau să găurească pardoseala. Noi, ceilalți, roată-n jurul lor, tăceam de parcă trecuse peste noi ceva care ne luase graiul. Şi-au început strigăturile, din care nu am priceput decît un «iu, iu, iu, iu, iu, iu», pornit din rărunchi şi dintr-un timp depărtat şi necunoscut, care-şi trecuse pasiunea şi aleanul din generație în generație. Mă frigea sărutarea doctorului Iuga, iar bătuta lui mă frigea şi mai tare. Se trezise în mine dorința de-a cunoaşte sufletul care sălăşluia în acel trup atît de oarecare, dar avînd ştiința de-a se face dorit. Cînd s-a terminat bătuta, doctorul Iuga a destupat uiaga de pălincă şi a poftit pe toată lumea să guste din ea. Nu mi-a venit nici mie să cred, dar eu am tras prima gură din uiagă: am simțit că-mi ia limba foc din piersici aprinse. În viața mea, din curiozitate, am gustat multe băuturi, dar ca pălinca aceea n-am întîlnit nimic mai bun. Cînd, întorcînd-o cu gura-n jos, n-a mai curs nici o picătură din uiagă, m-am apropiat de doctorul Iuga, i-am luat-o din mînă şi am astupat-o cu dopul care era legat de mănuşă cu un şnur albastru. «Domnule doctor, vă rog să-mi dați mie vasul ăsta». «Al tău să fie !».

♠

Gelu şi Liliana s-au oferit să mă conducă acasă. «Nu e nevoie, copii, Argentina şi cu mine avem acelaşi drum», a zis doctorul Iuga. Mi-am sărutat viitoarea cumnată şi fratele, ştiind că-i las nedumeriți în privința relației între mine şi doctorul Iuga. La tinerețe şi de multe ori la alte vîrste, femeilor le place să fie bănuite că s-ar afla în cine-ştie-ce combinații sentimentale cu bărbați pe care abia-i cunosc. Ar fi fost ridicol să le povestesc lui Gelu şi Lilianei că doctorul Iuga îmi era doar unul dintre superiori şi-atît. Eu, vampa care suceam capul bărbaţilor ! Dacă Iuga mă sărutase pe gură ca să-mi crească acţiunile ? În privinţa lui Costi Gheorghiu cred că era lămurit că nu era vorba de amor. Sau poate mă credea din rîndul celor care se culcă, fără alegere, cu şefii, numai şefi să fie. La urma urmei putea să creadă orice. Seara aceea de dans, în care puţine erau fetele fără iubit, m-a hotărît că la douăzeci şi unu de ani era momentul să-mi încep şi eu viaţa de femeie. Iar doctorul Iuga trezise în mine acea dorinţă. Mergeam tăcuţi unul lîngă altul fără să ne-atingem. Într-o mînă ţineam punguţa de catifea neagră a Naşei, în cealaltă mînă uiaga, obiect la care, şi azi, cînd mă-ndrept spre apus, mă uit cu nostalgie, ca la cel mai preţios lucru din viaţa mea.

Oare iubitul Călugăriţei mele portugheze fusese frumos ? Din descrierea altora nu s-ar fi zis. N-aş fi crezut la optsprezece ani că afară de Gabriel aveam să mai am vreodată ochi şi suflet pentru un alt bărbat. Şi iată că după numai trei ani mă gîndeam, ca la un bărbat *pentru* mine, la un om oarecare ca aspect exterior, profesionist remarcabil, dar mai ales fiinţa căreia doream să-i cercetez sufletul şi trupul.

În latura bisericii Sfîntul Elefterie, pe Doctor Lister, din mersul nostru lent, ne-am oprit amîndoi. Doctorul Iuga m-a privit lung în ochi, şi cu un aer serios la care parcă aştepta un răspuns.

«Argentina, te numeri printre puţinii oameni cărora vreau să le cunosc sufletul. Ţie aş vrea...». S-a oprit. «Ce aţi vrea ?», l-am întrebat eu şoptit. «Aş vrea să te cunosc întreagă», şi iar s-a uitat fără zîmbet în ochii mei. «Vreau», i-am răspuns eu hotărît, privindu-l aspru în ochi, mirîndu-mă eu de mine. «Un văr al meu e plecat o săptămînă din

Bucureşti. Stă pe Carol Davila. Vrei să mergem acolo ?». «Vreau». Am inspectat mai întîi garsoniera vărului. «Ţi-e foame, Argentina ?». «Nu». «Nici mie». În cadă era o boccea de rufe. L-am privit cu mirare pe Iuga. «Sînt lucrurile mele. Vreau să mi le spăl şi să mi le calc şi eu ca lumea. Prea arăt ca un salahor». La replica asta mi-a venit să plîng. Am simţit un elan frăţesc pentru el, ca între noi salahorii.

M-am apropiat de el, am închis ochii şi i-am sărutat mîna dreaptă. Apoi totul s-a învălmăşit în mine, între noi. O dorinţă aprigă pe care el a ştiut s-o drămuiască astfel ca eu să nu leg de brutalitate primul meu moment de dragoste reală. Un singur gînd mi-a trecut atunci prin minte: «Doamne, ce bine că nu sînt eu prima femeie din viaţa lui». În imaginaţie, pe vremea înflăcărării mele pentru Gabriel, mă-nchipuiam lîngă el, fiinţă inocentă ca şi mine, urmînd să descoperim dragostea împreună, ca primii oameni de pe pămînt. În braţele doctorului Iuga nu mi l-am amintit pe Gabriel. Semn că rana prinsese coajă. Doctorul Iuga ghicea tot ce-şi dorea o femeie. Ne-am iubit ca la un sfîrşit de lume. «De ce nu mi-ai spus că nu te-a atins mînă de bărbat ? Mă simt atît de vinovat, Argentina !». «Nu v-am spus fiindcă tot ce s-a petrecut n-ar mai fi fost. Şi vreau să am o amintire frumoasă, legată de-un om pe care-l preţuiesc şi care mi-e drag». Mi-a luat faţa între mîini şi mi-a sărutat ochii. «Mi-era dor de trup de femeie pe care şi eu o preţuiesc, dar...». «Dar nimic. Ştiu că sînteţi căsătorit. N-aţi ascuns-o faţă de nimeni». «De ce-mi vorbeşti cu „dumneavoastră" ?». «Mi-e greu să vă spun pe nume». «Să-mi spui, Iosífe, cum îmi spune mama».

Am stat de vorbă despre părinţii noştri, despre viaţă, despre lume, pînă ce, biruiţi de somn, am adormit. La şase dimineața m-am trezit, m-am strecurat ușurel din pat, m-am spălat, m-am îmbrăcat cu un halat din baie, am desfășurat bocceaua din cadă, am spălat ce era de spălat, am fiert într-un lighean emailat ce era de fiert și la opt jumate eram cu toate întinse pe sîrma din balcon, prinse-n cîrlige, găsite într-o pungă atîrnată de-un suport, tot în balcon. Doamne, ce amănunte îi rămîn omului în minte !

Doctorul Iuga s-a trezit la nouă. M-a găsit în bucătărie răsfoind niște reviste „*Paris Match*". «Argentina, de ce te-ai zdrobit cu lucrurile mele ?». Mi-a sărutat amîndouă mîinile. El a făcut cafeaua. Am băut-o încetișor de parcă am fi vrut să nu se mai termine. Eu, acasă, în București, beam ceai de plante. Cafea numai la spital. Toate surorile puneam bani împreună pentru cafea și ne făceam la repezeală un ditamai ibricul ca să ne-nviorăm. Acum aveam un aer așezat, de familie care îndeplinește un ritual. Am petrecut toată ziua împreună. Am cerut voie să-i dau un telefon doamnei doctor ca să știe că sînt la o colegă pînă seara. «Sper să te afli la un coleg, fiindcă ar cam fi venit vremea», mi-a răspuns doamna doctor cu un rîs sănătos care totdeauna te molipsea de chef de viață. Aflînd că aveam voie să folosim ce se găsea în frigider, am mîncat ouă cu slănină și o salată de cartofi. Dar nu pentru mîncare eram noi acolo.

A fost o zi căreia-i păstrez cea mai frumoasă amintire: o zi în care nu m-a atins aripa dezamăgirii. Seara, pe-ntuneric, doctorul Iuga m-a condus pînă în Doctor Lister. Mi-a sărutat mîna, m-a sărutat apăsat și scurt pe gură. N-am vorbit despre eternitate și nu ne-am promis nici unul altuia nimic. Stăteam cuminți la raportul de gardă și ne priveam scurt ca un fulger cînd presupuneam că nu ne observă nimeni. Doar cînd eram în aceeaşi echipă, cînd îi dădeam instrumentele îmi apăsa mîna, iute, aşa cum mă săruta. Vărul lui a lipsit o săptămînă din Bucureşti. Ne-am fi putut întîlni mai departe la el în garsonieră, fără să-l stingherim; fiind inginer de şantier, lipsea mai tot timpul de-acasă. Dar doctorului Iuga îi era prea adînc înfiptă ruşinea în suflet, iar mie la fel. Nu l-aş fi lăsat să se dezvăluie nimănui că el, om însurat, cu trei copii, are o ţiitoare. Cuvîntul corespunzător acestei realităţi mă făcea să roşesc pînă-n albul ochilor. «Doamne, ce-ar zice Maica, dac-ar şti ? Cum m-aş mai uita eu în ochii ei ?». La doisprezece ani, în vacanţa de vară, cînd mi se arătase acel prim semn al pubertăţii femeieşti, n-am ştiut cum să-l ascund de Maica. Dar ea şi-a dat seama din prima zi. S-a uitat lung la mine, cu privirea ei tristă şi fără vîrstă, s-a aşezat pe marginea patului, m-a tras către ea, mi-a luat capul în poală, m-a mîngîiat pe creştet şi mi-a spus cu glas şoptit: «Lina maicăi, Lină, ţi s-a dus copilăria; de-acilea-ncep grijile». Pe mine m-au podidit lacrimile. De vorbele ei, de firul de sînge care storcea viaţă din mine ? «Nu plînge, sufletul meu. Aşa e datul amărîtelor de femei». Cum plîngeam aşa, un gînd mi-a trecut prin minte: «De-acuma pot avea şi eu un copilaş».

De cînd trecusem în rîndul femeilor, grija mea era să n-am copilaş. Nu puteam o clipă să uit că Iosif Iuga avea trei copii, făcuţi din dragoste, cu fata care-l iubise şi-şi nemulţumise părinţii, că ea, neam de preoţi de patru generaţii, se dusese după un ficior de jos. O zi dacă o avea liberă, doctorul Iuga fugea la ai lui. De el m-a apropiat cel mai mult simţul datoriei pe care-l socotea sfînt. Datoria faţă de legămintele vieţii lui: familia şi jurămîntul lui Hipocrate. Eu ce eram pentru el ? Dacă ar fi făcut-o numai din dor trupesc ar fi găsit una mai frumoasă şi nu numai una. Pentru femei, doctorii alcătuiesc o enclavă privilegiată, în raport cu ceilalţi bărbaţi. De-a lungul unei vieţi am văzut femei care n-ar fi acceptat în ruptul capului nişte bărbaţi dacă n-ar fi fost doctori. Ceea ce din partea unora din altă profesie ar fi considerat obrăznicie, din partea unui doctor li se părea chiar măgulitor. Deci, doctorul Iuga ar fi găsit sigur o fată frumoasă, încîntată să se culce cu un superior. Nu pentru a mă flata, credeam totuşi că îi stîrnisem curiozitatea. Poate şi din pricina vorbelor care circulau despre Costi Gheorghiu şi despre mine ? Ştiu şi eu ? Dar prea mare era duioşia lui pentru mine, preocuparea faţă de viaţa mea, ca să le pun pe seama unui capriciu. Ne-am înţeles de la bun-început că tot ceea ce era între noi urma să ia sfîrşit cînd avea să-i vină familia în Bucureşti.

♠

Doamna doctor m-a întrebat deschis dacă ceva se schimbase-n viaţa mea. La fel de fără ocolişuri i-am răspuns şi eu, spunîndu-i şi că omul era însurat, că nu eram pusă pe spart case, dar că asta era. «Dacă ţi-e drag, iubeşte-te cu el. Ai grijă numai să nu rămîi toată viaţa vioara a doua şi să te trezeşti prea tîrziu. Decît să umblaţi pe drumuri, mai bine adu-l încoace că, slavă Domnului, n-o să te ştie nici pasărea cerului». M-a mîngîiat pe faţă ca pe-un copil şi m-a sărutat pe frunte. Mă întîlneam cu Iosif la mine-acasă, vorba vine «la mine-acasă», ori de cîte ori se putea. Nu ne ştia nici pasărea cerului, credeam noi. Ştia şi Naşa, ştia şi domnul inginer, cumnatul ei. Dar cum nimeni n-avea nimic să-mi reproşeze în privinţa discreției și a-ndatoririlor mele, îndeplinite ca și înainte față de familia doctorilor Zamfirescu, nici măcar vreo aluzie nu mi s-a făcut la schimbarea din viața mea.

Gelu, într-o sîmbătă, s-a-mbarcat împreună cu Liliana și s-au dus la Brăteasa. Gelu, cu mintea lui – brici, se gîndise că adevărul despre obîrșia lui și cunoștința cu părinții noștri însemnau proba de foc prin care urma s-o treacă pe Liliana. Avea să reziste – bine. Nu rezista – însemna că fiecăruia dintre ei îi trebuia altceva. Și Liliana a rezistat.

«Greu se mai trăiește pe lumea asta», a fost concluzia ei după douăzeci și patru de ore de Brăteasa. «Acum îi înțelegi pe Maica și pe Taica de ce-au vrut să nu mai dăm cu sapa, eu și cu soru-mea». Iubindu-l probabil, dar făcînd și niște avantajoase planuri de viitor pentru Gelu, deci și pentru ea, Liliana știind prea bine că Brăteasa n-avea să-nsemne decît scurte halte-n viața ei, nu strîmbase din nas și nu renunțase la Gelu. Un țăran nu strica în neamul ei de orășeni, mai ales în timpurile cînd sărăcia, dacă nu era adevărată, merita orice efort s-o simulezi, pentru tine și pentru tot neamul tău cel adormit. Gelu era mulțumit de relațiile «diplomatice» pe care le stabilise. Maica tăiase găina a mai grasă și nu știuse nici ea nici Taica în ce fel să-și arate încîntarea față de domnișoara de la oraș, care-i era dragă fiului lor și el drag dumneaei. Liliana voise să-i ajute Maicăi la gătit, dar Maica n-o lăsase.

«Domnișoară, maică, las' că ai timp o viață să gătești. Acuș mai bine să-ți arăte Gelu pădurea și dealu' viilor și să te ducă-n vale la ceșmeaua Ciocîrlănoaii, că astea-s mai frumoase acilea-n Brăteasa».

Vedeam că-n toată încîntarea, în ochii lui Gelu se strecura o umbră de tristețe. «Adelino, a murit Florei. Trei zile a zăcut şi s-a stins cu botul în poalele Maicăi. Cu două săptămîni înainte de-a ne duce *noi* acasă». Am plîns după Florei cum nu plînsesem după nici o ființă plecată dintre noi. L-au îngropat sub dud, unde-i plăcea lui să stea la umbră. «Florei, cîinele maicăi, te duseşi. N-o să te mai doară nimic. Pe lumea-ailaltă oi fi şi tu sătul. Roagă-te la Dumnezeu să ne strîngă şi pe noi ca pe tine: să nu supărăm pe nimeni».

Aşa îşi luase Maica rămas-bun de la Florei. O săptămînă mă bufnea plînsul şi pe stradă. Mă străduiam din răsputeri să-mi păstrez firea față de oameni. Doctorul Iuga mi-a ținut calea cam la trei zile după ce aflasem de moartea lui Florei. «Argentina, ce e cu tine ?». Şi m-a privit cu-ngrijorare. «A murit Florei, cîinele nostru de la Brăteasa». Iosif Iuga şi-a făcut semnul crucii, apoi m-a strîns la piept fără nici un cuvînt. Şi Costi Gheorghiu a băgat de seamă tristețea mea. I-am spus ce se-ntîmplase. «Îmi pare atît de rău, Argentina. Bine că n-a suferit». Oare nu suferise ? Cc o fi fost în sufletul lui dacă a simțit nevoia să mai facă o dată, împleticindu-se, ocolul ogrăzii şi apoi să-şi dea sufletul cu botul în poalele Maicăi ? Cînd i-am spus, domnul General a oftat adînc şi şi-a luat capul între mîini. «Argentina, de nimic nu mi-e mai groază decît de despărțiri. Două dureri mari le-am trecut: cînd mi-au murit părinții. Egoismul, frica de durere mă fac să doresc să mor eu înaintea nevesti-mii. Lui Florei al vostru i-a-nchis ochii ființa lui cea mai dragă. Of, viață, viață».

♠

Într-o seară, cînd eram tristă şi plînsă, obosită moartă, după o tură grea, văd că se-apropie de mine un bărbat înalt şi-mi spune «bună seara». I-am răspuns cu o gură moale şi i-am luat seama absentă. Parcă-l ştiam de undeva. «Ce faceți, duduie Argentina ? Vă amintiți de mine ? De la reuniunea de la Drept. Sînt coleg cu Gelu, fratele dumneavoastră» – «A, da ! Alegeați muzica la magnetofon». «Exact». «Pot să vă fiu de folos cu ceva ?», l-am întrebat fără nici o tragere de inimă. «Dacă vreți...». «Aveți pe cineva internat la noi ?». Nici o clipă nu mi-a trecut prin minte că vrea să m-agațe. «Nu despre asta e vorba», mi-a răspuns el cu un zîmbet în ochii aceia pe care atît de bine ştia să şi-i facă semi-adormiți. N-a aşteptat o altă întrebare din partea mea. «E vorba despre familia doctorilor Zamfirescu, la care locuiți». «Adică ?». «La ei, o dată pe lună se-adună, cu ei cu tot, şaisprezece persoane. În ce scop ? Şi ce se discută acolo ?» «Mai întîi eu n-am văzut niciodată aceste persoane. Cu mine, doctorii Zamfirescu discută chestiuni de medicină şi de gospodărie. Domnule dragă...». «„Tovarăşe“ şi fără „dragă“». «Bine, „tovarăşe“, şi fără „dragă“. În ce calitate îmi puneți dumneavoastră aceste-ntrebări ?». «În calitatea pe care mi-o dă o anumită instituție despre care cred c-ați auzit». «De la orice instituție ați veni, eu tot atîta v-aş spune». «Ştiați că doctorii dumneavoastră au o fiică-n America ?». «Da. Mi-au spus de la bun-început». «Şi că primesc pachete de la ea ?». «Le primesc prin Poştă. Vedeți hainele astea de pe mine ? Doamna doctor mi le-a dat. Tot de la fiica dumneaei sînt. Cum vine un pachet îmi arată tot ce primeşte şi-mi dă şi mie cîte ceva din el». «Dumneata, fată săracă, de țărani colectivişti, ce cauți între asemenea oameni ?». «Un adăpost deasupra capului şi, din mila lui Dumnezeu, la nişte oameni de pus la rană». «La cămin nu puteai să stai ?».

«Ba da. Însă după opt ani de internat, după o viață într-o odaie-n toate iernile, cu părinții, cu frate-meu, o vreme și cu purceaua și cu vițelul, poate că mi s-a făcut și mie dor de-un colțișor numai al meu. Dumneavoastră nu păreți de la țară». A tăcut. «Dacă vă răzgîndiți în privința „binefăcătorilor“ dumnevoastră, telefonați-mi la numărul ăsta. Spuneți doar: „cu tovarășul Vasile“». Revenise la tonul oficial, cu «dumneavoastră».

În timp ce-mi înmîna cartonașul pe care se aflau cinci cifre – numărul de telefon – ca din întîmplare a mai zis: «Ce mai e pe la Spital ? Ce face doctorul Iuga ?». «Acum trei zile am fost în echipă cu dumnealui; bine, sănătos». «Doar acum trei zile ? *Noi* parcă știam că și azi noapte», și mi-a zîmbit complice. M-am uitat la el fără uimire, fără ironie, doar cu-o imensă tristețe. Eu îl pierdusem pe Florei. Cu el se ducea o parte a vieții mele. Ce știa «tovarășul Vasile» ? Am văzut că nu se-aștepta la asemenea reacție. Privirea mea îi spusese că pe lume era ceva mai important decît frica de «noi», adică de «ei» care vedeau tot, știau tot.

«Tovarășă Argentina Boboc, tot ce-am vorbit rămîne strict între noi». Ochii lui, complet treziți din somnolența simulată, cu o lucire de lamă de bisturiu, s-au încrucișat din nou cu amara tristețe din ochii mei și cu lipsa mea de reacție. «Dacă vreți, mă pot legitima». Am făcut semn cu mîna că nu e nevoie și mi-am văzut de drum.

♠

De cînd locuiam la ei, se-ntîmplase de trei-patru ori să fiu acasă cînd se juca bridge la doctorii Zamfirescu. Îmi spusese doamna doctor că erau șaisprezece prieteni care, încă din timpul Facultății, mai ales în vacanțe, formau patru careuri. Familiei Zamfirescu îi venea rîndul ca o dată pe lună să-i invite pe ceilalți paisprezece jucători. O dată pe lună, în casa doctorilor Zamfirescu se scoteau din debara patru mese pliante și șaisprezece scaune pliante; pentru fiecare scaun – două pernuțe îmbrăcate-n pluș, una pentru șezut, alta pentru răzimat spinarea. De mîncare se dădeau sendviciuri, pateuri, fursecuri, ceea ce se cheamă bufet rece. Cînd se nimerise să fiu și eu acasă, o ajutasem pe doamna doctor să aranjeze platourile cu tratația, scaunele, mesele. Sîmbătă seara, la șase și jumătate fix, cînd soseau musafirii, «bridge-iștii», eu eram la mine-n cămăruță și nu mai călcam pînă a doua zi prin unica și marea cameră cu dale de marmură și cu nișă-dormitor, unde se adunau ei. Duminică dimineața, nu găseam în bucătărie nici platouri, nici farfurii, nici pahare. La unsprezece jumătate, partida se termina, jucătorii plecau, iar doamna doctor spăla cu mîna ei paharele de cristal și vesela „Rosenthal", și tot cu mîna ei le așeza în servanta florentină. Nu-i văzusem niciodată pe cei paisprezece parteneri de bridge ai doctorilor mei. Și să fi vrut n-aveam cum să-l mint pe «tovarășul Vasile». La uși n-aveam obiceiul s-ascult, așa că de unde să fi știut eu ce vorbeau oamenii ăia.

Trebuia neapărat să mă văd cu frate-meu ca să aflu și eu cît de coleg era el cu «tovarășul Vasile». Gelu s-a uitat îngrijorat la mine cînd i-am pomenit de acest personaj. «În patru ani de Facultate nu știu dacă l-am văzut de trei-patru ori, și numai la cursul de Drept roman. Și atunci, în seara cu dansul. Dar ce treabă ai tu cu el ?». «Poate vreodată am să-ți spun». «Fii cu băgare de seamă, soru-meo. De ce nu vrei tu să mi-o spui pe-a dreaptă ?». «Gelule, nu-ți face griji». Am schimbat vorba. M-am interesat cum mergeau lucrurile cu Liliana, cu părinții ei. Cum să-i fi spus că-i ascundeam adevărul fiindcă nu voiam să bag pe nimeni în bucluc ? Logic n-aveam motive de frică față de «tovarăşul Vasile» şi de instituția pe care o slujea, dar mă simțeam ca năclăită de-o substanță suspectă, căreia nu-i cunoşti elementele; parcă intrase-n mine un germene răufăcător care-mi săpa canale prin creier. Cu cine să mă fi sfătuit în asemenea împrejurare ? Aveam deplină încredere în domnul General, în Iosif Iuga, în Costi Gheorghiu. Dar de ce să-ncarci sufletul oamenilor cu neliniştile tale, mai ales în nişte vremuri cînd ți-era frică şi de umbra ta ? Regretam şi că-l întrebasem pe Gelu despre «colegul» lui. Cred că Gelu ştia sau măcar bănuia mai mult despre «Vasile», dar şi el se sfiise să-mi spună, cum mă sfiisem eu să-i dezvălui de ce m-apucase deodată interesul pentru acel personaj.

Doamnei doctor Zamfirescu, sub pecetea tainei, trebuia să-i spun. N-aş fi avut linişte altfel. Aş fi mers pe drumuri pînă la capătul lumii numai să nu mai ajung în Doctor Lister şi să fi uitat că pe lume exista «Vasile», reprezentantul unei instituții care ştia şi despre una ca mine – un nimeni – ceea ce mă privea doar pe mine. Sigur că eu le intrasem în vizor ca adaus de supraveghere a familiei Zamfirescu. Şi dacă se-apucau să-l tragă de limbă şi pe doctorul Iuga ? Să-i fi spus şi lui că «ei» ştiau de legătura noastră ? De la cine să le fi aflat metodele de lucru ? Oricum, orice element de şantaj le era folositor.

Mergînd cu viteza melcului, totuşi am ajuns în Doctor Lister. Doamna doctor era singură-n bucătărie. «Adelina, ce e cu tine ? Eşti albă ca varul». «Doamnă doctor, jurați că nu spuneți nimănui ce-am să vă spun eu acum». M-a privit nedumerită. «Jurați, vă rog !». A ridicat două degete în semn că pecetluia înțelegerea dintre noi. I-am spus tot. Începînd cu acea reuniune de la Drept. Din cînd în cînd oftam, ca să trag mai mult aer în piept. Doamna doctor şi-a aprins o țigară, pe care, vrînd să pară calmă, se străduia s-o fumeze lent, dar s-a schimbat la față. «Poimîine tocmai se joacă la noi. Ce să fac ? Să găsesc un pretext ca să suspend partida ?». Doamna doctor gîndea cu glas tare. M-am simțit datoare să-mi dau şi eu cu părerea. «Dacă suspendați partida, au să fie siguri că v-am spus. Eu zic să jucați ca de obicei. Cred că nu vă suspectează numai pe dumneavoastră şi pe domnul doctor. Cred că au fotografiat tot grupul. Eu zic că nici față de grupul dumneavoastră să nu faceți vreo aluzie la ceea ce v-am spus, că nu puteți să ştiți care vă dă de gol, chiar fără să vrea». Frica este cel mai eficient dascăl al prudenței. Eu – marea diplomată ! «Ai dreptate, Adelina. Trebuie să ne comportăm ca şi pînă acum. Mai ales că n-avem nimic de-ascuns». «Parcă trebuie să ai ceva de-ascuns ca „ei“ să te bănuiască ?».

Mi-am adus aminte cum veneau colectorii la Brăteasa şi controlau şi privățile – la cine avea – nu cumva să fi ascuns lumea şi acolo grîu sau porumb. De cînd erau colectivişti, Maica şi Taica nu mai țineau vacă; luaseră o capră ca să mai aibă şi ei un strop de lapte. Nae-al lui Ghergoi, țigan care, neam de neamul lui n-avusese vreo brazdă de pămînt, tăia şi spînzura-n Gospodărie, cu alde Căciulatu şi cu-alde Ciupitu, care se număraseră printre mijlocaşi, dar se şurupuiseră în fruntea bucatelor. Oricît aş fi avut de muncit şi de-nvățat, cu cît îmi vedeam mai rar părinții cu-atît le duceam mai mult grija; îmi rupeam de la gură ca să le trimit bani şi ce mai puteam şi eu. Întîmplarea de-acuma cu «tovarăşul Vasile» trezise-n mine frica pe care o trezeau colectorii şi ăi de la Partid în rîndul unor oameni nevinovaţi.

Ba mai veniseră şi hingherii în sat. O gospodărie – un cîine. Pentru un al doilea, plăteai două sute de lei, ceea ce nu se pomenise de cînd era lumea-lume. Florei al nostru, Florei ! Cum alergam în dealul viilor după ce furam struguri şi-i împărţeam cu el: un bob – eu, un bob – el. Şi cum stăteam în faţa doamnei doctor, gîndindu-ne fiecare cum s-o dăm ca să ieşim mai bine faţă de «Vasile» şi de instituţia lui, m-a podidit plînsul. «Lasă, Adelina, că nu e sfîrşitul pămîntului». «Doamnă doctor, atîta mi-am dorit linişte pe lumea asta, să nu stau în calea nimănui, să fiu lăsată-n pace». «Adelina, pe lumea asta nimeni n-are linişte. Crezi că ăştia de ne „fotografiază" pe noi, cum zici tu, crezi că au linişte ? Şi ce plăcere o fi să scotoceşti în vieţile oamenilor, pînă şi-n aşternuturile lor. Halal viaţă !». «Cred că asta le dă siguranţa puterii, cum o dă banul. Să ştii că dispui de viaţa altuia». «Psihiatrii ar zice că totul porneşte dintr-un sentiment fie de inferioritate, fie de frustrare, care-şi află astfel compensarea». «Ce-şi află, ce nu-şi află, ştiu că pe noi, ceilalţi, ne bagă-n balamuc».

«Tovarăşul Vasile» n-avea să ştie niciodată rolul lui în viaţa mea. După absolvirea Şcolii de Surori aveam de gînd să dau examen la Filologie, la română. Mă-nchipuiam profesoară iubită de eleve, ca doamna Despina. Dîndu-le copiilor ce era mai bun în mine. Dar ştiind ce trebuia să le spună profesorii elevilor, cum trebuiau să falsifice istoria, cultura, în scopuri politice, m-am hotărît să fac Medicina. Măcar doctorul nu trebuia să le ţină pacienţilor cursuri de partid, de materialism-dialectic şi să le comenteze

„Scînteia“. Şi într-un laborator, medicul, cercetătorul, dacă nu dorea să se-ajungă, îşi vedea de meserie şi doar îi asculta pe ăi cu politica, de obicei cu gîndul aiurea. Lui Iosif Iuga i-am spus că «ei» ştiau de legătura noastră. Dacă-i spuneau nevestei lui ? «Nu-i spun. Au să caute un motiv mai important pentru şantaj. După ce mă văd cu casă, mai stau un an în armată şi pe urmă valea !». «Adică la Urgenţă, cum vă-ndeamnă domnul General». «Unde-oi vedea cu ochii. Noi doi respectăm înţelegerea noastră de la-nceput. Şi nu-ţi face griji, că n-o să afle Anuţa». Oricît mă rugase doctorul Iuga să-i spun pe nume, eu îi vorbeam cu «dumneavoastră» şi cu «domnule doctor». E greu să foloseşti cu unul şi acelaşi om două registre de comportament. Mă temeam ca nu cumva în spital să greşesc vreodată şi să confund registrele. Nici lui Costi Gheorghiu pe care-l socoteam, ceea ce era, un bun camarad, în spital nu-i vorbeam altfel decît doctorului Iuga. În afara spitalului, lui Costi îi spuneam pe nume, fiindcă mă ameninţase că altfel rupea prietenia cu mine.

♠

La două săptămîni de la «vederea» mea cu «tovarăşul Vasile», doamna doctor mi-a spus în mare taină că fiica lor făcea toate demersurile pentru a-şi aduce definitiv părinţii în America. Speranţe erau multe, mai ales că un grangure de la Securitate pusese ochii pe casa din Lister. Am înţeles că fericirea de-a avea cămăruţa mea se-apropia de sfîrşit. «Doamnă doctor, îmi daţi voie să mă sfătuiesc şi eu cu cineva în privinţa situaţiei mele locative ? Cu un om în care am deplină încredere. Nu-i spun ce mi-aţi spus dumneavoastră. Îi spun că trebuie să vă primiți o rudă în camera pe care-o ocup eu». M-am sfătuit cu domnul General. Am întrebat-o și pe tușa Lina dacă mă mai puteau primi la ei în bucătărie, ei spunîndu-i adevărul adevărat și nu versiunea prezentată domnului General. Dacă nu i-aș fi spus adevărul, tușa Lina și-ar fi putut închipui că mi se dădeau papucii fiindcă cine-știe-cum îi supărasem pe doctori, gazdele mele. O dată pe lună, cînd mă duceam neapărat la tușa Lina, se minuna cum eram eu îmbrăcată numai «de la pachet», ceea ce multă vreme în România avea să-nsemne «cu lucruri străine». Tușei Lina i s-ar fi părut suspectă versiunea cu acea rudă picată ca din cer pe capul doctorilor Zamfirescu. Ei mă primeau cu brațele deschise, apreciindu-mi fidelitatea. Nu făcusem ca atîția alții care cînd «se-ajung» îi uită pe cei care le-au întins cîndva o mînă de ajutor.

De cînd cu «tovarășul Vasile», cum intram în casă, în Doctor Lister, parcă intram într-o-nchisoare cu mirador în toate colțurile. Abia așteptam să plec din Doctor Lister, deși doamna doctor îmi spusese că pot să rămîn și mă sfătuia chiar să rămîn edec viitorului locatar care, dat fiind de unde provenea, poate că avea să-mi facă rost de-o locuință. «Cum foarte bine mă poate pune-n stradă».

N-am îndrăznit să-i spun că atîta vreme cît nu eram prevăzută în planul viitorului ocupant iar ei, doamna și domnul doctor, n-aveau cum să-i impună condiții, era mult mai prudent să-mi iau din vreme tălpășița. Am convenit cu doamna doctor să rămîn la ei pînă-n momentul cînd aveau să obțină toate formele de plecare. Le-am adus la cunoștință noua mea perspectivă locativă și lui Gabriel, văru-meu, și nevesti-sii, Laura. Peste cîteva zile mi-a telefonat Laura, care-avea să-mi comunice personal ceva. O mătuşă a ei, de curînd rămasă văduvă, ar fi avut o cameră într-un apartament de două camere pe hol, ceea ce era prea mult pentru o persoană singură. Spaţiul locativ încă nu prinsese de veste să-i şi ocupe încăperea excedentară. Prin pile şi proptele din partea domnului General am reuşit să mi se facă, mie, pe numele meu, contract de închiriere pentru «una cameră, cu acces la baie şi bucătărie şi la holul comun».

Condiţia doamnei – doamna Melania Turcescu – a fost să mă mut imediat la ea, ca să vadă vecinii că spaţiul este ocupat. «Dumneata ai mobilă, domnişoară ?». «N-am decît, să zicem, un geamantan de haine şi cîteva cărţi». «Şi dumneata pe ce-ai dormit unde-ai stat pînă-acum ?». «Camera era mobilată, doamnă». «Eu am numai mobilă stil». «Am văzut, doamnă. Casa de unde plec era mobilată-n stil florentin». «Nu ştiu ce să fac cu mobila». «Faceţi ce credeţi». «Şi dumneata pe ce-ai să dormi ?». «Oi găsi şi eu o saltea pînă să-mi fac rost de-un divan». «Văd că nu eşti pretenţioasă». «Acasă la părinţi, la mine-n sat, am dormit pe saltea de paie, aşa că nu sînt crescută-n puf». «Dar văd că eşti foarte bine-mbrăcată». «Am locuit la o familie care are o fată-n America. Şi doamna doctor, stăpîna casei, mi-a dat toate hainele cîte le am». Stilul de procuror faţă de inculpat, abordat de doamna Turcescu, de profesie cucoană, văduva unui cunoscut neurolog, nu era de natură să ne-apropie, nici să mi-o facă simpatică. Biroul răposatului doctor, camera care-mi revenea mie, a fost golit, iar mobila aşezată într-un colţ al holului.

Povestindu-i doamnei doctor Zamfirescu despre noile mele condiţii de viaţă, mi-a-ncărcat într-o furgonetă tot ce fusese în cămăruţa mea şi-mi oferea să-mi aleg orice doream din biblioteca lor. Deci, iubita mea Călugăriţă portughează avea să-mi ţină de urît şi-n apartamentul de pe Dionisie Lupu, noua mea locuinţă. Doamna Turcescu era obsedată de ideea hoţilor şi a furtului, drept care îşi făcea singură curăţenie în casă. O curăţenie pentru care, spre-a le aduce la lumină, în baie şi-n bucătărie a trebuit să rînesc, nu să mătur şi să spăl pe jos. Starea în care se aflau cada şi chiuvetele – cea de la baie şi cea de la bucătărie – este greu de descris. Răposatul doctor o fi fost orb, săracul ? El era unchiul Laurei, frate cu maică-sa. Doamna Turcescu, o frumuseţe care şi la şaptezeci de ani se mai vedea, fusese adorată de bărbatul ei. Fiul lor era şef de catedră la Facultatea de Medicină din Cluj, însurat, cu doi copii; nu făcea nici o tentativă de-a ajunge-n Bucureşti. Laura mi-a suflat că acest fecior căuta, pentru liniştea lui şi-a familiei lui, să stea cît mai departe de maică-sa. Am scos apartamentul la lumină sub ochii vigilenţi ai doamnei Turcescu. Din cînd în cînd, în chip de-ncurajare, îmi spunea: «Voi, fetele de la ţară ştiţi s-o duceţi la greu. Se cunoaşte că sînteţi învăţate cu munca de mici». Eu îmi vedeam de treabă, fără comentarii.

Doamna Turcescu încuia cu cheia pînă şi frigiderul, pe urmă punea atît de bine cheile, că jumătate din timp şi-l petrecea căutîndu-le. «Doamnă, de ce nu hotărîţi un loc anume pentru chei, dacă tot încuiaţi. Să ştiţi că eu nu fur, şi nici prin lucruri străine nu umblu». «Dar, ce, eu la dumneata mă gîndesc ? Mă gîndesc la hoţi în general». «Şi credeţi dumneavoastră că hoţii-hoţi se-mpiedică de nişte încuietori ?». «Paza bună...». Convingîndu-se că tot ceea ce-i spusesem despre mine era adevărat, nu pleca nicăieri pînă ce nu mă ştia acasă. Îmi cunoştea graficul săptămînal cum îl cunoştea spitalul. Îi făceam doamnei Turcescu injecţii cu B-uri, fiind dumneaei reumatică. Mă lăuda pentru mîna mea uşoară. Nu se-ntindea la vorbă cu mine, eu nefiind de nivelul ei, ceea ce pentru mine era mană cerească fiindcă-mi lăsa tot timpul să-nvăţ. Dacă nu i-aş fi spălat eu în fiecare zi vasele din chiuvetă, cred c-ar fi făcut şi mătasea-broaştei. În urma mea lăsam cada albă ca zăpada. După ce se-mbăia, dumneaei nici cu duşul n-o clătea.

La o lună după ce m-am mutat în Dionisie Lupu, familia Zamfirescu avea toate formele de plecare. În fiecare săptămînă, mergeam, într-o tură liberă, şi le făceam curat. Doamna doctor şi cu mine am ales lucrurile pe care să le ia cu ei, cîntărindu-l pe fiecare, pe cîntarul de bucătărie sau pe cel din baie pe care doamna doctor se urca-n fiecare zi, supraveghindu-şi impecabila siluetă. Împreună cu naşii mei i-am condus la aeroport.

«Doamnă doctor, domnule doctor, Dumnezeu să v-ajute după inima dumneavoastră. Eu n-am să vă uit cîte zile-oi avea», le-am spus eu printre lacrimi. «Nici noi n-o să te uităm, Adelina», mi-a spus doamna doctor, cu vocea sugrumată, în timp ce mă strîngea-n braţe de rămas-bun. Se-ncheia un capitol din viaţa mea: cel mai senin. Pentru ei se-ncheia o viaţă. Începeau în alt colţ de lume o viaţă nouă, o viaţă fără martorii celei lăsate-n urmă.

♠

De cînd îmi apăruse «tovarăşul Vasile», cu doctorul Iuga mă-ntîlneam în garsoniera lui văru-său. N-am izbutit să-l conving să nu ne mai vedem. Prezenţa lui, tandreţea pe care mi-o dovedea mi-au fost singurele suporturi morale într-o perioadă atît de tulbure a vieţii mele. Îl primisem pe doctorul Iuga în viața mea într-un moment de exaltare și de frică maximă de-a rămîne nu numai domnișoară, ci și fată bătrînă. Îmi părea rău că e-nsurat nu fiindcă nu mă lua pe mine de nevastă, ci fiindcă amîndoi înșelam o femeie care-l iubea și credea în el. Presimțeam cît aveam să sufăr cînd avea să-i vină familia în București și cînd urma să ne despărțim; și totuși, abia așteptam acel moment care să-mi pună conștiința în ordine. L-am adus o dată să-mi vadă noua locuință. «Nu mă pot plînge că nu locuiesc în cartiere selecte. Poate n-ai să mă crezi, dar mi se face dor adesea de pămîntul pe jos de-acasă. Poate că locul meu adevărat pe lume era să rămîn la sapă. La doctorii Zamfirescu nu mă simțeam străină cum mă simt la actuala proprietăreasă, care găsește-n fiecare zi prilejul de-a-mi aminti de unde vin, și din tonul dumneaei simt că mă consideră un fel de infractoare care umblă cu chei false pentru a se strecura într-o categorie socială care nu i se cuvine». «Și ție-ți pasă de ifosele ei ? Ți se pare că dacă ne-am născut cu pămînt pe jos, acolo trebuie să rămînem pînă la sfîrșitul veacurilor ? Oare strădania noastră de-a ne ridica nu merită nimic ? Bag seamă că e una lume peste care poate veni și potopul, nu doar comunismul, și tot nu pricepe nimic, nu pricepe că lumea se schimbă mereu. După ce s-a unit Ardealul cu Țara, îmi povesteau bunicii că unii grofi, de durere, n-au mai ieșit din casă pînă la moarte. Văd că proprietăreasa ta iese din casă; tot e bine». Ne-a pufnit rîsul pe-amîndoi.

Peste două luni, după o așteptare de un an și jumătate și după nenumărate intervenții, Iosif Iuga obținea un apartament de trei camere pe hol, una dintre camere fiind ocupată de-un bătrîn de optzeci și patru de ani, luat îndată sub oblăduirea tînărului cuplu și-a celor trei băieți Iuga.

Iosif Iuga a ținut ca în seara despărțirii noastre s-o luăm pe jos de la Facultatea de Drept, pînă în Doctor Lister şi de-acolo spre garsoniera vărului inginer, pe Carol Davila, finalul periplului. «Argentina, poate nu sînt eu ce ți-ai fi dorit de la viață dar... îți spun acum ce nu ți-am spus niciodată: să ştii că te iubesc şi, mai mult, te stimez. Ai să-mi lipseşti atît de mult». Răspunsul meu: două şiroaie de lacrimi pe care el mi le-a sărutat.

Se mai încheia un capitol în viața mea. Avea să fie banul meu alb pentru zile negre. Viața nu avea să mi-l întunece. Unii oameni, cînd le e urît şi greu, simt nevoia să se uite într-un album la fotografia cuiva drag. Eu, în asemenea momente, scoteam din sipetul vieții amintirea lui Iosif. Cu două luni înainte ca el să părăsească Spitalul Militar, pentru cel de Urgență, toată Ortopedia s-a pozat în fața pavilionului nostru. Ca din întîmplare, el s-a aşezat în stînga mea, domnul General în dreapta, iar Costi Gheorghiu în spatele meu. Trei oameni importanți din viața mea. Cei mai importanți, după Maica şi după Taica. Am pus fotografia într-o ramă subțire, argintie şi o țineam la capul divanului pe comodă, daruri, amîndouă, ale familiei Zamfirescu. Am aflat de la Gelu că Liliana avea aparat de fotografiat. L-am rugat să le facă o poză părinților noştri. La primul drum la Brăteasa, le-a făcut un film întreg. Am plătit eu şi filmul şi pozele. Am luat una în care Maica şi Taica stăteau cum scrie la carte: «ca țăranu' la fotograf». Speriați, cu ochii în aparat, de parcă de-acolo-i păştea cine-ştie-ce primejdie. Uimirea o făcea pe Maica să aibă-n poză un chip mai puțin sever decît în mod obişnuit, iar pe Taica – o expresie de parc-ar fi avut de-nfruntat o haită de lupi. Țin şi astăzi cele două fotografii pe-aceeaşi comodă, lîngă studioul care a-nlocuit divanul deteriorat de vreme. L-am rugat pe Gelu – dacă-mi va supraviețui – să incinereze odată cu mine cele două fotografii, care mă-nsoțesc de la douăzeci și doi de ani.

♠

Cred că doar munca îndîrjită la Spital și-nvățatul pe brînci pentru admiterea la Medicină m-au făcut să-ndur mai ușor despărțirea de Iosif Iuga. Pe mine, greutățile vieții, grija pîinii m-au salvat de melancolie, de melancolie ca stare patologică. De disperare. Iosif Iuga mi-a fost un reper și un stîlp de susținere în viață. Dacă un om de calitatea lui își aplecase ochii asupra mea și mă iubise, ba mai mult, mă stimase, îmi micșorase numărul îndoielilor privind propria persoană. Mă gîndeam tot mai puțin la picioarele mele otova, la pieptul meu anemic, la chipul meu care nu era un model de frumusețe. Luîndu-mi viața la răsfoit, ca pe-o carte, mă gîndesc cît de important este ca măcar o dată cineva să-ți fi iubit sufletul și trupul. Și la fel de important e ca tu însuți măcar o dată să fi iubit un suflet și-un trup.

Costi Gheorghiu și domnul General mi-au pus la dispoziție tot ce socoteau mai folositor pentru un potențial student la Medicină. Și ei și Iosif Iuga mă școleau, punîndu-mi întrebări și făcînd rost de subiectele de admitere din ultimii patru ani. Numai ei știau că aveam să dau examen. Am reușit a treisprezecea, cu media opt și paispezece sutimi, din două sute cincizeci de admiși. Capul listei luase media nouă. Tot nu-mi venea să cred că reușisem. Cît s-ar fi bucurat profesoarele mele de la „Elena Cuza“, mai ales doamna Despina, că oamenii pe care mi-i adusese viața-n cale mă ajutaseră să ajung la Facultate. Medicina, voi recunoaște toată viața, i-o datoram, ca alegere, «tovarășului Vasile».

Abia după ce m-am înscris la Facultate am fost sigură c-am reuşit. A trebuit să compun o autobiografie, s-aduc adeverinţă de salariu, ca să se vadă că proveneam din «cîmpul muncii». Un bărbat care mi-a citit autobiografia şi mi-a prins de ea cu un bold adeverinţa de salariu, mi-a spus: «Ar fi bine să-mi aduceţi şi o adeverinţă din comuna dumneavoastră, care să confirme că părinţii vă sînt colectivişti. Dacă puteţi, cît mai repede». Ca să nu-i pun pe-ai mei pe drumuri şi ca să nu-i sperii, am trimis o cerere la Gospodăria colectivă şi alta la Primăria din comună, solicitînd adeverinţa care mi se cerea la Facultate. În fiecare plic am pus un plic timbrat cu numele şi cu adresa mea.

Abia după ce am primit şi adeverinţa asta şi mi-am depus-o la dosar, la Facultate, le-am spus celor apropiaţi – începînd cu o scrisoare către părinţi – că eram admisă la Medicină: naşilor, tuşei Lina şi lui nenea Costel, lui Gabriel, Laurei, lui Gelu şi Lilianei lui. Naşii le-au transmis vestea doctorilor Zamfirescu. Ei m-au felicitat printr-o scrisoare, la noua mea adresă. Cheia cutiei poştale a apartamentului o avea numai doamna Turcescu. «Draga mea, spre binele meu şi al dumitale, te-aş ruga să încetezi corespondenţa cu străinătatea». Le-am răspuns doctorilor Zamfirescu, mulţumindu-le şi am rugat-o pe Naşa – explicîndu-i şi de ce – să pună scrisoarea mea într-una de-a lor spre America. Doctorii Zamfirescu au înţeles, şi-n scrisorile către naşii mei îmi adresau de fiecare dată cîteva rînduri, iar cînd au început să le trimită pachete, pe lucrurile care-mi erau destinate puneau etichete cu numele meu.

Eu la slujbă nu puteam renunţa. La doctorii Zamfirescu nu plăteam nimic. La doamna Turcescu, chiria fixată de spaţiul locativ era mică, nimic de zis, dar pentru leafa mea conta fiecare leuţ. Cît lucrasem numai, cîştigam un ban şi cu injecţiile. Odată cu Facultatea, nu mai putea fi vorba de-aşa ceva. Problema esenţială acum era să capăt scutire parţială de frecvenţă. Domnul General, îngerul meu păzitor, mi-a obţinut-o. Prin bunăvoinţa surorii-şefe, îmi aranjam programul în aşa fel încît să lipsesc de la cursuri cît mai puţin. Nu voiam s-ajung doctoriţă «prin corespondenţă». Să fi renunţat la slujbă şi să fi rămas numai studentă ? Bursa era prea mică pentru a mă face să supravieţuiesc fără nici un ajutor de nicăieri. Renunţarea la slujbă însemna asigurarea căminului şi a cantinei. De haine nu duceam lipsă, dar mai era nevoie şi de mărunţişuri care nici alea nu picau din cer. Regimul de austeritate, fără leafă, nu mă speria. Dar după ce terminam Facultatea, cine-mi mai dădea mie o cameră ? În nişte vremuri cînd se stătea clae peste grămadă, cînd se desfăceau căsătorii între oameni obligaţi să rămînă la nesfîrşit cu părinţii, eu, cu orice sacrificii, trebuia să-mi păstrez camera. Nu trebuia să dau cu piciorul unui noroc chior. Fiecare moment era preţios şi nu-mi permiteam să-l risipesc. Nu mă lăsam pentru învăţat în sesiune, ci toceam temeinic după fiecare curs. Vacanţele studenţeşti pentru mine nu erau vacanţe, iar concediul anual, ca salariată, nu era concediu.

În puţinele clipe de reverie pe care mi le permiteam şi care dădeau năvală peste mine ca un fenomen al naturii, căruia nu-i puteam pune stavilă, Gabriel îmi apărea ca un vis frumos dintr-o altă viaţă. Nu-l închipuiam decît lîngă seducătoarea Laura. În acele momente i-aş fi sărutat picioarele doctorului Iuga pentru ce şi cît îmi dăruise din viaţa lui. Dragostea este intransigentă, sălbatică şi fără milă de alţii. Eu n-aş fi fost niciodată împăcată cu mine

însămi – nicidecum fericită – să despart un bărbat de femeia şi de copiii lui. Dar dor de el îmi era, sfîşietor. De chipul lui ostenit şi oarecare, luminat de nişte ochi verzi, prin care treceau cînd milă, cînd înţelepciune, cînd înţelegere şi niciodată ironie. Fără să-i lipsească simţul umorului, de dragul unui cuvînt n-ar fi atins niciodată vreun om. Cum o fi fost iubitul francez al Călugăriţei mele portugheze ?
În momentele de visare pe care nu eu le căutam, ci ele pe mine, mai citeam o pagină din scrisorile ei şi alta din proverbele lui Zanne, moştenire din biblioteca doctorilor Zamfirescu.

♠

Tot timpul legăturii mele cu Iosif Iuga, doctorul Gheorghiu îmi rămăsese acelaşi prieten care mă poftea la cofetăria de vizavi de Facultatea de Drept şi la un tur cu motocicleta în Herăstrău, ceea ce nu i-am ascuns lui Iosif. «Ştiu că Gheorghiu ţi-e prieten şi de ce să strici prietenia cu el ?». După ce plecase Iosif de la Spitalul Militar şi după ce, în prima sesiune îmi luasem toate examenele cu «foarte bine», afară de marxism – ăsta cu «bine» – eu arătînd ca o mîţă jigărită, deşi infirmierele mă-ndopau cu tot ce era mai bun – mîndre că una de-a lor avea s-ajungă doctoriţă – mă trezesc că mă invită Costi Gheorghiu să mergem pe la consignaţii şi pe la bijuterii, fiindcă avea de făcut un cadou cuiva.
Mi-am adus aminte că păstrasem numărul de telefon al domnului de la care cumpărasem scurteica Maicăi şi de bijuteriile pe care le-avusese în acea vreme. I-am telefonat acelui domn şi l-am întrebat dacă mai avea bijuterii de vînzare, amintindu-i în ce împrejurări ne cunoscusem. I-am

spus că urma să vin cu un prieten, potențial cumpărător. Costi Gheorghiu, îmbrăcat civil, m-a urcat pe motocicletă şi ne-am dus pe undeva pe lîngă Biserica Armenească, la adresa indicată. Gardul casei era metalic, făcut ca din vrejuri de plante. O frumusețe. Parcă te lua cu bijuterii încă din stradă. Dintr-o curte cam de cinci-şase metri lățime ajungeai la intrare. Urcai cinci trepte, urma o pauză lată de peste un metru pînă la uşa de sticlă ocrotită de-o dantelărie metalică, la fel cu a gardului. Deasupra intrării străjuia o marchiză în formă de evantai, alcătuită din triunghiuri de sticlă givrată, groasă, prinse între lame, rude bune cu tot metalul din jur, de un verde-venin. Am sunat. Ne-a deschis domnul din talcioc. Ne-a făcut cu mîna un gest larg de invitație.

Am urcat din nou cinci trepte, dintr-o marmură verde-stins şi ne-am aflat sub un luminator din sticlă colorată: o floare uriaşă, ale cărei petale erau predominant galben ca şampania, care luminau ca o mîngîiere. Țin minte fiecare detaliu din acea casă, fiindcă nici înainte de-a păşi în ea, nici după, nici măcar în filme n-am văzut ceva mai frumos, ceva ce să-ți înmoaie nu numai sufletul, ci şi să te facă să simți că şi trupul îți pluteşte pe-o apă lină, care-ți ia din greutate. Cînd citisem basme nu-mi închipuisem în nici un fel palatele pe unde umblau Făt-Frumos şi Ileana Cosînzeana. În casa în care mă aflam acum nu m-ar fi mirat să ne-ntîlnim cu zîne. Aproape că mi-am strîmbat gîtul uitîndu-mă fascinată la acel luminator. Abia cînd mi-am îndreptat capul, numai atunci am observat că pardoseala holului reproducea în marmoră floarea enormă a luminatorului, în culori complementare sticlei acestuia. Liliachiul-stins se alătura sîngelui închegat, albastrului-marin. Eram atît de copleşită de ceea ce vedeam, încît Costi Gheorghiu a trebuit să mă tragă de mînă pentru a ne urma gazda, care ne deschidea o uşă din latura dreaptă a holului. Clanța masivă de bronz, curbată către capătul cu motiv floral, orna o uşă în degradeuri de culoare – aci ca o castană pîrguită, aci de nuanță mai închisă de parcă era un fond de tablou. Citind uimirea mea plină de admirație, domnul din talcioc s-a simțit dator să facă pe ghidul pentru mine: «E *bois de rose*, lemn de trandafir. Provine dintr-un copac din Brazilia, despre care se spune că miroase a trandafir». «În ce an a fost construită casa ?», am întrebat eu. «În 1901, după desenele-proiect ale tatei, care a fost amiral».

Camera în care am intrat, luminată de-un candelabru imens de cristal, scînteia de-ți lua ochii, era un fel de muzeu-consignație şi se vedea bine că altfel arătase înainte ca proprietarul ei să bată drumul talciocului. Doi pereți erau acoperiți cu tablouri, amintindu-mi de casa familiei Alexandros, unul – cu-o imensă tapiserie înfățişînd o vînătoare cu cîini, iar cel de-al patrulea – cu biblioteci pînă-n tavan, plasate între ferestrele înalte, cu ochiuri de cristal bizotat – cum aveam să aflu de la Costi. Mobile stil, de mici dimensiuni, de acelaşi castaniu cu-al uşilor, umpleau camera, lăsînd între ele doar spații cît să treci în dungă.

«După cîte mi-a spus domnişoara, ați vrea să cumpărați o bijuterie, domnule. Pînă la ce preț ?». «Pînă într-o mie». Costi şi cu mine, cu ochii pe pereții cu tablouri – şcoală flamandă, şcoală italiană şi tot ce avea mai de seamă pictura noastră – nici n-am băgat de seamă de unde a scos gazda o cutie de lemn cît un penar, pe care ne-a rugat s-o deschidem. A-ncercat Costi, am încercat şi eu. Dacă viața noastră ar fi depins de-acest lucru, am fi putut să ne luăm rămas-bun de la ea. Ne-am declarat învinşi.

Cu-o singură mişcare gazda a deschis misterioasa cutie, trăgîndu-i capacul pe lung. «Cutiile astea se fac în Africa de Sud. Nu le ştii secretul – nu le deschizi decît cu toporul». Inele, cercei, pandantive ni s-au ivit în fața ochilor.

Pe-o măsuță ovală cu tăblie de marmură, gazda a aşternut un petic de catifea albastru-nchis, care punea şi mai mult în valoare bijuteriile. Mi-am dus mîna la gură, ca să-mi ascund încîntarea de-a fi văzut printre toate acele frumuseți medalionul care-mi răpise inima, atunci în talcioc. Acela de email cu două capace, roşu-sînge, cu vrejuri de diamante cît vîrful unui ac. «Luați-le-n mînă, uitați-vă la ele. De cînd „frecventez“ talciocul am învățat să-i cunosc pe ăia cărora li se lipesc lucrurile de „deşte“». «Argentina, tu ce-ai alege ?». «Tu alegi, Costi, tu ştii gusturile persoanei». «Eu te-ntreb pe tine ce-ai alege». «Eu – medalionul ăsta. V-aduceți aminte, domnule, atunci în talcioc, ce v-a spus o cucoană în legătură cu medalionul: „Atîția bani pe-un lucru purtat“ ?». Domnul a izbucnit în rîs. «Mamei dumitale-i vine bine scurteica ?». «Abia se-ndură să se-mbrace cu ea la biserică. E cea mai frumoasă haină din viața ei şi-i vine ca turnată». «Şi dumitale-ți venea foarte bine. A fost scurteica jupînesei noastre de la moşie, dar n-a apucat s-o poate săraca. Fiică-sa m-a rugat să i-o vînd şi să-i dau banii».

«E-adevărată vorba că nu e pentru cine se pregăteşte, e pentru cin' se nimereşte». «Toate vorbele populare sînt adevărate», şi domnul m-a privit cu simpatie. «Argentina, şi mie-mi place bijuteria asta; dacă ne-ajungem din preț o iau». A luat-o cu cinci sute de lei. Leafa mea pe-o lună şi. Mi-am amintit că-n talcioc, domnul ceruse o mie cinci sute pe-aceeaşi bijuterie. Acum pricepusem că voise neapărat s-o gonească pe grăsana-nțepată, în haină de picioare de-astrahan, cea cu «lucru' purtat». Dintre toate bijuteriile care se lăfăiau pe catifea, ca niște cadîne pe-un covor, am îndrăznit să iau în mînă un inel dintr-un aur de-un galben intens, cu-o piatră cu fațete, cît un bob de mazăre. Pe catifea, piatra era violet ca stînjenelul. Cînd am luat inelul în mînă, sub lumina candelabrului s-a prefăcut în roșu foarte închis, apoi în verde. Cum mișcai inelul cum își schimba culoarea. «N-am mai văzut niciodată asemenea piatră», am spus eu, jucînd mereu inelul sub lumina cristalelor care șiroiau din tavan. «De ce nu-l încerci, domnișoară ? Piatra e semiprețioasă și se numește alexandrit. Își schimbă culoarea în funcție de lumină, dar și de starea fizică și chiar psihică a celui care-o poartă». «Ce piatră deșteaptă», am zis eu, neîndrăznind să probez inelul. Gazda mi-a luat mîna dreaptă și mi-a pus inelul pe degetul inelar, spunînd cu un ton cîntat, popesc: «Se logodește roaba lui Dumnezeu...».

M-am uitat la domnul din talcioc intimidată, parcă eram chiar în biserică, la cununie. «Îți vine perfect». Am scos inelul din deget și l-am pus pe catifea, ușurel de parc-aș fi umblat cu o grenadă. Fără să mă privească, uitîndu-se numai la inel, Costi a-ntrebat: «Cît cereți pe inel, domnule ?». «Pentru dumneavoastră – și nu din politețe de vînzător către cumpărător – două sute». Costi a scos banii din buzunar, i-a numărat, a luat inelul de pe catifea și mi l-a pus pe inelarul mîinii drepte. «Să-l porți sănătoasă, Argentina». «Fosta posesoare a inelului a trăit nouăzeci și șase de ani !». «Sper ca pe mine să nu mă uite Dumnezeu atît de mult pe Pămînt», am zis eu foarte serioasă, năucită încă de gestul lui Costi. «Puteți veni pe la mine și fără să cumpărați nimic. Mi-a făcut plăcere să vă cunosc. De cînd m-am transformat în intermediar de lucruri mai mult sau mai puțin de artă, într-un fel de *brocanteur*, am cunoscut rar oameni pe care să vreau să-i mai văd». «Vă supărați dacă vă-ntreb ce ați făcut înainte ?», am spus eu timid și cu deferență. «Am făcut Istoria artelor la Roma și am fost marinar». «Și-ați colindat lumea ?», mi-a scăpat întrebarea pe tonul de regret al cuiva care n-o colindase și presimțea că nici n-avea s-o colinde. «Am colindat-o. Asta e-adevărata mea avere». Am dat din cap a înțelegere și m-am uitat cu admirație în ochii omului care-și prețuia amintirile ca pe o avere pe care nu i-o putea lua nimeni.

Cum ne-am văzut în stradă, Costi a urcat pe motocicletă, fără nici un cuvînt. «Costi, nu pot primi inelul». «De ce ?». «E prea scump». «Și ce cadou aș avea eu voie să-ți fac ?». «Un mărțișor de cîțiva lei, o floare». «Ei, nu mai spune !». «Înțeleg să faci un dar scump femeii pe care-o iubești, asta-nțeleg, dar unei prietene oarecare...». «Tu nu ești *o prietenă oarecare*: ești singura mea prietenă, *singurul meu prieten*. Am apreciat că legătura ta cu Iuga nu te-a-ndepărtat de mine. Asta a fost piatra de-ncercare a prieteniei noastre». «Costi, știu pe cine iubești chiar din prima zi cînd am stat de vorbă și mi-ai povestit despre Radu, singurul tău prieten de pînă atunci». «Te miri că iubesc o femeie cu zece ani mai mare decît mine, măritată și cu doi copii ?». «Deloc. Iubirea n-are tipare, n-are coduri, legi în care să se-ncadreze. Îți spun banalități». «Oh ! Argentina ! Banalitatea e legea supremă a vieții, dar ne e greu s-o recunoaștem. Banalitatea și rutina – legile care ne țin în chingi. Genial să fii și tot trebuie să te speli, să te-mbraci, să mănînci și nu doar așa pe alese, ci mereu. Am filosofat destul. Sus pe cai, și fiecare la casa cui ne are».

♠

Era ziua cînd doamna Turcescu invita prietenele la canastă. Le trata cu sendviciuri şi, invariabil, cu salată de fructe. Dacă voiam să folosesc chiuveta din bucătărie, aveam de spălat castronul, bolurile de salată şi platoul de sendviciuri.

Riscînd s-o nemulţumesc pe doamna Turcescu – vigilentă ca un grănicer – l-am invitat pe Costi să-mi vadă camera. «E curat, ordonat ca şi stăpîna. Şi e cald şi intim. Mama o cunoaşte pe doamna Turcescu şi n-o consideră tocmai „o mamă a răniţilor". Cucoanele de vîrsta ei spun că e-o gură de petice de toată isprava». «Noi să fim sănătoşi». «Ai dreptate. Aş vrea s-o cunoşti pe Mona. Ştie despre tine şi vrea şi ea să te cunoască. Aş vrea să-mi cunoşti şi părinţii». Am zîmbit. «Te gîndeşti că te folosesc în scop de paravan ca s-o maschez pe Mona ?». «Nici prin minte nu mi-a trecut că m-ai folosi drept paravan. Mă gîndeam numai la impresia pe care-am să le-o fac părinţilor tăi». «Mama e cu nasul mai pe sus. Tata – nu». «Ce impresie ţi-a făcut „domnul din talcioc" ?». «E fiul amiralului Eustaţiu Comăneanu, dintr-un neam boieresc din Moldova. Nevasta amiralului e nobilă franţuzoaică. Pe amiral şi pe nevastă-sa i-a găsit 23 August în Spania şi acolo au rămas. Pe Claude – domnul din talcioc – l-a aflat acelaşi 23 August în România, cu mama lui taică-său şi cu-o soră a ei, pe cap. Claude le-a-ngrijit, le-a răsfăţat, le-a-ngropat cum se cuvine. S-a apucat de „brocantă" cum spune el. Are clientelă din Occident şi de la toate ambasadele. A fost lăsat în casă, acolo unde ne-a primit pe noi. Restul încăperilor nu se ştie cine le ocupă şi ce învîrteşte. Toată lumea-l bănuieşte că slujeşte la mînăstirea Secu. Informaţiile astea le deţin via madam Turcescu, prin mătuşă-mea Lia Leonidas. Mătuşă-mea fiind şi ea o remarcabilă guriţă de petice. Cînd trăia bunică-mea dinspre mama, am fost o dată cu ea în vizită la bunica lui Claude. Sînt peste douăzeci de ani de-atunci. Cît s-au franţuzit ele, eu am inspectat casa. O splendoare». «Eu n-am văzut niciodată casă mai frumoasă decît a domnului din talcioc. S-a purtat frumos cu noi, iar în talcioc, atunci cînd am cumpărat scurteica pentru Maica, nu m-a luat de sus». «Indiferent de relaţiile lui suspecte, pe care n-avem căderea să le judecăm, e un domn, nu o ţoapă». «Costi, dacă am înţeles bine din context, *brocantă* înseamnă un fel de negustorie, de negoţ cu felurite obiecte». «Ai înţeles foarte bine. Dar înseamnă şi locul unde se desfăşoară negustoria asta. Aveam opt ani cînd am fost cu părinţii la Paris. Am bătut cu piciorul tot oraşul. Am ajuns şi pe la brocantele-astea. La una – nu mai ştiu la care – mama şi-a cumpărat şase şiraguri de coral cu încuietoare de aur şi o broşă cu o camee. Le are şi-acum». I-am făcut lui Costi o cafea. Cumpărasem chiar dimineaţă o sută de grame. «N-am băut niciodată o cafea mai bună». «Vrei să mă flatezi. Îmi pare rău că n-am şi altceva – o prăjitură, o dulceaţă».

N-avea rost să-i spun că făceam economie la sînge, ca să adun două mii de lei, ca să-şi pună ai mei carton gudronat pe casă, fiindcă începuse să-i plouă prin acoperişul de stuf, şi să-şi pună şi ei scîndură pe jos în odaie, ca să le fie mai cald iarna. Cum a plecat Costi, m-am repezit la *Petit Larousse*-ul din 1927 şi la un ghid al Parisului, moşteniri de la doctorii Zamfirescu, şi m-am lămurit ce era cu *bro-*

canta şi cu *brocantele*. Doamnei Turcescu nu-i scăpase «infracţiunea» mea de-a aduce un bărbat în casă. A ţinut să-mi atragă atenţia că nu era bine pentru reputaţia mea. Reputaţie faţă de cine, povestea nu mai spunea. «Doamnă, e un prieten. A vrut să vadă şi el unde locuiesc». «Este infirmier ca şi dumneata ?». «E doctor, doamnă». «Pe vremea mea, doctorii nu se frecventau cu infirmierele». «S-au mai schimbat timpurile, doamnă». Nu-i suflasem o vorbă că intrasem la Medicină.

În timpul sesiunii de vară îmi luam concediul de odihnă. Am prins trei zile între două examene şi m-am repezit acasă. Îmi ardea sufletul de dorul Maicăi. Distanţa mă făcuse să-ndulcesc şi glasul răstit al Taicăi. Cînd i-am văzut slabi, arşi de soare, cocoşaţi de muncă, mi-a venit să plîng. «Cum îţi e, taică, pe-acolo pe la Bucureşti ?». «Bine, mulţumesc lui Dumnezeu». «Păi de ce eşti atît de slabă dacă ţi-e aşa de bine ?». «Taică, nu dau cu sapa, da-nvăţ de-mi sar ochii. Şi drumurile mă omoară: de la Spital la Facultate şi de-acolo înapoi la Spital. Iar la Spital nu văd decît operaţii şi iar operaţii. Dar oricum, e mai uşor decît la sapă». Cînd m-am văzut singură cu Maica, i-am pus capu-n poală şi i-am şoptit: «Ucide-mi, Maică, ucide-mi ca-n copilărie».

Cînd voia să ne răsfeţe, pe Gelu şi pe mine, Maica-şi trosnea unghiile, scărpinîndu-ne-n cap, le trosnea de jurai că strivea păduchi. Noi «lighioane» n-avusesem niciodată. Maica fierbea rufele cu leşie, iar în cap ne dădea de două ori pe săptămînă cu gaz de lampă. Dar erau copii plini de păduchi, de le cădeau din cap pe gît, pe umeri. «Maică, mă mustră cugetul că n-am rămas lîngă matale. Dădeam cu sapa da' nu plecam de-acasă». «Maică, ai să mai trăieşti şi după ce m-o strînge pe mine Dumnezeu. Crezi că de cînd cu Gospodăria nu se uită nimeni de sus la noi ? Ăi de s-au ajuns au şi aragazuri, de nu mai gătesc la vatră sau pe plită, la maşină. Unii şi-au luat şi motociclete. Noi mai însufleţim din ce ne trimeţi tu, de unde ne-oi trimite şi tu, vai de sufletu' tău. Săraci am fost, săraci am rămas. Se uită la noi de sus şi ăi de-au avut înainte şi ăi de s-au ajuns acuma. Fă-te, maică, doctoriţă şi lasă tu sapa, că ne-o fi ajungînd de cînd o ducem în spinare, neam de neamul nostru».

♠

M-am întors la Bucureşti amărîtă şi plină de remuşcări pentru viaţa mea de «cucoană» faţă de cea a părinţilor mei. Mă duceam la ultimul examen din sesiunea de vară, cînd mi-a apărut din nou în cale, şi nu întîmplător, «tovarăşul Vasile». «Sărut mîinile, tovarăşa Boboc Argentina. Ce mai faceţi ? Cum merge cu Facultatea ?». Mi-a stat pe limbă să-i spun: «De ce mă mai întrebaţi, că dacă vreţi să ştiţi aflaţi şi laptele pe care l-a supt omul». M-am abţinut. «Mulţumesc, bine», i-am răspuns pe un ton neutru. «Şi noii colegi cum sînt ?». «Zău dacă ştiu cum sînt», i-am răspuns cu toată sinceritatea. «Cum adică nu ştiţi ?! Nu-i vedeţi la cursuri, la seminarii ?». «Poate n-o să mă credeţi: îi văd, dar nu-i observ. Cînd sînt la Facultate mă interesează numai să-nvăţ, iar la Spital cum să nu greşesc. Abia-mi trag sufletul de cît muncesc». «Şi cu doamna Turcescu, proprietăreasa dumneavoastră, cum vă-nţelegeţi ?». «Sînt zile cînd nici măcar nu ne vedem. Iar cînd ne vedem ne salutăm; o dată pe lună mă anunţă cît trebuie să plătesc la lumină, la întreţinere». «Şi cucoanele care-i vin la canastă cine sînt ?». «De unde să ştiu eu ?». «Dumneata chiar treci prin viață, legată la ochi ?», a adoptat el un ton patern-dojenitor. «Tovarăşe Vasile, eu cred că e bine să ne vedem fiecare de meseria noastră. Cum dumneavoastră nu faceți meseria mea, nici eu nu trebuie s-o fac pe-a dumneavoastră. Fără nici o supărare». «Te-ai gîndit vreodată să te măriți ?». «Ca să-mi vină un asemenea gînd, mai întîi ar fi trebuit să mă ceară careva de nevastă şi eu să zic „da“ ori „ba“. N-a fost cazul». «Ai vrea să pleci în străinătate ?». «Şi ce să fac eu acolo ?». «Să te măriți cu cineva care să fie trimis oficial de-aici». «Eu vreau să-mi fac o meserie aici şi să-mi ajut părinții. Dacă mi-o fi dat să mă mărit, m-oi mărita cînd termin Facultatea. Acuma, numai măritat mi-ar lipsi». «Mai ai numărul meu de telefon ?». Am dat din cap a afirmație. «Dacă ai să-mi spui ceva despre doamna Turcescu şi despre cucoanele ei sau despre măritat, telefonează-mi».

După ce m-am despărțit de «tovarăşul Vasile» mi-am repetat fără-ntrerupere pînă cînd am tras biletul de examen: «fără gînduri, fără gînduri, fără gînduri». Mi-a căzut «sistemul osos». Nimănui nu i-a pus profesorul atîtea întrebări suplimentare cîte mi-a pus mie. «Îmi pare rău că nu-ți pot da mai mult de „foarte bine“» a fost concluzia lui. Gîndindu-mă să nu-i dezavantajez pe colegii care urmau după mine, i-am spus: «Domnule profesor, e al patrulea an de cînd sînt soră la Ortopedie, la sala de operații». «Ferice de doctorii care lucrează cu dumneata». «Vă mulțumesc, domnule profesor».

Dacă nu l-aş fi-ntîlnit pe «tovarăşul Vasile», poate că m-aş fi bucurat de rezultatul meu la un examen atît de important ca acela de Anatomie, dar văzîndu-mă din nou în stradă, iară mi-am adus aminte de conversația cu el. Ce voiau oamenii ăştia de la una ca mine ? Să devin informatoare, în mod sigur, poate chiar angajată în regulă. Şi plecarea-n străinătate prin căsătorie cu unul oficial ? Cineva avea nevoie, pentru străinătate, de-o nevastă cu dosar bun, «fată din popor». «Vasile» mă peţea pentru el, pentru altul sau erau vorbe aruncate-aşa, de nadă ? Erau destui în puşcării dintre cei care-şi încercaseră norocul prin Iugoslavia. Şi eu, cu posibilităţi oficiale, refuzam ! De cînd trecusem prin patul unui bărbat, îmi dădeam seama că n-aş fi putut face o căsătorie de convenienţă, oricît ar fi fost de avantajoasă. Poate doar înţelegîndu-mă cu partenerul de la bun-început, să dormim fiecare-n patul său, ca nişte colocatari civilizaţi, şi-atît. Curioasă eram în privinţa pretendentului, dar n-aveam în nici un caz de gînd să-ntind pelteaua cu «tovarăşul Vasile». «Pretendentul» – în cazul că exista – nu putea fi decît tot din «branşă». Întîlnirea cu «Vasile»-mi strica tot cheful. Eram şi-aşa amărîtă de sărăcia alor mei şi de neputinţa mea de-a-i ajuta atîta cît aş fi vrut şi chiar ar fi avut nevoie. Mi-era urît să mă duc acasă la ciorba mea de lobodă, pe care o-ncinsesem de dimineaţă ca să nu fermenteze. Doamna Turcescu îmi permitea să-i folosesc aragazul, dar frigiderul – un „General Motors" de dinaintea războiului – îl ţinea încuiat cu cheia. Frecasem şi la aragaz, de-mi tocisem unghiile, ca să-l aduc la lumină.

Aş fi umblat pe străzi pîn-aş fi căzut pe jos şi-aş fi adormit, numai să scap de gînduri. Tocmai îmi cumpărasem doi covrigi de la o tarabă, cînd m-a atins cineva pe braţ. «Sărut mîna, domnişoară». Era domnul Claude Comăneanu, cum mă informase Costi Gheorghiu. «Bună ziua, domnule». Doamna Despina ne-nvăţase că spui doar «bună ziua» într-un magazin, de exemplu. Dar cînd te adresezi cuiva anume, după acel «bună ziua», politicos este să-i spui persoanei numele, dacă eşti în relaţii care să-ţi permită acest lucru, sau să adaugi «domnule», «doamnă», «domnişoară», cînd relaţiile sînt mai distante. «Domnişoară, mi-am parcat maşina vizavi şi-am coborît să te salut. Ce mai faci, cum îţi merge ?». «Azi mi-am dat ultimul examen pe anul ăsta». «Şi n-a mers bine ? Că pari nemulţumită». «Examenul l-am luat cu „foarte bine". Altele sînt grijile şi nemulţumirile mele». «Am o idee. Dacă n-ai nimic împotrivă, ne urcăm în maşină şi te invit la mine la prînz. Prînz de burlac: mai mult uscături, dar şi un borş de lobodă». «Lobodă am şi eu acasă numai că a mea e acrită cu corcoduşe, ca la noi în Oltenia. Mulţumesc de invitaţie».

M-am aşezat în maşină lîngă el, în faţă. În spate, învelite în hîrtie groasă maronie se aflau nişte tablouri. M-am bucurat de-ntîlnirea cu domnul din talcioc de parcă Dumnezeu mi-l scosese-n cale ca să-mi mai schimbe gîndurile. «Cînd conduc, n-am obiceiul să vorbesc, aşa că să n-o iei ca pe-o tăcere ostilă». În cîteva minute eram la el acasă. «Cred că n-ai să te formalizezi dacă mîncăm în bucătărie».

Bucătăria era o cameră de vreo douăzeci de metri patraţi, cu o gresie-n culori îmbinate şi ca model şi ca nuanţe cu mult rafinament, cu faianţă, culoarea untului, pînă sus în tavan, şi cu un colţ de adevărată sufragerie. Domnul din talcioc a pus pe marmora mesei un tacîm pentru mine, unul pentru el, pe aceeaşi parte. Am mîncat pentru prima oară-n viaţă icre negre şi icre roşii, zise de Manciuria, nişte pateuri cu ciuperci după care-ţi lingeai degetele, mezeluri fine. Am băut şi un strop de vin alb căruia nu-i mai ştiu numele. Borşul de lobodă, dres cu smîntînă, mai bun decît loboda mea. Cremşnit ca desert.

Am mulțumit, am strîns paharele, farfuriile, tacîmurile şi m-am dus cu ele la o chiuvetă mare de inox să le spăl. «Musafirii nu spală vasele». «Eu nu fac parte din categoria simandicoasă». «Nu ştiu din ce categorie faci parte, ştiu doar că eşti musafirul meu. Vrei să vorbim de una de alta ? Vrei să-ți țin un curs de istoria artei pe exemple, în camera pe care-o ştii ? Vrei să vorbim despre lucruri esențiale de viață ?». «Pentru mine cel mai folositor ar fi cursul de istorie a artei, dar... dar sînt momente-n viață cînd mai important ți se pare să vorbeşti de ceea ce te doare decît de ceea ce ți-ar folosi». «Am reținut de la prietenul dumitale că te cheamă Argentina». «Argentina Boboc. Vă rog să-mi spuneți Argentina». «Am înțeles că eşti de la țară. De unde numele ăsta ?». «Pe naşa mea o cheamă Adelina. În actul de botez sînt Adelina. Cînd s-a dus Taica, tata adică, să mă declare la Primărie, m-a declarat Argentina. S-a mirat şi notarul de-asemenea nume, dar Argentina am rămas. Uitase de Adelina de-acasă pîn' la Primărie». «Argentina e un nume frumos, ca şi țara care-l poartă. Iar capitala dumitale, Buenos Aires, e un oraş grandios». «Capitala mea... !». «Pe mine mă cheamă Claude Comăneanu. Claude fiindcă mama e franțuzoaică. Nu se potriveşte Claude cu Comăneanu, dar asta e». «În schimb, Argentina cu Boboc se potrivesc de minune». «Nu ne putem alege numele, nici părinții». «Mă-ntreb dacă-n viața asta putem alege şi noi ceva sau ne este ales». «Crezi în predestinare ?... şi eu cred».

Mi-a luat mîna dreaptă şi s-a uitat la inelul pe care mi-l cumpărase Costi. «Îmi pare bine că porți inelul. După culoarea alexandritului, nu eşti în apele dumitale. De ce ? Bineînțeles, dacă vrei să-mi spui». «Nu-mi place să mă plîng, dar sînt momente cînd sărăcia te zdrobeşte. L-aş mînia pe Dumnezeu să spun că rabd de foame, că n-am cu ce să mă-mbrac. Dar aş vrea să-mi pot ajuta părinţii mai mult; ca să-şi pună şi ei carton gudronat pe casă şi scînduri pe jos, în odaie». «Eşti singură la părinţi ?». «Am un frate care termină acum Dreptul. Îl mai ajut eu pe el cu cîţiva lei acolo». «Şi cîţi bani ţi-ar trebui pentru cartonul gudronat şi pentru scînduri ?». «Cel puţin două mii. Salariul meu pe-aproape cinci luni. Colegii s-au dus să sărbătorească la o crîşmă sfîrşitul de an. Eu n-am ştiut cum să plec mai repede. Mă sărbătoream şi eu cu doi covrigi. Dar berzei chioare-i face Dumnezeu cuib: m-aţi sărbătorit dumneavoastră». «Dacă te-aş împrumuta eu cu banii ăştia şi mi i-ai înapoia cînd poţi, hm ?». «V-aş face o mare pagubă. Dumneavoastră investiţi banii în lucrurile pe care le vindeţi ca să cîştigaţi ceva. De la mine i-aţi primi înapoi cu ţîrîita. Ce folos aţi avea ?». «Cîteodată, oricît am fi de păcătoşi, simţim nevoia să facem şi cîte ceva dezinteresat». «Ce ştiţi dumneavoastră despre mine ca s-aveţi curajul să-mi împrumutaţi atîţia bani ? Şi dacă nu vi i-aş mai da înapoi ?». «Aş rămîne-n pagubă cu două mii de lei şi-atîta. N-aş muri din asta». Abia acum îi luam mai bine seama.

Avea o figură prelungă, frunte înaltă, un păr ca peria, castaniu închis, tuns scurt, o bărbie pătrată, gură cu tăietură aspră, ochi căprui închis. Înalt, musculos, bine proporţionat. Un bărbat frumos. «Mă-ntreb ce merit am eu pentru atîta generozitate ?». «Ai meritul omului care trage cu dinţii de viaţă. Şi meritul de-a-ţi iubi părinţii. Meritul de-a fi pornit de la pămînt pe jos şi de-a vrea să faci o Facultate, în timp ce mai ai şi slujbă. Deşi am fost bogat şi o duc bine şi-acuma, cînd nu mai sînt, să ştii că patru luni din viaţă, hrana mea de bază a fost pîine prăjită, unsă cu untură şi cu usturoi. Ştiu ce-nseamnă să fii sărac. Argentina, cu toate că eşti îmbrăcată bine, cu lucruri „de la pachet“, cum se spune, cu toate că vorbeşti literar, ca după o şcoală bună, păstrezi în dumneata sfiala, prudenţa retractilă a ţăranului, discreţia lui». L-am privit întrebător la ultimele cuvinte. «Nu m-ai întrebat nimic despre mine». «Maica, mama mea, m-a-nvăţat să nu-ntreb omul. „Lasă, maică, să-ţi spună el ce crede, că tu dacă-l întrebi nu ştii peste ce durere dai“». «Cîţi ani are maica ?». «Patruzeci, de sfîntă Măria-Mare. N-avea nici optsprezece cînd m-a născut pe mine». «Ce tînără e şi cum vorbeşte ca o bătrînă». «Sînt oameni care se coc repede, îi coace nemulţumirea, sărăcia. Faţă de ea, eu duc o viaţă de mare cucoană. Mi-aş da şi sufletul s-o ducă şi ei, părinţii adică, mai bine». «Şi totuşi sufletul nu ţi l-ai da. Nu e vorba de ultima suflare, ci de pacturi prin care poţi obţine avantaje». S-a uitat fix la mine şi m-a trecut un fior.

Mi-am adus aminte ce-mi spusese despre el Costi Gheorghiu – via doamna Turcescu şi doamna Leonidas. Mă privea cu înţeles de parc-ar fi asistat la cele două întîlniri ale mele cu «tovarăşul Vasile». Eu eram o plevuşcă pentru el. Lucrăturile lui se petreceau în alte sfere, la alt nivel. Mie, pentru mine, domnul din talcioc îmi inspira încredere. M-am hotărît brusc să-i cer o părere cu privire la propunerea de căsătorie a lui «Vasile», serioasă ori de nadă. «Domnule Comăneanu, vreau să vă cer un sfat pe care nu l-aş cere nimănui altcuiva. Sfat nu e bine zis. Ci să vă supun o eventualitate, ceva virtual». «S-auzim». «Ce-aţi face dumneavoastră-n locul meu dacă vi s-ar propune o căsătorie cu cineva care-ar fi trimis oficial în străinătate, într-o misiune ?». A zîmbit, apoi şi-a-nceput argumentaţia îndoind pentru fiecare punct al ei un deget. «Mai întîi l-aş cunoaşte pe pretendent. Apoi aş stabili cu persoana dacă vrea o căsătorie reală sau una „de cadre“. Oricum, ar prezenta un avantaj». S-a apropiat de urechea mea şi mi-a spus: «Şi la o adică te faci uitată pe-acolo». S-a-ndepărtat de urechea mea şi a continuat, uitîndu-se fix la mine, care-i sorbeam cuvintele şi-l priveam cu-o tristeţe de moarte. «Te crezi în stare de-aşa ceva ?». «Nu». «Aşa zic şi eu». «N-aş putea înşela bună-credinţa nimănui, nici chiar reaua-credinţă».

M-am ridicat să plec, socotind că vizita mea durase destul. «Vă rog să-mi daţi voie numai cinci minute, dacă se poate, să mă uit la tablouri». În timp ce eu îmi plimbam ochii peste minunăţiile de pe pereţi, domnul Comăneanu m-a luat pe după umeri şi m-a-ntrebat: «Dac-ar fi să alegi ceva de-aici ce-ai lua ?». «Florile de colo, de Andreescu», şi-am arătat tabloul cu mîna. «Vrei să-ţi dau cei două mii de lei sau vrei să-mi dai numele şi adresa părinţilor dumitale ca să-i trimit eu prin poştă ?». «Nu prin poştă. Nu vreau să ştie nimeni că au ei atîţia bani. Îi duce frate-meu. El merge-n fiecare lună acasă. Avem un neam, mecanic de locomotivă, aşa că frate-meu se duce fără bilet».

Am luat banii, m-am întors cu spatele şi i-am vîrît în sutien. «Nu era nevoie să-i pui în sîn că te conduc pîn-acasă cu maşina». «Dacă vă dau o sută cincizeci de lei pe lună înapoi e prea puţin ?» «Dă-mi cîte o sută. Şi numai dacă poţi. În prealabil dă-mi un telefon. Şi poţi veni şi fără bani. Şi cînd ai chef, sau te simţi singură, sau vrei un sfat, telefonează-mi». «Nu vă pot telefona decît de la telefon public. Doamna unde locuiesc îşi ţine telefonul sub cheie». «Şi dumneata n-ai vrea să ai telefon ?». «Ar fi o cheltuială-n plus, dar dac-aş avea, aş vorbi şi eu cu ai mei. Stăm lîngă Oficiul poştal». «Fă o cerere către Telefoane, motivînd-o prin nevoile de serviciu, ataşează şi adeverinţă de salariată şi dă-mi-le mie. Nu promit nimic, dar încerc».

Peste două luni aveam telefon, spre nemulţumirea doamnei Turcescu. Trebuise să-i primească-n casă pe instalatori care, sub ochii ei de şoim şi sub dirijarea ei verbală, se străduiseră să facă minimum de deranj. «Ce ţi-o fi trebuind telefon...!», zisese dumneaei, însoţindu-şi vorbele cu un gest de lehamite, după ce eu ştersesem toate urmele lăsate de instalatori. «Mari pile trebuie să fi avut dumneata de ţi s-a instalat telefonul atît de repede. Alţii aşteaptă cu anii». Convinsă că avea dreptate, în primul moment n-am suflat un cuvînt. Apoi mi-a venit în minte o minciună verosimilă şi neverificabilă: «Şi eu, doamnă, am depus cerere de-acum doi ani». M-a crezut, nu m-a crezut, nu ştiu.

♠

Vrînd să-şi menţină relaţiile cu familia răposatului ei bărbat, doamna Turcescu îi invita pe Laura şi pe Gabriel cînd ştia că nu sînt eu acasă. Părerea despre ei doi o ştiam fiindcă şi-o exprimase cu voce tare faţă de-o doamnă, în hol, în timp ce eu spălam vase în bucătărie. «Laura, nepoată-mea prin alianţă, a făcut şi prima şi-a doua oară un *coup de tête*. Prima oară, că s-a-ndrăgostit de profesorul ei, o somitate; cu toată diferenţa de vîrstă dintre ei, mai treacă-meargă. Dar ca a doua oară să ia un coate-goale, un mahalagiu de oltean, cu opt ani mai tînăr decît ea, să-l ţină-n Facultate, asta-i prostie curată. Şi să se mai apuce să facă şi copii cu el». «Important e ca ei doi să se-nţeleagă», a replicat împăciuitor interlocutoarea. «Unele femei sînt conduse-n viaţă numai de hormoni». «Şi noi care ne-am condus după conveniențe și după interes am fost fericite, *Mélanie* ?». «Ne-am purtat cum cereau vremurile tinereții noastre, în lumea noastră. Ne-am conformat unor reguli».

Oare «tovarășul Vasile» sau cine avea de gînd să fie trimis oficial în străinătate nu se-nsura tot conform convenientelor unor timpuri ? Pînă la înființarea Gospodăriilor Colective, se căsătoreau bogații-ntre ei, săracii-ntre ei. Și-acuma, de cînd cu Gospodăriile, nu se tocmeau viitorii cuscri pe casă, pe aragaz, pe motocicletă ? Nu se căsătoreau vîrfurile din gospodărie ele între ele și restul de săraci, între ei ? Conveniențe fuseseră, erau și aveau să existe cît lumea. Acuma, dosarul de cadre te sălta, te cobora, te desființa. Ca să te ridice, trebuia să faci caz de el, să te bați cu el în piept, să-l valorifici. Eu socoteam că-mi pusese Dumnezeu mîna-n cap încă de la liceu, fiind bursieră, iar ca studentă pe banii Statului – alt mare noroc. Slujbă aveam; și ceva și mai de preț – acoperiș deasupra capului și încă în ce cartier ! De la U.T.M. nu venise nimeni să-mi ceară să mă-nscriu, iar eu făceam pe mortu-n păpușoi. Ce nevoie aveam de ședințe și de interminabilele discuții – de bătut apa-n piuă ? Mi le-aduceam aminte pe «revoluționarele» de la liceu, cu «tovarășa» Neagu-n frunte și mi se zburlea pielea și mi se făcea greață. Mi-aduceam aminte și de Valentina Valerian exmatriculată din toate școlile fiindcă-și manifestase regretul că numele școlii noastre *Liceul Elena Cuza* se transformase-n ceva lipsit de culoare și de personalitate: *Liceul teoretic numărul 1.* Ce ușor deveneai dușman al poporului și al orînduirii socialiste !

Mă rugam lui Dumnezeu să fiu mereu uitată de U.T.M. și de Partid. Cu excepția lui Costi Gheorghiu, de origine burghezo-moșierească-intelectuală, toți doctorii din secție erau membri de partid. Cînd îl chemau la cîte o şedinţă, tam-nisam, domnul General îşi punea mîinile-n cap, apoi le-nălţa spre cer, i se zburlea mustaţa şi parcă i se strîmbau şi ochelarii. Poate fiindcă-l vedeam în fiecare zi, mi se părea că nu se schimbase deloc în cei patru ani de cînd ne cunoşteam. De talie mijlocie, subţire, drept, cu mers şi cu gesturi agile, părea cel puţin cu zece ani mai tînăr decît era. Nu se putea spune că era un taciturn, dar nici un vorbăreţ. Către mine-şi descărca sufletul, fără oprelişti.

Le-am comunicat faptul că am telefon doar celor din familie, domnului General, lui Costi Gheorghiu şi domnului Comăneanu, cum era firesc.

♠

Într-o seară, la poarta Spitalului îl văd pe Iosif Iuga în umbra unui copac. Am simţit bătăile inimii şi-n cerul gurii. Picioarele-mi tremurau şi nu mai izbuteau să păşească. A venit el spre mine şi m-a privit lung în ochi pînă să se hotărască să-mi spună ceva, cu glasul răguşit de emoţie. «Argentina, se-apropie Întîi martie. Ţi-am adus un mărţişor». Mi-a luat mîna stîngă şi mi-a pus pe inelar un inel de aur, uşor bombat, ca verighetele clasice, cu un rubin la mijloc, la acelaşi nivel cu veriga. M-am uitat la inel, am închis ochii, l-am sărutat şi mi-am pus palma peste ochi. În clipa aceea mi-am dorit să mor, atît de mult am avut simţămîntul unei împliniri. O mînă mi-a tras încet mîna de la ochi, o gură mi-a sărutat scurt şi apăsat buzele, gîtul, părul, un trup s-a lipit de-al meu. «Dacă-ai şti cît îmi lipseşti, Argentina !». «Şi dumneavoastră mie». Paşii ne-au purtat spre garsoniera vărului inginer. «Ai să mă ierţi că-ţi tulbur viaţa ? Că nu m-am ţinut de cuvînt să nu ne mai vedem, să nu ne mai auzim ?». «Domnule doctor, viața mea înainte de-a apărea dumneavoastră era ca o apă stătută. Fără dumneavoastră promite să fie la fel». A doua zi m-am dus la un bijutier și i-am cerut să-mi graveze în interiorul inelului cu piatră roșie o dată: cea a zilei cînd mă iubisem prima oară cu Iosif Iuga. Iar în interiorul inelului cu alexandrit – litera C.

Iosif îmi telefona în fiecare seară. Cel mai mult vorbeam cînd avea el gărzi și nu-i veneau urgențe. Despre părinții noștri, despre satele noastre, despre cîte un spectacol pe care, și el și eu, reușeam să-l vedem din an în Paști. Amîndorura ne plăceau lucrurile clasice, acelea care săpau în adîncul sufletului. După fiecare telefon al lui simțeam nevoia să citesc măcar o frază din Călugărița mea portugheză și mereu îmi puneam întrebarea cum o fi arătat francezul pe care-l iubise ea cu disperare. Cine-ar fi bănuit că Iosif Iuga, un bărbat cu o-nfățișare oarecare, în afara ochilor în care i se concentra toată ființa, om însurat din dragoste, cu trei copii, familist așezat, îi mai dăruia sufletul și trupul încă unei femei ? Nu-ndrăzneam niciodată să-l întreb nimic despre nevasta lui, despre copiii lor. Iar el nu pomenea despre această parte esențială a vieții lui. Vorbele pot fi meșteșugite și prefăcute însă trupurile nu știu să mintă. Ele nu pot simula foamea unuia de altul. Noi ne iubeam cu foame și cu disperarea celor care o fac pentru ultima oară, fatalitatea urmînd să-i despartă. Mereu îmi veneau în minte cuvintele doamnei doctor Olga Zamfirescu din momentul cînd îi vorbisem deschis, ca la spovedanie, despre «schimbarea» din viața mea: «Ai grijă numai să nu rămîi toată viața vioara a doua și să te trezești prea tîrziu». Pentru moment, nu voiam să mă trezesc. Măcar să mă fi ales cu niște amintiri pentru nu se știe cînd, într-o viață asupra căreia nu-mi făceam mari iluzii. Orice hotărîre majoră în privința legăturii noastre o lăsam în seama lui Iuga. Costi Gheorghiu m-a invitat la „Municipal" să vedem *Livada cu vișini.* Cu un rînd înaintea noastră, pe două locuri mai la dreapta față de-ale noastre, s-au așezat grăbiți, în ultimul moment, Iosif Iuga și nevastă-sa. Iosif ne-a salutat și ne-a spus «Ne vedem în pauză». Nevastă-sa ne-a salutat dînd din cap și zîmbindu-ne. La prima vedere am reținut un chip sănătos, între oval și rotund, cu ochi căprui plini de viață, cu un nas cîrn și cu o gură rotundă și cărnoasă. Inima-mi bătea să-mi spargă pieptul și numai la splendida piesă a lui Cehov și la magistrala ei interpretare nu-mi era gîndul. Costi m-a apucat de-o mînă în timp ce-mi șoptea la ureche «liniștește-te !». I-am strîns mîna în semn c-am înțeles mesajul. M-am silit să nu-mi mut ochii de pe scenă, să nu-i țintesc nici o clipă spre Iosif Iuga și spre nevastă-sa, Anuța. La prima pauză am ieșit cu toții în holul teatrului. «Să vă fac cunoștință cu soția mea», ni s-a adresat Iosif Iuga mie și lui Costi Gheorghiu. Ea ne-a-ntins mîna și-a spus simplu «Anuța Iuga». «Domnișoara Argentina Boboc și domnul doctor Costi Gheorghiu mi-au fost colegi la Spitalul Militar», ne-a prezentat el și pe noi. «Iuga, ești mai mulțumit la Urgență ?», l-a-ntrebat Costi Gheorghiu, ca nu cumva să se-aștearnă între noi o tăcere jenantă. «În privința cazuisticii, da. Altminteri, e ca pe bandă rulantă». «E vorba să se facă niște locuri la Clinică la Cluj. Am fi mai aproape de părinți», a zis Anuța Iuga, iar mie mi-a trecut un cuțit prin inimă. Mă uitam la fața ei sănătoasă și destinsă, la părul castaniu, tuns scurt, ondulat natural, numai inele, care se-așeza-n jurul capului ca o căciuliță. La bustul bogat și ferm, la toată făptura ei pietroasă, formată din rotunjimi tentante, la picioarele musculoase și bine-nfipte-n pămînt, de forma unor sticle de lampă, și nu-ncetam să mă-ntreb ce-l atrăgea pe Iosif Iuga la mine. Din toată ființa Anuței Iuga emana liniștea și mulțumirea omului care-și consideră viața-mplinită, viață în care și-a făcut și-și face datoria de om, de femeie. La vîrsta mea de-atunci, ea fusese deja mamă a trei copii. «E prima oară cînd merg la teatru-n București. La Cluj nu-mi scăpa nici o piesă, nici o operă sau operetă». «Și cum vi se pare spectacolul de astă seară ?», am întrebat-o eu. «Foarte bun. Am văzut *Livada cu vișini* și la Cluj. Foarte frumos spectacol și-acolo. Aici interpretul lui Firs mi se pare cel mai bun dintre actori; peste cel de la Cluj. Să vedem pînă la sfîrșit...». «Aveți dreptate», am spus eu și am zîmbit uitîndu-mă-n ochii ei căprui strălucind de viață. Simțeam că, în ciuda strădaniei mele de-a-mi păstra firea, arătam ca un cîine-al nimănui, cu privire tristă și umilă. Cînd a sunat de intrare în sală, Costi m-a luat posesiv de braț și așa m-a ținut pînă ce ne-am așezat din nou în stal. M-am aplecat spre urechea lui și i-am șoptit: «Îți mulțumesc !». Știa el pentru ce.

La sfîrșitul piesei, la ultima apariție a lui Firs, lacrimile pe care le stăpînisem pînă atunci, n-au mai vrut să m-asculte. Costi, care era cu ochii mai mult pe mine decît la scenă, și-a scos batista și mi-a strecurat-o-n mînă. La sfîrșitul spectacolului mi-am dat seama că plînseseră și alte spectatoare, printre ele numărîndu-se și Anuța Iuga. Ea s-a apropiat de mine și mi-a spus ca pe-o taină: «Firs mi-a rupt inima». «Și mie». Ca să nu mai izbucnesc în plîns, m-am gîndit la părinții mei săraci și cocoșați de muncă; m-am gîndit la oamenii nevinovați care putrezeau în pușcării, la cei care muriseră la Canal, unul chiar din satul meu. M-am gîndit la toți amărîții și năpăstuiții de pe lume și-mi spuneam: «Ce-nseamnă amărăciunea ta față de nenorocirile adevărate ? Vino-ți în fire ! Nu ești prima-n lume care iubește un bărbat însurat». În timp ce-i ținea pardesiul nevesti-sii, iar Costi pe-al meu,

Iosif Iuga mi-a aruncat o privire ca o cerere de iertare şi a-nchis o clipă ochii. Costi Gheorghiu m-a condus acasă. Mergeam încet, de parcă-aveam de gînd să măsurăm Bulevardul 6 Martie. «Argentina, ştiu ce e-n sufletul tău. Şi tu şi eu iubim unde nu trebuie. Nu alegem noi iubirea, ea ne-alege pe noi. Şi tu şi eu sîntem oameni liberi din punct de vedere social. Bine-ar fi fost să ne iubim noi doi. Să ne căsătorim. S-avem copii. Să ducem o viaţă cum scrie la carte. Şi la carte scrie bine şi firesc, din moşi-strămoşi. Dac-ai şti ce rău îmi pare că nu ne iubim, Argentina». «Te cred, Costi. Şi mie-mi pare rău». Gîndul m-a dus la Lucia Cantemir. Sigur simţise şi ea că nu era iubită. N-am îndrăznit s-aduc vorba despre ea. Oricît de fără perspective-mi apărea viaţa mea de femeie, oricît de nesigur şi de-ntunecat viitorul, totuşi nu mi-aş fi luat zilele. Cum să-mi fi luat zilele cînd aveam părinţi, cînd aş fi lăsat atîta durere în urma mea ? M-am scuturat ca şi cînd m-aş fi-ntîlnit cu piaza-rea. «Ce gînd ai vrut s-alungi, Argentina ? Te-ai scuturat ca de piază-rea». «Un gînd negru». «Hai să ne luăm viaţa aşa cum e. Să ne bucurăm că pe lume există şi prietenie». Am intrat pîş-pîş în apartament, ca de obicei. Doamna Turcescu a crăpat uşa camerei dumisale şi mi-a spus: «A sunat de trei ori telefonul la dumneata, la ora asta !». «Doamnă, îmi pare rău că v-a deranjat; noapte bună». M-am aşezat lîngă telefon, sigură că avea să sune. Nu m-am înşelat. La primul ţîrîit am dus receptorul la ureche. «Argentina, am vrut să te-aud. Ştiu ce-a-nsemnat seara asta pentru tine. Ştiu cu sufletul şi cu trupul meu. Mă simt atît de vinovat faţă de tine». «De ce ? Nu mi-aţi ascuns nimic. Am doar dreptul să fiu tristă». «Mă mai poţi iubi ?». «Da. Fiindcă dragostea nu e o buruiană pe care o smulgi şi-o arunci». «Te rog să dormi». «Am să-ncerc». «Noapte bună, dragostea mea».

crai de roşu

♡

Am luat *Larousse*-ul şi l-am deschis la harta Argentinei. Mi-am adus aminte vorbele domnului din talcioc. «Buenos Aires, capitala dumitale e un oraş grandios». Peste harta Argentinei apărea mereu chipul luminos şi tonic al Anuţei Iuga. O vedeam întreagă, în taiorul ei *bleu-marine*, clasic, cu un şirag discret de perle pe-un decolteu neted, cu ciorapii ei fumurii, cu pantofi *escarpin* negri. Apoi, în pardesiul bordo, cu tăietura tot clasică. Era-mbrăcată ca pentru o ceremonie. Aşa cum se-mbrăca lumea cînd mergea la teatru înainte de război. Am închis *Larousse*-ul, fiindcă harta Argentinei nu-mi alunga imaginile şi gîndurile care nu-mi dădeau pace. Pînă ce n-am întîlnit-o, Anuța Iuga fusese pentru mine o idee, ca un punct geografic depărtat. Şi deodată căpăta realitate. Şi încă realitatea unei femei care-mi plăcuse de la prima vedere. Simplă, deschisă, frumuşică şi-atît de vitală – element care-mi punea cele mai multe semne de-ntrebare asupra ființei mele filiforme – în care erau atît de greu de ghicit energia şi motive de atracție. Deşi ieşeam dezavantajată din comparația cu Anuța, nici o clipă nu mă-ndoiam de dragostea bărbatului ei pentru mine. Nu mai strînsesem o pernă în brațe şi nu-mi mai afundasem fața-n ea, udînd-o de lacrimi, de pe vremea cînd eram nebuneşte îndrăgostită de vărul meu Gabriel şi cînd mi-nchipuiam că aveam să-l iubesc pînă la ultima suflare. Avea să vină vreodată o vreme cînd să mă gîndesc la Iosif Iuga aşa cum mă gîndeam acum la Gabriel: o amintire voalată în care viu era numai sentimentul de ridicol cu privire la mine însămi ?

Nu ştiu dacă la toți oamenii o fi la fel, dar pentru mine amintirea acelei iubiri neîmpărtăşite îmi transforma eşecul într-un sentiment de ridicol. Cînd iubeşti şi nu eşti iubit ori suferi în tine însuți, şi nu-ți împovărezi cu nimic obiectul iubirii – fără nici o vină că nu te iubeşte – ori, dîndu-i de-nțeles că-l iubeşti, te expui ridicolului. De pe urma dragostei, împărtăşite, cu Iosif Iugam încercam şi bucurii de neuitat şi suferințe tot de neuitat.

♡

Mi-a dat telefon şi «tovarăşul Vasile» să mă-ntrebe ce mai fac şi ce mai spuneam despre propunerea lui. «Care ?», am întrebat eu. «Despre căsătorie». «Ceea ce v-am răspuns şi data trecută». «Şi-acuma cînd doctorul Iuga se pregăteşte să se mute la Cluj ?». Nimic nu le scăpa. «Şi-acum». Dacă despre un nimeni ca mine ştiau tot, dar despre alții, importanți, care chiar însemnaseră sau însemnau ceva în ierarhia socială ?

După acel telefon nu l-am mai auzit şi nu l-am mai văzut pe «tovarăşul Vasile», pînă în 2004. Faptul că-mi dăduse definitiv pace m-a făcut să cred că pentru *el* mă pețise: *el* urma să fie trimis în străinătate. Îi eram recunoscătoare că nu mă pasase vreunui coleg. Apariția lui în peisajul acelor ani a-nsemnat pentru mine o sperietură pe toată viața. Şi dacă mă-ntreba cineva pe stradă cît era ceasul, îmi bătea inima.

La şase luni după spectacolul de la Teatrul Municipal, familia Iuga se muta la Cluj.

La ultima-ntîlnire cu Iosif, cu ochii-nchişi îi mîngîiam fața, ca o oarbă. «Vreau să te țină minte şi mîinile mele», i-am şoptit. «Argentina, egoismul din mine ar vrea să te păstreze mereu. Omenia din mine şi dragostea pentru tine ar vrea să te ştie lîngă un om care să te merite. Deşi mă doare sufletul şi trupul să te ştiu a altuia. Nu-ți închipui cît de gelos am fost pe Gheorghiu pînă ce mi-am dat seama că erați numai prieteni; şi chiar şi-aşa, mi se părea că-mi fură ceva din tine ori de cîte ori erați împreună, la cofetărie sau la o plimbare. Aş vrea să găseşti omul pe care-l meriți. Fără nevastă, fără copii». «Iosífe, eu socotesc că viața a fost bună cu mine fiindcă mi-a făcut parte de Iosif Iuga».

Pentru prima dată-i spuneam tu şi pe nume. De-atunci încolo nu mai aveam fată de cine să greşesc, încurcînd registrele comportamentale. «Mai întîi m-ai ridicat în propriii ochi. M-ai făcut să am o părere mai bună despre mine.

Ştacheta exigenţei mele e acum foarte sus. Îţi mulţumesc pentru bucuria pe care mi-ai dăruit-o, fiindcă m-ai făcut să trăiesc cu-adevărat, să văd că viaţa, viaţa mea, nu e-o baltă stătută şi nemişcată. Mulţumesc lui Dumnezeu că te-am cunoscut !».

Ne-am despărţit în uşa garsonierei care ne-adăpostise dragostea. Iosif a vrut să mă conducă. N-am vrut. M-am dus pe jos, plîngînd din Cotroceni pînă-n Dionisie Lupu. La stopul de la Calea Victoriei, o fetiţă ca de patru-cinci ani, şi-a lăsat bunicul de mînă şi a venit lîngă mine. «Tu de ce plîngi ?», m-a-ntrebat ea ţintindu-mă cu-o privire uimită, albastră, în ochii mei plînşi. «Ai să afli tu mai tîrziu de ce plîng». «Şi eu am plîns fiindcă nu vor să-mi ia pisică». «Îmi pare rău pentru tine, să ştii». S-a făcut verde la semafor. Fetiţa şi-a luat iară bunicul de mînă şi-au traversat. Eu am rămas mai departe pe trotuar şi m-am făcut că mă uit la cărţile din vitrina librăriei din colţul străzii.

De cînd a plecat la Cluj şi pînă-n ziua de azi, cînd sîntem amîndoi bătrîni, Iosif Iuga mi-a telefonat şi-mi telefonează-n fiecare zi. «Cînd n-am să-ţi mai telefonez, înseamnă că m-am mutat la cele veşnice». Cam la şase luni o dată găsea pretexte să vină la Bucureşti ca să ne vedem. Nu l-a interesat dacă-n viaţa mea apăruse cineva. Pentru noi doi, noi eram aceiaşi. Aşa cum mă avertizase doamna doctor Zamfirescu, aveam să rămîn toată viaţa vioara a doua într-o altă viaţă: cea a lui Iosif Iuga. Numai că eu n-aveam să mă trezesc prea tîrziu, fiindcă fusesem trează de la-nceput. Şi nu prezenţa lui Iosif Iuga a făcut aşa ca viaţa mea să fie cum a fost, ci destinul, în existenţa căruia nimeni n-o să mă convingă să nu cred. Credinţa asta, poporul a rezumat-o atît de simplu şi de sugestiv: «Ce ţi-e scris în frunte ți-e pus !». «Poartă-te ca și cînd ai fi etern, dar fii pregătit să mori în orice clipă», ne-ndeamnă un filosof. De cînd am căpătat conștiința propriei existențe, am căutat să mă conformez acestui îndemn înțelept, cu mult înainte de-a-l fi văzut scris negru pe alb.

♡

O dată pe lună, cînd ne dădea lichidarea, mă prezentam cu suta de lei la domnul Comăneanu, dînd un telefon în prealabil. Îmi fixa ora și ziua, în funcție de timpul meu liber. Fiindcă de fiecare dată mă invita să mîncăm împreună și-apoi îmi ținea un adevărat curs de istorie a artei, eu luîndu-mi conștiincios notițe într-un carnet: îmi însemnam datele cele mai importante cu privire la istoria frumosului în lume. «Ce păcat că nu predați la Facultate», am spus eu, impresionată nu numai de cele pe care le aflam, dar și de talentul pedagogic al domnului Comăneanu. «Cu originea mea socială nu se poate. Cît am mîncat pîine cu untură și cu usturoi, mi-am spus că există oameni care așa trăiesc toată viața și n-au cui se plînge. Fiindcă n-am stofă nici de martir, nici măcar de erou, m-am gîndit cum să-mi cîștig viața mai avantajos, și m-am apucat de meseria de „negustor de artă" și de expert, consultat și de consignații, și de particulari. Și acum am și un auditor atent și inteligent: pe dumneata, Argentina». «Dumneavoastră, poate nici nu vă-nchipuiți cum aștept eu sfîrșitul lunii, să vin la dumneavoastră, să v-aud cursul de istorie a artei, să văd casa asta superbă, și toate frumusețile din ea. Nu mai vorbesc de bunătățile cu care mă răsfățați, ce n-a mîncat neam de neamul meu, de care ai mei nici nu ştiu că există». «Îmi pare bine că răsfăţ pe cineva care n-a fost răsfăţat. Dumitale ţi se pare un eveniment cînd vii la mine. Unei cucoane răsfăţate i s-ar părea ceva banal. Îmi plac oamenii cu trăiri sincere, şi care nu cred că totul li se cuvine. Am fost bogat, dar, ca marinar, am trăit printre oameni simpli, care nu mergeau pe mare de dragul mării, ci pentru o bucată de pîine. Pentru majoritatea oamenilor, viaţa nu e o sinecură». «E un car de plumb, la care trag ca vita de povară». «Îţi place medicina, îţi place ceea ce urmează să practici pînă la pensie ?». «Nu pot spune că nu mă interesează corpul omului şi felul cum funcţionează; nu pot spune că nu mă interesează conexiunile pe care trebuie să le facă un doctor ca să pună un diagnostic corect; nu pot spune că nu mi-e milă de oameni, şi că nu vreau să-i ajut; dar dac-ar fi fost pe ce-mi place, aş fi ales Literele sau Istoria sau Istoria artei. Dar am fost sfătuită de oameni care-mi vor binele, şi pînă la urmă am ajuns şi singură la concluzia că pentru timpurile de-acum e mai bine să fac Medicina». «Aveţi dreptate, şi dumneata şi cine te-a sfătuit». «Dac-aş fi pornit de la bun-început ca studentă la Medicină poate că altfel aş fi privit lucrurile. Dar am pornit ca infirmieră, pe urmă, dintr-o-ntîmplare, am ajuns soră la sala de operaţii, la Ortopedie, unde lucrez şi-acum, şi-abia apoi studentă. Şi mi-e tare greu şi cu spitalul şi cu Facultatea. Cînd vin la dumneavoastră parcă vin din viscol într-o-ncăpere caldă şi luminoasă». «Păcat că nu vii mai des». «Păcat că n-am timp nici să răsuflu. Mă gîndesc de multe ori că eu nu-nţeleg nimic din tinereţe...». Am închis ochii şi m-am gîndit la Iosif Iuga. Prin el aflasem că eram tînără şi aflasem ce era dragostea dincolo de imaginaţie.

Tablourile de pe cei doi pereți din camera domnului Comăneanu se schimbau, apăreau unele noi în locul celor vîndute. În fiecare lună, cînd mă duceam să-mi achit datoria, mă-ntrebam dacă aveam să mai găsesc pe perete florile lui Andrescu, în ulcica lor de pămînt smălțuit. O dată, domnul Comăneanu m-a bătut pe umăr în timp ce-mi pironisem ochii asupra lor şi mi-a spus. «Fii pe pace, pe ele nu le vînd».

Am oftat a uşurare. Ele făceau parte dintr-un inventar al meu sufletesc alcătuit din cîteva ființe, din cîteva locuri, din două fotografii, din două inele, din cîteva cărți. În acest inventar îmi apăreau împreună pădurea de tei din Brăteasa, Florei şi florile lui Andreescu. Aş fi vrut să fie al meu acel tablou ? Cît îl priveam era al meu. Era al meu şi fiindcă-mi pătrunsese-n suflet. Îl purtam mereu cu mine. Ființele, locurile, lucrurile dragi: invarianții unui suflet.

♡

Gabriel şi Laura au avut o fetiță. M-am dus împreună cu Gelu s-o vedem. I-am cumpărat trei rățuşte de cauciuc, pentru ca să se joace-n baie cu ele cînd avea să mai crească: dar de om sărac. La zece zile, fetița era frumuşică-foc şi cu o chică brună cum nu mai văzusem pîn-atunci la nici un copil mic. Mama Laurei îi şi adusese de la Cluj o tetă săsoaică, femeie la patruzeci şi ceva de ani, care crescuse vreo douăzeci de copii, specialitatea ei fiind cei pînă-ntr-un an. Rămînea într-o casă pînă la maximum doi ani ai copilului. Pretenția îi era ca nimeni să nu se-amestece în felul cum îl îngrijea. Afară de controlul medical şi de intervenția doctorului în caz de nevoie, nu admitea proteste, păreri, sugestii. Față de toate astea replică sec şi tranşant: «Eu am crescut mai mulți copii decît dumneavoastră». Vorbea corect românește, cu accent nemțesc; dar copilului îi vorbea numai nemțește.

Doamna doctor, mama Laurei, era o femeie impunătoare, bine făcută, elegantă, coafată, manichiurată, cu aerul de comandă al cuiva care a fost mereu șef. Era șatenă, cu ochi verzi care fulgerau cu severitate ori de cîte ori o contraria ceva. Tanti Mița și unchiul Ionel veniseră de la Craiova să-și vadă și ei nepoata. Traseseră la tușa Lina și la nenea Costel, ca să nu le facă deranj fiului și nurorii lor, mai ales știind că la aceștia se afla doamna doctor de la Cluj, cuscra. Eu și cu Gelu ne-am dus să ne-ntîlnim cu tanti Mița și cu unchiul Ionel tot la tușa Lina și la nenea Costel.

Sfătuindu-se cu unul și cu altul ce dar să-i aducă nepoatei lor, bunicii de la Craiova îi cumpăraseră printr-un misit, o cruciuliță de aur cu un diamant la mijloc, împreună cu un lănțișor alcătuit din cuburi minuscule, o lucrătură puțin obișnuită. «Cică cruciulița și lanțul au fost ale unei generălese și le luase din țări străine», mi-a spus tanti Mița, cerîndu-mi părerea asupra darului: «Adelino, fată, tu care stai de-atîta vreme-n București pintre oameni mari, ce zici tu de darul nostru pentru nepoată ?» «Tanti, nu ca să-ți fac inimă bună, îți spun că e foarte, foarte frumos și potrivit».

Gabriel ne-a povestit, cu hazul lui, întrevederea dintre cuscri. Doamna doctor se uitase întîi sever la cuscrii olteni, în chip de invitație la vizite cît mai rare pe la fața locului, dar se străduise să se poarte politicos. Îi plăcuse darul lor pentru nepoată, manifestîndu-și cu glas tare admirația – de fapt, surprinderea că asemenea țoape avuseseră asemenea gust – ceea ce le mai crescuse inima cuscrilor olteni, care altminteri umblaseră-n vîrful degetelor, și abia deschiseseră gura. Pentru a demonstra că nu se ruşina cu părinţii lui, aşa simpli cum erau, Gabriel îi poftise la masă. Laura se purtase cu ei cu multă căldură, aşa cum făcuse şi prima dată cînd veniseră la Bucureşti să-şi vadă feciorul şi nora, în casă nouă. Băiatul lor termina şi el Medicina, avea să aibă şi el salariu, avea să fie şi el doctor ca şi Laura. Nora era frumoasă, era bogată, le iubea feciorul, avea meserie bună, acuma le făcuse şi nepoată... şi totuşi... Tanti Miţa răsuflase faţă de mine. «Adelino, fată, eu nu zic că n-a nemerit bine Gabriel al nostru, că m-ar bate Dumnezeu. Că e ea cu opt ani mai mare decît el nici nu să bagă de seamă. Da' prea e de neam mare iar noi...». «Tanti, ei să se-nţeleagă, lor să le fie bine-mpreună. Ce-ai dumneata cu neamul ei ? Ai să te vezi cu cuscrii de cîteva ori în viaţă». «Nu ştiu cît le place lor de Gabriel al nostru». «Le place sau nu le place, fata lor l-a ales pentru ea, nu pentru ei. Aşa că nu-ţi mai face matale griji». «Ne-ar fi fost şi nouă drag să ne dea fata pe la noi, da' dac-o cresc cu nemţoaică...». «Are să vină şi ea pe la dumneavoastră, nu-ţi face matale gînduri. Sănătate să fie !». «Ai dreptate şi tu», se mai îmbunase «tanti» Miţa, dînd totuşi dubitativ din cap. «Mai aveţi încă-un băiat şi poate o s-aveţi parte să-i creşteţi lui copiii». «Văz că ăsta n-are nici un gînd de-nsurătoare». «Lasă-l să-şi termine Facultatea, că de-nsurat să se tot însoare».

Pe Gelu şi pe mine, doamna doctor de la Cluj abia de ne văzuse un sfert de oră, scuzîndu-se că trebuia să plece să se-ntîlnească la Universitate cu văduva răposatului ei frate, cu doamna Turcescu, adică. Într-o casă cu un copil mic e bine să faci vizite scurte. Ne-am uitat de la distanţă la nepoata noastră. Laura a făcut prezentările: «Adelina-

Argentina şi Gelu, mătuşă şi unchi, domnişoara Ileana Triță, nepoată». Am fost prezentați şi doamnei Hilde, teta nemţoaică, drept «verii noştri». Apoi am mai stat nițel de vorbă cu Laura şi cu Gabriel în hol. Şi pentru Gabriel şi pentru Gelu era un an greu: amîndoi terminau Facultatea.

Nici pentru Laura acomodarea la Bucureşti nu fusese uşoară. Lumea era nepoliticoasă-n mijloacele de locomoție-n comun, vînzătoarele se purtau de parcă erau plătite să nu vîndă, lumea pe stradă arunca pe jos hîrtii, bilete de tramvai, de autobus, chiar acolo unde erau coşuri de gunoi. Colegii şi superiorii aveau uneori un limbaj prea slobod, care-o făcea să roşească. La această remarcă a Laurei îmi venea să zîmbesc: să-i fi auzit ea pe superiorii mei cînd ceva nu mergea cum trebuie la cîte-o operație.

Fetei născute, crescute-n Ardeal îi fusese greu să se-nvețe cu balcanismul Vechiului Regat. Am înțeles că Laura schimbase Clujul pe Bucureşti ca să se rupă de amintirile dureroase, dar era limpede că voise să scape şi de sub tutela maică-sii. Aşa cum îmi spusese cînd ne cunoscusem, se străduise să nu fie o permanentă spină iritativă pentru familia ei. Văzînd-o pe doamna doctor de la Cluj, înțelesesem că Laura calculase bine distanța pe care s-o pună între soacră şi ginere. După descrierile lui Gabriel, socrusău era genul de bărbat care lăsa totul în seama şi la vrerea nevestei. Nu fiindcă ar fi fost lipsit de personalitate, dar omul – un bun neurolog – voia să-şi vadă de spital, de cărțile şi de articolele sale, în linişte şi pace... Ca destindere, asculta muzică şi mergea uneori la pescuit, de unde se-ntorcea totdeauna cu plasa goală. Lui nu-i trebuia peşte, îi trebuia linişte. În Facultate, iubise o fată veselă, plină de viață, brună cu ochi albaştri. O iubise, dar se-nsurase cu fiica şefului de catedră de la Neurologie, personaj care-i fusese un stîlp solid de susținere în carieră. Laura credea că părinții ei nu se iubiseră niciodată. Şi mama ei iubise pe cineva care n-o iubise. Căsătoria dintre părinții ei, ca mai toate căsătoriile din interes ori din răzbunare, dura.

Mă gîndeam la mine şi la Laura. Ne deosebeau condiția socială, educația, un întreg mod de viață. Amîndouă proveneam, însă, din părinți care nu se iubiseră. Oare asta să ne fi făcut atîta de-nsetate de dragoste ? În stare să ne-aruncăm cu capul fără şovăire înainte într-o iubire, ca într-o apă căreia nu-i cunoşteam adîncimea ? Ființa noastră tînjea după ceva ce lipsise la zămislirea noastră.

La un moment al vizitei lui Gelu şi-a mea la verii şi la nepoata noastră, Laura m-a rugat s-o ajut la bucătărie. «Argentina – mie-mi place să-ți spun Argentina – mi-a şoptit *tante* Mélanie că ai un iubit, un doctor, hm ?». «Nu e un iubit; e un prieten, ceea ce i-am spus şi doamnei Turcescu. E drept că mai toată lumea acceptă cu greu prietenia dintre un bărbat şi o femeie. Lucrînd de-atîția ani împreună la sală, ne-am apropiat unul de altul, dar departe de noi iubirea». «Chiar şi aşa, vino cu el pe la noi». «Dacă are să vrea, am să vin». Doamna Turcescu adoptase ideea clasică a culcatului doctor-infirmieră, ori soră, nu însă pe cea mai puțin obişnuită a prieteniei între aceste categorii sociale.

Chiar şi prima versiune mă crescuse în ochii ei. Îi spusese de-altminteri Laurei că era surprinsă cît de corect gramatical vorbeam. «De ce te miri, *tante* Mélanie ? A făcut un liceu bun şi-acum e studentă la Medicină». «Şi mie de ce nu mi-ați spus nimic, nici tu, nici ea ?!». «Fiindcă nu ne-am gîndit să-ți facem fişă de cadre».

♡

Gelu plecase la Brăteasa cu o valiză de cursuri – valiza moştenită de mine de la doctorii Zamfirescu – pentru definitivarea lucrării de Stat. Părinţii noştri îşi acoperiseră casa cu carton gudronat şi-şi pusese scînduri pe jos în odaie. Maica se zdrobea să mai facă nişte chirpici pentru încă o odaie, gîndindu-se la noi, copiii, cînd aveam să mai venim pe-acasă. Îşi luaseră un căţel de prin vecini, pe care-l botezaseră tot Florei, fiind tot «floríu», cu pete adică, aşa cum fusese Florei din sufletul meu. De la Gospodărie, muncind şi Taica şi Maica, agoniseau cît să-şi ţină zilele, cît să crească porc şi cîteva găini. «Soru-meo, cînd termini de plătit datoria la domnu-ăla ?», mă-ntrebase Gelu. «Peste zece luni». «Liliana mi-a spus că, prin relaţiile lor, speră să-mi facă rost de-un post la Comerţul Exterior. Examenele mi le-am luat cu „foarte bine"; sper să iau şi la lucrare tot aşa, încît să nu-mi fie ruşine de ăia de la cadre cînd m-oi prezenta cu actele. Peste un an termin şi A.S.E.-ul, aşa că ni s-o mai lumina şi nouă viaţa. Cînd m-oi vedea şi eu pe leafă o să-i ajut şi eu pe-ai noştri, că tu, săraca, te-ai cocoşat ducîndu-ne şi pe ei şi pe mine-n spinare». «Liliana ce zice ?». «I-am spus de la bun-început că ai noştri o duc greu, a văzut şi singură, şi că vreau să-i ajut. Ca să n-avem vorbe mai tîrziu. În august am hotărît să ne căsătorim».

Cînd a auzit Maica a zis: «Să fie într-un ceas bun, maică. Dacă era mai în toamnă, puneam şi eu scurteica de mi-a cumpărat-o soru-ta, tat-tu-şi punea căciula de-astragan... Da' cînd o fi, să fie-ntr-un ceas bun !».

Fratele Naşului, domnul inginer Iamandi, mi-a oferit un costum pentru Taica, în vederea căsătoriei lui Gelu. Cu hîrtia-n mînă, pe care erau scrise măsurile Taicăi, şi cu centimetrul, am verificat dacă i se potrivea costumul sau nu. Spre norocul meu îi era numai bun. Pentru Maica aveam de la doamna doctor Zamfirescu un *deux-pièces* de şantung bordo. De pantofi îşi făcuseră ei rost, Maica şi Taica, de la tanti Miţa şi de la unchiul Ionel. Părinţii Lilianei s-au oferit să-şi găzduiască ei cuscrii. Gelu i-a poftit şi pe tanti Miţa şi pe unchiul Ionel, care urmau să stea la tuşa Lina şi la nenea Costel, poftiţi şi dînşii la cununie. Maica şi-a tăiat toate găinile, le-a umplut pe dinăuntru cu urzici, le-a învelit în urzici şi-n foi de hrean, apoi în şervete şi-n multe ziare, şi le-au adus la cuscri ca să nu vină şi ei cu mîna goală. Au adus şi-o damigeană de zece kile cu pelin de la moş Doe, un pelin de care-ai fi băut pîn-ai fi murit. Părinţii noştri veniseră de joi. Maica a vrut să-şi ajute cuscra la gătit, dar a fost refuzată: «Duceţi-vă, Marie, şi dumneata, Vasile, şi vedeţi Bucureştii. V-arată Gelu tot ce e mai frumos».

Căsătoria civilă s-a oficiat în prima sîmbătă după Sfîntă Maria-Mare, la Sfatul popular de care aparţinea mireasa. Fiind ultimul an de Facultate şi al Lilianei şi al lui Gelu, şi timpul vacanţei şi al concediilor, au luat parte la ceremonie doar două colege ale miresei, încolo neamurile din partea ei, cele mai multe, iar dintr-a lui Gelu – unsprezece persoane, rudele pomenite mai înainte, eu, Gabriel, Laura, domnul şi doamna colonel Iamandi, naşii de botez ai lui Gelu, ai mei şi-ai lui Gabriel. După Sfat, toţi cei prezenţi au fost poftiţi la mesele-ntinse sub bolta de viţă din curtea socrilor mici. Musafirii s-au grupat pe vîrste.

Totul a decurs într-o atmosferă destinsă şi fără mofturi, încît părinţii noştri nu s-au simţit izolaţi şi de prisos, iar Taica s-a ţinut cît a putut să nu se treacă din băut, punîndu-şi ambiţia să nu-şi facă feciorul de rîs. Duminică la prînz, părinţii Lilianei, cu mine şi cu un cuplu tînăr într-o maşină, părinţii mei cu Gelu şi cu un domn şi-o doamnă – frate şi cumnată cu mama Lilianei – într-o altă maşină, am pornit la o plimbare. Liliana îmbrăcată în rochia albă din ajun, Gelu îmbrăcat şi el ca la cununia civilă. De-abia cînd am ajuns la Mînăstirea Cernica am aflat scopul plimbării.

Tinerii urmau să fie cununaţi religios, nuni fiindu-le tînărul cuplu, tot neamuri ale miresei. Într-o sacoşă erau rînduite voalul miresei, cocardele şi lumînările, împodobite cu garoafe albe. Maica şi Taica mă-ntrebaseră-n mare taină dacă nu se cununau copiii şi la biserică. Le-am spus că nu ştiam. Nu era de mirare să nu se cunune religios, date fiind locurile unde lucrau socrii mici şi faptul că tinerii căsătoriţi erau amîndoi U.T.M.-işti. Maica a dat din cap cu tristeţe la asemenea veste. «Dac-aşa sînt timpurile, maică... Aş fi vrut să pup şi eu cununiile copiilor mei». În biserică nu-i venea să creadă că se-mplinea, totuşi, nunta aşa cum o-nţelege ţăranul.

După ce părinţii au sărutat cununiile şi toţi am sărutat mirii şi naşii, ne-am sărutat fiecare cu fiecare; după ce-am făcut poze cu aparatul Lilianei, am pornit-o spre Bucureşti şi ne-am aşezat la masă tot sub bolta de viţă. «Bine-aţi făcut, cuscre, că i-aţi cununat şi la biserică», a zis Taica. «Altfel aş fi vrut să fie nunta fetei mele, că doar una avem, dar aşa sînt timpurile. Cuscre, vă rog să nu pomeniţi în sat la dumneavoastră că s-au cununat la biserică. Nu poţi şti niciodată de unde-ţi pică un denunţ». «Ştiu, cuscre, ştiu cum merg timpurile. În sat şi ăi mai mari comunişti îşi cunună copiii la biserică. Altfel i-ar rîde satul. Din partea asta, Partidu-i lasă-n pace. Da' la oraş e altceva».

În septembrie, Gelu, deşi repartizat în Procuratură la Caracal, era angajat la Ministerul Comerţului Exterior, iar Laura – la Banca de Comerţ Exterior, ea conform chiar repartiţiei. Lui Gelu, negaţia pentru repartiţia iniţială i-o obţinuseră socrii, prin relaţiile lor.

La zece luni de la căsătorie, Liliana a născut o fetiţă căreia i-au pus numele Diana. Eu inaugurasem numele geografice în familie, acum venise şi rîndul Mitologiei. Au botezat-o tot la Cernica şi tot în formaţia de la nuntă, naşii de cununie ai părinţilor ei, creştinînd-o şi pe Diana. Maica mi-a spus mie în mare taină: «Maică, nici tu n-ai nume creştinesc, nici nepoata. Noroc să aibă». Deşi între pămîntul pe jos de unde pornisem şi condiţia mea de salariată într-un spital, şi de studentă era o deosebire atît de mare în bine, Maica părea să se-ndoiască de norocul meu. Noroc ar fi socotit să mă ştie şi pe mine cu un om al lui Dumnezeu alături. La Brăteasa, toate fetele de seama mea erau măritate şi cu copii, ceea ce ea-mi amintea ori de cîte ori ne vedeam. Bine că se-nsurase Gelu, bine că avea el copil care să le mai ostoiască sufletul.

La doi ani după căsătorie, Gelu şi Liliana erau trimişi la Agenţia noastră comercială de la Berna. Taica şi Maica se-ntristaseră tare că li se duceau copiii aşa departe, spre deosebire de părinţii Lilianei, încîntaţi de-această promovare a «copiilor», deşi le era greu să nu-şi mai vadă-n fiecare zi fata, nepoata şi ginerele.

De cînd ieşise «pe leafă» – asta era «terminologia» acelor ani – Gelu le trimitea lunar părinţilor noştri cît putea şi el. Învăţaţi să trăiască din puţin, ei puseseră ban pe ban şi zidiseră o odaie de cărămidă, iar din chirpicii făcuţi de Maica ridicaseră o bucătărie de vară cu şopron. Din Elveţia, prin diverşi colegi care veneau în Ţară, Gelu trimitea bani pentru părinţi. Mi-i trimitea mie. Am hotărît ca din aceşti bani să le cumpăr un aragaz şi două butelii. Le-am luat pe toate trei foarte convenabil, de la o familie de evrei, care pleca definitiv în Israel. Nenea Costel le-a dus la Craiova la tanti Miţa. Cu un camion, de ocazie, dînsa le-a transportat pînă la ai mei, pe care i-a şi şcolit cum să le folosească. Tanti Miţa avea şi ea aragaz luat tot de la o familie care plecase din Ţară. «Da' eu numai cu-o butelie. Da' ne mai luăm noi una». La-nceput, Maica nu-ndrăznea să dea drumul la «maşină» pînă ce nu se afla alături de ea nevasta dirigintelui de poştă, care avea mai de mult aragaz.

«Maică, uşor mai trăieşte una lume. Mă uit la noi, de cînd ne-aţi luat aragaz: pac chibritu' şi gata. Nu tu lemne, nu tu cenuşă. Am ajuns de ne facem şi ceai de tei dimineaţa. Maică, să vă dea Dumnezeu sănătate că mare bine ne-aţi făcut !». Dar pîinea tot în ţest o făcea Maica. «Aşa cum iese la ţăst nu iese la nici un aragaz». Şi avea dreptate. Coaptă egal şi de vatră şi deasupra, rotundă, cu miez puţin şi cu o coajă mai gustoasă decît orice bunătăţi, numai de la ţest am mîncat. Iar vara cînd o stropea cu o pătlăgică roşie pe deasupra ca să-i facă «faţă», bătea orice pizză. Taicăi îi cumpăram „Plugare“ – astea-i plăceau lui – ca să nu mai fumeze frunze de tutun tocate, învelite-n hîrtie de ziar. Îl încercasem şi cu „Mărăşeşti“ şi chiar cu „Snagov“, la sugestia lui Gelu, dar el rămăsese la „Plugare“. «Taică, ălea mai scumpe zici că sînt iarbă. La „Plugare“, tragi un fum şi ştii c-ai fumat». Taica în ruptul capului n-a vrut să-şi aprindă «ţîgare» cu chibrituri sau cu brichetă. El, cu iasca şi cu amnarul, cum pomenise de mic copil. «Ce nu-ţi convine, Taică, la chibrituri şi la brichetă ?». «Adelino, taică, prea s-aprinde repede cu ele. Alta e cînd stă omul cu ţîgarea-n gură şi-aşteaptă să s-aprindă iasca. Mai aştepţi, te mai gîndeşti la una, la alta. Parcă alt gust are ţîgarea».

Maica, pînă-n aragaz, n-avusese decît vase de pămînt ars, nesmălţuite. Doar tigaia ţigănească era dintr-o tablă neagră şi groasă. Pentru gătit pe aragaz, i-am luat oale, crătiţi, tăvi smălţuite şi două ibrice. «Maică, am să-ţi spun ceva, da' să nu te superi. Pe aragaz, mîncarea se face mai repede, nimic de zis. Da' cum e mîncarea făcută-n oală de pămînt, fiartă pe vatră, nu e. N-are gustu' ăla». Şi avea dreptate: aşa cum niciodată o friptură zisă la grătar, făcută la aragaz, n-o să fie la fel cu una făcută pe cărbuni. Şi una, de guiţător crescut la casă de om, cu una cumpărată de la măcelărie.

♡

După o operaţie, în timp ce-l masam, domnul General mi-a spus: «Argentina, mai rămîn în spital pînă termini tu Facultatea. Şi-apoi, la pensie, tată. Mai stau ca să nu te mănînce ăştia de vie. Dac-aş pleca acum, adio cu programul pe care-l ai ca să poţi împăca şi capra şi varza: şi spitalul şi Facultatea».

Cu toată bună-voinţa pe care mi-o arăta şi sora-şefă, mi-era cu neputinţă s-ajung la unele cursuri. Într-o zi am fost chemată de unul dintre profesori – unul dintre cei mai mari internişti ai noştri – şi luată la-ntrebări. Am salutat şi-am rămas lîngă uşă. Mi-era inima cît un purice. Profesorul, cu ochelarii pe nas, răsfoia un catalog, al anului nostru, am presupus. «Apropie-te, domnişoară, şi ia loc», şi cu mîna mi-a arătat un scaun din faţa biroului, uitîndu-se la mine peste ochelari. «Domnişoară, dumneata n-ai aflat că prezenţa e obligatorie şi că nu se face Medicină prin corespondenţă ? Văd că deşi ţi-ai luat foarte bine examenele, cam chiuleşti de la cursuri. Pot să ştiu şi eu de ce ?». Am tras adînc aer în piept. «Domnule profesor, am scutire parţială de frecvenţă, fiindcă am slujbă». «Şi de ce, mă rog, nu renunţi la slujbă ?». «De sărăcie, domnule profesor», am răspuns, cu un glas pierit. Profesorul a tăcut şi-a pus ochelarii pe birou şi şi-a lăsat ochii-n jos. Era limpede că nu se aşteptase la asemenea răspuns. «Dar dumneata nu ai părinţi ?», s-a hotărît să mă-ntrebe-ntr-un tîrziu. «Ba da. Ţărani săraci colectivişti». «Şi cum faci să recuperezi cursurile de la care lipseşti ? Seminariile ?», m-a-ntrebat într-un tîrziu, pe un ton posomorît. «Împrumut notiţe de la şefa de an, Scutaşu Natalia. Citesc prin cărţi. Îi mai întreb pe doctorii din spitalul unde lucrez». «Unde lucrezi ?». «Sînt soră la sala de operaţii la Ortopedie, la Spitalul Militar». «Tot generalul Olteanu e şef ?». «Tot dînsul». «Transmite-i, te rog, salutările mele». M-a condus pînă la uşă. M-a bătut pe spate şi mi-a spus: «Dacă ai nelămuriri, vino oricînd şi-ntreabă-mă». «Vă mulţumesc, domnule profesor», i-am spus eu cu un glas atît de oropsit, încît profesorul m-a mai bătut o dată pe spate ca să mă-ncurajeze. «Toate trec, trece şi Facultatea şi ai s-o duci mai bine». După ce am plecat din biroul lui m-au podidit lacrimile. Parcă atunci descoperisem că eram săracă şi că nu eram frumoasă. Mi l-am amintit pe Iosif Iuga. Am dat cu tristeţe din cap faţă de mine însămi şi-am încercat să-mi zîmbesc.

♡

Evenimentele din viața mea ? Evenimente au fost oamenii care mi-au influențat cursul vieții. Părinții, care ne-au vrut plecați de la sapă; nașii, care ne-au încurajat spre carte, doamna Despina, dascăl de existență, familia Zamfirescu, oameni de mare omenie, cu milă de cel mai slab decît ei, domnul General, Costi Gheorghiu, prieten pe viață, domnul Claude Comăneanu, personaj ambiguu, dar atît de învățat și de bun cu mine; și cel mai important pentru mine ca femeie, doctorul Iuga. Și să nu-l uit, ca pe-un factor catalizator, pe «tovarășul Vasile».

Gabriel mi-a devenit familiar abia după căsătoria cu Laura. Laura avea un dar de-a crea în jurul ei o atmosferă de liniște și de-mpăcare pe care-am mai întîlnit-o doar la Mona, iubirea lui Costi Gheorghiu. Puteai veni mîhnit, enervat, tracasat, în casa Laurei și-a lui Gabriel, dar cînd dădeai de ochii ei cenușii, care-ți zîmbeau plini de înțelegere, te simțeai ca ajuns într-o oază, după ce-ai îndurat asprimea deșertului. Atitudinea Laurei față de mine mă cucerea prin căldură profundă și neafectată, prin felul de-a mă trata ca pe-o egală, prin nevoia nemărturisită de a-mi fi prietenă.

Într-o anume duminică, pe cînd Ileana lor avea vreo trei luni, Laura m-a invitat la ei la masă la «orele douăsprezece fix». Precizia orei mi-a dat nițel de gîndit. La douăsprezece fără zece eram la ușă. Erau acasă doar Gabriel, Laura și fetița. Laura o-mbrăca pe mititica în «haine de stradă». «Mergem la o scurtă plimbare». Și-am mers. Gabriel ducea într-o plasă o cutie de carton, destul de mare. Pe port-bagajul căruciorului domnişoarei Triță se afla un pachet. Plimbarea noastră s-a sfîrşit la Schitul Darvari. «Argentina, ne-am hotărît să botezăm fetița şi tu să-i fii naşă. Am profitat că Frau Hilde s-a dus să-şi vadă nişte neamuri în trecere prin Bucureşti. Vrem să ştim numai noi trei c-o botezăm». În timp ce-mi vorbea, Gabriel a scos din misterioasa cutie, pe care-o cărase-n plasă, lumînarea de botez, mică, de-un roz stins, împodobită cu garoafe roz. Ceva ca un bibelou. Preotul a-ntrebat care dintre noi două femeile era mama copilului. «V-ați făcut molitva de curățire ?», a-ntrebat preotul. Laura l-a privit nedumerită.

Am intervenit eu: «Părinte, mama fetiței este catolică. La catolici nu se face molitva asta. Tatăl e ortodox, eu, naşa, sînt de asemenea ortodoxă». «Dacă dînsa e catolică, poate asista la botez, altfel...». Cînd am ajuns la momentul *Crezului*, părintele mi-a pus cartea-n față. Eu am spus *Crezul* pe dinafară. După ce s-a sfîrşit creştinarea finei mele Ileana, părintele s-a mirat: «De mult n-am mai întîlnit naşi care să ştie Crezul !». «Părinte, pînă la Reforma învățămîntului am făcut Religie-n şcoală». Fina mea a emis un oac-oac în momentul cînd a cufundat-o-n cristelniță, iar cînd s-a văzut din nou la aer a oftat ca un om bătrîn. Pe toți ne-a pufnit rîsul. I-am şoptit Laurei: «Oftează după vremea păgînismului». «E prima dată cînd am asistat la un botez ortodox. Cel mai emoționant moment a fost al *Crezului,* pe care tu l-ai rostit atît de frumos că mi-au dat lacrimile», a spus Laura.

Mi l-am amintit şi pe profesorul nostru de Religie din Liceu, părintele Begu. Slujea la Mitropolie, numită şi Biserica Sfîntul Dumitru. La vîrsta noastră de-atunci, noi, elevele, îl consideram bătrîn. Poate că şi era. Înalt, slab, cu o barbă căruntă, părintele semăna cu sfinții zugrăviți în biserici. În legătură cu viața lui Iisus, ne-a vorbit mult despre romani. Lecțiile lui erau o-mbinare de religie cu istorie.

Preotul care o creştinase pe fina mea, tînăr, potrivit ca înălțime, grăsuț, cu o voce cîntată şi-n «proză», nu-mi făcuse nici o impresie. Totul se petrecuse discret. Frau Hilde nu trebuia să ştie. Erau vremuri bune de tăcut, şi de ascuns cu grijă ceea ce nu voiai să se afle. Şi Laura şi Gabriel erau membri de partid. Eu mă tot miram de norocul meu de-a nu fi nici utemistă.

Ajunşi acasă, tînăra Ileana şi-a luat prînzul, la sînul maică-sii, a fost bătută reglementar pe spate, a rîgîit de trei ori, tot reglementar pentru bebeluşi, apoi a adormit obosită de evenimentul căruia-i fusese vedetă. Noi, adulții, ne-am aşezat la o masă care strălucea de argintărie, de cristaluri şi de porțelanuri. De asemenea frumuseți aveam parte o dată pe lună, cînd îi duceam suta de lei domnului Comăneanu.

Nu puteam în fața unor astfel de finețuri să nu-mi aduc aminte străchinile de pămînt nesmălțuit şi lingurile de lemn de-acasă şi, ca unic şi bun la toate cuțit, de «custurea» noastră care slujea la tăiatul porcului, a cîte unui miel, a cîte unei orătănii. Pîine mîncam rar, noi neavînd – şi chiar întregul sat – pămînt bun de grîu. Mămăliga, alimentul nostru de bază, n-avea nevoie de cuțit, se tăia cu ața. La internat mîncam din farfurii metalice emailate, beam din căni din acelaşi material. Tacîmurile erau dintr-un metal cenuşiu care nu coclea, nu ruginea. Directoarea internatului, aceeaşi, cît am fost în liceu, controla zilnic totul, din pod pînă-n pivniță, iar veséla o-ntorcea, şi-o pipăia pe față şi pe dos – «şi-n dungă», vorba unei colege – ca să se-ncredințeze că era bine spălată. La Spitalul Militar, farfuriile, cănile, tacîmurile erau din aluminiu. Curate, fiindcă directorul, generalul Stoicescu, venit cu divizia „Tudor Vladimirescu“, din prizonieratul rusesc, nu ştia deloc de glumă. De cînd lucram în spital, mîncam ce mîncau şi bolnavii. Personalul mînca fără să se ferească. La o şedinţă cu tot spitalul, directorul spusese răspicat: «Omul acolo unde munceşte să şi mănînce. Cu o condiţie: să nu vă lăcomiţi şi să micşoraţi porţia bolnavului şi nici să mîncaţi carnea, şi lui să-i lăsaţi zeama şi zarzavatul. Dacă aveţi nevoie de-un medicament pentru voi sau pentru cineva din familie, veniţi şi-mi cereţi. Cine fură însă din medicaţia bolnavului zboară».

Toate aceste componente ale vieţii mele mă năpădeau, cînd mă aflam în faţa unor fineţuri aşezate pe-o masă. În copilărie, nici măcar nu bănuiam că ele existau, aşa cum nu-mi închipuiam că mai era lume şi dincolo de Craiova. Dintre toate obiectele cîte se-nvaţă în şcoală, pentru mine cel mai pasionant a fost Geografia. La-nceput mi s-a părut chiar asemenea poveştilor cu zîne. Am perceput că lumea exista cu adevărat dincolo de ce ştiam eu, cînd am mers prima oară cu trenul şi locurile alergau o dată cu trenul.

Masa de botez a finei mele echivala pentru mine cu o scenă de teatru. Mă desprindea un timp scurt – dar mă desprindea – din cotidianul meu de aluminiu. Doar dimineaţa îmi beam ceaiul dintr-o cană de porţelan din «zestrea» de la doctorii Zamfirescu, aceşti oameni care-mi dovediseră că berzei chioare-i face Dumnezeu cuib. Mă uitam la masa de botez a micuţei Ileana, cu admiraţie şi cu umilinţă. Cînd aveam să am şi eu o masă pe care să pun chiar lucruri obişnuite, la care să-mi pot permite să invit şi eu nişte oameni ? Cînd ? Pentru moment trebuia să mă bucur de ceea ce mi se oferea. Cît mă uitam la acele obiecte rafinate – erau ale mele.

Am început masa cu şampanie şi cu icre de Manciuria. Cînd am ciocnit, paharele înalte şi subţiri despre care am aflat că franţuzeşte se cheamă *flûtes,* simţindu-mi importanţa de naşă am zis: «Să ne trăiască Ileana şi să aibă noroc ! Vă mulţumesc că mi-aţi făcut cinstea să-i fiu naşă». Laura m-a sărutat pe obraz, iar Gabriel mi-a sărutat mîna. Ni s-au dezlegat limbile şi ne-am povestit toţi trei amintiri din copilărie, din şcoală, năzbîtii. Am vorbit despre colegii noştri, foşti şi actuali. Eu le-am pomenit de colega mea Natalia Scutaşu, o studentă excepţională, care compensa prin inteligenţă, prin spirit de observaţie şi prin capacitatea de muncă, o urîţenie ternă, neluminată nici măcar de-un zîmbet.

Motive să fie exuberantă nu prea avea: ştiam doar că e din Basarabia, că tatăl ei, preot, murise la Roman în timpul refugiului, în '44, şi că-l îngropaseră cu toţi banii la el. Ce intervenţii pe la autorităţi ca să-l poată dezgropa şi să recupereze banii. Natalia mai avea o soră, doctoriţă, iar mama lor, profesoară de matematică la Chişinău, preda acuma limba rusă la liceul de fete „Zoia Kosmodemianskaia", fost „Central". Acestea toate le aflasem de la o altă colegă basarabeancă, o mărunţică zglobie, foarte comunicativă şi cu un glas de cinteză veselă. La Chişinău fusese vecină cu familia Scutaşu, iar la refugiu, în acelaşi tren. Baia de seară i-am făcut-o eu Ilenei, cum se cuvenea din partea unei naşe. De fapt, obiceiul e ca naşa să-i facă baie finului sau finei a doua zi de la botez. Dar Frau Hilde nu trebuia să ştie de acţiunea noastră «subversivă». Gabriel s-a oferit să mă conducă acasă. L-am refuzat. «Tu stai şi ajut-o pe Laura, că pe mine nu mă răpeşte nimeni».

Ziua acelui botez a fost una dintre cele mai frumoase din viața mea. Simțeam nevoia să merg singură pe străzi și să-mi scot din sacul cu amintiri puținele clipe de liniște și de seninătate. Nu lipseau din ele acelea cînd, cu oile și cu vaca la păscut în pădure la Brăteasa, stăteam culcată-n iarbă cu ochii pe cer și mă pierdeam în călătoria norilor. Și amintirii lui Florei îi zîmbeam acuma și dragostei pentru Gabriel pe care multă vreme o simțisem ca pe-o rană vie, ca pe-o arsură cu fierul înroșit iar acuma trecuse în rîndul poveștilor cu zîne; la văpaia care mă mistuise lîngă Iosif Iuga, la viața lui plină de greutăți, de om care nu se plîngea niciodată de poverile pe care le căra în spinare, de clipele cînd stăteam cu capul în poala Maicăi și ea-mi «ucidea», mîngîindu-mi părul, fără nici un cuvînt. Și arțagurilor Taicăi le zîmbeam. Știam că porneau din umilința sărăciei, a nemulțumirilor. Mă aflam într-o dispoziție de indulgență față de lume și față de viață. Împovărată cum eram, mergeam pe-un drum care speram să mă scoată într-un loc mai luminat.

♡

Costi Gheorghiu mi-a făcut cunoștință cu Mona. Măruntică, delicată, cu oase subțiri – că te gîndeai cum de nu i se frîng – cu încheieturi fine, fără un nod, cu o față spre rotund, cu un nas micuț, destul de lat, cu o gură frumos conturată și cu ochi ca de căprioară, tot timpul umezi, nu se putea numi o frumusețe. Dar toată făptura ei fragilă degaja căldură și blîndețe. Oricît de atent ai fi privit-o, nu știai ce vîrstă să-i dai. Oricum, nu te ducea gîndul la patruzeci și doi de ani cîți avea. Păstrase-n ea ceva copilăresc, adolescentin. Nu se farda, nu purta bijuterii. Se parfuma cu un parfum suav, cum mai întîlnisem la doamna doctor Zamfirescu. «Mirosiți atît de frumos; ceva discret care parcă iese din trupul dumneavoastră». «Te rog să-mi spui Mona. De cînd eram copil mi-a plăcut să mă parfumez. O rugam pe mama să-mi dea măcar un strop din parfumul ei. Şi-n sicriu vreau să fiu parfumată». Am lăsat ochii-n jos şi mi-am amintit-o pe Lucia Cantemir. Oare ea ştiuse pe cine iubise mereu Costi ? Cred că da. Mona evita să se uite cu ochii ei umezi şi calzi în ochii lui Costi. El însă nu-şi lua privirea de la ea; din albăstrimea acelei priviri țîşnea dragostea ca apa dintr-o arteziană. Citisem undeva o vorbă chinezească. Uitîndu-mă cînd la Mona, cînd la Costi, mi-am adus-o aminte: «Dragostea şi tusea nu se pot ascunde». Nu-ndrăznisem să-l întreb pe Costi care erau relațiile dintre ei. Ce ştia bărbatul ei, ce ştia sau ce bănuia.

Mona urmase Literele şi Filosofia, dar, măritată de studentă şi avînd primul copil în ultimul an de Facultate, nu profesase. «Am învățat foarte bine şi mi s-a propus să rămîn preparatoare la Facultate şi chiar în timpurile de-acum, avînd eu o origine socială nici prea-prea, nici foarte-foarte, poate aş fi ajuns lector, chiar conferențiar. Dar am zis să-mi cresc singură copiii. Băiatul cel mare se-nsoară». «Cîți ani are ?». «Douăzeci». «„Însuratul de tînăr şi mîncatul de dimineață“, aşa se spune în popor», am zis eu. «Se-nsoară cu-o fată care pleacă-n Palestina». «Totul e să le-aprobe», a zis Costi. «Cred că le-aprobă, că lasă un etaj întreg în Armenească. Un vis de apartament». «Au toate şansele să le-aprobe», mi-am dat eu cu părerea, ştiind din Doctor Lister cît de mult conta «la plecări» casa pe care-o lăsai în urmă. «Cînd îi vezi cum se desprind de tine, părinte, nu poți să nu regreți că n-ai făcut și altceva în viață decît să-ți crești copiii». «Mona, sigur că situația părinților mei nu se compară cu situația dumitale. Dar vreau să-ți spun că pentru ei singurul vis a fost să trăim, la oraș, mai ușor decît ei. Pentru țăran, orașul e ca și-o străinătate». «Măcar de și-ar fi terminat Facultatea aici». «Peste tot sînt facultăți. O iubește și-și dorește să plece», a spus Costi. «Totul e să-i fie lui bine», am adăugat eu. «Dar nu pot să nu simt o sfîșiere». «N-am dreptul să mă dau cu părerea fiindcă eu n-am copii. Dar îmi pot închipui sufletul unei mame».

Mona vorbea deschis față de mine fiindcă, fără îndoială, Costi mă recomandase ca pe-o prietenă demnă de încredere. Ne-am întîlnit la cofetăria de vizavi de Drept, cofetărie pe care-o numeam «a noastră». «Te rog să mă ierți, Argentina, că vorbesc de greutățile pe care le am pe suflet». «Dacă nu spunem ce-avem pe suflet, măcar între prieteni, ce să vorbim ? Despre vreme, despre păsări, despre flori ?». «Ai dreptate... Problema e că părinții fetei nu sînt încîntați deloc de-această căsătorie, și-i înțeleg foarte bine. În loc să-și țină acolo doar fata-n Facultate, să-l mai țină și pe fiu-meu». «Au să-și închipuie că ar fi avut doi copii». «Numai că un ginere nu ți-e copil». «Eu zic să nu-ți faci inimă-rea. Dacă ei doi, tinerii, se iubesc, au să se zbată să-și cîștige pîinea și să nu mai stea cu părinții fetei». «Asta ar fi cea mai bună soluție». «Ai să vezi că așa o să fie». «Ce optimistă ești, Argentina», mi-a spus Mona și și-a pus o mînă caldă și parfumată pe mîna mea. Așa a-nceput prietenia noastră.

Mona avea dinți frumoşi ca de reclamă. Şi-i arăta rar, într-un rîs fără sunet. Rîsul Maicăi. În afară de situația momentului, despre care ne povestise şi care-avea de ce s-o scoată din apele ei, am priceput că Mona nu era un om fericit. Fără să semene fizic, totuşi prea semăna cu Maica, în anumite gesturi timide şi mai ales în tăceri, cînd ochii ei umezi şi calzi căutau ceva, undeva departe.

Fără să-l întreb, încet-încet, Costi mi s-a spovedit. Mona se căsătorise la-ndemnul maică-sii, care voise s-o vadă cît mai curînd «aranjată», la casa ei. Tatăl Monei murise de tuberculoză cînd ea avea patru ani, în plin prim război mondial. Fusese avocat. Deodată, văduva avocatului se văzuse fără nici un venit, iar ca singure valori avînd casa de zestre, în care locuia şi cele patru clase de liceu făcute la „Notre-Dame", la călugărițele catolice, cum era moda vremii în lumea cu pretenții de pe-atunci. Decît să-şi aducă în casă chiriaşi, doamna Vernescu, mama Monei, preferase să-şi găsească, prin relații, o slujbă la o societate petrolieră: la registratură. În timpul războiului întîi mondial, ea şi soțul ei nu se refugiaseră-n Moldova. Avocatul Vernescu murise în patul lui din Bucureşti, într-o casă plină de ofițeri germani. Amintirea acestor colocatari de război o făcuse pe mama Monei să prefere orice slujbă, oricît de modestă, coabitării cu te-miri-cine. Mamă iubitoare, doamna Vernescu, n-avusese însă mijloace să-şi răsfețe fata. În afară de strictul necesar, de-o vorbă bună şi de sfaturi nu-i putuse oferi nimic. Între cele două războaie, ca mondenități pentru tineret erau aşa numitele «ceaiuri». De multe ori, Mona trebuise să inventeze pretexte pentru a refuza invitații la asemenea petreceri, fiindcă n-avea nimic potrivit de-mbrăcat. Învățase foarte bine, aşa că ar fi putut intra la orice Facultate. Din clasa a şaptea de liceu trecuse la Modern: acolo unde o trăgea inima; de acord cu mamă-sa, alesese ca Facultate Literele şi Filosofia, care promiteau o carieră potrivită unei femei. În vacanța anului trei îl cunoscuse pe avocatul Marcel Iacobescu. Îşi însoțise o mătuşă din provincie care-avea nevoie de sfatul unui avocat. Acelei mătuşi îi fusese recomandat un tînăr capabil, cu foarte bună reputație avocăţească: Marcel Iacobescu. Nefiind îndrăgostită de nimeni şi vrînd să-şi linişteascã mama – care, ca multe alte mame, vedea-n căsătorie un fel de asigurare împotriva tuturor riscurilor – Mona se măritase cu tînărul avocat şi făcuse la iuțeală, unul după altul, doi băieți.

Deşi venit ginere-n casă, avocatul Iacobescu mai mult de «sărut mîna», cînd o-ntîlnea, alte vorbe nu schimba cu soacră-sa. Pentru a nu-i face fiică-sii necazuri şi neînțelegeri cu bărbatul, doamna Vernescu se străduia să dea cît mai puțin ochii cu gineri-său. Fire autoritară şi strîns la pungă, Marcel Iacobescu scria într-un caiet şi cinci bani dați nevestei, căreia-i cerea socoteală pentru fiecare creițar cheltuit. Doamna Vernescu îşi gătea separat, îşi trăsese şi-un contor pasant pentru lumină, din acelaşi motiv: să evite zîzania. Căsătoria fiică-sii, acea «asigurare împotriva tuturor riscurilor», se arătase a fi departe de-nchipurile unei mame de fată. Văzînd că din banii dați în casă de soțul ei nu-şi putea îngădui nici fantezia unui covrig netrecut la catastif, covrig care stîrnea murmure – «fără covrig nu se putea ?» – Mona îndrăznise să vrea să-şi găsească o slujbă. «Nu m-am însurat ca să am nevastă slujbaşă», fusese replica de pus punct unei asemenea intenții. O singură dată pe săptămînă le venea o femeie în casă pentru spălat şi pentru călcat rufele. În rest, totul era făcut de Mona şi de doamna Vernescu, pe care n-o răbda inima să-şi vadă fata spetindu-se şi cu casa şi cu doi copii. Cînd era vorba de relaţii şi de interese, ori pur şi simplu de persoane care-i plăceau lui, Marcel Iacobescu se-ntrecea-n mese-ntinse, fără nici o economie, în conversaţii agreabile, fiind el om citit şi avînd cunoştinţe în multe domenii. În mod obişnuit, cînd erau numai ei, ai casei, Mona se obişnuise să i se spună «taci din gură că spui tîmpenii», ceea ce ea n-ar fi vrut s-audă copiii. Decît să stîrnească asemenea reacţii, Mona îşi redusese conversaţia la strictul necesar. Cînd aveau musafiri sau cînd mergeau în vizite, căuta să treacă neobservată. Luîndu-şi drept învăţătură de viaţă faptul că pe lumea asta nu sînt toţi oamenii frumoşi, nici sănătoşi, nici fericiţi, Mona îşi concentrase existenţa în jurul copiilor, socotindu-şi soţul un rău necesar. Căsătoria ei se număra printre acele multe, mediocre şi de durată, pe care doar moartea le desface. Cînd ieşea din casă i se părea că evadează dintr-o puşcărie, iar cînd se-ntorcea acasă îşi spunea «ne-ntoarcem iară-n cavou, bun antrenament pentru viaţa de veci». Marcel Iacobescu, avocat de renume, socotea casa o feudă, iar nevasta o iobagă. Monei i se cumpărau haine doar cînd trebuiau să iasă-n lume: pentru a nu-şi compromite bărbatul. Tot atunci trebuia să arboreze şi cele cîteva bijuterii din secolul al XIX-lea, moştenire de familie. În afară de verighetă, singura «bijuterie» cumpărată de Marcel Iacobescu, şi de-un mărţişor de doi lei de-ntîi martie, Mona nu primise nici un cadou din partea bărbatului ei. În ciuda şirului de aventuri pe care le-avea şi-a lipsei de preocupare asupra discreţiei, Marcel Iacobescu n-ar fi renunţat la Mona nici pentru cea mai frumoasă femeie din lume. Era conştient că o a doua «proastă» care să-l rabde pe termen lung încă nu se născuse, şi nici nu promitea să se nască. Mona făcea parte din peisaj, la fel de familiară ca orice obiect pe care te-ai obişnuit să-l ştii într-un loc anume. Ştii totdeauna de unde să-l iei. Marcel nu se temea o clipă măcar de vreo revoltă a Monei, care s-o facă să divorţeze ori să-şi ia lumea-n cap. Cu fiecare an care trecea i-ar fi fost tot mai greu să-şi găsească o slujbă de pe urma căreia, şi-a unei pensii alimentare, să ţină casa şi copiii. Apoi, cu toate tertipurile lui avocăţeşti, Marcel ar fi putut obţine unul dintre copii, ceea ce-ar fi-nsemnat o catastrofă şi pentru Mona şi pentru copii. De ei, Marcel avea puţin timp, lăsîndu-i liniştit în grija Monei pentru care universul se-nvîrtea-n jurul băieţilor ei.

În 1950, doamna Vernescu murise în două luni, secerată de-un cancer pulmonar. Se stinsese, topindu-se ca o lumînare, fără suferinţe, nesupărînd pe nimeni. Mona ar fi vrut să moară o dată cu fiinţa care-i fusese şi cea mai dragă în viaţă şi cel mai de nădejde sprijin. În două luni, după moartea doamnei Vernescu, slăbise treisprezece kilograme.

«Ţi-ai pus de gînd să mori ? Fiindcă ţi-a murit mama ? Eşti femeie-n toată firea, ai copii. Nu te purta ca o fetiţă rămasă orfană şi pe drumuri ! Nu te-ai învăţat cu ideea că toţi murim ? Ce dracu !», o adusese pe Mona, la nemiloasa realitate, soţul ei. Gîndul că avea copii şi că le era datoare să-i scoată la liman o făcuse să-şi revină încet-încet. Gîndul ăsta, delicateţea şi dragostea lui Costi.

Cînd se-mplinise un an de la moartea doamnei Vernescu, Mona-şi luase inima-n dinţi şi-i spusese soţului ei că iubea un bărbat. Cum pe Marcel, de ani de zile, Mona nu-l mai preocupa ca femeie, separați de la o vreme și cu dormitoarele, totuși văzîndu-și înstrăinat un bun de drept, îi venise să-i cîrpească două perechi de palme. Știind să-și stăpînească primele impulsuri, se gîndise că mai bine era să cadă la pace cu nevastă-sa. «Mă bucur că „cocuța“ s-a vindecat c-a rămas orfană», nu-și putuse reprima o răutate. «Draga mea, iubește-l pe fericitul care te-a inspirat, iubește-te cu el, dar cu perdea. Să nu afle copiii, să nu te-arate lumea cu degetul și mai ales să nu m-arate pe mine».

Abia în 1951, pasiunea care-i mistuia de ani de zile pe Mona și pe Costi rupsese zăgazul. Mona, timida, sclava perfectă, necuvîntătoarea sunase la ușa lui Costi. Se priviseră o clipă cît veacul de lungă, încremeniți în prag, se luaseră în brațe; o vreme nici nu respiraseră, ca apoi să uite să și vorbească. Iubirea lor se petrecea între cei patru pereți ai camerei lui Costi. Marcel Iacobescu bănuia cine era bărbatul iubit de nevastă-sa și-i venea să-și rîdă-n barbă știind diferența de vîrstă dintre ea și «amorez», diferență care-l făcea să creadă că acesta n-avea să-ntîrzie prea mult pînă să-și găsească una tînără, așa încît s-o facă pe «amanta fatală» să se-ntoarcă la el – un fel de-a spune – cu coada-ntre picioare.

Băieții Monei, destul de mari, inteligenți și cu spirit de observație, băgaseră de seamă că, de la o vreme, mama lor nu mai avea înfățișarea de plantă vestejită. Parcă se-nălțase, căpătase vigoare, nu mai ținea ochii-n jos, iar privirii ei triste și fără țintă îi luase locul o licărire jucăușă. Vorbe ale tatălui lor, care altădată-i umpleau ochii de lacrimi, acuma o făceau să zîmbească. Își scotea toate lucrurile din dulap și căuta să le-nnoiască, fie mărind decolteul unei rochii, fie adăugînd un guleraș cochet sau o eșarfă unei bluze, fie un pliu unei fuste, toate de natură să-i pună-n valoare trupul, trup armonios de femeie încă tînără, trezită la viață ca după un somn adînc. Primea musafirii bărbatului ei cu multă afabilitate şi, fără să vrea să se facă neapărat remarcată, se dovedea o ființă cuvîntătoare şi chiar cu haz şi oricum nu mai căuta unghere unde să se facă nevăzută.

Viața ei mondenă se reducea la programările soțului ei: invitații la ei sau la alții, spectacole din interesul de-a se arăta în lume şi mai puțin de dragul spectacolului în sine, abonament la Ateneu, acesta chiar de dragul muzicii, fiindcă Marcel, dacă ar fi provenit dintr-o familie mai avută, s-ar fi făcut pianist. Cu un tată şef de gară, cu o mamă gospodină şi cu-o soră mai mare căreia trebuise să i se-agonisească o zestre cît de cît, ca să se mărite şi ea cu un şef de gară, Marcel se gîndise la o meserie aducătoare de bani şi pentru care nu-i lipseau calitățile. Marcel n-avea prieteni, ci relații. Lui nu-i puteai spune: «Am trecut prin fața casei tale şi m-am gîndit să-ți sun la uşă ca să te salut şi ca să te-ntreb ce mai faci». Nedispunînd de nici o lețcaie proprie şi părîndu-i-se meschin să «fure» de la coşniță, Mona se izolase de toată lumea. Nu puteai invita pe cineva la tine căruia să nu-i dai nici măcar o cafea sau o dulceață. Singurele persoane pe care-avea să le primească fără să se jeneze de penuria proprie, ca nevastă de mare avocat, aveam să fim Costi şi cu mine. Costi aducea totdeauna ceva bun de mîncat, pentru a înlocui «generozitatea» lui Marcel Iacobescu. Avea grijă ca vizitele noastre să nu coincidă cu prezența «maestrului» acasă.

Prima dată cînd am dat totuşi de el, întors pe neaşteptate acasă, fiindcă i se-amînase un proces, cînd m-a cunoscut m-a măsurat de sus pînă jos, sub privirea mea zîmbitoare şi uşor ironică, şi m-a luat scurt la-ntrebări, pe un ton degajat: «Şi dumneata, domnişoară, cu ce te ocupi ?». «Sînt soră de spital şi studentă la Medicină». «Şi-ţi place atmosfera de spital aşa de mult că nu te mulţumeşti să fii soră, vrei să te faci şi doctoriţă ?». «Nu-mi place atmosfera de spital şi nu m-aş fi făcut nici soră nici doctoriţă dacă erau alte timpuri». «Şi dacă erau „alte timpuri" ce te făceai ?». «Profesoară de română». «Şi ai să faci o viaţă de om o meserie în dorul-lelii fiindcă, după spusa dumitale, „aşa sînt timpurile" ?». «Îmi place sau nu-mi place munca mea de zi cu zi, în dorul-lelii nu fac nimic. Am un principiu: şi dacă munceşti conştiincios, şi dacă tragi chiulul, timpul tot trece şi-napoi nu se mai întoarce. Măcar să treacă şi pentru tine şi pentru cei care depind de tine, cu folos». «Foarte frumos ! Şi-n meseria dumitale nimic nu te-atrage, în cea de-acum şi-n cea viitoare ?». «Ba da. Mila». «Şi crezi că e de-ajuns ?». «Mila fără cunoştinţe nu face parale în Medicină. Îmi căptuşesc mila cu învăţătură». «Argentina este cea mai bună soră de la sala de operaţii. Mîine dacă ar fi nevoie, ar opera ca orice chirurg, şi ca unul bun», a spus Costi. «Mi-am închipuit că nu te-ai... împrietenit cu o proastă», i-a replicat Marcel Iacobescu, măsurîndu-mă critic din nou, de sus pînă jos, spre a-i da de-nţeles lui Costi că exteriorul persoanei mele nu i-ar fi justificat «prietenia», pe care o considera «circumstanţială», adică destinată să justifice prezenţa lui Costi în casa lui, a lui Marcel Iacobescu: Costi venea-n vizită la Mona, prietena lui de-o viaţă, împreună cu-o prietenă agonisită la serviciu. Ţineam la Costi. Un doctor de la noi spunea că pe om îl cunoşti: în pat, la jocul de cărţi, la slujbă. În astea trei împrejurări îşi dă arama pe faţă. Costi era un doctor bun, conştiincios şi plin de milă şi de-nţelegere faţă de suferinţă. Ca şi domnul General, se interesa şi de patul bolnavului, şi de mîncarea lui, şi de purtarea personalului faţă de bolnav, de familia acestuia, de orice lucru important şi de orice amănunt în stare să uşureze o suferinţă. Celor de prin cîte-un capăt de ţară, la care nu venea nimeni, avea grijă să le-aducă biscuiţi, covrigi, bomboane, prăjituri, ca să vadă că nu erau singuri pe lume.

Simţeam de multe ori că-l apăsa ceva. «Costi, mi se pare uneori, că vrei să-mi spui ceva şi-apoi te răzgîndeşti». «Ştiu că te gîndeşti la Lucia, cum mă gîndesc şi eu. Amintirea ei îmi stă ca un cui în creier». «Eraţi despărţiţi de trei ani cînd şi-a pus capăt zilelor... Costi, ce te munceşte ? Ştia, bănuia că o iubeai pe Mona ?». «Cred că da, cu toate că niciodată n-a făcut nici măcar o aluzie la aşa ceva. O singură dată mi-a spus cu un aer de mare tristeţe: „Nici măcar un copil nu ţi-am făcut, dacă...“. A lăsat fraza neterminată, iar eu n-am avut curajul s-o-ntreb ce urma după acel „dacă“».

La rîndul ei, Mona mi-a spus dintr-o suflare, ca omul care se teme să nu se răzgîndească, mi-a spus: «Argentina, cîte zile-am să am, Lucia o să-mi stea-nfiptă-n suflet ca un cui». «Crezi în destin, Mona ? Cînd întîlnim un om, nu ştim niciodată de ce ni l-a scos viaţa-n cale. Ai făcut parte din destinul Luciei şi ea dintr-al tău. Nici una nici alta nu v-aţi căutat ca să vă faceţi vreun rău». «Cînd s-a-nsurat Costi, deşi lucrurile erau imposibile între noi, am simţit un cuţit în inimă şi-n acelaşi timp o linişte că-l ştiam pe drumul lui; eu aveam drumul meu. Am crezut că totul avea să fie dat uitării. Am crezut că-mi rămînea să mă gîndesc de-aici încolo cu nostalgie la vărul meu Radu şi la Costi, ca la doi adolescenți, ca la niște copii îndrăgostiți de mine. Ideea lui Costi de-a mi-o apropia pe Lucia nu cred c-a fost bună. Între mine și Costi totul s-a petrecut ca între vechi prieteni, în perfectă bună-cuviință. Gîndul că ea a bănuit tot timpul dragostea noastră, ascunsă și stăpînită, nu-mi dă pace». «Din tot ce-mi spui tu și din tot ce-mi spune Costi, și nu numai, trag concluzia că pe lumea asta nimic nu e perfect, nu e neted, fără nici o ciobitură, fără nici o zgîrietură». Mona a oftat și și-a pus capul pe umărul meu. Gîndul mi-a fugit și la Gabriel și la Iosif Iuga. Și deodată mi s-a făcut dor să citesc măcar o frază din Călugărița mea portugheză.

♡

Lui Gelu și Lilianei nu le puteam scrie la o adresă anume în Elveția. Corespondența pentru ei trebuia depusă la Ministerul Comerțului, pe numele lor, iar expeditorul trebuia să-și scrie adresa pe plic. Lipeam plicurile de formă, fiindcă eram sigură că scrisorile erau citite în Țară și poate nu numai. În ele nu puteam face aluzie la banii pe care-i primeam prin colegii lui Gelu și nu era să fac vreun comentariu asupra regimului comunist. Le scriam numai lucruri anodine: ce făceau părinții, cum o duceam eu cu slujba și cu Facultatea, cît de rău îmi părea că nu puteam merge acasă, la Brăteasa, decît rareori și pe fugă. Într-un carnet îmi notam cîți bani primeam și de la cine, descriind persoana care în chip de prezentare-mi spunea «Din partea lui Gelu» și-mi răspundea scurt la întrebările cu privire la sănătatea lui frate-meu, a cumnată-mii și-a fetiței lor. Uneori mă gîndeam la o eventuală percheziție a Securității care mi-ar fi găsit acel carnet şi la răul pe care i l-aş fi făcut lui Gelu. Şi totuşi nu renunţam la carnet fiindcă voiam să ştie frate-meu că nu mă-nfruptam din banii trimişi de el.

Gelu, Liliana şi Diana, odrasla lor, în primul şi-n al doilea an de Elveţia şi-au petrecut concediul în Ţară. La mare şi la munte, însoţiţi de părinţii Lilianei. Au trecut de fiecare dată cu maşina tatălui Lilianei şi pe la Brăteasa, cîte patru zile, spre bucuria şi mîndria Maicăi şi-a Taicăi, ca să vadă lumea ce fecior aveau ei. Îi plimbase Gelu duminica prin tot satul cu maşina, pe la toate neamurile, pe la toţi cumetrii. Taica nu uita pe nicăieri să scoată pachetul de ţigări străine cu dungă aurită, aduse de fecior din ăle străinătăţi şi, pentru completarea impresiei, folosea şi bricheta. Maica, îmbrăcată şi ea-n ţoale elveţiene, spre-a le face plăcere copiilor, tăcea ca de obicei şi zîmbea cu zîmbetul ei de fiinţă care de prea multă vreme uitase să se bucure. Din al treilea an de străinătate, frate-meu şi familia lui au început să-şi petreacă vacanţele pe meleaguri străine, pe unde le permiteau punga şi relaţiile pe care şi le făcuseră cu lume de la alte reprezentanţe comerciale şi chiar cu diplomaţi străini. Mama Lilianei stătea-n vremea asta cu Diana în Elveţia, copila fiind prea mică pentru a ţine minte ce-ar fi văzut cutreierînd lumea. Prin mama Lilianei primeam lucruri de-mbrăcăminte, ciocolată, cafea pentru mine şi pentru părinţi; mie mi-au trimis prin ea şi-un ceas cu brăţară, placat cu aur, delicat, dreptunghiular, de-aceeaşi lăţime cu brăţara, o adevărată bijuterie. La spital îmi purtam mai departe ceapa mea „Pobeda“ cu secundar, care era numai bun pentru ce-mi trebuia mie. Prin mama Lilianei, Gelu n-a trimis niciodată bani. Dar prin colegii aceia rezervaţi şi misterioşi avea grijă ca părinţii să aibă destul, ca să-şi îndulcească zilele, şi din ce să mă tratez şi eu, aşa cum mă invita Gelu. Nu uita bănuţii pe care din injecţii şi din salariu i-i dădeam în fiecare lună cît fusese student; şi nici acei două mii de lei împrumutaţi de la domnul Claude Comăneanu, ca să-şi pună ai noştri acoperiş pe casă şi scînduri în odaie.

Maica şi Taica ştiau prea bine că noi, copiii lor, n-aveam să ne mai întoarcem la Brăteasa şi totuşi nu se-ndurau s-o lase mai moale cu zilele-muncă la Colectivă şi să-şi mai odihnească oasele. Mîncau bunătăţile de la Gelu, se-mbrăcau cu hainele trimise de el, duminica la biserică, la horă, la cîte-o nuntă, la cîte-o-nmormîntare. Le-ar fi vîndut şi pe astea ca să le facă bani de nu le-ar fi fost ruşine şi de nu s-ar fi temut să nu aflu eu în cele cîteva zile cînd veneam pe fugă să-i văd, cu sufletul fript de dor şi de grijă.

Puterea ţăranului era pămîntul. După colectivizare, mîndria trecuse asupra casei şi-a lucrurilor din ea. Cei din fruntea bucatelor o-ncepuseră cu aragazul şi cu butelia, ca apoi să treacă la sobe de teracotă, la mobilă, iar unii chiar la covoare şi la perdele de nylon cu flori brodate. Prin satele avute, dintotdeauna era mare-ntrecere la zugrăvitul caselor pe dinăuntru şi pe dinafară. Varul era dat uitării. Vedeai ziduri în culori ţipătoare, cu tot felul de romburi, de pătrate, de cozi de păun pe ele. Din sînul grangurilor de la Colective se ridica o nouă chiaburime, numai că ea se proclama aliată a clasei muncitoare. Alor noştri, Taica şi Maica – săraci de cînd se ştiau, că n-avuseseră de pus de-o parte nici o leţcaie, deci pe vremea pămîntului nu-şi putuseră cumpăra o brazdă măcar – în noul fel de viaţă, al întrecerii între case, li se trezise dorinţa de-a arăta că puteau fi şi ei în rînd cu ăia care nu-i crezuseră buni de nimic. Strîngînd ban pe ban din ce le trimitea Gelu, trăind din te-miri-ce, ca totdeauna, rupîndu-şi oasele cu zilele muncă la Colectivă, dărîmaseră casa veche şi ridicaseră casă cu trei odăi, cu antreu, cu prispă lată de să faci nuntă-n ea, cu sobe de teracotă. Ca s-o termine mai aveau nevoie de trei mii de lei. Banii de la Gelu nu veneau într-un anumit ritm. Veneau cum putea şi el să-i trimită. Eu habar n-avusesem de planul alor mei. Într-o fugă la Brăteasa, găsisem casa ridicată. Mă frecasem la ochi şi-mi venea să cred că greşisem drumul de nu mi-ar fi ieşit înainte Florei ăl de-al doilea.

Maica şi Taica m-au primit cu timiditatea copiilor care-au făcut o poznă. Primul impuls a fost să le spun: «Ce v-a venit, oameni buni, ce nevoie-aveaţi de casa asta ? Cine-o să stea-n ea cînd n-oţi mai fi dumneavoastră ?». Mi-am înghiţit vorbele, fiindcă nu voiam să le stric inima. Casa asta era mîndria lor, era dovada trecerii lor prin lume, noi, copiii lor, şi casa. «Bravo ! Bravo ! Făcurăţi mîndreţe de casă şi tăcurăţi ca peştele-n baltă !». Văzînd că nu-i cert pentru marea lor iniţiativă, m-au plimbat prin noua casă, mi-au explicat de-a fir a păr cum obţinuseră fiecare cărămidă, fiecare scîndură, cît le luaseră meşterii şi... şi deodată nu mai scotea nici unul nici o vorbă. Am mîncat puiul cu mujdei, făcut la frigare, am vorbit de una-de alta, de tot ce se mai întîmplase-n sat de cînd nu mai venisem eu, şi iar se lăsa o tăcere care pentru mine ascundea ceva.

«Maică, Taică, mi se pare mie sau aţi avea ceva să-mi spuneţi dar nu vă hotărîţi ? Hai, nu vă mai codiţi !». Taica şi-a scos o „Plugară" de la cingătoare, şi-a aprins-o bătrîneşte cu cremenea, cu amnarul şi cu iasca, şi-ntr-un tîrziu şi-a făcut curaj să vorbească. «Adelino, taică, te socotești, te pogodești, scrii și pe hîrtie, da' tot nu se potrivește cu ce-ai gîndit. Ce mai calea-valea... Ca să terminăm casa, cu tencuială cu tot ne-ar mai trebui trei mii de lei. Ne e rușine să-i scrim lu' Gelu». «Taică, eu nu făgăduiesc nimic, fiindcă n-am de unde. Eu din ce trimite Gelu nu iau un franc. Nu făgăduiesc, da-ncerc la cine m-a-mprumutat cu ăi două mii de-acum trei ani. Dar casa o dați cu var și pe dinăuntru și pe dinafară. Fără zorzoane sau culori».

♡

Și după ce-mi achitasem datoria, în ziua de leafă mergeam la domnul Comăneanu să-l aud vorbindu-mi despre artă, despre lumea pe care-o colindase, despre viață-n general, despre cărți, despre filme, să văd splendoarea lui de casă, tablourile care mereu se schimbau, în afară de ulcica «mea» cu flori, de Andreescu. Răsfoiam albumele de artă, ediții rare, cu gravuri originale, obiecte pe care mi-era și frică să pun mîna. Pregăteam masa-mpreună. Învățasem de la el să fac clătite și tot felul de sosuri și de salate. Era ziua mea de răsfăț, de evadare. Cunoșteam un om dintr-o altă lume decît a mea, care nu înfrumuseța nimic, nu urîțea nimic, și-ți explica prefacerile din lume cum n-avea s-o facă niciodată nici un curs de materialism-istoric. «Argentina, lumea e un cobai asupra căruia mărimile ei experimentează permanent. Te uiți la bronzul chinezesc reprezentînd cele trei maimuțe: una-și ține labele peste ochi, alta – peste gură, alta – peste urechi. Este un îndemn pentru omul de rînd ca mine și ca tine: să nu vezi, să n-auzi, să nu vorbești». «Adică să te faci că...». «Da... să te faci că... Înțelepciune valabilă în trecut, în prezent, în viitor. Curiozitatea asupra persoanei tale mi-a trezit-o sensibilitatea pe care o ai față de frumos. De-atunci, din talcioc. Respectul şi sfiala în fața operei de artă. Faptul că spui deschis cine eşti, de unde provii. Şi o mare asemănare între noi doi: nici tu n-ai iluzii, nici eu. E-un lucru trist. Ține de inteligență, de experiență, dar şi de temperament. Cînd văd cu cîtă sete asculți ce-ți spun eu despre artă, despre curente, despre stiluri, cum îți iei notițe, nu-mi pare rău c-am făcut Istoria artei. Din anii pe care-i trăim, sînt puțini cei ai unei judecăți mature. Nu degeaba spun francezii „*Si jeunesse savait, si vieillesse pouvait*". Mie mi-a trebuit mai mult timp ca s-ajung să-mi pierd iluziile. Dublu cît ți-a trebuit ție». «Domnule Comăneanu, sărăcia e-un soare la care te coci iute. Suferința ta şi cea a celor din jur – dacă n-ai o inimă de piatră – te maturizează repede. Cît am fost infirmieră, am văzut oameni fără ochi, fără mîini, fără picioare... Mari mutilați de război chemați la „revizii". Iar Statul le dă o nimica toată, fiindcă şi-au distrus viața ca să-şi apere Țara. Şi-i mai pune şi pe drumuri la „reevaluări". Eu fierbeam de revoltă pentru ei, iar ei erau atît de resemnați şi-şi vedeau nenorocirea ca parte din soarta proprie. De cînd lucrez la sală, cîte greşeli nu văd ! Şi totdeauna bolnavul e de vină: sau e prea gras, sau e prea slab, sau, sau, sau... Iar eu, de cîteva ori, am îndrăznit să-i spun cîte unui chirurg „domnule doctor, oare n-ar fi mai bine să...". De fiecare dată am fost pusă la punct: „Dumneata vezi-ți de treaba dumitale". Şi de-atunci mă port ca maimuțele dumneavoastră chinezeşti: nu văd, n-aud, nu vorbesc. Sînt o biată slujbaşă care munceşte pentru o pîine. Uneori mă gîndesc că meseria asta nu-i de mine. Prea mă umple de revoltă şi de remuşcări». «Şi crezi că-n alte meserii e altfel ? Crezi că greşelile, incompetenţa şi nepăsarea sînt „apanajul“ unui singur domeniu ? Aici, tot poţi fi de folos unor oameni, chiar şi cu-o vorbă bună». «Şi timpul pierdut de pomană ? În loc să stăm la capul bolnavului, noi învăţăm marxism-leninism». «Argentina, ăl puternic nu se simte bine dacă nu e adulat, iar cei mici nu se simt bine dacă nu-l pupă şi nu-l răs-pupă-n cur. Mai mult decît s-ar aştepta ăla mare. Crezi c-a fost vreodată altfel ? Crezi că o să fie vreodată ? În mod firesc ar trebui să trăieşti mai mult decît mine, fiindcă eşti cu douăzeci de ani mai tînără decît mine. Atunci, cînd o fi să fie, ai să-ţi aduci aminte vorbele mele».

Vorbeam în fiecare zi la telefon. Voiam să ştim unul de altul. Odată mi s-a plîns de-o durere pe sciaticul de la stîngul. Nu m-am lăsat pînă ce nu l-am dus la domnul General. Radiografia arăta ce bănuisem eu: o discopatie. «Are să-ţi facă Argentina nişte infiltraţii cu un dezinflamator; şi pe urmă, la Fizioterapie cu dumneata». O săptămînă i-am făcut infiltraţii şi i-am pus o planşetă sub saltea. Şi-a revenit şi-ar fi vrut s-o lase mai moale cu Fizioterapia, dar n-a scăpat de gura mea.

De la Brăteasa, după un telefon m-am dus direct la el. «Părinţii mei, oricîte regimuri s-ar schimba, nu se pot învăţa să trăiască bine şi să se cruţe. Ce le trebuie casă cu trei odăi şi cu antreu ? O să se mai ducă frate-meu să stea acolo ? O să mă duc eu ? Ei au visat o viaţă să ne vadă pe noi, copiii, la oraş, ca să nu mai dăm cu sapa. Şi-acum...». «La mîndria lor de ce nu te gîndeşti ? Cum s-arate că le-au ajuns copiii cineva dacă nu-şi fac o casă pe măsura copiilor ? Casa asta este doar transpunerea faptului că voi, copiii lor, „v-aţi ajuns“.

Şi-apoi, ţăranului nu-i poţi naţionaliza şi simţul proprietăţii odată cu pămîntul. Copiii şi casa le sînt mîndria, legitimarea în faţa comunităţii». După o vreme m-a-ntrebat: «De cîţi bani ai nevoie ?». «De trei mii». «Foarte bine. Mi-i dai cînd poţi şi cît poţi... Argentina, dacă părinţii mei, prin felurite intervenţii, au să mă scoată din Ţară, să ştii că eşti printre puţinii oameni care-au să-mi lipsească».

Mi-am pus capul pe umărul lui şi-am început să plîng. Cît avea să-mi lipsească *el* mie... Domnul General şi el, Claude Comăneanu, erau cele mai limpezi relaţii din viaţa mea. Dar domnului General nu i-aş fi cerut bani împrumut, nu pentru că nu mi-ar fi dat. Între mine şi domnul Claude Comăneanu era atîta deosebire de clasă socială, de cultură, de experienţă de viaţă şi totuşi îl simţeam un egal, omul căruia-i puteam spune orice. Şi domnul General mă trata ca pe-un egal, dar în faţa dumnealui mă simţeam ca-n faţa unui părinte. Claude Comăneanu ştiuse să şteargă diferenţa de vîrstă dintre noi. «Argentina, s-ar putea s-auzi despre mine, dacă n-ai şi auzit, lucruri care să mă pună într-o lumină suspectă. Fac tot ceea ce fac, fiindcă vreau s-ajut nişte oameni. Orice-ai auzi despre mine, vreau să ştii că n-am făcut niciodată nici un rău nimănui», mi-a spus într-o zi Claude Comăneanu, privindu-mă ţintă-n ochi. «Ştiu. Simt». «Eşti o fiinţă intuitivă ca şi mine. Prima impresie pe care mi-o face un om mi se confirmă totdeauna.»

♡

Costi Gheorghiu m-a prezentat părinţilor lui. Tată-său, căruia-i semăna, cărunt acum, la tinereţe fusese blond. Faţă ovală, ochi albaştri, gură frumoasă, înalt, solid, dar sprinten ca o balerină, era tipul omului jovial, pus pe trai bun şi pe glumă. Pornise de-acasă din Oltenia, la doisprezece ani, în opinci şi cu traista-n băţ. Din copil-de-trupă ajunsese elev la Liceul Militar, apoi student la Medicină şi doctor. Se-ndrăgostise de fata unor moşieri din satul lui, cu şase ani mai tînără decît el. Fata nu-i respinsese dragostea. Moşierii se-mpăcaseră cu alegerea fiicei lor, Emilia; altfel îşi închipuiseră viitorul ei, în nici un caz lîngă un doctoraş abia ieşit de pe băncile Facultăţii şi săracanul săracanilor.

Pe cea mare, Lia, o dăduseră după un aviator, grec de neam şi putred de bogat. Emilia îşi strînsese lucrurile într-un geamantan şi plecase cu doctorul Nicolae Gheorghiu la Bucureşti, lăsîndu-le părinţilor o scrisoare, ca să nu fie-ngrijoraţi şi disperaţi. Emilia şi doctorul Nicolae Gheorghiu se căsătoriseră numaidecît, martori fiindu-le Leonida şi Lia Alexandros, cumnatul şi sora Emiliei. Într-o duminică, fiindcă Emilia ţinea să se cunune şi religios, Leonida Alexandros cu nevasta îmbarcaseră în maşină tînăra pereche şi porniseră spre mînăstirea Ţigăneşti, unde Nicolae şi Emilia se cununaseră, nunii oferindu-le apoi o masă aleasă la „Athénée Palace“. Nicolae Gheorghiu, cu mentalitate de om sărac, nu-şi lăsase nevasta cucoană acasă. O dăduse la Medicină, convins că înainte de-a se bizui pe oricine sau pe orice, omul era bine să se bizuie pe sine însuşi. Emilia, măruntică dar bine făcută, subţire, cu oasele frumos învelite-n carne, cu un nas uşor acvilin şi proeminent, nu era o frumuseţe. Avea-n ochi melancolia femeilor mahomedane al căror singur mijloc de exprimare era privirea. Fire tăcută, necomunicativă, Emilia Gheorghiu nu era uşor de descifrat. Părea o fire dificilă. Nemanifestîndu-şi niciodată nici bucuria, nici dezaprobarea, nu ştiai cum să-i intri în voie. O dată pe săptămînă făcea curăţenie o femeie care-i spăla şi-i călca lenjeria la ea acasă. Emiliei nu-i plăcea să simtă miros de rufe spălate şi nici de mîncare gătită, încît în casa Gheorghiu se mîncau numai uscături, fructe, ouă, brînză, unt, prăjituri de cofetărie şi, măcar o dată pe săptămînă, se lua masa la restaurant. Costi fusese crescut cum scrie la carte, cu tetă nemţoaică, după toate regulile de igienă şi de disciplină. Şi totuşi, cînd terminase cu nemţia, părea destul de lasă-mă-să-te-las, ceea ce-l hotărîse pe doctorul Gheorghiu să-l dea la Liceu Militar şi-n continuare la Medicină Militară. Costi nu-şi amintea să fi avut vreodată cu maică-sa o discuţie de la suflet la suflet. «Între mine şi mama au fost totdeauna relaţii geometrice. N-am simţit niciodată o căldură care să mă-nvăluie. Deşi tata nu şi-a făcut din fidelitatea conjugală un principiu de viaţă, locul mamei a rămas sacru. A făcut totul ca ea să se simtă mereu vioara-ntîi, admirată, adulată. Dar şi între ei relaţiile sînt tot de tip matematic. Simt acum şi am simţit totdeauna că şi-a compus fiecare un clişeu comportamental. Pe tata îl simt apropiat, pe mama – nu. N-am să ştiu niciodată ce-nsemn eu pentru ea». Doamna doctor Emilia Gheorghiu, cu firea ei puţin comunicativă, îşi alesese ca specialitate Radiologia, în care era, pe bună-dreptate, considerată o doctoriţă de mîna-ntîi.

Cu tatăl lui Costi vorba s-a legat numaidecît. Îmi povestea despre satul lui, despre viaţa oamenilor de pe la 1900, despre războiul întîi mondial, despre cel de-al doilea, despre profesorii lui de liceu. Nu-l putea uita pe cel de Istorie, un tipicar de felul lui, tobă de carte, care avea însă un tic verbal în privinţa datelor. «În anul o mie opt sute *dar* şi patruzeci şi opt... sau în anul o mie nouă sute *dar* şi şaisprezece, şi tot aşa». Am rîs eu, a rîs Costi, a rîs taică-său. Doamna doctor Emilia Gheorghiu n-a schițat nici măcar un zîmbet. Damna doctor ne-a tratat cu saleuri, cu pateuri, cu socată şi cu parfé de fructe. Toate aduse pe-o tavă ovală de argint.

Doamna Despina ne-nvățase că o vizită protocolară nu trebuia să depăşească două ore. Am fost de-a dreptul uimită cînd la despărțire, doamna doctor mi-a spus: «Mai vino pe la noi, domnişoară». «Spuneți-mi Argentina, doamnă doctor». A dat din cap a aprobare. Simțisem privirea ei discretă, şi absentă-n aparență, care mă evaluase, oprindu-se asupra glesnelor mele, asupra celor două inele, asupra ceasului de la Gelu, şi-a *deux-pièces*-ului meu «din pachet». Nu cred că doamna doctor şi-a pus nădejdea ca eu să-l despart pe Costi de Mona, dar oricum însemnam o variație în partitura cunoscută. În timp ce domnul doctor, scuzîndu-se, a răspuns la telefon în biroul lui, Costi s-a dus la bucătărie s-o ajute pe maică-sa. «Obîrşia fetei ăsteia se vede după glesne, altfel...», a zis doamna doctor. «Mamă, regina Maria avea nişte picioare ca doi stîlpi de telegraf şi parcă nu era țărancă», i-a replicat Costi. Iosif Iuga era omul care mă vindecase de complexe. Am închis ochii şi-am zîmbit atîtor amintiri dezinhibatoare care mă legau de el.

Cunoscîndu-i părinții, mi-am dat seama că lui Costi îi lipsise tocmai mirosul de rufe care se spală şi de mîncare gătită, care forfoteşte pe foc; îi lipsiseră tocmai elementele care fac dintr-o locuință, o casă, un cămin.

♡

De ziua mea de naştere am hotărît să invit şi eu patru oameni în camera mea, cerîndu-i voie doamnei Turcescu să folosesc trei scaune din bucătărie. Tratația mea era de om sărac: o salată de *bœuf*, şi clătite, unele cu brînză de vaci şi cu mărar, altele cu marmeladă, iar ca băutură, tulburel cu cinci lei kilul. Invitații mei erau Claude Comăneanu, Costi, Mona şi Paula Ichim, colega mea de la Şcoala de Surori. Orfană, cu patru clase primare, Paula plecase la doisprezece ani din Moldova să-şi cîştige pîinea la Bucureşti. Fusese vînzătoare pe strada Sfînta Vineri şi pe Dudeşti, îşi dăduse-n particular patru clase de liceu; fără a fi căsătorită făcuse un copil cu un băiat, un electrician care murise electrocutat. Băiețelul ei creştea la un cămin de copii ai căror părinți, fără să-i abandoneze, n-aveau unde şi cum să-i îngrijească. În cămin erau şi copii de studente şi copii cu mame-n puşcărie. Paula era asistentă pediatră la un spital de copii. Zilnic se ducea să-l vadă pe Cornel, băiatul ei, care de curînd împlinise trei ani.

Cînd găseam un moment liber mergeam şi eu cu ea. Cornel era Paula – cap tăiat. Ea, măruntică, proporționată, cîrnuță, cu o privire de om pe care nimic nu-l mai surprinde, avea mare cîrlig la bărbați. Deşteaptă şi cu o replică plină de haz, nu trecea neobservată. Pe fiecare invitat al meu l-am prevenit cine erau ceilalți. Obținînd acordul tuturor, separat, abia apoi am luat inițiativa să-i «întrolochez», cum zicea Paula. Spunîndu-i cine erau ceilalți invitați, Paulei nu-i căzuse bine să vină o dată cu ei. «Ce să caut eu printre fețe atît de simandicoase ?». «Tu vii la mine, fiindcă-mi eşti prietenă. Şi-ai să vezi că nici unul nu e simandicos. Paula, pentru mintea pe care-o ai, la Academie te-aş trimite, dac-ar fi după mine». În orice clipă liberă Paula citea. Îşi cumpăra cărți de la standul spitalului. «Ca să-i fac o bibliotecă lui Cornel».

În concediul meu de salariată, pe care mi-l luam în sesiuni, plus trei săptămîni fără plată, îmi găteam te-miri-ce şi mai-nimic, numai să nu mă mai duc la spital pentru mîncare. Din orice încropeam, o tratam şi pe doamna Turcescu. Dînsa mă declarase o gospodină foarte talentată. Cred că mai mult decît vorbele bune pe care i le spusese Laura despre mine, în «îmbunarea» doamnei Turcescu, în ceea ce mă privea, contaseră curăţenia pe care-o ţineam în casă şi-acele «trataţii» din puţinul meu modest. Se-nţelege că şi cu ocazia marii mele «mondenităţi» i-am umplut un castronel cu salată «de bou» şi o farfurie cu clătite.

Musafirii mei n-au venit nici unul cu mîna goală: pateuri, saleuri, prăjituri de la „Capşa“, icre de Manciuria, şampanie şi plăcintă cu dovleac făcută de Paula. Felurile de casă, adică salata, clătitele mele şi plăcinta cu dovleac a Paulei au primit cele mai multe elogii şi nu doar de complezenţă, fiindcă n-a mai rămas nici o fărîmiţă din ele. Iar tulburelul a avut şi el mare succes. Dulce, catifelat, pişcînd uşor la limbă, aluneca pe gît ca uleiul. «Plăcintă cu dovleac atît de bună, cred c-am mai mîncat o dată-n Turcia», a spus Claude Comăneanu. «O soră a mamei mele e măritată c-un turc. Ea ne-a-nvăţat şi pe noi, nepoatele ei, să facem plăcinta asta. Cînd a murit mama, eu aveam doi ani. Tuşa Sevastiţa, avînd şi ea cinci copii, a făcut cît a putut şi pentru noi, orfanii soră-sii». «De unde eşti, duduie Paula ?», a-ntrebat-o Claude Comăneanu. «Din Bucovina care-a rămas la români după ’44. Neamurile rămase la ruşi au ajuns în Siberia. Un frate-al mamei, luat de pe frontul din Moldova la 23 August ’44, s-a-ntors acum un an tot din Siberia. Aşa e cu plăcinta mea de dovleac, dragă domnule», a vrut Paula să schimbe vorba, ca să-nsenineze atmosfera. «Mie-mi plac, mai mult decît orice finețuri de restaurant sau de cofetărie, mîncarea şi dulciurile făcute-n casă; îmi place mîncarea gospodărească», a zis Costi, ca unul care tînjea după o atmosferă de casă de om şi nu după asepsia din locuința părintească. Însurat cu Lucia Cantemir în timpul studenției, studentă şi ea, s-ar fi părut că soacra lui Costi nu-şi răsfățase cine-ştie-ce, din punct de vedere culinar şi nu numai, nici fiica nici ginerele. «La noi în casă, totdeauna s-a mîncat combinat», a spus Claude Comăneanu, «mama, franțuzoaică, o ținea cu salate, cu sparanghel, cu sufleuri, cu „mîncăruri de spital", cum zicea tata. El, moldovean, trăgea la „feluri mitocăneşti" – tot vorba lui: ciorbe drese cu smîntînă, sarmale, musacale, fripturi plutind în sos gras cu usturoi, icre bătute cu ulei, cu ceapă multă, acrite cu lămîie, sardele, somn gras la grătar; în fine, tot ce are mai gustos bucătăria românească. Iar eu, deşi măsurat la mîncare, tot la mîncarea românească trag. Dacă mănînc, apoi să-mi tihnească. Să nu fie şi mîncarea ca un fel de mers la slujbă şi-atît». «Vorbiți despre părinții dumneavoastră la trecut. Nu mai trăiesc ?», l-a-ntrebat Paula. «Trăiesc, slavă Domnului, în Spania, din 1944 încoace. Dar cînd ani de zile nu te mai vezi cu cineva, îți vine să vorbeşti despre el la trecut», i-a răspuns Claude Comăneanu. «Ştiți de ce v-am întrebat dacă trăiesc ? Fiindcă ați vorbit de dînşii cu veselie, de parcă i-am şi văzut în fața ochilor», i-a spus Paula. Claude Comăneanu a privit-o cu seriozitate, pătrunzător de parcă voia s-o radiografieze. «Ce fin psiholog, ce fin observator eşti dumneata, duduie». «Dacă n-aş fi fost orfană şi-atît de săracă, poate că azi eram şi eu studentă pe undeva. Aşa, sînt doar soră de spital şi-mi cresc copilul, orfan de tată. Fiecare cu norocul lui. Totul e să iei viața așa cum e. Tristețea nu folosește la nimic». Claude Comăneanu se uitase iară la ea cu seriozitate; și eu, care-l cunoșteam, am simțit cum îl străbate amărăciunea. Ca să schimbe vorba, Mona ne-a povestit că, în clasa a patra primară, avusese febră tifoidă. «Cînd am trecut de faza acută, nu-mi stătea gîndul decît la mîncare. Țineam un caiet, pentru cînd avea să-mi treacă boala, în care-mi compuneam un *menu* pe zile. Păstrez caietul și-acum și-l răsfoiesc din cînd în cînd și văd cît de conservatoare am rămas în gusturi. Salata de *bœuf* și clătitele apar des în caietul meu. Argentina parcă l-ar fi citit ca să-mi afle poftele».

Am vorbit și despre filme, despre spectacole de teatru. Claude Comăneanu și Mona, cam de aceeași vîrstă, ne-au povestit filme vechi, vestite pe cînd erau ei copii. «Aș fi curioasă cum mi s-ar părea dacă le-aș mai vedea astăzi», a zis Mona. «Și eu aș fi curios. Deși, uneori e bine să nu mai revezi ceea ce ți-a plăcut cîndva», a spus Claude cu melancolie. «De ce ?», a întrebat Mona. «De teama dezamăgirii. De teama de-a vedea cît te-ai schimbat tu însuți». «Domnule Comăneanu, cred că omul este cel mai elocvent material didactic al dialecticii», a zis Costi. «Nu vă supărați, ce-nseamnă „dialectică“ ?», a-ntrebat Paula. «O teorie, să-i zicem, care consideră lumea, fenomenele, totul în permanentă transformare», a lămurit-o Costi. «Aveți dreptate. Nu mai ești azi ce-ai fost ieri, ce-ai fost alaltăieri. Ești ca un lichid care ia mereu forma altui vas. Te unduiești după viață, cum se unduiește o buruiană bătută de vînt», a spus Paula cu un glas scăzut, mai mult pentru sine. «Mi-e teamă de dezamăgire poate mai mult decît de orice», a spus și Claude Comăneanu, tot mai mult pentru sine. «Domnul

General, şeful nostru – şi m-am uitat la Costi – spune că de nimic nu-i e mai teamă decît de despărţiri», am zis eu. «Despărţirile despre care vorbeşte domnul General sînt inerente, sînt singura certitudine din viaţa noastră. De dezamăgirea pe care ne-o „oferim“ unii altora, sîntem însă vinovaţi, asta nu e scrisă de soartă, pe asta o scriem noi cu nepăsarea şi cu egoismul nostru. Despărţirea aceea a sfîrşitului doare, dar e scrisă de la-nceputul vieţii», a spus Claude. «Sînt şi alte despărţiri care dor. Amputări pe viu», am spus eu. Singurul care a priceput că nu era vorba neapărat de-o observaţie generală a fost Costi. Amîndoi ne-am gîndit în aceeaşi clipă la acelaşi om. La ora unsprezece, Claude Comăneanu i-a-mbarcat pe ceilalţi trei musafiri ai mei şi i-a lăsat pe fiecare la domiciliul său, domiciliul Paulei fiind căminul Şcolii de Surori în care mai era ţinută prin bunăvoinţa directoarei. Tot aştepta şi ea să i se repartizeze un spaţiu.

♡

Pe vremea aceea, oriunde se adunau mai mulţi oameni, chiar dacă se cunoşteau bine între ei, se evitau discuţiile politice. Paula îmi relatase un lucru esenţial în acest sens. Unchiul ei, cel care fusese prizonier în Siberia, dacă nevastă-sa ori copiii lor aduceau în discuţie probleme legate de regim, scurt le-o reteza: «Altceva n-aveţi de vorbit ?». «Bine, tată, dar sîntem numai noi între noi», îi spusese într-o zi fiu-său ăl mare. «“Tăcerea e de aur, băiete“, să nu ziceţi că nu v-am spus». Nici cu nevastă-sa nu vorbise despre Siberia. Halul în care arăta cînd se-ntorsese de-acolo vorbea de la sine. Învăţător, întors în Bucovina, ajunsese profesor de rusă. Puşcăriile gemeau de oameni care-auziseră comentarii nefavorabile sau bancuri la adresa regimului şi, fiindcă nu se duseseră să le transmită unde trebuia, luaseră ani buni de puşcărie pentru «omisiune de denunţ».

În 1956 ne-ajunsese la urechi, din ceea ce transmitea radioul nostru naţional, «contrarevoluţia» din Ungaria. În urma ei, din grupa mea a dispărut unul dintre cei mai buni băieţi, Calistu Alexandru. Am aflat într-un tîrziu motivul dispariţiei. O cunoştinţă venise la el şi-i propusese să compună împreună un manifest anticomunist pe care să-l multiplice la şapirograf un prieten al celui cu propunerea. «Să facem şi noi ceva ca ungurii». Calistu îi spusese: «Fii, măi, serios. Crezi că opreşti un rapid cu un băţ ? Vezi-ţi de treabă». Bătut bine la anchetă, cel cu propunerea pomenise, la lista celor care-i cunoscuseră intenţia şi pe Calistu Alexandru. Îmi dădusem eu secundariatul, cînd el abia era reprimit în Facultate, după patru ani de puşcărie.

În comunism, dacă erai sărac şi te-nfigeai, ca frate-meu şi ca nevastă-sa, ajungeai unde neam de neamul tău n-ar fi ajuns nici într-o mie de ani în alte timpuri. Dacă erai sărac şi-ţi vedeai de treaba ta – adică nu te-atingeai nici cu vorba de politica Partidului – puteai să-ţi faci o meserie. Exemplul cel mai bun – eu. Şi totuşi, cînd am terminat Facultatea, ca să n-ajung pe un' şi-a-nţărcat dracu' copiii, a trebuit să mă fac membră de Partid. Mie nici prin gînd nu mi-ar fi trecut, dacă nu mă lua domnul General din scurt, dăscălindu-mă în curtea spitalului, de frica urechilor din pereţi – de-or fi fost, de n-or fi fost. «Fă-te urgent membră de Partid. Ţi-am şi făcut recomandare la Secretar. De ce să nu rămîi tu în Bucureşti, care ştii carte şi mai eşti şi copil de ţărani colectivişti, şi să rămînă cine-ştie-ce nulitate împinsă de tata Partidu'. Nu duc grija că ai lu' tata Partidu' n-au să ocupe crema. Dar să mai pătrundă şi cîte unul bun». Secretarul de Partid m-a mustrat: «Cum, tovarăşa, pînă acum nici utemistă să nu fii ? Păi dacă ţărănimea şi clasa muncitoare n-or fi-n Partid, cine să fie ?». Cred c-a atîrnat greu în biografia mea postul pe care-l ocupa frate-meu. Iar eu m-am scuzat «de-ntîrziere» cu un motiv real: «Gîndiţi-vă, tovarăşe, că am slujbă, şi-am făcut în vremea asta şi Şcoala de Surori şi Facultatea». «Bine, bine». Nu era să-i vorbesc eu lui de inapetenţa mea pentru politică. Dacă te-nfigeai tare şi cu forţă, arătîndu-te pătruns de justeţea comunismului, ajungeai departe şi cu origine mai puţin sfîntă şi dreaptă. Dovadă – Rodica Neagu, secretară U.T.M. pe Facultate. Am mulţumit lui Dumnezeu că era cu doi ani înaintea mea, cu acei ani cît făcusem eu Şcoala de Surori.

La-nceputul anului cinci am simţit în timpul unei operaţii o stare de moleşeală, o fierbinţeală şi m-au apucat apoi transpiraţii reci. Cînd am ieşit din sală, domnul General mi-a spus: «Argentina, nu-mi place deloc cum arăţi în ultima vreme. Pînă una-alta, hai tu „să ne punem la raze"». Radiografia pulmonară mi-a făcut-o chiar şeful secţiei de Radiologie. «Veşti cam proaste: infiltrat bilateral, cu noduli subclaviculari bilaterali. Neapărat o analiză de spută». Temperatura era tipică: treizeci şi şapte cu trei, cu patru.

I-am scris imediat lui Gelu, rugîndu-l să nu le pomenească nimic părinţilor noştri, pentru care oftica era boală mortală. Poştaşul din Brăteasa, nea Gică, avusese trei mîndreţi de fete, care muriseră toate pe la douăzeci de ani de boala asta. Îi dădeam de-nţeles lui Gelu să afle altă modalitate de-a le trimite părinţilor bani decît cea de pînă atunci. Le-am telefonat naşilor, tuşei Lina şi lui nenea Costel, tot sub pecetea tainei faţă de părinţi, Laurei şi lui Gabriel, domnului Comăneanu, Paulei. Cînd mi-a telefonat Iosif, ca-n fiecare seară, i-am spus, comunicîndu-i şi telefonul Spitalului T.B.C. studenţesc. Sputa a ieşit negativă. I-am arătat buletinul de analiză doamnei Turcescu, pentru a o linişti în privinţa pericolului de contagiune. Am liniştit-o şi-n privinţa cheltuielilor: ajutorul de boală, pe care urma să-l primesc, le acoperea oricum. Domnului Comăneanu speram să-i achit cei trei mii de lei din «donaţiile» lui Gelu.

După ce am pus toate lucrurile la punct, m-am internat la Spitalul T.B.C. studenţesc, situat lîngă biserica Sfînta Ecaterina, unde cînta corul seminariştilor şi-al studenţilor de la Teologie. De obicei, studenţii ajunşi la acest spital spuneau că sînt internaţi «la Sfînta Ecaterina». Am fost repartizată într-o cameră cu o studentă de la Filosofie, care avea aceeaşi formă de tuberculoză necontagioasă, ca şi mine. Eram amîndouă în îngrijirea directă a doctoriţei Tamara Scutaşu, sora colegei mele Natalia Scutaşu. Învăţată s-alerg ca strechea între slujbă şi Facultate, pentru mine, Spitalul T.B.C. era boieria boieriei. Să n-ai de făcut curăţenie, să n-ai de spălat rufe, să n-ai grija zilei de azi şi pe-a celei de mîine mi se părea un vis. În prima săptămînă mă trezeam numai la masă şi cînd îmi luam medicaţia. Organismul meu, de care trăsesem ca de gumilastic, se punea singur în refacere. După acea săptămînă de dormit buştean, mă simţeam ca nou născută. Medicaţia o suportam bine.

Corina Goruneanu, colega mea de cameră, era o fată frumoasă. Blondă, cu ochi de-un albastru viu şi transparent ca apa, într-un chip ca de icoană renascentistă, cu un trup armonios şi delicat, avea un suflet şi-un comportament pe măsura datelor exterioare. Nu mă mira că-n fiecare zi venea s-o vadă iubitul ei, un coleg pe-atît de brun pe cît era ea de blondă, şi cu-o figură pe-atît de-ntunecată pe cît era a ei de luminoasă. Îi aducea cursuri, notiţe, bomboane, prăjituri, însă după fiecare întrevedere cu el, Corina plîngea un ceas.

Potrivit învăţăturii Maicăi, lăsam omul să-mi spună ce vrea el, eu neîntrebînd niciodată nimic. «Argentina, apreciez cît eşti de discretă. Nu m-ai întrebat niciodată despre relaţiile mele cu Gabriel şi nici de ce plîng. Te-ntrebi, probabil, cum de-un om care pierde atîta vreme cu mine şi pentru mine, care deci mă iubeşte, nu ? mă face să plîng... Gabriel mă consideră un obiect al lui şi apreciază la mine spiritul de supunere şi-atît. Nu ne vedem o dată fără să nu mă-ntrebe cînd ies de-aici. Şi e foarte contrariat că nu-i pot preciza data. Şi se enervează la acest răspuns al meu de parc-aş fi venit aici de drag, numai ca să-l sîcîi pe el. Cu toate vederile liberale pe care le afişează între prietenii lui, are de fapt un suflet de tiran. Să-i ferească Dumnezeu pe vreunii să-i fie subordonaţi într-o zi». «Corina, i-ai pus vreodată la cîntar calităţile şi defectele, ca să vezi care atîrnă mai mult ?». «Este inteligent, are o minte speculativă, nu-i scapă nimic din ce-aude. Astea s-ar număra la calităţi. Dar nici nu ştii cînd te loveşte cu propriile spuse; aş zice că e un om care pîndeşte tot timpul la cotitură. Are o părere extraordinară despre sine şi nu ezită să le-o impună şi altora». «Corina, fără să vreau s-o fac pe psihiatra, poate că această prea mare încredere în sine afişată exprimă o îndoială asupra propriei persoane. Are calităţi, am înţeles, dar şi defecte pe care nu i le poţi suporta. Ai două posibilităţi: să-l iei aşa cum e, şi să nu mai suferi, sau să-l laşi. A treia posibilitate nu există». «Am să mă despart de el. Aşa moale cum par, nu sînt dispusă ca o viaţă-ntreagă să fiu sclavă». Şi s-au despărţit.

Ea avea să se mărite cu un băiat pe jumătate grec şi avea să plece în Grecia, în 1975. Gabriel publicase nişte cărţi pe care le-am citit, admirîndu-i inteligenţa, dar dibuindu-i şi intoleranţa. După 1989 avea să devină una dintre cele mai importante figuri elitiste, la fel de-ncrîncenat şi de intolerant ca şi pe vremea Spitalului Sfînta Ecaterina, doar că ajuns între timp miliardar.

Doctoriţa Tamara Scutaşu, o blondă cîrnă, plinuţă, comunicativă, îndrăgostită pînă peste urechi de şeful spitalului, un frumos brun cu ochii verzi, care juca femeile pe degete – altminteri familist convins – îmi aducea cursurile – cîte erau, şi notiţele surorii ei, colega mea, fiindcă-mi pusesem de gînd să nu pierd anul, ca şi Corina de altfel. Neavînd nimic altceva de făcut, învăţam amîndouă pe rupte. Nu era săptămînă să nu primesc vizite: naşii, Paula, Costi, Mona, Laura, Gabriel, Claude Comăneanu, domnul General, tuşa Miţa. Dac-aş fi mîncat tot ce-mi aduceau ei m-aş fi făcut de-o sută de kile. Împărţeam cu ceilalţi ofticoşi, cu personalul, iar ce era mai bun îi dădeam Corinei, a cărei mamă, femeie văduvă cu încă doi copii, n-avea posibilitatea să vină prea des de la Tîrgovişte.

Mi-am luat examenele cu opt, cu nouă şi cu zece. Se revenise la sistemul notelor de la unu la zece, renunţîndu-se la cel cu «insuficient», «suficient», «bine» şi «foarte bine». Şi-n şcoli se trecuse din nou la sistemul de la unu la zece, abandonîndu-se cel sovietic de la unu la cinci. Numai Moş Crăciun nu-şi mai revenise. Continua să fie Moş Gerilă, iar bradul de Crăciun – cu parfum de creştinătate – să se facă de Anul Nou, sărbătoare internaţională.

Anul petrecut la Sfînta Ecaterina a fost cel mai liniştit şi cel mai răsfăţat din viaţa mea. O singură dar mare suferinţă: un an nu i-am putut vedea pe Maica şi pe Taica. Vorbeam cu ei la telefon din Dionisie Lupu, o dată pe săptămînă. Două ceasuri pe zi puteam lipsi din spital. Pentru o jumătate de zi aveai nevoie de aprobarea directorului. Să lipseşti mai mult nu se putea. Avea dreptate şi directorul: «Nu vă puneţi pe drumuri, prin trenuri, prin rate, ca să vă vedeţi părinţii sau alte neamuri şi pe urmă să-mi veniţi aici cu-o pneumonie, cu-o gripă şi mai ştiu eu cu ce răpciugă. Sîneţi aici ca să vă faceţi bine. *Dixi*». Afară de mesele cu domnul Comăneanu, în viaţa mea n-am mîncat mai bine decît la Sfînta Ecaterina şi nu m-am simţit mai liniştită şi mai ocrotită decît acolo. Nu-l uit nici azi, la bătrîneţe, pe Iosif Iuga; nu uit anul vieţii mele – cum îl numesc pe cel petrecut la ofticoşi, la Sfînta Ecaterina; nu uit lecţiile de Materialism-dialectic desluşite şi pe-nţeles pe care mi le-a ţinut Corina. De-am ajuns eu să iau zece la Marxism !

Ţineam să nu pierd anul, fiindcă ştiam că domnul General voia să mă vadă plasată şi apoi să iasă la pensie, ceea ce mulţi aşteptau nerăbdători şi cu dor în piept. Domnul General, fără să mi-o fi spus, mă socotea opera lui, ceea ce şi-ar fi dorit să-i fie copilul pe care nu-l avusese. Şi totul pornise de la anul morţii lui Shakespeare. Binecuvîntat să fie în vecii vecilor marele englez. După examenul de Stat, am fost plasată la Urgenţă, în timp ce majoritatea colegilor mei erau trimişi la ţară. Urgenţa mi-a fost o şcoală excepţională, ca şi Ortopedia, de la Militari. Ba şi mai mult, fiindcă la Urgenţă ai ocazia să vezi ce cu gîndul nu gîndeşti, ceea ce, oricîtă carte ai fi-nvăţat în şase ani de Medicină, tot nu-ţi poţi imagina. Unele dialoguri dintre medici n-ai fi ştiut cărui gen literaro-uman să le-ncadrezi. «Am operat as' noapte o splendoare de cancer de colon. Dar nu-ţi spun şi bila cum era: carieră de pietroaie. O splendoare, ce mai». «Vine, mă, un nărod as' noapte cu esofagul făcut praf. În loc să-şi pună sare-n mîncare, îşi turnase sodă de rufe. I-am făcut o plastie de esofag lux a-ntîi. Să mă pupe profesorul şi-alta nimic». «Îi scot unuia un apendice cît un caltaboş, necrozat, că nu ştiu cum de n-a crăpat în el. Îl salvez de la peritonită. A doua zi-l întreb: „Ştii, neică, cine e Margareta Pîslaru ?". „Cum să nu ştiu, domnu' doctor". „Dar pe mine ştii cum mă cheamă ?". „Păi de un' să ştiu, domnu doctor ? Ce, dumneavoastră cîntaţi ?"».

Asta era partea de deconectare după emoţiile pe care le-avea medicul în faţa unor cazuri mai aproape de moarte decît de viaţă. Ceea ce vezi mai rar într-un spital obişnuit. Munca la Urgenţă m-a hotărît să devin radiolog, în ciuda protestelor domnului General, care vedea în mine un bun internist. «E păcat de simţul tău clinic. Pui din ochi diagnosticul. Ce-ţi trebuie Radiologie ?». «Domnule General, sînt istovită de muncă, istovită să mai am legătură directă cu suferinţa oamenilor. Vreau ceva cît de cît mai odihnitor pentru suflet. Şi aşa, dotată cum mă socotiţi dumneavoastră pentru această meserie, eu tot cred că nu e ceea ce mi-ar fi trebuit. Bine pot face în orice specialitate. Deci am să-mi cîştig pîinea uitîndu-mă la schelete şi la organe interne. Vreau un pic de linişte».

♡

Domnul General s-a pensionat şi vara stătea la Călimăneşti. Vorbeam în fiecare săptămînă la telefon. Costi Gheorghiu a plecat din Armată şi s-a dus la un spital civil, unde a trecut o vreme pînă să-şi facă un nume, fiindcă peste tot funcționa şi funcționează concurența. Monei i-a plecat şi al doilea băiat în Israel, tot prin căsătorie. Soțul ei, avocatul Iacobescu a divorțat, însurîndu-se apoi cu o tînără studentă cam de-o seamă cu băieții lui. Mona şi Costi s-au căsătorit, spre marea nemulțumire a domnului doctor şi mai ales a doamnei doctor Gheorghiu. Eu şi domnul Claude Comăneanu le-am fost martori la primărie. La aproape patruzeci şi cinci de ani, Mona s-a-ncumetat să-i facă lui Costi o fetiță, ceea ce a-mbunătățit cît de cît relațiile dintre noră şi socri. Tînăra a fost botezată la biserica Sfîntul Elefterie în prezența părinților ei şi-a naşilor, adică a lui Claude Comăneanu şi-a mea. Numele i-a fost ales de părinții ei înainte de-a se naşte: Smaranda. Ca nume de băiat aleseseră Mircea. Claude i-a făcut cadou finei lui un pandantiv cu smaralde montate-n platină, cu lănțişor tot din platină. Eu i-am cumpărat ceea ce se cuvine să cumpere naşa. Claude m-a-ntrebat cît dădusem pe lucruşoare şi m-a rugat să primesc de la el banii, fiindcă «ori sînt naş ori nu mai sînt».

Frate-meu, cumnată-mea şi nepoată-mea veneau rar prin România. Gelu se mai repezea, din cînd în cînd, cel mult o săptămînă în interes de serviciu; şi măcar cîteva ore trecea pe la Maica şi pe la Taica. Uneori, cu mine abia de reuşea să vorbească la telefon. Liliana, cumnată-mea, a stat în Bucureşti, într-un an, trei luni, ca să nască al doilea copil, un băiat pe care, abandonînd mitologia, l-au botezat Cosmin. Şi nevestele de funcționari de la reprezentanțele comerciale şi cele de diplomaţi erau obligate să nască-n Ţară. Gelu continua să le trimită bani părinţilor tot prin mine, uitînd să mă mai invite să mă «tratez» şi eu din ei, ceea ce oricum nu făcusem niciodată.

Gabriel şi Laura au avut şi ei al doilea copil, un băieţel, pe care tot eu l-am botezat. Ca să-i facă o plăcere bunicului matern, tinerei odrasle i-au pus numele acestui bunic: Laurenţiu. Ca şi la botezul Ilenei, Gabriel şi Laura au aranjat să mergem la Schitul Darvari, într-o duminică în care lipsea Frau Hilde. Promiţîndu-i-se un al doilea copil de crescut, Frau Hilde n-a mai părăsit-o pe Ileana cînd aceasta împlinise un an, cum fusese convenţia iniţială. Avea să rămînă lîngă cei doi copii, Ileana şi Laurenţiu, pînă ajunseseră de grădiniţă, moment cînd plecase la o altă familie de doctori, părinţi a doi copii gemeni.

Gabriel terminase Facultatea cu media zece şi – date fiindu-i originea şi membria de Partid, pe cînd alţii erau încă utemişti – rămăsese şi el să facă cei trei ani în Bucureşti, la Urgenţă, la fel ca şi mine, doar că eu cu patru ani mai tîrziu.

Gabriel şi-a ales ca specialitate Ginecologia şi m-a mustrat şi el că, din tot evantaiul Medicinei, eu aterizasem la Radiologie unde, ca şi la Microbiologie, nu era mare-înghesuială. Începuse deja să se manifeste-n Medicină dorinţa absolvenţilor de-a avea de-a face direct cu pacientul şi nu de-a sta cu ochii-n microscop sau în Röntgen.

«Gabriel», a spus Laura, «pacienţii nu ştiu şi poate n-au să ştie niciodată cît de importante sînt radiologia, microbiologia şi anestezia. Primii care te pun pe calea unui diagnostic sînt radiologii şi microbiologii. Iar bolnavul ajuns pe masa de operaţie nu ştie cît din viaţa lui e-n mîna anestezistului. Anestezia e o specialitate mai nouă, căreia încă nu i se dă importanța cuvenită. Chirurgii sînt vedete, sînt partea de la suprafață a icebergului. În calitatea mea de neurochirurg, nu spun lucrurile astea ca să-i fac plăcere Argentinei, o spun cu toată convingerea. Ce cunoştințe de medicină generală trebuie să ai ca să fii bun radiolog sau microbiolog sau anestezist ! Cîte conexiuni trebuie să faci pentru un diagnostic ! De tine, Argentina, la un moment dat toți vom avea nevoie». «Eu vă doresc să n-aveți».

Cînd m-am hotărît pentru Radiologie – ca să duc o viață mai liniştită – nici nu bănuiam că vorbele Laurei aveau să se-adeverească. Nu bănuiam că eu aveam să văd prima semnele prevestitoare ale sfîrşitului celor mai dragi şi mai apropiați oameni din viața mea şi nici că aveam să intru în unele conflicte cu alți medici, conflicte pe care n-am avut niciodată de gînd să le provoc. Vine într-o zi la mine pentru o radiografie pulmonară o doamnă de şaizeci de ani, trimisă de-un doctor de la boli interne. Dublă pneumonie, început de edem pulmonar, cord mărit, ficat mărit.

Comunicîndu-i ce se vedea pe radiografie, doamna mă-ntreabă, la ce secție socoteam că era bine să se interneze. Am sfătuit-o să meargă la Cardiologie. Peste zece minute după ce pacienta plecase de la mine din cabinet, mă trezesc cu doctorul care mi-o trimisese, că intră peste mine ca o furtună, trîntind uşa. Fără bonjur, fără... mă ia la refec. «Doamnă doctor, nu credeți că vă depăşiți atribuțiile de radiolog, hotărînd unde să se interneze un bolnav ?». «Adică ?». «Ce competență aveți dumneavoastră *de-a hotărî* ca pacienta pe care v-am trimis-o să se interneze la Cardiologie ?». Am simțit că-mi bate inima-n gît, dar am încercat să-mi păstrez firea. «Domnule doctor, mai întîi eu nu hotărăsc unde să se interneze un bolnav. Pacienta dumneavoastră mi-a cerut o părere, un sfat, şi eu i le-am dat cu toată sinceritatea, cum aş fi făcut cu mama sau cu fratele meu. Îmi permiteți să vă-ntreb unde vreți s-o internați dumneavoastră ?». «La Pneumologie». «Domnule doctor, la Cardiologie ştie toată lumea să-ngrijească o pneumonie. Începutul de edem vine de la inimă. La Pneumologie, greu să te-ngrijească cineva de inimă. Dumneavoastră faceți cum credeți. Să ştiți însă că înainte de-a ajunge radiolog, am făcut şi eu Facultatea de Medicină».

Dumnealui, domnul doctor, a trimis-o pe bolnavă la Filaret. Peste două zile, doctorii de-acolo o transferau, cu Salvarea, la Cardiologie. Am aflat totul de la Gina, asistenta mea, care ştia şi toaca-n cer. La vîrsta mea, Gina avea două fete, una – de unsprezece, alta – de nouă ani. Deşteaptă-foc, frumuşică şi cochetă, nevastă de ofițer, încercase la Medicină, nu reuşise, şi se hotărîse să devină asistentă medicală. Din şcolile sanitare post-liceale, cînd am terminat eu Medicina, ieşeai cu titlul de asistentă medicală. Pe vremea cînd făcusem eu Şcoala de Surori nu se cerea să fi absolvit liceul. Gina citea o radiografie la fel de bine ca medicul cel mai bun. Nu-şi dădea niciodată cu părerea, dar cînd vreo rudă, vreo cunoştință de-a ei îşi făcea o radiografie undeva şi Gina era nemulțumită de buletinul radiologului, îmi aducea poza, fără buletin, şi noi două o studiam, o comentam şi stabileam un diagnostic. Sora mamă-sii avea toate semnele de litiază biliară. Doar că la colecistografia care i se făcuse, în buletin scria «bilă în limite normale, cu pereții uşor îngroşați», iar internistul o luase de bună. Gina mi-a adus-o pe mătuşă-sa s-o consult. La palpat, bila nu era nici pe departe în limite normale şi, după toate simptomele, puteam să jur că era plină de pietre. A trebuit să-l rog pe-un coleg al lui Gabriel, chirurg de abdomen, s-o opereze, contra iscălitură din partea mea şi-a pacientei. «Bila în limite normale» era doldora de pietre şi de puroi, încît chirurgul s-a minunat cum de nu crăpase şi cum de pacienta scăpase fără septicemie. «Să vă rugaţi cîte zile oţi avea de sănătatea radioloagei ăleia care v-a adus la mine. Cum de-aţi scăpat cu viaţă e o minune».

Cîte zile-a avut, de fiecare 1 martie, mătuşa Ginei mi-a adus un mărţişor şi-un buchet de flori. Tot de fiecare 1 martie, Iosif Iuga îşi făcea drum la Bucureşti şi-mi aducea o inimioară de aur. An de an, inimioare identice. Probabil că i le făcea un bijutier. Cînd au fost paisprezece la număr, mi-am comandat o inimioară ceva mai mare la un bijutier care mi le-a şi prins pe toate pe-un lanţ; cea mare la mijloc şi de fiecare parte a ei – şapte dintre cele de la Iosif.

Zilele în care cei care-mi treceau pragul cabinetului aveau afecţiuni banale, remediabile, erau, fără dar şi poate, mai numeroase decît cele cînd descopeream tragedii. La cele din urmă trebuia să-mi pun mintea la contribuţie ca să compun un buletin pe care să nu-l înţeleagă pacientul. Şi, recunosc, din laşitate, o puneam pe Gina să-i înmîneze radiografia şi buletinul, cu îndemnul de-a le prezenta neapărat medicului care-l trimisese la noi. Îmi căutam liniştea la Radiologie, săraca de mine ! Îmi dădeam seama că nu greşisem profesional, fiindcă aveam ochi bun, chiar mă pricepeam. Dar în privinţa amărăciunii omeneşti, începeam să regret Ortopedia şi meseria de asistentă la sală. N-aveam pe-atunci de semnalat decese. Cel mai greu mi-a fost cînd un medic pensionar a venit la mine, din proprie iniţiativă, pentru o radiografie pulmonară. M-apucasem să-i scriu buletinul, cu o inimă de plumb, cînd el mi-a pus mîna peste pix. «Doamnă doctor, mie spuneți-mi sincer: e cancer, așa cum cred eu ?». Am înțepenit, am închis ochii, i-am deschis și m-am uitat în ochii lui, fără să rostesc nici un sunet. El a găsit puterea să-mi zîmbească. «E operabil ?». Am șoptit «nu» și-am oftat adînc. «Mergeți oricum la Ftiziologie». «Am să merg. Mi s-a spus că sînteți un bun radiolog. Vă mulțumesc pentru sinceritate». L-am condus pînă-n holul central, fără nici o vorbă. Voiam să-i dau un semn de solidaritate umană. I-am întins mîna la plecare și i-am spus «iertați-mă !». El mi-a sărutat mîna și m-a bătut pe umăr. «Știu cît de greu e să fii sincer cu un pacient și cu familia lui. Știu cît e de greu mi-era mie să-i spun unei mame că avea să-și piardă copilul. *Am fost pediatru*». Ultima propoziție, în care vorbea despre sine de pe-acum la trecut, am simțit-o ca pe-o grindină care m-ar fi lovit în cap. M-am întors plîngînd în cabinet, pentru ceea ce trebuisem să-i spun unui om și mai ales impresionată de tăria lui de-a-și privi cu-atîta demnitate sfîrșitul. Doamne, ce meserie de piază rea-mi alesesem ! Gina s-a uitat la mine, pierită și ea. «Să vă dau un carbaxin». «Dă-mi, Gina, dă-mi».

N-aș fi crezut că într-o specialitate «*de tout repos*», cum ar zice francezii despre o situație unde toate merg ca mărgelele pe ață, ei bine, n-aș fi crezut că-n Radiologia mea aveam să ridic, fără nici o intenție, capacul unei oale pline cu materie ultra puturoasă.

Îmi trimite Natalia Scutașu un pacient, rudă a ei, să-i fac o radiografie abdominală «așa cum știi tu, fiindcă mie ceva nu-mi place». Natalia, de la bun început, a fost o eminentă internistă, cum eminentă fusese și-n Facultate. Vine vărul Nataliei, domnul Ghenadie Roman – am să-i țin minte numele toată viața – profesor de geografie într-un oraș din Moldova. «Domnule profesor, aveți fierea plină de pietre. Vă rog să vă operați imediat». «Doamnă doctor, exclus, mi-am scos fierea acum doi ani, vă arăt și tăietura». Mi-a arătat-o – de-altfel o remarcasem din primul moment. M-a surprins netezimea cicatricei și lipsa adînciturilor pe care le lasă tuburile de dren, obligatorii la colecistectomia clasică. «Domnule profesor, dacă n-aș avea radiografia în față, aș crede că m-au înșelat ochii. Dar aparatul nu inventă. Vă mai fac o poză pe care s-o păstrăm noi, și pentru asta, pe care v-o dau dumneavoastră, vă rog să semnați de primirea ei și de faptul că ați luat cunoștință de conținutul buletinului radiologic».

Domnul Ghenadie Roman a plecat tare-ndoit asupra capacităților mele de radiolog. Norocul lui a fost vară-sa, Natalia Scutașu, care m-a luat în serios pe mine și radiografia făcută de mine și l-a dus direct la chirurg. Röntgenul spusese adevărul ca de obicei. Fierea extirpată fusese pusă-n formol de Natalia. Cu toată documentația: radiografie, foaie de observație, bilet de externare din spital, profesorul Ghenadie Roman s-a prezentat la Ministerul Sănătății precum și cu biletul de externare de la primul doctor, cel din Moldova, cel care se făcuse că-i scosese fierea. La discretele investigații făcute de Minister s-a descoperit că-n zona unde locuia Ghenadie Roman fusese o adevărată «epidemie» de colecist «pietros», iar bolnavii – operați pe bandă. Medicul care-i operase și i-ar fi operat pînă la pensie, era șef de spital, membru marcant de Partid. Oricît de acoperită ar fi vrut Ministerul să țină oala și să-l protejeze pe tovarășul director de spital, «secretul» a transpirat și-a intrat groaza în toți cei cărora li se făcuse, chipurile, colecistectomie. A fost aspru pedepsit acel director: din şef de spital a fost «retrogradat» la şef de secţie, într-un oraş mult mai important decît cel din care-şi luase tălpăşiţa. Un microbiolog tînăr, din spitalul unde funcţiona «marele chirurg», refuzase să-i semneze acestuia un buletin de analize, inventate în scopul unei pensionări medicale. Microbiologul fusese categoric: «Eu nu semnez un buletin de analize pe care nu le-am făcut eu». «Hai, nu face pe nebunul», îl luase şeful pe ton de glumă. «Nu fac pe nebunul; mă port corect şi-atîta tot». Microbiologului brusc i s-a făcut un referat de incompetenţă. Norocul i-a fost că «incompetenţa» lui a coincis cu descoperirea afacerilor cu fierea.

Mă trezesc într-o zi cu un telefon de la Rodica Neagu, vedeta politică postbelică a liceului „Elena Cuza" şi una dintre vedetele politice în cadrul Facultăţii de Medicină din Bucureşti. Cum terminase studiile universitare, Neagu Rodica fusese numită la Ministerul Sănătăţii şi asistentă la catedra de Fiziologie. Cum spun, mă trezesc că-mi dă un telefon. «Alo ! Cu tovarăşa doctor Argentina Boboc». «La telefon». «Bună, Argentina. Aici Rodica Neagu». Pauză. «Să-ţi spun de ce ţi-am telefonat: legat de cazul Ghenadie Roman, ştii chestia aceea cu o colecistectomie». Pauză. «Argentina, mă auzi ?». «Da. Ascult». «Am înţeles că se mai află un clişeu la tine. Am vrea să-l vedem şi noi la Minister». «La mine nu se află nici un clişeu. Clişeul i l-am dat tovarăşului Roman. Cereţi clişee la spitalul unde i s-a făcut reala colecistectomie». «Dar *noi* am înţeles că mai e un clişeu la tine». «*Aţi* înţeles greşit». «Altfel ce mai faci ?». «Mulţumesc, bine. Pe-aici printre scopii şi radiografii». «Îmi pare bine că te-am auzit, Argentina». «Şi mie».

Întru apărarea acelui minunat tovarăş doctor, copil iubit al Partidului, voiau să şteargă orice urmă compromiţătoare. Măcar atît, dacă nu-i puteau extermina pe toţi cărora acel copil iubit se făcuse, contra cost, că le extirpă fierea. Dacă mai era nevoie de adăugat ceva la scîrba pe care mi-o provocase dezvăluirea acestei monstruozităţi, telefonul Rodicăi Neagu-i turnase şi ultima picătură. Dacă toţi acei oameni păcăliţi de colegul nostru, atît de inventiv în stoarcerea banilor, s-ar fi coalizat şi l-ar fi dat pe mîna Justiţiei, Partidul ar fi lăsat-o mai moale cu protecţia unui infractor. Partidul, ca orice instituţie şi ca orice personaj care încalcă legea, se bizuia pe frica omului de rînd de-a reclama pe unul mai puternic decît el şi pe indolenţa românului, pe-acel «lasă-mă să-te-las» care ne caracterizează şi care se rezumă prin «lasă-l în plata Domnului» sau prin «lasă-l dracu' şi vezi-ţi de treabă, că tot cu nimic nu te-alegi». Aveam să observ de-a lungul unei vieţi, cît de tîrşelnic e românul cînd e vorba să facă o reclamaţie şi prin telefon, şi chiar cînd e vorba să ceară o simplă informaţie. Poate că reticenţa asta faţă de telefon este un reziduu al originii noastre rurale. Cînd ţăranul vorbeşte la telefon chiar şi-n secolul XXI, chiar şi la telefonul mobil, ţipă: dovadă a neîncrederii în telecomunicaţii !

♡

Mă gîndeam mereu la viaţa mea. Din punct de vedere social era o reuşită. Plecată de la pămînt pe jos, din mamă analfabetă şi din tată cu patru clase primare, săraci lipiţi, ajunsesem doctoriţă la un spital important din Bucureşti. Fiindcă mîncasem cartea, conştientă că altă avere şi alt sprijin n-aveam în viață. Și totuși, dacă domnul General nu m-ar fi-mpins să intru-n Partid și dacă-n biografie nu mi-ar fi apărut frate-meu, cu funcția lui, puteam să fiu eu Pasteur că tot pe la Cuca Măcăii aș fi fost repartizată. Prin urmare, *și eu*, la nivelul meu, eram o *beneficiară* a regimului.

Cît despre frate-meu și despre cumnată-mea, ei erau chiar *privilegiați* ai regimului. Bine cel puțin că-nvățaseră carte, că tociseră franceza și engleza temeinic, și că nu se numărau printre atîtea nulități care ne reprezentau Țara, numai fiindcă erau fidele Partidului, nici nulitățile, nici Partidul, nepunîndu-și problema că ne făceau de rîs. Gelu și Liliana – cărora nu le lipsea ipocrizia – aveau inteligența și tactul de-a nu se arăta mai deștepți, mai învățați și mai competenți decît alții, fie ei șefi, colegi ori subalterni. Își dădeau măsura doar în relațiile cu străinii, știind să se facă prețuiți și agreabili, fără însă a trage pe sfoară Statul român.

Cadourile pe care le primeau, cînd încheiau vreun contract, le depuneau la Minister. Puneau de-o parte din ceea ce cîștigau ei și din primele oficiale, dar strîngînd din dinți depuneau orice primeau: fie și-un ceas „Universel Genève" de aur cu brățară, cîntărind șaizeci de grame de aur de optsprezece carate; fie unul de platină cu briliante; truse și geamantane de crocodil; făcîndu-se că nu le văzuseră niciodată cînd dădeau cu ochii de ele pe la vreun șef mai mare. Gelu și Liliana erau niște maeștri ai regulei jocului. Nu se scumpeau la tărîțe și nu se ieftineau la făină. Trebuiau să fie curați ca lacrima în fața autorităților și să nu uite să le umple de cadouri specifice locurilor unde erau trimiși. Nu era de mirare că stăteau foarte puțin în Țară, avînd grijă să umble aici îmbrăcați «autohton», și să nu-și dea aere, spre a nu stîrni animozități și invidii. La nivelurile de decizie, nu se aflau numai improvizați partinici. Mai erau și oameni de meserie și cu minte, care, mai și tratîndu-se din comisioanele soților Gelu și Liliana Boboc, aveau tot interesul să-i trimită-n acele țări care prezentau cel mai mare interes pentru România. Gelu continua să-i ajute pe Taica și pe Maica și să-mi facă și mie parte din ce trimitea la socrii lui: lucruri de-mbrăcăminte cumpărate de Liliana pe la solduri, modéle potolite și fără sclipiciuri – cumnată-mea cunoscîndu-mi gusturile – cafea, săpunuri, ciocolată. Nepoții mei, Diana și Cosmin, își petreceau vacanța părinților în Țară, la mare și la munte, cu bunicii paterni, care-i duceau două-trei zile și la Brăteasa. Gelu și Liliana vedeau lumea, conștienți că singurul lucru ce nu se poate cumpăra la nici un preț e timpul.

Pentru timp nu există nici bursă obișnuită nici bursă neagră. Principiul de viață al fratelui și-al cumnatei mele era unul bătrînesc, dovedit, sigur: «ce e-n mînă nu-i minciună». Copiii n-aveau vîrsta la care să memoreze ceea ce-ar fi văzut odată cu părinții lor. Gelu se conforma acelei fraze din slujba de cununie ortodoxă: «Și-și va lăsa bărbatul pe mama sa și pe tatăl său și se va duce după femeia sa». Liliana era, fără-ndoială, femeia care-i trebuia lui Gelu: ambițioasă, abilă, știind să-mpace și capra și varza. Adică mai întîi ea, bărbatul, copiii și părinții ei, iar ceilalți – băgați în seamă atît cît să nu se simtă abandonați; dar nici vioara-ntîi în viața familiei ei. Eu continuam să fiu «căsuța poștală» pentru banii trimiși părinților. Cine nu trebuia să știe de-acești bani: Liliana, părinții ei ? N-am întrebat, dar nici n-am aflat niciodată. «Căsuța poștală» !

Târziu aveam să aflu că Ana Pauker ar fi fost «căsuța poștală» a Moscovei pentru banii trimiși de «centru» agenților din Estul Europei. Așa o fi fost sau n-o fi fost ? De cînd s-a căsătorit Gelu și pînă-n ziua de azi, relațiile dintre noi nu s-au răcit, în sensul că nu s-au întrerupt, dar au căpătat un caracter oficial. Eu în casa lui n-am călcat niciodată fără invitație. Acel «eu la tine, tu la mine» ca la Brăteasa, unde te trezeai cu omul la ușă: «Mai trecui și eu pe-acilea să mai stăm de taină» nu se obișnuia în casa lui Gelu și-a Lilianei. De cînd am ieșit pe pîine și pînă m-am pensionat, am fost privită cu suspiciune de colegi. Deși la ședințele de Partid nici nu deschideam gura, deși nu umblam cu pîra, cu intriga, ori cu trasul de sfori, toți mă socoteau soră de «securist», asimilînd Securității pe orice funcționar român lucrînd în străinătate.

În vederea unei cărți de patologie, unul dintre profesorii din spital, Dima, mi-a cerut să scriu un capitol cu privire la patologia pulmonară privită radiologic. «O colaborare la o carte pe care o scriu eu». Ofticoasă fusesem; radiolog eram. Mi-am îndeplinit conștiincios sarcina, și m-am bucurat să văd că profesorul nu schimbase nimic la «compunerea» mea. Mare le-a fost surpriza colegilor care se aflaseră-n aceeași situație cu mine, cînd și-au văzut ca și mine, numele trecute pe lista de colaboratori. «Dacă nu erai tu, nu ne trecea pe nici unul, cum a mai făcut pînă acum», mi-a spus un radiolog care fusese cu un an înaintea mea în Facultate. Am făcut o mutră mirată și l-am întrebat «de ce ?». Colegul s-a uitat mai întîi în jur, apoi mi-a șoptit: «Ne-a trecut pe toți pentru că fratele tău lucrează unde lucrează; pe lîngă tine-am încăput și noi, dar să nu mă spui nimănui».

Abia după ce mi-am revenit din uluială, am început să-mi pun întrebări și să-mi intre cuiul bănuielii-n cap. Fără asentimentul Securității era limpede că nu puteai ieși din

România nici ca turist în țările socialiste, darămite ca funcționar al Statului român. «Asentimentul» să fi fost doar o simplă puricare de dosar, acesta prezentînd garanțiile «moral-politice» ale celui puricat sau și un angajament implicînd anumite servicii către «instituție» ? Dacă puneam cap la cap orele cît îmi văzusem cumnata și fratele, din momentul cînd începuseră să lucreze-n străinătate, îmi dădeam seama că-i auzisem povestind doar despre locurile pe care le văzuseră, despre viața de pe alte meleaguri, dar nimic personal, nimic din ceea ce-ar lega sufletul povestitorului de cel al ascultătorului. Și cînd se vedea cu părinții noștri, Gelu se-ntrerupea din povestire și-i mai întreba: «și pe-aici cum mai e, cum o duceți ?». Taica-și aprindea o țigară cu amnarul și cu iasca, pentru a prelungi tăcerea, Maica dădea din cap și spunea cu glasul ei resemnat de totdeauna: «Pe-acilea cum știi, Gelule, maică. Mulțumim lu' Dumnezeu că sîntem pe picioare și cu ajutorul de la tine, o ducem, maică». «Dacă n-ar fi atîta hoție, Gelule, taică, nu s-ar răsuci așa sufletu-n mine. Da' prea-și bat joc de lume ăștia mai mari din Gospodărie». «Taică, matale și Maica s-aveți ce vă trebuie și lăsați-i dracu' pe ăștia cu matrapazlîcurile lor. Parcă alde Ciobănescu și-alde Șoavă nu-nșelau lumea înainte ?». «Înșelau, taică, da' măcar brazda ta era brazda ta. Acu' e prea de tot. Uite-așa să-nnoadă sufletu-n mine cînd îi văd cum ne trag pe sfoară», și Taica-și ducea mîna spre capul pieptului.

Eu n-am încercat niciodată să aflu despre un om mai mult decît îmi spune el. Cum să fi aflat și de la cine despre frate-meu și despre cumantă-mea ? Iar ei vorbeau cu noi, cu mine și cu părinții mei, la fel de circumspect cum vorbeau și cu străinii.

♡

Pe la treizeci şi ceva de ani tare-aş fi vrut să mă mărit, nu atît pentru a avea bărbat la casă cît pentru a avea un copil. Dorul de maternitate mi-l trezeau finele şi finul meu. Pentru Ileana şi pentru Laurenţiu, copiii lui Gabriel şi-ai Laurei, eu eram «Antina», iar pentru fina mea, Smaranda, fetiţa lui Costi şi-a Monei Gheorghiu, «Asa». Mă duceam să-i văd des, măcar cinci minute, să-mi lipesc obrazul de trupşoarele lor, să simt că din căldura lor trece în mine un strop măcar, atît cît îi ţineam în braţe. La Costi şi la Mona mergeam de obicei cu tovarăşul meu de năşie, cu Claude Comăneanu. Cu el vorbeam orice, cum nu vorbisem şi cum n-aveam să vorbesc niciodată cu nimeni.

El a deschis vorba despre ceea ce mă durea, odată cînd am plecat pe jos de la familia Gheorghiu. «Argentina, am impresia că treci printr-o criză», şi m-a luat părinteşte pe după umeri. Am oftat ca să trag aer în piept şi ca să capăt curaj să-mi descarc sufletul în faţa altui om. Mie descărcatul ăsta de suflet mi se pare echivalent cu dezbrăcatul fizic în faţa cuiva. Dac-aş fi fost frumoasă aş fi fost atît de reticentă în a mă dezbrăca în faţa unui doctor, de pildă, cum eram neştiindu-mă frumoasă ? Am tras aer în piept şi mi-am început spovedania: «Aş vrea să am un copil». «Şi n-ai cu cine să-l faci ?». «N-am». «Argentina, situaţia unei femei nu se compară cu a unui bărbat. Unul contribuie la crearea vieţii, iar altul poartă viaţa în trupul său şi o scoate la lumină. Îţi debitez truisme. Poate n-ai să mă crezi, dar la vîrsta pe care o ai tu acum am trecut şi eu prin criza paternităţii. Mi se părea că viaţa nu e viaţă fără copii. Eu nu pot spune că n-aş fi avut cu cine să fac un copil. Dar n-am vrut să-l fac cu oricine. Abia pe urmă mi-am pus problema în ce lume aş fi adus acel copil». «În orice timpuri, oamenii fac copii. Dumneavoastră credeți că timpurile astea n-au să se mai schimbe ?».

Era prima oară de cînd ne cunoşteam că-i puneam o-ntrebare politică. «Toate timpurile se schimbă. Depinde cînd şi depinde dacă-n mai bine. Dacă eu n-aş avea atîrnate de picioare pietroaiele pe care le am, cu toată diferența de vîrstă dintre noi, aş face un copil cu tine». «Nu pot să cred !», am spus eu uimită. «Ba să crezi. Pentru mine, o femeie inteligentă merită mai mult să aibă copii decît una frumoasă şi proastă sau mediocră». «Adevărul e că nu ştii niciodată ce iese din doi oameni, fie ei cei mai deştepți şi cei mai frumoşi». «Argentina, copiii au acelaşi regim ca jocurile de noroc. Cînd te-aşezi la masa de joc nu poți conta că ai să cîştigi neapărat. Dacă oamenii ar număra cîte foi sînt în plăcintă, dacă, adică, s-ar gîndi la cîte riscuri implică un copil, printr-o ereditate pe care n-avem de unde s-o cunoaştem, lumea n-ar mai face niciodată copii. Copiii sînt jocul de noroc la care te angajezi cu speranța cîştigului». «Poate fi negat popa Mendel pîn' la Ziua de Apoi, de teoriile derivate din Marxism, ereditatea rămîne ereditate. Domnule Comăneanu, copiii sînt cea mai puternică dovadă a fricii de moarte din om. Sînt speranța că perpetuîndu-te-n ei nu mori definitiv. Orice urmă vrem să lăsăm pe pămînt este expresia fricii de moarte, frică existentă în fiecare fibră din noi». «Argentina, ți-e frică de moarte ?». «Nu. Mi-e frică de boală şi de chinuri, ca unuia care vede numai aşa ceva». «Şi mie la fel. Aş vrea să-mi trăiască părinții şi să trăiesc şi eu ca măcar o dată să ne mai vedem în lumea asta care, bună-rea, e o certitudine... Crezi în Dumnezeu, Argentina ?». Am oftat şi-am încercat să-mi formulez mai ales pentru mine însămi credinţa-n Dumnezeu. «Cred, fiindcă-mi place să-mi închipui că undeva există o dreptate, o judecată fără părtinire. Fiindcă mi-aş dori ca, în afara morţii – singura egalitate pe pămînt – să mai existe o dreptate undeva». Am tăcut amîndoi. «Dacă mă gîndesc bine, credinţa mea în Dumnezeu este nădejdea sufletului meu în dreptate». «Argentina, cred că-n Ecleziast spune – îţi citez sensul – că pe lumea asta sînt oameni care fac numai rău şi o duc foarte bine şi sînt oameni care fac numai bine şi au parte numai de rău. „Cine poate spune de ce ?". Oare să nu fie aici nici o-ndoială cu privire la dreptatea de care eşti tu însetată ?». «Aici e un singur răspuns: „Necunoscute şi nebănuite sînt căile Domnuli"». «E singurul răspuns, pe cît de sibilin pe-atît de logic. Dacă Dumnezeu există, raţiunile Lui nu ne sînt accesibile. Ceasul Lui are altă bătaie decît al nostru». «De la Maica am învăţat un lucru: „Maică, poartă-te şi cînd eşti singură de parc-ai fi-ntre oameni şi tot timpu' de parcă ar sta Dumnezeu numai cu ochii pe tine"». «Un cod etic perfect, care le bate pe toate cele cuprinse-n tomuri groase cît cărămizile». «Maica nu ştie nici măcar să se iscălească. Şi e numai cu optsprezece ani mai bătrînă decît mine». «Şi cu doi ani mai tînără decît mine». De la o vreme tăceam. Eram adîncită-n gînduri.

În acele vremi era un act temerar să faci un copil nefiind măritată. Părinţilor n-aveam ce rău să le fac: din Gospodărie afară nu-i dădeau nici dacă făceam eu zece copii din flori. Dar lui Gelu ? Pe mine mă lăsam la urmă. Pile şi proptele n-aveam. Frumoasă – ca să mă culc cu unu' şi cu altu' pentru închis ochii asupra încălcării «moralei proletare» – nu eram. Afară de propunerea «partinică» de căsătorie făcută de «tovarăşul Vasile», pentru el sau pentru altul, nimeni nu mă ceruse de nevastă. Şi de la Iosif Iuga încoace nici măcar de amantă. Mă gîndeam de multe ori dacă, liber fiind şi fără copii, Iosif Iuga m-ar fi luat de nevastă. Eu nu-l întrebasem, el nu-mi spusese. În timp, telefoanele lui zilnice, ca şi inimioarele de 1 martie, aveau să-mi dovedească fidelitatea lui umană. Îmi plăcea să nu mă-ndoiesc de el. Mi-era destul că imaginea marii mele iubiri pentru Gabriel se-ntunecase, mai ales de cînd lucram amîndoi la acelaşi spital şi băgasem de seamă că fidelitatea conjugală nu era unul dintre principiile lui de viaţă. Ce e drept, n-avea legături de durată, ci «iubiri» de călăreţ care-şi adapă calul la un popas, prilej de-a mai ridica ăst timp şi-un rînd de fuste, care abia aşteptau să fie înfoiate. Trăgeau muierile la el ca muştele la miere.

Mergeam alături de Claude Comăneanu, dar eram atît de adîncită-n gînduri încît am tresărit cînd i-am auzit glasul. «Argentina, dacă te-aş lua de nevastă ţi-aş strica dosarul. Ai mei fac tot ce pot în Spania ca să mă scoată de-aici, iar eu fac aici tot ce pot, în acelaşi scop. Ai vrea să pleci din Ţară ?». «Nu. Am muncit atît de mult ca să-mi fac un rost aici şi-apoi nu m-aş îndura de părinţi». «Ai dreptate... Dacă ai face un copil, necăsătorită, tot ţi-ai strica dosarul. Dacă, fără să fim căsătoriţi, eu aş recunoaşte copilul, tot rău ar fi. Cu mine ţi-ai lega un pietroi de gît. Plus douăzeci de ani diferenţă».

M-am uitat la el cu o privire de geambaş. Era înalt, suplu, numai muşchi, cu părul perie, fără un fir alb, cu trăsături drepte, fără nimic feminin, făcut parcă pentru mări şi pentru oceane sau pentru construcţii vaste. Şi prima dată, cînd îl văzusem în talcioc, purtînd o căciulă neagră tricotată, trasă pînă la sprîncene, mi se păruse un bărbat frumos. Nu ştiu dacă era frumos, dar nici unul dintre bărbaţii pe care-mi fusese dat să-i văd nu inspira mai multă idee de bărbăţie decît Claude Comăneanu. S-a oprit, mi-a-ntors faţa spre el şi m-a privit ţintă-n ochi. Am simţit în privirea lui cum se topeşte o undă de suflet, iar în toată făptura mea – cum se dezmorţeşte ceva care stătuse-n adormire. Fără vorbe am ajuns la el acasă. A pus la *pick-up* un disc cu tangouri argentiniene. M-a invitat la dans.

♡

Aşa a pătruns în viaţa mea de femeie al doilea bărbat. Nu ştiu cum o fi pentru alte femei, dar pentru mine fiecare bărbat parcă ar fi fost primul. Cu fiecare am fost la fel de timidă şi de uimită şi faţă de fiecare am avut un sentiment de ruşine. Din mintea mea de ţărancă nu pierea gîndul că femeia trebuie să fie a unuia singur, luat cu cununie, la biserică. Bărbaţii m-au dezbrăcat, dar eu nu mi-aş fi scos hainele pentru nimic în lume în faţa niciunuia.

Claude Comăneanu m-a rugat să stau la el. Pot spune că doi ani din viaţă am trăit marital cu un bărbat. Nu ştiu dacă aş mai fi aflat pe lume un om mai îngăduitor şi care să se ocupe mai mult de cariera mea. Datorită lui am ajuns asistentă universitară. Datorită lui şi interesului pe care mi-l arăta profesorul în a cărui carte apărusem la lista de colaboratori. Avea nevoie de-un om de nădejde care să-i muncească şi pe-a cărui discreţie să conteze. Claude Comăneanu găsea că defectul meu esenţial era complexul de om sărac. Incapacitatea mea de-a mă gîndi să-mi fac o bucurie care să coste bani. Cît am locuit împreună, pînă la plecarea lui, nu m-a lăsat să-mi plătesc întreținerea și chiria în Dionisie Lupu și nici să mă duc o dată pe săptămînă să fac curat acolo. Îmi plătea el totul, iar Mița, care-i făcea lui menajul, o fericea și pe doamna Turcescu, făcîndu-i curățenie și-n camera proprie, ceea ce pe cînd eram eu Mariță nu se-ntîmpla.

Peste doi ani, Claude Comăneanu a reușit să plece oficial din Țară. Mie mi-a lăsat un lanț de aur, un ceas pandantiv și cu glisieră și un inel cu un smarald dreptunghiular, bijuterii ale mamă-sii. «Și fiindcă n-am uitat cît de drag îți este Andreescu, vasul cu flori, al tău să fie». Avea voie la șaptezeci de kilograme de bagaj. Nu și-a luat decît haine, lenjerie, perne, plapumă. Tot ce altceva și-ar fi dorit reprezenta obiect de patrimoniu. Camera lui rămînea plină de mobile stil, pereții acoperiți de tablouri și de ediții rare.

Nu știu care fusese prețul lui în Spania, dar l-am înțeles pe cel din România, ceea ce avea să mi se confirme cînd, după 1989, aveam să văd un gheridon din acea cameră și două tablouri de Petrașcu, într-o casă de capitaliști «revoluționari».

Douăzeci și unu de ani îi trebuiseră lui Claude Comăneanu ca să afle cui să «doneze» acel adevărat patrimoniu național, în schimbul Spaniei. Or fi fost și alte dedesubturi la mijloc, n-aveam să aflu decît în 2004, presupunînd că fostul «tovarăș Vasile» avea să-mi spună adevărul. Fusese în vreun serviciu comandat – și de unde – nici atît. Claude Comăneanu a-nsemnat fronda mea de țărancă săracă față de Partidul a cărui membră eram. Pactizarea mea cu dușmanul de clasă ! Am hotărît cu el să-mi telefoneze din Spania. Pentru cine trebuia să știe de legătura noastră n-avea să fie nici o surpriză. Iar secrete de Stat n-aveam să ne comunicăm. Dacă el o fi fost agentul vreunui serviciu, era un exemplar perfect. Nici în somn nu vorbea, iar confidențe nu făcea nimănui. M-a rugat să nu-l conduc la aeroport, unde nu l-a condus nimeni.

«Argentina, ai fost un episod frumos din viața mea și instructiv. Prin tine mi s-a mai deschis o fereastră asupra lumii. Am ieșit din poncifele mele de clasă. Îmi pare rău că n-am reușit s-avem un copil împreună». «Domnule Comăneanu, ați fost dascălul meu de frumusețe și de-nvățătură despre bucuriile vieții. Nu pretind că ați izbutit, dumneavoastră și familia doctorilor Zamfirescu, să faceți din mine o „doamnă“, cum se-nțelege-n lumea dumneavoastră, dar m-ați făcut să evaluez cum trebuie ce-am moștenit din lumea mea țărănească».

«Argentina, să știi că ești cea mai mare doamnă din viața mea de pînă acum».

♡

După plecarea lui Claude Comăneanu, viața mi s-a părut parcă și mai pustie decît după despărțirea de Iosif Iuga. Mă-nvățasem să m-aștepte un om cu masa pusă, cu obiecte frumoase pe ea și cu delicatese, ca și cînd mereu am fi avut ceva de sărbătorit. Mă-nvățasem să văd în ochii cuiva lumina unei bucurii cînd deschideam ușa casei.

Lumina asta avea să-mi lipsească cel mai mult. Din primul moment al legăturii noastre, i-am spus lui Claude Comăneanu că în fiecare seară primeam un telefon de la un prieten. I-am cerut voie să-i dau telefon acelui prieten ca să nu fie-ngrijorat că nu mă găsește-n Dionisie Lupu. «Dă-i numărul de-aici și te poate suna ca și pîn-acum».

Şi Iosif Iuga, deşi a-nţeles despre ce era vorba, a continuat să-mi telefoneze. Am făcut parte din nevoia lui de fidelitate omenească; a continuat să-mi telefoneze, ştiind cît de primejdioase sînt hiaturile între suflete, cum uitarea şi jena de-a mai relua o relaţie se-aştern ca un colb pietrificat.

În cei doi ani trăiţi alături de Claude, în concediul meu mergeam amîndoi o săptămînă la mare, apoi eu luam drumul Brătesei, ca să fiu lîngă ai mei, ca să se bucure măcar de prezenţa mea dacă pe frate-meu îl vedeau doar din an în Paşti. Maica nu mă-ntreba de ce nu mă mărit. Dar pe Taica într-o zi nu l-a mai răbdat inima şi,-ntre două fumuri de „Plugară" adînc trase-n piept, a-nceput cu glas moale: «Taică, doctoriţă te făcuşi, ajunsăşi bine, ce mai. Da' aba, taică, să te măriţi nu te gîndeşti ?». «Taică, nu e destul să mă gîndesc eu. Trebuie să se mai gîndească şi vreun creştin al lui Dumnezeu să mă ceară de nevastă. Eu nu pot să cer pe nimeni de bărbat şi drept să-ţi spun nici nu cunosc pe vreunul pe care l-aş cere». «Da' ne mai putem interesa şi noi pe-acilea, că mai vin ingineri agronomi care n-or fi toţi însuraţi, freun doctor pe la dispensar. Mai dăm şi noi zvon în lume, că vremea trece, taică». «Vremea mi-a şi trecut, Taică; toate fetele din sat de seama mea au copii de-i ia mîine-poimîine la armată». «Da' ele n-au învăţat cartea de-a-i învăţat-o tu». «Taică, eu cu peţitori nu mă mărit. Dacă mi-o fi scris să mă mărit, m-oi mărita. Dacă nu... N-a murit nimeni că nu s-a măritat».

După doi ani de viaţă zi cu zi cu Claude Comăneanu, cînd nu luasem nici o precauţie anticoncepţională şi-n care nici gînd de vreo sarcină, m-am luat de gînduri şi m-am dus la un specialist în histerosalpingografii. Am avut şi eu o dată-n viaţă idee de cam ce putea să-nsemne un chiuretaj. Introducerea substanței de contrast dă niște dureri de neînchipuit. Medicul s-a uitat la mine, care eram albă ca varul, a dat din cap a pagubă și mi-a spus, bătînd cu stiloul în clișeu: «Doamnă, copii nu puteți avea. Uterul vă e cît al unei fetițe de zece ani, iar trompele sînt răsucite, cum n-am văzut de cînd fac meseria asta. Și dac-ați face o operație de-ndreptare a trompelor, la asemenea uter și la ovarele dumneavoastră chistice tot nu v-ar folosi. Îmi pare rău că vă dau vești atît de proaste». «Medicii nu dau totdeauna vești bune. Vă mulțumesc, domnule doctor».

În holul policlinicii nu m-a răbdat sufletul. Am scos radiografia dintre hîrtiile negre, m-am apropiat de-o fereastră și m-am uitat la ea. M-am trezit cu doctorul în spatele meu. «Dacă vă uitați, înțelegeți ceva ?». «Din păcate-nțeleg tot». «Nu mai spuneți!». «De la patologie genitală nu mai văzusem histerosalpingografii; acum o văd pe-a mea. Mulțumesc încă o dată, domnule doctor». N-am mai rămas să-i spun că eram amîndoi moștenitorii lui Röntgen.

Singura cale de-a avea un copil era să-nfiez unul sau să găsesc un bărbat cu un copil și să i-l cresc. Un văduv sau un divorțat. Cea mai bine cotată anatomopatologă din clinică era doctorița Florica Vărbănescu, scoasă de la catedră, fiind în momentul mătrășirii măritată cu un deținut politic, de care divorțase pentru a-și putea crește băiatul, copil înfiat de la azil. Un copil foarte reușit: și frumos și iubitor și respectuos cu mamă-sa adoptivă, copil care învățase excelent și care-acuma lucra la un institut de calcul. Doamna doctor Vărbănescu îl iubea pe Ionuț al ei ca pe ochii din cap. Stătusem de vorbă cu-această doctoriță de trei-patru ori, în chestiuni pur medicale: fie îi trimisesem eu pe cineva, fie-mi trimisese dînsa un bolnav.

În perspectiva de-a lua un copil de suflet, cine putea fi mai nimerit pentru a-mi da un sfat decît o femeie capabilă, inteligentă şi mamă adoptivă ? M-am dus la ea cu inima cît un purice. Socoteam o mare-ndrăzneală să pun un om aproape necunoscut să-şi dezvăluie o parte din suflet faţă de mine. Orice mi-ar fi spus, implica o spovedanie din partea dînsei. Am găsit-o, ca de obicei, cu o cafea alături şi cu fruntea lipită de microscop. «Doamnă doctor, vă rog să mă iertaţi că vă-ntrerup din lucru. Vă rog să-mi acordaţi cîteva minute pentru ceva personal». Şi-a ridicat ochii negri, plini de-o blîndeţe resemnată şi m-a privit întrebător, făcîndu-mi semn să m-aşez pe-un taburet de lîngă masa ei. «Doamnă doctor, iertaţi-mă că-ndrăznesc, dar v-aş ruga să ieşim în hol». «Ieşim în hol», mi-a spus dînsa cu un ton de ironie binevoitoare şi s-a ridicat de pe scaun. Cînd ne-am văzut în hol, am început, cu un glas pierit, să-mi debitez rolul pe care-l repetasem de zeci de ori înainte. «Doamnă doctor, am aflat că fiul dumneavoastră este copil adoptiv. Fiindcă eu nu pot face copii, m-am gîndit să-nfiez şi eu un copil. Măritată nu sînt. Vreau să am şi eu un suflet apropiat, să nu treacă viaţa degeaba pe lîngă mine. Fiindcă aţi crescut un copil străin, îndrăznesc să vă-ntreb ce mă sfătuiţi: să-mi iau copil de suflet ?». «Nu». Răspunsul, fără pauză de gîndire – ceea ce-nsemna că era demult gîndit – a căzut ca o ghilotină. «Fată dragă, m-ar bate Dumnezeu dacă m-aş plînge de băiatul meu. Dar timpul, dac-ar fi reversibil, n-aş mai creşte nici un copil. E o răspundere prea mare pe care ţi-o asumi. E o poliţă semnată-n alb. Eu am putut face copii. Dar fiindcă sora mea are o fiică autistă, n-am avut curaj să fac copii. Fostul meu bărbat a vrut neapărat să creştem un copil. Pentru că mi-ai făcut creditul de-a-mi cere sfatul, răspunsul meu rămîne *nu*». «Dar să găsesc un bărbat cu copil sau cu copii ?». «Cît să iubeşti un bărbat ca să te-nhami la asemenea bolovani de cărat în spinare ? Timpul, dac-ar fi reversibil, eu nici asemenea posibilitate n-aş accepta-o. Înţeleg dorul dumitale de maternitate, înţeleg că ai vrea să te perpetuezi în ceva. Dac-ai fi putut avea copii, buni-răi, moşteneau neamul dumitale cu bune şi cu mai puţin bune. Ziceai că te perpetuezi în alte fiinţe. Pe cînd aşa... Vezi-ţi de treabă şi caută bucurii în altă parte, nu în detenţie voluntară. Îmi dau seama cît te-a lovit răspunsul meu. Dar la sinceritate – sinceritate». Am condus-o pe doamna doctor Vărbănescu pînă-n uşa laboratorului. «Vă mulţumesc, doamnă doctor». «Fată dragă, învaţă să te iubeşti niţel şi pe dumneata», şi m-a bătut părinteşte pe umăr.

Dorinţa mea de-a avea un copil nu-nsemna că mă iubeam pe mine ? Mă uitam la cumnată-mea, aşa puţin cît ne vedeam, şi-mi dădeam seama că lumea se reducea strict la familia ei, şi mai ales la copiii ei. Nu-nsemna, oare, să te iubeşti pe tine-n altă ipostază, iubindu-ţi copiii ? Dovada medicală că nu puteam avea copii, în primul moment a-nsemnat o lovitură de trăsnet. M-am simţit amputată, inutilă. Apoi a urmat împăcarea cu soarta şi liniştea. Aşa-mi fusese mie orînduit: să n-am copii. Mă uitam cu multă atenţie la mine: nici frumoasă, nici urîtă. Chiar aş fi vrut să am nişte copii care să fi trecut prin toate complexele, ca mine ?

Şi totuşi, aşa cum eram, avusesem şi eu două clipe de «glorie» feminină: Iosif Iuga şi Claude Comăneanu care s-ar fi-ncumetat să aibă un copil cu mine. Sperînd probabil să moştenească fizicul lui. La această presupunere zîmbeam destul de trist, amintindu-mi o vorbă de duh a lui Bernard Shaw, căruia o balerină îi spusese odată: «Domnule Shaw, ce copil am putea avea noi doi: cu mintea dumneavoastră şi cu picioarele mele !». Iar Bernard Shaw i-ar fi răspuns: «Dar dacă ar ieşi cu picioarele mele şi cu mintea dumneavoastră ?». Mă uitam la finele şi la finul meu. Toți – copii rezultat al unei mari iubiri. Nici unul nu era la nivelul părinților lor, ca fizic în nici un caz. Îmi căutam tot felul de mîngîieri pentru a-mi îndulci condiția de femeie stearpă. Dacă m-aş fi născut vacă, mă duceau o dată-de două ori la taur, vedeau că era degeaba şi stăpînii m-ar fi tăiat. Mă gîndeam în primul rînd la amărăciunea părinților mei: măritată – nu, copii – nu. Bine că frate-meu era în rîndul lumii, cu nevastă, cu doi copii.

Îmi rămînea cariera. Măcar aici să-mi fi dat măsura. Îmi notam toate cazurile, îi făceam fiecăruia o descriere amănunțită. Aveam un fişier pus la punct. Încercam să-i învăț pe studenți la seminarii tot ce mă-nvăța meseria de medic pus în fața vieții, care te scotea din abstracția cursurilor şi-a amfiteatrelor. Profesorul Dima îmi cerea mereu colaborarea la cărțile pe care le scria, de fapt le coordona, asamblînd fragmentele compuse de noi, învățăceii. «Bun Dima că ne menționează şi pe noi; că nu trece totul pe numele lui», mi-a spus un coleg, «colaborator» ca şi mine al profesorului; aşa cum îmi mai «şoptise» şi altul, la prima colaborare. Profesorul îmi dădea să citesc tot ce scriau ceilalți colaboratori. Neinteresîndu-mă cine ce scrisese, cu atît cît ştiam eu, cînd ceva mi se părea sau chiar era în neregulă, făceam observațiile pe care le socoteam justificate. La-nceput mi-am închipuit că fiecare dintre noi, colaboratorii, citea toate materialele şi-şi dădea cu părerea asupra întregului. Asta pînă-n ziua cînd profesorul mi-a spus că-n privința citirii întregului material mă ruga să păstrez o discreție totală, mai ales că-i înapoiasem unele capitole cu foarte multe observații care i-ar fi putut jigni pe «colegi». «Domnule profesor, în primul rînd eu nu ştiu cine ce-a scris; în al doilea rînd eu nu comentez cu nimeni nimic; în al treilea rînd, riscînd să lezez orice orgoliu profesional, dacă observ nişte inadvertențe sau de-a dreptul greşeli, nu pot să nu le semnalez, în binele cărții şi-al celor care-au s-o consulte. Iar cei lezați se pot supăra pe dumneavoastră, fiindcă dumneavoastră coordonați lucrarea; deci, de la dumneavoastră vin observațiile».

Dat fiind că pe căile Partidului ajunsese Dima profesor, puțini ar fi-ndrăznit să se «lezeze». Dima – vorba lui Costi Gheorghiu – se număra printre doctorii «politicoşi», adică «promovați» de Partid. Răspunsul meu n-a părut să-l facă foarte fericit. M-a chemat să discutăm fiecare dintre observațiile mele. Mai ales unul dintre materiale era împănat de ele. Din felul cum încerca să justifice fiecare minus al acelui capitol – ceea ce pe mine nu m-a impresionat, continuînd să fac pe proasta – mi-am dat seama că fusese scris de el. Într-o zi, un coleg, colaborator şi el la o viitoare carte a profesorului, a venit să-mi ceară un sfat în rezolvarea unei probleme din capitolul la care scria. «De ce nu-l întrebi pe profesor, că doară dînsul coordonează lucrarea ?». «Auzi, colega, nu mă considera tîmpit. Dacă ți-nchipui că eu – şi n-oi fi singurul – n-am băgat de seama cine-i meştereşte cărțile lu' dom' profesor, te-nşeli. De cînd ai apărut matale-n colectiv s-a schimbat vînzarea. Ia o carte „scrisă“ de profesor înainte de-a apărea matale pe ecran şi compar-o cu una de cînd te-ai angajat matale negresă pe plantații».

♡

Doamna Turcescu m-a anunțat că fiul ei avea de gînd să vină definitiv în București. Fiii doctorilor Turcescu de la Cluj – amîndoi studenți la Medicină – obținuseră burse în Franța, iar «copiii mei», cum își prezenta doamna Turcescu fiul și nora, la aproape șaizeci de ani și ei, amîndoi bucureșteni și cu părinți bătrîni, voiau să fie cît mai aproape de aceștia spre a le fi de folos. «Așa că, draga mea, va trebui să-ți cauți ceva unde să te muți». Legal, doamna Turcescu și dacă ar fi vîndut casa nu mă putea da afară. Eu nu uitam însă că mă aflam în acea casă, în mod nesperat, datorită Laurei, nevasta lui Gabriel, văru-meu. Orice fel de contrariere din partea mea față de doamna Turcescu o punea într-o situație proastă pe Laura. Nu voiam în nici un caz să le-nveninez eu relațiile de familie. Din momentul cînd intrasem în serviciu, mă-nscrisesem la C.A.R., Casa de ajutor reciproc, existentă în fiecare instituție și care, contra unei dobînzi minime, te putea credita, pe-un anumit termen, cu o sumă de șase ori mai mare decît depunerea ta la respectiva Casă. M-am sfătuit cu prietena mea Paula care, în fine, căpătase o cameră în casă cu lemne și cu closet în curte, la o familie de nemți pensionari, foști muncitori la o fabrică de mezeluri. Domnul și doamna Berg, Kurt și Hermine, aveau doi nepoți de la cei doi copii ai lor. Îl acceptau și pe Cornel al Paulei, la un loc cu nepoții lor. După cîteva luni de conviețuire cu «frații» lui, cum îi numea el pe nepoții Berg, Cornel o rupea bine pe nemțește. «Argentino, au început să se acorde credite pentru construcție de apartamente. Fă un C.A.R., împrumută-te de unde-oi şti şi comandă-ţi unul cu două camere. Acuma, repede cît nu e-nghesuială, pînă nu se dumireşte lumea».

Cîtă dreptate a avut Paula. Atunci ţi se ofereau cinci locuri la alegere, fiindcă lumea încă era îndoită, neavînd românul niciodată încredere-n Stat. Apartamentul meu, cu două camere, una de optsprezece, alta de paisprezece metri pătraţi, cu parchet de stejar, cu faianţă la baie şi la bucătărie, în buricul Bucureştilor, aproape de Foişorul de foc, la etajul cinci, pe cînd eu aveam una mie cinci sute de lei salariu, costa 47.000 de lei, plătibili în 20 de ani. Dobînda, pînă la urmă, pînă la achitare, ajungea peste jumătate din preţul iniţial. Interesul era ca avansul să fie cît mai mare. Eu am dat avansul minim. «Bancherul» meu, Claude Comăneanu era departe. La nimeni n-am vrut să mă-mprumut. Cu hainele de la doamna doctor Zamfirescu şi cu-acelea de la Claude nu făceam comerţ. Le purtam, iar unele, noi-nouţe, i le făceam cadou Paulei. Dar din dar...

Deveneam, fără să vreau, proprietăreasă. Cu două rînduri de rate: la C.A.R. şi la viitorul apartament. Părinţilor aveam să le pomenesc de «proprietatea» mea abia cînd aveam să pot locui într-însa şi să-i aduc neapărat s-o vadă. Măcar cu-atît să-i mîngîi.

Ca să nu-i încurc planurile doamnei Turcescu, am dus din nou tratative locative cu tuşa Lina şi cu nenea Costel care, ca şi-n 1951 cînd venisem în Bucureşti, mă primeau cu braţele deschise în bucătăria lor. Ei locuiau aproape de gara Basarab, în casă cu lemne, cu closet în curte, numai al lor, încuiat cu lacăt. Apă-şi trăseseră în bucătărie de la cişmeaua din stradă, pe cheltuiala lor. Curtea era-ngustă însă lungă. Uitîndu-te dinspre poartă, căsuţa lor – antreu, cameră, bucătărie şi cămară – era pe dreapta. Pe stînga se afla o căsuță identică, în care locuia Toma, fiul tușei Lina și-al lui nenea Costel, cu Gherghina, nevastă-sa. Toma și Gherghina lucrau amîndoi la C.F.R., ca și fiul lor Mitel, mecanic de locomotivă, însurat, avînd rostul lui, cu doi băieți. Casele erau amîndouă proprietatea tușei Lina și-a lui nenea Costel. Lui de fapt i le lăsase moștenire o mătușă care n-avusese copii și pe care o-ngrijiseră, o-ngropaseră creștinește și-i făceau pomeniri și la douăzeci de ani după ce murise. «Ete, Adelino, fată, avem adăpost deasupra capului de pe urma ei – Dumnezeu s-o ierte ! – am unde crește o pasăre, un porc și e casa mea; vorba ăluia, nu mă-ntreabă nimenea de ce mi-e căciula».

Gherghina, de printr-un sat de lîngă București, «lungă, slabă și zăludă», cu o față cabalină, extrem de expresivă însă, avea și ea oarece slujbă la C.F.R. Ca mai toți muntenii fără carte, ea nu folosea decît singularul verbelor, dar verbele nu le-ncurca. Să-l fi păzit Dumnezeu pe unul să se certe cu ea, că-i făcea pomelnic de la Adam. Bună de gură – știind și laptele de l-a supt toată mahalaua – dar și bună de treabă. Casa-i era plină de macrameuri și de goblenuri lucrate de mîna ei, de bibelouri – pești de sticlă, balerine de porțelan și, de cînd apăruseră «chinezăriile», de tot felul de moșnegi, unul meditînd pe-un trunchi de copac, altul dînd cu undița, bucățele de lemn cu cîte un colț de stațiune, pe care scria «amintire de la Olănești, de la Govora etc.». Nici cu lupa n-ai fi găsit un fir de praf în casa Gherghinei.

Pe tușa Lina o supăra noră-sa că prea o avea cu neamurile ei. Nu era săptămînă să nu le vină careva pe cap – «ce e drept nu cu mîna goală, da' aduc o rață și stau de luni pînă duminecă», își vărsa tușa Lina oful către mine. «De ce crezi tu, Adelino, fată, că mi-am încuiat eu privata ?». La tuşa Lina, rufele se spălau într-o cădiţă de zinc în care, dacă te-aşezai pe-un scăunel şi-ţi turnai apă se chema că făceai baie. Pînă a nu ajunge elevă la „Elena Cuza“ şi «cucoană»-n Bucureşti, ne-mbăiasem în albie, iar privata ne era-n fundul curţii, numărîndu-ne noi printre puţinii săteni care-aveam aşa ceva; pentru majoritatea, nevoile naturale se făceau în natură, la dispariţia materiei lor participînd adesea cîinii. La tuşa Lina şi la nenea Costel, mă-ntorceam de unde plecasem. La Brăteasa, apă-n casă n-avusesem însă.

Pentru a suplini carenţele din noul meu domiciliu, îmi făceam duş în fiecare zi la Spital. Dimineaţa mă spălam pe bucăţele, la lavoarul din bucătărie şi azvîrleam apa-n stradă, la canal. Toată săptămîna mîncam la Clinică, iar duminica – acasă, cu tuşa Lina şi cu nenea Costel, împărţind frăţeşte toate cheltuielile casei că «frate, frate, dar brînza e pe bani». Singura nemulţumire a tuşei Lina în privinţa mea se trăgea din faptul că acceptam invitaţia noră-sii la o cafea şi la o dulceaţă. «Tuşă, ce motiv am eu s-o refuz ? Ce mi-a făcut mie Gherghina ? Mă pofteşte-n casa ei, din toată inima, şi eu să-i întorc spatele ? Pune-te şi matale-n situaţia mea». «Ai şi tu dreptate. Da’ cred că ne foarfecă faţă de tine...». «Da de unde ! Îmi povesteşte şi ea de neamurile ei, de la ei din sat. Cum să vă foarfece tocmai faţă de mine ? Eu cu dumneavoastră sînt rudă nu cu ea». Rudă – un fel de «nepot babei de unchiaş» – adică tuşa Lina din Bucureşti era soră cu unchiul Ionel de la Craiova, ăl de-o ţinea pe «tanti Miţa», sora Maicăi.

Gherghina ghicea-n cărţi, în bobi, în cafea. Numai cui şi cînd avea chef. «Adelino, fată, pînă acu’ *a* fost doi bărbaţi în viaţa ta, unu-nsurat, altu’ ne’nsurat. Îţi dă semne amîndoi. O să mai fie bărbați în viața ta, da' cununie nu ți s-arată, nici copii. Tu să fii sănătoasă». Pe tușa Lina o mai supăra și că noru-sa-mi aducea tot neamul și tot satul «să-i pun la raze» și să-i duc din doctor în doctor. «Da' ce, fată, tu altă treabă n-ai decît de neamurile ei, arde-le-ar catranu' ! Dacă nu erai tu doctoriță, ce să făceau ?». «Tușă, nu vine nici unul de sănătos. Și doctorii ce treabă au ? Să vadă de oamenii bolnavi». «Nu să simte unu' să-ți aducă și ție o găină, o sticlă de ceva !». «Lasă, tușă, să fie înaintea sufletului». «Ce știu ei ce rate plătești tu, vai de sufletu' tău ! Acu' și Gelu ar putea să-ți dea și el niște bani, că la el de nu curge pică». «Nu i-am cerut. Nici nu știe că-mi fac și eu casă. Are și el doi copii, le mai dă și ălor bătrîni». «Lasă tu, Adelino, că nu și-ar lua de la gură ca să-ți dea și ție ! Ete la ăștia de merg cu tirurile pe-afară, c-o duc la fel ca Bim pașa, da' Gelu, om cu fonție !».

♡

Așa am dus-o doi ani. Plecam dimineața, veneam seara. În nopțile de gardă lipseam o zi și jumătate de-acasă. Am trăit doi ani cum mai trăisem, cum trăia atîta lume și cum mai trăiește și-acum și cît timp încă, cine-știe ? Majoritatea omenirii și azi, în secolul XXI, trăiește, în cel mai fericit caz, în lipsă totală de confort dacă nu chiar în mizerie, despre care e un pleonasm să mai spui și «cruntă».

După doi ani m-am mutat în apartamentul meu. Mi-am cărat zestrea de la doctorii Zamfirescu, zestre care, acoperită cu țoale vechi, mă așteptase împărțită în cele două magazii din curtea din Basarab. Pentru noul C.A.R., necesar cumpărării unui aragaz și-a unui bufet de bucătărie, trebuia să recurg neapărat la cineva. Mi-a sărit în ajutor Costi Gheorghiu, cu asentimentul Monei. Ca dar de casă nouă am primit de la ei un set de oale şi de crătiţi de inox pe care le am şi-acum, după aproape patruzeci de ani. Laura şi Gabriel m-au înzestrat cu un serviciu de porţelan şi cu pahare. În camera de zi aveam doar un covor de iută vechi, de la tuşa Lina. Îl puneam ca să nu zgîrii parchetul. Nu-mi venea să cred c-aveam apă de şaptezeci de grade, zi şi noapte, că aveam cadă în care să mă-ntind în voie, în care să mă simt ca pe vremea copilăriei cînd învăţam să-not în baltă la Brăteasa, cu cîte-o tiugă la fiecare subţioară, lăsîndu-mă-n voia apei, ca o mîngîiere călîie – pe care făceam pluta. Mătuşa Lina, foarte încîntată şi importantă – fiind invitată prima să-mi vadă casa – uitîndu-se la camera de zi goală, şi-a pus mîna peste gură şi-a cugetat: «Fată, acilea ţi-ar trebui o *recameră*, ştii de-aia de să lăţeşte şi să desface, şi două fotolii, o măsuţă». «Le-o veni şi lor rîndul, tuşă. Mai întîi să scap de datoriile pe care le am».

Doi ani, cît locuisem în Basarab, mi-am ţinut telefonul într-o cutie, continuînd să-i plătesc abonamentul, ca să nu-l pierd. Fiindcă fugise puiul cu aţa: nu-i mai aveam pe Claude şi nici pe domnul General, care, mi-l instalaseră, prin pile şi bănuiesc eu că şi prin şperţuri – specialitatea lui Claude, care ştia cui, cît şi cînd să dea; aşa că, o dată pierdut abonamentul, mai căpătam eu telefon prin anul 2000 ! În bloc – pe care tot restul vieţii aveam să-l numesc «al meu» – s-au instalat trei fire aeriene de telefon; prin urmare aveam şi noi ştăbişorii noştri. Ştăbişori, fiindcă ştăbimea-ştăbime stătea în vile, în aşa numitele cartiere rezidenţiale. Centrala telefonică din bloc a-nceput să funcţioneze la şapte luni după darea acestuia în folosinţă.

Cu voia tuşei Lina şi-a lui nenea Costel, cît am locuit la ei, am primit corespondenţa acasă. Ei nu s-au speriat nici că-mi scria familia Zamfirescu din Statele Unite, nici că-mi scria Claude Comăneanu din Spania, oameni cu capul pe umeri, care nu uitaseră de unde plecaseră şi care, în scrisorile lor îmi transmiteau lucruri care să nu deranjeze regimul şi nici să nu-i bage la bănuieli pe cei din «Organe», însărcinaţi cu citirea corespondenţei. Cînd am avut telefonul instalat, am transmis numărul tuturor celor pe care i-am socotit interesaţi să mă cheme. Abia la primul lui telefon primit în apartamentul meu – *al meu* ! – i-am spus lui Claude despre isprava *mea*, despre realizarea *mea* materială. «Şi-ai avut tu bani ?», m-a-ntrebat Claude cu mare dubiu-n ton. «M-am împrumutat la Stat – plătibil în douăzeci de ani – şi la C.A.R., şi m-am descurcat». «Am înţeles, să trăiţi. Şi mobilă, perdele, covoare ?». «Au să vină cu timpul».

La o lună de la această convorbire primesc într-o seară un telefon. «Alo ! doamna doctor Boboc ?». «La telefon». «Doamnă doctor, pot urca la dumneavoastră cinci minute ca să v-aduc un album de artă din partea lui Claude ?». Am simţit că-mi bate inima-n cerul gurii. Cred că am tăcut atît de mult încît domnul a-ntrebat: «Mai sînteţi la telefon, doamnă doctor ?». «Vă rog urcaţi», am răspuns eu cu un glas venit ca din altă galaxie. Prin ochişorul din uşa de la intrare am văzut un cap cărunt, un chip blonziu şi pistruiat. O faţă ca de cincizeci şi cinci-şaizeci de ani. I-am deschis, cu inima cît un purice. Dacă nu era din partea lui Claude şi era de unde ştiam cu toţii, ca să-mi întindă o cursă ? Am deschis larg uşa, spunînd: «Bună seara, poftiţi». «Sărut mîinile, doamnă». Mi-a sărutat mîna fără să-mi spună nici un nume. «Doamnă, ca să n-aveți dubii asupra mea, Claude mi-a dat ca parolă de recunoaștere pentru dumneavoastră ceva bizar: „lanț cu glisieră“». M-am înseninat. L-am poftit în dormitor, pe unicul scaun din casă, în afara celor din bucătărie. «Ce face Claude ?». «Foarte bine. Bătrînii Comăneanu, altminteri verzi ca bradul, au o afacere prosperă în domeniul obiectelor de artă, pe care acum o conduce Claude. Vă-nchipuiți că e-n elementul lui. Îi e dor de România și mai ales de dumneavoastră». Domnul mă privea atent, în intenția de-a descoperi de ce-i era lui Claude atîta dor de mine. «V-am adus un album. Vă rog să vă uitați la el». Am desfăcut cutia-n care era albumul *El Prado*. Sub copertă era o sumă de bani românești, pe care n-am știut s-o apreciez din ochi, fiindcă nu mai văzusem niciodată atîtea bancnote de-o sută la un loc. «Dar...». Domnul mi-a făcut semn cu degetul la gură. Eu nu l-am întrebat nimic despre el însuși, ci numai despre Claude. «Dacă doriți să cumpărați mobilă, covoare, perdele și mai știu-eu-ce, vă pot da cîteva numere de telefon de la familii care-și desfac și ele casa». Mi le-a scris, și-a luat rămas-bun și a plecat.

Cu banii de la Claude îmi puteam achita apartamentul. Dar nu era prudent. S-ar fi pus întrebarea cum de cineva care depusese minimum de avans, avînd și datorie la C.A.R., în doi ani, fără să fi cîștigat la loterie, strînsese atîta bănet. Trăiam asemenea timpuri că era mai bine, fără să te fi crezut buricul-pămîntului, să te porți de parcă ochii autorităților ar fi fost toți ațintiți asupra ta, mai mult chiar decît ochiul lui Dumnezeu. Nici să fi cumpărat mobilă cu bani-gheață nu era prudent. În privința folosirii banilor de la Claude nu mă puteam sfătui cu nimeni. Nu trebuia să-ncarci memoria nimănui cu amintiri care-i puteau aduce necazuri, la o adică – ştiam noi de care.

Am hotărît să folosesc numerele de telefon ale «ambasadorului» trimis de Claude. Mai întîi am măsurat fiecare perete al apartamentului – lungime-înălţime – apoi mi-am făcut o listă cu tot ce mi-ar fi trebuit. Am început să dau telefoane, spunînd ce doream şi de ce dimensiuni. M-am dus «în peţit» pe strada Spătarului. Apartamentul ocupa un etaj de bloc. Ceva cu totul deosebit. Cu nişe în peretele holului – mai mare decît tot apartamentul meu – cu obiecte valoroase de artă în ele, puse în evidenţă de-o lumină situată în partea superioară a fiecărei nişe. Din acel apartament de mare lux, chiar şi pentru perioada interbelică, m-am înzestrat şi cu lucruri pe care nu le aveam pe listă. Ca, de pildă, trei candelabre olandeze de alamă – un glob central din care porneau braţele formînd, prin îndoire, un dublu «u» – unul cu douăsprezece braţe, celelalte două cu şase, toate cu becuri lumînare. «Îmi daţi voie să mă uit la obiectele din nişe ?». «Sînteţi invitata noastră», mi-a răspuns stăpînul casei, în care l-am recunoscut pe un fost conferenţiar de la Urologie. Jaduri de-un metru-nălţime, cloazoneuri de pe vremea cine-ştie-cărei apuse dinastii chineze, bronzuri de Houdon, şi, într-una dintre firide, un tablou cît o copertă obişnuită de carte. Un cap de bătrîn. Fără să mă uit după semnătură, amintindu-mi «cursurile» de istorie a artei pe care mi le ţinuse Claude, însoţite de exemplificări din albume, am crezut că recunosc în bătrîn mîna lui Rembrandt. «Pe tablou cît cereţi ? – evident, dacă-l vindeţi». «Trei mii, ştiţi, e un Rembrandt. E un chilipir».

Mi-am scos carnetul din geantă şi cu pixul pe hîrtie am început să socotesc la ce să fi renunţat dintre obiectele utile, ca să-mi fi cumpărat Rembrandtul. În acel moment m-am gîndit ce mîndru de mine ar fi fost Claude, văzîndu-mă cît eram de pornită să sacrific de dragul artei. Şi ce întrebuinţare dădeam pomenii pe care mi-o făcuse. De la pămînt pe jos şi de la călindar bisericesc lipit pe părete – la Rembrandt ! «Ce calcule faceţi ?». «Vreau să văd la ce să renunţ dintre lucrurile pe care-am spus că le cumpăr, ca să-mi ajungă banii pentru tablou». «Dacă ţi-l dau cu două mii, îl iei ?». «Îl iau. Dar pentru restul de lucruri v-aş rămîne datoare o mie cinci sute de lei». «Aşa cum mată, duduie, ai încredere-n noi şi ne laşi frigiderul pînă-n momentul plecării, avem şi noi încredere-n mată pentru cei o mie cinci sute de lei». «Dar eu nu vi-i pot da mai curînd de-o lună şi jumătate». «În cazul în care noi plecăm mai devreme, îţi las adresa şi telefonul persoanei căreia să-i achiţi». I-am dat domnului conferenţiar toţi banii cîţi îi aveam la mine; am învelit cu grijă Rembrandtul în multe ziare şi l-am vîrît ca pe-un ou moale în geanta mea de moaşă comunală, iar seara, cu un camion special de cărat mobilă, mi-am luat lucrurile plătite parţial. Tuşa Lina avea să fie dezamăgită că-n loc de «recameră» şi de fotolii cu pluş înflorat îmi luasem canapea – extensibilă şi asta – un colţar şi două fotolii de piele verde ca frunza de nuc. În schimb, covoarele orientale autentice, asortate cu mobila din cele două camere, i-au plăcut: «Fată, cînd pui picioru' pe ele, parcă umbli pintr-o grădină cu flori. Şi lămbile ăştea cu gogoloi la mijloc sînt frumoase şi-ăştea».

Din banii de la Claude păstrasem cît s-achit C.A.R.-ul făcut de Costi pentru mine. Am pus iară creionul pe hîrtie: îi dădeam lui Costi rata aşa cum stabilisem şi domnului conferenţiar Koller de trei ori cîte cinci sute, ca să nu rămîn chiar pe sufletul vițelului – cum se spunea la noi, la Brăteasa – adică nici cu ban de lumînare. După ce mi-am aşezat toate lucrurile în casă, în locurile dinainte stabilite, mi-am atîrnat pe peretele din fața divanului din dormitor cele două comori ale mele: florile lui Andreescu şi moşneagul lui Rembrandt. Ca să le am în fața ochilor dimineața cînd îi deschideam şi ca s-adorm seara cu ele sub pleoape. Oricui avea să vadă aceste două tablouri aveam să-i spun că-mi fuseseră lăsate de-un prieten care plecase din Țară. Şi nici măcar n-aveam să mint. Nebănuite sînt căile Domnului. Cum aş fi putut să-mi închipui vreodată că norocul meu în viață avea să mi se tragă de la Shakespeare – fiindcă-i ştiusem anul morții – şi de la scurteica Maicăi, cumpărată din talcioc. Aşa-mi fusese dat să cunosc doi dintre cei mai importanți oameni din viața mea: pe domnul General şi pe Claude Comăneanu. Sala de operații de la Ortopedie mi-l adusese-n viață pe Iosif Iuga. Îi binecuvîntam pe toți trei. Şi-aceeaşi sală îmi dăruise un prieten pe viață: Costi Gheorghiu.

Mi-am adus părinții să-mi vadă casa, poftindu-i în acelaşi timp pe tuşa Lina, pe nenea Costel, pe Toma şi pe Gherghina. Nu le venea să creadă că ceea ce vedeau adunaseră două mîini de femeie singură. Le-am spus că aveam încă mari datorii, dar lucrul făcut era bun-făcut. Iar oamenii care mă-mprumutaseră nu erau în nici o primejdie să rămînă în pagubă. «Şi să nu răsufli tu cu nimic, Adelino, taică ?!». «Numai tuşa Lina, nenea Costel, Toma şi Gherghina au ştiut, dar i-am rugat să nu vă spună, ca să nu vă faceți griji». Tuşa Lina s-a uitat ce s-a uitat la florile lui Andreescu şi lăsîndu-şi capul într-o parte, ca să le privească numai cu un ochi, ca păsările, a zis: «Fată, florile-ăştea zici c-acu' le-ai rupt din grădină. Iar moşu-ăsta, un' te-ntorci, să uită dupe tine şi parcă vrea să-ţi spuie ceva». Şi se tot uita la moş. «Mărie», i s-a adresat ea Maicăi, «ţie nu ţi să pare că samănă cu alde bîtu din partea taicăi ? că l-ai apucat şi tu. De stătea lîngă Ciocîrlănoaia». Maica s-a uitat lung la «moş» şi-a pus palma peste gură, l-a privit şi ea din toate părţile. «Lină, chiar că un' te-ai duce, să uită dupe tine. Şi să ştii c-aduce cu bîtu-tău, numai că ăla avea o uitătură mai aspră».

Cînd am rămas numai cu Maica şi cu Taica, el luîndu-şi o „Plugară", iasca şi amnarul, vedeam că voia să-mi spună ceva dar nu ştia cum să-nceapă. «Adelino, taică» – s-a hotărît el în sfîrşit – «te putem ajuta şi noi cu cîte ceva, adunat de la Gelu. Ne-am făcut groapă zidită, că nimeni nu-şi ştie zilele, ne-am adunat tot ce ne trebuie de moarte, ca să n-aveţi voi bătaie de cap cînd o fi; ne-am dat şi sărindare; avem de toate şi ne-am gîndit să-ţi dăm şi ţîie». «Mie nu-mi daţi nimic. Eu vă rog numai să mai lăsaţi norma de la Colectiv şi să vă cruţaţi. Şi dacă tot aveţi nişte bani, o rugaţi pe dada Leana a lui Tingire, de peste gard, să vă aibă grijă de dobitoace şi de orătănii şi ne ducem toţi trei să vedem şi noi Ţara. Luăm bilete-n circuit. Cu totul plătit dinainte. Să vedem şi noi marea, munţii, mînăstirile, nu doar Brăteasa, Craiova şi Bucureştii. Două săptămîni». «Olele, Maică, să lipsîm noi atîta vreme de la casa noastră !». «Maică, nu ia nimeni casa din loc. Dacă tot aveţi nişte bani, bucuraţi-vă de ei, împreună cu mine. Mîine-poimîine fac şi eu patruzeci de ani şi afară de muncă ce mai ştiu pe lumea asta ?! De dumneavoastră ce să mai zic ?!».

Pietre de moară aş fi urnit mai uşor decît pe ei în circuitul făcut cu O.N.T.-ul. Aveam să văd şi eu Ţara o dată cu ei: Maica paisprezece zile nu şi-a luat mîna de la gură, iar Taica ţîţîia de uimire; mai ales cînd, de sus de la Cazinoul din Vasile Roaită, au văzut întîia oară marea. Mie o clipă mi s-a oprit respiraţia. Mi s-a părut că redescopăr un paradis pierdut. Acele două săptămîni petrecute la 2 Mai cu Claude. După un timp Maica m-a-ntrebat: «Maică, marea asta are vreun capăt ?».

Aşa mi-am văzut şi eu Ţara, împreună cu părinţii mei. Mi-am dat seama că, dacă te ajută sănătatea şi punga, nimic pe lume nu merită mai mult decît să călătoreşti. Călătoriile, amintirile adunate în fiecare loc pe care-l vezi sînt o avere pe care nu ţi-o poate lua nimeni, nu poate fi prădată, nici arsă, nici inundată. Atîta vreme cît eşti în minţile tale o porţi cu tine. Aici nu există faliment.

Ne-am văzut din nou la Brăteasa, unde le-am găsit pe toate bune şi la locul lor. Dada Leana lu' Tingire îşi făcuse datoria de paznic cinstit. A fost foarte mulţumită de fusta şi de puloverul pe care i le-adusesem drept amintire din călătoria noastră. Într-o seară, cînd eram numai noi două sub dud, Maica mi-a spus: «Adelino, maică, Dumnezău să-ţi dea sănătate că m-ai făcut şi pe mine să văd ce-am văzut. Muream şi nu ştiam. Toate sînt... de nici nu ştiu ce să spui... da' ca mînăstirea Cozia parcă nu e nimic. Ce să fi ştiut eu care m-am suit în tren prima dată cînd am venit la nunta lu' frate-tău ? Ce să fi ştiut eu ?».

♡

Cînd am îndeplinit condiţiile de primariat m-am prezentat şi – cu toate exigenţele comisiei, la care din fericire, preşedinte era un adevărat specialist neprovenit de la «politicoşi» – l-am luat şi încă foarte bine.

Bucuria, mai bine spus mulțumirea de-a fi urmat calea firescă a profesiei căreia – fără să fi fost idealul vieții mele – îmi închinam această viață, mi-a fost de scurtă durată. Primesc un telefon de la unchiul Costel că Taica este adus cu Salvarea la spitalul Filantropia la Craiova. Căzuse peste el în pădure un copac şi-i rupsese şira spinării. Mi-am luat îndrăzneala şi l-am chemat acasă la telefon pe şeful secției, spunîndu-i despre ce era vorba şi solicitîndu-i să mă-nvoiască să plec la părinți. Mi-am adunat cîteva lucruri, mi-am luat toți banii – puțini – cîți aveam în casă şi-am pornit-o la gară. Am ajuns la miezul nopții-n Craiova. Noroc c-am găsit un taxi care m-a dus la spital. Portarul s-a uitat cu suspiciune la mine: «Ce cauți dumneata la miezul nopții la spital ?». «Tatăl meu e accidentat şi este internat aici. Am venit de la Bucureşti acuma cu trenul şi trebuie să-l văd». «Şi dac-ai să-l vezi, mare procopseală. Aşteaptă pînă dimineață. Noaptea să intră numai cu Salvarea». Mi-am scos din geantă legitimația de medic şi i-am întins-o. «Păi de ce nu spuneți aşa, doamna doctor, poftiți».

L-am găsit pe Taica într-o rezervă, adormit, cu Maica alături, de veghe pe-un scaun. «Adelino, maică, nu mai poate mişca picioarele şi i să umezeşte mereu pijamaua de i-au dat-o de-acilea, i să umezeşte în mijlocul spinării». Am înțeles că era fractură de coloană cu perforare de măduvă şi cu pierdere de lichid cefalo-rahidian. «Maică, eu cred că nu mai scapă. El n-a vrut să vină la spital, da' ingineru' de era cu ei în pădure nu ne-a lăsat. A venit şi el cu noi de l-am adus acilea». M-am uitat la Maica şi nu i-am spus nici un cuvînt. Cînd a deschis a doua zi ochii, Taica a-ncercat să-mi zîmbească. «Adelino, taică, pîn-aci mi-a fost. Am fost bun, am fost rău cu voi, să mă iertați, da' duceți-mă să mor acasă. Rău îmi pare că nu-l mai văd o dată şi pe Gelu».

Dis-de-dimineață m-am dus la telefoane-n Craiova ca să-i anunț pe socrii lui Gelu că Taica era pe moarte. «Gelu n-o să poată veni, fiindcă sînt plecați în vacanță în Maroc. N-am cum să dau de ei», mi-a răspuns soacra lui frate-meu. «Am crezut de datoria mea să-l anunț. Nu poate, nu vine. Oricum vă mulțumesc». Radiografiile şi doctorii confirmau presupunerile mele. Ca să-şi arate solicitudinea umană şi spiritul de breaslă, colegii de la Craiova mi-au dat formol pentru-mbălsămare şi Salvarea ca să ne ducă la Brăteasa. Taica a vrut să-l aşezăm sub dud cu două căpătîie sub cap «ca să mai văd şi eu casa de-am ridicat-o pentru voi, taică. Ce e viața omului». Foame nu-i era. Cerea doar un pic de apă ca să-şi umezească buzele. «Dacă nici dudă nu mai vreau, înseamnă că pîn-aici mi-a fost. Voi ați ajuns bine, taică, şi tu şi Gelu. S-aveți grijă de mă-ta, săraca, s-aveți grijă. N-a avut ea freo fericire mare cu mine, da' mai bine cu rău decît fără rău. S-aveți grijă de ea, taică».

Vecinele şi neamurile ne-au mustrat pe Maica şi pe mine că nu-l îmbrăcăm de moarte şi-l lăsam în țoalele de la spital, ca neoamenii, că omu' trebuie să păşească în lumea ailaltă îmbrăcat cu ce are mai bun. A doua zi spre seară, după ce tot timpul dormitase, cu cîte un moment de trezie «acilea sînteți, fa ?» şi iar închidea ochii, a doua zi după ce l-am adus de la Craiova, a zis o dată încet c-abia am priceput «vin, vin», a oftat uşor şi s-a stins.

L-am dus cu vecinii în casă şi i-am rugat după ce aveau să-l scalde să mă lase singură cu el. «Cu el în pielea goală ?», s-a-nfiorat Maica. «Puneți-i izmenele şi-atît». După ce l-am îmbălsămat i-am chemat să-l îmbrace.

Deşi era o zi frumoasă de septembrie, l-am înmormîntat cu căciula de astrahan brumăriu, cumpărată de mine cu ani înainte-n talcioc, pe care-o păstrase pentru ultima lui trecere pe pămînt. L-am slobozit în groapa zidită şi cu pisanie. Îşi făcuseră şi cruce de marmoră, cu poză şi cu numele lor scris cu litere aurii: «Vasile şi Maria Boboc din Brăteasa». «Din partea copiilor Gelu şi Adelina». Tot satul l-a petrecut, toate femeile l-au jelit şi le trimiteau vorbă prin el celor morţi din neamul lor. Numai Maica şi cu mine stăteam ca două stane de piatră. Tot satul a venit la praznic. «Cică să ai copii ! Să dusă săracu', şi fiu-său nu-l petrecu şi pe el», şuşoteau oamenii-ntre ei.

Pentru mine se-ncheia un capitol de viaţă şi o mare tristeţe mi se lăsa ca un zăbranic pe suflet. Şi tristeţe şi indiferenţă. Nici cît preţuisem lumea n-o mai preţuiam. Parcă păşeam pe apă.

♡

La puţină vreme după ce mi-am luat primariatul, s-a scos la concurs un post de lector. Au concurat cinci medici, între care m-am numărat şi eu. Examenul l-a luat cine trebuia să-l ia: soţia secretarului de Partid de la Drept, fiică de ilegalişti, taică-său luptător şi-n Spania împotriva lui Franco. Unul dintre cei care-o susţinuseră cu mare sîrg fusese profesorul Dima. Chiar promotorul proptelelor pe care candidata le avea oricum din plecare. Susţinerea lui Dima fusese – vorba prietenei mele Paula – un fel de turnat seu în carne grasă, mai mult pentru a se pune pe sine în valoare şi devotamentul lui partinic decît pentru candidata care beneficia din start de propte cît stîlpii de telegraf. Spre cinstea unora din comisie, fuseserăm susţinuţi, la egalitate, un coleg de la Filaret şi cu mine şi opuşi cîştigătoarei. Acei membri ai comisiei nu-şi făcuseră iluzii asupra rezultatului final, dar voiseră să le arate «politicoşilor» că nu muriseră chiar toţi profesioniştii cu obraz din România.

La zece zile după moartea Taicăi, mă invită profesorul Dima la el în cabinet. Văzîndu-mă-n doliu, după ce mă-ntreabă cine-mi murise, îmi prezintă condoleanţe. «Draga mea, ştiu că treci printr-un moment greu. Totuşi te-aş ruga să-ţi arunci ochii, în chip de „cap limpede“, peste o carte pe care-am scris-o eu, împreună cu doctoriţa Suceveanu». «Domnule profesor, nu-mi arunc ochii peste nimic. În această carte n-aş avea nici măcar scuza de-a-mi băga nasul fiindc-aş fi scris şi eu ceva». S-a lăsat o lungă tăcere. Socotind că spusesem ce-aveam de spus am dat să mă ridic de pe scaun. «Am impresia – a-nceput domnul profesor – că te-ai supărat în urma examenului de lector, şi a mai venit şi nenorocirea asta cu tatăl dumitale...». «Domnule profesor, nu mi-am făcut nici o clipă iluzia că am să ocup eu postul: mai întîi, că trei concurenţi erau de mîna-ntîi, iar a patra – fiică de ilegalişti, luptători în Spania – în timp ce eu sînt o ţărancă de la coarnele plugului. M-am înscris şi eu şi ceilalţi trei, toţi de mîna-ntîi, nu ca să obţinem postul; ne-am înscris ca să v-aducem aminte că existăm. Sănătate să fie !», şi chiar m-am ridicat, am salutat şi-am plecat.

Cui i-o fi povestit profesorul Dima conversaţia cu mine nu ştiu, dar la trei zile după, vine Gina la mine: «Doamna doctor, cică e făcut Dunăre Dima pe dumneavoastră. De ce vă puneţi cu el ? Îl ştiţi cît e de ofticos !». «Gina, eu nu mă pun cu nimeni, dar fiecare om dacă n-are, ar trebui să aibă măcar un strop de demnitate. Ştiu de la destui că Dima e răzbunător, „ofticos“, cum zici dumneata. Vrea s-aducă pe altcineva-n locul meu, n-are decît. S-o mai găsi vreun post de radiolog în țara asta și pentru mine. Iar dacă nu – mă-ntorc soră la sala de operații, de unde-am plecat. Iar la sală am ajuns de la spălat pe jos și de la dus plosca. Nu mă sperie nici Dima nici altul ca el; mă sperie soarta. Și asta nu mi-o hotărăște Dima».

La ședințele de Partid, care-mi erau dragi ca un spin în ochi și unde se bătea apa-n piuă, doamna doctor Suceveanu, ajunsă între timp secretară de Partid pe clinică, se găsea datoare să mă-ntrebe totdeauna dacă n-aveam nimic de spus. La care eu dădeam negativ din cap. O singură dată am luat cuvîntul; cînd am cerut să fiu înlocuită din postul de asistentă de la Facultate, eu renunțînd la cariera universitară.

Bucuria că le lăsam încă un prilej de-a trage sfori le-a fost prea mare ca să mă mai și-ntrebe de ce renunțam. După ședință a venit la mine un coleg și m-a certat: «De ce-ai făcut asta ? Ca să rămînă numai de-alde Dima și de-alde Suceveanca-n Facultate ?». «Dragul meu coleg, cariera universitară nu mă pasionează, unu la mînă; doi la mînă – dacă mai scriu vreodată ceva, nu mai semnează nimeni munca mea. Eu fac o meserie ca să am ce mînca. Onorurile și titlurile-mi sînt indiferente. Eu pe profesoara mea de română din liceu n-o dau pe toată Universitatea; și a fost pînă la pensie doar profesoară de liceu. Mi-ajunge cîtă scîrbă mi-e».

Dima nu mi-a mai cerut niciodată colaborarea și nici alți profesori, nevrînd să se pună rău cu el. Eu îmi vedeam de treaba mea, de pacienți, îmi făceam fișe, clișee după cazurile interesante, mai puțin obișnuite și elocvente pentru ceea ce socoteam eu că trebuie semnalat și demonstrat. Cu greu, am început totuși să public în revistele de specialitate. Unul dintre articolele mele i s-a părut atît de interesant şi de original Nataliei Scutaşu, încît mi l-a tradus în rusă şi l-a trimis, printr-o nepoată a ei, la Moscova. Puţin comunicativă de felul său, cu mine din cînd în cînd Natalia stătea de vorbă nu numai despre problemele profesionale.

Cu un zîmbet amar pe faţa ei ca de piatră, îmi spusese despre nepoată-sa de la Moscova: «Eu am compătimit-o ca pe orice basarabean rămas sub stăpînire rusească. Aproape toată familia noastră a ajuns în Siberia. Ce crezi că-mi răspunde ea: „Milă să vă fie de voi, care trăiţi într-o ţară mică, dependentă mereu de cineva, nu de noi; noi trăim într-o ţară puternică, în faţa căreia nu mişcă nimeni“». «Natalia, fata asta e din altă generaţie decît noi şi decît Tamara, sora ta. E dintre cei care se dau cu puterea. Dintre „internaţionalişti“. Nici măcar nu poţi s-o mustri. Ea aşa a-nvăţat şi nu-i mai pasă că e româncă. E cetăţean sovietic. Noi, săracii, de cînd ne ştim, umblăm cu săru' mîna pe la marile puteri». «Noi am fost o generaţie învăţată să ne iubim Ţara cum ne iubim părinţii». Şi-n ochii adormiţi, ca de crocodil, ai Nataliei a trecut un fulger de tristeţe.

Am hotărît amîndouă că era prudent să trimit articolul şi recomandat, prin poştă – spre a nu mi se putea spune că lucram pe sub mînă – şi prin nepoata ei, care avea să-l ducă la Moscova, direct la redacţia unei reviste medicale. Clinica obţinea, prin schimb, publicaţii dintr-o mulţime de ţări. În acest fel aflam şi noi ce se mai întîmpla în lume, ca şi prin aleşii noştri care primeau burse în străinătatea apuseană, de unde unii se mai şi-ntorceau. Peste o lună şi jumătate de la expediere, într-una dintre revistele venite de la Moscova se afla şi articolul meu, însoţit de comentariul elogios al unui specialist cu nume gruzin.

Relațiile cu vecinii noştri de la Răsărit se cam răciseră, mai ales după venirea lui Ceauşescu la putere. Nu se mai trimiteau la aspirantură-n U.R.S.S. cei mai buni absolvenți de Facultate şi nici la studii crema originii sociale. Se uitase potopul de lacrimi vărsat la moartea lui Stalin. Se uitaseră gărzile făcute la portretul îndoliat al răposatului, gărzi compuse din membri marcanți de partid, îmbrăcați în negru, în instituțiile civile; şi din ofițeri superiori, la militari, în uniformă de gală şi cu banderolă neagră pe braț. Se uitaseră şi lacrimile după Gheorghiu-Dej şi gărzile de la catafalcul lui, în care se perindase crema Partidului. Mort să fii că are cine să te uite.

Nu s-a scăpat prilejul să fiu ironizată pentru acel articol publicat la Moscova. M-a luat peste picior un apropiat al doctoriței Suceveanu: «Văd că unii dintre noi publică la Moscova». Cuvintele au fost însoțite şi de-un zîmbet pe măsură. «Unii publică la Paris, la Londra, la New York. Alții, mai modeşti – la Moscova, la Sofia. Care unde poate», i-am răspuns eu pe-un ton binevoitor, la care nu se-aştepta. «Sănătate să fie», am adăugat, ca o babă sfătoasă.

Ceea ce însă nimeni nu se-aştepta – eu mai puțin decît oricine – într-o revistă americană era citat şi articolul meu la abordarea problemei în chestiune, ca prezentînd un punct de vedere de luat în seamă. Un coleg s-a mirat sincer şi fără intenție de ironie că americanii-i luau în serios pe ruşi. «Colega, nu uita că americanii comentează nişte publicații ştiințifice, nu reviste ale K.G.B.-ului». Colegul meu a luat-o repede la picior, vrînd să dea impresia că nu-mi auzise replica. Mi-a ajuns la urechi – prin Gina, evident, că nici liceul nu-l făcusem – că pe la Medicină nici nu trecusem, că aveam un frate mare «securist» şi că eu eram probabil pe măsura fratelui meu. Mergînd pe acest drum, s-a ajuns – prin «bunăvoință» – să se ceară „Liceului Teoretic numărul 1“, fost „Elena Cuza“, din Craiova, copie după foaia mea matricolă şi după diploma de bacalaureat. Eram total pusă la-ndoială. M-am făcut că nu ştiu nimic şi n-am căutat în nici un fel să limpezesc ceea ce se spunea despre mine. Că aş fi fost «securistă» era un lucru nedemonstrabil, fiindcă instituția incriminată nu-şi purta colaboratorii cu ecuson. Dar că făcusem un liceu şi că absolvisem Facultatea de Medicină se putea demonstra. Natalia Scutaşu, locul întîi în anul nostru, îmi trimitea mereu pacienți. Întrebată dacă-i fusesem într-adevăr colegă, Natalia Scutaşu le-a răspuns cu tonul ei imperturbabil: «Şi încă una dintre cele mai capabile». Calitatea de «securistă» nu-mi putea fi confirmată nici infirmată, «în schimb» mi se recunoşteau studiile !

Pentru a nu se putea spune că trăgeam cu urechea spre a transmite mai departe cele auzite, relațiile mele în clinică erau strict profesionale, conversațiile mele cu oricine rezumîndu-se la comentariul unui diagnostic, şi numai cînd eram solicitată. Ştiam că bărbatul Ginei era ofițer. Căpătînd încredere-n mine, mi-a spus – «dar să rămînă între noi» – că de fapt bărbatu-său era ofițer de contrainformații. Ascultam lucruri pentru care bărbatu-său i-ar fi tăiat Ginei limba, dac-ar fi ştiut că ea mi le spunea. Mă gîndeam cîtă imprudență domnea şi-n serviciile secrete. Bărbatului Ginei ar fi trebuit să i se taie limba. Fără s-o fac pe psiholoaga, mă gîndeam că oamenii care exercitau asemenea meserii simțeau probabil că se-năbuşă de cîte aflau; şi-n momentul cînd ajungeau ca o soluție suprasaturată, răsuflau față de cîte cineva apropiat. «Gina, eu te-ascult fiindcă-n fiecare dintre noi zace un demon al curiozității, dar te rog ca pe Dumnezeu să nu mai spui nimănui ce-mi spui mie». «Doamnă doctor, m-am lămurit că nu sînteți de unde zic *ei*, că altfel de mult eram luată la-ntrebări». Prin urmare, Gina mă supusese unui test. Foarte inteligent din partea ei. Poate că la mijloc era și bărbatu-său.

Oricum, ieșisem bine la văpsea. Îmbrăcată chiar elegant puteam spune, cu țoale «de la pachet», dar niciodată de scos ochii, eram o ființă oarecare, ștearsă de la natură, dar și cu bună-știință, din voia proprie. Îmi înghițeam replicile cînd mi-ar fi venit să-mproșc cu venin, ca șarpele. Mă gîndeam la cîte-or fi-nghițit de pe la vechili strămoșii mei și-mi temperam paráponul. Dac-aș fi dat cu sapa la colectiv sub ochii brigadierilor, aș fi avut mai multă libertate verbală ? Fiindcă pe cea spirituală nu mi-o putea lua nimeni. Majoritatea oamenilor trăia la limita supraviețuirii, neavînd timp nici măcar să se gîndească la sensul vieții, în cazul c-ar fi avut vreunul. Eu copii nu puteam avea. Ajunsesem într-o meserie din nevoia de-a cîștiga o pîine, fără să fiu nevoită să spun mereu ce n-aș fi gîndit, cum mi s-ar fi-ntîmplat dac-aș fi ajuns profesoară de română, visul meu de elevă. Eram o persecutată a regimului ? Nu. Mă puteam socoti, în linii esențiale, o beneficiară a lui. Nu însă o privilegiată. Cele două tablouri de pe peretele meu – ceea ce nici nu-mi imaginasem vreodată c-aveam să am – îmi potoleau sufletul. Aveam o meserie în care puteam restitui societății tot ce investise în mine. Mi-era o milă nesfîrșită de oameni.

Într-o zi vine o țărancă de pe lîngă București cu soacră-sa la mine la cabinet. «Doamnă doctor, ce facem cu bătrîna că n-are trimitere de la dispensar ?», m-a-ntrebat Gina grijulie, pe bună-dreptate, fiindcă nici un control de nicăieri nu-mi ocolea tura şi cabinetul. «Adu-o-nuntru, că n-a venit de sănătoasă». «Bătrîna» avea cincizeci de ani, dar îi dădeai pe puţin şaptezeci. Muncită, cu unghiile crăpate, cu o faţă de mucenică încadrată de barişul negru, încălţată-n gumari. «Măicuţă, ce te supără ?». «Păi, maică,-mi vine întruna să oftez şi mă doare-n capu' chieptului de-mi sar ochii, şi nu-mi vine să bag nimic în gură». «De cînd ?». «Păi de la a doua praşilă». Mi-am pus stetoscopul la urechi: fibrilaţii şi emfizem pulmonar. I-am făcut o radiografie. M-am uitat la clişeul încă ud. Urechea nu mă-nşelase. Inima nu avea doar tulburări de ritm, dar era simţitor mai mare decît normalul. «Măicuţă, trebuie neapărat să te internezi în spital ca să fii îngrijită ca lumea». «Doamna doctor, maică, da' cin' să vadă de omu' meu şi de orătănii şi de ăle două capre de le-avem şi noi ?». «Măicuţă» – era cu zece ani mai bătrînă decît mine «măicuţa» ! – «omul dumitale, nora, vecinii. S-o găsi careva». «Ei, maică. Fiecare cu-ale lui. De cînd sînt n-am fost în spital». «Vezi, măicuţă, noi, eu, doamna asistentă» – şi-am arătat-o pe Gina – «stăm zi de zi în spital, vedem numai oameni bolnavi şi trăim şi noi». «Nu poci, maică, să-mi las eu casa şi să mă bag în spital». «Măicuţă, dac-ai să mori, să ştii că nu se-aruncă nici unu-n groapă după dumneata, şi-au să trăiască şi fără dumneata. De la spital te-ntorci acasă. De la groapă – nu. Eu nu te pot lăsa să pleci acasă, fiindc-ar însemna să nu-mi fac datoria de doctor». Cu chiu-cu vai, luînd-o de mînă, cu noră-sa alături, am dus-o pe capul Nataliei care, văzîndu-i radiografia şi consultînd-o şi ea, a internat-o imediat. Cum nu erau locuri, i-a adus o canapea şi a-nghesuit-o într-un salon de şase paturi.

Menirea mea pe lume era să fiu de folos unora ca «măicuța» cu prașila a doua și să le fiu recunoscătoare celor care mă ajutaseră s-ajung unde-ajunsesem. N-aveam cuvinte prin care să-mi arăt mulțumirea față de mine că-mi dusesem părinții să vadă Țara. Măcar atîta folos de suflet avusese și bietul Taica de pe urma banilor de la fiu-său.

Seara, pe lîngă orice altă lectură, citeam – a cîta oară ? – cîteva fraze din Călugărița mea portugheză. Era ca o scurtă-ntîlnire cu o prietenă care știa totul despre mine. Principiul meu de viață era cel de-a nu avea ce să-mi reproșez în nici o seară cînd îmi făceam bilanțul zilei. Seara era și momentul legăturii cu prietenii: zilnic vorbeam la telefon cu Paula, cu băiețelul ei, Cornel, cu Iosif Iuga. Cu domnul General, cu Claude Comăneanu, cu Mona Gheorghiu, cu Laura și cu Gabriel, cu tușa Lina și cu nenea Costel, cam o dată pe săptămînă.

Costi se mutase la noi la Clinică. Era făcut Dunăre pe mulți colegi care nu-i lăsau pe secundari să opereze nici măcar un apendice. Toți tinerii veneau grămadă la el cînd era de gardă, ca s-apuce să pună și ei mîna pe-un bisturiu. Eu lucram la parter, el – la etajul întîi. Ne despărțeau douăzeci de trepte. Orice moment liber și-l petrecea la mine-n cabinet. Adoptase și el tactica mea: în secție – conversații profesionale și-atît. Nu-ntîrziaseră să ne iasă vorbe. Unii știau de legătura noastră veche, încă de pe vremea Spitalului Militar, cînd eu îl înșelasem cu nu se-știa-cine, dar îl înșelasem, iar el de supărare se-nsurase cu-o femeie divorțată, mai în vîrstă, care-i făcuse o fată. Reluîndu-ne legătura, îi aflaserăm și-un paravan: eu îi botezasem fetița. Fusese discret chestionat și de noul secretar de Partid, un ortoped ca și el, în legătură cu vorbele despre «dumneata, colega, şi doctoriţa Boboc, de la Radiologie». «Sîntem prieteni din 1951, de la sală, de la Spitalul Militar. Eram amîndoi oameni liberi. Şi dacă ne-am fi iubit, n-am fi supărat pe nimeni. Iar acum, „indecenţa“ noastră constă-n a sta de vorbă şi-a bea o cafea-mpreună».

Fără nici o legătură cu ceea ce vorbisem înainte, într-o zi, plecînd împreună de la spital, Costi mi-a spus: «Argentina, mă gîndesc de multe ori la Lucia. Şi ştiu că te gîndeşti şi tu. Fiecare clasă din societate are un timp al ei, la fel şi oamenii: unii sînt însă făcuţi să cadă-n picioare-n toate timpurile, alţii să supravieţuiască tuturor timpurilor, alţii să fie zdrobiţi, indiferent de regimul în care trăiesc. E un timp al fiecăruia, în general. Sînt oameni al căror timp nu e niciodată. Lucia făcea parte din categoria ultimă. Era prea sensibilă, mult prea vulnerabilă. Era un om permanent rănit în aşteptările şi-n buna lui credinţă. Oameni al căror timp nu e niciodată. Tu, eu, Laura ne-nscriem la-„ncrengătura“ „supravieţuitori“. Deşi aparţinem unor medii diferite. Cu mintea şi cu originea ta, puteai să te-aşezi astăzi în fruntea bucatelor. Dar nu te poţi face că nu vezi ce e strîmb în jurul tău, deşi, oficial, acum ar fi timpul tău. Principiile sînt principalii agenţi antisociali, ele te aduc în contradicţie cu orice societate. Am filosofat destul. Hai mai bine să mergem ca pe vremuri la cofetăria noastră şi să mîncăm o mascotă. Nu ştii cum regret vremea cînd lucram amîndoi sub ochii Generalului. Timpurile nu erau mai bune, dar noi eram mai tineri. Vorbesc despre mine». «Da ! Ca şi cînd eu, la patruzeci de ani, aş fi „ca o floare, ca un crin, ca un fir de trandafir“». S-a dus tinereţea, Costi. Eu n-am înţeles nimic din tinereţe. Doar muncă, muncă şi griji. Şi parc-acum am linişte, cînd o ştiu pe Maica singură ? N-o pot face cu nici un chip să vină să stea cu mine». «E greu să-ţi laşi lumea şi să te transplantezi, mai ales la o anumită vîrstă. Şi mai ales pentru un ţăran. Lumea lui e satul lui. Tata a plecat cu desaga-n spinare de la doisprezece ani din sat. A trecut de şaptezeci, dar gîndul îi e tot la copilăria lui de-acolo». «Mă gîndesc dacă o fi cineva pe lume fără nici o grijă, fără nici o apăsare». «Nu cred.» «De fapt, nici eu».

♡

Domnul General cu doamna lui, vara şedeau la Călimăneşti, iarna – la Bucureşti. I-am invitat pe-amîndoi să mă vadă şi pe mine la casa mea. Atunci am cunoscut-o pe doamna General. O femeie frumoasă şi la acea vîrstă, ajunsă căruntă din şatenă, cu ochi căprui care-n lumină puternică păreau aurii, blîndă, cu mult umor, nedezlipindu-şi privirea de bărbatul ei, ca la tinereţe, cînd din dragoste se luaseră. «Te admir, Argentina – îmi dai voie să-ţi spun aşa – pentru curajul pe care l-ai avut să te-aventurezi la atîtea datorii, ca să ai casa pe care o ai. Numai cu lucruri de calitate şi de gust». «Doamnă, am fost ajutată substanţial băneşte de cineva; altminteri să ştiţi că mă găseaţi cu holul gol, doar cu un „covor" de iută pe jos, şi ăla uzat. Primul meu noroc în viaţă mi-a venit de la domnul General, soţul dumneavoastră. Fără sprijinul dumnealui n-ajungeam doctoriţă».

Mi-au povestit de vremea tinereţii lor, dintre cele două războaie. Cum se petrecea atunci. Se cînta, se recita şi se dansa, dar totul într-o atmosferă de veselie neforţată, atmosfera tonică şi optimistă a tinereţii, fără exagerări şi cu decență. Totdeauna mi-a plăcut să stau de vorbă cu oameni mai în vîrstă decît mine, de la care să aflu despre viață și altceva decît ce văzusem și trăisem eu. Eu – care dansasem o singură dată, la acea petrecere de la Drept, unde-aveam să-mi cunosc viitoarea, pe atunci, cumnată și-aveam să mă leg de Iosif Iuga.

Ceva la doamna General nu mi-a plăcut. Culoarea gălbuie a feței, culoarea fildeșului, mai ales în jurul nasului. Am profitat de un moment cînd s-a dus la baie și i-am spus domnului General: «Domnule General, e ceva-n culoarea doamnei dumneavoastră, ceva-n neregulă. Iertați-mă că mă dau cu părerea, dar i-aș face o radiografie abdominală, niște probe de sînge». Domnul General s-a posomorît. «De-asta am venit mai devreme de la Călimănești. N-o doare absolut nimic, dar a slăbit cinci kile-ntr-o lună».

Ca să n-o lase nici o clipă singură, domnul General s-a internat cu dînsa la Spitalul Militar. Mergeam să-i văd în fiecare zi și mă străduiam să nu le lipsească nimic. Costi, cu mine sau singur, semna și el condica la domnul General și la doamna lui. Domnul General, în timp ce doamna stătea-n camera medicilor de vorbă cu-o nepoată, mi-a-ntins fără nici un cuvînt radiografia și analizele ei. Cancer de pancreas. «Pînă acum n-o doare». «Dacă evoluția e rapidă, să sperăm că n-o s-o doară». «Aș pleca la Călimănești, fiindcă dorința ei e să fie-ngropată cu familia mea și cu mine». «Și dacă la un moment dat are nevoie de mască de oxigen, de sondă, ce faceți la Călimănești ? Sondă-i puneți dumneavoastă, dar oxigen de unde ?». Partea cea mai cruntă a meseriei de doctor este cea de-a vorbi despre omul bolnav, cît de drag ți-ar fi, ca despre un obiect. «Mă gîndesc mai ales la morfină», a spus domnul General, cu privirea pierdută.

Doamna General, profesoară de Științe Naturale, și-a știut din primul moment diagnosticul. «Argentina, dumneata și Costi sînteți dovada vie a fidelității față de mentorul vostru. Cînd o să rămînă singur, vă rog să nu-l părăsiți. Mi se propune operația. Dumneata ce-ai face în locul meu ?». «Doamnă, chirurgia mizează pe șansa de-a rezolva cu bisturiul ceea ce altfel n-are nici o șansă ». «O suferință la care dacă n-ai noroc să mori pe masă nu faci decît să-i adaugi zile nenorocite. Am să mă operez numai ca să fie bărbatu-meu cu sufletu-mpăcat, c-am vrut să-mi prelungesc viața».

Au tăiat-o și-au închis-o la loc. N-a murit pe masă, dar a intrat în comă, din care nu și-a mai revenit. Ultimele cuvinte adresate bărbatului ei, înainte de-a adormi pe masa de operație, au fost: «Învață să trăiești fără mine». La două luni după vizita pe care mi-o făcuseră ca să mă vadă și pe mine așezată pentru cît aveam dc trăit, doamna General s-a mutat de la noi.

«Egoismul, fuga de durere, groaza de despărțiri m-au făcut să vreau să mor eu înaintea ei. Îmi dau seama că dacă iubești pe cineva, înseamnă să-nduri să-i fii alături cînd pleacă. Cine ar fi stat lîngă ea clipă de clipă ? Cui i-ar fi spus „Nu mă părăsi !“. Cui ? În ultimul an, cînd murea cineva cunoscut ea-mi spunea: „Cred că ai să fii cavaler și-ai să mă lași pe mine să plec prima“... Și-am fost cavaler».

După moartea soției lui, domnul General și-a adus un nepot în apartamentul din București și s-a mutat la Călimănești împreună cu sora lui și cu familia ei. Peste doi ani pleca și domnul General, asemeni tuturor celor iubiți de Dumnezeu. Pleca într-o clipă, în somn.

Cu el au început plecările definitive ale unor oameni apropiați mie. Domnul și doamna doctor Zamfirescu, binefăcători ai mei, care-mi scriau și cărora le scriam mereu, Nașul și Nașa. Nimeni însă nu mi-a lăsat golul din suflet pe care mi l-a lăsat domnul General. Chiar în seara premergătoare morții lui, am stat de vorbă la telefon. «Argentina, tu, Gheorghiu și Iuga sînteți printre puținii oameni care nu m-au dezamăgit și care nu m-au uitat». N-am să-l uit niciodată și nici vorba orientală pe care o cita adesea, cînd întîlnea ingratitudinea față de el sau față de oricine: «Răul e scris pe aramă, binele – pe nisip». Măcar eu, Costi Gheorghiu și Iosif Iuga îi dovedisem că mai erau printre noi și oameni care scriau și binele pe aramă.

♡

În 1966, prin intermediul lui Claude, am primit o invitație în Franța, de la niște francezi, rude ale lui. Cererea de pașaport în vederea vizitei în Franța mi-a fost respinsă. M-am adresat secretarului nostru de Partid, întrebîndu-l care era motivul respingerii. De fapt, ca să mă aflu-n treabă și mai ales ca s-aud glăsuind prin el Partidul. «Doctoriță ești, căsătorită nu ești. Nu prezinți, cum se spune, „garanții moral politice“, a spus dumnealui. Adică o poți întinde». «Spre deosebire de ultimele două doctorițe trimise la specializare acum o lună, care tot doctorițe sînt și tot nemăritate. Mulțumesc, m-am lămurit, dacă mai era nevoie». «Încearcă excursii cu O.N.T.-ul, pe-aci prin Democrații». «Mulțumesc de sfat».

Frate-meu, venit în Țară la vreo două luni după încercarea mea nefructuoasă de-a vedea străinătățurile, m-a certat că nu-i spusesem, ca să intervină el pe lîngă cineva. «Gelule, eu sînt un om de rînd. Ăsta e tratamentul pentru omul de rînd, ăsta mi se-aplică. Îți mulțumesc pentru buna ta intenție, dar nu-ți uza relațiile pentru mine. Aşa cum am trăit pîn-acum fără să văd Parisul, pot trăi şi de-acum înainte». Gelu a-nțeles că arătîndu-mă atît de «legalistă» şi de «anti-intervenții», băteam şaua ca să priceapă iapa. Socrilor lui nu le scăpase loc unde lucra el în străinătate, împreună cu Liliana, loc în care să nu-şi viziteze fiica, ginerele şi nepoții. Adeverind vorba românească precum că «neamurile după muiere – unse cu miere, neamurile după bărbat – unse cu... rahat».

«Am impresia că pe *undeva* eşti supărată pe mine şi-mi pare nespus de rău. Să ştii că n-am uitat cum în studenția mea-ți rupeai de la gură ca să-mi dai şi mie un ban de buzunar». Acel «pe undeva», devenit un tic de limbaj, avea darul să mă indispună oricum, dar mai ales ieşit din gura lui frate-meu. «Gelule, nefiind eu legată la ochi, viața m-a-nvățat să nu mă mai supăr. Ci doar să observ. Văd prea multă nenorocire prin meseria pe care-o am, ca să-mi mai fac sînge rău din lucruri care țin de firea omului şi de angrenajele societății în care trăim. La slujba ortodoxă de cununie spune preotul: „Şi va lăsa bărbatul pe tatăl şi pe mama sa şi se va duce după femeia sa". De ce să-ți reproşez eu că eşti bun creştin ortodox ?». Frate-meu şi-a luat capul între mîini şi a tăcut mult pînă să chitească un răspuns.

«Soru-meo, Liliana e foarte legată de părinții ei care, ce e drept, ne-au ajutat şi ne ajută. Liliana e mamă bună, soție bună. O las să procedeze cum vrea ea în legătură cu părinții ei». A tăcut el, am tăcut şi eu.

«Să nu crezi că nu-mi pare din suflet rău că n-am fost la-nmormîntarea Taicăi. Nu poți să știi cît de rău îmi pare». «Gelule, știu cît de rău i-a părut Maicăi. Lumea din Brăteasa nu știe de pósturi în străinătate, nu știe că nu poți fi găsit fiind plecat în concediu, fără adresă fixă. Lumea a reținut doar un lucru: „Să dusă și Vasile-al Boboceștilor și fiu-său nu-l petrecu la groapă". Mortului puțin îi pasă cine-l petrece. „Petrecerea" asta e pentru cei vii. Totul este pentru cei vii. Totul e convenție socială». Iosif Iuga, eu, Costi Gheorghiu l-am petrecut pe domnul General, învoindu-ne de la slujbă, ca să-i aducem un ultim omagiu. Ne-am prezentat familiei domnului General nu numai din conveniență socială. Am vrut ca neamurile domnului General să știe ce a-nsemnat el pentru noi, ce fel de om a fost, dincolo de cei apropiați prin sînge. Iar dacă sufletul omului mai vede ceva după moarte, domnului General i-ar fi fost drag să ne știe în urma lui, pe ultimul drum pe care-l mai făcea pe pămînt.

Asta nu i-am mai spus-o lui frate-meu. Credeam în mîhnirea lui sinceră. Gelu era «un om al timpurilor noi», dar măcar nu era prost, nici fleaură-n meserie și, atît cît îl cunoșteam eu, nici canalie. Cît despre nevastă-sa, nu puteam spune că nu se număra printre femeile care saltă bărbatul. Faptul de-a fi ajuns amîndoi să lucreze-n străinătate ei i se datora. Relațiile prin care ajunseseră acolo ea le-avusese, nu frate-meu. Tot omul muncește pentru-o pîine: a unora e neagră și cu tărîțe, a altora – albă și pufoasă. Frate-meu, cumnată-mea, copiii lor se numărau printre privilegiații regimului. Faptul că eu n-ajunsesem o privilegiată ținuse numai de mine: de prea atenta mea privire asupra strîmbătăților regimului, asupra-ncurajării exagerate a improvizaților și-a impostorilor. Făcusem ca Taica pe vremea interbelică, a partidelor zise «istorice»: decît să voteze pe vreunul, mai bine se ducea-n pădure, la adunat crăci sau la tăiat lemne, ca să nu-l mai găsească agenții electorali acasă. Intrasem în Partid – Dumnezeu să-l odihnească pe domnul General că el mă-mpinsese – ca să nu fiu trimisă pe un' și-a-nțărcat dracu' copiii, încît să-mi fi dat examenul de secundariat după cine știe cîți ani, pe cel de specialist tot așa, de primariat nu mai vorbim. «Membria» asta de Partid, dacă eu aș fi dat din coate și din clanță, m-ar fi propulsat sus de tot. Eu am tăcut țărănește și mi-am văzut strict de profesie. Am făcut un doctorat în Medicină, am scris cu mîna și cu capul meu o carte de radiologie, care a luat premiul Academiei Române, la secția științifică, pe 1980. Toți premiații își invitaseră la ceremonie rude, prieteni. Premiile s-au dat la unsprezece dimineața. N-am vrut să deranjez pe nimeni ca să-l vadă pe Președintele Academiei întinzîndu-mi un sul de carton, și-apoi strîngîndu-mi mîna. Bani în 1981, pentru premiile din 1980, nu s-au dat. Am plecat imediat din Aula Academiei. Am tras din tub diploma: ceva gen etichetă de mazăre conserve pe care scria: «Se conferă tov. dr. Argentina Boboc ...».

Tov. dr. Argentina Boboc și-a luat valiza lăsată-n paza cuiva din personalul Academiei și, cocoșată de laurii succesului, a luat drumul Gării de Nord, de unde pleca spre Brăteasa. Trecuseră atîția ani de cînd mersesem prima oară cu trenul, fără bilet, sub oblăduirea unchiului Ionel, cumnatul Maicăi. De cînd începusem să călătoresc legal, îmi luam din vreme bilet de la o Agenție de voiaj, dar grija de-a nu întîrzia, de a nu-mi găsi locul ocupat, mă umplea de emoții de parc-aş fi plecat cu o navă cosmică. Aşa se făcea că mă duceam ca țăranul la gară, cu mult înainte ca trenul să tragă pe linie. «Ca țăranul la gară». Dintr-o carte a unui reporter rus, Kolțov, care se aflase în Spania în timpul războiului civil din '36, am înțeles că şi-n rusă există expresia «ca țăranul la gară». Întrebat de-un spaniol ce voia să-nsemne această expresie, Kolțov îi explicase că țăranul rus neavînd ceas, dacă urma să călătorească undeva cu un tren de zi, de cum se lumina era-n gară; dacă urma să ia un tren de noapte, cum se-nsera se-nființa la gară. I-am zîmbit lui Kolțov, mujicilor lui şi țăranilor de pretutindeni, cu mine-n frunte. Laptele de-l supsesem de la Maica avea să mă hrănească toată viața: puteam trăi o mie de ani la oraş, între intelectuali autentici şi între unii doar atestați de diplome, nimic n-avea să-mi anihileze prudența, rezerva mea şi teama de necunoscut care erau ale țăranului. N-aveam defel capacitatea de-a mă entuziasma. În orice măr, cît de frumos, mă temeam de-un vierme.

Doi ani am trăit, zi de zi, lîngă un domn în adevăratul înțeles al cuvîntului. Dar sufletul pe tavă nu mi l-am pus înaintea lui. Iar el – fie că aşa-i era firea, fie că avea şi alte motive – nu mi s-a dezvăluit niciodată cu totul. «Eşti cea mai pudică femeie pe care-am cunoscut-o, fizic şi psihic».

Subiectul lui principal era cultura; poate şi gîndindu-se să mă protejeze, pentru orice eventualitate. Ce hram purta cu-adevărat n-aveam să ştiu niciodată. Aveam să aflu despre el o versiune în 2004.

Iosif Iuga era perfectul meu corespondent masculin. Mi-a vorbit despre copilăria lui, despre război. Niciodată despre nevasta şi despre copiii lui, atîta timp cît a durat legătura noastră. De cînd ea devenise doar telefonică, se mai deschisese. Mă considera o prietenă căreia-i vorbea de copii, de nevastă, de colegi, de munca lui.

Cum mergeam în tren spre Craiova, legănată de vagon şi de amintiri, mă gîndeam că de fapt văzusem lumea doar în două dimensiuni, nu fără carne, ci cu porţiuni de suflet opace, care anihilau relieful cunoaşterii mele. Nici despre tine însuţi nu ştii mare lucru atîta vreme cît nu te-ai aflat în situaţii-limită care, popular, se rezumă prin «banii ori viaţa».

Mă aflasem în două situaţii imprevizibile, oferite de Dumnezeu: la nouă ani, la cutremurul din 1940, apoi la cel din 1977. La nouă ani eram în Brăteasa. În '77 eram de gardă la Clinică. În momentul cînd a-nceput zguduitura, m-am proptit în diagonală, în cadrul uşii, cum învăţasem în şcoală, mi-am făcut cruce şi-am aşteptat să treacă. În momentul cînd am văzut peretele din faţă bombîndu-se, am închis ochii. Cum s-a oprit zgîlţîitura m-am dus în saloane la Ortopedie, să văd dacă nu li se-ntîmplase ceva bolnavilor şi ca să-i liniştesc. M-am întors repede-n cabinet; din momentul cînd au început să sosească Salvările şi camioanele militare cu oameni răniţi, două zile n-am mai avut răgaz nici măcar să mă reped pîn-acasă. Vecinii mei de palier, văzînd că nu răspund nici la sonerie, nici la telefon, m-au căutat la Clinică. Blocul nostru nu suferise avarii majore. Se ţinuse bine. Am închis ochii cînd am văzut zidul din faţă bombîndu-se: o manifestare a fricii de moarte. Viaţa în trei dimensiuni: cu carne pe ea. Dacă ar fi fost să mă descriu pe mine cuiva, ce i-aş fi spus ? O femeie nici frumoasă nici urîtă, absolut oarecare, iar dincolo de aprecierea aspectului exterior: un om conştiincios, cu milă de oameni, iar ca medic – înzestrată cu simţ clinic, decurgînd dintr-un remarcabil spirit de observaţie. Debutul în viaţă – cu un nume nu neapărat de stîrnit rîsul, dar oricum neasortat: Argentina Boboc.

♡

Pe Maica am găsit-o piele şi os şi cu-o paloare spre gălbui, care mi-a amintit-o pe doamna General. Mi-am făcut cruce cu limba-n cerul gurii. De la cincizeci şi cinci de ani, Maica se pensionase de la Colectiv, la insistenţele lui Gelu şi-ale mele. Îi dădeau şi ei toamna ceva produse şi nişte bănuţi pe lună. Învăţată să dea cu sapa, i se părea că acum o ajunsese boieria. A fost cu neputinţă s-o conving să mergem la Bucureşti să-i fac nişte investigaţii amănunţite. Am reuşit s-o duc la Craiova, la un fost coleg de Facultate. Eu o bănuiam, după descrierile ei, ori de un cancer în zona abdominală ori de ciroză. Avea ciroză uscată, mai rapidă ca evoluţie decît cea cu lichid. Din tinereţe şi pînă căzuse copacul peste el în pădure, Taica-i trăsese tare cu «duda»;

Maica, biata de ea, nu pusese-n viaţa ei gura pe băutură şi făcuse ciroză ! Nu trebuia să uit că avusese malarie ani şi ani, pînă să aflăm de chinină, cum avusesem toţi. Am internat-o, cu mari rugăminţi, la Craiova pentru nişte perfuzii care cît de cît s-o mai întărească. «Maică, dacă acu' mi-o fi venit ceasu', la ce bun să mai pătimesc şi pin spital ?».

Întoarse la Brăteasa, mi-a arătat toate actele, toate lucrurile de moarte, mi-a spus ce şi cui să-mpart. M-a pus să scriu bileţele şi să le prind cu bolduri pe fiecare obiect, ca să nu le-ncurc. «Maică, ştiu că n-o să mai veniţi să şedeţi aici nici tu nici Gelu. Vindeţi, şi-mpărţiţi frăţeşte. Nu băgaţi oameni în casă fără acte că s-alege prafu' de toate». «Hai, Maică, la Bucureşti, ca să fiu şi eu liniştită». «Nu merg, Adelino, maică. Vreau să rămîn cu ochii pe munca mea şi-a lu' tat-tu, să mor în bătătura mea».

Doctorul de la dispensarul din comună trecea zilnic s-o vadă şi zilnic vorbeam cu el la telefon, iar cu Maica o dată pe săptămînă, ca să n-o sperii. Cum vorbeam de cînd plecasem de-acasă. La două săptămîni odată veneam sîmbăta în Brăteasa şi duminică seara mă-ntorceam la Bucureşti.

La un an de la diagnosticarea bolii, după trei zile de delir, şi-a dat sufletul, tot sub dud ca şi Taica, şi tot în septembrie, cu Florei, al nu mai ştiu cîtelea, cu botul lipit de picioarele ei. Am scăldat-o, am îmbălsămat-o, am îmbrăcat-o. Gelu n-a putut veni la-nmormîntarea ei, aflîndu-se-n acea vreme la o reprezentanţă a noastră din America de Sud. În toate bocetele, toate femeile o plîngeau pe Maica pentru meritele cîte le-avusese, dar una nu scăpa să nu amintească de lipsa feciorului la moartea ei. «Te dusăşi, Mărie, din palat de casă. Te dusăşi dupe Vasile. Şi nu vă petrecu pe nici unu' fecioru' vostru».

În urma carului cu boi care-o ducea pe Maica la locul ei din deal, mergeam eu, neamurile apropiate şi Florei. Lumea a vrut să-l gonească. Eu m-am opus şi l-am luat lîngă mine. Am slobozit-o pe Maica în groapa zidită, peste sicriul Taicăi. Am încredinţat-o pămîntului, iar noi, cei vii, ne-am întors acasă la praznic. Numai Florei s-a aşezat pe mormîntul ei şi-a rămas acolo pîn-a murit. Îi duceam eu apă şi mîncare de două ori pe zi. Nu se-atingea de nimic. A murit după nouă zile. Eu l-aş fi aşezat în mormînt cu părinţii mei, dar aş fi stîrnit oprobriul întregului sat. Aş fi fost o păgînă. L-am îngropat noaptea la marginea cimitirului. M-am repezit la Craiova, am cumpărat un trandafir roşu şi i l-am sădit pe mormînt. Nimeni n-o iubise mai mult pe Maica decît el. Florei fusese singura fiinţă care nu putuse trăi fără ea. Cred că simţise şi că nimeni apropiat al Maicăi n-avea să mai stea-n casa ei. El simţise că se rupsese firul unui neam.

Cu încuviinţarea lui Gelu, am vîndut preotului din sat casa părintească, la trei luni după moartea Maicăi. Am convenit prin act adiţional ca timp de şapte ani noul proprietar să-mi îngăduie să fac pomenirile Maicăi, în casa ei. Diploma primită ca dovadă a premiului Academiei o-nrămasem într-o baghetă din lemn natur şi i-o atîrnasem Maicăi pe-un perete ca să se mîndrească la lume cu ea. Am luat din casa părinţilor mei patru fotografii, singurele: Taica soldat, Taica şi cu Maica, aşa cum erau şi pe crucea din cimitir, poza de la nunta lui Gelu, eu cu Gelu, pe la patru-cinci ani, în bîlci la Rojişte. Am luat şi două cămăşi bărbăteşti cu bentiţa din jurul gîtului cusută cu mărgele cît gămălia de ac, cu două feţe de masă de cînepă cu ajur şi premiul meu de la Academie. Tot ce-a fost în gospodărie am dat de pomană la săraci, după ce mai întîi am împlinit dorinţa Maicăi şi i-am dat fiecăruia obiectul cu hîrtiuţă şi cu bold pe care i-l destinase ea.

La cincizeci de ani încheiam cel mai important capitol din viaţă: timpul cît avusesem părinţi. Puncte fixe ale existenţei de neasemuit cu nimeni şi cu nimic. Timpul celei mai puternice ancorări în viaţă: grija faţă de ei şi teama de-a nu muri înaintea lor. Plecarea lor însemna eliberarea de-această imensă teamă. La moartea Maicăi m-am simţit ca picată într-o casă goală, pe care nu mă ducea mintea cum s-o umplu. Lumea era un loc pustiu, străin. Deodată mă simţeam înconjurată numai de străinătate. Aş fi vrut să mai trăiască Florei ca să am cui să-i vorbesc despre Ea.

«Lina maicăi, Lină, s-a dus copilăria ta». «Maica mea, Maică, s-a dus viaţa mea».

crai de ghindă

crai de ghindă

♣

Băieții Monei Gheorghiu, cu nevestele și cu părinții acestora, stătuseră numai doi ani în Israel, după care se mutaseră cu toții în California. La doi-trei ani odată, veneau în România să-și vadă părinții, prietenii, foștii colegi. Pe Costi-l iubeau de mici, cînd el și Radu, răposatul văr al Monei, le făceau toate gusturile. Smaranda, fiica lui Costi și a Monei, își cucerise frații care-și puseseră-n gînd s-o americanizeze, după ce avea să-și termine liceul, ba mai bine, și Facultatea,-n România.

Prin '70, Mona primise, în fine, după respingeri succesive, asentimentul autorităților române de-a-și vizita fiii în Statele Unite. Tot ce văzuse acolo o-ncîntase: locuri, clădiri, muzee. De asemenea, modul în care era uşurată viața cuiva care trebuia să țină o casă, viața unei gospodine. O speriase însă ritmul acelei vieți în care parcă toată lumea se antrena pentru o-ntrecere sportivă. Prea puținul timp pentru sufletul omului. Mona era o femeie cu mult rost la treabă. O minte organizată. Ştia, cu toate greutățile unei gospodării, să-şi facă şi un timp liber pentru sufletul ei. Nu lucrase însă niciodată într-o instituție, undeva cu un program fix.

Şi-n prima ei căsnicie, fără să-şi fi iubit bărbatul, făcuse tot ce-i stătuse-n puteri ca să-l mulțumească, să-i facă o viață confortablă şi fără griji. Cu acel soț, din fire zgîrcit, ea avusese-n propria casă regimul unei menajere care trebuia să dea socoteală şi pentru o ceapă. Costi îi aducea leafa şi i-o punea pe masă. Nu-şi oprea pentru el nici douăşcinci de bani. Cu creionul pe hîrtie, Mona socotea fiecare creițar. Lui Costi îi punea de-o parte banii de benzină şi de eventuale reparații la maşină, cît şi ceva de buzunar: «Spargi undeva un geam şi să n-ai asupra ta un chior măcar ?».

Căsnicia lor mergea bine, fiindcă nu încetaseră să se iubească şi fiindcă amîndoi erau rezonabili şi chiar în momentele de enervare – inerente în fiecare conviețuire – nu-şi spuneau cuvinte pe care apoi să fi vrut să le fi-nghițit şi a căror amintire să nu fi ştiut cum s-o şteargă. Învățaseră că nu există chimicale care să şteargă urmele cuvintelor. Băneşte o duceau modest. Costi îşi păstrase obiceiurile de la Spitalul Militar, de pe vremea cînd lucrasem noi acolo: nu se primeau bani de la bolnavi, nici de la familiile lor. Încă. În Medicina militară se primea salariul de medic şi cel de grad. Obişnuită cu o viață modestă, Mona se mulțumea cu salariul lui Costi, pe care-l drămuia ca un bijutier. Niciodată nu i-ar fi spus: «De ce nu faci și tu ca alți doctori ?».

Investise în copiii ei ceea ce socotise că avea să le folosească-n viață: îi dăduse la-not, îi învățase două limbi de circulație, engleza și franceza. Îi iubea și oricînd și-ar fi dat viața pentru oricare dintre ei, însă nu-i răsfățase. Nu le lăsa greșelile nesancționate și nici nu le dădea ziua ceea ce-ar fi visat ei noaptea, regim la care, ce e drept, contribuise mult și mîna strînsă a tatălui lor. Îi învățase de mici că-n viață nu se trece fluierînd. Băieții plecaseră de lîngă ea în prima-primă tinerețe. Deși socrii lor îi duseseră-n cîrcă, plătindu-le studiile, nu le reproșaseră acest sacrificiu, fiindcă se convinseseră că fetele lor își luaseră niște oameni de nădejde, în stare să facă față unei concurențe acerbe. Amîndoi băieții Monei urmaseră cariera tatălui lor: aveau fiecare, pe cont propriu, birou de avocatură și le mergea peste așteptări de bine. Fiice de doctori, nurorile Monei își urmaseră și ele părinții, ca profesie. De la fiecare fiu, Mona avea cîte doi nepoți. Și băieții și nurorile ei se-acomodaseră și, la orice i-ar fi nemulțumit acolo, în California, își aminteau de unde plecaseră, își spuneau că pe lume nimic nu e perfect, dar că-n imperfecțiune sînt grade, iar diferența dintre ele nu trebuie neglijată.

La cincizeci și opt de ani cîți avea cînd mersese-n America, Mona se simțise obosită de drum, tulburată de schimbarea fusului orar și la dus și la-ntors, încît nu se putea spune că vizita la băieții ei îi priise. Și mai era ceva ce cu greu le mărturisise lui Costi și Argentinei: se simțise tot timpul de prisos în viața copiilor ei. Băieții plecaseră de lîngă ea abia ieșiți din adolescență, iar cu nurorile și cu părinţii acestora, în România Mona se văzuse doar de cîteva ori. Anilor de maturizare, atît de importanţi, cînd se formează cu adevărat un om, acelor ani ai copiilor ei, Mona nu le mai fusese martoră. «M-am simţit faţă de ei... nici nu ştiu cum să spun... Parcă aş fi citit un roman din care lipseau foi multe». În urma vizitei în California, pe care atît o dorise, Mona luase hotărîrea de-a nu mai repeta experienţa şi, oricît de dor i-ar fi fost de băieţii ei, să se mulţumească să-i vadă numai cînd aveau să vină dînşii-n România.

Fire timidă şi introvertită, Mona nu-şi făcuse prietene la nici o vîrstă. Poate nici maică-sa n-o cunoscuse deajuns. La acest fel al ei de-a fi contribuiseră şi lipsurile din adolescenţă şi din vremea Facultăţii, cînd nu răspunsese unor invitaţii de tineret, fiindcă ea nu-şi permitea să facă invitaţii; apoi viaţa ei de femeie căsătorită cu un bărbat care se vedea cu lume numai de dragul relaţiilor, lume în care ea nu simţise căldură şi sinceritate, lume-n care nu-şi apropiase nici un suflet. De primul ei soţ, fiindu-i mereu teamă, se putea spune că duseseră împreună un trai de străini uniţi doar de-un acoperiş comun şi de obligaţia de-a creşte doi copii.

Pe Costi îl iubea, îl simţea parte din trupul şi din sufletul ei, dar şi faţă de el evita să discute subiecte care l-ar fi putut întrista. Nici pe Smaranda nu voia s-o pună pe gînduri cu anume temeri ale ei. «Grijile şi spaimele nu le-mpărtăşi nimănui, fiindcă nu poţi şti ce efect produci cu ele», aşa o-nvăţase pe Mona răposata ei mamă. Cu toată stăpînirea de sine, cu toată discreţia ei, Mona simţea nevoia să-şi descarce sufletul faţă de cineva. Argentina i se păruse o fire robustă, cu o judecată sănătoasă, şi pe deasupra o fiinţă cu înţelegere pentru altul, bună de confidentă.

Monei îi era frică să nu moară şi să-şi lase fără mamă fiica, făcută la patruzeci şi cinci de ani, şi-i era frică de-o bătrîneţe rea. «Mona, s-au văzut mame de douăzeci de ani care şi-au lăsat copilul orfan. S-au văzut femei tinere lovite de boli incurabile şi de durată, povară, sărmanele, şi pentru bărbat şi pentru copii. Nu sînt reguli în viaţă, ci numai soartă. Nu-ţi face griji care nu numai că nu folosesc nimănui ci doar te macină. Oricum, nu poţi schimba soarta. Eu te admir că la patruzeci şi cinci de ani ai mai făcut un copil, de dragul bărbatului pe care-l iubeşti. Admir pe oricine care, dorindu-şi un copil, îl face la orice vîrstă şi nu se gîndeşte că-l poate lăsa orfan. Îi fericesc pe cei care au încredere-n soarta lor».

Eu cîtă-ncredere aveam în soarta mea ? Nu-mi făceam nici o socoteală pentru bătrîneţe. Aveam să văd «la faţa locului». După moartea Maicăi, nemaiavînd să-mi petrec zilele de concediu lîngă ea, am hotărît să văd ce se putea vedea: «pe-aci prin democraţii», cum fusesem sfătuită cu ani în urmă cînd mi se refuzase paşaportul pentru Franţa. Aşa am văzut, pînă-n 1989, toate «democraţiile», între ele numărîndu-se Rusia şi China.

În 1989, Mona s-a-mbolnăvit. A-nceput să aibă dureri de oase, puse la-nceput pe seama osteoporozei. Asta i-au spus endocrinologii; însă, după ştiinţa specialistului care-i făcuse osteodensitometria, osteoporoza nu dădea dureri. Nu m-am sfiit să-i spun lui Costi ce diagnostic îi pusesem eu, iar el nu m-a contrazis. Doar a oftat. După un an de chinuri, sfîrşind sub morfină, Mona s-a stins. În braţele lui Costi, cu fiică-sa şi cu mine alături. Cînd încă era lucidă mi i-a-ncredinţat pe Costi şi pe Smaranda: «Argentina, te rog să nu-i părăseşti. Îndrăznesc să te rog să-l iei pe Costi de bărbat. Să ştiu că o să aibă grijă cineva de el». «Smaranda crezi că n-ar avea grijă de el ?». «Are viața ei, preocupările ei şi nu e mămoasă din fire. Nu-mi seamănă mie şi nici lui Costi. Parc-aş fi făcut-o cu primul meu bărbat, Dumnezeu să-l ierte !». «M-am gîndit că bătrînețea ne-a fost dată pentru ca despărțirea de viață să ne fie mai uşoară. Ca s-ajungem să ne dorim moartea, aşa cum mi-o doresc eu, dar să nu mă spui». A fost ultima noastră convorbire. Cu toată durerea pe care le-o lăsase plecarea Monei din viața lor, pentru Costi şi pentru Smaranda – odată trecut momentul plin de năucirea pentru care oricît ai crede că eşti de pregătit, nu eşti – a urmat liniştea şi mîngîierea de-a n-o mai vedea suferind.

Prima ființă care m-a făcut să simt plecarea definitivă ca o crîncenă durere a fost cîinele nostru Florei. Florei al adolescenței mele. Durerea pentru ultimul Florei, s-a contopit cu durerea plecării definitive a Maicăi. Pentru mine, orice mi s-ar mai fi-ntîmplat sau are să mi se mai întîmple în trecerea mea pe pămînt, asemenea durere nu se mai poate repeta.

Am plîns-o pe Mona fiindcă am ținut la ea. A meritat-o din plin. Mă gîndeam la viața ei ştearsă şi convențională pînă la mai mult de jumătate din anii cîți îi fuseseră hărăziți, dar şi la aceia plini de lumină şi de iubire petrecuți alături ce Costi. Costi care-i fusese bărbat, prieten, copil. Care-nsemnase adevărata ei jumătate, pe care atît de puțini oameni şi-o află. El o mîngîiase de toate eşecurile de pînă la viața lor în doi, o mîngîiase de ceea ce-mi încredințase mie, fiindcă mă ştia tăcută ca un mormînt: «Argentina, trei copii am făcut, dar nu e nici unul pentru mine». «Adică ?». «Tu n-ai fost nicăieri într-un concediu cît ți-a trăit mama. Nici un copil de-al meu n-ar face aşa ceva pentru mine. Eu îi simt rupţi din mine, dar ei nu». «Sănătoşi să fie, Mona. Lumea mai emancipată zice că oamenii nu fac pentru ei copii, ci oameni în lume. Eu sînt ţărancă. Am rămas ca moşii, ca strămoşii mei. Copil pentru părinţi».

Mai rău şi decît că o pierdusem pe Maica mă durea că n-avusese parte-n viaţă de-nţelegere-n casă, de bucurie. Cum o fi fost sufletu-n ea ca să ne spună nouă, copiilor ei, «duceţi-vă, maică, şi vă cîştigaţi pîinea la oraş, ca să nu mai daţi cu sapa» ? Cum nu s-o fi gîndit la bătrîneţe, la amărăciunile şi la umilinţa acestei vîrste, mai ales cînd n-ai pe nimeni de-al tău alături ? Ba se gîndise şi se prea gîndise, dar, cum viaţa ei fusese un fel de puşcărie, a vrut ca măcar noi să fugim din ea. Cred că nimeni pe lume nu s-a iubit mai puţin pe sine decît Maica. Nici Mona nu se iubise. Gîndul ei era numai cum să-i fie bine oricărei fiinţe pe care-o avea alături, fie şi-un ceas.

În 1989, în decembrie, Costi, cu Smaranda şi cu mine, stînd mai mult în spital pe lîngă Mona, care a murit pe 31 ianuarie 1990, aflam ce se-ntîmpla afară, de la radio, de la răniţii aduşi în spital, de la personalul care circula mai mult decît noi. Rareori ne aruncam şi noi ochii la un televizor. Pot spune că în afară de executarea soţilor Ceauşescu, mare lucru n-am înţeles din ceea ce se petrecuse în Ţara noastră. Într-un moment de luciditate, auzind bubuit de tun, ca pe front, Mona, căreia îi făcusem un rezumat al situaţiei, a şoptit: «Numai de-ar fi mai bine ce-are să urmeze !». Nu-i mai putem transmite niciunul părerea noastră. Un eveniment personal, cum era pentru Costi, pentru Smaranda şi pentru mine boala Monei, a trecut pe planul doi ceea ce era evenimentul unui popor întreg.

♣

Pe la-nceputul lui ianuarie ’90 a murit un academician care fusese prieten cu familia lui Costi. Întors de la incinerare, Costi ne-a povestit că preşedintele Academiei venise la Crematoriu însoţit de Uslaşi. M-am rugat lui Dumnezeu să-i mai lungească Monei zilele ca s-o putem incinera în linişte. Era dorinţa ei să fie incinerată. «Argentina, sînt sigură că după ce mă duc eu, Smaranda pleacă-n Occident. Rămîi tu cu Costi, fără copii în urma voastră. Cenuşa n-o mai deranjează nimeni şi nu deranjează pe nimeni».

În februarie am stat de vorbă numai eu cu Smaranda. «Fată dragă, dacă ai de gînd să-ţi iei valea, acum e momentul, cît am făcut şi noi, românii, impresie. Dar asta n-o să ţină cît lumea». «De plecat aş pleca, dar nu mă-ndur de tata». «Smaranda, ai să mai trăieşti şi după ce tatăl tău n-o să mai fie. Să nu regreţi, vreodată, că n-ai plecat. Acuma, dacă nu-ţi convine acolo, te poţi întoarce oricînd aici». «Îmi promiţi că ai să ai grijă de tata ?». «I-am promis Monei că am să am grijă de tine şi de el».

Răzbătătoare de felul ei – bună profesional, ce-i drept – înfiptă şi cu ştiinţă de a-şi face relaţii, Smaranda a reuşit să obţină o bursă de specializare-n cardiologie, în Franţa, iar după expirarea bursei să fie angajată la un spital de Stat din Paris.

Costi continua să lucreze, ceea ce oricum îl obliga şi la alte gînduri decît la cele negre legate de sfîrşitul Monei. Dar cînd se vedea singur acasă, picau pereţii pe el. De asta venea zilnic la mine, ca la un punct fix de pe harta unei existenţe căreia-i eram martor, la mai mult de jumătate.

Nici lui şi nici mie nu ne trecea prin gînd să-mplinim rugămintea Monei, spusă fiecăruia dintre noi în parte: adică să ne căsătorim. De-altminteri şi Smaranda aruncase o vorbă: «Ce-ar fi să te măriţi cu tata ?». «Smaranda, puiule, mă cunosc cu tatăl tău din 1951. Am fost şi-am rămas prieteni. Căsătoria noastră ar fi ceva cu totul formal. De ce ? Bine-ar fi să se mute cît mai aproape de mine. Vine bătrîneţea şi e bine ca la o nevoie oamenii să fie adunaţi, ca să se poată ajuta. Eu n-am avut niciodată maşină. N-o să m-apuc de şofat la cincizeci şi opt de ani. Ca s-ajung la Costi, sînt dependentă de mijloacele de locomoţie-n comun. Bine-ar fi să găsească o creştină-a lui Dumnezeu pe care s-o ia de nevastă de-adevăratelea. Dar, după dragostea dintre el şi Mona, greu de crezut c-ar accepta altă femeie».

Eu din casa mea n-aveam nici un gînd să plec. Aveam cît îmi trebuia. Pensie aveam. Să mă fi măritat în «floarea tinereţii», la aproape şaizeci de ani, ce rost mai avea ? Cu singurătatea eram prietenă. Dac-aş mai fi fost vreodată măritată, poate mi s-ar fi părut firesc să mă mai mărit. Cei doi ani petrecuţi marital alături de Claude Comăneanu – în sensul coabitării – nu-mi ştirbiseră ideea de independenţă. Ştiam, şi eu şi Claude, că era vorba de-un episod din viaţa noastră şi-atîta. Acuma, la bătrîneţe, căsătoria mi se părea justificată de dorinţa de-a legitima nişte eventuali copii ori de nevoia absolută, irepresibilă, de-o fiinţă anume. Se justifica deci, fie printr-un raţionament – la rece, fie printr-un elan – la temperatura de fierbere a apei. Cînd o viaţă ai fost singur, începi să-ţi socoteşti singurătatea ca pe cel mai fidel companion, chiar ca pe-un *alter ego*. Nu puteam să nu recunosc în mine domnişoara bătrînă care, cu toată modestia, nu era dispusă pentru nimeni să renunţe la tabieturile ei.

La patruzeci şi doi de ani aş fi putut să mă mărit cu un foarte bun ortoped, văduv cu doi copii. Omul venise la mine şi-mi propusese căsătoria ca pe cea mai cinstită asociere. Ne cunoşteam de pe la şedinţe. Eu nu mă interesasem despre el, el însă încercase prin toţi cunoscuţii să afle cît mai mult despre mine. L-am refuzat blînd, invocînd o minciună necontrolabilă, care mă scutea de explicaţii mai ample: îi spusesem că aveam o legătură la care nu eram în stare să renunţ. M-a crezut-nu m-a crezut, am rămas în relaţii cordiale. Motivul real era acela că el nu-mi trezea nici un interes, nemaivorbind de faptul că mie, domnişoară bătrînă, îmi lipsea disponibilitatea de-a semna poliţe-n alb: de-a creşte copii care nu erau ai mei. Poliţe-n alb sînt şi-ai tăi, dar măcar faţă de ei eşti îndatorat şi dincolo de mormînt, fiindcă nu le-ai cerut învoirea de-a-i aduce pe lume.

Nu-mi dădea inima brînci să-mi pun mintea la contribuţie ca să fiu pe placul a trei oameni faţă de care nu eram cu nimic îndatorată. Le place-nu le place, femeile în aceeaşi situaţie cu mine trebuie să accepte că există ceva care caracterizează domnişoara bătrînă: o anumită lipsă de disponibilitate, pornită din faptul că n-ai născut un copil, că n-ai fost martora evoluţiei lui, că n-ai avut de-mpărţit viaţa zi de zi cu un bărbat. Eu, gata să-mi dau sufletul pentru părinţii mei, nu găseam puterea de-a-mi sacrifica timpul şi energia pentru alte fiinţe în afară de cele care aveau nevoie profesional de mine sau de care mă lega ceva.

Costi era cel mai bun prieten al meu. Nu puteam să uit că pe cînd lucram la sală, încadrată ca infirmieră, nu se sfiise să se-afişeze cu mine şi nu din intenţia de-a şoca publicul spectator, ci fiindcă-mi dorea prietenia. Şi el şi Mona veniseră la-nmormîntarea Maicăi, pentru a-mi arăta că nu eram singură pe lume. Pentru apropierea lui şi-a mea şi-n spaţiu, s-a ivit o ocazie nesperată: pe palier cu mine se vindea un apartament identic cu al meu. Costi şi Smaranda au vîndut apartamentul moştenit de la Mona. Costi a cumpărat direct pe numele Smarandei apartamentul vecinilor mei, iar Smaranda a luat diferenţa de bani, pentru a-i da acont la o locuinţă în Paris.

Fiecare-n apartamentul nostru, Costi şi cu mine ducem o viaţă de fraţi. Ne punem banii-mpreună, iar eu sînt administratorul «finanţelor noastre reunite». Din punct de vedere al totalei lipse de griji gospodăreşti, între viaţa dusă cu Mona şi cea dusă alături de mine, pentru Costi nu este nici o deosebire. Mîncăm împreună, am grijă de curăţenie în apartamentul lui cît lipseşte el de-acasă, îl las să-şi scrie cărţile, să citească în linişte, iar cînd simte nevoia de prezenţa mea, vîră yala-n broască şi deschide uşa apartamentului meu, casa mea fiind şi a lui, iar casa lui şi a mea. Îl întreb ce-şi doreşte să fac de mîncare: «ce vrei tu». În asemenea condiţii, trebuie să-mi muncesc mereu mintea ca să variez menu-ul. Nu este fel pe care să nu-l elogieze şi din care să nu mai ceară măcar o lingură. Cu o mamă şi cu-o primă nevastă care nu se omorîseră cu gătitul, pentru Costi faptul că Mona gătise cu mîna ei, iar eu de asemenea, a însemnat şi înseamnă un adevărat răsfăţ. Prezenţa mea în apartamentul de alături îi dă lui Costi linişte şi siguranţă. Eu îi ţin loc de mamă şi de soră.

În octombrie 1989 m-am pensionat, din proprie iniţiativă. Aş fi putut să mai lucrez ani buni, tînăra generație de medici neînghesuindu-se nici la Radiologie nici la Microbiologie, specialități în ale căror stagii se prezentau absolvenți foarte dotați, dar care fugeau de ambele ca dracul de tămîie, ele fiind «neproductive». Pensia, care în 1989 era cu totul onorabilă, după aceea s-a dovedit insuficientă.

Cît timp Costi lucra nu se punea problema să-nlocuiesc becurile de 100 de wați cu lămpile de carte sau cu lumînări, nici să reduc porțiile de mîncare și nici să folosesc telefonul doar pentru urgențe. Avînd o garderobă, cu lucruri clasice nedemodabile, mă socoteam îmbrăcată pînă dincolo de moarte. Biblioteca mea nu conținea rarități ci ediții obișnuite, plus cărți de specialitate și dicționare de cultură generală. Pe lîngă cele două tablouri ale mele valoroase, ai căror autori îi comunicasem doar lui Costi, îmi cumpărasem de la Consignație pentru camera de zi, un peisaj de Mützner, pe nuanțe de liliachiu, de roz, de violet, care-mi amintea cîmpurile cu levănțică ale lui Monet.

După cutremurul din 1977, în magazinele de bijuterii și-n consignații au fost interzise obiectele de aur și, odată cu această interdicție, a fost promulgată și o lege a Patrimoniului, privind obiectele de artă, cărțile rare: după ce prin '48-50 și ceva, din România plecau anticarii occidentali cu vagoane de valori patrimoniale ! Se pare că după cutremurul din '77, niște boieri moldoveni ar fi cutezat să sesizeze Consiliul de Stat cu privire la niște tablouri de Fragonard confiscate la naționalizare de la moșia lor, trecute în cataloage occidentale, și care nu apăruseră niciodată la Muzeul de Artă din București, de la fostul palat regal, și nici la vreun alt muzeu din Țară. Și nici după 1977 ! Se pare că dispariția acestor tablouri ar fi fost impulsul care să ducă la o lege a Patrimoniului, care obliga pe oricine poseda obiecte valoroase, unicate, să le declare, iar în caz că le-ar fi vîndut să anunțe cui le-nstrăinase.

«Legalistă» de felul meu, nevrînd să contravin cu nimic legilor Statului, un stat în care atîția pătimiseră fără să fi contravenit nici unei legi, m-am gîndit să-mi declar la patrimoniu cele trei comori: Andreescu, Mützner, Rembrandt. Am simțit totuşi nevoia unui sfat şi anume al lui Costi. «Nu te sfătuiesc să declari nimic. Declararea asta, cu cît obiectele sînt mai valoroase cu-atît poate genera spargeri organizate fie de „organe“, fie de negustori de artă cu „limbi“ în cadrul „organelor“. Cu acte, prin Consignație, ai cumpărat doar Mütznerul. Să admitem că vin «organele» peste tine. Spui: „n-am ştiut că Mützner reprezintă o valoare patrimonială“. Iar celelalte două ți-au fost făcute cadou drept cópii. Şezi blînd: afară de tine şi de mine nu ştie nimeni de cine sînt tablourile astea». Şi am şezut blînd.

În 1990, legea Patrimoniului a fost abrogată ca fiind o «lege comunistă». Probabil că tot comunişti or fi fost şi italienii cînd au întors-o pe Sofia Loren de la graniță cu tablourile pe care voia să le treacă nițel în afara Italiei ! Cînd s-a reintrodus legea Patrimoniului, după ce fuseseră scoase din Țară cu toptanul obiecte de patrimoniu, Costi mi-a servit aceleaşi argumente ca şi pînă-n '89, împotriva declarării celor trei tablouri. Prin 2001 i-am dat dreptate, cînd unei familii i s-au furat ziua-n amiaza mare,. dintr-un perete de tablouri, doi Petraşcu şi-un covor oriental de rugăciune. Deci, furt comandat.

Dacă vrem să ne-mbunătățim traiul, eu şi Costi, putem vinde tablourile mele şi pe-ale lui. La nevoie, Mützner-ul şi Rembrandt-ul le-aş vinde, numai cu o condiție: să rămînă în Țară; Andreescu mi-a fost dăruit și trebuie și eu să-l dăruiesc, așa cum trebuie să dăruiesc inelul cu smarald, lanțul cu ceas și cu glisieră care-au aparținut familiei lui Claude. Lanțul cu cele cincisprezece inimioare vreau să-l dăruiesc celei mai iubite nepoate a lui Iosif Iuga. Am să i-l dau lui. Îi las grija să afle momentul potrivit pentru un asemenea dar către nepoată.

În 1990, Claude a venit în Țară cu ajutoare și ca să le sugereze celor din partidele istorice să se coalizeze în vederea alegerilor care urmau să aibă loc în acel an. El a vorbit, el a auzit. L-am rugat să stea la mine: «în casa asta care este a ta» mai mult decît a mea. Se schimbase neașteptat de puțin și cel mai important pentru amîndoi: ne-am regăsit ca și cînd ne-am fi despărțit în ajun.

M-a-ntrebat dacă voiam să mă stabilesc în străinătate, garantîndu-mi și un post într-un sanatoriu al unui prieten de-al lui. «N-am vrut să plec niciodată din România. Acuma să plec ? Deși pensia-mi ajunge exact cît să nu mor de foame, tot nu mă-ndur să-mi las trecutul ca pe-un copil al nimănui și să-ncep o viață-n altă parte».

«Dacă n-ar fi fost părinții mei, cărora să le-ndulcesc prin prezența mea ultimii ani de viață, crede-mă că nici eu n-aș fi plecat. Vreau să-mi revendic și eu casa pe care-o știi. Nu vreau s-o vînd, vreau să organizez în ea un cămin de bătrîni». «Ca să aibă niște „tovarăși“ de la cine să ia șperțuri pentru acceptat bătrînii în asemena cămin !». «Personalul l-aș alege eu». «Să-ți ajute Dumnezeu». Claude ne-a făcut să vedem Spania pe mine și pe Costi. Ne-a-ntrebat dacă aveam nevoie să ne-ajute cu bani în Țară. I-am spus că aveam ce vinde pentru a ne albi pîinea. Trăia singur la Madrid, într-o casă frumoasă, moștenire de la părinţii lui. Tot ce moştenise şi tot ce dobîndise avea să lase unei fundaţii cu scopuri umanitare, preocupată mai ales de copiii orfani, fundaţie condusă de-o familie de indieni din India, adepţi ai unei vieţi sobre, vecine cu sărăcia.

În fiecare seară mă chema la telefon după ce m-am întors din Spania. Vorbea adesea şi cu Costi, înţelegîndu-se amîndoi perfect asupra problemelor majore privind mersul vieţii individuale, sistemele sociale, mersul omenirii. La două zile după ultima noastră convorbire la telefon, avocatul lui ne-a anunţat că prietenul nostru Claude Comăneanu a murit într-un accident de avion. Era anul 1994, ziua de 9 octombrie. I-am făcut o slujbă de pomenire la biserica Olari, cea mai apropiată de casa lui, care n-a mai ajuns cămin de bătrîni şi care continuă să plutească-n acelaşi tăcut mister ca pe vremea cînd mai locuia Claude acolo.

Încă o fiinţă importantă din viaţa mea luase drumul acelei alte lumi în care eu nu-ncetez să cred, fiindu-mi un sprijin moral pentru viaţa pe care o cunoaştem şi care mă mîhneşte tot mai mult prin lipsa de originalitate a ceea ce se declară schimbare, care nu este altceva decît o veche tîrîtură fanată care-şi aplică straturi de fard, vrînd să dea impresia de prospeţime feciorelnică. Să-i mulţumesc lui Dumnezeu pentru mama pe care-am avut-o şi pentru cei cîţiva oameni apropiaţi care nu m-au dezamăgit.

Sistemele sociale şi evoluţia lumii îmi sînt sursele unei perpetue mîhniri, a unei perpetue scîrbe. Istoria lumii este un pomelnic de fărădelegi şi de abjecţie. În toată mocirla asta răsar şi nişte insule de lumină: cîţiva oameni fără prihană, mult mai puţini decît geniile; şi tot rătăcite în mocirlă – unele fapte grandioase. «Bucurîndu-mă» de la-nceputul vieţii de umilinţa sărăciei, surprizele mi-au fost mult mai mici decît ale celor care şi-au făcut iluzii de vreun fel. Nu cred în schimbări esenţiale în viaţa societăţii, fiindcă nu cred în capacitatea de schimbare a oamenilor. Iisus a murit cu bună-ştiinţă pe cruce pentru a trezi fibra bună din om. Rămasă, din păcate, îngălată în aceeaşi lăcomie, în aceeaşi invidie şi nepăsare ca şi pînă la El. Revoluţia produsă de El se află-n cărţi, nu în oameni. Cînd mă gîndesc la suferinţele Lui, simt un rău fizic, iar sufletul mi se face bucăţi.

Îmi pare nespus de rău că bătrîneţea nu mi-a adus seninătatea pe care o aşteptam – singura mea iluzie într-o viaţă. M-a lăsat în lipsa de mirare de care m-am «bucurat» de cînd mă ştiu, mi-a adus o tristă indiferenţă faţă de lume şi bucuria – dacă bucurie se poate numi – că sînt bătrînă şi că n-am să mai asist la «spectacol» cît am asistat.

♣

Laura, nevasta vărului meu Gabriel, a mers în calitate de profesor consultant la Neurochirurgie pînă la şaptezeci şi nouă de ani. Cu trei luni înaintea morţii, a avut un moment de pierdere a memoriei, un moment pe care ea, revenindu-şi, l-a caracterizat ca pe-un văl gros aşternut peste creier. Primul semn al Alzheimer-ului, boală pe care singură şi-a diagnosticat-o. «Sper să evolueze rapid», mi-a spus ea mie. Din acea zi a vălului peste creier, şi-a angajat o fostă asistentă care să stea cu ea în permanenţă. «Te rog să mă ierţi, Gabriel, pentru spectacolul pe care-am să ţi-l ofer. Te mai rog să nu-i anunţi pe copii decît în momentul cînd voi fi în urnă». În prima lună după declanşarea bolii, avea frecvente reveniri ale memoriei. În ultimele două, zîmbea, mînca, dar n-a mai scos nici un cuvînt. Se ducea singură la baie şi tot singură se spăla. Pe noptieră ţinuse de totdeauna un curs de neurologie. Toate cele trei luni de boală, îl răsfoia, întîrziind asupra fiecărei pagini. Cînd cineva nu vorbeşte e greu să-ţi dai seama care-i este starea mintală. Laura n-a dat spectacolul de care-atîta se temuse. În afară de drumul baie-dormitor nu făcea nici un pas. Îşi lua cursul de neurologie, se aşeza-ntr-un fotoliu şi nu-şi lua ochii din el decît la mese şi cînd fosta ei asistentă o aşeza-n pat pentru noapte. În ultima clipă de viaţă, căreia întîmplător i-am fost martoră, şi-a aşezat cursul pe genunchi, a ridicat ochii zîmbind a surprindere, ca şi cînd i-ar fi sosit un oaspete neaşteptat, a-ntins o clipă mîinile ca şi cînd ar fi vrut să-mbrăţişeze pe cineva, apoi mîinile i-au căzut în poală iar ochii i-au rămas zîmbitori şi deschişi asupra acelei imagini care-i fusese destinată numai ei.

Copiii Laurei şi-ai lui Gabriel, Ileana şi Laurenţiu, finii mei, amîndoi medici, emigraseră în 1983 în Statele Unite, prin căsătorii pe care le aranjase o rudă a Laurei, căsătorii care, pînă la urmă, deveniseră adevărate, partenerii convenţionali băgînd de seamă că vorba franţuzească «le hasard fait bien les choses» lor li se potrivise de minune. Ileana avea două fete, Laurenţiu – doi băieţi. Laura avusese bucuria să-şi vadă copiii la casele şi la rostul lor şi să-şi cunoască nepoţii, ceea ce-i mai îndulcise amărăciunea de-a nu-i avea lîngă ea. «Mamă» – îi spusese Ileana – «nu vreau să stau cu mîna-ntinsă şi cu buzunarul căscat ca să primesc plicurile de la pacienţi. Vreau să fiu plătită ca lumea pentru munca mea şi să nu jupoi pe nimeni ca să-mi asigur un nivel de trai cum se cuvine unui medic». Laura tăcuse şi-nghiţise. Ea nu primea nimic de la bolnavi. Îşi jurase să nu primească. În schimb, Gabriel – fără să condiționeze tratamentul după «atenția» oferită de pacientă – nu refuza nici un plic. Laura se simțea ca unul care nu primea el direct șperțurile, ci prin secretară: avea conștiința ipocriziei. Așa cum Gabriel nu-i ceruse niciodată Laurei să accepte plicurile de la pacienți, nici Laura nu-i ceruse lui să nu primească ce-i ofereau pacientele. Uneori mai mult decît plicurile. Laura-și dădea seama că bună-starea din casa lor n-ar fi putut fi asigurată numai din salarii.

Prietenia ei cu Argentina nu era simulată. O prețuia pe Argentina pentru simplitatea ei sănătoasă, dură, țărănească și pentru discreție, deși nu-i încredințase niciodată vreun secret. Dar băgase de seamă că verișoara ei prin alianță nu bîrfea și nici măcar nu colporta vorbele altora. În afara celor două mari iubiri ale ei, pentru răposatul ei soț și pentru Gabriel, Laura avea în comportamentul față de oameni un fel de geometrie, cu linii invariabile, în care se încadra principiul de-a nu face confidențe. Cînd Gabriel sărea peste cal în cîte o relație extraconjugală, ea nici măcar o aluzie nu făcea la ceea ce se știa în tîrg și la moară, socotind că a-i fi atras atenția soțului ei asupra unui asemenea comportament ar fi echivalat în primul rînd cu-o indiscreție, apoi cu-o confidență. Hm !

Am analizat la persoana a treia relația mea cu Laura. M-am privit ca pe o străină. Între mine și Laura a fost o prietenie măsurată. Numai la prima noastră întîlnire îmi vorbise despre ceva intim al ei: despre dragostea pentru primul ei soț și despre cea pentru Gabriel. Ca un fel de prezentare de personaj. Apoi ne-nscrisesem în geometria unei sincerități limitate. Paula, de pildă, n-avea secrete față de mine și nu se jenase deloc să mă-ntrebe despre relațiile mele cu domnul General, cu doctorul Costi Gheorghiu, cu doctorul Iuga şi cu Claude Comăneanu. Din dorința de-a mă cunoaşte şi de-a-şi confirma bănuielile şi nicidecum pentru a duce vorba mai departe. Iar eu îi spuneam adevărul, ca la spovedanie.

M-am spovedit şi m-am împărtăşit de Paşti şi de Crăciun pînă la întîlnirea cu Iosif Iuga. După ce trecusem pragul feciorici, m-am spovedit cinstit. Preotul m-a mustrat că nu mă păstrasem virgină pentru căsătorie şi, încă şi mai rău, fiindcă păcătuisem cu un om însurat; drept care nu mi-a dat împărtăşania, ceea ce m-a mîhnit pînă-n fundul sufletului. De-atunci nu m-am mai spovedit şi nu m-am mai împărtăşit niciodată. Simțeam nevoia să-mi descarc sufletul şi cum ştiam că Paula era un judecător imparțial, mi-am golit sacul față de ea. M-a ascultat foarte serioasă apoi brusc a-nceput să rîdă. «Argentina, aşa-ți trebuie dacă umbli pe la popi. Dacă tot crezi în Dumnezeu, ce nevoie ai de intermediari între tine şi El ? Nu poți să-I mărturiseşti direct păcatele pe care crezi că le ai şi să te căieşti de ele-n fața Lui ?...». A tăcut o vreme care mi s-a părut o veşnicie. Apoi, pe un ton foarte serios, m-a-ntrebat: «După voi, care sînteți credincioşi, ce rost are spovedania ? Împărtăşania simbolizează trupul şi sîngele lui Cristos – asta mai pricep – dar spovedania ?». Mă gîndisem de copil la rostul acestei părți a ritualului creştin şi-mi căutasem un răspuns pentru mintea şi pentru sufletul meu. «Paula, ce-ți spun acum e părerea mea despre spovedanie. Eu o socotesc un exercițiu de umilință; umilința de-a te arăta gol în fața unui semen al tău: preotul. Un exercițiu care te pregăteşte pentru marea spovedanie: cea în fața lui Dumnezeu, căruia nu-I poți ascunde nimic». «Şi-atunci de ce să nu faci „exercițiul" ăsta de umilință direct față de Dumnezeu, dacă pîn' la urmă tot la El ajungi ?». «Biserica are anumite canoane. Dacă eşti creştin practicant trebuie să le respecţi». «Dacă simţi nevoia să le respecţi, respectă-le, dar cred că-ţi dai seama că ele sînt inventate de oameni şi că n-au nimic de-a face cu Dumnezeu. Nu e vorba aici de faptul că eu nu cred în Dumnezeu, e vorba de logică... Ştiu că maxima supremă a creştinismului este: „crede şi nu cerceta". Eu una nici nu cred, nici nu cercetez. Dar cum rămîne cu mîntuirea prin credinţă ?». «Remuşcările sînt o răsplată grea a păcatelor. Spunea cineva că nimic nu e mai rău pe lume decît boala şi căinţa. Remuşcările rod sufletul ca o boală». «Vezi, Argentina, eu care nu cred în Dumnezeu, îmi feresc totuşi sufletul de păcate. Mă tem de căinţă ca de boală. Cînd, fără să vreau, supăr un om, îmi vine să mă jupoi de vie. Dacă prin căinţă i se făgăduieşte credinciosului creştin mîntuirea, de ce n-o poate dobîndi el de la Dumnezeu ? De ce trebuie să recurgă la un intermediar ?». «Ca exerciţiu de umilinţă şi de pregătire pentru întîlnirea supremă, cu Dumnezeu». «Adică repeţi mereu un rol în vederea spectacolului final. Dacă Dumnezeu există, o să mă primească şi pe mine şi fără exerciţiile astea».

Cornel, fiul Paulei, crescut în familia Berg – nemţi credincioşi practicanţi – se botezase catolic, nefiind de fel botezat pînă la paisprezece ani; şi de dragul atmosferei din bisericile catolice învăţase să cînte la orgă. Urmase o şcoală tehnică şi era un bun electronist. Preocupat să-şi cîştige cît mai repede un ban, şi-a luat o slujbă, s-a-nsurat cu-o nemţoaică, neam cu «mama» Berg, şi are o fată, pe nume Carmína, pe care eu am pregătit-o pentru Medicină. Meritul de-a fi reuşit a treia, cu diferenţă de zece sutimi faţă de primul de pe listă, îi revine ei – «copil nemţesc» disciplinat, metodic – însă nu spun că nu sînt şi eu mîndră pentru ce-am învăţat-o. «Fără tine nu intra», pretinde Paula. «Intra, fiindcă e foarte bună». «Bună, bună, dar de unde bani de meditaţii ?». Un copil bun şi cînd mai e şi sărac, trebuie ajutat.

Puteam să am o sută de Rembranzi pe pereţi, nu unul, n-aveam să mă vindec niciodată de complexul omului sărac. Şi dac-aş fi miliardară, înainte de-a mă uita la o marfă m-aş uita întîi la preţ. Un bogătaş declara unui reporter că s-a simţit bogat cînd la restaurant nu s-a mai uitat la preţul felurilor din lista de bucate. Un precept al religiei creştine îţi spune: «intră-n biserică mereu cu gîndul săracului». Eu am intrat în viaţă şi-am să plec din ea cu gîndul ăsta. Mă gîndesc la viaţa mea: n-am crescut copil şi de sădit am sădit doar un trandafir pe mormîntul ultimului Florei al familiei noastre. «Nu e om ăl de n-a crescut un copil şi de n-a sădit un pom», zice o vorbă din bătrîni. Nu mi-a fost dat să aduc pe lume alte fiinţe. O investiţie şi pedagogică şi umană am făcut în Carmína, fiica lui Cornel şi-a Gertrudei, nepoata Paulei. Măruntică, delicată şi cu-ncheieturi line – ca la caii de rasă – Carmína e o fiinţă atrăgătoare şi drăgălaşă prin replica ei spontană şi printr-un fel de linişte pe care-o iradiază oriunde s-ar afla. Nu este genul modern: adică nu-i pornesc picioarele din subsuoară şi nici buricul nu şi-l arată pe străzi. Este genul pe care eu îl numesc «taior clasic». Un gen care nu ţine să se remarce, supravieţuind însă modelor: gen uman potolit, rezistent, contînd pe minte mai mult decît pe farmecele trupului. Dacă aş fi fost vreodată o frumoasă, poate aş fi regretat că nu m-am născut în vremea cracilor lungi, a siluetelor «unisex» şi-a «buricelii». Modestă eu ca fizic, ţineam cu o fată de felul Carmínei, care-avea atîta minte încît să nu sufere că n-o făcuse Dumnezeu manechin şi nici să le invidieze pe cele care intrau în concurenţă cu stîlpii de telegraf. Moştenise talia Paulei şi pe cea a părinţilor ei, rigoarea nemţească a maică-sii şi sponaneitatea lui Cornel; el fiind rodul unei mari iubiri.

♣

Pe cînd aveam cam cincizeci de ani, stăteam de vorbă cu o colegă, măritată, fără copii, despre bătrîneţea noastră, a celor fără urmaşi direcţi. Eu eram de părere atunci, cum sînt şi-acuma, la bătrîneţe, că neavînd copii trebuie să-ţi ataşezi nişte oameni mai tineri cărora să le laşi bruma cîtă ai agonisit-o ca să aibă cît de cît grijă de tine şi să n-ajungi la azil. În Occident, azilele sînt ca nişte sanatorii de lux. Costă, dar merită. Pînă s-ajungem noi, românii, la asemenea performanţe, salvarea individuală este singura soluţie. «Eu şi bărbatu-meu la asta nu ne gîndim. După noi – potopul !», mi-a spus colega mea. «Nenorocirea e cînd te-ajunge potopul înainte, nu după». Oricîte urîciuni ar avea societatea, totuşi rolul ei de într-ajutorare, imperfect cum o fi, trebuie luat în seamă. Nu se poate trăi singur pe lume. Soarta mi-a hărăzit să trăiesc de una singură, dar n-am fugit de oameni şi-am avut – zic eu – înţelepciunea să-i iau aşa cum sînt, deci să nu le pretind să fie perfecţi, nici în sinea lor şi nici în relaţiile cu mine.

Mă-ntreba de curînd Costi – citindu-mi a patra carte, asta fiind de patologie generală – dacă nu-mi pare rău c-am dat cu piciorul carierei universitare. «Te-ai supărat atunci, pe bună-dreptate, cînd i-a dat Dima „tovarăşei“ Suceveanu postul care ți se cuvenea ție. Citindu-ți cărțile, îmi pare rău pentru dascălul care s-a pierdut prin tine». «Costi, mie nu-mi pare rău. Oricît ar progresa Medicina, cărțile pe care le-am scris rămîn măcar ca martor al unei etape. Eu mai mult decît liniștea și decît evitarea situațiilor conflictuale n-am prețuit nimic mai mult în viață, iar cariera universitară presupunea tras de otgoane, relații duioase cu Partidul, nervi consumați». «În vremea noastră s-au afirmat și oameni de valoare dar, ce e drept, s-au așezat în fruntea bucatelor, în cel mai fericit caz și niște mediocrități». «Dacă te gîndești numai la comunism, îți propun să muți linia mai încoace, trage-o după 2000. Ce oferea Partidul „fidelilor" săi, azi se cumpără cu bani. Pentru candidații la viață, azi finanțele, firmele, afacerile, managementul încep să facă mare concurență Medicinei. Să sperăm că de-acum încolo s-or duce la Medicină unii chiar interesați, dacă nu pasionați de meserie. Singura speranță rămîne deci concurența și nu cinstea sistemelor sociale».

De multe ori, la tinerețe, multă lume-și închipuie că se poate cumpăra totul cu bani. La bătrînețe bagi de seamă – vorba cuiva – că tot ce se poate cumpăra e ieftin. Să-ți poarte cineva de grijă la bătrînețe nu e ca mersul la piață: dai banul – iei marfa. Unde să găsești omul cinstit căruia să-i lași ce ai și care să-ți poarte corect de grijă și cu milă, chiar dacă-n sinea lui, în mod firesc, îți așteaptă moartea ca pe-o mîntuire, mai ales cînd ești atins de boli care-ți iau picioarele ba, și mai rău, mințile, ori cînd ești cîrcotaș din fire și toate-ți put. Ca să-i judec pe alții, mă iau pe mine drept exemplu. Dacă în 1951, cînd am venit în București, într-o rochie de stambă și-ntr-o pereche de sandale cu tălpi de cauciuc de-mpuțeau mahalaua cînd le scoteam din picioare – săracă lipită pămîntului de cînd mă ştiam, dacă atunci mi-ar fi propus cineva să-mi lase o casă cu de toate ca să-i port de grijă m-aş fi-nvoit ? Categoric nu. Cum nu m-am învoit la patruzeci şi doi de ani să mă mărit cu un bărbat cu doi copii, gata făcuţi de-o biată femeie care murise. Copiii lui Gabriel şi-ai Laurei, chiar şi dac-ar mai fi fost în România, aveau o situaţie materială care-i scutea de dorinţa de-a avea grijă de-o babă ca s-o moştenească. Ar fi făcut-o poate din spirit creştinesc şi din gîndul la propria bătrîneţe. Smaranda, chiar nemămoasă cum o socotea maică-sa, ne poartă de grijă de la Paris lui taică-său şi mie; dar «apa de departe nu stinge focul», vorba chinezilor. La o nevoie, tot singuri sîntem.

De nepoţii mei de frate – Cosmin şi Diana – am încercat să m-apropii, fără succes. Mai mult prin străinătate, lîngă părinţii lor, abia de-i vedeam cîteva ore cînd veneau în România. În vremea cînd şi-au făcut ei Facultatea nu li s-a mai dat voie nici diplomaţilor, nici altor funcţionari români, lucrînd în străinătate, să-şi ia copiii cu ei. Măsură care gîndea să descurajeze intenţia acestora de-a uita să se-ntoarcă de pe alte meleaguri. Copiii, rămînînd în România, reprezentau un gaj pentru împrospătarea memoriei în privinţa întoarcerii în Ţară. I-am invitat în acea perioadă pe la mine pe nepoţi, dar vedeam că stăteau ca pe ghimpi. Altă generaţie, alte preocupări şi mai ales obişnuiţi că familie însemnau numai părinţii lor şi bunicii dinspre mamă. O dată măcar nu m-au întrebat ce se-ntîmplase cu ceilalţi bunici pe care-i văzuseră de cîteva ori în viaţă, în scurtele vizite pe care Gelu le mai făcuse la Brăteasa pe cînd cutreiera lumea. Părinţii Lilianei nu veniseră la-nmormînarea cuscrilor lor, părinţii mei şi-ai lui Gelu, deşi-i anunțasem din timp la moartea fiecăruia. Nepoții, Diana și Cosmin locuiau la ei, frate-meu și cumnată-mea neîncercînd niciodată să obțină o locuință. Eu le telefonam în fiecare săptămînă socrilor lui Gelu, îi invitam pe la mine, dar aflau mereu pretexte să-și amîne vizita, iar ei mă invitau numai la aniversările nepoților, aniversări la care participau numai tineri. Relațiile cu familia Lilianei erau formale și numai prin stăruința mea de-a nu le rupe. Niciodată n-au făcut apel la mine măcar ca medic, măcar să-mi ceară un sfat. Aveau toți acces la „Elias“, își aveau doctorii lor, așa că nici pe partea Medicinei nu se producea nici o apropiere. De la telefon am aflat că și Diana și Cosmin se operaseră de apendicită; am aflat după ce se-ntorseseră acasă. Familia prin alianță a fratelui meu mi-aducea mereu aminte vorba din popor: «neamurile după muiere – unse cu miere; neamurile după bărbat – unse cu... ».

♣

În decembrie 1989, frate-meu și cumnată-mea erau la post în străinătate. Copiii lor – tot în străinătate, și anume la Baltimore, ca să-și facă un masterat după ce, în România, terminaseră o Facultate, cred că de Cibernetică. În orice caz, de ceva de ultimă oră, cu posibilități de plasare oriunde în lume. Din conversațiile telefonice cu părinții Lilianei, înțelesesem că fuseseră amîndoi șefi de promoție: ambițioși și sîrguincioși ca și părinții lor.

Gelu și Liliana s-au întors în România la sfîrșitul lui ’90 și repede și-au deschis o firmă – o afacere, mă rog – care ar fi inclus și niște fabrici de mezeluri. Care a fost regimul lor în străinătate între decembrie '89 şi data întoarcerii lor în Ţară, istoria nu mai povesteşte. Eu m-am abţinut să le pun orice fel de-ntrebare. Naivă, ţărancă est-europeană, îi întrebasem la prima lor întoarcere de la post, încă pe vremea lui Dej, ce lefuri aveau. Mi-aduc aminte că după o lungă tăcere, în care Gelu s-a uitat în ochii nevesti-sii ca spre a-i cere voie, mi-a răspuns Liliana: «Ştii, n-avem voie să vorbim despre salarii». «Mă iertaţi, n-am ştiut, că nu vă-ntrebam. Mă iertaţi».

Cred că-n '90 trecuse o lună de cînd se-ntorseseră pînă să găsească timp să ne vedem. Mi-au făcut favoarea să-mi comunice că-şi cumpăraseră două terenuri, unul la Snagov pe malul lacului, altul în Băneasa, în ambele locuri avînd intenţia să-şi construiască ceva. «Ceva» ăsta fiind şi vag şi sugestiv.

Liliana îşi păstrase dimensiunile de la tinereţe. Îşi schimbase culoarea părului, fiindcă probabil începuse să-i albească. În locul negrului de la tinereţe, acum îl avea castaniu, o culoare frumoasă şi care părea naturală. Nu-i mai atîrna bogat pe umeri, ci era tuns scurt: o coafură potrivită unei femei de şaizeci de ani, care arăta cel mult de cincizeci. Îmbrăcată cu gust, fără sclipiciuri şi fără zorzoane, cu bijuterii potrivite orei cînd erau purtate, se vedea că Liliana ştiuse ce s-aleagă de pe unde umblase. În schimb, Gelu, din băiatul ca o nuia, cu o faţă niţel colţuroasă, inspirînd bărbăţie, părea umflat cu ţeava, gata să plesnească. Îmbătrînise mitocăneşte. Cu burta peste curea. În timp ce nevastă-sa înţelesese, în lumea prin care se-nvîrtise, că bunăstarea, standardul ridicat de trai îţi impunea şi o formă fizică, frate-meu se purtase după pofta inimii: adică-şi răzbunase toţi anii de foame ai copilăriei, ai adolescenţei, ai studenţiei. Şi mîncase pe rupte.

La noi, la Brăteasa, graşi erau numai Oprica lui Baros, rudăreasa, care făcuse douăşcinci de copii – şi-ăi doi băieţi ai ei, iar dintre români, ai lui Şoavă şi-ai lui Ciobănescu. Să fii gras era supremul semn al bunei-stări la noi în sat. De cîte ori mi-aduc aminte de Oprica lui Baros îmi vine şi să rîd şi să plîng. Din douşcinci de copii cîţi a născut, între care de cinci ori gemeni, i-au trăit doi băieţi şi-o fată. O văd eu într-o zi – cred că eram în clasa a doua de liceu – şi-i spun: «Dadă Oprică, am auzit că ţi-au murit copiii făcuţi acu' de curînd». «Da' slavă Domnului, dadă, că de un' le-aş fi dat să mănînce la atîtea guri ?».

Şi ne-ntoarcem la problema esenţială a celei mai mari părţi din omenire: mîncarea. M-am uitat cu părere de rău în '90 la Gelu, amintindu-mi-l pe cel care plecase prima oară la post în străinătate. M-am uitat cu părere de rău, dar cu-nţelegere. Pe lume sînt puţine plăceri: să mănînci după pofta inimii, calitativ şi cantitativ, e una dintre ele. Atît cît îl cunoşteam eu, Gelu nu-şi pusese frîu lăcomiei şi-n semn de nepăsare faţă de standardele lumii în care trăise. Oricum, în Vest toţi ne consideră nişte troglodiţi, apăi să aibă de ce.

În definitiv, Orson Welles era actor – şi ce actor ! – şi puţin îi păsa că se-ngrăşase. Marlon Brando, la fel. De ce nu s-ar fi-ngrăşat şi-un român care dăduse de belşugul occidental ?! «Soru-meo, eşti singura care nu mi-a spus: „Aoleo, Gelule, ce te-ai îngrăşat" !». «Gelule, ţie de estetică se vede că nu-ţi pasă. De-aci-ncolo nici nu te mai însori, nici actor de cinema nu te mai faci. Totul e să nu-ţi dăuneze la sănătate. Acuma-ţi vorbeşte doctorul, nu soru-ta».

Peste vreun an, cînd m-au chemat la inaugurarea celor două vile pe care şi le construiseră, un exemplu de bun-gust şi ca arhitectură şi ca decoraţiune interioară, Gelu m-a luat de-o parte şi mi-a descris nişte simptome pe care eu le-am diagnosticat drept prevestitoare de diabet. «Tu cunoşti un doctor ca lumea, în care să ai încredere ?». «O cunosc pe colega mea Natalia Scutaşu, cel mai bun internist, cel mai conştiincios medic din cîţi am întîlnit la viaţa mea». Anamneza făcută de Natalia Scutaşu te lua de la naştere pînă-n momentul cînd i te prezentai ca pacient; aşa cum trebuie să fie orice anamneză. Dacă i se părea Nataliei că ai fi putut uita ceva din biografia ta medicală, îţi punea întrebări şi insista asupra unor puncte care altui medic i s-ar fi părut de neluat în seamă. Apoi te dezbrăca de tot şi te consulta din tălpi pînă-n creştet. Chiar pentru generaţia mea, absolvenţii din 1959, Natalia este un ornitorinc; faţă de noile generaţii de medici, pare venită din altă galaxie. Din păcate, în privinţa lui Gelu, bănuielile mele şi ale Nataliei se confirmaseră prin probele de laborator: «un început de diabet pe care să-ncercăm să-l ţinem în frîu prin alimentaţie şi prin ceva medicamente. Aş vrea să nu deveniţi dependent de insulină. Şi vă rog să nu mai fumaţi, fiindcă riscaţi o arterită obliterantă. Vă trimit la un diabetolog, un coleg al Argentinei şi-al meu, pentru dirijarea tratamentului. Să ştiţi că e foarte dur cu pacienţii, mai ales cînd sînt graşi. Vă rog să nu vă speriaţi şi să-i urmaţi prescripţiile cu sfinţenie».

Gata oricînd să dea totul pe ton glumeţ şi optimist, şi el şi Liliana, ca omul încîntat de sine, căruia toate-i merg din plin şi simte că lumea-i a lui, diagnosticul Nataliei Scutaşu

– casație-n materie – îi alungase lui frate-meu aerul biruitor, de ușoară zeflemea; parcă-l turtise și-l micșorase.

M-a invitat la o cofetărie: «Hai, soru-meo; tu mănînci o prăjitură și bei o cafea; eu beau o cafea fără zahăr». Cofetărioara de vizavi de Drept demult nu mai era. Am mers într-una pe colț, cam peste drum de Operă. Mascota de la cofetăria de-acum nu mai semăna cu mascotele tinereții mele, cum nu seamănă o girafă cu un crocodil. Am înghițit-o alternînd fiecare-mbucătură cu o gură de cafea – cafeaua fiind chiar bună. «Soru-meo, Adelino, Argentino, „diabetul ăsta incipient“ pe care mi l-a vestit colega ta, e un prim semn din partea Ălei cu coasa».

Gelu avea un aer trist care mi l-a adus aminte copil, cînd îi scăpase din mînă un smeu la care meșterise o săptămînă. Glasul suna dintr-odată grav. Era glasul studentului sărac căruia-i dădeam eu un pol de buzunar din ce cîștigam cu injecțiile. «Gelule, fratele meu, Doamna asta cu unealta agricolă, cum o numea domnul General, ne dă semne de cînd ne naștem. Semne discrete pe care pînă la o anumită vîrstă nu le băgăm în seamă. Bătrînețea e vîrsta renunțărilor și-a umilinței. Nu mai mergi cum mergeai, nu mai poți mînca de toate și trebuie să accepți că fiecare zi-ți apropie funia de par». «Dac-am ajuns ca un porc de gras, am ajuns fiindcă mîncarea și băutura – bună și cu măsură, băutura – mă despăgubeau de compromisurile vieții. Poate-ți închipui că de cînd am terminat Facultatea mi-au mers toate ca mărgelele pe ață !». «Nu-mi închipui nimic, Gelule. De cînd ai plecat prima oară-n străinătate și pînă astăzi – și se face curînd jumătate de secol – tot ce-am vorbit noi doi a fost convențional. Nici eu nu te-am întrebat pe tine ce făceai, nici tu pe mine ce făceam. De cînd v-am întrebat odată cîndva ce salarii aveați și-am înțeles că vă era interzis să le divulgați, m-am lecuit să vă mai întreb ceva. Asta e valabil și pentru ziua de azi. Ce vrei aia-mi spui». «Simt un fel de ostilitate în ce mi-ai spus acum». «Nu ostilitate, Gelule, ci faptul c-am priceput că relațiile noastre au devenit convenționale». «Chiar crezi c-am uitat bănuții pe care ți-i luai de la gură ca să mi-i dai mie cînd eram student ?». «Nu cred c-ai uitat. Cum nu cred c-ai uitat cum mîncam franzelă cu mămăligă pe marginea șanțului cînd mergea Taica la oraș. Nici cum ne duceam la Baltă, la Bîta – mam' marea dinspre Maica – și ea ne umplea traista cu pere pădurețe pe care le ținea-n secară pînă se-nmuiau și se topeau în gură. Nu cred c-ai uitat nimic, dar te-ai lăsat copleșit de viața-n care te-ai aruncat, de competiția unei astfel de vieți». «Bine zis competiție. Soru-meo, cum m-am menținut în posturile pe care le-am avut, numai eu știu. Cred că jumătate din ce-am cîștigat am dat-o pe „atenții", ca să merg mai departe. În lumea-n care m-am învîrtit eu nimic nu mergea fără „îmi dai – îți dau"». «Crezi că numai în lumea-n care te-ai învîrtit tu ? Dac-aș fi fost frumoasă și m-aș fi culcat cu cine trebuia – că origine sănătoasă aveam – eram azi profesor universitar, nu medic-primar pensionar. Natalia Scutașu, o capacitate în Medicină, fiindcă e urîtă, abia de-ajunsese șefă de lucrări, pînă-n '89. Pe urmă s-au gîndit s-o numească șef de catedră, la cincizeci și șase de ani. Peste tot și oriunde e cu „îmi dai – îți dau". Ce ? „democrația" asta merge altfel ? Ba mai dihai decît în comunism funcționează șperțul și relațiile. N-am văzut un miliardar de azi care să fi ieșit dintr-o pușcărie politică, ci tot vechii comuniști machiați în democrați». «Înțeleg că mă incluzi și pe mine aici... și nu pot spune că n-ai dreptate. Aş vrea să ştii că viaţa mea e mai grea şi mai complicată acuma decît înainte». «Gelule, asta ai vrut, asta ai. Şi măturătorul de stradă are griji. De ce n-ar avea şi-un miliardar ?» «Ai spus „asta ai vrut, asta ai". Soru-meo, sînt anumite angrenaje în care dac-ai intrat nu mai ieşi decît cu picioarele-nainte». «Ca la mafie !». «Ca la mafie !». Şi-am tăcut mult de parcă brusc ne luase Dumnezeu graiul. «Gelule, dacă vrei să fii pe picioarele tale, fizic vorbind, şi-n minţile tale, pîn-o veni Doamna cu coasa, respectă cu sfinţenie ce-o să-ţi spună doctorul Vlad Alexandrescu, diabetologul la care te trimite Natalia Scutaşu. Diabetul nu e pneumonie, care se vindecă-n două săptămîni cu antibiotice. E boală rea. Dă peste cap tot metabolismul. Îşi face de cap, te termină repede şi foarte urît. Ca de pildă, picioare amputate... Încît te rog ca pe Dumnezeu, *în primul rînd* menajează-te, evită stresul şi emoţiile, că-n groapă nu iei miliardele cu tine. Iar pe-ai tăi i-ai asigurat pentru zece vieţi». «Mi-e tare greu să mă-nvăţ cu-o viaţă de pensionar, să fiu vioara a doua-n afacerile astea-n care sînt băgat». «Îl ai pe fiu-tău care poate ţine hăţurile. Mulţumeşte-te să fii un fel de «profesor consultant», cum sînt marii noştri medici bătrîni pe la spitalele conduse de medici deştepţi, care-şi dau seama că oricît de bun ai fi, n-ai văzut pîn' la patruzeci de ani ce-a văzut un „consultant" pîn' la optzeci. Nu cred că fiu-tău te-ar da pe linie moartă». «Important e – după cum ne-nvaţă psihologii – să nu provoci experimente. Fiu-meu are o nevastă extrem de cheltuitoare». «Fiindcă are de unde». «Şi Liliana are de unde şi totuşi n-azvîrle cu banii pe fereastră». «Fiindcă Liliana a trecut şi prin perioade cînd n-a avut ce azvîrli. Nu uita a cui fată e noru-ta. De cînd se ştie, ce şi-a visat noaptea a avut ziua».

«Nu mă pot obişnui cu idea vieţii de pensionar. Ţie nu ţi-e greu, la pensie ?». «Nu. Aşa cum de la-nceputul vieţii ştii că mori, tot aşa de la-nceputul unei profesii ştii că vine momentul cînd îi pui punct. Aş fi putut să mai lucrez. Aş putea şi azi, la vreo policlinică dintre cele cu plată, însă nu mai vreau. Am fost medic treizeci de ani, asistentă la sala de operaţii opt ani. E destul. Şase din ăştia opt ani lucram şi la sală şi mergeam şi la Facultate, cu scutire parţială de frecvenţă. Dacă n-ar fi fost domnul General – Dumnezeu să-l odihnească ! – nu mai ajungeam eu doctoriţă». «Cu oricine-am vorbit despre tine, dintre medici, mi-au spus că eşti nu numai un radiolog excepţional, dar că eşti şi ca diagnosticiană lux a-ntîi. De ce te-ai făcut tu radiolog ?». «Fiindc-am vrut să am ceva linişte după opt ani de extenuare în care-am avut parte şi de-un an de boierie: cît am fost internată la Spitalul T.B.C. Studenţesc. A fost cel mai liniştit an din viaţa mea. Tuberculoza mi-a picat ca un dar de la Dumnezeu. Eram extenuată de-atîta muncă». «Ce ştiu copiii mei de-aşa ceva !? Ce ştiu ei cum făceam, tu şi cu mine, injecţii la douăşpe noaptea şi la patru dimineaţa şi cum căram eu lăzi de cartofi în Obor pentru un leu de cinema şi pentru douăşcinci de bani de tramvai ?!». «Mulţumeşte lui Dumnezeu că sînt întregi la trup şi la minte, că au învăţat serios carte, că nu beau, nu se droghează, că au familii, că nu i-ai scăpat din mînă şi că şi-au văzut şi-şi văd de treabă». «Diana putea să stea şi-n România, că nu murea de foame. I-a trebuit America şi bărbat japonez. Ca să umble mă-sa prin avioane de dorul ei». «Gelule, e moda exportului de creiere şi de forţă de muncă brută. Pleacă ăi fără speranţă şi-ăi speriaţi că la un moment dat şi-ar putea pierde-n România standardul pe care-l au. Pleacă unii după o pîine, alții fiindcă n-au încredere în viitorul Țării ăsteia ale noastre». «Tu ai ?». «Nu. La un pol se strîng bogații, la celălalt – o sărăcie din ce în ce mai cruntă. E de fapt o-ntoarcere-n epoca sclavagistă, cu deosebire de tehnică şi cu aceea că azi nu mai eşti vîndut de stăpîn ci-i cerşeşti privilegiul de a-ți vinde forța de muncă». «Nu ți se pare că s-a-mbunătățit chiar nimic după Revoluție ?». «Revoluție ?!». «Hai să numim aşa ce s-a-ntîmplat în '89». «A ! dacă e pe numite – ca-n Medicină: „diagnostic neprecizat" – atunci mai merge, altminteri n-o să umblăm acuma să ne prostim unul pe altul. Dacă şi ce s-a-mbunătățit ? Există ziare – fiecare „independent" însă de cineva ! – jucînd fiecare după cum îi cîntă grupul de interese pe care-l reprezintă. Fiecare gazetă e montată ca o piesă de teatru. Ai dreptul de-a manifesta: tu strigi, tu auzi. Magazinele sînt pline. Unii cumpără din ele, alții se plimbă prin ele ca prin muzee. Ai dreptul să călătoreşti. Nu mai depinzi acum de Securitate, ci de Ambasadele cărora le ceri vize. Poți avea tot ce-ți pofteşti – bani să ai. Şi mai presus de orice – afară de zile, poți cumpăra: conştiințe, Justiție, Poliție, tot, tot. În toate regimurile sînt privilegiați şi oropsiți. „Revoluția" – pentru că aşa ne-am hotărît să numim ce s-a-ntîmplat în '89 – nu prezintă nimic original. S-au *mai* schimbat personajele, unde s-au mai schimbat. Îi mulțumesc lui Dumnezeu că sînt bătrînă, Îi mulțumesc că n-am copii. Pot să-ți spun că pe lumea asta multe dezamăgiri am avut, de la comunism la oameni, dar cea mai mare dezamăgire tot urmările „Revoluției" mi-au provocat-o. Nu m-am aşteptat la cine-ştie-ce minuni după 1989, dar nici la ce e-acum !». «Poporul nostru, de cînd se ştie, luptă să supraviețuiască. E aproape tot timpul – vorbind la prezentul istoric – în stare de calamitate. Excluzîndu-i pe ăi privilegiați din orice regim. De cînd terminam porcul – cam pe la-nceputul lui martie – de cum îl terminam, pîn' la Paşti nu mai gustam carne. Şi de la Paşti la Sfîntă Mărie la fel. Mi-l aduc aminte pe Florei al nostru cum îşi îngropa şi cum îşi legumea oasele de la găina de Sîntă Mărie; ziua Maicăi, săraca. Şi cum apuca şi ea gîtul, căpățîna, ghearele. Cum dosea pentru Florei cîte-un dumicat de mămăligă. Şi cînd aud astăzi ce viață fericită a dus țăranul pînă-n '44 ! Nu trebuie să-ți spun eu ție, soru-meo. În '44, tu aveai doişpe ani, eu – treişpe. Nu eram copii de țîță ca să nu ne mai aducem aminte. Apoi au venit comuniştii şi ne-au omorît cu cotele, pîn-au înființat Colectivele de pe urma cărora săracul tot sărac a rămas, iar conducerea s-a umflat ca o căpuşă care suge pe găină grasă... Soru-meo, eu n-am nici un fel de remuşcări pentru ce-am făcut în comunism: mi-am făcut bine mie şi-alor mei, dar, jur că rău n-am făcut nimănui. Iar acuma, de cînd m-am ajuns, încerc să fac bine-n jurul meu. La Brăteasa, la nisipurile noastre, creşte tutun de calitate. Am convins nişte americani să facă acolo o bază de colectat tutun, de selectat şi de alte operații; mă rog, o-ntreprindere care dă de mîncare unor oameni. În Bucureşti ajut nişte orfelinate şi nişte azile de bătrîni. Dacă apare o lege ca lumea a sponsorizării, să ştii că am să dau şi mai mult. Nu vreau să fac pe sfîntul din călindare-n fața ta, însă vreau să nu-ți închipui numai rău despre mine.Vreau să rămînem frați nu numai pe hîrtie. Şi dacă ai nevoie de bani sau de orice altceva, spune-mi. Şi nu te uita că Liliana e-aşa secretoasă de felul ei. Aşa a fost crescută». «Gelule, şi noi am fost crescuți de Maica „secretoşi". Ți-aduci aminte cum ne spunea: „Maică, nu povestiți la nimini ce e-n casa voastră. Nu vă certați în lume". Suferința ei a mai mare era că Taica nu se uita la ce-i spunea nu numai în casă, dar şi față de străini. Parcă-l aud – Dumnezeu să-l ierte ! – „Nu vezi, fă, că eşti proastă". Şi ea, săraca, lăsa capu-n pămînt şi nu scotea o vorbă. Singura ei mulțumire a fost că ne-a văzut pe noi cu o pîine la oraş. „Maică, să faceți ce-oți face, da' să nu mai dați cu sapa". Aş fi vrut să-ți vadă şi ea vilele; să se bucure şi ea de cît de bine-ai ajuns. Să vadă cum ne-am ridicat din cenuşe-n picioruşe. A murit cu oful că nu sînt măritată şi că n-am copii. Nu-mplineam standardele fireşti ale unei vieți. Fiecare cu soarta lui. Gelule, dreptul să ne judece pentru sufletul nostru numai Dumnezeu îl are. Lui nu-I poți ascunde nimic. Încolo, ce ştim noi unii despre alții ? Doar ce vedem şi ce-auzim. Dar sufletul omului nu-l ştim. Îl bănuim doar. El poate fi un colț de puritate care s-aducă-a rai, dar şi o cloacă de infern». «Poate că-n acelaşi suflet sc află amîndouă colțurile astea. Important e care atîrnă mai mult în balanță». «Ai dreptate, Gelule. Firişorul ăsta de rai, care se află pitit în fiecare din noi, e cotropit ca de bălării, de invidie şi mai ales de grija zilei de mîine şi de intoleranță. Uită-te tu cîte prietenii de-o viață s-au stricat fiindcă unul votează cu Popescu, altul cu Ionescu. Iar ăştia care-şi strică prietenia n-au nici măcar scuza c-ar face politică. Şi-atunci s-a dus dracu' firicelul de rai !». «Vorbeai de invidie. Eu cred că invidia e o forță care mişcă mecanismul lumii. Ce nu sînt în stare oamenii să facă din invidie ?!». «M-am gîndit de multe ori la cele mai importante forțe din lume şi-am ajuns să socotesc prostia cinstită, lăsată de la Dumnezeu, cea mai mare forță, iar imediat după ea, la egalitate-ntre ele, lipsa de informație şi informația dirijată, echivalentă, de fapt, cu dezinformarea. Astea sînt forțele pe care se bazează marea finanță, care face din noi ce vrea».

Repetam în fața lui Gelu concluziile mele despre societate. Fără să fiu eu vreun mare analist politic. La ele mă dusese o viață prin care nu trecusem legată la ochi. Frate-meu se uita pierdut prin peretele de geam al cofetăriei de parc-ar fi așteptat să-i apară pe-un ecran confirmarea sau infirmarea spuselor mele. Sau se gîndea, mult mai de crezut, la diabetul lui, la afacerile lui, la propria viață. «În lumea asta ale cărei mecanisme le-nțelegi atît de bine, tu cum te-ai descurcat și cum te descurci, Adelino ?», a sunat într-un tîrziu răspunsul lui Gelu față de părerile mele. «De la nouășpe ani pîn' la cinzecișiopt, cînd m-am pensionat, am muncit fără preget. Am muncit *cu* oameni și *pe* oameni și n-am făcut economie de propria persoană. Îndrăznesc să spun că mi-am făcut cu sfințenie datoria. Iar azi, nu apelează un om la mine pe care să nu-l iau de mînă și să nu-l duc la doctorii pe care-i consider eu cei mai buni. Fiindcă m-am purtat în așa fel încît să las loc de „bună ziua" și față de oamenii pe care i-am agreat și care m-au agreat și față de ceilalți». «Bănește cum te descurci ?». «Dacă n-ar fi Costi, greu, foarte greu. Fata lui, singurul lui copil, e doctoriță la Paris. Deși taică-său nu-i cere nimic, ea-i trimite trei-patru sute de dolari pe lună. Costi a moștenit-o pe sora maică-sii: o casă cu lucruri unu' și unu', și o colecție de tablouri foarte valoroase. Smaranda, fata lui, i-a spus lui Costi să nu vîndă încă nici un tablou. Îi dă ea semnalul cînd e cazul. Costi și cu mine avem buget comun, așa că nu duc lipsurile pe care le-aș duce dac-ar trebui să trăiesc din pensie, cu inflația asta care nu dă nici un semn să se oprească. De fapt, cred că totul e planificat». «Poți fi sigură».

Cred că replica asta Gelu n-ar fi-ndrăznit s-o rostească de față cu Liliana. De fapt, întreaga noastră conversație n-ar fi putut avea loc în prezența ei. În acea cofetărie cu mascote fără gust dar cu o cafea bună l-am regăsit pe Gelu, fratele meu, de pe vremea cînd împuşcam amîndoi francul. Cînd mergeam la repetiții la Ateneu şi la teatre, ca să ne umplem sufletul de sunete şi de imagini care ne luminau tinerețea de copii săraci şi ne dădeau speranța unei vieți în care oricum n-aveam să mai dăm cu sapa.

Mă gîndeam la viața noastră: atîția ani ne-nstrăinasem. La viața noastră, dusă cum se duce tot ce e supus timpului. «Adelino, Argentino, sora mea, viața noastră s-a dus». Glasul lui Gelu suna blînd, constatativ, în timp ce-şi punea mîna cu degetele ca nişte caltaboşi peste mîna mea subțire, ca de copil. Vorbele-astea le-am simțit ca un cuțit în inimă. Mi-a răsunat în amintire glasul Maicăi: «Lina maicăi, Lină, s-a dus copilăria ta». Şi eu i-am răspuns, i-am răspuns sufletului ei acolo unde o fi: «Maica noastră, Maică, s-a dus viața copiilor tăi». Două şiruri de lacrimi îmi alunecau pe fața de masă a cofetăriei. Gelu mi-a-ntins batista lui albă, fină ca o spumă. «Soru-meo, timpul nu iartă pe nimeni». Într-un tîrziu mi-am auzit glasul abia şoptit: «„De s-ar putea trăi măcar o zi cum creşte iarba“; aşa spune un autor rus pe care-l citesc acum». «Ce frumos spune rusul tău. Nouă, oamenilor, nu ne e dată liniştea ierbii».

♣

Ce tînără eram cînd am ieşit la pensie ! Cinzecişiopt de ani mi se par acum, la şaptejdoi, floarea tinereţii ! De la o anumită vîrstă – la bătrîneţe, evident – un an contează de multe ori ca unul la copiii mici. Cîtă deosebire între un nou născut şi-un copil de-un an. Unul e un ghemotoc de carne, celălalt «o persoană» cu sentimente, cu simpatii şi cu antipatii ca şi animalele. Copiii mici şi animalele nu pot fi păcăliţi: nu trag la oameni răi. Pot spune că eu am păstrat acel simţ ancestral care m-a avertizat din prima clipă asupra unui om. Aşa cum, fără să fi făcut studii aprofundate de psihiatrie, simt anomalia dintr-o azvîrlitură de ochi, iar cînd personajul mai şi deschide gura, i-am pus imediat diagnosticul. În privinţa oamenilor nu m-am păcălit, dar nici n-am păcălit vreodată pe cineva. Am jucat cinstit cu oamenii şi le-am fost recunoscătoare tuturor celor care la o nevoie mi-au întins o mînă de ajutor. Tuşa Lina şi nenea Costel au murit în braţele mele. «Adelino, fată, ai ajuns doctoriţă, umbli pintre oameni mari, cu carte, da' nu te-ai desfăcut de noi», mi-a spus tuşa Lina cu două zile înainte de-a se prăpădi. «Tuşă, cît aţi făcut matale şi cu nenea Costel pentru mine aş putea să uit vreodată ?». «Ce-am făcut, fată ? Că te-am ţinut în bucătărie ?». «Bucătărie aţi avut, bucătărie mi-aţi dat. Dar mi-aţi dat. Tuşă, leul săracului e mai mare decît milionul bogatului. Să fie primit tot ce-aţi făcut pentru mine». «Adelino, eu nu zic că Gherghina n-o să-mi fac pomenile, da' să fii şi tu de faţă». «Lasă, tuşă, că mai e pîn-atunci». «Nu mai e, tuşă. Am eu semnele mele că nu mai e». Şi semnele ei n-au înşelat-o. Toate pomenile i le-am făcut împreună cu Gherghina. Şi pe-ale lui nenea Costel. Eu aduceam tot ce trebuia, doar pregătirile le făceam cu Gherghina. «Adelino, fată, nici dacă erai făcută de ei şi nu i-ai pomeni cum îi pomeneşti. De m-ar pomeni şi pe mine fetele lu' fiu-meu aşa». «Gherghino, cînd n-am avut acoperiş deasupra capului, oamenii ăştia m-au primit în casa lor». «Las' că nu te-au primit degeaba», le mai trîntea Gherghina o copită *post-mortem* socrilor ei, pe care nu-i avusese cine-ştie-ce la inimă; reciproca fiind valabilă.

♣

Bătrînețea este vîrsta durerilor de tot felul, care ți se plimbă-n trup ca argintul-viu, vîrsta artrozelor, a artritelor, a osteoporozei şi-a rememorărilor. Scrisorile Călugăriței mele portugheze îmi stau pe noptieră de la nouăsprezece ani. Cred că le ştiu pe dinafară şi, totuşi, în fiecare seară mai citesc o frază-două din ele: sînt *leit-motivul* vieții mele. De ele mă leagă iubirea mea disperată pentru vărul meu Gabriel. Amintirea asta nu mă mai face să mă simt ridicolă, ci-mi aduce-un zîmbet de milă față de mine, cea a vremilor de-atunci.

La un an de la moartea Laurei, Gabriel s-a-nsurat cu-o colegă a fiică-sii; diferența dintre ei fiind numai de douăzeci şi cinci de ani ! Gabriel vine pe la noi în vizită, adică la mine şi la Costi. La el nu ne invită, fiindcă nevrînd să-şi pedepsească nevasta, o lasă-n voia ei; ceea ce-nseamnă,-n fiecare sîmbătă, o-ntîlnire cu dans. Ce să caute la asemenea petreceri cinetice Costi şi cu mine, doi babalîci ?

Durerea cea mai mare din ultimii doi ani a fost moartea Paulei, cea mai bună prietenă a mea. Unul dintre oamenii cei mai cinstiți, mai inteligenți şi mai spirituali şi cei mai devotați din viața mea. O ființă care pornise de la același nivel cu mine dar care, avînd un copil de crescut și neavînd norocul unor oameni care s-o sprijine, cum am avut eu, fusese toată viața ei profesională soră pediatră. Dac-aș fi avut copii, pe mîna ei i-aș fi dat, ca pe mîna celui mai destoinic doctor. De-altminteri, medicii tineri, veneau în secret la ea și-o-ntrebau, în cazuri complicate: «Tanti Paula, dumneata ce părere ai ?» Și părerea Paulei se adeverea fără greș. Ca și Maica, Paula nu pusese-n viața ei picătură de băutură-n gură. Ca și Maica, murise de ciroză, conștientă însă pînă-n ultimul moment. La două ceasuri după ce-am văzut-o la clinică pentru ultima oară, m-a anunțat Cornel de moartea ei. Era pe data de treizeci decembrie. În noaptea de Anul Nou am stat cu Costi la masă, ne-am făcut că mîncăm, din paharul de șampanie am vărsat fiecare trei picături pe covor, n-am ciocnit și-am spus «Să dea Dumnezeu ca anul viitor să se sfîrșească altfel». La douăsprezece ne-au telefonat Smaranda și băieții Laurei ca să ne ureze și să ne sorcovească.

De la patruzeci de ani am început să mă gîndesc cui să las moștenire ce-am agonisit într-o viață, cu ajutorul lui Claude, ajutor substanțial. La șaptezeci și doi de ani, gîndul ăsta devine obsesiv. De nepoții mei nu mă simt deloc apropiată. Cui să-i las ? Dianei care e-n America, lui Cosmin care un telefon nu-mi dă și care la miliardele lui frate-meu și-ale lui, drept de mine-ar avea el grijă ? Pentru un apartament de două camere, cînd el cu nevastă-sa, cu doi copii ai lor, cu frate-meu și cu Liliana, cumnată-mea, locuiesc în douăzeci de camere, cu un pogon de curte care arată ca o grădină olandeză ? Cu niște ronduri și cu niște arabescuri de flori, ca un covor oriental, cu grădină de zarzavaturi aranjată ca pentru un concurs, toate după gustul unui tînăr arhitect peisagist, îngrijite zi de zi de un grădinar, inginer agronom, specialist în horticultură şi-n legumicultură. La mesele din casa lor se vorbeşte mai tot timpul de întreprinderi, de bursa de valori, de automobile, de plantele din grădina fiecăruia şi de speciile noi achiziţionate în ultima vreme, rar de cîte un spectacol unde participanţii se duc mai mult ca să fie văzuţi decît ca să vadă ce se petrece pe scenă.

«Aţi văzut spectacolul lui George Aldea ?», m-a-nvrednicit cu-ntrebarea o cucoană voinică, proaspăt coafată, fardată din belşug, acoperită de bijuterii, îmbrăcată într-o rochie de voal, ultima modă, cu volane suprapuse. «Întîmplător l-am văzut şi nu m-a entuziasmat. Păcat de bieţii actori să-i pui să se scălîmbăie şi să-ţi baţi joc de-un text clasic». «Doamnă, dar nu se mai poate juca astăzi ca la „Comedia Franceză", cu actorii la rampă, ca şi cînd ar recita». «Doamnă, eu, rămasă-n urmă cum sînt, îi cer unui regisor să nu vrea neapărat să arate că e mai deştept decît autorul şi că-i face o favoare că-l pune-n scenă. Vreau să se respecte epoca în care se petrece textul piesei, *textul*, şi vreau spectacole în care să nu se facă din teatru circ». «În felul ăsta, doamnă, nu mai apare nici o inovaţie-n spectacole, nu se face nici un progres». «Doamnă, am învăţat într-o viaţă că nu e deloc obligatoriu ca tot ceea ce e nou să fie neapărat şi mai bun decît ceea ce l-a precedat». «După dumneavoastră totul ar trebui să stea pe loc». «Nu pe loc, ci-n limitele bunului-gust, care ţine de bunul-simţ, şi-n limitele respectului faţă de nişte autori morţi, care n-au cum să protesteze la elucubraţiile care se fac pe seama lor». «Dumneavoastră ce profesie aveţi ?», şi-a manifestat curiozitatea o tînără care părea fiica doamnei coafate şi pline de bijuterii. «Sînt medic radiolog, la pensie». «Tocmai dumneavoastră dezaprobaţi inovaţiile în artă, cînd aţi lucrat într-un domeniu în care s-au făcut atîtea progrese ?». «Domnişoară, progresele tehnice din ştiinţă sînt una şi respectul pentru artă e alta. Şi fiindcă aţi vorbit de Medicină, pot să vă spun că-n ciuda tuturor progreselor, a tuturor mijloacelor moderne de investigare, ceva extrem de preţios s-a pierdut în domeniu: simţul clinic. Azi, puţini medici mai pun mîna pe-un bolnav şi mai sînt în stare, fără radiografii, dopleruri, laborator, rezonanţă magnetică nucleară *etcætera*, să-i pună un diagnostic». «Dar dacă astea toate există, ne putem dispensa de simţul clinic». «Asta credeţi dumneavoastră, fiindcă nu vi s-a făcut rău într-o pădure, unde nu există mijloacele de investigare pomenite. Sau într-un avion cînd, dacă vi se face rău şi e un medic printre pasageri, viaţa dumneavoastră atîrnă de diagnosticul lui». «Astea sînt cazuri extreme. Cu mijloacele moderne de investigare nu mi se pare că simţul clinic mai e atît de important». «Şi-atunci cum vă explicaţi că la aceleaşi investigări interpretările sînt diferite şi că avem medici buni şi medici proşti ? Am avut profesori care se uitau la om şi-l diagnosticau». «Dumneavoastră aţi putea pune-un diagnostic doar uitîndu-vă la un om ?». «Mi s-a-ntîmplat şi nu o dată». «Să zicem că vă uitaţi la mine. Ce mi-aţi spune ?». «V-aş trimite iute la nişte probe hepatice şi la unele renale». «Vorbiţi serios ?». «Cît se poate de serios». «După ce semne m-aţi „diagnosticat" aşa ?». «După culoarea pielii din afara fondului de ten, pentru partea hepatică, şi pentru partea renală, după retenţia de lichid din pleoape».

După o săptămînă de la această sindrofie, îmi telefonează Natalia Scutaşu ca să-mi spună că a venit la ea o tînără trimisă de frate-meu. Din păcate, i-a descoperit ficatul mărit, vezica plină de pietre, şi un rinichi cu o malformaţie ureterală. Nu mi-a făcut nici o bucurie să aflu că simţul meu clinic nu s-a atrofiat odată cu anii.

♣

Cui să-i las moştenire apartamentul ? Cui cele trei tablouri ale mele ? Singurii care se interesează de soarta mea şi-a lui Costi sînt Cornel, Gertrud şi Carmína. Pentru ei toţi sînt Tantina, după cum îmi spunea Cornel pe vremea cînd era la cămin. Dac-aş fi avut copii mi-ar fi plăcut să semene cu ei trei: să aibă delicateţea şi blîndeţea lui Cornel, preocupările lui intelectuale, setea lui de-a-nvăţa, spiritul teutonic tranşant şi de ordine al Gertrudei, conştiinciozitatea ei în tot ce face, îmbinarea trăsăturilor de caracter ale părinţilor, în cel mai armonios mod, în copilul admirabil care este Carmína.

Acum e o vreme cînd, prin casele de licitaţii, poţi vinde la preţuri bune obiecte-stil, bijuterii cu montúri vechi, tablouri şi sculpturi de autori de la o anumită cotă-n sus. Se au în vedere oamenii cu bani, care investesc în valori omologate.

În afară de Claude, cînd a fost în '90 în Ţară, n-am arătat nici unui expert Rembrandtul meu. Claude m-a asigurat că e autentic. «Dacă vreodată-l evaluezi, numai la tine acasă, cu martori, şi nu scapi tabloul din ochi nici o clipă», mi-a spus el. La etajul de deasupra mea se vinde un apartament de patru camere, de fapt două apartamente de cîte două camere pe care proprietarii le-au făcut să comunice între ele. I-aş da lui Gelu Rembrandtul dacă mi-ar cumpăra mie apartamentul ăsta, pe numele meu. În el i-aş aduce pe Cornel, cu Gertrud şi cu fata lor, Carmína, iar ei şi-ar închiria apartamentul lor şi pe cel moştenire de la Paula. Costi, «consultantul meu ştiinţific», îmi aprobă planul.

«Gelule, aş vrea să fiu sigură că tabloul ăsta rămîne-n Ţară. Tu eşti primul pe listă. Nu-l vrei tu, încerc cu Statul, dar dat fiind ce s-a-ntîmplat cu *Domnişoara Pogany*, pe care proprietarii au oferit-o Statului cu un sfert din preţul de la care porneşte o licitaţie Brîncuşi în străinătate şi Statul „n-a avut bani", nu-mi pun mare nădejde-n Stat. Rămîn casele de licitaţie. Bine-nţeles ţi l-ar expertiza un om serios. Gîndeşte-te». «Soru-meo, am să mă gîndesc».

Ştiam că viitorul ăsta popular o includea pe Liliana, fără a cărei părere Gelu nu-şi cumpără nici măcar o pereche de pantofi. Într-o zi şi la o oră fixate dinainte, Liliana, cu Gelu şi cu un expert foarte cunoscut s-au înfiinţat la mine-acasă pentru examinarea şi pentru preţuirea Rembrandtului. Expertul, din spusele celor care avuseseră de-a face cu el, cînd era interesat să cumpere un obiect, oferea vînzătorului un preţ de nimic; iar cînd nu era interesat, spunea preţul real, ba uneori îl exagera pentru ca vînzătorul să nu reuşească să-şi plaseze obiectul şi s-ajungă la expert şi să i-l dea pe oricît numai să scape de el.

Urmărind privirea expertului, mi-am dat seama că Rembrandtul îi mai trecuse prin mîini şi probabil că *illo tempore* oferise pe el conferenţiarului de la urologie sub două mii de lei, de vreme ce conferenţiarul, de la trei mii, cît ceruse iniţial, mi l-a lăsat brusc la două mii. După o cercetare minuțioasă, în timpul căreia mi-a fost inima cît un purice, expertul a declarat Rembrandtul autentic și ne-a comunicat prețul pe care-l puteam obține în Țară și pe cel din străinătate. Chiar față de prețul local lansat de expert, apartamentul de deasupra mea nu reprezenta mai nimic. Dar cum nu eram pusă pe pricopseală și mai ales de pe urma lui frate-meu, am încheiat tîrgul.

De cînd s-au mutat la mine-n bloc, tustrei copiii mei de suflet, Cornel, Gertrud și Carmína, cărora le-am făcut testament pe ambele apartamente, proprietatea mea, și le-am depus banii necesari în ziua de azi ca taxe de moștenire, parcă altfel îndur cortegiul de belele ale bătrîneții. Am avut curaj chiar să cer o viză pentru Statele Unite unde m-a invitat Corina, fosta mea colegă de cameră de la Spitalul T.B.C. Studențesc.

De ce mi-au refuzat americanii viza n-am priceput: pericol de-a rămîne acolo nu prezint la fragedа-mi vîrstă, mutră de teroristă n-am. Cînd mi-a-ntins pașaportul, i-am spus funcționarei romînce a Ambasadei: «Doamnă, în 1966, Securitatea romînă mi-a refuzat viza pentru Franța, sfătuindu-mă să mă duc „pe-aci prin democrațiile populare". Dumneavoastră acum unde mă sfătuiți să mă duc ?». Doamna mi-a trîntit ghișeul în nas, neindicîndu-mi nici o adresă.

Ce mult s-au schimbat lucrurile ! Una e să nu te fi lăsat Securitatea să pleci în Occident, alta e să nu te lase Ambasada americană să-i vezi țara. Sănătate să fie ! La cît mă dor pe mine «oseminteie», numai bună de mers în America nu sînt. Dar prea a insistat colega mea de T.B.C.; văduvă, singură, simte nevoia să aibă cu cine depăna amintiri. Oricum, aveam un sac plin de «actualități» despre fostul ei iubit, devenit miliardar şi-n acelaşi timp vajnic protestatar împotriva regimului sub care s-a-mbogăţit, precum şi unul dintre directórii de conştiinţă ai intelectualităţii care se doreşte elită. Colega mea de T.B.C. a fost dezolată de «succesul» meu faţă de autorităţile americane. Pentru mine, care-am învăţat să nu mă mai mir, acest refuz n-a fost altceva decît o-ntoarcere-n timp. Mi-am rememorat anul 1966. Atunci îmi stăteau la dispoziţie democraţiile populare. Azi îmi stă spaţiul Shengen. Bani să am. Bani acuma aş avea, din generozitatea Smarandei, fiica lui Costi, fina mea. Sănătate nu mai am. Dacă vrei să vezi un loc – să-l vezi ca lumea, trebuie să-l baţi cu piciorul. Aşa ceva nu mai e de mine. Osteoporoză am, coxartroză bilaterală am, nici cu genunchii n-o duc strălucit, artrită la o gleznă am. Iar durerile, mai ales la schimbările meteorologice, mi se plimbă-n tot corpul, ca argintul-viu.

La optzeci de ani cîţi are, Costi se ţine foarte bine. În ochii lui albaştri, senini, surprind adesea o undă de tristeţe. Îl privesc atunci cu un zîmbet care e frate geamăn cu ceea ce exprimă ochii lui şi-l bat camaradereşte pe umăr, fără nici un cuvînt. Acum doi ani mi-a plesnit o venă la pulpa piciorului drept. În cinci minute, piciorul era butuc şi nu-l mai puteam pune-n pămînt. L-am rugat pe Costi să mă sprijine pînă la baie, dar el, ca o bună infirmieră, s-a prezentat cu plosca. Mi-a făcut un semn la gură – adică, «fără proteste» – m-a ridicat cu grijă şi m-a aşezat în poziţia pe care o cunoştea din lunile de zăcere ale Monei, cînd el, eu şi Smaranda ne transmiteam unul altuia ştafeta de infirmieră. Acel moment a fost cred cel mai penibil din viaţa mea, pentru ceea ce mi se-ntîmpla şi pentru amintirile pe care i le trezeam lui Costi. «Doamne, n-a fost destul de pedepsit cu Mona, de ce-l mai pedepseşti şi cu mine ?».

Colegul meu Ilie Panaitescu, flebolog, ajuns profesor, m-a internat într-o rezervă în care am stat o lună. Puteam să plec după o săptămînă acasă, dar l-am rugat pe Ilie, în lipsa lui Costi, să mă ţină pînă aveam să mă pun pe picioare, tocmai pentru a-l scuti pe Costi de-a mai fi infirmieră. Costi se-nfiinţa la spital la ora zece dimineaţa, cu mîncare făcută de el, în colaborare cu Gertrud, şi cu greu îl urneam spre casă pe la şapte seara. Mă săruta pe frunte şi se uita rugător în ochii mei. Ştiam ce-mi spune: «Te rog nu muri, nu mă lăsa şi tu singur». «Rar am văzut bărbat care să aibă atîta grijă de nevastă, ca soţu' dumneavoastră», mi-a spus o infirmieră. «Nu e soţul meu, e fratele meu de cruce». Răspunsul ăsta n-a lămurit-o cu nimic. «Ne cunoaştem de cînd eu aveam nouăsprezece ani şi domnul pe care-l vezi în fiecare zi la mine avea douăzecişişapte. De-atunci sîntem ca fraţii şi nimic altceva». Cît m-a crezut ea nu ştiu. De multe ori un adevăr simplu pare o minciună meşteşugită.

Lui Costi, ca de-altfel nouă tuturor, îi place să se ştie ocrotit şi să simtă afecţiunea cuiva şi, poate, mai mult ca orice, să simtă atmosfera de familie, de casă-n care se găteşte, în care se fac nişte pregătiri de iarnă, în care curăţenia de primăvară şi cea de toamnă intră într-un ceremonial domestic. A tînjit după această atmosferă pe care n-a avut-o în casa părintească, dar pe care i-a oferit-o Mona şi pe care o continui eu, cît pot mai bine.

Ziua, Costi stă la el în apartament: citeşte, ascultă muzică, scrie metodic, planificat, o carte de ortopedie. Mîncăm la mine-n bucătărie, iar serile stăm amîndoi pe canapea, cu picioarele ridicate pe cîte un taburet şi ne uităm la televizor: la ştiri, la cîte un film pe care-l bănuim, din rezumatul de prezentare, a nu fi chiar stupid. Din emisiunile de divertisment, oricîtă bunăvoință am avea, nu izbutim să vedem una măcar de la cap la coadă. Măcar de-ar fi parodii ! Parodia e lucru subțire. Carmína, la douăzeci şi doi de ani ai ei, are exact gusturile noastre «demodate». Ea este elementul nostru de verificare. Părerile ei, care nu urmăresc să ne facă nouă inimă-bună, ci chiar astea sînt, ne-ncurajează cu privire la bunul-simț al unei părți a tineretului şi ne fac să nu ne simțim nişte bătrîni cîrcotaşi cărora totul le pute. Módele vin şi trec. O să treacă şi asta a buricelor la vedere şi-a mini-jupelor. În Renaştere a fost o vreme cînd, mai ales la teatru, femeile purtau rochii din care le ieşeau complet țîțele, celor care le-aveau frumoase – asta se-nțelege. Astăzi nu se mai ține seama de-a arăta numai ce e frumos. Astăzi se poartă «dezinhibarea». Arăți ce ai, nepăsîndu-ți că e frumos sau nu. Mini-jupele-ți oferă şi picioare de sculptat, dar şi burlane, stîlpi de telegraf, sau «ciocănele» de găină subnutrită. Moda vine şi trece fără urme de neşters. De neşters este incultura, disprețul pentru gramatică, pentru istorie, pentru limbă, pentru dicționare; este pauperizarea intelectuală. În generația lui Costi şi a mea au fost medici care-n doi ani şi-au dat liceul, apoi au trecut prin Medicină ca rața prin apă, ceea ce nu i-a-mpiedicat s-ajungă profesori. Azi se-ajunge, ca şi-atunci, greu, dar se-ajunge, prin muncă cinstită, sigur însă şi repede prin pile şi prin politică. Ce mi-e dracu' ce mi-e tat-su.

Mă gîndesc de multe ori la anii petrecuți în slujba oamenilor. Anii petrecuți la sală alături de domnul General mi se par ai devotamentului maxim față de meserie. Niciodată nu m-am simțit mai utilă oamenilor decît atunci. E greu să-i explici cui n-a luat-o de la ploscă și de la mătăhuzul de șters pe jos, cîtă importanță au infirmierele și personalul mediu într-un spital. Cît din procesul operator și post-operator le revine acestor oameni mărunți a căror părere n-ar trebui ignorată de medici. Un inspector școlar îmi spunea că elementul său esențial în aprecierea unui profesor era părerea elevilor despre acel profesor. Îndrăznesc să spun că și despre medici, informații de luat în seamă poți obține de la infirmiere, nemaivorbind de personalul mediu. N-am căutat conflicte cu lumînarea nici în viața mea profesională, nici în viața privată. Mi-e urît chiar și să asist la situații conflictuale.

Și totuși, radiolog precum am fost, renunțînd la cariera universitară tocmai pentru a dispărea de pe piața concurenței, spunînd bolnavilor ce vedeam la Röntgen și mai apoi și la ecograf și scriind cinstit buletinele, am «reușit» totuși să intru în conflict cu unii medici, tocmai fiindcă spusesem adevărul. Și ca radiolog te poți înșela și de la eroarea ta de apreciere să urmeze un șir de erori. Un bun coleg, și profesional și ca om, a scris pe un buletin de coloană vertebrală «suspect de morbul lui Pott». Ortopedul – ăsta chiar excepțional – un an a ținut pacientul imobilizat și cu tratament anti-tuberculos, pe nici unul neducîndu-l mintea, *un an*, la cancer de coloană, ceea ce avea pacientul. De multe ori, boli diferite, au debut asemănător. Eșecuri există în toate ramurile Medicinei. Cele mai multe și flagrante sînt în chirurgie și mai multe, dar nespectaculoase, în Medicina internă. În viața mea nu mi-am bîrfit colegii, dar nici nu m-am sfiit să-i spun bolnavului adevărul, riscînd să-mi ridic în cap indiferent pe cine.

Vine într-o zi un tînăr, cu osteotomie la ambele femure, vine să-i fac o radiografie de bazin. Mi l-a trimis Natalia Scutaşu. «Doamnă doctor», zice tînărul, «după operația de la femurul stîng merg mai prost decît înainte. Fac de nouă luni recuperare şi degeaba. Profesorul care m-a operat spune că nu ştie de ce nu se face calus la femurul ăsta. Dumneavoastră ce părere aveți ?». «Băiete, cum să se facă amărîtul ăla de calus dacă ți-a pus cuiul pe linia de fracturare ?! Singura soluție este să te opereze din nou». «De fapt, mi-a spus că e nevoie de timpul doi». Am dat din cap a pagubă. Tînărul s-a dus la alt medic decît la profesorul care-l operase. Rezultatul a fost că-n loc de o operație a cărei necesitate era şi-aceea sub semnul întrebării, dată fiind radiografia ante-operatorie – s-a ales cu trei operații la acelaşi femur. Din profesorul care, fără Röntgen probabil şi fără endoscop îl operase pe băiat, ca pe front, mi-am făcut un «prieten» pe viață. Niciodată nu m-am simțit mai stînjenită decît în clipa cînd am descoperit eroarea unui coleg. Nu există cunoştință sau vecin care să-şi facă o radiografie şi să nu vină să mi-o arate şi astăzi. Nici ochiul, nici mintea, nici sistemul de conexiuni nu mi s-au tocit. La fel se-ntîmplă şi cu Costi. Casele noastre sînt un fel de cabinete fără plată, nemaivorbind de «tineretul», de vîrsta noastră, nedeplasabil. Am făcut meseria pe care am făcut-o ca să fim de folos oamenilor. Cît ne-or ține puterile – atîtea cîte ne-au mai rămas – ne-om îndeplini menirea.

Costi şi-a dorit copii. Mona, pentru a-ntrupa într-o ființă dragostea lor, a adus-o pe lume pe Smaranda. Au avut noroc. E-ntreagă la trup şi la minte, e răzbătătoare, tenace, o neuroloagă apreciată de francezii între care lucrează. Nu doreşte nici să se mărite nici să aibă copii, ceea ce, ca pe orice părinte de modă veche, adică ţinînd la datina din străbuni, pe Costi îl mîhneşte. Cînd am fost ultima oară la Paris, Smaranda ne-a dus la un cămin de bătrîni, de mare lux. «Fiţi liniştiţi în privinţa mea. În cel mai rău caz am s-ajung aici, dacă n-am să găsesc şi eu la bătrîneţe – presupunînd c-o apuc – un Cornel, o Gertrud şi o Carmínă».

♣

Cosmin, nepotu-meu de frate, are doi copii. Fata este isteaţă şi pusă pe treabă. Nu socoteşte că avînd miliardele lui taică-său se poate dispensa de banul cîştigat prin munca ei. Pasionată de calculatoare, urmează o secţie de specialitate a Politehnicii şi e prima din an. Băiatul, isteţ şi el dar pus pe un fel de-a-şi trăi total viaţa – aşa cum înţelege acest «total» o parte a tinerei generaţii, un nou mod de «*vivere pericolosamente*» – a terminat o Facultate de studii economice, se face că face şi el ceva pe la firmele lui taică-său, manifestînd interes doar pentru baruri, discoteci, motociclete şi autoturisme de mare viteză – ca o provocare a soartei banale – şi, în momentul de faţă, pentru o domnişoară manechin, lucrînd deci în «*modelling*», mare specialistă-n tocat bani. Pe-acest strănepot al meu, cînd l-am văzut cu o vreme-n urmă, i-am spus Lilianei, între patru ochi: «Liliana, fiţi atenţi: nepotul vostru se droghează. Am socotit de datoria mea să-ţi spun».

Peste o lună apărea în ziare numele strănepotului meu, alături de alte nume sonore din lumea banului, fiind cu toţii implicaţi într-o reţea de droguri scumpe, în calitate şi de consumatori şi de traficanţi. Pentru prima oară de cînd ne cunoaştem, cumnată-mea, Liliana a venit să-mi ceară un sfat. «Adelino, ce crezi că trebuie să facem cu băiatul ăsta ?». «Să-l dezintoxicaţi cum oţi şti. În Occident sînt clinici specializate. Există şi aici medici care se ocupă cu dezintoxicarea. Operaţia asta, cu cît e mai repede făcută cu atît mai bine, ca la orice boală. Drogurile, ca şi beţia, sînt efectul lipsei de voinţă sau al unei voinţe şi al unei imaginaţii viciate. Important e să vrea şi el să se lase. Fiindcă o dezintoxicare nu e ca pojarul, adică te-ai dezintoxicat o dată şi nu te mai apuci iar de droguri sau de băutură», m-am erijat eu în pedagog-antidrog ! Aspectul juridic al trebii n-avea rost să fie discutat. La banii lor, frate-meu şi fiu-său ştiau ei unde să ungă osia ca să scoată odrasla basma curată. «Adelino, poţi afla un doctor de-aici, unul bun, care să se ocupe cu aşa ceva ? Pentru moment băiatul are interdicţie de-a părăsi România». «Încerc să aflu printr-un coleg neurolog, prin altul psihiatru şi prin „ghidul meu universal", Natalia Scutaşu». «Cînd mă gîndesc ce bani a cheltuit Cosmin cu meditaţiile cu băiatul ăsta, ca să-l bage-n Facultate...», mi-a spus Liliana. Ăsta era corolarul investiţiilor făcute-n acest copil !

Pe vremea cînd am intrat eu în Facultate, meditaţii luau elevii slabi, ameninţaţi de repetenţie sau de corigenţe. În Facultăţi se intra pe ce-nvăţai în liceu... Dac-ar fi fost să mai fim şi «meditaţi», frate-meu, eu şi alţii ca noi, nu mai intram la universităţi cît îi hăul. Azi, «meditaţiile», la fel cu şperţul, sînt «instituţie naţională». Medic «antidrog» am găsit şi sper din toată inima să reuşească, mai întîi să-i bage minţile-n cap strănepotului meu. În privinţa aspectului juridic, nu m-am înşelat. Afacerea – dat fiind impricinaţii –

pare moartă şi-ngropată. Păcat că banii nu pot cumpăra nici simţul realităţii, nici bun-simţ, nici voinţă, nici echilibru...

♣

Pe vremea copilăriei şi-a adolescenţei mele, cînd îţi intra un om în casă – la noi, la ţară – îi puneai pe masă ce ţi se găsea, fiecare după puteri, şi o ceaşcă de ţuică sau o ulcică de vin. Mult ne-a mîhnit viaţa săracul Taica, nouă copiilor şi mai ales Maicăi, cu «duda» lui, la care n-avea măsură. Bea pînă abia-l mai purtau picioarele pînă la pat, pe care se trîntea de-a curmezişul. Noi cu Maica, icnind de efort, toţi trei nişte slăbături, cu greu îl aşezam în aşa fel ca să mai încăpem şi noi, şi să nu dormim pe jos. Copilăria mi-a adus o groază-n suflet faţă de lipsa de măsură, pe care-o socotesc una dintre cele mai rele trăsături ale unui om şi-ale unei societăţi. Lipsa de măsură în administrarea propriei persoane, lipsa de măsură la nivelul colectiv, fiindcă, începînd cu urletele şi cu vandalismul de pe stadioane şi terminînd cu cultul personalităţii, viciul e acelaşi: lipsa de măsură.

În toată Brăteasa copilăriei mele, dacă erau patru-cinci beţivi. Din cîte-aud, cînd merg la mormîntul părinţilor mei şi la mormîntul lui Florei, pe care demult am înlocuit trandafirul cu un tei – ca să nu-i tulbure nimeni somnul prietenului cel mai credincios al mamei mele – cînd mă duc la Brăteasa, cum spuneam, aflu că şi unele femei bat acuma drumul cîrciumii şi beau vodcă şi rom la cot cu bărbaţii, în timp ce le stă-n pivniţă butoiul cu vin. Vodca a intrat în obiceiul românului odată cu venirea ruşilor; urmare a Ialtei ! Înainte, la oraş – dacă nu erai anume poftit la masă –

dimineața și după-amiaza, într-o vizită, erai tratat cu dulceață și cu o cafeluță. Folosesc diminutivul, gîndindu-mă la cantitatea de cafea care nu cred că depășea cincizeci de mililitri, spre deosebire de cafeaua de azi, pe care majoritatea cafegiilor o beau cu ceașca de ceai. Astăzi, rare sînt casele în care mai ești tratat cu dulceață și cu o cafea de mărimea de pe vremuri. Tînăra generație dacă-i intri-n casă te-ntreabă: «ce bei ?». De obicei se bea tărie. Berea e destinată sezonului cald.

În cei doi ani petrecuți alături de Claude, cred că n-a rămas băutură din care să nu gust și din care să nu beau cam o treime din cît bea Claude, om măsurat în toate: vorbă, comportament, mîncare, băutură. Mentorii intelectuali ai vieții mele au fost doamna Despina și Claude. «Cel mai mult apreciez la tine pudoarea și discreția», îmi spunea el. Odată nu i-am pus vreo întrebare în legătură cu viața lui, cu familia lui, cu statutul lui social. Întrebările mele erau numai despre artă. Voiam să aflu cît mai mult de la el, știind de la-nceput că n-aveam să-mbătrînim împreună. Din casa lui și din ceea ce-am învățat de la el am ajuns să aflu ce mi-aș fi dorit cu adevărat în viață: mi-aș fi dorit să studiez istoria artei, să trăiesc într-un muzeu, în biblioteci.

Dar nu uit să-i mulțumesc lui Dumnezeu pentru cît mi-a dăruit. Din studenție n-am mai dat cu sapa și de la pămînt pe jos am ajuns «doamna doctor», în buricul Bucureștilor, într-un apartament civilizat, cu parchet de stejar, cu gresie, cu faianță, cu o bibliotecă de clasici, cu mers la concerte, la teatre, la expoziții.

Cînd lucram și mă-ntorceam acasă amărîtă de-a fi descoperit la Röntgen boli necruțătoare sau mîhnită de oameni, mă dezbrăcam la iuțeală și luam la răsfoit un album de artă. Şi dintr-odată mă ducea gîndul că-n haosul de neînţeles al vieţii, în lipsa ei de logică şi de finalitate, arta reprezenta o justificare a ceea ce se cheamă creatură dotată cu judecată şi cu certitudinea morţii. Îmbogăţirea minţii şi-ndulcirea sufletului, învelirea lui în milă ca-ntr-un aluat, sînt valori adevărate ale unei vieţi. Munca, obligatorie pentru «trestia gînditoare», ar trebui să te conducă la ele. Să nu fie doar mijlocul care să-ţi asigure existenţa fizică. Mă gîndesc la grosul lumii, la cei care muncesc pentru o pîine. «Argentina, tu nu poţi depăşi sindromul sărăciei», îmi spunea Claude, fără pic de ironie, ci ca pe constatarea unui om de ştiinţă care observă un subiect.

Cred că lui frate-meu i-a trecut boala asta, socotind nu numai după casă, după haine, dar mai ales după mesele pe care le dă. Sigur că din obligaţie şi pentru a-şi etala «*standingul*», dragă Doamne. I-o părea rău după atîta bănet cheltuit ca să-mbuibe nişte-mbuibaţi ? Dacă-i pare rău, înseamnă că sindromul sărăciei îl mai bîntuie măcar cu pusee, din cînd în cînd, ca şi-un sindrom depresiv, pe care dacă l-ai cunoscut o dată, îţi dă toată viaţa semne că nu te-a uitat. E o tristeţe firească, legată de condiţia de fiinţă raţională, tristeţea omului care – oricît de bine i-ar merge – nu poate-nchide ochii la nedreptăţile vieţii: unele venite de la Dumnezeu, altele de la oameni. Şi animalele sînt bîntuite de acest fel de tristeţe, pe care o observi la cele de la casa omului, omul transmiţîndu-le, prin nu-se-ştie-ce unde, toate amărăciunile lui legate fie de trup, fie de suflet. Cînd tristeţea asta nu te mai părăseşte, cînd nu mai vezi nici o raţiune vieţii şi cînd tristeţea se transformă într-o stare de panică, psihiatrii o numesc sindrom anxios-depresiv. Sindromul sărăciei s-ar traduce prin grija obsesivă a zilei de mîine, grijă cu totul justificată de lipsa banilor şi de faptul de-a nu mînca niciodată pe săturate. Unii, «ajungîndu-se», nu mai păstrează nici urmă a acestui sindrom, alţii-l poartă cu ei toată viaţa; unii, «ajunşi» – sub forma unei zgîrcenii patologice – alţii, ca pe amintirea unui vis obsesiv.

Eu una nu pot uita anii cînd mîncam pe sponci, cînd aşteptam vara ca să-mi umplu burta cu miez de lubeniţă, cum o aşteptau şi cîinii din sat ca să se sature cu porumbul fraged şi lăptos de pe cîmp. Deşi n-am să mă vindec niciodată – nici n-aş mai avea cînd – de sindromul sărăciei, nu mi-am făcut din ban stăpîn. Pe vremea «glaciaţiunii» de pînă-n '89, riscînd să rămîn şi fără bani de pîine, totuşi mă-ncălzeam cu un calorifer electric. Raţionamentul meu era simplu: orice boală e mai scumpă decît electricitatea. M-am cîrpit cum am putut, dar n-am stat în frig. Eu eram una singură, nu tu căţel, nu tu purcel. Alţii, care trebuiau s-aleagă între pîine şi căldură, oricît ar fi tremurat de frig, «alegeau» totuşi pîinea.

Azi, lumea se debranşează de la căldură fiindcă n-are bani s-o plătească. Mai ales pensionarii şi familiile cu mulţi copii. Şi iară-mi spun: ce mi-e dracu', ce mi-e tat-su; adică, timpul unora nu e niciodată. Prin timpul fiecăruia înţeleg acea perioadă a vieţii unui om cînd s-a simţit la largul lui. Majoritatea oamenilor n-au parte de-aşa ceva. Cînd spun ei «pe timpul meu», se gîndesc la tinereţe şi la nimic altceva, tinereţea fiind în sine o avere, grevată însă pentru mulţi de datorii, chiar de ipoteci.

Timpul meu cînd a fost ? De marea mea iubire n-am avut parte. Pînă la cincizeci de ani, cînd am pierdut-o şi pe Maica, pot spune că viaţa mi-a fost ipotecată de grija părinţilor. Viaţa mea de femeie stă sub semnul a trei inele:

unul – de la Iosif Iuga, unul – de la Claude Comăneanu, unul – de la Costi Gheorghiu. Iosif şi Claude au deşteptat în mine voluptatea, amîndoi fiind făcuţi pentru dragoste totală. Mi-au alinat trupul de dorul lui Gabriel. Sufletul mi l-a vindecat Laura, prin superioritatea ei faţă de-acelaşi Gabriel.

Costi, fără să ne fi iubit altfel decît ca oameni, s-a dovedit a fi omul vieţii mele. De la nouăsprezece ani ai mei şi de la douăzeci şi şapte ai lui nu ne-am despărţit niciodată. Legătura cu Iosif şi cealaltă nu m-au îndepărtat de el. Locul lui a făcut parte mereu dintr-o constelaţie fixă. Firea lui molcomă, judecata lui nepărtinitoare, grija fraternă pe care mi-a arătat-o de la-nceput au fost pentru mine ca un refugiu, ca un port în care-mi găseam oricînd un loc unde să-mi arunc ancora.

Dacă n-ar fi cortegiul de umilitoare neputinţe ale bătrîneţii, mai ales din partea mea, aş putea spune că timpul meu e acum. Fără complexele tinereţii – am glesne groase, n-am aia, n-am ailaltă – fără suspiciunile ei în relaţiile cu un bărbat; cu o situaţie materială bună – datorată lui Costi, prin Smaranda – acum ar fi timpul meu. Al unei linişti în care nu mai aştepţi decît inevitabila plecare. Egoismul m-ar face să vreau să plec înaintea lui Costi. Iubirea pentru el mă face să vreau să-i fiu alături pînă-n ultima lui clipă. Nu-i pot uita privirea plină de ruga de a nu-l părăsi pe care mi-o-mplînta-n ochi pe cînd am fost internată-n spital, privire care pentru mine era un cuţit în inimă.

Timpul meu ? Cel mai liniştit an din viaţa mea a fost cel pe care mi l-a dăruit tuberculoza. Era un an de odihnă, după o muncă istovitoare. A fost singura perioadă din viaţa mea cînd am avut prilejul să văd ce-nseamnă să n-ai grija zilei de mîine. Să fii servit şi să nu trebuiască să faci nimic în schimb. O vreme am suferit că nu eram măritată, apoi că n-aveam şi nici că nu puteam avea copii. Mai ales pentru dezamăgirea părinților mei de-a mă vedea fată bătrînă, oricît de doctoriță ajunsesem eu. La douăzeci şi unu de ani, noroc c-a apărut Iosif Iuga în viața mea searbădă. Începeam să fiu alarmată nu numai că rămîn domnişoară bătrînă, dar şi fată bătrînă.

De trei ani Iosif, nu se mai încumetă să vină la Bucureşti. Acum are optzecişişapte de ani. Locuieşte în apropiere de Cluj împreună cu unul dintre fiii lui, medic, şi cu familia acestuia. Nevasta i-a murit de-acum şapte ani. Vorbim zilnic la telefon. «Cînd n-am să-ți mai telefonez să ştii că am murit». Ne-a rugat insistent pe mine şi pe Costi să mergem pe la el. Am luat avionul de Cluj şi ne-am dus.

La aeroport ne-a aşteptat fiul lui Iosif, un bărbat înalt, brun, leit maică-sa, după cît mi-o aminteam eu. Nu l-am găsit pe Iosif prea mult schimbat față de ultima oară cînd ne vizitase. «Bine-ați venit, dragilor. Să ne mai vedem cît mai umblăm pe păcătosul ăsta de pămînt, „că la anu' cine ştie cine-o mai culege vie“». La gîtul nepoatei celei mari a lui Iosif am văzut lanțul meu cu cele cincisprezece inimioare de aur. Îl rugasem pe Iosif să-l dăruiască nepoatei lui celei mai dragi. M-am uitat la gîtul fetei, m-am uitat în ochii lui Iosif a mulțumire. Părul îi albise complet, culoarea ochilor pălise. Făcîndu-se că vrea să-mi arate casa, am rămas singuri într-o cameră. S-a aşezat pe un fotoliu, iar mie mi-a făcut semn să m-aşez pe cel de vizavi. Ne separa o măsuță joasă. A-ntins mîinile pe tăblie aşteptîndu-le pe-ale mele. Mi le-a mîngîiat şi-a aplecat fruntea peste ele, apoi mi le-a sărutat, ca o adiere. «Am vrut să te mai văd o dată. La vîrsta mea ce să mai aştept ?». «Dar la a mea ?!». «Unde-aş mai avea eu şaptezecişidoi de ani...»; şi m-a privit vrînd să mi-i aduc aminte pe-ai lui. «Nu i-am uitat, Iosífe». «Dară eu... Cînd ea s-a mutat de la noi, au plecat din mine iugăre de viaţă. Pentru sufletul meu neştiut ai rămas doar tu. Am vrut să te mai văd. Să-mi închipui cum ar fi fost să fi-mbătrînit împreună». «N-am fi avut cum, fără durerea altora». «*Ea* a fost dragostea limpede a vieţii mele, ca apa de izvor. *Tu* ai fost patima, păcatul meu. Păcatul – faţă de ea şi faţă de tine». «Faţă de mine – nu». «„Şi la anu' cine ştie cine-o mai culege vie"». Am simţit în clipa aceea că-l vedeam pentru ultima oară pe Iosif Iuga. Nici un semn de ramolisment, nici măcar o marcată scădere fizică nu-i prevedeau sfîrşitul. Presimţirile sînt însă cei mai mari diagnosticieni. Pe el îl bătea un gînd pe care mi l-a transmis şi mie. La o lună de la vizita noastră, Iosif nu ne-a mai telefonat. A doua zi am telefonat eu. Mi-a răspuns fiu-său. «Doamnă doctor, tata a murit azi-noapte-n somn. M-a rugat de-acum trei luni să vă rog să nu veniţi la-nmormîntare». «Dumnezeu să-l ierte şi să-l odihnească !», am izbutit să spun într-un tîrziu.

Murise-n somn ca şi domnul General. Îi iubise Dumnezeu. «Doamne, fie-ţi milă şi de noi ! Cînd vrei să ne iei, nu ne chinui».

♣

Natalia Scutaşu n-a fost niciodată căsătorită şi nu i se cunoaşte nici o legătură cu nimeni. Bărbaţii trec foarte greu peste urîţenia unei femei, spre deosebire de ele, care nu o dată iubesc cu pasiune bărbaţi mai urîţi şi decît dracul.

Natalia cred că n-a-ndepărtat bărbații atît prin urîțenie, cît prin lipsa ei aparentă de reacție în fața oricărei situații. Numai în ochii crocodililor am mai văzut somnolența și nemișcarea din ochii Nataliei. Într-o față cărnoasă, continuată cu un gît ca de taur, așezat pe niște umeri de atlet sub care urma un bust cu sîni mici, dar scurt și lat, pe măsura umerilor, apoi bazinul generos, cu un fund teșit și lăsat, continuat de picioare scurte, groase și otova. Totdeauna chipul Nataliei mi s-a părut înrudit cu-al lui Budha, atît cît îl văzusem prin albumele de artă. Ceva enigmatic, asiatic se degaja din făptura ei. M-au apropiat de Natalia complexele mele de fată mai mult urîtă decît frumoasă.

Legătura mea cu Iosif Iuga – acest nesperat succes al meu feminin – mi-a făcut-o și mai dragă și i-am dorit din suflet să aibă și ea parte măcar o dată-n viață de-un bărbat care s-o privească nu numai ca intelect, ci și ca pe-o femeie. Dacă așa ceva i s-o fi-ntîmplat – ceea ce eu am sperat – nimeni n-avea să afle niciodată din gura Nataliei și nici dintr-a eventualului partener care, dacă și-ar fi aplecat fie și-o clipă ochii asupra ei, denota o anumită calitate. Să fi fost și ea îndrăgostită vreodată și de cine ? Era prea mîndră ca să facă destăinuiri. Nu știu dacă în afară de mine mai povestise cuiva calvarul prin care trecuse familia ei în 1944 la refugiul din Basarabia. Maică-sa rămăsese șocată tot restul vieții. Cînd tuna și fulgera, maică-sa-și punea o pernă-n cap și tremura ca varga, sărmana. «Cînd am ajuns la Iași, toată lumea era-n haine de vară, numai noi în paltoane, ca niște sinistrați... Bine că Mama a murit înainte de '89. Dac-ar fi auzit ce-am auzit noi, s-ar fi aruncat pe fereastră... Nu ne-a primit nimeni cu bucurie. Nici măcar surorile Mamei de la Iași. „Dacă rămîneați în Basarabia ce vi se putea-ntîmpla ?“, ne-au întrebat ele. Ni s-ar „fi-ntîmplat“ Siberia sau Uralii, tata fiind preot».

Şi la noi, la Brăteasa, erau refugiaţi basarabeni. Pe un preot şi familia lui atît i-a hăituit poliţia, la ordinul comandamentului rusesc, încît nu s-a lăsat pînă nu i-a trecut Prutul. Prin învăţătoarea mea am aflat că familia preotului Chişcă ajunsese-n Urali. Lena, fata preotului, îi scrisese o carte postală învăţătoarei: «Ne-am găsit slujbă-n Urali; plecăm curînd». Acuma mă mir că acea carte postală a ajuns la Brăteasa. În comunism, neglijenţa autorităţilor a fost norocul oamenilor. Nu degeaba un sociolog german dintre cele două războaie mondiale numise comunismul: «un regim al crimei temperat de neglijenţă». Neglijenţa şi corupţia puteau fi considerate copiii buni ai regimului. Bine că acest regim nu i-a avut protagonişti pe nemţi !

Natalia se-mbracă de totdeauna în culori şterse, de parc-ar vrea să sc piardă-n mediul ambiant. Pentru ea n-a existat niciodată moda, ci numai ceea ce putea masca mai bine defectele unui trup căruia Dumnezeu nu-i dăduse frumuseţe. Trăia pentru sănătatea oamenilor şi, după ce-i murise şi mama, pentru a-i fi de folos Tamarei, soră-sa, blondă, suplă, toată o graţie şi-o fineţe, de care însă nu se ţinuse norocul nici cît pulberea de cîine. Se măritase destul de tîrziu cu un endocrinolog, divorţat de fiica unui general, mare mahăr pe vremea lui Dej. Se-nsurase cu Tamara din mare amor; avuseseră după zece luni o fetiţă. Apoi, domnul doctor îşi făcuse rost de o bursă-n America, prezentînd garanţii «moral-sociale»: membru de Partid, nevastă, copil, părinţi, cum scria la carte. Îndată ce s-a văzut cu sacii-n căruţă, adică trecut Oceanul şi bursier, i-a scris Tamarei o scrisoare duioasă, prin care-i «îngăduia» să divorţeze, fiindcă el n-avea de gînd să se mai întoarcă-n România. Pentru a-şi salva postul, Tamara a divorţat într-o lună, cum se divorţa pe-atunci de cei fugiţi din Ţară. Domnul doctor româno-american nici prin gînd n-a avut vreodată să-şi cheme-n America nevasta şi fata, pentru «întregirea familiei». Pentru fiica Tamarei, pînă la şaisprezece ani nu trecea o lună fără o criză de astm. Să-ţi vezi copilul vînăt, sufocîndu-se, cu spasme, dependent de sprayuri anti-astmatice pe care să le poarte permanent la el şi să trăieşti cu spaima că asemenea criză poate să apară cînd copilul e singur, duce la nebunie. Doar calmul Nataliei a ţinut-o-n viaţă pe Tamara, în viaţă şi-n toate minţile, calmul şi faptul de-a-i fi fost mereu alături, ca o mamă şi ca o bunică a fetiţei.

O dată, cu toată discreţia ei, Natalia mi-a spus: «Dacă n-aş crede-n destin, de mult mi-aş fi luat cîmpii». Mîndră, Tamara a refuzat să-i facă proces de urmărire fostului soţ şi să-i ceară pensie alimentară pentru fată. Au trecut patruzeci şi şase de ani de-atunci, şi domnul doctor nu i-a trimis fiicei lui nici măcar o ciocolată. Fiica Tamarei, Elena, este o specialistă de mîna-ntîi în calculatoare, profesoară la Politehnică. Ştie engleză, franceză, spaniolă, rusă. E divorţată, cu doi copii; fiică-sa are o voce de mezzosoprană remarcabilă, cîntă pe marile scene ale lumii, băiatul a luat premii internaţionale de vioară, şi cutreieră şi el tot Globul, amîndoi foşti studenţi ai Academiei de Muzică din Bucureşti. Pentru toate umilinţele, Tamara a avut o singură mîngîiere: s-a bucurat de cariera fiică-sii şi de succesele nepoţilor. A apucat să se bucure. De-un an i s-a declanşat un Alzheimer. Natalia nu ştie cum să se-mpartă-ntre clinică şi Tamara, căreia a izbutit să-i găsească, pentru zece ore pe zi, o doamnă care s-o supravegheze. Cînd acea doamnă are şi ea treburi ce nu suferă amînare, o-nlocuiesc eu sau Gertrud. «După ce-o văd plecată pe Tamara la cele veşnice, poate se-ndură Dumnezeu şi de mine». Natalia s-a uitat fix în ochii mei cu privirea ei adormită în care am văzut o licărire, ca la o trezire bruscă din somn. «Spunea cineva, Călinescu dacă nu mă-nşel, că orice om bătrîn şi normal e firesc să-şi dorească moartea».

Cîtă durere trebuie să se fi adunat în sufletul ei, ca să-şi descarce astfel sufletul. Oamenii dragi, fără să vrea, îți înfig pumnale-n inimă. Eu doresc să mor ? Sînt cu doi ani mai în vîrstă decît Natalia. Cînd m-apucă durerile de sciatic şi nici doi paşi nu pot face fără baston, şi-aceia cu cîte chinuri, îmi doresc moartea. Cînd mă lasă durerile m-agăț iară de viață. «Natalia, ce perioadă a vieții tale ți-a fost mai dragă, adică timpul tău care-a fost ?». «Să nu crezi că nu m-am gîndit la acest timp al nostru – al fiecăruia. Singurul meu timp a fost copilăria, pînă la şcoală. Aveam acasă cîini, pisici, iepuri, păsări. Vorbeam cu făpturile-astea şi le spuneam poveşti. Cînd am ajuns la şcoală şi-auzeam şuşotindu-se-n jurul meu „Doamne, urîtă mai e“, mi s-a dus bucuria. În rest, viața mea e cea pe care-o ştii. Cu satisfacții profesionale, cu muncă pe brînci, cu Tamara, cu fata şi cu nepoții ei. Odată cu Tamara mi-am încheiat menirea pe pămînt. Nu mi-e frică să trec pragul dincolo. Încerc să-mi scot din minte posibilitatea unui Alzheimer sau a unei alte nenorociri. Dac-aş avea un atac cerebral, te rog ca pe Dumnezeu, cum mi-am rugat şi nepoata, să nu fiu resuscitată. O sondă ca să nu-mi plesnească băşica şi-atît. Nu perfuzii, nu zemuri de prelungit agonia». Am aprobat din cap.

Aceeaşi rugăminte le-am adresat-o şi eu lui Cornel, Gertrudei şi Carmínei pentru mine şi pentru Costi, dacă el mi-ar supravieţui şi i s-ar întîmpla asemenea nenorocire. Nimeni nu mă poate convinge de «umanitatea» procedeelor de-a ţine-n viaţă cadavre, conform devizei «noi luptăm pentru viaţă». N-am acceptat niciodată «principii» fără acoperirea logică a realităţii. Şi acest «noi luptăm pentru viaţă» al unor reanimatori, cînd semnele morţii sînt evidente, se-nscrie în nesfîrşitul şir de ipocrizii sociale. Ca bietului om condamnat să nu-i scape nici un element al umilirii. Noroc că nu mai ştie. Dar parcă poţi şti ce ştie ? Cîte nu le ştim şi ele există.

«Argentina, pierderea locului tău, pierderea a ceea ce este Ţara ta, înseamnă o fractură care doare la orice nor de pe cer. După ce-am plecat din Basarabia, viaţa parcă n-a mai fost normală, cel puţin pentru mine. Deşi aveam numai zece ani cînd am trecut Prutul, nu m-am mai simţit nicăieri „acasă"; parcă ceva anormal a pătruns în viaţa mea». «Natalia, şi ţăranul ajuns orăşean, oricît s-ar adapta, se simte străin, în adîncul fibrei lui. Nici în doisprezece ani de liceu la Craiova, internă fiind, n-am ajuns să mă consider craioveancă. Nici în cinzeşitrei de ani trăiţi în Bucureşti n-am ajuns să mă simt bucureşteancă. Azi, dacă mă-ntreabă cineva de unde sînt, răspund fără şovăire: „din Brăteasa, judeţul Dolj ...". Tu eşti fiică de intelectuali: tată preot, cu doctorat la Strasbourg, mamă profesoară de matematică. Tu n-ai trecut prin trauma omului care-şi schimbă clasa, care-şi schimbă condiţia socială. Şi dac-aş trăi-n palate, amintirea pămîntului pe jos nu mi s-ar şterge. Se miră orăşenii că ţăranii transplantaţi rămîn tot ţărani. Maica, mama mea, nu era din Brăteasa. De la şaisprezece ani, de cînd s-a măritat, şi pînă la şaizecişiopt, cînd a murit, după o viaţă de om trăită-n Brăteasa, lumea-i spunea tot „băltăreanca", după satul ei de baştină – sau cum îi zicea o vecină, „mai pe radical" – „provenită". Şi eu mă simt „provenită" şi-n Bucureşti şi-n viaţă». «Măcar tu nu ţi-ai pierdut Ţara». «Natalia, ne pierdem Ţara-n fiecare zi, prin abandonarea tradiţiilor, prin ridiculizarea trecutului, prin desconsiderarea a tot ce-am preţuit noi: respectul pentru ce ne-au lăsat strămoşii, pentru familie, pentru cei care s-au străduit să lumineze mintea şi sufletul acestui popor». «Trăim o epocă a nihilismului mental, manifestat mai ales prin dispreţul a tot ce este naţional. Şi-acest mod de-a gîndi şi de-a se manifesta – nu numai viaţa mea personală chinuită – mă face s-aştept sfîrşitul ca pe-o mîntuire». «Trăim într-o lume care cu sîrg – în duşmănie – vrea să dărîme trecutul şi cu bune şi cu lucruri rele; bune, rele, să le dărîme oricum, fără să-ţi arate ce vrea să pună-n loc». «Ba da, Argentina. Un nihilism mintal – o piftie în care să crească orice fel de germeni, fără alegere, şi mai ales germenii uniformizării, şi-ai lipsei de criterii. Înlocuirea moralei cu profitul, a profesionalismului cu amatorismul protejat. Mă uit la noile generaţii de la Medicină. Printre tinerii ăştia sînt şi unii pasionaţi, dar majoritatea face totul în dorul lelii». «Parcă numai la Medicină ! Uită-te cum scriu ziarele, deschide la-ntîmplare televizorul... Profesoara mea de română, doamna Despina Mateescu, ne corecta fiecare greşală de exprimare, fiecare greşală de ţinută şi nu obosea să ne spună: „fetelor, vreau să se vadă că aţi trecut prin liceu". Dac-ai şti, Natalia, cum făceam exerciţii de mers, ca să nu mai calc, păşind ca pe tarla, şi nu fiindc-aş fi vrut vreodată să-mi ascund ţărănia, ci fiindcă voiam să se vadă c-am făcut liceul». Mi s-a părut că văd un zîmbet pe fața Nataliei. «Așa cum am făcut eu eforturi ca să scap de accentul basarabenesc. Citeam toate lecțiile cu glas tare, ca să nu mai înmoi consoanele, ca să scap de ritmul frazei împrumutat, din 1812 pînă-n 1940, din rusă. Părinții mei erau moldoveni, veniți cu slujba-n Basarabia. Au fost tare mirați că intelectuali români vorbeau în casă rusește. Făcuseră toți școală rusească, iar autoritățile nu proveneau din rîndul românilor. Și era „șic" să vorbești limba ocupantului ! Pînă la urmă au învățat și părinții mei rusește, ca să fie-n rînd cu lumea bună ! M-am simțit atît de umilită cînd, venită-n București, rîdeau colegele de accentul meu. Tu ai făcut exerciții de mers ca la oraș, eu de pierdut accentul meu provincial». «Natalia, deși amîndouă am ajuns ce-am ajuns, nu ăsta ne-ar fi fost locul în viață». Cînd am spus cuvintele-astea știam că în ele se afla un adevăr pe care însă n-aș fi fost în stare să-l traduc.

La mormîntul părinților mei mă simțeam stingheră, a nimănui, rămasă ca-ntr-un pustiu; fiindcă nu-mi găseam răspuns la o-ntrebare capitală: care-ar fi fost adevăratul meu loc în viață ? Mi-nchipuiam o altă epocă în care-aș fi vrut să trăiesc ? Învățasem prea bine la Istorie ca să fi vrut, om sărac fiind, să fi trăit cîndva-n trecut. În viitor nici atît. Viitorul mi se pare ambiguu, fără nici un simț al sacrului și-al ceremonialului, timp al unei libertăți nelimitate a trupului și-a detronării spiritului. O epocă a unor roboți perfecționați în micro-domenii. Generației mele nu-i aparține acest viitor al tehnicizării mintale. Nu regret trecutul, n-am nostalgia lui, dar n-am nici un regret că n-am să mai apuc un viitor al unei și mai mari bogății la un pol și al și mai multor muritori de foame la celălalt. Se pierde dorinţa spiritualităţii şi-a spiritualizării. Deşi nu medicina a fost idealul vieţii mele, de fiecare pacient m-am apropiat ca de-o fărîmă din spiritualitatea şi din întruparea universului. M-am apropiat cu pietate, ca de-o parte a dumnezeirii. De totdeauna am avut respect şi faţă de firul de iarbă, iar vivisecţiile m-au îngrozit. Costi a diagnosticat scurt mentalitatea unora ca Natalia, ca el, ca mine: «Argentina, înţelege că noi sîntem nişte ornitorinci. Nişte supravieţuitori ai unei specii dispărute».

♣

Tamara uneori mă recunoaşte. «Ce faci, Argentina ? Cum e afară ? În casă e cald şi bine». Profit, o-mbrac şi ne plimbăm niţel printre blocuri, mai stăm pe-o bancă şi-ncerc să evoc amintiri comune, de pe vremea cînd eu eram ofticoasă, iar ea doctoriţă la Spitalul T.B.C. Studenţesc. Zîmbeşte pierdut, fără să spună nici un cuvînt. Şi deodată mă-ntreabă cît e ceasul. «Doamnă, să mergem că-ncepe contravizita». Şi se-agită ca omul temător să nu-ntîrzie la obligaţiile lui.

Alteori îmi spune: «Să nu uităm să-i spunem Tatei să stropească pomii ca să nu facă omizi. Ar fi păcat de ei, mai ales de piersici. Ce-ar fi să mergem niţel să stăm la umbra piersicului mare ?». Şi o duc în balcon lîngă un leandru. «Ce flori frumoase face. Roz. Am avut o rochie de culoarea asta în clasa a patra primară. Mi-a cumpărat Mama tobralco de rochie, fiindc-am luat premiu şi mi-a cusut-o tanti Nadia din colţul străzii noastre. Nimeni nu făcea blinii mai bune ca tanti Nadia». «Ce-s alea blinii, Tamara ?». «Ceva, ceva, ceva-n care se-nfăşoară tot felul de umpluturi, buuuune...». «Un fel de clătite, nu ?». «Nu sînt clătite. Sînt dintr-o cocă mai consistentă. O s-o rog pe tanti Nadia să ne facă măcar două-trei, ca să vedeți și dumneavoastră cum sînt». «S-o trimitem pe Natalia să ni le aducă». «Cine e Natalia ?». «Sora ta». «Eu n-am soră».

Vrînd să urmăresc traseul cumplit al Alzheimerului îi relatez Nataliei tot ce-mi povestește Tamara, ca să verific dacă vorbele ei corespund realității. Rochia roz a existat și tanti Nadia a existat și făcea într-adevăr niște blinii de-ți lingeai degetele după ele. Existase și livada cu pomi, și piersicul mare. Din straturile vechi de memorie apar amintiri intacte. Natalia apare și dispare din această memorie aproape anihilată, fiindcă ea aparține și straturilor noi, iar eu de-asemenea. În cadrul unei singure fraze sînt cînd «Argentina», cînd «doamnă». Și deodată, ea, care n-are și n-a avut niciodată o soră, i se adresează acesteia pe tonul cel mai firesc: «Natalia, ți-aduci aminte rochia de mătase naturală a Mamei, pe fond gri-argintiu cu trandafiri grena, rochia pe care-a purtat-o la cununia mătușii Tincuța, la Iași ? Ți-aduci aminte cum mă-mbrăcam eu cu ea și-mi puneam pantofi cu tocuri cînd nu era Mama acasă ? Și cum mă rujam ?». «Da, Tamara, mi-aduc aminte și cum valsai prin casă și cum spuneai că te pregăteai în felul ăsta pentru viitoarele baluri». Și Tamara se uită deodată mirată la Natalia. «De unde știți dumneavoastră, doamnă doctor, lucrurile astea ? Cine vi le-a povestit ?». Și rămîne dusă pe gînduri. Se uită la Natalia, se uită la mine. Îmi pune amical o mînă pe braț și-mi spune: «Ce părere ați avea dac-am mînca o-nghețată ?».

Pe Elena, pe fiică-sa, n-o mai recunoaște. O tratează cu multă blîndețe, chiar cu afecțiune, vorbindu-i cu «duduie» şi cu «matá». Boala nu i-a alterat caracterul: Tamara a rămas ființa delicată, blîndă, surîzătoare, de pe vremea cînd era sănătoasă. Adevărat să fie că esența omului rămîne aceeaşi chiar şi-n boala asta cumplită ? Să semene oare cu puşcăria care-i înrăieşte pe răi şi-i face mai omenoşi, mai înțelegători, mai toleranți pe cei buni ?

Memoria Tamarei a ajuns ca nişte piese de *puzzle* răsturnate alandala. I-am arătat nişte radiografii pulmonare. «Ce să fac eu cu astea ?». «Să te uiți atent la ele şi să le pui un diagnostic». «Eu ?». «Da, fiindcă eşti ftiziolog !». «Da ?! Păi atunci să mă uit». Şi s-a uitat şi le-a citit cu precizie. Natalia, cu mine şi cu Elena, ne-am privit uimite, ne-am crucit.

De cîteva zile, Tamara mănîncă numai supe reci. Refuză orice altceva. Îşi strînge nişte nimicuri într-o sacoşă, iar le scoate, iar le pune. «Trebuie să-mi fac un pic de bagaj că nu pot pleca la drum cu mîna goală». A treia zi de la aceste pregătiri, stătea-n pat, răzimată de-o pernă şi bea un ceai rece. A pus cana alături pe noptieră, s-a lăsat pe pernă, a-nchis ochii, i-a mai deschis o dată, a zîmbit şi i-a-nchis pentru somnul de veci. Cînd ne-am dat seama că trecuse dincolo, Natalia s-a-nchinat şi-a zis încet: «Doamne, mulțumescu-Ți Ție, că te-ai îndurat de ea !». Eu i-am spus în gînd: «Şi de tine !», şi m-am rugat Lui să-i lumineze calea celei plecate.

Încă un om despre care de-acum înainte voi conjuga verbele la trecut.

♣

Nepotul lui frate-meu, cel cu drogurile, dezintoxicat pe cît se pare, s-a-nsurat cu-o domnişoară manechin, alta decît cea implicată cu el în «consum şi trafic de droguri pentru vipuri», «dezimplicată» şi-aceea ca şi el. Mireasa – corp superb, figură blondă frumuşică şi comună, dar de om sănătos şi care mai ales ştie ce vrea. Frate-meu a ținut să mi-o prezinte. «Soru-meo, cunoaşte-ți strănepoata, care a făcut Medicina ca şi tine». «Cînd ai terminat, Margareta ?». «Anul ăsta, la Iaşi. Ca să cîştig un ban am făcut şi pe manechinul, fiindcă părinții mei sînt oameni modeşti, iar noi sîntem patru fete». «Şi de-acum încolo ce ai de gînd să faci ?». «Nu vreau să renunț la Medicină. Dar acuma aş vrea să-ncerc şi ceva cu moda. Un butic, ceva, pentru care să desenez eu modelele, pe care să mi le lucreze sora mamei». «Îmi pare bine pentru matá că nu vrei s-abandonezi Medicina. Şi la ce specialitate te-ai gîndit ?». «La anestezie – reanimare. Sînt foarte iute din fire». «Înseamnă că ştii carte, fiindcă asta nu e specialitate simplă». «Să ştiți că ştiu. Şi ştiu ce vreau. Despre dumneavoastră am aflat din cărțile pe care le-ați publicat ce fel de medic sînteți». «Am fost». «Ați fost şi sînteți... Mă mărit cu Şerban nu numai fiindcă e bogat, dar mi-am pus în gînd să fac om din el». «Să-ți ajute Dumnezeu». M-am uitat adînc în ochii ei şi i-am strîns mîna.

Mi-a plăcut sinceritatea ei. Nu s-a prefăcut pierdută de amor, nemaiştiind pe ce pămînt calcă. Îşi făcuse un plan de care n-avea să se lase pînă ce nu-l vedea realizat, pînă ce n-avea să vadă alb în căpisterie, cum se spune la noi, la Brăteasa. Mi-a plăcut că-şi invitase la nuntă bunica după tată, țărancă, legată la cap cu basma şi-n ilic, bunicul – în cămaşă cadrilată şi-n ilic. Strănepoata mea prin alianță m-a privit şi ea drept în ochi şi m-a măsurat din creştet pînă-n tălpi. «Mătuşă – îmi daţi voie să vă spun aşa – din toată nunta asta sînteţi cel mai discret şi mai cu gust îmbrăcată şi-aveţi cele mai frumoase bijuterii». Mi-am dus mîna la lanţul cu glisieră şi cu ceas, bijuterii vechi de-aproape două sute de ani, la inelul cu smarald de la Claude, la inelele de la Iosif şi de la Costi. «Fata mea, aşa cum mă vezi, am pornit de la pămînt pe jos şi de la dus plosca-n spital. Am mare-ncredere în omul pornit de jos, care ştie ce vrea... Acuma du-te la ceilalţi invitaţi».

Costi şi cu mine am stat de vorbă toată noaptea cu părinţii şi cu bunicii Margaretei. Bunicii, oameni în jurul vîrstei de şaptezeci de ani, munciţi şi uzaţi, se plîngeau de cît de grea le era viaţa la ţară. Cît îi speculau proprietarii de tractoare – care se-«mproprietăriseră» în '90 cu ele de la Gospodărie – ce pensii mici aveau, colectivişti cum fuseseră, cum n-aveau plug, n-aveau grapă. «O ducem greu, maică, o ducem greu», ni s-a adresat în general bunica Margaretei. «Vite nu, car nu, abia de ne-am rostuit de-un amărît de plug. Arăm cu vacile vecinilor. Ne-a dat pămînt, da' nu ce-am avut». «Acuma-i zice „pe zone de fertilitate“», a intervenit tatăl Margaretei. «Cînd am intrat la Colectivă, am intrat cu car, cu boi, cu plug, cu grapă, cu trior de vînturat. Nu ni le mai dă nimeni înapoi», a oftat bunicul. «Eu sînt tehnician de sonde, petrolist adică. Pînă-n '89 am mai lucrat în Iran, de-am mai prins ceva cheag. Altfel nu ştiu cum ne descurcam cu patru fete şi să le mai dai şi-ălor bătrîni cîte ceva», a intervenit tatăl Margaretei.

Şi tatăl şi mama strănepoatei mele prin alianţă aveau fasonul «andimanşat», care mi i-a amintit pe Taica şi pe

Maica la nunta lui Gelu. De la o poştă se vede omul care şi-a pus ţoalele bune pe care nu le poartă-n mod obişnuit. Socrii mici erau îmbrăcaţi corect, ca pentru o nuntă din mediul lor, nu ca pentru miliardari. Numai cele trei surori ale miresei purtau rochii mini, din care arătau toate nişte picioare superbe şi se-ncadrau perfect între invitaţii mirelui, toţi copii de bani gata. Luxul orbitor al marelui restaurant unde se desfăşura nunta, invitaţii în costume de la mari case de modă occidentale mi-au apropiat şi mai mult familia miresei, care nu ştia cum să se ţină mai strînsă şi mai la distanţă de restul nuntaşilor. Cînd mirele şi mireasa, făcînd turul invitaţilor spre a ciocni cu fiecare, au ajuns la masa unde ne aflam eu, Costi şi socrii-mici cu neamurile lor, apropiindu-mi paharul de-al strănepotului meu, am spus: «Să vă dea Dumnezeu sănătate, viaţă lungă împreună şi-nţelegere ! Şerbane, te felicit pentru familia în care-ai intrat şi te rog să fii demn de oamenii ăştia !». Miresei i-a pierit graiul. «Mulţumesc, tanti, şi-am să-ncerc să fiu la-nălţime», a izbutit strănepotu-meu să zică, după ce şi-a revenit din uimire. Soacrei-mici i-au dat lacrimile. S-a apropiat sfios de mine, m-a sărutat pe-un obraz şi mi-a şoptit: «Vă mulţumesc şi n-am să uit vorbele-astea cît oi trăi».

«Să mai fie şi-un lup mîncat de-o oaie», am gîndit cu satisfacţie, cînd am stat de vorbă cu mireasa şi mai ales cînd i-am cunoscut familia. Să mai ia şi-o fată săracă, dintr-un mediu modest, un miliardar. Şi să-i ajute Dumnezeu să facă om din el. Din tonul Margaretei, cînd îmi comunicase intenţia de-a face om din bărbatu-său, am înţeles că ştia de tărăşenia cu drogurile. Cum să nu fi ştiut cînd scriseseră toate ziarele despre acest «eveniment monden» ?! Stînd strîmb şi judecînd drept, «afacerea» o făcuse Şerban, strănepotu-meu, şi nu Margareta. El trebuia adus pe calea cea dreaptă, nu ea. Şi calea asta, cînd e de luptat împotriva unei toxicomanii, nu e plătită nici cu bilioane. Dacă o abandonase pe domnişoara parteneră de droguri, care deborda de senzualitate – genul «vino peste mine» – înseamnă că Şerban aspira totuşi către o ființă mai puțin frapantă, însă bine înfiptă-n viață, care inspira gîndul de «lucru solid, făcut în casă».

Dacă pe cele două domnişoare din viața lui Şerban le-aş fi asemuit unor feluri de mîncare, prima însemna un fel sofisticat, de restaurant cu pretenții, fel de obicei fad, însă exorbitant ca preț; a doua – Margareta, mireasa – o mîncare sățioasă, gospodărească, făcută la casă de om. Cumnata-mea şi frate-meu treceau mereu pe la masa noastră, ca să le-arate cuscrilor că nu se țineau cu nasul pe sus față de ei. Cumnată-mea purta o rochie superbă, de-o culoare greu de definit, ceea ce, pe cînd eram eu elevă, aflasem că se numea «*gorge-de-pigeon*», culoare ce-şi schimba mereu nuanțele: grena, prună-vineție, bordo, violet, verde-nchis. Ceva ce-ți lua ochii. Exact ca la porumbei cînd îşi rotesc guşa. Rochia cumnată-mii şi costumul lui Gelu – negru cu dungi subțiri, albe – mi-au adus aminte de vremea liceului.

Nouă, internelor, nu ne scăpa nici o nuntă fastuoasă. Pe vremea copilăriei şi-a adolescenței mele, nunțile se făceau numai duminica. Doar țiganii făceau nuntă şi joia. Cununiile din lumea mare a Craiovei, adevărate spectacole, se oficiau la biserica Sfîntu Dumitru – catedrala Olteniei – şi la biserica Madona Dudu. Pînă-n 1947, noi, internele, nu scăpam nici o nuntă cu ştaif, prilej de comentarii pînă la viitorul spectacol gratuit. Rochiile de mireasă aveau trenă pe care-o țineau de obicei doi copii, băiat și fetiță. După '47, lumea se ferea să contravină ateismului comunist, încît s-a terminat și cu parada modei care ne bucura ochii la fiecare căsătorie de la cele două mari biserici ale orașului. Veniseră naționalizările, exproprierile, datul afară al oamenilor din case, încît și cine-ar mai fi avut din ce să-și permită o nuntă la mare nivel și ținea la cununia cu preot, o făcea în casă, între neamuri și-ntre intimi. Pe-atunci, nunțile nu se făceau la restaurant. Lumea cu dare de mînă avea case-n care să-ncapă invitații, iar pe masa de nuntă – cum aflam de la colegele din oraș – se lăfăiau, pe olănduri brodate, argintărie, cristaluri, veselă din porțelanuri de preț. Azi și cine stă-n palate, ca frate-meu și ca fiu-său, fac nunta la restaurant.

Pe masa centrală, destinată mirilor și nașilor, peste un atlaz roșu era fronsat pe mijloc un atlaz alb, cu vase de flori – *ikebane* pitice de mare frumusețe. Sub farfuriile mari ca de tort se afla o farfurie de inox. Tacîmurile erau și ele de inox, paharele de sticlă. Șervețelele de pînză, în formă de turnuleț. Muzica-ți dădea amețeli. Numai dacă vorbești la ureche mai poți conversa cu cineva. Astăzi, în afara celor care-ascultă muzică simfonică, toți ceilalți nu socotesc că aia care nu-ți face găuri în timpane ar fi muzică. Trăim o epocă a ostentației. L-am rugat pe-un chelner să dea muzica mai încet. «A, știți, asta e pentru dans». Ca să stau de vorbă cu părinții și cu bunicii Margaretei simțeam că răgușesc și că mă doare-n gît. Mîncarea era pe alese: fiecare ce-și dorea. Sistemul numit «bufet suedez». Majoritatea «finețurilor» – fade. Gustoase tot felurile noastre «mitocănești»: sarmale cu varză, sarmale-n foi de viță, frigărui și, ca delicatese, după care să te lingi pe degete, «*somon fumé*». Mirilor le stătea bine-mpreună. El – brun, suplu, cu o figură care mi-l amintea pe Gabriel al dragostei mele, ea – blondă, ca un vrej subţire, dar frumos învelită-n carne, cu figură de om sănătos, făceau o pereche care-ţi bucura ochii. După valsul miresei a-nceput tineretul să se zbînţuie, care perechi, care de capul lui, într-un ritm că ţi se oprea respiraţia numai că te uitai la ei. Printre tineri, o cucoană de talie mijlocie, tunsă scurt, îmbrăcată-ntr-o rochie neagră cu nişte şerpuiri aurii, în ciorapi şi-n pantofi negri, fără nici o bijuterie, dansa cu graţie şi cu un simţ al ritmului cum nu mai văzusem. Avea un mod de-a-şi depărta cîte un picior în aer care te năucea. Nu eram eu aia umblată pe la petreceri, dar aşa cum am învăţat să deosebesc o piatră veritabilă de-un stras şi-o blană adevărată de una sintetică, aşa am deosebit-o de restul nuntaşilor şi pe cucoana asta, cu mutrişoară hîtră. Cînd a trecut pe lîngă mine i-am spus: «Doamnă, sînteţi balerină ?». «Am făcut şase ani de balet»; şi s-a apropiat de urechea mea. «După şase ani, tata m-a retras ca să nu mă fac curvă». Am început să rîd. «Şi ce v-aţi făcut ?». «Arhitectă». «Doamnă, mare pierdere pentru balet. În viaţa mea n-am văzut pe cineva care să danseze ca dumneavoastră».

Tineretul feminin era tot minijupat, băieţii-n blezere. Cucoanele, toate-n toalete scumpe, acoperite de bijuterii, unele – tradiţionaliste, coafate-n aşa fel ca să se vadă, altele mai moderne – coafate gen mai neglijent, adică mai puţin titirit, genul «natural». Bărbaţii din generaţia mea şi-a lui frate-meu, ca şi din cea a nepotului meu, mai toţi cu burta peste curea. Şi unii tineri dădeau semne de burtică. Se spune că acei care-au mîncat prost în copilărie şi-n adolescență nu se-ngrașă. Nunta strănepotului meu contrazicea această teorie. Am presupus că majoritatea nuntașilor lucraseră-n Comerțul exterior și-n alte ministere, lansîndu-se după '89 în afaceri. În comunism, prin ministere nu lucrau fii de boieri sau de mari industriași, ci de-ăi cu origine sănătoasă, ca mine, ca Gelu, ca Liliana, cumnată-mea. Potrivit teoriei ăsteia nutriționiste, nuntașii ăștia ar fi trebuit să fie ca trestiile. Frate-meu are o burtă de parcă stă să nască, iar la față e umflat de zici că are oreion.

Frate-meu trecea și el să ne-ntrebe cum ne simțeam, dacă ne doream ceva. «Gelule, știi ce mi-aș dori eu: hora miresei. Dacă nu jignești onorata asistență și dacă restaurantul ăsta de cinci stele are-așa ceva...». Gelu mi-a zîmbit și cu tristețe, și cu-nțeles, a plecat numaidecît și a șușotit cu tînărul responsabil cu muzica pe casete. Și deodată s-a auzit hora miresei. «Sus, toată lumea la hora miresei», le-am spus neamurilor Margaretei făcîndu-le semn cu mîna să se ridice. Mireasa a văzut mișcarea grupului nostru, ăștia mai populari, l-a luat de mînă pe Șerban și ne-am prins în horă. Repede-a venit lîngă mine arhitecta-balerină care juca mai ceva decît fetele de la mine de la Brăteasa.

Mi-am adus aminte «întrunirea tovărășească» de la Drept, din urmă cu cincizeci și doi de ani, și de «bătuta ardelenească», pe care-o poruncise Iosif Iuga. I-am zîmbit lui Iosif în amintire și mi-a venit să plîng. Abandonîndu-și pentru un moment fasonul de nouă castă și amintindu-și originile, mai toți bărbații s-au prins în horă. Gîndul meu era la «bătuta» din trecut. Profitînd de-un moment de neatenție a lui Costi, care-și găsise la horă un fost coleg, am ieșit în holul hotelului-restaurant ca să fiu singură cu gîndurile mele. Frate-meu a venit după mine: «Adelina, de ce te-ai întristat ?». Am oftat. «Gelule, amintirile». «Multe dor, mai ales la vîrsta noastră». «Gelule, iartă-mă că te-ntrerup, mă iertați, doamnă, dar am vrut să-ți amintesc de consiliul de administrație de marți». «Barbule, să te prezint surămii, că doamna asta e soru-mea. Domnul Barbu Ivanovici, fostul meu coleg de agenție de la Buenos Aires, actual partener de afaceri, şi sora mea, doctorița Adelina sau, dacă vrei, Argentina Boboc».

În fața mea se afla un bărbat spătos, fără să fie gras, cu o figură pe care nu se citea nimic şi cu nişte ochi adormiți, în care la un moment dat a trecut un fulger. Ochii ăştia adormiți care ştiau s-arunce săgeți îi mai văzusem cîndva. În momentele cînd te concentrezi la maximum, cînd o amintire care nu te-a mai vizitat ani de zile îți năvăleşte-n creier, în momentele de panică, de uimire faci gesturi pe care le credeai uitate, eliminate din comportamentul tău. Faci gesturi ancestrale. Cînd m-am uitat în ochii acestui Barbu Ivanovici mi-am dus mîna la gură ca orice țărancă uimită.

«Dar noi ne cunoaştem, Gelule». «Nu mai spune... Atunci vă las să depănați amintiri împreună». L-o fi fulgerat şi pe frate-meu amintirea serii de la Drept, peste care trecuseră mai bine de cincizeci de ani. «Tovarăşe Vasile şi „fără dragă“, vă mai amintiți de mine ?». «Da, tovarăşă Boboc Argentina», mi-a răspuns fără nici o ezitare, privindu-mă țintă-n ochi cu ochii lui care nu mai aveau nimic adormit. «Pe vremea cînd ne-am cunoscut, tatăl meu era la Canal, pentru cocoşei. Aşa am ajuns acolo unde ştii». «Şi de-acolo mai departe, pînă-n ziua de azi». «Ai perfectă dreptate. Am vrut doar să-ți lămuresc „personajul“». «Dac-ai şti cîte nopți n-am adormit din cauza dumitale...». «Am şi eu un merit: am fost un bărbat care ți-a luat somnul». Tonul lui n-avea nimic ironic, ci mai degrabă de mare tristețe. «Le-ai spus doctorilor unde locuiai că erau urmăriți ?». «Nu puteam să nu mă port cinstit cu nişte oameni care mi-au făcut atîta bine». «Şi-au făcut şi lor foarte mult bine... Aveau relații foarte sus în ierarhia noastră. Asta am aflat-o mult mai tîrziu şi din întîmplare. Şi eu şi dumneata eram nişte naivi. Dac-ar mai fi trăit, nu ți-aş fi spus». «Şi-acum, de ce-mi strici sufletul ? Orice-ar fi făcut, eu numai bine-am avut de pe urma lor». «E frumos din partea dumitale că reții despre oameni doar binele pe care ți l-au făcut. Recunoştința e-atît de rară». «Vreau să te rog să-mi răspunzi la o-ntrebare. Dacă vrei şi dacă poți». «S-auzim». «M-ai întrebat la ultima noastră-ntrevedere dacă n-aş fi fost amatoare să mă mărit cu cineva care urma să plece la un post în străinătate. Erau vorbe-n vînt sau era ceva serios ?». «Era foarte serios. Eu eram pretendentul». «Aveai nevoie de cineva cu origine sănătoasă. Că frumoasă nu eram, în schimb săracă-lipită pămîntului !». «Nu erai frumoasă, în schimb erai săracă ! Dar erai om de caracter. M-a-ndemnat spre dumneata exact cinstea dumitale față de doctorii Zamfirescu, parcă aşa-i chema, nu ?». «Şi-ai găsit altă fată cu origine sănătoasă şi poate mult mai arătoasă decît mine». «Dacă te uiți drept la masa cu lumînări *bleu*, cucoana cu bluză neagră cu paiete e nevastă-mea. Ne-am văzut de trei ori şi-a patra, la cununie-n Piața Amzei. Pe vremea aia, să pleci de-aici era ca plecatul de la puşcărie. Cred că afară de dumneata nimeni n-ar fi dat cu piciorul unei asemenea ocazii». «Sînt convinsă. Dac-ați ajuns la vîrsta-asta-mpreună înseamnă că vă-nțelegeți şi că fiecare-ați nimerit-o bine». «S-a-ntîmplat. Avem doi băieți, amîndoi în Canada, însuraţi, cu copii. Cu neveste românce». «Am trăit fiecare cum am putut», am spus eu într-un tîrziu. «Cum am putut, nu neapărat cum am fi şi vrut. Poate că dumneata ai trăit cum ai vrut mai mult decît mine». «Ce ştii dumneata despre mine ?». «Tot ce se poate şti, în afara sufletului. Tot ce s-a petrecut cu dumneata la vedere». «Serios ? Nu-mi vine să cred !». «Fără să fi fost îndrăgostit de dumneata, mi-ai stîrnit curiozitatea şi ţi-am urmărit viaţa prin oameni care ţi-au fost colegi, superiori, subalterni». «Ce-mbucurător să afli că atîţia oameni te-au turnat». «Nu turnau – de fapt n-aveau ce – informau ! Despre cei trei bărbaţi importanţi din viaţa dumitale pot să-ţi spun doar lucruri bune. Iosif Iuga a făcut frontul din prima pînă-n ultima zi de război. A avut un frate legionar despre care, de la Rebeliune, din 1941, n-a mai ştiut nimeni nimic. Iuga s-a oferit voluntar pentru front din anul şase de Facultate. Un medic excepţional şi-un om fără pată, afară doar... Despre Claude Comăneanu, *noi* am lansat în lumea bună din Bucureşti fitilul că era agent. L-am lăsat să-şi facă negoţul de artă cu particulari şi cu ambasadele, tocmai pentru a-ntări ideea că era omul nostru. Îl ţineam aici ca gaj, fiindcă taică-său, amiralul, a fost agent al *Intelligence Service*-ului şi ne făcea şi nouă servicii contra libertăţii lui fiu-său. Deştept cum era, Claude Comăneanu a priceput jocul nostru şi şi-a interpretat perfect rolul. Doctorul Costi Gheorghiu e curat ca lacrima». «Domnule Ivanovici, eşti mulţumit de viaţa dumitale ?». «Nu. E o viaţă-n care nici în somn n-am fost liber. Dac-aş fi avut stofă de rezistent, nu intram în Securitate; eram dat afară din Facultate, ajungeam muncitor şi, probabil, într-un tîrziu, tehnician pe undeva. Am ales calea cu altfel de spini. Te uiţi dubitativ la mine. Crezi că-mi era uşor să fac pe obtuzul şi pe mitocanul cu dumneata, fată deşteaptă ? Să stau tot timpul cu urechea ciulită şi să raportez atît cît să nu trimit oamenii la ocnă ? Nu ştiu cît ai urît dumneata regimul comunist, dar beneficiar al lui cum am fost, l-am urît din suflet. Singurele foloase importante din tot ce-am făcut în viața asta, abia acum le trag». «De pe urma relațiilor din vremea comunismului». «Exact». «Şi oamenii ăştia din Occident nu ştiu ce hram ați purtat ?». «Ba bine că nu ! Crezi că pe ei îi interesează altceva decît banii ? Crezi că la ei, acolo, afaceriştii cîntă-n corul vreunei biserici ?! Nu există nici un serviciu, nici o-ntreprindere fără omologi de-ai noştri». «Regimul de-acum îți place ?». «Îl urăsc la fel ca şi pe cel trecut. Doar că acum poți să furi în voie şi-n deplină linişte. Totul e să furi mult. Poate nu mă crezi, dar eu nu fur; nu fiindcă aş fi cinstea-ntruchipată, dar o dată-n viață vreau să dorm şi eu liniştit... Mă crezi ?». «Cred pe oricine-mi spune că vrea să doarmă liniştit. Eu, care cred în Dumnezeu, m-am rugat toată viața de pace, de linişte şi de sănătate». «După al doilea război mondial, măcar război n-am avut în România. Linişte, fiecare ştie cîtă a avut – sănătate de-asemenea». «Domnule Ivanovici, ai mai vrea să iei viața de la-nceput ?». «Ferească Dumnezeu !». «Nu neapărat viața dumitale, ci o altă viață ?». «Categoric, nu. Nu mi-e frică de moarte. Am fost foarte aproape de ea de cîteva ori. Mi-e frică de reîncarnare». «Şi dacă ar fi să reiei propria viață în condițiile-n care s-a petrecut, ai alege alt drum ?». «Dat fiind că alegerea ar fi limitată, cum a fost, mă tem că aş alege tot ce-am ales. N-am stofă de rezistent ! Iar de martir – nici atît. Cît despre fericire... Dar dumneata ce-ai face dac-ar fi să reiei aceeaşi viață ?». «Ca şi pentru dumneata, alegerea mea a fost şi-ar fi limitată. Realitatea sărăciei şi-a foamei m-ar trimite tot la Medicină şi nu la visurile mele de Istorie, de Istorie a artei». «Astea ţi le-a inoculat Claude Comăneanu ?». «Eram inoculată gata încă din liceu. Claude Comăneanu mi-a mărit regretul pentru visurile mele abandonate. Ca şi dumneata, n-aş mai vrea să-mi retrăiesc viaţa şi nici alta nu mi-aş dori. Din asta am să plec fără păreri de rău, dar şi fără mustrări de cuget. Poate suna patetic şi desuet, dar sînt împăcată că mi-am făcut datoria: am restituit tot ce s-a investit în mine». «Ferice de dumneata, Boboc Argentina ! Ferice !». «Există oare om despre care să poţi spune „ferice de el“ cît timp e-n viaţă ?... Dumneata, care eşti miliardar şi poţi avea ziua ce visezi noaptea, eşti fericit ?». «Nu». «Şi-atunci la ce-ţi folosesc miliardele, afară de sentimentul puterii şi-al independenţei pe care cred eu că le dau ?». «Sentimentul puterii ? Mai treacă-meargă. Dar al independenţei ?! Tocmai din lipsă de independenţă am ajuns la miliardele-astea». A apăsat pe «din lipsă de independenţă» şi s-a uitat fix în ochii mei. «Înţeleg că sînt angrenaje din care nu se poate ieşi». «Sînt angrenaje în care nu poţi să *nu* intri».

Tăceam amîndoi, cu privirea pierdută asupra nuntaşilor din restaurant. Mă uitam la tinerii care se zbînţuiau şi veselia şi antrenul lor cinetic mi s-au părut factice. Şi i-am şi văzut bătrîni, văpsindu-şi părul ca şi mine, ca să mai păcălească băbia şi moşnegăreala, făcînd eforturi să-şi îndrepte cocoaşa, oftînd ca să-şi regleze respiraţia, strîngînd din dinţi de dureri migratoare, uitîndu-se la viaţă înapoi. «Te-ai întristat, Boboc Argentina !». «M-am întristat „tovarăşe Vasile şi fără dragă“. Din convorbirea noastră am înţeles o dată mai mult că lumea e-o maşină de tocat vieți, pe unele mărunt, pe altele-n felii mai mari. Dacă şi-un miliardar se simte liber doar cînd moare...». «Dumneata eşti un om inteligent. Nu e nevoie să-ți desenez angrenajele în care eşti obligat să intri. Mă rog, unii dintre noi. Vreau să-ți cer iertare pentru nopțile nedormite-n tinerețe din cauza mea. Pentru otrava pe care ți-am turnat-o-n suflet. Am vrut să mă-nsor cu dumneata ca să mă răscumpăr». «Îți mulțumesc pentru buna dumitale intenție».

Mi-a sărutat mîna, mi-a oferit brațul şi ne-am întors în restaurant.

♣

După nunta strănepotului meu, care s-a terminat la cinci dimineața, am zăcut două zile. Petrecăreață n-am fost eu niciodată. Ca studentă, cu slujbă şi provincială, n-am făcut parte din nici un grup anume. Cîteodată mergeam şi eu cu unii colegi la cofetăria numită a Operei şi mîncam o mascotă, plătind nemțeşte. În şase ani de Facultate, o dată nu m-a invitat cineva acasă, cum nu mă invitase nici în opt ani de liceu. Orice-ntîlnire cu oameni tineri te-ntoarce cu gîndul la propria tinerețe.

Cu tot fastul, cu toate toaletele care cred că totalizau miliarde, nemaivorbind de bijuterii, cu toată despuierea şi cu toată dezinhibarea tineretului, nunta strănepotului meu mi s-a părut gălăgioasă – muzica, prin excesul de decibeli, contribuind esențial la această impresie – mi s-a părut gălăgioasă, nu veselă. Iar între miri n-am observat nici o privire prin care să-şi transmită un mister, o sete nesățioasă a unuia de celălalt. După doi ani de conviețuire, păreau să-şi spună «hai s-o facem şi pe-asta».

Mi-am adus aminte nunțile de la Brăteasa, din copilăria mea, cînd căsătoria tinerilor era de obicei rezultatul înțelegerii părinților cu privire la zestre. Şi-apoi, strănepotu-meu de ce se drogase, considerînd acțiunea la trecut ? Ce rotiță nu funcționa cum trebuie în sufletul lui ?

Drogaților, «massele largi» le pun rapid diagnostic şi fără pic de dubiu: aurolacii miros punga cu lac de foame şi de sărăcie; bogații se droghează de prea mult bine. Primii e drept că mai uită de foame cînd îi amețesc eterii din pungă. Dar ceilalți ? Actori cu sute de milioane de dolari în bănci, locuind în palate ? Ce fantome ale urîtului şi-ale deznădejdii li se-arată, ce se detrachează-n sufletul şi-n trupul lor ca să caute paradisuri artificiale ? Lumea are urîciuni care pot strica orice maşinărie sufletească mai slabă, aşa cum aceleaşi urîciuni, ale aceleiaşi lumi, pe alții îi îndîrjesc să lupte. Altminteri, cum ar fi ieşit întregi la minte oameni trecuți prin puşcării, prin chinuri inimaginabile ? Sufletul lumii e bolnav şi, după cum se vede, nici bogăția nu-i este leac. Ea poate fi doar portiță de scăpare în toate-mprejurările.

Mă bucur că sînt bătrînă. Singura mea legătură, obligație pe lume este Costi. Nu las în urmă copii, de-a căror lipsă am plîns la tinerețe fiindcă lipsa asta-mi îndurera părinții. Frumoasă n-am fost ca să regret c-am privat omenirea de cine-ştie-ce splendori ce-ar fi ieşit din mine ! Cornel, Gertrud şi Carmína sînt copiii mei de suflet. Cînd văd cu cîtă sîrguință-nvață Carmína, cum vine la noi, la Costi şi la mine, ca să nu-i rămînă ceva nelămurit, îmi creşte inima. Asemenea tineri, «nespecifici» pentru epoca superficialității în care trăim, există totuşi. Poate că într-o bună zi au să-ncline balanța lumii în partea lor. Noi, Costi şi cu mine, n-o să mai apucăm acea zi a biruinţei spiritului şi-a conştiinţei, la care nu vreau în sinea mea să nu mai sper. Noi doi ce sîntem ? Doi trecători prin lume. Şi noi, acolo.

♣

«Argentina, am eu impresia sau nunta strănepotului tău, să nu zic vorbă mare, nu te-a indispus, dar nici nu te-a-nveselit ?». «Ţie ţi-a plăcut nunta asta ?». «În general nu-mi place să mă aflu-n lume multă, iar muzica de spart timpanele-mi dă ameţeli şi parcă-mi creează o stare de anxietate ca să nu zic de panică». «Am înţeles. Totul mi s-a părut ostentativ, prea mult. Bine c-am stat la masă cu familia miresei. Cînd ne-am aşezat lîngă ei, păreau timoraţi şi speriaţi ca ţăranul care urcă prima oară-n avion. Cînd mă uitam în restaurant la toaletele şi la bijuteriile cucoanelor mi-am adus aminte ce ne povestea doamna doctor Vărbănescu, de la anatomo-patologie, despre damele de lux dintre cele două războaie mondiale: emblema lor se compunea din briliante solitare pe degete şi-n urechi, haină de vulpi-argintii şi vilă la şosea». «Azi, miliardăresele au trecut la vizon, iar cele mai umblate prin lume chiar la *chinchilla*. Argentina, bogaţii au avut totdeauna dorinţa etalării, a lucrului de pomină. Citeşte memoriile Marucăi Cantacuzino şi-ai să vezi ce-a făcut socru-său, Nababul, la nunta ei cu fiul lui cel mare. Şi ăştia se trăgeau din împăraţii Bizanţului, nu erau „îmbogăţiţi de revoluţie“». «Şi împăraţii Bizanţului din cine se trăgeau, mă rog ? Că n-or fi fost nobili şi-n Epoca de Piatră ?». «Atunci erau nobili „de bîtă“ şi de „bolovani“. De cînd se ştie, lumea e la fel. Ce bucurie pe bogat cînd se-ntîlneşte cu alt bogat decît să-l epateze cu averea lui sau măcar să-l egaleze ?». «Cît de repede-au uitat toți de comunism, cînd nu știau cum s-ascundă ce-aveau». «La fel cum cei aduși în sapă de lemn de comunism au învățat să trăiască-n sărăcie, ca și săracii-săraci de cînd se știau pe lume. Omul e adaptabil ca microbii și ca virușii, iar memoria lui este ca lichidul care ia forma vasului în care-l torni». «Tot ce nu-i convine intră la capitolul „somnolență“». «Argentina, în fiecare dintre noi există o cantitate de revoltă. Placiditatea totală e patologie curată. La unii, revolta țîșnește cînd îi contrariezi, cînd le sînt interesele-n joc. Alții, adevărații revoltați, sînt cei care nu suportă nedreptatea și absurditatea, chiar dacă ele nu-i ating. Ei sînt cei mai predispuși fanatismului, ideii de schimbare a omenirii. După o viață închinată unui ideal, sfîrșesc în depresii profunde sau își pun capăt zilelor, treziți brusc la realitatea umanității în care de multe ori propagandiștii dreptății sînt doar niște arivişti și niște conformiști... Noi doi, n-am fost și noi revoltați ? Dar ne-am înghițit revolta, știind că n-aveam să doborîm noi comunismul. Curajul nostru a fost numai pe linie profesională. Nu ne-am sfiit să semnalăm greșala de diagnostic sau de terapie, indiferent cine-ar fi făcut-o. Și nu pot spune că-n felul ăsta ne-am umplut de prieteni. Singura noastră formă de curaj a fost cinstea profesională. În rest, am tăcut ca peștele-n baltă. Cînd ai renunțat la cariera universitară, mi s-a părut o bravadă din partea ta. După, am înțeles că-ți ofereai liniște cîtă-ți sta-n putere». «Costi, n-am fost eroi, n-am ieșit cu-o rogojină aprinsă-n cap și să strigăm „jos comunismul !“. Am fost doi blînzi membri de Partid, neavînd curajul să nu ne-nscriem în el, fiindcă-n joc ne era cariera. Dacă nu mă făceam „membră“, împinsă de domnul

General, nu mai rămîneam eu în Bucureşti, Lupu, Brukner să fi fost. Colegi eminenţi au stat cu anii la ţară pe la dispensare». «Şi tu ai fost o studentă foarte bună; ai terminat cu diplomă de merit». «Da. Dar din 1954 nu s-a mai rămas în Bucureşti cu diploma de merit. Prin urmare, tot originea sănătoasă şi „Partidul să trăiască“ m-au făcut să rămîn în Bucureşti». «Şi nu crezi că meritai ?». «Fără modestie: meritam. Dar nu pot să nu recunosc şi soarta care m-a favorizat.» «Acum, locul Partidului l-au luat banii şi s-au înmulţit partidele, deci şi favoritismele». «Costi, în afara tehnicii, care face progrese uriaşe, omenirea ca mentalitate şi ca procedee rămîne aceeaşi». «Păi, dacă e făcută din oameni !».

Am rîs amîndoi.

«Argentina, pentru noi mult a fost puţin a rămas. Mai ales pentru mine». «Nu se ştie niciodată». «Să ne bucurăm că sîntem pe picioarele noastre şi-n minţile nostre. Să mai facem cîte o plimbare pe vreme frumoasă, pe străzi cu trecut. Să mai mergem la un spectacol. Să ne vedem cu puţinii prieteni care ne-au rămas. Cît mai putem, să mai mergem pe la Smaranda, fiindcă ştii cît ne-aşteaptă. „Tată şi Asa, voi faceţi parte din viaţa mea profundă. Cînd veniţi voi, mă simt în România“... Să ne bucurăm că-i avem alături pe Cornel, pe Gertrud şi pe Carmína. Să nu ne mai întristăm de spectacolul plin de pete al lumii. Să ne luminăm sufletul cît putem, în fiecare clipă. Nu să ne rupem de lume, dar să nu ne mai doară lumea, Argentina. Să mai ajutăm colegi în suferinţă, care nu mai au ce vinde şi la care nu se mai gîndeşte nimeni». «Să ne pregătim sufletele pentru marea călătorie, Costi. Spun unii că duci cu tine de-aici exact vibraţiile armonioase sau tulburi pe care le emiţi în momentul plecării». «Presupuneri». «Costi, eu toată viața am încercat să nu fiu nedreaptă cu semenii, să nu-mi umplu sufletul de păcate, cum zicea Maica». «Argentina, pe lumea asta nimic nu prețuiește mai mult decît sufletul neapăsat de poveri și decît liniștea. Pe Lucia am s-o simt ca pe cea mai adîncă remușcare, pînă-n ultima clipă. Dragostea pentru Mona a fost raiul și iadul meu. Iar plecarea Smarandei – o măciucă-n moalele capului». «Costi, știi bine că voia să plece. Dacă te-ai fi opus – rămînea. Dar nu ți-ar fi iertat-o niciodată. Fiecare-și urmează destinul». «Cînd te-am văzut prima dată-n sală, dîndu-i domnului General instrumentele, nici prin minte nu mi-a trecut ce rol aveai să joci în viața mea». «Ți-aduci aminte ce mi-ai spus cînd am stat de vorbă prima oară ?». «Mi-aduc aminte că ți-am spus o obrăznicie». «Plecase toată lumea din sală. Eu număram pansamentele de absorbție, fiindcă tot timpul cît am lucrat la sală eram obsedată să nu rămînă vreunul în plagă. Am simțit că mă privește cineva. Am dat de doi ochi albaștri ai locotenentului Gheorghiu, mîna a doua la operația care se terminase. „S-a-ntîmplat ceva, domnule doctor ?", te-am întrebat eu cu inima cît un purice. Și tu m-ai măsurat de sus pînă jos, într-un fel în care nu se mai uitase nimeni la mine și mi-ai spus pe-un ton de ușoară ironie: „Nu s-a-ntîmplat nimic, dar poate că aș vrea să se-ntîmple". Și iar m-ai măsurat din cap pînă-n picioare și-ai continuat: „Dacă n-ai costa așa de scump... Eu, un biet locotenent, nu pot intra-n competiție"». «Doamne, ce măgar am putut să fiu !». «O clipă mi-a venit să-ți trag două palme bine simțite, dar tot eu mi-am zis că mai bine s-o dau pe glumă și ți-am răspuns....». «Știu ce mi-ai răspuns, asta n-am uitat: „Domnule locotenent, atunci nu ne rămîne decît s-aşteptăm să-naintaţi în grad". Şi-am rîs amîndoi». «Doamne, ce măgar am putut să fiu ! Şi tu ce-ai crezut despre mine ?». «Am crezut că erai cam fustangiu pînă...». «Pînă ?». «Pînă la moartea Luciei. Moartea ei ne-a apropiat, sărmana ! De-atunci te-am văzut cu alţi ochi. Mi-ai părut un suflet chinuit». «Eram. Dac-ai şti cît bine mi-ai făcut, Argentina, în toţi anii de cînd ne cunoaştem. Sînt atît de puţini oameni care te-ascultă cu-adevărat şi nu se simt îndreptăţiţi s-azvîrle-n tine cu piatra». «„Cel fără de păcat s-arunce primul piatra". Costi, atunci în sala de operaţii, cînd ai zis „dacă n-ai costa aşa de scump", ai crezut ce spuneai sau ai vrut să-mi faci plăcere şi să mă creşti în propriii ochi, văzîndu-mă stîngace şi neatrăgătoare ? Spune drept, că nu mă supăr». «Eram convins că te ţineai cu domnul General, jur !». «Dragul de el. Făcea tot ce putea ca să-mi crească acţiunile şi-ncrederea-n mine. Mă trimitea cu braţe de flori acasă, încît şi doctorul Zamfirescu se uita cu-nţeles la nevastă-sa cînd mă vedea atît de pavoazată». «Pe lumea asta contează două lucruri, mai mult decît orice: părerea pe care o ai tu despre tine, pe care, n-ai să crezi, dar reuşeşti să le-o transmiţi şi altora; iar dacă eşti persoană publică, imaginea care ţi se face». «De complexele de inferioritate m-a vindecat Iosif, Dumnezeu să-l odihnească ! Abia după asta m-a băgat în seamă şi Claude». «Mona a murit liniştită fiindcă ştia că n-aveai să mă părăseşti. Nu mă lăsa de izbelişte. M-a-ntrebat odată cum de nu m-am însurat cu tine, iar cînd era bolnavă m-a rugat să te iau de nevastă după moartea ei». «Şi pe mine m-a-ntrebat odată Claude cum de nu m-am măritat cu tine şi i-am spus că iubeai cu pasiune altă femeie». «Claude n-a vrut să te ia cu el în Spania ?». «De la-nceputul legăturii noastre i-am spus că eu nu plec din Țară». «Și nu regreți că n-ai plecat ?». «Nu. Prefer să-mi petrec bătrînețea lîngă tine, prietenul meu de-o viață, în Țara mea, bună-rea, dar lăsată moștenire de părinți. Singura moștenire». «Argentina, prietenia noastră a trecut de-acum trei ani de nunta de aur. Și n-am sărbătorit-o, iar pentru cea de platină nu mai avem timp».

Mi-am pus capul pe umărul lui Costi și mi-am adus aminte toată viața mea. Ce sîntem altceva decît trecători prin lume ?! M-am simțit împăcată, mi-am simțit sufletul ușor, cuprins de acele vibrații despre care spun unii că te-ar duce-n rai. «Doamne, fie-Ți milă de noi și cînd vrei să ne iei, ia-ne pe-amîndoi deodată !», m-am rugat eu Lui.

«Costi, ce vrei să gătesc mîine ?». «Ce vrei tu». «Și dacă eu nu vreau nimic ?». «Atunci mergem la restaurant». «Văd că te dai mare !». «Pentru ce să facem economii ?». «Dacă n-am avea tablourile de la mătușă-ta și nu ne-ar milostivi Smaranda, abia ne-am duce zilele, pe cînd așa ne boierim». «Foarte bine facem. Cine nu e sărac, dar trăiește ca săracul, degeaba are ce are».

M-am și văzut cu cîrdul de copii la Brăteasa, bucuroși că era vară și că ne puteam umple burta cu miez dulce de lubeniță. Și pe Florei alergînd cu alți cîini după științeleți de porumb lăptos. Mă gîndeam la mine cea de-acum, la frate-meu, ajuns miliardar, la partenerul lui de afaceri, fostul «tovarăș Vasile și fără dragă», acel «tovarăș» care mi-a băgat frica-n oase, frica și de umbra mea. În lume, numai vîrstele omului se schimbă, restul se fardează.

«Costi, să fac un ceai ?». «Pînă să faci ceaiul nu vrei să pun eu ceva muzică ?». «Ba da. Pune Vivaldi, *Anotimpurile*». «Unul anume sau pe toate ?». «Toate».

Pe aragaz, apa din ibric îngînă încet *Primăvara*. Cît mai e vreme frumoasă, înarmată cu bastonul şi cu anti-inflamatoare, aş vrea să fac un pelerinaj: la Brăteasa, la părinţi; la Călimăneşti, la domnul General; la Cluj, la Iosif. La Bellu merg mereu: la naşi, la Mona, la Tamara. Mă uit la mîna mea stîngă. Pe inelar am cele două inele, uşor bombate, ca verighetele clasice: unul de la Costi, unul de la Iosif. În interiorul unuia scrie o dată, într-al celuilalt o literă. Cînd o fi să fie, am s-o rog pe Carmína să i-l trimită pe cel de la Iosif, nepoatei căreia i-a dăruit el lanţul cu inimioare. Pe cel de la Costi i-l las Smarandei. Darurile de la Claude îi rămîn Carmínei. Dacă strănepoţii mei, Şerban şi Margareta, fac un copil, le dau florile lui Andreescu.

Apa clocoteşte. Vivaldi a ajuns la *Vară*. Pînă o să ne bem noi ceaiul pe-ndelete ajungem la *Iarnă*.

– Costi, vrei ceai de caise, de căpşuni, de smeură, de care ?

– De care vrei tu. Cît încă e vremea frumoasă m-am gîndit să facem un «circuit» pe la ai noştri: pe la General, pe la Iuga, pe la Brăteasa.

– Bine te-ai gîndit.

– Doamne, ce minune e *Toamna* asta ! şi Costi-mi face semn spre casetofon.

– Doamne, eu oi fi avut noroc în viaţă ? Noroc am avut, fericire – nu.

Ne terminăm ceaiul în plină *Iarnă*. Ca şi cînd am fi într-o sală de concert, aşteptăm nemişcaţi sfîrşitul *Anotimpurilor*.

Caseta a tăcut.

Tăcem şi noi mai departe.

– Argentina, tu ce *Anotimp* îţi alegi ?

– Costi nu-l mai alegem noi, ne-alege el: al nostru acum este *Iarna.*

Costi oftează şi prin ochii lui albaştri trece o undă mohorîtă. Nu trebuia să-i spun ce i-am spus, eu, tinerica de şaptejdoi de ani !

– Costi, hai spune totuşi ce ai vrea să gătesc mîine ?

– Poate un *soté* de morcovi cu zahăr ars, cum numai tu ştii să-l faci.

– S-a-nţeles, să trăiţi !

♣

Mă uit pe fereastră la frunzele pe care toamna le eliberează din copaci şi la stolul de vrăbii din teiul rotat, în rînd cu balconul. Ele în ce *Anotimp* s-or afla ? Timpul lor oare cînd o fi ? Poate mereu, poate niciodată.

27 mai 2002-18 octombrie 2004

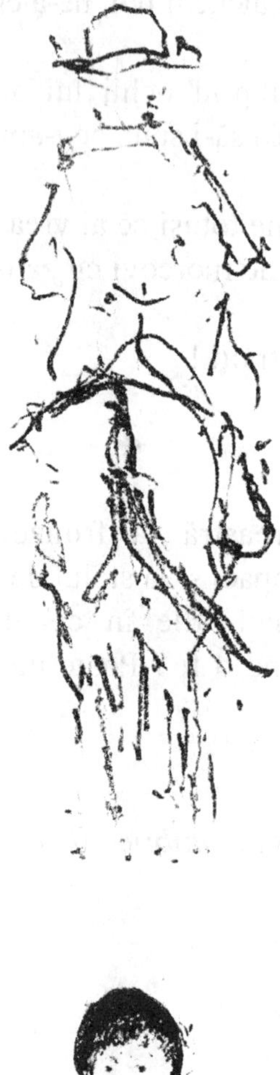

Addenda

Mariana ALCOFORADO

Viața

Mariana ALCOFORADO, zisă călugărița portugheză. Născută în aprilie 1640, la Beja (Alentejo), stinsă din viață tot în acest oraș, la mînăstirea Santa María de la Concepción, la 28 iulie 1723. Botezată, la 22 aprilie 1640, la biserica Santa María de Feira, din Beja, se călugărește în 1660 și, după decesul maică-sii, își crește surioara mai mică, Peregrina, pe-atunci în vîrstă de trei ani.

Asta este tot ce știm cu siguranță despre viața Marianei Alcoforado, căreia nu i s-ar fi cunoscut nici măcar numele dacă, într-un articol din „*Journal de l'Empire*", din 5 ianuarie 1810, eruditul bibliofil Boissonade n-ar fi dezvăluit că pe exemplarul său din ediția originală a *Scrisorilor portugheze* a găsit următoarea însemnare manuscrisă: «Călugărița care a scris aceste scrisori se numea Mariane Alcaforada, călugăriță din Beja, dintre Estremadura și Andalusía. Bărbatul căruia aceste scrisori i-au fost adresate era contele de Chamilly, pe-atunci numit contele de Saint-Léger».

Timp de mai bine de-un secol, nu s-a ivit nici un document care să confirme – sau să dezmintă – descoperirea lui

Boissonade. În orice caz, existența călugăriței este incontestabilă; dar actele ei de botez și de deces, descoperite la Béja, impun, în loc de Alcaforada, ortografierea Alcoforado.

Încă de la prima lor publicare, la celebrul librar Barbier, în primele zile ale lui 1669, *Scrisorile portugheze* s-au bucurat de un mare succes, atestat de rapide re-editări și de scrisori apocrife ce le-au fost adăugate spre a îngroșa volumul.

Deși ediția nu dădea în vileag nici un nume, se cunoștea destinatarul: era vorba de Noël Bouton, marchiz de Chamilly, conte de Saint-Léger (dintr-o familie burgundă de militari), intrat în armată pe vremea lui Mazarin și care, potrivit mărturiei lui Saint-Simon*, era nu numai un vajnic soldat ci și un vajnic bărbat, «vrednică plămadă de onoare, de vitejie, de virtute și de adevărată cucernicie, bun la culme, iubit și prețuit pretutindeni de toată lumea, oferind generos ospețe fastuoase și avînd cai și calești pe măsură, dar mai greoi la minte decît la trup, căci se vădea foarte mare și foarte corpolent, fiind el bine croit de la tinerețe».

Marchizul de Chamilly comandase un regiment aflat în cantonament la Beja, între 1663 și 1667, apoi a luat parte la campania din Olanda. După ce s-a distins în luptă apărînd Grave-en-Brabant, este numit mareșal al Franței, în 1703, și moare la 7 ianuarie 1715.

În răstimpul cît a stat în garnizoană la Beja, Chamilly ar fi stîrnit, zice-se, o violentă pasiune în sufletul unei tinere călugărițe, iar aceasta, părăsită de ușuraticul ofițer, i-ar fi trimis, îndată după despărțirea lor, cele cinci scrisori fierbinți, disperate, care ne-au rămas.

* Louis de Rouvroy, duce de SAINT-SIMON (1675-1755), autor al unor celebre *Memorii: 1694-1752,* apărute în 1829-30 (I. V.).

Dar sînt oare aceste *Scrisori* aşternute într-adevăr pe hîrtie de Mariana Alcoforado ? Rousseau* se îndoia încă de pe-atunci. Dacă partizanii autenticităţii subliniază accentele de sinceritate dezordonată ale textului, adversarii se declară uimiţi de calitatea excepţională a acestor epistole; apoi, de faptul că marchizul – care a putut fi uşuratic, dar despre care toate mărturiile sînt de acord să-l înfăţişeze drept un om cinstit şi un bărbat galant – a făcut atît de repede publice aceste scrisori cărora le cunoştea întregul conţinut de adevăr dramatic, în sfîrşit, că există mai multe contradicţii între textul *Scrisorilor* şi ceea ce ştim despre viaţa Marianei.

S-a presupus, prin urmare, că pornind de la adevăratele epistole primite de Chamilly, aşa-zisul traducător, Guilleragues, ar fi născocit şi-ar fi compus el însuşi textul pe care-l avem astăzi.

Acest Guilleragues, vedetă a societăţii din vremea lui, unul dintre oamenii care-au făcut vîlvă pe-atunci, a fost pe rînd secretar al prinţului de Conti, consilier al regelui, secretar al Camerei şi al Cabinetului, director al publicaţiei „*La Gazette de France*"** şi, în sfîrşit, ambasador la Constantinopole, unde avea să şi moară. Mai era şi reputat cărturar şi literat, care se bucura de prietenia lui Molière, a lui Boileau, a lui Racine (care şi recunoaşte că Guilleragues «a avut oarecare contribuţie» la unele tragedii ale sale).

*Jean-Jacques ROUSSEAU (1712-1778), în *Confesiuni* (1781-1788) (I. V.).

**Théophraste RENAUDOT (1586-1653), editorul publicaţiei *Gazeta* (1631-1761), foaie periodică, la început săptămînală, creată de acest remarcabil medic al lui Ludovic al XIII-lea, devenit «părintele jurnalismului». La 1 ianuarie 1762, foaia îşi schimbă numele în *Gazeta Franţei* şi apare bi-săptămînal.

În momentul de față, nimic nu permite încă să optăm definitiv pentru una sau pentru alta dintre ipoteze. Dar, oricare ar fi autorul lor, *Scrisorile portugheze* rămîn un strigăt excepțional – miraculos într-un fel – al pasiunii împinse la absolut.

(Jacques PATRY, articol în LAFFONT-BOMPIANI, *Dictionnaire biographique des auteurs,* Paris, 1956; ediția a II-a, 1964, p. 27)

Opera

Scrisorile portugheze

E vorba de faimoasele scrisori ce se atribuie călugăriței portugheze Mariana Alcoforado şi care au fost publicate la Paris, în 1669, sub acoperirea anonimatului. Barbin, editorul, declară că şi-a procurat «cu multă grijă şi cu mare strădanie» o copie corectă a traducerii acestor cinci scrisori, ce «au fost scrise unui Gentilom de vază care se află în slujbă în Portugalia». Şi mai spune că ignoră numele destinatarului şi pe cel al traducătorului. [...]

Aceste cinci scrisori istorisesc o poveste foarte simplă. Un ofițer francez, aflat în slujba Portugaliei în războiul contra Spaniei (1663), o cunoaşte pe sora unuia dintre camarazii lui de arme, o seduce şi o amăgeşte vreme de cîteva luni. După care se-ntoarce în Franța, de unde-i trimite cîteva scrisori pline de răceală şi, finalmente, îşi uită făgăduielile. Povestea s-ar fi dovedit destul de obişnuită dacă nu i s-ar fi adăugat scandalul iscat de condiţia eroinei.

Oricum, felul în care tînăra femeie îşi analizează etapele pasiunii rămîne deosebit de pătrunzător. Este, într-un fel, poemul deznădejdii amoroase. [...] Dar spiritul analitic şi stilul şlefuit al acestor epistole, cazuistica subtilă a sentimentelor trădează, mai mult decît experienţa mînăstirii, pe cea a saloanelor pariziene ale secolului al XVII-lea, în care străluceau Doamna de Sévigné şi prietenii ei.

Incontestabil, numeroşi au fost cei care, atît în Franţa cît şi în străinătate, au considerat că scrisorile erau false. În afară de erorile topografice (mai cu seamă într-a patra scrisoare, aluzia la regatul Algarve, care în secolul al XVII-lea era demult un anacronism), împrejurările scoase la lumină după publicarea lucrării demonstrează clar frauda literară. Într-adevăr, la puţine luni de la apariţie, acelaşi editor Barbin dă la iveală alte şapte *Scrisori portugheze,* atribuite, de astă dată, unei «doamne de vază» şi marcate de-aceeaşi exaltare emotivă. Iniţiativa lui Barbin a fost urmată de alţi editori, care, în cursul aceluiaşi an, lansează – unul la Paris, celălalt la Grenoble – două volume de *Răspunsuri la scrisorile portugheze,* atribuindu-le Gentilomului cărora îi erau adresate primele.

O ediţie contrafăcută a celei a lui Barbin, publicată în acelaşi an de editorul Pierre du Marteau din Köln (*alias* Pierre Elzevier din Amsterdam), sub titlul *Scrisori ale unei călugăriţe portugheze* (prima şi a doua parte), dezvăluie pentru întîia oară numele gentilomului (cavalerul de Chamilly) şi pe cel al traducătorului (Guilleragues); au fost identificaţi a fi, unul, Noël Bouton, conte de Saint-Léger, marchiz de Chamilly, mai tîrziu, mareşal al Franţei, şi celălalt, contele Lavergne de Guilleragues (unul dintre apropiaţii Doamnei de Maintenon), încheindu-şi cariera ca ambasador la Constantinopole.

Dar în cele 90 de ediţii ale *Scrisorilor*, singure sau însoţite de răspunsuri (au existat chiar şi traduceri în versuri), scrisori care-au văzut lumina tiparului între 1669 şi 1800, călugăriţa va rămîne pururi în umbră. [...]

Profesorul portughez Antonio Gonçalves Rodrigues (cf. *Mariana Alcoforado, Istoria critică a unei fraude literare,* Coïmbra, 1944) a propus o teorie ce pare că rezolvă această problemă destul de complexă. Autorul scrisorilor ar fi Guilleragues, care s-ar fi inspirat din scrisorile sentimentale şi preţioase trimise militarilor francezi întorşi din campania din Portugalia, fapt ce-ar explica «lusismele», adică lirismul pasionat al scrisorilor.

(LAFFONT-BOMPIANI, *Dictionnaire des œuvres,* Paris, 1953, patru volume, III, pp. 222-223, articol nesemnat)

Autoarea romanului a citit *Scrisorile* într-o ediţie din secolul al XIX-lea, fără dată (cca 1888), apărută la G. Charpantier, Paris, în colecţia *Lettres du XVIIe et du XVIIIe siècle/Scrisori din secolele al XVII-lea şi al XVIII-lea,* intitulată *Lettres portugaises avec les reponses/Scrisori portugheze însoţite de răspunsuri.* Acestui text (111 pp.) i se adăugau nişte epistole-imitaţie (300 pp.), *Lettres de Mlle Aïssé, suivies de celles de Montesquieu et de Madame Du Defand au Chevalier d'Aydie/Scrisori de dşoara Aïssé, urmate de cele ale lui Montesquieu şi ale Doamnei Du Defant către Cavalerul d'Aydie,* par Eugène Asse. Ediţie ornată de un portret al Dşoarei Aïssé.

NOTĂ BIO-BIBLIOGRAFICĂ

Ileana VULPESCU s-a născut la 21 mai 1932, într-o familie de agricultori din comuna oltenească Bratovoieşti (Dolj).

După o licenţă în litere (limba şi literatura franceză), la Facultatea de Filologie a Universităţii din Bucureşti (1953-1958), a lucrat, ca lexicograf, la Institutul de Lingvistică al Academiei, colaborînd la redactarea lucrărilor *Dicţionarul limbii române* şi *Dicţionarul explicativ al limbii române* (1959-1975).

A debutat editorial în 1962, cu o traducere din limba franceză, *Asasinul a murit I-ul*, de André WURMSER.

Prima lucrare originală a fost povestirea *Scrisoare către un cunoscut*, apărută în revista orădeană „*Familia*", seria a V-a, II, 7 (11) iulie 1966.

În 1972 devine membră a Uniunii Scriitorilor din România. În aprilie 1990 este aleasă în Consiliul de Conducere, organism din care, în luna octombrie a aceluiaşi an, îşi dă demisia. În 1995 se retrage din Uniunea Scriitorilor.

Scrie proză şi teatru, traduce din literaturile engleză, franceză şi spaniolă şi a semnat versiuni în limba franceză din literatura modernă şi din cea contemporană românească.

În 1976 a fost distinsă cu Premiul de Proză al Asociaţiei Scriitorilor din Bucureşti, pentru *Rămas-bun*, 1975 (2 100 de exemplare); în 1981, cu Premiul „Ion Creangă" al Academiei Române şi cu Premiul „Cîntarea României", pentru *Arta conversaţiei*, 1980 (50 000 de exemplare); în 1987, cu Premiul „*Flacăra*", pentru *Sărută pămîntul acesta*, 1987 (50 000 de exemplare), tustrele romane editate de „Cartea Românească". În 1991, întreaga activitate literară i-a fost încununată cu premiul „România Mare".

Printre alte lucrări originale, tipărite (sau jucate), se mai numără culegerile de proză şi de teatru scurt *Ş. A. M. D.*, Espla, 1969 (7 500 de exemplare) şi *Candidaţii la fericire*, „Cartea Românească“, 1983 (35 000 de exemplare), precum şi fantezia dramatică pentru copii *Grădina fermecată*, care-a văzut lumina rampei la Teatrul de păpuşi din Iaşi, în stagiunea 1980-1981. De asemeni, au reprezentat *Arta conversaţiei*, dramatizare (în colaborare cu actorul George BĂNICĂ) a romanului omonim: Teatrul Giuleşti, premiera – 31 mai 1983 (peste 1 000 de spectacole pînă în iunie 1990), regia Eugen TODORAN; Teatrul de Stat Oradea, premiera – 3 noiembrie 1983, regia Zoe ANGHEL-STANCA; Teatrul Naţional Craiova, premiera – 26 octombrie 1984, regia Remus MĂRGINEANU; Teatrul Maghiar de Stat Cluj-Napoca, stagiunea 1985-1986, regia DEHEL Gábor. Cea mai recentă lucrare dramatică (scrisă tot în colaborare cu George BĂNICĂ), *Singurătatea unei femei (Arta conversaţiei, II)*, a fost jucată de compania particulară «Arlechin», premiera – 10 iulie 1990, la Piteşti, regia Mihai MANOLESCU.

Autoarea a mai publicat repovestirile François RABELAIS, *Gargantua*, Editura Tineretului, 1963, şi *Gargantua şi Pantagruel*, Editura Tineretului, 1968, Editura «Ion Creangă», 1989 (ambele lucrări în colaborare cu Romulus VULPESCU), precum şi Alphonse DAUDET, *Extraordinarele aventuri ale lui Tartarin din Tarascon (Tartarin din Tarascon, Tartarin în Alpi, Portul Tarascon)*, Editura „Ion Creangă“, 1978.

Printre traduceri pot fi menţionate: din literatura engleză – Samuel PEPYS, *Jurnal* (în colaborare cu Costache POPA), în 1965; din literatura spaniolă – Juan Ramón JIMÉNEZ, *Platero şi cu mine*, 1966; din literatura franceză – Joë HAMMAN, *Far West*, 1966; Jean DEFRADAS, *Literatura elină*, 1968; Ambroise VOLLARD, *Amintirile unui negustor de tablouri*, 1969, 1993; Simone de BEAUVOIR, *Imagini frumoase*, 1973; *Sîngele celorlalţi*, 1993; François NOURISSIER, *Sfîrşitul*, 1974; André MAUROIS, *Ţara celor o mie şi una de mendre*, 1976; Michel TOURNIER, *Vineri sau limburile Pacificului*, 1978; 1997.

A semnat, în limba franceză, retroversiunile *La Ballerine orange (Balerina portocalie)*, 1968, şi *Acceptez le rétroviseur (Acceptaţi retrovizorul)*, 1973, două scenarii radiofonice de Valeriu SÂRBU; culegerea de povestiri şi de teatru *Récital extraordinaire*, Seghers, Paris, 1968, de Romulus VULPESCU; şi ediţia bilingvă *Poésies et poèmes*, „Minerva“, 1979, de Geo BOGZA. De asemeni, în *30 poètes roumains contemporains*, „Cartea Românească“, 1978, versuri de Wolf AICHELBURG, Ioan ALEXANDRU, Radu BOUREANU, Constanţa BUZEA, Nina CASSIAN, Ştefan-Augustin DOINAŞ, Eugen JEBELEANU, Al. PHILIPPIDE, Nichita STĂNESCU, Virgil TEODORESCU.

În 1996 apare romanul *Carnetul din port-hart*, Editura „Eminescu“ (3 000 de exemplare), reeditat, în acelaşi an, de Editura „Tempus“ (Ploieşti) (30 000 de exemplare).

După o reeditare, în 1992, la Editura & Imprimeria „Arta grafică“ (150 000 de exemplare), romanul *Arta conversaţiei* apare în 1998, la Editura „Tempus“. În acelaşi an, la acceaşi editură se retipăreşte *Rămas-bun casei părinteşti*. În anul 2000 apar *Sărută pământul acesta*, a cărui ediţie *princeps* (50 000 de exemplare) a văzut lumina tiparului în 1987, şi *Candidaţii la fericire*, ediţie sporită cu texte inedite faţă de cea din 1983. În 2002, Editura „Tempus“ tipăreşte romanul inedit *Arta compromisului*.

Cuprinsul cărţii